KB162439

을유세계문학전집 · 116

디칸카 근교 마을의 야회

을유세계문학전집 · 116

디칸카 근교 마을의 야회

VECHERA NA KHUTORE BLIZ DIKAN'KI

니콜라이 고골 지음 · 이경완 옮김

을유문화사

옮긴이 이경완

서울대학교 노어노문학과에서 「고골 문학의 아라베스크 시학 연구: 『아라베스끼』 문집을 중심으로」라는 논문으로 박사 학위를 받았다. 역서로 고골의 『죽은 혼』, 『감찰관』 등이 있으며, 대표 논문으로 「성서 해석학의 관점에서 고골의 종교성 고찰」, 「고골, 우크라이나인 그리고/혹은 러시아인?: 성서적 기독교의 관점에서 고골의 민족적 정체성의 양가성에 대한 고찰」, 「로트만과 고골의 대화: 기호와 현실의 관계에 대한 신화적 인식을 중심으로」, 「체홉의 '소삼부작'에 나타나는 상자성의 중첩 구조」, 「근대 자유주의와 푸시킨의 오리엔탈리즘의 모호성」 등이 있다.

을유세계문학전집 116
디칸카 근교 마을의 야회

발행일·2021년 11월 15일 초판 1쇄
지은이·니콜라이 고골 | 옮긴이·이경완
펴낸이·정무영 | 펴낸곳·(주)을유문화사
창립일·1945년 12월 1일 | 주소·서울시 마포구 서교동 469-48
전화·02-733-8153 | FAX·02-732-9154 | 홈페이지·www.eulyoo.co.kr
ISBN 978-89-324-0509-4 04890 978-89-324-0330-4(세트)

• 저작권법에 의해 보호를 받는 저작물이므로 무단전재와 복제를 금합니다.
• 이 책의 전체 또는 일부를 재사용하려면 저작권자와 을유문화사의 동의를 받아야 합니다.
• 책값은 뒤표지에 있습니다. 잘못된 책은 구입하신 곳에서 바꾸어 드립니다.

차례

디칸카 근교 마을의 야회

제1부

서문

"'디칸카 근교 마을의 야회'라고? 무슨 이런 듣도 못한 게 다 있어? '야회'라니, 그게 뭔데? 어떤 벌치기가 세상에 툭 내던진 거라네! 맙소사! 여태 펜으로 쓸 거위 깃털을 뽑아서 쓸데없는 것들을 종이에 써 댄 것으로도 모자라단 말이야? 여태 온갖 족속, 온갖 호칭의 어중이떠중이들이 잉크로 손가락을 더럽힌 것으로도 모자라단 말이야? 정말 인쇄된 종이가 그렇게 많이 늘어났으니 그것으로 뭘 포장해야 할지 바로 생각해 내기도 어렵겠어."

저는 한 달 내내 속으로 이런 유의 온갖 말을 듣고 또 들었어요. 즉 이렇게들 말하겠지요. 여봐, 우리 마을의 한 농부가 시골 구석에서 넓은 세상으로 코를 내밀었대! 가끔 벌어지는 일이지만, 누군가가 귀족 나리 방으로 잘못 기어 들어가면 모두 그를 에워싸고 놀리는 거와 다름없지요.

하지만 그건 아직 약과예요. 잘 보세요, 어쩌다 한 번 가장 높은 하인, 아니 누더기를 걸친 어떤 소년, 뒷마당에 파묻는 똥 더미 같은 녀석이 달라붙어 보라지요. 그러면 모두들 사방에서 발을 구르며 외칠 거예요. "어딜, 감히 어딜 들어오는 거야, 뭐 하려고? 인마, 썩 나가, 썩 나가라니까!" 제가 여러분께 말씀드리고 싶은 건…… 에휴, 무슨 할 말이 있겠어요? 제겐 이 넓은 세상에 얼굴을 드러내는 것보다 1년에 두 번 미르고로드를 갔다 오는 게 더 쉬운걸요. 사실 5년간 그곳의 재판소 관리*도, 존경하는 사제도 저를 전혀 못 보긴 했지만요. 그런데 이왕 얼굴을 드러냈으면, 그만 징징대고 대답이나 하라고요?

우리 마을에선, 참 친애하는 독자님, 기분 나빠 하지 마세요. (여러분은 아마도 벌치기가 자기 중매쟁이나 마을 사람에게 하듯 허물없이 말을 거는 게 못마땅하시겠죠?) 우리 시골 마을에는 예로부터 이런 풍습이 있습지요. 밭일이 끝나자마자 농부가 겨우내 페치카* 위 침대로 기어 올라가서 휴식을 취하고, 마을에는 하늘의 학도 나무의 배도 더 이상 보이지 않을 때면, 우리네는 자기 벌들을 컴컴한 지하 광에 넣어 두지요. 그때는 저녁만 되면 거리 끄트머리 어디에서건 작은 불빛이 어른거리고, 멀리서도 웃음소리와 노랫소리가 들리고, 발랄라이카*가 울려 퍼지고, 즉시 바이올린 소리, 말소리, 소음 등등…….

바로 이게 우리의 야회예요! 한번 와 보세요, 여러분의 무도회와 비슷합니다. 다만 완전히 그렇다고 할 수는 없겠네요. 여러분이 무도회에 가는 건, 발로 돌고 손으로 하품을 하기 위해서죠. 반면에 우리 마을에서 아가씨들이 무리를 이루어 손에 물레와 빗을 들고 한 농가에 모이는 건 그런 무도회를 위해서가 아니랍니다. 처음에는 일도 제법 하는 듯해요. 물레 돌아가는 소리가 들리고, 노래가 흘러나오고, 누구도 눈을 들어 옆을 쳐다보지도 않지요. 하지만 농가에 느닷없이 청년들이 바이올린을 들고 나타나면 고함 소리가 나고, 술이 나오고, 춤이 나오고, 말로 전하기도 어려운 농담들이 쏟아지기 시작하는 거예요.

하지만 제일 좋은 건 모두 다닥다닥 붙어서 수수께끼를 내고 수다를 떨기 시작할 때랍니다. 오, 하느님! 무슨 이야긴들 못 하겠어요? 어디선들 옛날얘기를 파내지 못 하겠어요? 어떤 공포인들 불러내지 못 하겠어요? 하지만 벌치기 루디 판코의 야회만큼 기이한 이야기들이 많이 나오는 곳은 어디에도 없을 겁니다. 사람들이 저를 왜 루디 판코라고 하는지, 참 나, 저는 잘 모르겠지만요. 제 머리는 이제 밤색이라기보다는 희끗희끗한 백발인 것 같은데 말예요.

하지만 우리 마을의 관습이 그런 거니 기분 나빠 하지들 마세요. 누구에게건 별명을 한번 붙이면 그건 영원히 남는 법이니까요. 명절 전날이면 으레 선량한 사람들*이 벌치기의 오두막에 마실 와서 탁자에 자리를 잡지요. 그러면 저는 들어만 달라고 부탁을 하고요. 그리고 이들은 결코 단순한 부류의 사람들이 아니라고 할 수 있습니다. 시골 마을의 촌부들이 아닌 거예요. 그래요, 영광스럽게도 벌치기보다 신분이 높은 사람들이 저를 방문해 줄 겁니다. 예를 들어 여러분은 디칸카 교회의 사제인 포마 그리고리예비치를 아시나요? 아, 그는 머리가 얼마나 좋은

지 몰라요!

그가 이야기들을 얼마나 멋들어지게 했는지 몰라요! 그중 두 개를 이 이야기책에서 찾아볼 수 있을 겁니다. 그는 여러분이 여느 시골 사제들에게서나 보았을 법한 알록달록한 가운을 입는 일이 절대 없어요. 평일에도 그의 집에 가면, 그는 언제나 섬세한 나사 천으로 만든, 얼린 감자 푸딩 색의 헐렁헐렁한 농민 옷을 입고 여러분을 맞이할 거예요. 그는 폴타바*에서 1아르신* 당 거의 1루블*이나 주고 그 옷을 샀지요.

그의 구두로 말하면, 이 마을 전체에서 어느 누구도 그의 구두에서 타르 냄새가 난다고 말할 수 없을 겁니다. 그가 여느 농민 같으면 좋아라 하며 자기가 먹을 죽에 넣을 정도로 최상품인 돼지기름으로 자기 구두를 닦는다는 건 누구나 아는 사실입니다. 마찬가지로 어느 누구도 그가 언제고, 자기와 같은 직함을 가진 다른 이들처럼 자기 옷자락으로 콧물을 닦는다고 말할 수는 없을 겁니다. 그 대신 그는 네 모서리를 붉은 실로 수놓고 단정하게 접어 놓은 하얀 손수건을 품에서 꺼내 충분히 코를 풀고 나선 그것을 다시 여느 때처럼 12분의 1로 접어 품에 감추곤 했으니까요.

그리고 손님 중 한 명이……. 이자는 지금도 군 재판소 의원* 이나 소유지 분할 담당관 복장을 하고 오는 그런 귀족이었지요. 그가 자기 앞으로 손가락을 세우고 그 손끝을 쳐다보며 이야기를 하려고 걸어 나오는 모습은, 인쇄된 책들에서처럼 아주 우쭐대고 간교한 것이었어요. 게다가 그의 말은 듣고 또 들어도 무슨 말인지 도저히 이해할 수가 없었고요. 절 잡아 죽인다고 해도 전혀 이해를 못 하겠더군요.

그가 어디서 그런 단어들을 주워 모았는지 원! 포마 그리고리예비치가 한번은 이것에 대해서 아주 멋진 이야기를 해 주었지요. 포마가 그 손님에게 이야기하기를, 한 학생이 어떤 사제에게서 글을 깨치고 아버지에게 왔는데, 그는 라틴어를 너무 숭배한 나머지 우리 정교도의 말까지 잊어버렸대요. 그래서 그 학생은 모든 단어에 '우스'를 붙인 거예요. 그에게 삽은 '로파타'가 아니라 '로파투스', 아낙네는 '바바'가 아니라 '바부스'가 된 거지요.

한번은 그가 아버지와 함께 밭에 갈 일이 있었는데, 이 라틴어 숭배자가 갈퀴를 보더니 아버지에게 이렇게 묻더라는군요. "아버지, 이건 아버지 식으로 뭐라고 부르나요?" 그러고선 입을 벌리고 그 갈고리들에 다리를 떡하니 올렸대요. 그런데 아버지가 답을 생각할 새도 없이, 갈퀴 손잡이가 팔을 휙 젓고 튕겨 일어나더니 아들의 이마를 탁 치더라는군요. 그러자 학생인 아들이 손으로 이마를 움켜쥐고 1아르신은 튕겨 나면서 이렇게 고함을 지르더래요. "망할 놈의 갈퀴! 제기랄, 악마가 그놈의 아비를 다리에서 떨어뜨리면 좋겠네! 왜 이렇게 아픈 거야?" 그가 갈퀴의 이름을 기억하게 된 거지요.

포마의 이 이야기는 그럴듯하게 꾸며 대기 좋아하는 이 이야기꾼의 마음에 들지 않았어요. 그는 한마디 대꾸도 없이 자리에서 일어나 방 한가운데로 나오더니 다리를 떡 벌리고 서더군요.

그러고는 고개를 앞으로 약간 수그리고 손을 물방울무늬 외투의 뒤 호주머니에 찔러 넣어서 유약을 바른 둥근 담배통을 꺼내더라고요. 그리고 어설프게 그려진 어떤 회교도 장군의 낯짝을 손가락으로 탁 튕기고는, 상당량의 담배를 재와 당귀 이파리와 함께 집어 들었고요. 그는 손가락을 휘어서 코에 갖다 대고는 엄지도 안 대고 콧김으로 담배 더미를 들이마셨어요. 한마디 말도 없이요. 그다음 다른 호주머니에 손을 찔러 넣어 격자무늬의 푸른 종이 수건을 꺼낼 때에야 비로소 "돼지들 앞에 진주를 던지지 말아라"라는 속담을 혼자 중얼거리는 거예요……. '이제 싸움이 벌어지겠구먼.' 포마 그리고리예비치의 손가락이 모욕을 나타내는 표시를 하려고 구부러지는 것을 보면서 저는 이렇게 생각했지요.

다행히도 제 할망구가 뜨거운 크니시*를 버터와 함께 탁자에 내놓을 생각을 했지 뭐예요. 모두 먹는 데 집중하기 시작했죠. 포마 그리고리예비치의 손이 모욕을 표시하는 대신에 크니시로 뻗어 나가고, 항상 그렇듯이 모두들 여주인의 놀라운 솜씨를 칭찬했지요. 우리에겐 그 귀족 말고도 다른 이야기꾼이 있었어요. 그러나 이자는 (밤에는 절대로 그를 생각해선 안 될 거예요) 너무나 무서운 이야기들을 꺼내 놓아서 머리카락이 주뼛 곤두서곤 했지요.

저는 일부러 그의 이야기들을 여기에 넣지 않았어요. 선량한 사람들을 놀라게 하면 모두들 벌치기를, 미안한 말이지만 악마처럼 무서워할 테니까요. 신이 허락하셔서 제가 새해까지 살아 있고 다른 책을 내놓게 된다면, 그때는 옛날에 우리 정교*의 방식으로 창조된 저세상의 존재들과 불가사의한 일들로 공포를 불러일으킬 수도 있을 거예요. 그 이야기들 가운데 벌치기가 자기 손자들에게 들려준 우화들도 발견하게 될 거고요. 듣고 읽어 주시기만 한다면, 망할 놈의 게으름 때문에 다 못 모아서 그렇지, 이런 책을 열 권도 낼 수 있을 겁니다.

참, 그런데 가장 중요한 것을 잊어버렸네요. 여러분, 저희 집에 오시려면 '디칸카'라는 표지판이 있는 길을 따라 곧장 오셔야 해요. 전 여러분이 가급적 빨리 저희 마을에 들르시라는 의미에서 일부러 첫 페이지에 이걸 실은 거예요. 전 여러분이 디칸카에 대해 충분히 들어 보셨을 거라 생각합니다. 거기에 있는 집이 다른 벌치기의 판잣집보다 더 좋다고들 하더군요.

정원에 대해서는 말할 것도 없어요. 여러분의 페테르부르크에서는 그런 뜰을 찾아볼 수 없을 겁니다. 디칸카에 도착하면, 맨 처음 맞은편에서 누덕누덕 기운 셔츠를 입고 거위들을 몰고 오는 소년에게 물어보기만 하시면 돼요. "벌치기 루디 판코가 어디 사니?" "아, 저기요!" 그가 손가락으로 가리키며 말해 줄 겁니다. 원하시면 그가 여러분을 마을까지 안내해 줄 거고요. 하지만 부탁드리는데 손을 너무 꽉 뒷짐 지고, 흔히 말하듯 거드름 피우며 걷지는 마세요. 우리 마을의 길은 여러분의 저택 앞처럼 고르지가 않거든요. 재작년에 포마 그리고리예비치가 디칸카에서 올 때 새 이륜 경마차와 밤색 암말을 몰고 오다가 곤두박질친 적이 있어요. 그가 직접 마차를 몰고, 때로는 자기 눈

위로 자기가 구입한 안경을 썼는데도 말이지요.

대신 손님으로 와 주신다면, 여러분이 평생 먹어 본 적이 없을 그런 참외를 내놓겠습니다. 꿀도 제가 직접 모은 건데, 시골 마을에서 그보다 더 좋은 건 찾아볼 수 없을 거예요. 생각해 보세요, 벌집을 가져오면 꿀 향기가 온 방에 가득하답니다. 눈물이나 귀걸이로 쓰곤 하는 값비싼 수정처럼 상상도 할 수 없을 만큼 깨끗한 꿀이라고요.

제 할망구가 대접하는 피로그*는 또 어떻고요! 어떤 피로그인지 여러분이 아시기만 한다면, 꿀맛, 완전히 꿀맛이에요! 입에만 갖다 대도 버터가 입에서 자르르 녹아내리지요. 정말 생각해 보면, 이 아낙네들은 못 만드는 게 없다니까요! 여러분은 배를 재료로 가시벚나무 열매를 띄운 크바스*나 건포도와 자두를 넣은 바레누하*를 마셔 본 적이 있으신가요? 우유를 넣은 곡물 죽은요? 맙소사, 세상에 얼마나 많은 별미들이 있는지! 한번 맛을 보면 둘이 먹다 하나가 죽어도 모를 정도예요. 말로 표현하기 어려울 정도로 달거든요! 작년엔…… 그런데 제가 너무 수다를 떨었네요……. 그냥 한번 와 보세요, 빨리 와 보시라니까요. 그러면 대접해 드릴게요. 그러면 여러분도 만나는 사람마다, 누구에게든 말하지 않고는 못 배길 겁니다.

벌치기 루디 판코

* * *

여러분이 제가 친절하지 않다고 생각할까 염려되어, 이 책에서 아무나 이해하지는 못할 단어들을 여기에 알파벳순으로 적어 놓았습니다.

* * *

(우크라이나 용어 사전 생략)*

소로친치 시장

1

난 시골에 사는 게 지겨워.
아, 나를 집에서 데려가 줘,
천둥, 천둥이 치는 곳으로,
아가씨들이 춤추는 곳으로,
청년들이 즐겁게 노는 곳으로!
— 옛 전설에서

소러시아의 여름은 얼마나 기쁨에 가득 차고 얼마나 화려한가! 고요함과 찌는 듯한 더위에 잠긴 대낮이 빛을 내고, 끝없는 하늘빛 바다가 욕망으로 가득한 둥근 지붕처럼 땅 위로 몸을 수그리고 완전히 환희에 차서 대기의 품에 잠긴 아름다운 대지를 꼭 껴안고 잠이 든 듯한 시간이면, 우리는 무더위에 얼마나 녹초가 되고 마는지! 하늘엔 구름 한 점 없다. 들판에는 인기척 하나 없다.

모든 것이 죽은 듯하다. 위로는 푸른 창공에 종달새가 몸을 떨고, 사랑에 빠진 대지로 뻗은 공중의 계단을 따라 은빛 노래가 날아간다. 이따금 갈매기 소리나 메추라기의 낭랑한 소리가 스텝으로 널리 퍼진다. 구름 밑의 참나무들이 아무 생각 없이 게으르게, 아무 목적 없이 산책하는 듯 서 있다. 눈이 멀 정도로 눈부신 강한 햇빛이 그림 같은 잎사귀들을 불태우고, 다른 잎사귀들에는 밤처럼 어두운 그림자를 드리운다. 바람이 강하게 불 때면 그 그림자를 따라 금가루가 뿌려진다.

튼실한 해바라기들로 인해 그늘진 다채로운 채소밭 위로 영묘한 곤충들이 진주, 토파즈, 루비처럼 쏟아진다. 회색빛 건초더미와 금빛 곡물단이 들판에 널려 있다. 묵직한 열매들로 몸을 수그린 벚나무, 자두나무, 사과나무, 배나무의 넓게 퍼진 가지들, 하늘과 그것을 비추는 깨끗한 거울, 즉 우쭐대며 솟아난 초록 액자 속의 강물……. 소러시아의 여름은 얼마나 욕망과 환희로 가득 차 있는가!

18××년, 18××년의 무더운 8월의 어느 하루가 그렇게 화려하게 빛나고 있었다. 그렇다, 30년쯤 전 소로치네츠 지역에 이르는 10베르스타* 거리의 도로는, 주위 마을과 멀리 떨어진 마을 전역에서 소로친치 장터로 서둘러 가고 있는 사람들로 들끓었다. 이미 아침부터 소금과 생선을 실은 짐마차들이 끝없는 대열을 이루며 길게 이어졌다. 건초로 감싼 단지들이 산더미처럼 쌓여 천천히 움직이는데, 자기들이 뒤덮여서 어두운 것에 갑갑해하는 것 같았다. 군데군데 선명하게 채색된 사발과, 양귀비

씨를 가는 데 쓰는 큰 단지들이 마차 위로 높이 쌓아 올린 울타리에서 자랑스럽게 얼굴을 내밀며, 사치를 좋아하는 사람들의 감탄하는 시선을 사로잡고 있었다. 많은 행인들이 솜씨 좋은 도공이자 이 값진 물건들의 소유주를 질투 어린 눈길로 바라보았다. 그는 멋쟁이 청년과 교태를 부리는 여인들 같은 자신의 단지들을 그것들에겐 혐오스러운 건초로 정성스럽게 덮으면서, 느린 걸음으로 자기의 짐을 따라 걸어가고 있었다.

한 켠에서는 포대, 아마포, 다양한 가재도구들이 가득 찬 짐마차가 피곤에 전 소들에 의해 외로이 끌려가고 있었다. 그 뒤로는 깨끗한 아마포 셔츠와 얼룩진 아마포 바지를 입은 주인이 걸어가고 있었다. 그는 자신의 거무스름한 얼굴에서 흘러내리고, 몇천 년 동안 요청하지 않아도 미녀든 추녀든 가리지 않고 나타나 모든 인간에게 억지로 분칠을 해 대는 이발사가 가차 없이 분칠한 긴 콧수염에서도 흘러내리는 구슬땀을 게으른 손으로 훔쳐 냈다.

짐마차에 묶인 암말이 그와 나란히 걸어가고 있었다. 그 말의 온유한 표정에서 상당히 나이가 든 말이라는 것을 알 수 있었다. 마주치는 많은 사람들이, 특히 젊은 청년들이 우리 농부와 어깨를 나란히 할 때면 모자를 들어 인사했다.

그러나 그들이 이렇게 한 건 그의 회색 콧수염과 위엄 있는 걸음 때문이 아니었다. 눈을 약간 위로 들기만 하면 그런 정중한 태도를 보이는 이유를 알 수 있었다. 마차 위에 동그란 얼굴, 반짝이는 갈색 눈동자 위에 매끄러운 아치처럼 올라간 검은 눈썹, 평안하게 미소 짓는 장밋빛 입술, 머리에 붉고 파란 리본을 두른 예쁘장한 딸이 앉아 있었던 것이다. 그 리본은 긴 머리 타래와 들꽃 다발과 함께 그녀의 매력적인 얼굴에 풍성한 왕관처럼 놓여 있었다.

모든 것이 그녀의 마음을 사로잡는 듯했다. 그녀에겐 모든 것이 신기하고 새롭고……. 그리고 예쁜 눈동자가 끊임없이 한 대상에서 다른 대상으로 내달리고 있었다. 어떻게 매료되지 않을 수 있겠는가! 평생 처음으로 가는 장터인 것을! 아가씨는 열여덟 살에 처음으로 장터에 가는 것이다!

하지만 걸어가거나 탈것을 타고 가는 행인 중 어느 누구도, 그녀가 아버지에게 자기도 데려가 달라고 얼마나 간절하게 애원해야 했는지 알지 못했다. 아버지도 마음으로야 진작 그러고 싶었을 것이다. 그가 오랫동안 일해 온 자기의 늙은 암말을 팔기 위해 지금 고삐를 끌고 가는 것처럼 능숙하게, 악랄한 계모가 그의 손을 쥐고 흔드는 법을 터득하지만 않았다면 말이다.

지칠 줄 모르는 끈덕진 아내……. 그러나 우리는 그녀 역시 짐마차의 높은 곳에 녹색 모직 스웨터를 맵시 있게 차려입고 앉아 있다는 것을 잊고 있었다. 그 스웨터에는 담비 가죽처럼 온통 붉은 꼬리가 수놓여 있고, 그녀는 장기판처럼 알록달록하고 값비싼 덧치마를 입고 자신의 아름답고 포동포동한 얼굴에 특별한 위엄을 더해 주는 색색의 꽃무늬 두건을 두르고 있었다. 그 얼굴에는 뭔가 불쾌하고 야생적인 기운이 너무나 강하게 어려서, 보는 이들마다 즉시 불안해진 시선을 서둘러 딸의 명랑한 얼굴로 옮겼다.

우리 여행객들의 눈에 프숄*강이 보이기 시작했다. 서늘한 바람이 멀리서 불어왔다. 사람을 녹초로 만드는 살인적인 무더위

탓에 이 바람은 한결 더 강하게 느껴졌다. 들판에 흩어져 있는 포플러, 자작나무, 백양나무의 암녹색과 밝은 녹색 잎새 사이로 추위로 감싸인, 불타는 불꽃이 반짝였다. 강물은 아름다운 여인처럼 자신의 은빛 가슴을 눈부시게 드러내고, 그 가슴 위로 나무들의 녹색 고수머리들이 화려하게 떨어졌다.

강물이 믿을 만한 거울이 되어, 눈이 멀 정도로 눈부신 광채에 가득 찬 자신의 자랑스러운 이마, 백합 같은 어깨와 아마빛 머리에서 떨어지는 검은 파도로 그늘진 대리석 같은 목을 시샘하듯 보듬어 안을 때, 하나의 장식을 다른 장식으로 바꾸기 위해 이전의 장식을 경멸하며 내던지고 끝없이 변덕을 부릴 때, 그처럼 환희에 가득 차 있을 때 강물은 특히 제멋대로였다. 그것은 거의 매년 자기 주변을 뒤바꾸고, 새로운 길을 내고 다양한 새로운 경치들로 자신을 에워쌌다.

일렬로 늘어선 풍차들이 무거운 바퀴 위로 넓은 파도를 일으켰다가 강하게 내던져서 포말을 일으키고 먼지를 뿌려 대며 주위를 굉음으로 먹먹하게 했다. 이때 우리에게 낯익은 승객들이 타고 있는 짐마차가 다리에 들어서고, 강물도 자신의 미모와 위엄을 한껏 모아서 완전한 유리처럼 그들 앞에 몸을 쭉 펼쳤다. 하늘, 녹색과 푸른 숲, 사람들, 단지들이 실린 짐마차들, 풍차들, 이 모든 것이 뒤집어져서 다리를 위로 향한 채 하늘빛의 아름다운 심연에 빠지지 않고 걸어갔다.

우리의 미녀는 화려한 풍경을 보면서 깊은 생각에 잠겼고, 오는 내내 열심히 해바라기 씨의 껍질을 까먹다가 그것마저 잊어

버렸다. 그때 갑자기 "와우, 예쁜 소녀구나!"라는 말이 그녀의 귀를 놀라게 했다.

그녀가 몸을 돌리자 다리에 무리 지어 있는 청년들이 보였다. 그 중 다른 이보다 한층 더 멋을 내서 하얀 스비트카*를 입고 레셰틸롭카 마을의 양가죽으로 만든 회색 모자를 쓴 한 청년이 팔을 옆구리에 대고 젊은이답게 마차 위의 승객들을 바라보고 있었다.

미녀는 햇볕에 그을었으나 명랑한 기운이 넘치는 그의 얼굴과, 꿰뚫어 볼 듯이 그녀에게 꽂힌 불타는 눈을 알아보지 않을 수 없었다. 금방 들은 말이 그에게서 나왔을 거라는 생각에 그녀는 시선을 떨구었다.

"멋진 소녀야!" 하얀 스비트카를 입은 청년이 그녀에게서 눈을 떼지 않고 말을 이었다. "그녀에게 키스할 수만 있다면 내 재산 전부를 내놓아도 좋아. 그런데 그 앞에 마녀도 앉아 있구먼!"

사방에서 웃음소리가 일어났다. 그러나 천천히 걸음을 내딛고 있는 남편의 화려하게 차려입은 동거인에게 그런 인사는 별로 마음에 들지 않았다. 붉은 뺨이 불타는 뺨으로 변하고, 쨍그랑거리는 듯한 욕설이 술에 거나하게 취해 흥이 오른 청년의 머리 위로 소나기처럼 쏟아졌다.

"쓸모없는 떠돌이, 뒈져 버려라! 네 아버지 머리를 단지로 쥐어박기를! 그가 얼음 위에서 미끄러지기를, 저주받은 적그리스도! 저세상에서 악마가 그의 수염을 홀라당 태워 버리기를!"*

"히야, 욕 한번 끝내주는구먼!" 청년은 연발탄으로 쏟아지는 뜻밖의 인사에 당황한 듯이 그녀에게 눈을 부라리며 말했다.

"저 여자의 혀는 백 년 묵은 마녀의 혀처럼 이런 말을 하고도 끄떡없네."

나이 든 미녀가 말을 받았다. "더러운 놈! 먼저 가서 씻기나 해! 쓸모없는 왈패 놈! 네 어미는 보나 마나 쓰레기였을 거야! 아비도 쓰레기! 이모도 쓰레기! 백 년 묵었다니! 저놈 입술에서는 아직도 젖비린내가 나고……."

바로 그때 마차가 다리에서 벗어나 내리막길에 접어들어, 마지막 단어들은 알아들을 수가 없었다. 그러나 청년은 이것으로 끝내고 싶지 않은 듯했다. 그는 오래 생각할 것도 없이 진흙을 한 움큼 쥐어 그녀를 향해 던졌다. 그 공격은 기대 이상의 효과를 거두었다. 새로 장만한 꽃무늬 두건에 진흙이 튀고, 술에 거나하게 취해 흥이 난 건달들의 웃음소리가 새로 힘을 얻어 갑절로 커졌다. 살집 좋고 멋내기 좋아하는 여인은 분노로 열이 받쳤다. 그러나 마차가 이때 아주 멀리 떨어져서, 그녀의 복수는 죄 없는 의붓딸과 느리게 걷고 있는 동거인을 향했다. 동거인은 오래전부터 그런 상황에 익숙해진 터라 굳게 입을 다물고 분노한 아내의 거친 말들을 냉정하게 받아들였다. 그러나 이에 아랑곳없이 그녀의 지칠 줄 모르는 혀는 쩌렁쩌렁 울리고 게거품을 물고 수다를 떨었다. 이것은 그들이 근교에 사는 그의 오랜 지인이자 대부인 카자크* 치불랴에게 도착할 때까지 계속되었다. 오랫동안 보지 못했던 친구들과의 만남으로 이 불쾌한 사건은 잠시 뇌리에서 잊혔다. 그래서 우리 여행객들은 시장에 대해 이야기하면서 긴 여정 이후 잠시 쉴 수 있었다.

2

하느님 아버지! 이 시장에는 없는 게 없군요! 수레, 유리, 타르, 담배,
가죽, 양파, 온갖 부류의 상인들……. 호주머니에 30루블이 있다 해도,*
시장의 모든 물건을 다 사지는 못할 겁니다.
— 소러시아의 희극에서

여러분은 아마 어딘가 멀리 떨어진 곳의 폭포 소리를 들은 적이 있을 겁니다. 그때 걱정스러워진 주변에는 둔중한 소리가 가득하고, 불분명하고 신비롭고 혼란스러운 소리가 소용돌이처럼 여러분 앞을 돌진하지요. 여러분은 시골 장터의 소용돌이에서도 한순간 그런 감정에 사로잡힌 적이 있지 않으신가요? 그때는 온 군중이 하나의 거대한 괴물이 되어, 광장에서 그리고 비좁은 거리를 따라 온 몸통을 부산하게 움직이고, 소리 지르고, 웃고 덜컹거리지 않나요?

소음, 욕설, 소 울음소리, 양 울음소리, 울부짖는 소리 — 모두 하나의 불협화음으로 모아진다. 소, 자루, 건초, 집시, 단지, 아낙네, 당밀 과자, 모자 들이 모두 반짝거리고, 알록달록하고, 부조화스럽다. 눈앞에서 떼를 지어 뛰어다니고 들락거린다. 다양한 목소리의 말들이 서로서로를 가라앉히고 단 한 마디도 붙잡아 이 홍수에서 건져 낼 수가 없다. 단 하나의 외침도 선명하게 들리지 않는다. 상인들이 손뼉을 치는 소리만 장터 사방에서 들린다. 마차가 부서지고, 쇳소리가 울리고, 땅에 던지는 판자들이 덜컹거리고, 머리

가 빙빙 돌아서 어디로 가야 할지 알 수가 없다.

검은 눈썹의 딸과 함께 온 우리 농부는 이미 오랫동안 사람들 사이를 빈둥거리며 돌아다녔다. 한 마차에 다가가 보고, 다른 것은 만져 보고, 가격을 재 보았다. 하지만 그 와중에도 그의 생각은 팔려고 가져온 열 포대의 밀가루와 늙은 암말 주위를 끊임없이 맴돌았다. 그의 딸의 얼굴을 보건대, 그녀에겐 밀가루와 밀이 실린 마차들에 몸을 비비대고 있는 게 그다지 유쾌하지 않은 것 같았다. 그녀는 천막 노점 아래 붉은 리본, 귀걸이, 주석과 구리로 만든 십자가와 주화들이 우아하게 걸려 있는 곳으로 가고 싶을 것이다.

그러나 여기에서도 그녀는 관찰할 대상들을 많이 찾아냈다. 그녀에겐 집시와 농부가 서로 손뼉을 치며 아파서 소리를 지르는 것이 아주 재미있었다. 또 술 취한 유대인이 아낙네를 뒤에서 때리고,* 상인들이 싸우면서 서로에게 욕설과 가재도구를 던지고, 러시아 놈이 한 손으로는 자기 염소수염을 쓰다듬으면서 다른 손으로는……. 그때 그녀는 누군가가 자기 셔츠의 수놓인 소맷자락을 잡아당기는 것을 느꼈다. 돌아보니, 하얀 스비트카를 입은 청년이 눈동자를 빛내며 그녀 앞에 서 있었다. 그녀의 몸이 부르르 떨더니, 어떤 기쁨으로도, 어떤 슬픔으로도 그렇게 뛰어 본 적이 없을 정도로 가슴이 콩닥콩닥 뛰기 시작했다. 그녀에겐 신비롭고 사랑스럽게 느껴졌고, 자기에게 무슨 일이 일어나고 있는지 스스로도 설명할 수가 없었다.

“겁내지 마, 아가씨, 겁내지 마!” 그가 그녀의 손을 잡고 나지막

한 소리로 그녀에게 말했다. "네게 나쁜 말은 절대 하지 않겠어!"

'네가 나쁜 말을 절대 하지 않을 거란 말은 사실일 거야.' 미녀는 혼자 생각했다. '근데 신기하네? ……이건 아마 악마 때문일 거야! 그러면 안 된다는 걸 알면서도 그에게서 손을 빼낼 힘이 없네.'

농부가 뒤를 돌아다보며 딸에게 뭔가 말하려고 하는데, 옆에서 '밀'이라는 단어가 들렸다. 이 마법과 같은 말에 그는 곧바로 시끄럽게 떠들어 대는 두 거래인*에게 합류하고, 그들에게 못 박힌 관심은 이미 무엇으로도 떼어 낼 수가 없게 되었다. 그 거래인들이 밀에 대해 한 말은 바로 다음과 같다.

3

어떤 청년인지 너도 봤지?
세상에 보드카를 그렇게 막걸리 마시듯이 들이켜는
녀석은 흔치 않아!
— 코틀랴렙스키(Kotlyarevsky), 『에네이다(*Eneyida*)』

"그래, 이봐, 우리 밀이 잘 안 팔릴 거라 생각한다고?" 외양으로 보아 팔레스타인에서 와서 아무 곳에나 묵는 것으로 보이는 한 사람*이 다른 사람에게 말했다. 팔레스타인 사람은 타르 얼룩이 묻고 기름때에 전 알록달록한 마직포 바지를 입고 있었고, 다른 사람은 군데군데 천을 덧댄 푸른 스비트카 차림에 이마에는 엄청나게 큰 혹이 있었다.

“그래, 생각할 여지도 없어. 만일 우리가 한 되라도 판다면, 난 몸에 올가미를 매고 이 나무에 목을 매달아 성탄 전에 농가에서 만드는 소시지처럼 돼도 좋아.”

“이봐, 자넨 누굴 속이려는 거야? 우리가 갖고 온 것 외엔 아무 밀도 없는데.” 알록달록한 마직포 바지를 입은 사람이 반박했다.

‘그래, 지껄이고 싶은 대로 지껄이슈.’ 두 거래인의 대화를 한 마디도 놓치지 않고 듣던 우리 미녀의 아버지도 혼자 생각했다. ‘하지만 내겐 여분이 열 포대나 있거든.’

“말하자면 악마가 장난을 치는 곳에선, 배고픈 러시아 놈에게 기대할 수 있을 만큼의 이익이나 기대해야 한다는 거야.” 머리에 혹이 달린 사람이 의미심장하게 말했다.

“악마의 장난이라니?” 알록달록한 마직포 바지를 입은 사람이 말을 받았다.

“자네, 사람들이 하는 말 들었나?” 머리에 혹이 달린 사람이 음울한 눈으로 그를 곁눈질하면서 말을 이었다.

“그래서!”

“그래서? 그래서라니! 군 재판소 의원이 시장을 ‘저주받은 장소’로 지정한 거야. 그놈이 나리들의 자두 술을 마시고 입술을 닦는 일이 없기를! 그래서 그곳에선 어떻게 해도 곡물을 내다 팔 수가 없게 됐어. 자네 저기 산 밑에 있는 오래되고 허물어진 광 보이나? (이 대목에서 호기심 많은, 우리 미녀의 아버지가 좀 더 가까이 다가와서 완전히 주의를 기울였다.) 그 광에서 악마들이 음모를 꾸민다는 거야. 그래서 이곳에 들어서는 어떤 시장도 재앙 없이 지나간 적이 없어. 어제 읍 서기가 저녁 늦게 지나가며 보니까, 다락방 창문에서 소리가 나고 돼지 낯짝이 나타나 꿀꿀거리더래. 그래서 그의 등골에 소름이 돋고 그가 오싹해졌는데, 조금 있으니까 붉은 스비트카가 나타나더래!"

"이 붉은 스비트카는 어떤 건데?"

여기에서 우리의 주의 깊은 청자인 농부의 머리카락이 주뼛 곤두섰다. 그가 공포에 질려 몸을 돌리니, 그의 딸과 한 청년이 사이좋게 서서 서로 몸을 껴안고, 세상에 나타난 스비트카에 대해서는 다 잊은 채 어떤 사랑 이야기를 읊고 있는 것이 보였다. 이것이 그의 공포를 몰아내고 그가 이전의 무사태평한 상태로 돌아가게 해 주었다.

"에헤, 이봐! 자네, 보아하니 껴안는 데 명수구먼! 난 결혼하고 나흘째가 돼서야 내 죽은 흐베시카를 안는 법을 터득했는데. 그래서 대부에게 고마워하지. 그가 신랑 들러리가 되어 조언을 해 주었으니 말야."

청년은 순간 자기 연인의 아버지가 별로 똑똑하지 않은 것을 알아채고, 어떻게 하면 그를 자기에게 유리한 쪽으로 끌어낼지 머릿속으로 계획을 세우기 시작했다.

"당신은 선량한 사람인 게 분명한데 저를 못 알아보시는군요. 전 당신을 한눈에 알아보았는데 말이에요."

"나를 알아보았을 수도 있지."

"원하신다면 이름도, 호칭도, 기타 다른 것도 말씀드리지요. 당신은 솔로피 체레빅이지요."*

"그래, 솔로피 체레빅."

"아주 좋아 보이시네요. 절 알아보지 못하시겠어요?"

"아니, 모르겠어. 기분 나빠 하지 말게. 세상에 너무 많은 낯짝이 나타나는 통에 악마라도 그들을 다 기억하지 못할 거야!"

"당신이 골로푸펜코의 아들을 기억하지 못하시다니 유감천만이네요!"

"자네가 오르히모프의 아들인가?"

"그럼 누구겠어요? 그가 아니면 집귀신*이게요?"

여기에서 친구들은 모자를 들어 올리고 서로 키스하러 다가갔다. 그러나 우리의 골로푸펜코의 아들은 때를 놓치지 않고 바로 자신의 새 지인을 몰아세우기로 결심했다.

"자 솔로피, 보시다시피 이제 나와 당신 딸은 서로 사랑하게 되었고, 우리는 영원히 함께 살고 싶어요."

"이봐, 파라스카." 체레빅이 몸을 돌려 자기 딸에게 웃으면서 말했다. "정말 사람들이 말하는 것처럼 함께 그것도…… 같은 풀을 뜯어 먹을 작정이구나! 뭐라고? 합의하자고? 그래, 새 사위, 사례를 하게!"

그리고 세 명은 함께 장터의 유명한 식당에 갔다. 그곳은 무수히 많은 항아리, 병, 온갖 종류와 연도의 유리병들로 장식된 식당으로, 유대인 여자의 천막 아래 있었다.

"와우, 대단한 놈이야! 난 이래서 네가 좋다고!" 체레빅이 약간 술에 취해서 말했다. 그리고 그의 예정된 사위가 반 크바르타* 크기의 술잔에 술을 부은 뒤 눈 한 번 안 찡그리고 끝까지 다

마시고는 술잔을 들어 산산조각 내는 것을 보았다. “뭐라고 할 거냐, 파라스카? 내가 네게 어떤 신랑을 얻어 준 거냐! 봐라, 봐, 그가 얼마나 청년답게 술을 들이켜는지……!”

그리고 그는 웃음을 짓고 휘청거리면서 그녀와 함께 자기 마차로 천천히 걸어갔다. 우리 청년은 폴타바현의 유명한 두 도시인 가댜치와 미르고로드에서도 온 상인들이 있는, 붉은 물건들이 놓인 상점들을 향해 출발했다. 이것은 장인과 필요한 모든 사람들에게 결혼 선물로 줄, 화려한 구리 테를 두른 나무 요람, 붉은 단에 꽃이 그려진 손수건, 모자를 둘러보기 위해서였다.

4

남편들 마음에는 안 든다 해도
아내들이 좋아한다면
기쁘게 해 줘야지…….
— 코틀랴렙스키

“이봐, 여보! 내가 딸에게 신랑감을 구해 줬어!”

“지금까지 신랑감들을 물색하고 다녔단 말이지! 멍청이, 멍청이! 넌 아마 태어날 때부터 그렇게 살기로 된 팔자일 거야!* 선량한 사람이 이럴 때 신랑감 찾아다니는 걸 본 적 있어, 어디서 들어나 봤냐고? 밀을 팔아 손에서 털어 낼 생각을 해야 할 판에. 거기 신랑도 좋겠구먼! 틀림없이 배곯는 놈들 중에서도 가장 닳아 빠진 누더기를 걸친 놈일 거야."

"어, 전혀 아냐. 임자도 그가 어떤 청년인지 봤어야 해. 스비트카 하나만 해도 임자의 녹색 스웨터와 붉은 구두보다 값이 더 나갈 거야. 보드카는 얼마나 당차게 마신다고! ……반 크바르타를 눈 한 번 안 찡그리고 단숨에 들이켜는 청년을 내 평생 본 적이 있다면, 악마가 임자와 함께 날 데려가도 좋아."

"아니, 그러니까, 그놈이 술주정뱅이에 뜨내기라면, 그 족속도 똑같겠네. 이놈이 다리에서 우리를 따라온 그 왈패가 아니라면 내 손에 장을 지져도 좋아. 지금까지 그놈이 내게 안 걸린 게 아쉽네. 그놈에게 단단히 본때를 보여 줄 텐데."

"아니, 히브랴, 설령 그 애라고 해도, 그가 왜 왈패라는 거지?"

"어라? 그가 왜 왈패냐고? 그러니까 네가 돌대가리 멍텅구리지! 내 말 잘 들어! 그가 왜 왈패냐고? 우리가 풍차를 지나갈 때 네 바보 같은 눈깔을 어디다 둔 거야? 그놈이 담배로 검댕이 묻은 자기 코앞에서 제 아내를 모욕했는데, 신경도 안 쓰고."

"하지만 난 그에게서 나쁜 점을 전혀 못 봤어. 얼마나 멋진 청년인데! 임자 낯짝에 잠깐 똥칠을 하기는 했지만."

"에헤! 너 이제 보니, 내가 말도 못 꺼내게 할 속셈이군! 이게 무슨 의미더라? 언제 네가 이렇게 되곤 했더라? 아마 아무것도 못 팔았는데, 벌써 술을 처먹은 거로군……."

여기에서 우리의 체레빅도 자기가 지나치게 말이 많았다는 것을 깨닫고 한순간 자기 머리를 손으로 감쌌다. 의심할 나위 없이 분노한 동거인이 즉시 자기 머리를 '아내의 손톱'으로 잡아챌 거라 예상하고 말이다.

"악마에게나 가라! 네게 결혼이 다 뭐냐!" 강하게 돌격해 오는 아내를 피하기 위해 몸을 웅크리면서 그는 혼자 생각했다. '선량한 사람이면 무슨 일이 있어도 거절해야 해. 하느님, 우리 죄인에게 왜 이런 불행을 안기시는 건가요! 세상에 그렇게 쓰레기가 많은데 거기에 아내까지 만드시고 말입니다!'

5

굽히지 마, 단풍나무야,
너는 아직 초록빛이잖아.
슬퍼 마라, 카자크야,
너는 아직 어리잖아!
— 소러시아의 노래

하얀 반외투를 입은 청년이 자기 짐마차 옆에 앉아 주위에서 둔탁하게 소음을 내는 군중을 흐릿한 눈빛으로 바라보고 있었다. 지친 태양은 아침과 한낮을 조용히 달궈 놓은 뒤 이 세상을 떠나고 있었다. 거의 눈에 띄지 않는, 불처럼 붉은 빛이 드리워진 하얀 텐트와 천막 윗부분이 눈부시게 빛났다.

무더기로 쌓인 창틀의 유리창이 뜨거워졌다. 주막 여주인의 탁자에 놓인 초록빛 유리병과 컵들이 불타오르는 것 같았다. 산더미처럼 쌓인 참외, 수박, 호박이 금과 검은 구리로 만들어져서 흘러내리는 것 같았다. 대화는 눈에 띄게 잦아들고 약해졌다. 상인, 농부, 집시들의 지친 혀들이 더 느슨하고 더 느리게 돌아가고 있었다. 어디선가 빛이 반짝이기 시작했고, 갈루시카*를 삶는 곳에서 나는 향긋한 냄새가 조용해지는 거리를 따라 퍼지고 있었다.

"그리츠코, 왜 그렇게 고민하는 거야?" 키가 크고 햇볕에 탄 집시가 우리 청년의 어깨를 툭 치며 소리쳤다. "자, 소들을 20루블에 내놔!"

"넌 온통 소 생각뿐이군. 너희 족속은 탐욕만 남아서 선량한 사람도 조롱하고 속이는 거야."

"쳇, 마귀 같으니! 단단히 사로잡혔군. 화를 낸다고 색시를 얻을 수 있는 건 아니잖아?"

"아냐, 이건 내 방식이 아냐. 난 말한 건 꼭 지켜. 한번 말한 것은 영원히 그렇게 될 거야. 그런데 늙은 체레빅에겐 양심이 눈곱만큼도 없어. 말해 놓고서 뒤로…… 그래, 그를 비난할 게 뭐 있어. 그는 통나무 같은걸. 그걸로 됐어. 이건 모두 오늘 젊은 애들과 함께 다리에서 욕을 퍼부어 준 그 늙은 마녀의 농간이라고! 에흐, 내가 황제나 대귀족이라면, 제일 먼저 아낙네에게 안장처럼 눌리는 멍청이들의 목을 죄다 매달고 말겠어."

"체레빅이 파라스카를 내놓게 해 주면, 우리에게 소들을 20루블에 내주겠나?"

그리츠코가 의심의 눈초리로 그를 바라보았다. 집시의 어두운 형상에는 뭔가 사악하고 독살스럽고 저열한 것과 교만한 것이 있었다. 그를 바라보면 누구라도 이 기이한 영혼에는 굉장히 가치 있는 것들이 들끓고 있으나, 이 땅에서 그것들에 대해 줄 상이라곤 교수형밖에 없다는 것을 알 수 있었다. 코와 날카로운 턱 사이에서 언제나 독살스러운 미소가 맴도는 입, 크진 않으나 불꽃처럼 살아 있는 눈, 얼굴에 끊임없이 번개처럼 지나가는 모략과 음모들……. 이 모든 것이 그때 그가 입고 있던 특이하고도 기이한 옷과 잘 어울렸다. 닿기만 해도 사람을 먼지로 만들어 버릴 것 같은 암갈색 외투, 어깨까지 내려오는 덥수룩하게 긴 검은 머리, 햇볕에 탄 맨발에 신은 구두……. 이 모든 것이 자라나면서 그에게 달라붙어 그의 본성을 이루고 있는 것 같았다.

"거짓말만 아니라면 20루블이 아니라 15루블에 넘겨줄게!" 청년이 그에게서 탐색하는 눈길을 떼지 않고 대답했다.

"15루블? 좋아! 두고 봐, 15루블로 약속한 것 잊지 마! 선불로 박새도 주지!"

"그런데 만일 거짓말이면?"

"좋아! 자, 손을 잡고 맹세하자!"

"좋아!"

6

이런 재앙이 있나. 로만*이 오고,
이제 나를 두들겨 패네.
포마 나리, 당신도 얻어맞을 거예요.
— 소러시아의 희극에서

"이리 오세요, 아파나시 이바노비치! 여기 울타리가 더 낮아요. 다리를 위로 올리세요, 겁내지 말아요. 내 멍청이는 밤새 대부와 함께 짐마차들 밑에 있으려고 떠났어요. 러시아 놈들이 뭐든 낚아채지 않도록 말이에요."

체레빅의 서슬 푸른 동거인이 애교를 떨며, 담장 옆에서 겁에 질려 주뼛거리는 사제 아들을 독려했다. 그는 곧 울타리 위로 올라갔다가 망설이며 그 위에 한참을 서 있었다. 그는 마치 끔찍한 긴 유령처럼, 뛰어내리기 가장 좋은 곳이 어딘지를 눈으로 가늠하다가 마침내 잡초 속으로 큰 소리를 내며 떨어졌다.

"이런, 큰일 났네요! 다치진 않으셨어요, 혹시 목이 부러지진 않으셨어요?" 자상한 히브랴가 재잘거렸다.

"아이고! 괜찮습니다, 괜찮아요, 사랑하는 하브로니야 니키포로브나!" 사제 아들이 고통스럽게 발을 딛고 일어나면서 속삭이듯 말했다. "다만 돌아가신 아버지, 사제장의 표현으로 하면, 능구렁이 같은 쐐기풀 때문에 상처를 입은 것만 빼곤 말예요."

"이제 집으로 가시죠. 거긴 아무도 없으니까요. 제 생각에, 아파나시 이바노비치, 당신에게 종기가 생긴 것 같아요. 아뇨, 아니, 아니에요. 당신은 어떻게 지내셨나요? 듣자 하니 아버님께 이제 온갖 물건이 적지 않게 생겼다던데요!"

"아주 쓸데없는 것들이에요, 하브로니야 니키포로브나. 아버지는 금식 기간 동안 전부 열다섯 포대의 봄 작물, 네 포대의 좁쌀, 수백 개의 크니시, 전부 셈하면 암탉이 쉰 마리도 안 될 거고, 달걀도 대부분 썩어서 악취가 나는 것을 받으셨어요. 하지만 참으로 달콤한 헌금은, 진실을 말하자면, 오직 당신에게서 받는 것이에요, 하브로니야 니키포로브나!" 사제 아들은 다정하게 그녀를 바라보고서 슬그머니 더 가까이 다가가며 말을 이었다.

"바로 여기 당신께 드리는 제물도 있어요, 아파나시 이바노비치!" 그녀가 탁자에 사발들을 놓고 무심코 풀어 놓은 듯한 재킷의 단추를 다시 채우면서 말했다. "바레니카,* 밀가루로 된 갈루시카, 팜푸시카,* 토프체니키!*"

"이것이 이브의 모든 후손 중에서 가장 교활한 손으로 만들어진 것이 아니라면 내 손에 장을 지져도 좋아요!" 사제 아들이 토프체니키를 먹으면서 다른 손으로는 바레니카를 끌어당기며 말했다. "하지만 하브로니야 니키포로브나, 내 심장은 이 모든 팜푸시카와 갈루시카보다 더 달콤한 음식을 당신에게서 갈망하고 있어요."

"당신이 어떤 음식을 더 원하시는지 전 모르겠는데요, 아파나시 이바노비치!" 살집 좋은 미녀가 도무지 이해하지 못 하겠다는 표정을 지으며 대답했다.

"물론 당신의 사랑이지요, 비할 데 없는 하브로니야 니키포로브나!" 한 손으로는 바레니카를 쥐고 다른 손으로는 그녀의 풍만한 몸통을 안으면서 사제 아들이 속삭였다.

"당신이 무슨 생각을 하시는지 도무지 모르겠네요, 아파나시 이바노비치!" 히브랴가 부끄러운 듯 눈을 내리뜨며 말했다. "좋은 게 뭘까! 당신은 키스할 생각도 하시는 것 같군요!"

"이것에 대해서 당신에게 제가 겪은 이야기를 해 줄게요." 사제 아들이 말을 이었다. "제가 신학교에 다니던 때 일인데요, 지금 일처럼 생생하게 기억해요."

그때 마당에서 개 짖는 소리와 문 두드리는 소리가 들렸다. 히브랴는 서둘러 밖으로 나갔다가 얼굴이 완전히 백지장처럼 하얘져서 돌아왔다.

"저, 아파나시 이바노비치! 우린 망했어요. 사람들이 문을 두드리고 있어요, 남정네들의 목소리를 들은 것 같아요……."

바레니카가 사제 아들의 목에 걸렸다…… 마치 저세상의 방문객이 찾아오기나 한 것처럼 그의 눈이 툭 튀어나왔다.

"이리 올라가세요!" 당황한 히브랴가 천장 바로 아래 가로질러 놓은 두 개의 판자를 가리키며 소리쳤다. 그 판자에는 집의 다양한 세간살이들이 널려 있었다.

위험이 우리 주인공에게 용기를 주었다. 약간 정신을 차린 그는 의자로 뛰어오른 다음, 거기에서 조심스럽게 판자로 기어 올라갔다. 반면 히브랴는 정신을 잃고 문으로 뛰어갔다. 문 두드리는 소리가 엄청나게 세게, 급하게 반복되었기 때문이다.

7

여러분, 이런 기이한 일들이 있었지요!

— 소러시아의 희극에서

시장에 이상한 사건이 일어났다. 장터 어디에선가 붉은 스비트카가 나타났다는 소문으로 장안이 온통 들끓었다. 부블리키* 를 팔던 노파 앞에 돼지 낯짝의 사탄이 나타났고, 사탄이 끊임없이 짐마차들 위로 몸을 굽히면서 뭔가를 찾는 듯했다는 것이다. 이 소문이 이미 조용해지던 장터를 구석구석 빠르게 휩쓸고 지나가서, 소문을 믿지 않는 건 죄로 여겨질 정도였다. 비록 가락지 빵 파는 여자 상인의 노점이 주막 여주인의 천막과 나란히 있어서, 그 여자 상인이 술에 취해 하루 종일 쓸데없이 사방으로 머리를 숙이며 인사하고 다리로 자기의 윤기 나는 물건과 완전히 비슷하게 갈지자 모양을 그리면서 다니긴 했지만 말이다.*

여기에 읍 서기가 허물어진 광에서 본 기이한 일에 대한 좀 더 과장된 소문이 더해져, 밤이 되었을 때는 모두 서로 다닥다닥 붙어 앉았다. 평안이 깨진 것이다. 공포에 질려서 누구도 눈을 붙이지 못했다. 전혀 용감한 부류에 속하지 않는 사람들은 농가의 천막을 놔두고 집으로 떠났다. 체레빅과 대부와 딸도 이 부류에 속했다. 이들은 그들 농가에 묵게 해 달라고 요청한 사람들을 손님으로 데려와서 함께 힘차게 문을 두드렸다. 그래서 우리 히브랴가 혼비백산이 된 것이다.

대부는 이미 술에 취해서 기분이 좋았다. 이건 그가 농가를 찾지 못해 자기 짐마차를 끌고 마당을 두 번 지나친 것으로도 알 수 있었다. 손님들 역시 유쾌해져서 격식을 차리지 않고 주인보다 먼저 안으로 들어갔다. 그들이 농가 구석구석을 더듬기 시작했을 때 우리 체레빅의 아내는 가시방석에 앉은 것 같았다.

"이봐요, 아주머니." 안으로 들어온 대부가 소리쳤다. "열병이 당신을 들쑤시는가 보군요?”

“네, 몸이 안 좋아요.” 히브랴가 불안하게 천장 밑에 놓인 판자들을 바라보며 대답했다.

“헤이, 여보, 저기 짐마차에 가서 플라스틱 병 좀 가져와!” 대부가 그와 함께 온 아내에게 말했다. “우리 선량한 사람들과 함께 그걸 들자고. 저주받은 아낙네들이 말하기도 부끄러운 방식으로 우리를 오싹하게 만들었어. 에이, 여보게들, 말도 안 되는 쓸데없는 일로 이리 온 거라고!” 그가 점토 술잔으로 술을 홀짝이며 말을 이었다. “아낙네들이 우리를 조롱할 생각으로 꾸며 낸 게 아니라면, 나는 즉시 새 모자를 걸겠어. 혹시 정말로 사탄이 있다고 쳐, 사탄이 뭔데? 그놈 머리에 침을 뱉어 주자고! 예를 들어 이 순간 그가 바로 여기 내 앞에 나타날 생각을 한다 해도, 내가 그의 코 밑에 손가락을 내밀지 않는다면, 내가 개자식이다!”

“그런데 자넨 왜 갑자기 얼굴이 백지장처럼 하얘졌던 건가?” 손님 중에서 다른 이들보다 머리 크기만큼 더 높이 몸을 세우고 항상 용감한 사람으로 보이려고 애쓰는 손님이 소리쳤다.

“내가? ……무슨 소리! 꿈꾼 거 아냐?”

손님들이 조롱하듯 웃었다. 만족스러운 미소가 수다스러운 용감한 사람의 얼굴에 나타났다.

“지금 그가 어디 창백하다고 그래!” 다른 사람이 말을 낚아챘다. “그의 뺨이 양귀비처럼 붉게 피었구먼. 이제 그는 치불랴가 아니라 비트라고.* 아니, 사람들을 그토록 오싹하게 만든 바로 그 붉은 스비트카라고 해야 더 맞겠어.”

플라스틱 병이 탁자를 따라 돌면서 손님들 기분이 전보다 한결 더 유쾌해졌다. 이때 오랫동안 붉은 스비트카에 시달리고 한순간도 자신의 호기심 많은 정신에 평안을 주지 못했던 우리의 체레빅이 대부에게 다가갔다.

"이보게, 말해 봐, 대부! 이 저주받은 스비트카에 대해 이야기해 줘. 심문하는 건 아니고."

"에이, 이봐! 이 이야기를 밤에 하는 건 좋지 않아. 하지만 자네와 선량한 사람들을 대접하기 위해서라면. (이 말을 하면서 그는 손님들에게 몸을 돌렸다.) 보아하니 이 사람들도 자네만큼 이 기이한 사건에 대해 알고 싶어 하는 것 같군. 그럼, 이야기를 해 주지. 들어 봐!"

그러고서 그는 어깨를 긁고 옷 끝으로 몸을 닦더니 두 손을 탁자에 올리고 이야기를 시작했다.

"한번은 무슨 죄 때문인지, 맙소사, 나도 이젠 모르겠어. 악마가 지옥에서 쫓겨났대."

"어떻게, 대부?" 체레빅이 말을 끊었다. "어떻게 그럴 수가 있어, 사탄이 지옥에서 쫓겨나다니?"

"어쩌겠나? 쫓아낸 것을. 농부가 농가에서 개를 쫓아내듯이 그를 쫓아낸 거야. 아마도 그에게 뭐든 선한 일을 하고 싶은 변덕이 생겼나 보지. 그래서 문을 가리키며 나가라고 한 거야. 여기 가련한 악마가 너무 지루해져서, 지옥이 너무 지루해져서 목이라도 매달고 싶었던 거겠지. 어쩌겠나? 슬프면 술을 진탕 마시라고 할밖에. 자네도 봤듯이 그놈은 산 밑의 다 쓰러진 바로 그 광에 보금자리를 마련했어. 그 후로 이제 아무도 자기 앞에 성스러운 성호를 긋지 않고는 그 광 옆을 지나가지 않게 된 거고. 그런데 악마가 젊은이 중에서도 찾아보기 어려울 만큼 난봉꾼이 된 거야. 아침부터 저녁까지 주막에 죽치고 앉아 있었던 거지……!"

다시 여기에서 엄격한 체레빅이 이야기꾼의 말을 끊었다.

"대부, 자네가 하는 말을 이해할 수가 없어. 어떻게 악마를 주막에 들여놓을 수 있다는 거야? 분명히 그놈 손엔 손톱이 있고 머리엔 뿔이 있을 텐데."

"그건 그놈이 모자와 장갑을 쓰고 있었기 때문이야. 누가 그를 알아보겠나? 마시고 마시다가 마침내 수중에 있는 걸 죄다 팔아야 할 지경이 됐지. 주막 주인은 한동안 그를 믿었는데 더 이상 믿지 않게 됐어. 악마는 자기의 붉은 스비트카를, 그때 소로친치 시장에서 술집을 열고 있던 유대인에게 거의 3분의 1 가격에 저당 잡혀야만 했어. 그는 저당을 잡히면서 술집 주인에게 말했어. '이봐, 유대인, 정확히 1년 뒤에 이 스비트카를 찾으러 올 거야. 잘 간직해 둬!' 그러곤 물에 빠진 것처럼 사라졌지. 유대인은 스비트카를 찬찬히 살펴봤어. 그런데 옷감이 미르고로드에서도 구할 수 없을 만큼 좋은 거였어! 붉은색이 불처럼 빛이 나서 아무리 봐도 질리질 않는 거야! 그리고 유대인은 기한을 다 채울 때까지 기다리는 데 질렸던가 봐. 유대식 머리 타래를 빗고는 어떤 방문자 나리에게서, 아무리 못해도 금화 다섯 개는 뜯어낸 거야. 기일에 대해서는 까맣게 잊어버리고. 그런데 어느 날 저녁 무렵 누군가 찾아온 거야. '자, 유대인, 내 스비트카를 내놔!' 유대인은 처음에는 거의 알아보지도 못했어. 하지만 이내 그를 알아본 뒤에도 마치 본 적도 없는 척 시치미를 뗀 거야. '무슨 스비트카? 내겐 어떤 스비트카도 없다고! 난 자네 스비트카에 대해 전혀 몰라!' 그다음에 보니 그는 가 버렸어. 다만 저녁 무렵 유대인이 자기의 누추한 집 문을 걸어 잠그고 궤짝들마다 돈을 다 세어 보고 이불보를 덮고 유대인식으로 신에게 기도를 드리려고 하는 순간 바스락거리는 소리가 들리는 거야. 고개를 돌려 보니 온 창문에 돼지 면상들이 나타난 거야."

이때 정말로 돼지 꿀꿀거리는 소리와 아주 비슷한, 어떤 애매한 소리가 들렸다. 모두 창백해졌다……. 이야기꾼 얼굴에 땀이 맺혔다.

"뭐야?" 경악하면서 체레빅이 물었다.

"아무것도 아니야!" 온몸을 떨면서 대부가 대답했다.

"으악!" 손님 중 한 명이 반응했다.

"자네가 말했나……?"

"아니야!"

"그럼 누가 꿀꿀거린 거야?"

"우리가 뭣 때문에 이런 소동을 벌이는지 원! 아무도 없잖아!"

모두 겁에 질려 주변을 바라보고 구석구석을 더듬기 시작했다. 히브랴는 거의 정신을 차릴 수 없었다.

"오, 여러분은 아낙네예요! 아낙네!" 그녀가 큰 소리로 말했다. "여러분이 카자크의 남정네라니! 여러분 손에 물레를 쥐여 주고 자리에 앉혀서 실을 잣게 해야 해요! 아마도 누군가가, 하느님, 용서해 주세요…… 누군가의 의자가 소리를 낸 걸 가지고 모두 정신 나간 사람처럼 허둥대네요."

이 말에 우리의 용감한 남정네들은 수치스러워하며 서로를 격려하기 시작했다. 대부는 술을 마시더니 이야기를 이어 나갔다.

"유대인은 거의 망연자실했어. 하지만 돼지들이 나무다리처럼 긴 다리로 창문들로 기어 들어와서 한순간 유대인을 세 겹으로 꼰 채찍으로 정신 차리게 해 주었어. 그가 이 천장의 나무 판자보다 더 높이 춤추게 만든 거야. 유대인은 무릎을 꿇고 전부 자백했지……. 다만 스비트카를 금방 되찾는 건 이미 불가능했어. 도중에 어떤 집시가 나리 한 명을 완전히 털고는 스비트카를 여자 상인에게 판 거야. 여자 상인은 그것을 소로친치 시장에 가져왔지만, 그때부터 누구도 그녀에게서 아무것도 사지 않는 거야. 여자 상인은 놀라고 놀라다가, 마침내 이 모든 것의 원인이 붉은 스비트카에 있다는 걸 알아차렸지. 그걸 입었을 때 뭔가가 그녀를 짓누르는 느낌을 받은 것도 다 이유가 있었던 거지. 그녀는 오래 생각할 것도, 알아볼 것도 없이, 그것을 불에 던져 버렸어. 그런데 이 악마 같은 옷이 타지를 않는 거야! '에계, 이게 악마의 선물이었구먼!' 여자 상인은 지혜를 발휘해 기름을 팔러 온 어느 농부의 짐마차에 그것을 쑤셔 넣었어. 멍청이는 기뻐서 어쩔 줄 몰랐지만, 그다음부턴 아무도 기름에 대해 물어보지도 않는 거야. '에흐, 악마의 손이 스비트카를 던져 넣은 거군!' 그는 도끼를 집어 들고 조각조각 잘랐어. 그런데 보니 한 조각이 다른 조각으로 기어가서 다시 완전한 스비트카가 되는 거야. 그는 성호를 긋고 도끼로 다시 한번 잘라서 조각들을 내던지고 떠났어. 바로 그때부터 매년 장이 설 때마다 돼지 낯짝을 한 악마가 온 광장을 다니면서 꿀꿀거리고 자기 스비트카 조각들을 모은 거야. 이제 그에겐 왼쪽 소매만 없다고 해. 사람들은 그때부터 무슨 일이 있어도 그 장소는 성호를 그으며 피하게 됐고, 그곳에 장이 서지 않은 지 벌써 10년은 될 거야. 악마가 이번에는 군 재판소 의원을 꼬드겨 그런 정신 나간 짓을 하게 한 거고…….”

말의 나머지 절반이 이야기꾼의 입술에서 얼어붙었다.

창문에서 쿵 하는 소리가 들린 것이다. 유리가 쨍그랑거리며 멀리 날아가고, 끔찍한 돼지 낯짝이 나타나 마치 “선량한 양반들, 여기서 뭐 하고 계슈?”라고 묻기나 하는 듯이 눈알을 굴린 것이다.

8

개처럼 꼬리를 내리고,
카인처럼 온몸을 떨면서
코에서 담배가 흘러내렸다.
— 코틀랴렙스키, 『에네이다』

농가에 있던 모든 이가 공포에 사로잡혔다. 대부는 입을 벌린 채 돌처럼 굳었고, 그의 눈이 엄청나게 튀어나왔다. 쫙 벌린 손가락이 공중에 못 박힌 듯 멈춰 있었다. 키가 큰 용감한 사람은 떨쳐 내기 어려운 공포로 천장 아래까지 튀어 올라서 머리가 판자에 부딪혔다. 그 바람에 판자들이 떨어지고, 사제 아들 역시 천둥소리와 우지직하는 소리와 함께 땅에 떨어지고 말았다. "에구! 에구! 에구!" 한 명이 겁에 질려 의자에 나동그라지고 그 위에서 손과 발을 휘저으며 필사적으로 외쳤다. "사람 살려!" 다른 사람은 모피 외투로 몸을 감싸고 한껏 소리 질렀다. 대부는 두 번째 충격에 화석처럼 굳은 상태에서 풀려나더니 경련을 일으키며 아내의 옷자락 아래로 기어 들어갔다. 키가 큰 용감한 사람은 좁은 틈새에도 불구하고 페치카 속에 들어가 스스로 뚜껑을 닫았다. 그리고 체레빅은 펄펄 끓는 물이 쏟아진 듯, 머리에 모자 대신 단지를 뒤집어쓰고 문으로 냅다 뛰어서 반쯤 정신 나간 사람처럼 발밑의 땅을 보지도 않고 거리를 내달렸다. 녹초가 되고 나서야 그는 달리는 속도를 조금 늦추었다.

그의 심장이 방앗간 절구처럼 벌렁벌렁 뛰고, 땀방울이 구슬처럼 흘러내렸다. 힘이 다 빠져 그는 땅에 쓰러질 지경이었다. 그때 갑자기 뒤에서 누군가가 그를 쫓아오는 듯한 소리가 들렸다…… 그의 정신이 확 달아났다……. "악마다! 악마다!" 그는 정신을 못 차리고 젖 먹던 힘까지 다해 소리쳤다. 그리고 곧 아무 감각도 없이 땅에 풀썩 쓰러졌다. "악마다! 악마다!" 그 뒤에서 뭔가가 소리쳤다. 그리고 그는 뭔가가 소리를 내며 그에게 돌진해 오는 것 이외엔 아무 소리도 듣지 못했다. 여기서 그의 기억이 끊어지고, 그는 길 한가운데서 좁은 관에 누워 있는 끔찍한 시체처럼 말없이 움직이지 않았다.

9

앞에선 그럴싸한데,
뒤를 보니, 에구머니, 악마를 닮았네!
— 소박한 민중의 이야기에서

"들어 봐, 블라스." 길에서 잠을 자던 무리 중 하나가 밤에 몸을 일으키고 말했다. "우리 옆에서 누군가가 악마라고 말했어!"

"그게 나랑 무슨 상관이야?" 그 옆에 누운 집시가 기지개를 켜며 불평했다. "그 친척들 이름을 죄다 부르라고 해."

"하지만 마치 그를 짓뭉개는 것처럼 소리를 질렀다고!"

"잠결에 거짓말하는 사람이 얼마나 많은데!"

"그렇게 생각하는 건 네 자유지만 살펴볼 필요는 있겠어. 부싯돌을 쳐서 불을 켜 봐!"

다른 집시가 혼자 불평하며 다리를 세우고 일어나더니, 두 번 번개처럼 불꽃을 일으켜 자기 몸을 비추고, 입술로 심지를 불었다. 그러고는 호롱불, 보통 양 기름을 부은 깨진 접시로 만든 소러시아의 등잔을 손에 들고 길을 밝히면서 나갔다.

"잠깐 서 봐! 여기 뭔가가 누워 있어. 여길 비춰 봐!"

"뭐가 누워 있는 거야, 블라스?"

"두 사람인 것 같은데. 한 명은 위에, 다른 한 명은 아래에. 그중 어느 놈이 악마인지 통 모르겠는걸?"

"위에 있는 게 누군데?"

"아낙네!"

"그럼 이자가 악마인 게지!"

모두 웃는 소리에 온 거리가 잠에서 깬 것 같았다.

"아낙네가 사람 위에 기어 올라갔다고. 그럼 이 아낙네는 뭘 타고 다녀야 하는지 잘 아는 거군!" 주위에 모여 있던 군중 가운데 한 명이 말했다.

"잘 봐, 이보게들!" 다른 사람이 단지의 깨진 조각을 들어 올리며 말했다. 단지의 온전한 절반만이 체레빅의 머리에 붙어 있었다. "이 선량한 용감한 사람이 어떤 모자를 썼는지 말야!"

커지는 소음과 웃음소리에 우리의 죽었던 사람들, 즉 솔로피와 그의 아내가 정신을 차렸다. 이들은 좀 전의 두려움에 가득 차서 미동도 않는 멍한 눈으로 집시들의 어두운 얼굴을 공포에 질려 바라보았다. 불빛에 드러난 집시들의 몸이 불안하고 초조하게 벌게지는 것이, 마치 깨어날 수 없는 어두운 밤에 땅 밑의 무거운 증기에 에워싸인 야만적인 난쟁이 무리처럼 보였다.

10

저리 가, 저리 가라고,
사탄의 환영이야!
— 소러시아의 희극에서

잠에서 깬 소로친치 마을 사람들 위로 신선한 아침 공기가 불어왔다. 모든 굴뚝에서 피어나는 연기 구름이 떠오르는 태양을 향해 돌진했다. 시장이 부산하게 움직이기 시작했다. 양들이 매애-매애- 울고, 말들이 킁킁거리기 시작했다. 거위들과 상인들의 고함 소리가 다시 온 장안을 뛰어다녔다. 그리고 간밤의 비밀스러운 시간에 사람들의 간담을 그토록 서늘하게 했던 붉은 스비트카에 대한 끔찍한 소문들도 아침이 오자 사라졌다.

체레빅은 건초로 덮인 광 아래 소들과 가루 및 밀 포대들 사이에서 하품을 하고 기지개를 켜며 대부 옆에서 졸고 있었다. 아마도 자신의 꿈과 헤어지고 싶은 마음이 없는 것 같았다. 그때 갑자기 그의 게으름의 피난처만큼이나, 즉 농가의 축복받은 페치카나 여자 친척의 멀리 떨어진 주막, 사실은 그의 문지방에서 열 걸음도 안 되는 곳에 있는 주막만큼이나 잘 아는 목소리가 들렸다.

"일어나, 일어나란 말야!" 상냥한 아내가 그의 손을 있는 힘껏 잡아당기며 귀에 대고 쩌렁쩌렁 소리를 질렀다.

체레빅은 대답 대신 북 치는 흉내를 내면서 뺨을 부풀리고 손을 휘젓기 시작했다.

"정신 나간 놈!" 그가 휘두르는 손 때문에 몸을 굽히면서 그녀가 소리쳤다. 그가 하마터면 그녀 얼굴을 손으로 칠 뻔했던 것이다.

체레빅은 몸을 일으키고 눈을 슬쩍 비비고는 주위를 둘러보았다.

"여보, 당신 낯짝이 북으로 보이지 않았다면 악마가 나를 데려가도 좋아. 그 북에 놓인 바로 그 돼지 낯짝들을 러시아 놈들* 패듯이 쳐서 아침 기상 신호를 하게 만들었지. 대부가 말하던 그……."

"됐어, 헛소리는 그걸로 충분해! 차라리 암말이나 끌고 가서 팔아 와. 정말 사람들이 비웃겠어. 시장에 왔으면 대마 한 움큼이라도 팔아야지……."

"어떡해, 여보." 솔로피 체레빅이 말을 받았다. "이제 우리를 보고 비웃을 텐데."

"가! 가라고! 그게 아니어도 당신을 보면 비웃을 테니까!"

"자네도 보다시피 난 아직 씻지도 않았는데." 체레빅이 하품을 하고 등을 쭉 펴면서 그사이에 게으름 피울 시간을 벌 양으로 말을 이었다.

"꼭 때에 안 맞게 깔끔 떠는 것하고는! 당신이 언제 그런 걸 다 챙겼어? 여기 수건 있어, 얼굴 닦아……."

그러고 나서 그녀는 공처럼 말린 것을 집었다가 공포에 질려 멀리 던졌다. 스비트카의 붉은 소맷부리인 것이다!

"가서 일이나 해." 그녀는 남편이 공포에 질려 주저앉고 이들이 서로 부딪치는 것을 보고서 용기를 내어 그에게 다시 말했다.

"이제 거래가 될 거야!" 그는 암말의 줄을 풀고 그것을 광장으로 끌고 가면서 자신에게 불평했다. "내가 이 저주받을 시장에 나올 때 누가 내게 죽은 암소를 얹은 것처럼 마음이 무거웠던 것도, 소들이 두 번 스스로 집으로 돌아선 것도 다 이유가 있었던 거야. 게다가 이제 생각났는데, 우리가 월요일에 나간 거야. 제기랄, 이게 다 악마의 짓이었던 거야! 저주받은 악마도 지치질 않는 거야. 한쪽 소매가 없는 스비트카를 그냥 입고 다닐 것이지. 아냐, 그놈은 선량한 사람에게 평안을 주지 않아. 만일 내가 악마라면, 하느님, 제발 그런 일이 없기를, 내가 밤에 그 저주받은 스비트카 자투리들을 찾아다니겠어?"

여기서 우리 체레빅의 철학적인 상념이 굵고 날카로운 목소리에 의해 끊겼다. 그 앞에 키가 큰 집시가 서 있었던 것이다.

"선량한 양반, 뭘 파쇼?"

판매자는 잠시 침묵하고 그를 발끝에서 머리끝까지 살펴보고는 걸음을 멈추지 않은 채 손에서 고삐를 놓지 않고 평안한 모습으로 말했다.

"직접 보라고, 내가 뭘 파는지!"

"끈 말인가요?" 집시가 그의 손에 들려 있는 고삐를 바라보면서 물었다.

"그렇지, 암말이 끈하고 비슷하기만 하다면 끈을 파는 거지."

"하지만, 제기랄, 이봐요, 당신은 그것을 지푸라기로 먹였나 보군요!"

"지푸라기라니?"

여기서 체레빅은 자기 암말을 끌어내 수치를 모르는 중상자의 거짓말을 폭로하려고 고삐를 끌어당겼다. 그런데 의외로 그의 손이 가볍게 자기 턱을 쳤다. 보니 그의 손에 있는 고삐가 잘려 있고 고삐에 매여 있는 건…… 오, 끔찍하다! 그의 머리카락이 산처럼 곤두섰다! 스비트카의 붉은 소매 조각인 것이다……! 그는 침을 뱉고 성호를 긋고 발을 구르고 이 갑작스러운 선물에서 멀리 달아났다. 그리고 젊은 청년보다 더 빠르게 군중 속으로 사라졌다.

11

내 생명을 걸고 나를 때렸지.
— 속담

"잡아라! 저놈 잡아라!" 몇 명의 청년이 거리의 좁은 길 끝에서 외쳤다. 그리고 체레빅은 갑자기 완강한 손들에 자신이 붙잡힌 것을 느꼈다.

"그를 잡아! 이자가 바로 선량한 사람에게서 암말을 훔친 놈이야!"

"하느님 맙소사! 자네들은 뭣 때문에 나를 묶는 거야?"

"이자가 질문도 다 하네! 넌 뭣 때문에 시장에 나온 농부 체레빅의 암말을 훔친 거야?"

"자네들 정신이 나갔구먼, 젊은이들! 사람이 자기 것을 훔치다니 어디서 그런 걸 본 거야?"

"허튼수작! 허튼수작 말아! 네가 왜 온 힘을 다해 뛰었겠어, 사탄이 자네 뒤꿈치를 쫓듯이 말야?"

"악마의 옷이 있을 땐 어쩔 수 없이 도망쳐야지……."

"에이, 이봐! 이런 수작으로 다른 사람들이나 속여. 악마의 농간으로 사람들을 혼란스럽게 했다가는 군 재판소 의원에게 야단맞을 거라고……."

"잡아라! 저놈 잡아라!" 거리의 다른 쪽 길 끝에서 고함 소리가 들려왔다. "저기 있다, 저기 도망친다!"

그리고 우리 체레빅의 눈에 대부가 나타났다. 그가 손을 뒤로 결박당한 채 가장 애처로운 모습으로 몇몇 청년들에 의해 끌려오고 있었다.

"이상한 일들이 일어났어요." 그들 중 한 명이 말했다. "이 사기꾼이 말하는 걸 들어 보세요. 이자의 얼굴을 한 번 보기만 해도 이자가 도둑이란 걸 알 수 있을 거예요. 왜 그렇게 반쯤 실성한 사람처럼 뛰는 거냐고 그에게 물었더니, 그의 말이, 담배 냄새를 맡으려고 호주머니에 손을 넣었는데 담뱃갑 대신 악마의 스비트카 조각이 나오고, 그 스비트카에서 붉은 불이 타올라서, 걸음아 나 살려라 하고 뛰었다는 거예요!"

"에헤-헤-헤! 그래, 이건 같은 둥지의 두 마리 새군! 이 둘을 같이 묶자!"

12

"선량한 양반들, 제가 무슨 잘못을 했다고 이러세요?
무엇 때문에 저를 들볶는 거예요?" 우리 불쌍한 사람이 말했다.
"여러분은 왜 그렇게 저를 조롱하는 거예요?"
"뭣 때문에? 뭣 때문에요?" 그가 옆구리를 쥐면서 말했고,
쓰라린 눈물이 파도처럼 와락 쏟아졌다.
— 아르테몹스키-굴락(Artemovsky-Gulak), 『주인과 개』

"정말로, 대부, 자네가 뭔가를 훔친 거야?" 짚단으로 된 천막 아

래 대부와 함께 결박당한 채 누워 있던 솔로피 체레빅이 물었다.

"자네, 무슨 소리야! 어머니가 만드신 스메타나*를 넣은 바레니카 외에 내가 무엇이건 어느 때든 훔쳤다면, 내 사지를 잘라도 좋아. 그것도 열 살 때 일이었어."

"이봐, 그러면 우리에게 왜 이런 불행이 닥친 거야? 자네는 그래도 약과야. 적어도 다른 사람 것을 훔쳤다는 혐의로 비난받고 있으니까. 그런데 불쌍한 나는 악마가 무엇으로 중상모략을 한 거냐고, 자기 암말을 자기가 훔쳤다는 거 아냐? 아무래도 우리는 태어날 때부터 행복과는 거리가 먼 팔자인가 봐!"

"슬프다, 우리 불쌍한 고아들이여!"

여기에서 두 아저씨가 비통하게 울기 시작했다.

"솔로피, 무슨 일이세요?" 이때 그리츠코가 들어오며 말했다. "누가 당신을 이렇게 묶었단 말예요?"

"아! 골로푸펜코, 골로푸펜코!" 솔로피가 기뻐하며 외쳤다. "자, 자네, 이자가 내가 자네에게 말했던 그놈이야. 에흐, 대단한 놈이야! 저놈이 내가 보는 데서 자네 머리통만 한 술잔을 눈 한 번 안 찡그리고 다 마시지 않았다면 신이 이 자리에서 나를 죽여도 좋아."

"이봐, 그럼 그런 훌륭한 청년의 제안을 왜 거절했는가?"

"자, 보다시피." 체레빅이 그리츠코에게 돌아서며 말을 이었다. "내가 자네 앞에 죄를 지어서 신이 벌하신 거야. 용서하게, 선량한 친구! 맙소사, 자네를 위한 일이라면 뭐든 기쁘게 할게. 하지만 어쩌겠나? 노파에게 악마가 앉아 있으니!"

"저는 나쁜 기억을 오래 품고 있지 않아요, 솔로피, 원한다면 제가 풀어 드리죠!" 그리츠코가 청년들에게 눈짓을 했고, 그를 지키고 있던 이들이 그를 풀어 주기 위해 달려들었다. "이것에 대해서 당신은 응당 해야 할 일을 하세요, 결혼식 말예요! 그리고 1년 내내 고팍* 춤으로 다리가 얼얼해질 정도로 잔치를 즐기자고요."

"좋아! 정말 좋아!" 솔로피가 손뼉을 치고 말했다. "이렇게 기쁠 수가, 러시아 놈들이 내 노파를 데려간 것 같네. 그럼 생각할 게 뭐 있나. 되든 안 되든 오늘 결혼식을 올리자고. 그다음은 알아서 굴러가겠지!"

"그럼 솔로피, 한 시간 후에 당신에게 갈게요. 지금은 집으로 가세요. 거기에 당신의 암말과 밀을 살 사람들이 기다리고 있어요."

"어떻게? 암말을 찾았단 말야?"

"찾았다니까요!"

체레빅은 기뻐서 움직이지도 못하고, 멀리 떠나가는 그리츠코를 바라보았다.

"어이, 그리츠코, 우리가 일을 잘한 것 같은가?" 키가 큰 집시가 서둘러 오는 청년에게 말했다. "자, 이제 소들은 내 거지?"

"네 거야! 네 거!"

13

두려워 마세요, 어머니, 두려워 마세요.
붉은 구두를 신으세요,

발아래
적들을 짓밟으세요.
당신 편자가
짤랑짤랑 울리도록!
당신 적들이
입을 다물도록!
— 결혼식 노래

파라스카는 혼자 농가에 앉아 자기의 예쁘장한 턱을 팔꿈치로 괴고 생각에 잠겨 있었다. 수많은 환상들이 아마빛 머리 주위를 맴돌았다. 이따금 갑자기 가벼운 미소가 그녀의 붉은 입술을 스치고, 기쁨에 겨운 감정이 그녀의 검은 눈썹을 치켜세웠다. 그러나 이따금 사색의 구름이 다시 눈썹을 빛나는 갈색 눈 쪽으로 떨어뜨렸다. “그가 말한 것이 이루어지지 않으면 어쩌지?” 그녀가 의심하는 표정을 지으며 중얼거렸다. “만일 나를 시집보내 주지 않으면? 만일…… 아냐, 아냐, 그럴 리 없어! 계모는 자기 하고 싶은 대로 다 하는데, 나는 내가 원하는 걸 할 수 없다는 게 말이나 돼? 나도 단호해야 해. 그가 얼마나 좋은 사람인데! 그의 검은 눈동자는 얼마나 신비롭게 불타는데! 그가 얼마나 사랑스럽게 ‘파라샤,* 내 비둘기!’라고 말하는데! 그에게 하얀 스비트카가 얼마나 잘 어울렸는데! 더 알록달록한 허리띠만 있으면 그는 훨씬 멋져 보일 거야. 우리가 새집으로 이사 가면 난 정말이지 새 허리띠를 짜 줄 거야!”

“생각하면 할수록 기쁘구나.” 그녀가 시장에서 산, 붉은 종이로 테를 두른 작은 거울을 품에서 꺼내 바라보면서 은밀한 만족감을 느끼며 말을 이었다. "그때 어디서건 계모를 만나면 무슨 일이 있어도 절대로 그녀에게 인사하지 않을 거야. 아냐, 계모, 의붓딸을 괴롭히는 건 이걸로 충분해! 내가 당신 앞에 허리를 굽히느니 차라리 모래가 돌 위에 올라가고 참나무가 버드나무처럼 굽어서 물속에 들어갈 거야! 참, 잊고 있었네…… 설령 계모 거라 해도 두건을 써 보자, 내게 얼마나 잘 어울리는지 한번 봐야지!"

여기서 그녀는 손에 작은 거울을 들고 일어났고, 그것에 머리를 구부려 비춰 보면서 초조하게 농가를 오갔다. 그녀는 자기 밑의 마룻바닥 대신에 천장과 그 밑에 가로놓인 판자들, 그리고 단지들이 놓인 선반들을 보고 쓰러질까 봐 두려워하는 것 같았다. 최근에 그 판자들에서 사제 아들이 굴러 떨어진 것이다. "뭐야, 내가 정말 어린애라도 된 것 같아." 그녀가 웃으며 소리쳤다. "발을 내딛는 것을 두려워하다니."

그리고 그녀는 발로 장단을 맞추기 시작했다. 더 멀리 나갈수록 더욱 과감하게. 마침내 그녀의 왼팔이 내려가고 옆구리에 닿았다. 그리고 그녀는 편자로 쨍그랑 소리를 내고, 자기 앞에 거울을 들고, 좋아하는 노래를 부르면서 춤을 추기 시작했다.

"초록 협죽도야, 덩굴을 아래로 내려뜨리렴! 아, 검은 눈썹의 사랑스러운 그대여, 가까이 다가와요! 초록 협죽도야, 덩굴을 더욱더 아래로 내려뜨리렴! 아, 검은 눈썹의 사랑스러운 그대여, 더욱더 가까이 다가와요!"

이때 체레빅이 문을 바라보았다가, 자기 딸이 거울 앞에서 춤추는 것을 보고 걸음을 멈추었다. 그는 아가씨의 놀랄 만한 변덕에 미소를 지으며 오랫동안 바라보았다. 그녀는 생각에 잠겨 아무것도 눈치채지 못한 것 같았다. 그러나 익숙한 노랫가락이 들리자 그의 피가 요동치기 시작했다. 그는 자기 일은 새까맣게 잊고, 의기양양하게 허리에 손을 대고 앞으로 나아가서 무릎을 굽혔다 폈다 하며 춤을 추기 시작했다. 대부의 우렁찬 웃음소리에 두 사람은 깜짝 놀랐다.

"아주 좋구먼, 아버지가 딸과 함께 여기서 직접 결혼식을 시작했구먼! 어서 서둘러. 신랑이 왔어!"

이 마지막 말에 파라스카의 얼굴이 그녀 머리를 묶은 붉은 리본보다 더 붉게 물들었고, 그녀의 태평스러운 아버지는 대부가 왜 왔는지를 떠올렸다.

"에구, 딸아! 서두르자! 히브랴가 내가 암말을 팔았다고 기뻐서 뛰어나갔어." 그가 겁에 질린 듯이 사방을 둘러보며 말했다. "그녀가 온갖 덧치마와 온갖 조잡한 옷을 사러 뛰어갔으니까, 그녀가 오기 전에 다 끝내야 해!"

파라스카는 자신이 농가의 문지방을 넘어가기도 전에 하얀 스비트카를 입은 청년의 손에 자신이 안겨 있는 것을 느꼈다. 그가 사람들과 함께 길에서 그녀를 기다렸던 것이다.

"하느님, 축복해 주소서!" 체레빅이 그들의 손을 포개면서 말했다. "두 사람이 오손도손 화목하게 살기를!"

이때 군중 속에서 시끄러운 소리가 들렸다.

"이걸 허락하느니 차라리 내가 먼저 죽겠다!" 솔로피의 동거인이 고함쳤다. 그러나 군중이 웃으며 그녀를 떠밀었다.

"화내지 마, 화내지 마, 여보!" 건장한 집시 두 사람이 그녀의 팔을 붙잡은 것을 보고 체레빅이 차갑게 말했다. "이미 벌어진 것은 벌어진 거야. 나는 뒤바꾸는 걸 좋아하지 않아!"

"안 돼! 안 돼! 그렇게는 안 돼!" 히브랴가 소리쳤다. 그러나 어느 누구도 그녀의 말을 듣지 않았다. 몇몇 쌍이 새 쌍을 둘러싸고 춤을 추면서 뚫을 수 없는 벽처럼 그녀를 에워쌌다.

거친 천의 스비트카를 입고 길게 돌돌 말린 콧수염을 한 음악가가 현을 켜는 소리에 원하건 원하지 않건 모두 하나가 되어 조화를 이루는 것을 볼 때, 뭐라 설명하기 어려운 기이한 감정이 보는 이의 마음을 사로잡았다. 평생 그 어두운 얼굴에 미소를 지은 적이 없을 것 같던 사람들이 발로 스텝을 밟고 어깨를 떨었다. 모두 옆을 빨리 지나갔다. 모두 춤을 추었다.

그러나 노쇠한 얼굴에 무감각한 무덤 냄새를 풍기며, 새롭고 웃음 짓고 생기 넘치는 사람들 사이를 밀치고 다니는 노파들을 바라보다 보면, 마음 깊은 곳에서 더욱더 이상하고 더욱더 이해하기 어려운 감정이 일어날 것이다. 태평스러운 사람들! 생명 없는 자동 기계의 기계공처럼 술기운만으로도 뭔가 인간적인 일을 하게 할 수 있는 어린아이의 기쁨도 없이, 공감의 불꽃도 없이, 그들은 조용히 술에 취한 머리를 흔들고 있었다. 흥겨워하는 군중을 위해 춤을 추면서, 젊은 한 쌍에게는 눈도 돌리지 않고 말이다.

천둥, 웃음, 노랫소리가 점점 더 조용해졌다. 현을 켜는 소리가 텅 빈 공기 속에서 힘을 잃고 희미해지다가 사라졌다. 어디선가 멀리 떨어진 바다의 속살거림과 비슷한 발 구르는 소리가 들리고, 곧 모든 것이 텅 비고 무뎌졌다.

* * *

"기쁨이란 손님은 아름답긴 하지만 항상 찾아오는 것은 아니다. 그런 기쁨이 그런 식으로 우리에게서 떠나가지 않는가. 외로운 소리로 유쾌함을 표현하려고 해 봤자 아무 소용 없다. 그는 이미 자기 귀에서 우울함과 광야의 공허를 듣고, 그것에 귀 기울인다. 폭풍처럼 자유로운 젊은 날의 유쾌한 친구들이 한 명씩, 한 명 한 명 세상에서 사라지고, 마침내 그들의 오랜 형제 한 명만 남지 않는가? 그리고 남은 자에게 삶은 지루하다! 그리고 마음은 무겁고 우울해지고, 그것을 도울 수 있는 건 아무것도 없다."

성 요한제 전야:* 동화

— 교회의 사제가 이야기해 준 실화

포마 그리고리예비치에게는 특별히 이상한 기질이 있었어요. 그는 같은 이야기를 반복하는 것을 죽기보다도 싫어했어요. 이따금 그에게 뭔가를 다시 이야기해 달라고 부탁하면, 뭐든 새로운 것을 이야기하거나 전혀 알아볼 수 없게 바꿔서 말하곤 했지요.

한번은 신사 중 한 명이 — 우리 평범한 사람들로서는 그들의 이름을 부르기도 어려워요 — 그들이 삼류 문사냐 하면 그건 아닌데, 바로 우리 시장의 중개 상인들과 똑같았어요. 온갖 것을 모으고, 물어보고, 훔쳐서 매달 혹은 매주 철자책보다 얇은 소책자들을 펴내는 거예요. 그런 신사 중 한 명이 포마 그리고리예비치를 꾀어 바로 이 이야기를 하게 했고, 그 뒤로 포마 사제는 그 이야기를 완전히 잊어버렸지요.

다만 제가 앞에서 이야기한 적이 있고, 여러분이 그의 이야기 하나를 이미 읽었을 거라고 생각하는 물방울무늬의 귀족 나리가 폴타바에서 올 때 작은 책자를 가져와 한가운데를 펼치고 우리에게 보여 주더군요. 포마 그리고리예비치는 자기 코에 안경을 씌우려다가 안경을 실로 감아서 왁스 칠을 잔뜩 해 둔다는 걸 깜박 잊은 것을 깨닫고 제게 책을 넘겨주었지요.

저는 그럭저럭 글을 읽을 줄 알고 안경을 안 쓰기 때문에 읽기 시작했어요. 그런데 두 페이지도 채 넘기기 전에 그가 갑자기 제 손을 잡고 멈추게 하더군요.

"잠깐만요! 먼저 당신이 읽고 있는 이게 뭔지 제게 말해 주겠어요?"

솔직히 저는 그 질문에 약간 어안이 벙벙해졌어요.

"아니, 무엇을 읽냐니요, 포마 그리고리예비치, 당신의 실화, 당신이 직접 이야기한 거잖아요?"

"누가 당신에게 이게 제 이야기라고 하던가요?"

"더 확실한 건 어떤 사제가 전한 이야기라고 여기에 적혀 있다는 겁니다."

"이걸 인쇄한 놈의 머리에 침을 뱉어 줘야겠어요! 거짓말이야, 개 같은 러시아 놈.* 내가 그렇게 말했다고? 이게 뭐야, 도대체 누가 그들 머리에 못을 박아 넣은 거야? 잘 들어요, 지금 여러분에게 그 이야기를 해 줄 테니까." 우리는 탁자에 다가갔고, 그는 이야기를 시작했지요.

* * *

제 할아버지는 (그가 천국에 있으시기를! 저세상에서 그가 밀가루 빵 덩어리와 양귀비 씨 빵을 꿀에 발라 드시고 계시기를!) 신기할 정도로 이야기를 잘하셨지요.

그가 이야기를 시작하면 모두들 온종일 자리를 뜨지 않고 들을 정도였어요. 3일 동안 굶주린 듯 러시아인처럼 거짓말을 하는 허풍쟁이와는 비교가 안 될 정도였지요. 러시아인의 이야기를 듣는 사람은 모자를 쓰고 농가에서 나가고 싶어 했지요.

고인이 된 노파인 저의 어머니가 아직 살아 계실 때, 얼음이 마당에서 쩍쩍 갈라지고 우리 농가의 좁은 유리를 빈틈없이 꽉 메우는 긴 겨울 저녁이 되면, 그녀는 물레 앞에 앉아 손으로 긴 실을 뽑고 발로 요람을 구르면서 지금도 제게 들릴 것만 같은 노래를 부르던 일이 아직도 생생하게 기억납니다. 호롱불이 마치 뭔가에 놀란 것처럼 벌벌 떨고 섬광을 내면서 우리 농가를 밝게 비추었고요. 물레가 스르륵스르륵 돌고, 우리 아이들은 모두 떼를 지어, 자기의 페치카에서 5년 이상 내려놓지 않는 할아버지 이야기를 들었지요.

하지만 옛날 옛적, 자포로지에 카자크들의 습격, 느릅나무들, 포드코바, 폴토르 코주흐, 사가이다츠니*의 용감한 업적들에 대한 신비로운 이야기를 들을 때도, 언제나 온몸에 소름이 돋게 하고 머리에서 머리칼이 쭈볏 솟게 하는 어떤 신비로운 옛날이야기를 들을 때만큼 우리를 사로잡지는 못했어요. 어느 때는 그런 이야기를 듣고 공포에 질린 나머지 저녁부터 모든 것이 괴물로 보이곤 했지요. 밤에 무슨 이유로건 농가에서 나올 일이 생기면, 저세상에서 온 악마가 우리 침대에 몰래 들어와 자고 있을 거라는 생각이 들기도 했지요.

자주 사람들 머리맡에 놓인 자기 스비트카를 멀리서 보고 몸을 웅크린 마귀라고 생각하지 않았다면, 제가 다음에는 이런 이야기를 하지 않아도 좋아요. 그런데 할아버지 이야기에서 중요한 것은 그의 생전에 그가 결코 거짓말을 한 적이 없고, 그가 어떤 이야길 하든 그건 실제 있었던 일이라는 사실입니다.

할아버지의 신기한 이야기들 중 하나를 지금 여러분에게 해 드리지요.

저는 재판소에서 서류를 작성하고 심지어 서류를 읽을 줄 알면서도, 그들 손에 단순한 교회 의식서*를 쥐여 주면 그 내용은 조금도 이해하지 못하고, 그러면서 남에게 이를 내밀고 비웃으며 망신을 주는 재주는 있는 그런 똑똑한 사람들이 많다는 것을 잘 압니다. 그들에겐 무슨 이야기를 해 줘도 그저 웃음거리일 뿐이에요. 세상에 이런 불신이 퍼진 거지요! 제가 그렇게 된다면, 하느님도, 성모도 저를 사랑하지 않기를!

아마 여러분도 믿지 않으시겠지만, 제가 얼마 전에 마녀에 대한 이야기를 꺼냈다가 어떻게 됐는지 아세요? 막무가내로 반대하는 사람이 나타나고, 마녀들을 믿지 않더군요! 전 다행히도 이미 세상을 오래 살아서, 저희 형제가 담배 냄새를 맡는 것보다 고해 성사 때 사제를 속이는 게* 더 쉬운 그런 이교도들을 많이 봤는데, 그들조차 성호를 그어 마녀들에게서 보호받으려 했는데 말예요. 하지만 그들도 꿈을 꾸게 되면…… 무엇이 나타났는지 말하지 않으려고 하지요. 그것들에 대해 말할 것이 아예 없으니까요.

백 년도 더 지난 옛날 옛적 — 아주 오래전이죠! — 우리 마을의 모습을, 고인이 된 제 할아버지 말씀에 따르면, 지금은 아무도 알아보지 못할 거라고 해요. 작은 마을에, 가장 가난한 작은 마을이었다는군요! 칠도 안 하고 지붕도 제대로 안 씌운 허름한 농가가 열 채 정도이고, 들판 한가운데 여기저기 솟아 있었대요. 바자울도, 가축이나 짐마차를 둘 버젓한 헛간도 없었고요.

여기서는 부자들도 그렇게 살았으니, 우리 형제, 가난뱅이는 더 말할 것도 없지요. 바로 땅에 판 구덩이가 농가인 거예요! 연기가 피어오르는 것으로만, 거기에 신의 피조물인 사람이 살고 있다는 것을 알 수 있었죠.

여러분은 그들이 왜 그렇게 살았느냐고 물으시겠죠? 가난했냐 하면 그건 아니에요. 당시에는 누구나 카자크가 되어 남의 땅에서 적지 않은 재물을 모았기 때문이에요. 게다가 버젓한 농가를 장만할 이유도 없었고요.

그때 온 땅을 어슬렁거리지 않은 민족이 어디 있겠어요. 크림인, 폴란드인, 리트비아인! 당시에는 자기 민족이 떼거지로 몰려와서 자기 민족을 약탈하는 일도 비일비재했어요. 별의별 일이 다 있었죠.

이 작은 마을에 한 사람, 아니 더 정확히 말하면 사람의 모습을 한 마귀가 자주 나타났어요. 그가 어디서, 왜 오는지는 아무도 몰랐어요. 신나게 놀고 술 취한 뒤에 갑자기 물속에 빠진 듯 사라지고 소문도 없었어요. 그러다가 다시 하늘에서 떨어진 것처럼 마을 길을 뛰어다니는 거예요. 그 마을은 이제 흔적도 없고 디칸카 마을에서 백 걸음도 안 떨어진 곳에 있었을 거예요.

그는 마주치는 카자크들을 끌어모아서 웃고, 노래하고, 돈을 뿌리고, 보드카를 물처럼 마시고⋯⋯ 아름다운 아가씨들에게 달라붙어 리본, 귀걸이, 목걸이를 잔뜩 선물해서 둘 곳이 없을 정도였어요! 정말로, 아름다운 아가씨들은 선물을 받아 들고 조금은 생각을 했어요. 모르긴 몰라도 그것들은 실제로 악마의 손을 거쳐 들어온 것일 테니까요.

제 할아버지의 친아주머니는 당시에 지금의 오포시냔스카야 거리에서 주막을 운영했는데, 그곳에서 바사브륙—이 악마 같은 인간을 그렇게 불렀지요—이 한바탕 놀곤 했어요. 아주머니는 그에게선 세상의 어떤 선물도 받지 않겠다고 분명히 말씀하셨죠.

그런데 어떻게 안 받겠어요. 그가 뻣뻣한 눈썹을 찡그리고 아무도 모르는 곳으로 던져 버릴 것 같은 그런 시선을 눈썹 밑에서 던지면, 누구든 공포에 사로잡히고 마니까요.

하지만 선물을 받으면 다음 날 밤 머리에 뿔을 달고 늪에서 나온 친구가 손님으로 오고, 목에 목걸이가 있으면 목을 짓누르고, 손가락에 반지가 있으면 반지를 물고, 머리 타래에 리본이 묶여 있으면 머리 타래를 잡아당기는 거예요. 이런 선물은 안 받아도 그만인 거지요!

그런데 진짜 큰 골칫거리는 그것을 떼어 낼 수가 없다는 거예요. 물에 던지면 악마의 반지나 목걸이가 물 위를 둥둥 떠다니다가 다시 손에 돌아오는 거예요.

마을에 교회가 있었는데, 제 기억에 성 판텔레이의 교회였던 것 같아요. 그때 교회에는 고명하신 사제인 아파나시가 계셨어요. 그가 바사브륙이 부활절에도 교회에 오지 않는 것을 보시고, 그에게 잔소리를 퍼부을 생각을, 즉 교회에서 참회하게 할 생각을 하셨지요.

그러자 "이봐, 사제!" 그가 사제에게 천둥처럼 우르릉거리며 대답했지요. "네 염소 같은 목구멍이 뜨거운 쿠티야*로 꽉 막히고 싶지 않으면, 남의 일에 상관 말고 네 일이나 잘해!"

저주받은 녀석하고 무슨 일을 하겠어요?

아파나시 사제는 바사브륙과 교제하는 자는 누구든 기독교 교회와 온 인류의 적인 가톨릭으로 간주하겠다고 공표할 뿐이었어요. 그 마을에 코르지라는 별명을 가진 카자크가 있었는데, 그에게는 사람들이 페트로 베즈로드니*라고 부르는 일꾼이 있었어요. 그 이름은 그의 아버지도, 어머니도 아무도 기억하지 못했기 때문에 지어진 거지요.

사실 교회의 노인들은 그가 태어난 다음 해에 부모가 역병으로 죽었다고 말했으나, 제 아버지의 아주머니는 이것을 알아보려 하지도 않고, 온 힘을 다해서 그에게 가족이 되어 주려 하셨어요. 그녀에게는 불쌍한 페트로가, 우리에게 작년 눈이 필요한 만큼밖에 필요하지 않았는데 말이에요. 그녀는 그의 아버지가 지금도 자포로지에에 살아 있고 터키인들의 포로가 되어 갖은 고초를 당한 후에 기적처럼 어떤 내시의 옷으로 바꿔 입고 도망쳐 나왔다고 하셨어요.

검은 눈썹의 아가씨들과 유부녀들은 그의 일가친척에게는 아무 관심이 없었어요. 그들은 다만 그에게 새 반외투를 입히고, 붉은 허리띠를 매 주고, 위에 화려한 푸른 천을 두른 검은 양가죽 모자를 머리에 씌워 주고 옆에 터키 장검을 차게 하고 한 손에는 채찍을 주고 다른 손에는 아름다운 테를 두른 담뱃대를 주기만 하면, 그가 모든 청년들을 허리에 끌고 다녔을 거라는 말을 했지요.

하지만 불행히도, 불쌍한 페트루샤*에겐 평생 단 한 벌의 회색 스비트카가 전부였고, 거기엔 여느 유대인의 호주머니에 있는 20코페이카 폴란드 은화보다 더 많은 구멍이 나 있었어요. 그런데 이것도 아직 큰 재앙이 아니었어요. 진짜 불행인 것은 늙은 코르지에겐 아름다운 딸이 있다는 거였지요. 그런 미녀는 제 생각에 여러분도 본 적이 없을 거예요.

여러분도 아시겠지만, 여자는 악마와 키스하는 게 더 쉽고, 누군가를 미녀라고 부르는 것보다 여자에게 더 기분 나쁜 말은 없는 법이지요. 그런데 고인이 된 할아버지의 아주머니 이야기에 따르면, 이 카자크 여인의 포동포동한 뺨은, 가장 여린 장밋빛 양귀비가 신이 보낸 이슬로 목욕한 뒤에 빛을 내고 잎사귀를 넓게 펴고 갓 떠오른 태양 앞에서 몸단장을 할 때만큼 청초하고 맑았어요.

그리고 눈썹은, 요즈음 상자를 들고 마을마다 지나다니는 러시아인들에게서, 우리 아가씨들이 맑은 눈을 바라볼 때와 똑같이 몸을 구부리고 십자가와 금화를 매달기 위해 사는 검은 끈과 같았다고 해요. 당시 젊은이가 보기만 해도 침을 질질 흘리는, 그녀의 작은 입술은 꾀꼬리 노래를 부르기 위해 만들어진 것 같았대요. 그녀의 머리카락은 까마귀 날개만큼 검고 어린 아마처럼 부드러워서 (당시 우리 아가씨들은 그것을 아직 작은 타래로 꼬지 않고 화려한 꽃들로 꾸민 아름다운 화관으로 돌돌 말았지요) 곱슬곱슬한 고수머리가 금실로 수놓은 쿤투시*에 떨어졌다고 해요.

에구, 제 정수리를 뒤덮은 늙은 숲을 따라 백발이 지나가고, 옆구리에 제 할망구가 눈엣가시처럼 도사리고 있다 해도, 이 순간 그녀에게 키스를 퍼붓지 않는다면, 신이 제가 성가대석에서 더 이상 할렐루야를 부르지 못하게 하셔도 좋아요.

청년과 처녀가 서로 가까운 곳에 살면…… 무슨 일이 일어나는지 여러분도 아시죠. 빛도, 아침놀도 없을 때 피도르카가 페트루샤와 이야기를 나누는 자리에는 붉은 신발의 편자가 찍히곤 했지요.

하지만 코르지의 머리에는 어떤 좋지 않은 생각도 들어오지 않았던 것 같아요. 그런데 한번은 — 이건 다름 아닌 간악한 악마가 부추긴 것이 분명해요 — 페트루샤가 현관에서 충분히 주위를 살펴보지도 않고, 소위 말하듯이 온 힘을 다해서 카자크 여인의 장밋빛 입술에 키스할 생각을 하게 한 겁니다. 그리고 바로 그 간악한 악마가 — 그 개 같은 자식이 꿈에서 성스러운 십자가를 보게 되기를! — 조종해서 영감탱이가 어리석게도* 농가 문을 열게 한 거예요.

코르지는 입을 딱 벌린 채 문을 손으로 잡고 나무처럼 굳었어요. 저주받을 키스에 그의 귀가 완전히 먹은 듯했어요. 그에게는 키스 소리가 양귀비 씨를 가는 절굿공이를 벽에 치는 소리보다 더 크게 들렸어요. 우리 때에는 보통 농부가 수석총(燧石銃)과 화약이 없어서 절굿공이를 휘둘러 쿠티야를 먹곤 했지요.

정신을 차린 그는 벽에서 할아버지의 짧고 굵은 채찍을 내려 그것으로 불쌍한 페트로의 등을 갈기려고 했어요. 그런데 갑자기 어디선가 피도르카의 여섯 살 난 동생 이바시가 달려와서는 겁에 질린 목소리로 "아빠, 아빠! 페트루샤를 때리지 마!"라고 외치며 작은 손으로 그의 다리를 붙잡는 거예요.

그러니 어쩌겠어요? 아버지의 마음이 돌로 된 것은 아니니까요. 그는 채찍을 벽에 걸고, 그를 조용히 농가에서 내보냈지요. "만일 네가 다시 농가에 나타나거나 창문 밑에라도 나타나는 날이면, 잘 들어, 페트로, 제기랄, 검은 콧수염이 사라지고 네 긴 머리채가 귀 근처에서 두 번 감기게 될 거야. 그것이 네 정수리와 작별하지 않는다면, 나는 더 이상 테렌티 코르지가 아니다!"

이 말을 하고 그가 가벼운 손으로* 페트루시의 뒤통수를 쳐서, 그는 땅에 코를 박고 곤두박질쳤어요. 그는 이렇게 남은 키스를 마저 하고 관계가 끝난 거예요!

우리의 사랑스러운 연인은 비탄에 사로잡혔지요. 이때 금실 수가 놓인 옷을 입고 콧수염, 장검, 편자 그리고 우리 교회 일꾼인 타라스가 매일 교회 갈 때 가지고 가는 종에서 나는 소리처럼 호주머니가 쨍그랑거리는 폴란드인이 코르지를 자주 찾는다는 소문이 마을에 파다해졌어요.

아버지에게 검은 눈썹의 딸이 있을 때 사람들이 그를 찾는 이유야 뻔하지요. 한번은 피도르카가 눈물을 줄줄 흘리면서 이바시의 손을 잡았어요.

"내 귀여운 이바시야, 내 사랑하는 이바시야! 내 소중한 아이, 풀밭에서 쏜 화살처럼 페트루샤에게 뛰어갔다 와. 그에게 모두 말해. 그의 갈색 눈을 사랑하고, 그의 하얀 얼굴에 키스하고 싶지만 그것이 내 운명은 아닌가 보다고. 내 뜨거운 눈물로 적신 수건이 한두 장이 아냐. 난 답답해. 마음이 무거워. 아버지는 나의 적이야, 내가 사랑하지도 않는 폴란드인에게 시집가라고 강요하시니 말야. 그에게 결혼식이 준비되고 있다고 말해 줘. 다만 내 결혼식에 음악은 없을 거야. 코브자*와 관악기 대신 사제들이 노래하게 될 거야. 난 신랑과 춤추러 가지 않을 거야. 나를 싣고 가게 될 거야. 단풍나무로 만든 나의 농가는 어둡디어두울 거고, 지붕에는 굴뚝 대신 십자가가 서게 될 거야!"*

페트로는 죄 없는 아이가 피도르카의 말을 더듬더듬 전할 때, 돌처럼 굳은 듯 제자리에서 움직이지도 않고 들었어요.

"난 불행해. 나의 아름다운 여인아, 난 크림이나 터키에 가서 금을 약탈해 선물을 가지고 네게 올 생각이었는데. 이젠 절대 그런 일이 없을 거야. 악마의 눈이 우리를 눈여겨본 거야. 내 소중한 물고기야, 내 결혼식도 이렇게 될 거야. 그 결혼식에는 사제도 없을 거야. 사제 대신 검은 까마귀가 내 위로 까악까악 울어 댈 거야. 매끄러운 들판이 내 농가가 될 거야. 회청색 먹구름이 내 지붕이 될 거야. 독수리가 내 갈색 눈을 쪼아 댈 거야. 비가 카자크의 뼈를 씻어 내고, 회오리바람이 그 뼈를 말릴 거야. 하지만 내가 뭔데? 누구에게 기대겠어? 누구에게 하소연하겠어? 신이 이미 그렇게 정한 게 분명해. 그렇게 사라지라면 사라져야지!"

그러고서 그는 곧장 주막으로 향했어요. 돌아가신 할아버지의 아주머니는 페트루샤가, 그것도 선량한 사람이면 아침 미사에 갈 무렵에 주막에 온 것을 보고서 약간 경악했고, 그가 반 양동이나 되는 보드카 한 컵을 요구했을 때는 이제 막 잠에서 깬 것처럼 눈이 휘둥그레졌어요.

하지만 불쌍한 청년이 그렇게 자기의 고통을 씻어 내겠다고 생각한 것은 아무 소용이 없었어요. 보드카가 엉겅퀴처럼 그의 혀를 찌르고, 쑥보다 더 쓰게 느껴졌지요.

그는 컵을 땅에 내던졌어요. "고통스러워하는 건 그걸로 충분해, 카자크!" 그의 위로 뭔가가 낮은 소리로 천둥처럼 우르릉거리기 시작했어요. 둘러보니 바사브류크인 거예요! 우! 그 몰골이 얼마나 추한지! 머리털은 뻣뻣하고, 눈은 수소의 눈 같았어요!

"네게 뭐가 부족한지 잘 알아. 바로 이거지!" 바사브류크이 악마의 웃음을 지으며 허리띠 옆에 매달린 가죽 지갑을 짤랑거렸어요.

페트로는 몸을 부르르 떨었어요. "헤-헤-헤! 얼마나 번쩍거리냐 말야!" 그가 손에 금화를 쏟아부으며 외쳤어요. "헤-헤-헤! 얼마나 낭랑하게 울리냐 말야! 그런 장난감을 산더미만큼 줄 테니 일 하나만 해 줘."

"마귀야!" 페트로가 소리쳤어요. "그걸 줘! 뭐든 할 테니!" 그들은 손을 맞대고 약속했어요.*

"잘 봐, 페트로, 넌 아주 때맞춰 온 거야. 내일이 성 요한의 날이야. 1년 중 오늘 밤에만 고사리꽃이 피지. 입을 헤벌릴 것 없어! 자정에 곰 벼랑에서 널 기다릴게."

암탉들도, 페트루시가 저녁을 기다리는 것만큼 간절하게 아낙네가 모이 줄 때를 기다리지는 않았을 거라고 생각해요. 그는 나무 그늘이 더 길게 늘어지진 않는지, 저무는 해가 붉어지진 않는지만 내내 바라보았고, 시간이 지날수록 더 초조해졌어요. 왜 이렇게 오래 걸리는 거야! 낮이 어디선가 자기의 끝자락을 잃어버린 것만 같았어요.

드디어 해가 보이지 않았어요. 하늘의 한쪽 면이 붉어지기 시작했지요. 그것도 이제 빛을 잃고 있었어요. 들판이 더 추워졌어요. 땅거미가 내려앉고, 내려앉고, 완전히 어두워졌어요. 이제야 겨우 됐네! 심장이 가슴에서 튀어나올 만큼 절박한 심정으로 길을 나선 그는 무성한 숲속의, 곰 벼랑이라 불리는 깊은 계곡으로 조심스럽게 내려갔어요.

바사브륙이 이미 거기에서 페트로를 기다리고 있었어요. 눈에 총을 쏴도 모를 정도로 어두웠지요.

그들은 손을 잡고, 무성하게 자란 가시밭에 할퀴고 매 걸음마다 가지에 걸리면서 질척질척한 늪을 지나갔어요. 페트로는 주위를 둘러봤어요. 그는 아직까지 이곳으로 온 적이 한 번도 없었어요. 그때 바사브륙도 걸음을 멈췄어요.

"네 앞에 세 개의 작은 언덕이 보이지? 거기에 온갖 꽃들이 많이 있을 거야. 그러나 하나의 꽃만 꺾도록 악마가 너를 지켜 주기를. 고사리꽃이 피어나면 바로 그것을 꺾어. 그리고 네 뒤로 어떤 느낌이 들어도 뒤돌아보지 마."

페트로는 물어보고 싶었으나…… 그는 이미 보이지 않았어요. 페트로는 세 개의 작은 언덕으로 다가갔어요. 근데 꽃들이 어디 있다는 거야? 아무것도 보이지 않았어요. 야생풀이 떼를 이루며 무성해서 다른 것은 자라지 못하게 했어요.

그때 하늘에서 번개가 번쩍이더니, 그 앞에 하나같이 신비롭고 하나같이 예전에 본 적이 없는 꽃들이 구릉 전체에 나타났어요. 여기에 고사리의 단순한 잎사귀들도 있고요. 페트로는 의심이 들어 양손을 옆구리에 대고 이파리들 앞에서 생각에 잠겼어요.

'이게 무슨 진기한 거야? 하루에도 열 번은 이 풀을 보는데. 여기에 신비로운 게 뭐야? 마귀 놈의 낯짝이 날 놀리려 한 것 아냐?'

근데 보니, 작은 꽃봉오리가 붉게 물들고 살아 있는 것처럼 움직였어요. 정말, 신비롭구나! 고사리가 움직이면서 전체가 더 커지고 더 커지더니 뜨거운 석탄처럼 붉어졌어요.

작은 별이 섬광처럼 빛나고, 뭔가 조용히 갈라지는 소리가 들리더니, 그의 눈앞에 꽃이 횃불처럼 활짝 몸을 펴면서 주위의 다른 것들도 비추는 것이었어요.

'이때다!' 페트로가 생각하고 손을 내밀었어요. 보니 그의 뒤에서 털이 복슬복슬한 수백 개의 팔이 똑같이 꽃을 향해 뻗쳐 오고, 그의 뒤에서 뭔가가 이곳에서 저곳으로 펄쩍펄쩍 뛰어오고 있었어요.

그가 눈을 가늘게 뜨고 줄기를 끌어당기자, 꽃이 그의 손안에 들어왔어요. 주변이 조용해졌어요.

그루터기에 시체처럼 완전히 푸른 색의 바사브륙이 앉아 있는 게 보였어요. 손가락 하나라도 움직이면 좋으련만.

그의 눈이 움직이지도 않고 자기에게만 보이는 뭔가를 향해 쏠려 있었어요. 입은 반쯤 벌어져 있고, 아무 대답도 없었어요. 주위에 어떤 움직임도 없었어요.

오, 무서워! 하지만 휙휙거리는 소리가 들리고 그 소리에 페트로의 몸이 싸늘해졌어요. 그에게 풀이 소리를 내기 시작하고 꽃들이 마치 은종처럼 자기들끼리 가녀린 소리로 이야기를 나누는 것처럼 느껴졌어요. 나무들이 거친 욕을 하며 우르릉거리기 시작했어요…….

바사브류의 얼굴에 갑자기 생기가 돌면서 눈이 번쩍였어요.

"간신히 돌아왔군, 야가!"* 그가 잇새로 투덜거렸어요.

"잘 봐, 페트로, 네 앞에 이제 미녀가 서 있을 거야. 그녀가 명령하는 건 뭐든지 해. 안 그러면 넌 영원히 사라질 거야!" 그러고는 바사브류이 잔가지 막대로 가시밭 덤불을 가르며 나아갔고, 그들 앞에 흔히 말하는 닭 다리 농가가 나타났어요.

바사브류이 주먹으로 치자 벽이 흔들리기 시작했어요. 커다란 검은 개가 비명 소리를 내며 맞은편에서 뛰어나오더니 고양이로 변해서는 그들 눈을 향해 덤벼들었어요.

"미쳐 날뛰지 마, 미쳐 날뛰지 마, 늙은 악마야!" 바사브류이 선량한 사람은 귀를 틀어막아야 할 그런 말을 곁들여 가며 말했어요.

보니, 고양이 대신 구운 사과처럼 주름진 얼굴에 활처럼 몸이 굽은 노파가 있었어요. 코와 턱 끝은 호두를 깔 때 쓰는 갈고리 같았어요.

'대단한 미녀군!' 페트로가 생각했고, 등골에 소름이 돋았어요. 마녀가 그의 손에서 꽃을 낚아채더니 몸을 구부리고 어떤 물을 뿌리면서 고사리 위로 뭔가를 오랫동안 속삭였어요.

그녀의 입에서 불꽃이 떨어졌어요. 입술에 거품이 보였어요. "던져!" 그녀가 그에게 꽃을 넘겨주며 말했어요.

페트로가 그것을 던졌지요. 그랬더니 얼마나 신비로운지요! 꽃이 바로 떨어지지 않고 오랫동안 공중을 배처럼 떠다니는 거예요. 그러다 마침내 조용히 더 낮게 가라앉기 시작해서, 양귀비씨만큼 작은 별이 겨우 눈에 띌 정도로 아주 멀리 떨어졌어요.

"여기다!" 노파가 쉰 목소리로 조용히 말했어요. 그러자 바사브륙이 그에게 삽을 주며 말을 덧붙였어요. "여기를 파, 페트로. 여기서 너나 코르지는 꿈도 꾸지 못할 만큼 많은 금을 보게 될 거야."

페트로는 손에 침을 뱉고 삽을 쥐고 발로 누르고 땅을 팠어요, 두 번, 세 번, 다시 한번…… 뭔가 딱딱한 게 나왔어요! 삽이 쨍그랑 소리를 내고는 더 이상 들어가지 않았어요. 이때 그의 눈에 쇠를 박은, 크지 않은 궤짝이 선명하게 보였어요.

페트로가 그것을 손으로 잡으려 하는데, 궤짝이 땅속으로 들어가기 시작했어요. 더 멀리, 더 깊이, 더 깊이. 그의 뒤에서 뱀이 쉬쉬거리는 소리에 더 가까운 웃음소리가 들렸어요.

"아냐, 인간의 피를 얻기 전에 너는 금을 보지 못할 거야!" 마녀가 말하고 흰 시트 천을 뒤집어쓴 여섯 살가량의 아이를 데려왔어요. 그리고 페트로에게 그의 목을 베라는 신호를 보냈지요.

페트로는 몸이 굳었어요. 무슨 일이 있어도 사람의 목을 베어서는 안 되거늘, 하물며 죄 없는 아이를 베라니! 그는 화가 나서 아이 머리를 뒤집어씌운 시트 천을 벗겼어요, 이게 뭐야? 그 앞에 이바시가 서 있는 거예요.

불쌍한 아이의 고사리손이 십자 모양으로 묶인 채, 머리를 떨구고 있었어요……. 페트로가 미친 사람처럼 칼을 들고 마녀에게 달려들어 손을 올리려고 하는데…….

"네가 아가씨를 위해 약속한 게 뭐였지?" 바사브륙이 갑자기 말했어요. 마치 총알을 그의 등에 박아 넣은 것 같았어요.

마녀가 발을 구르자 푸른 불길이 땅에서 솟아올랐어요. 그 한가운데가 완전히 빛나는데 수정으로 빚은 것 같았어요. 땅 아래 있는 모든 것이 손바닥에 있는 것처럼 훤히 보였어요.

궤짝과 큰 솥들에 담긴 금화, 보석들이 그들이 서 있는 바로 그 자리 밑에 수북이 쌓여 있었어요.

그의 눈이 타올랐어요…… 이성이 흐려졌어요……. 그는 정신 나간 사람처럼 칼을 집어 들었고, 죄 없는 피가 그의 눈에 튀어 올랐지요…….

악마의 웃음이 사방에서 천둥처럼 우르릉거렸어요.

추악한 괴물들이 떼를 지어 그 앞으로 튀어나왔어요. 마녀가 머리 없는 시체를 손으로 움켜쥐고 늑대처럼 피를 마셨어요……. 그의 머릿속에서 모든 것이 빙글빙글 돌았어요! 그는 온 힘을 다해 뛰쳐나갔어요. 그 앞의 모든 것이 핏빛으로 뒤덮였어요.

나무들이 온통 피에 젖어 번쩍이고 신음하는 것 같았어요. 하늘이 불에 달구어지고, 덜덜 떨었고요……. 불꽃같은 점들이 번

개처럼 그의 눈에서 번쩍거렸어요. 그는 힘이 다 빠져서 자기 오두막으로 뛰어갔고, 낟가리처럼 땅에 쓰러졌어요. 죽음과 같은 잠이 그를 덮쳤지요.

이틀 밤낮을 페트로는 한 번도 깨지 않고 내리 잤어요. 3일째에야 정신을 차린 그는 자기 농가의 구석을 오랫동안 쳐다보았어요. 그리고 뭔가를 기억해 내려 애를 썼지만 헛수고였어요. 그의 기억이, 한번 들어가면 다시 꺼낼 수 없는 늙은 구두쇠 호주머니처럼 된 거예요. 그가 몸을 약간 폈을 때 발치에서 쨍그랑거리는 소리가 났어요. 보니 금이 들어 있는 두 자루의 포대였어요.

이때 그는 꿈을 꾼 것처럼, 자기가 무슨 보물 더미를 찾고 있었고, 숲에서 자신에게 끔찍한 일이 일어났던 것이 생각났어요……. 하지만 어떤 대가를 치르고 어떻게 그것을 얻었는지는 도무지 이해할 수가 없었어요.

코르지는 자루들을 보자 아주 상냥해졌어요. "이봐, 페르투시는 정말 때가 안 묻었어! 내가 그를 사랑하지 않았단 말이야? 그가 내 친아들이나 다름없지 않았다는 말이야?" 그리고 노인네는 진기한 보물을 가져갔고 기뻐서 눈물을 흘릴 정도였어요.

피도르카가 그에게 지나가던 집시들이 이바시를 어떻게 훔쳐갔는지 이야기했어요. 그러나 페트로는 그의 얼굴을 기억조차 할 수 없었지요. 저주받을 악마가 그렇게 사기를 친 거예요!

꾸물거릴 이유가 전혀 없었죠. 폴란드인에게 모욕을 주어 쫓아 버리고, 페트로와의 결혼식을 준비하기 시작했어요. 솔방울 모양의 결혼식 빵을 굽고, 수건과 술 달린 양탄자를 수놓고, 보드카 통을 굴려 냈어요. 결혼식 케이크를 잘게 자르고, 반두라,* 실로폰, 피리, 코브자를 두드려 대고, 흥겨운 잔치가 벌어졌지요…….

옛날 결혼식은 지금의 우리 결혼식과는 비교가 안 될 만큼 성대했지요. 제 할아버지의 아주머니가 이야기해 주시곤 했는데, 사람들이 얼마나 대단했다고요!

아가씨들은 머리에 노란색, 푸른색, 장밋빛 리본들로 만들고 맨 위에 금실로 수놓은 끈이 달린 화려한 화관을 쓰고, 솔기 전체에 붉은 비단을 붙이고 작은 은빛 꽃들로 덮인 섬세한 셔츠를 입고, 쇠 굽이 높은 고급 양가죽 구두를 신고, 살림방에서 회오리바람처럼 시끄러운 소리를 내며 공작처럼 사르르 뛰었어요.

새색시들은 머리의 윗부분은 완전히 금은 실로 짠 비단으로 덮고, 뒷덜미의 작은 틈 사이로 금색 머릿수건이 보이고, 아주 작은 새끼 양가죽으로 만든 검은 두 개의 뿔이 하나는 앞에, 다른 하나는 뒤에 달린, 조각배 모양의 화관을 쓰고 있었어요. 그리고 가장 좋은 비단으로 만들고, 붉은 선이 그려진 푸른색의 쿤투시를 입고, 위엄 있게 허리에 팔을 대고 한 명씩 앞으로 나와서 고르게 민속춤의 스텝을 밟았지요.

청년들은 높은 카자크 모자를 쓰고, 얇은 나사 천 스비트카를 입고 여기에 은실로 수놓은 허리띠를 매고, 잇새에 담뱃대를 물고, 작은 악마처럼 여인들 앞에 몸을 던지고 몸을 기울이고 허튼 약속을 하거나 대화를 나눴어요. 코르지 자신도 젊은이들을 보자 참질 못하고, 젊은이들처럼 놀기 시작했어요. 노인이 반두라를 손에 들고, 물 담뱃대로 담배를 한 모금씩 마시면서 노래를 부르고, 머리에 술잔을 얹고, 크게 외치면서 흥을 내고 무릎을 굽혔다 폈다 하며 춤을 추었지요.

어떤 즐거운 일인들 생각해 내지 못 하겠어요! 낯짝에 색칠을 하기 시작하는데, 오 맙소사, 전혀 사람을 닮지 않았어요! 지금 우리 결혼식에서 옷을 바꿔 입는 건 비교도 안 돼요. 지금은 어떤가요, 그저 집시와 러시아인 흉내만 낼 뿐이죠. 아니요, 그때는 누구는 유대인으로 분장하고, 다른 누구는 악마로 분장하고, 처음엔 키스를 하다가 나중에는 머리채를 잡아채곤 했어요……. 여러분에게 하느님이 함께하시길! 배꼽 잡고 넘어질 정도로 웃음보가 터졌지요.

터키인과 타타르인 옷을 입으면 모두 불처럼 뜨겁게 타올랐어요……. 얼마나 멋지게 바보 흉내를 내며 농담을 해 대는지……. 그때는 성인(聖人)이라도 못 참을 거예요.

이 결혼식에 직접 참석한, 돌아가신 할아버지의 아주머니에게 우스운 일이 있었지요. 그녀는 그때 터키인의 품이 큰 옷을 입고, 손에 술잔을 들고 모인 사람들을 대접하고 있었어요. 그때 누군가 뒤에서 그녀에게 보드카를 끼얹었고, 그 순간 다른 사람이 실수 없이 불을 댕긴 거예요. 그래서 불이 붙었죠……. 불길이 확 일어나고, 불쌍한 아주머니는 혼비백산해서 모두들 앞에서 옷을 내려 벗은 거예요……. 장터에서처럼 시끄러운 소리, 하하 웃는 소리, 알아듣기 어려운 말들이 무성했지요. 한마디로, 노인들은 그보다 더 재밌는 결혼식은 기억할 수 없었어요.

페트루시와 피도르카는 마치 귀족 나리와 부인처럼 살았어요. 모든 게 풍족하고, 온통 번쩍거렸지요…….

하지만 선량한 사람들은 그들의 집을 보면서 가볍게 고개를 저었어요. "악마에게서 좋은 것이 나올 리가 없어." 모두 한목소리로 말했어요. "정교도를 유혹하는 자에게서가 아니면 어디에서 그에게 재물이 들어왔겠어? 그런 금 더미를 그가 어디에서 얻었겠어? 그가 부자가 된 날 왜 갑자기 바사브륙이 물에 빠진 것처럼 사라졌겠어?" 사람들이 오만 가지 생각을 떠올리며 말했어요!

정말로 한 달도 채 지나지 않아서 아무도 페트루샤를 알아볼 수 없었어요.

그에게 무슨 일이 일어났는지 아무도 알 수 없었어요. 그는 한자리에 앉아서 누구와도 한마디도 하지 않았어요. 늘 뭔가를 기억해 내고 싶은 듯이 생각하는 거였어요.

피도르카가 그에게 뭐든지 말을 하게 하는 데 성공하면, 마치 정신이 나간 듯 말이 줄줄 흘러나오고, 심지어 아주 즐거워하기도 했지요. 하지만 우연히 자루들을 보면, "잠깐, 잠깐만, 잊어버렸어!"라고 외치고는 다시 깊은 생각에 잠기고, 다시 뭔가에 대해 생각해 내려고 애를 쓰는 거예요.

한번은 오랫동안 한자리에 앉아 있을 때 그에게, 뭔가가 다시 뇌리에 떠오르는 것처럼 느껴졌어요…… 그러다가 다시 모두 사라지고 말았어요.

그가 주막에 앉아 있고, 그에게 보드카를 내오고, 보드카에 그의 몸이 타고, 보드카는 그에게 역겨운 것 같았어요. 누군가가 다가오고, 그의 어깨를 치고……. 하지만 그다음은 그 앞에 안개가 뒤덮여 있는 것 같았어요. 그의 얼굴에 구슬땀이 흐르고, 그는 힘이 빠져서 자기 자리에 앉았지요.

피도르카는 할 수 있는 건 뭐든 다해 봤어요. 주술사들과 상의도 하고, 녹인 구리나 밀랍도 띄워 보고, 대마초 줄기로 만든 실 조각을 달여서 먹어도 보았어요.* 하지만 아무 소용 없었어요. 그렇게 여름도 지나갔지요.

많은 카자크가 풀을 베고 수확을 했어요. 많은 카자크가 다른 이들보다 더 거나하게 술에 취해서 천천히 움직이며 걸었어요.

오리 떼가 우리의 늪에 더 몰려들었지만, 그들에게 잡아먹혀서 추모해야 할 굴뚝새들은 더 이상 없었어요. 스텝이 붉게 물들기 시작했고요. 곡물 더미들이 여기저기 들판을 따라 카자크 모자처럼 알록달록해졌어요.

삭정이와 장작들이 가득 쌓여 있는 짐마차들도 길에서 사라졌어요. 땅은 더 단단해지고 군데군데 서리가 달라붙었어요. 이미 하늘에선 눈이 흩날리기 시작하고, 나뭇가지들이 토끼털처럼 성에에 뒤덮였지요.

이제 서리 낀 청명한 날이면 가슴이 붉은 산까치가, 요란하게 치장한 폴란드 귀족처럼 눈 쌓인 언덕을 산책하며 곡물을 찾아다니고, 아이들은 얼음 위에서 거대한 몽둥이로 나무 팽이를 쳤어요. 그사이 그들의 아버지들은 평안하게 페치카에 드러누워, 이따금 잇새에 담뱃대를 물고 정교의 추위를 아주 제대로 꾸짖거나 현관에 오래 묵은 곡식을 바람에 말리거나 타작을 했어요.

마침내 눈이 녹기 시작하고, 창꼬치는 아마(亞麻)색 꼬리로 얼음을 때려서 쪼갰지요. 그런데 페트로는 여전히 똑같고, 시간이 지날수록 더욱더 엄해졌어요. 그는 자리에 못 박힌 듯이 농가 한가운데, 자기 다리에 금 자루를 두고 앉아 있었어요. 그는 거칠어지고, 머리카락으로 뒤덮이고, 끔찍해졌어요. 늘 한 가지만 생각하고, 늘 뭔가를 기억해 내려고 애썼어요. 그는 자기가 기억할 수 없는 것 때문에 화를 내고 악해졌어요.

그는 자주 거칠게 자기 자리에서 일어나서는 손을 휘젓고, 마치 뭔가를 잡으려는 듯 자기 눈으로 그것을 쏘아붙였어요. 입술이 마치 오래전에 잊은 말을 발음하고 싶은 듯이 움직이다가 미동도 않고 멈추곤 했어요……. 광기가 그를 사로잡은 거예요. 그는 반쯤 정신이 나간 사람처럼 자기 손을 물어뜯고 화가 나서 머리채를 잡아 뜯다가 잠잠해지고 기억 상실증에 걸린 듯이 쓰러지곤 했어요. 그리고 다시 뭔가를 기억해 내려고 애쓰기 시작하고, 다시 광기가 찾아오고, 다시 고통이 밀려들었지요……. 이렇게 무서운 신의 공격이 있다니요? 피도르카에게는 사는 게 사는 게 아니었어요.

그녀는 혼자 농가에 남아 있는 게 무서워졌어요. 그러다가 불쌍한 여인은 자신의 고통에 익숙해졌어요. 하지만 예전의 피도르카는 이미 알아볼 수 없게 되었지요. 홍조도 웃음도 없이, 비탄에 젖고 바싹 마르고 맑은 눈은 울어서 퉁퉁 부었지요.

한번은 누군가가 그녀를 불쌍히 여겨서 곰 벼랑에 사는 여자 마법사에게 가 보라고 권했어요. 그 마법사는 이 세상의 모든 병을 고칠 수 있다는 소문이 돌고 있었지요. 피도르카는 마지막으로 이 방법을 시도해 보기로 결심하고, 노파에게 자기 집에 같이 가 달라고 한마디 한마디 설득했어요. 때는 저녁 무렵이고, 마침 성 요한제 전날이었지요.

페트로는 인사불성 상태로 누워 있었고 새 손님을 전혀 알아보지 못했어요. 그런데 조금씩 일어나더니 그녀를 뚫어지게 바라보기 시작했어요. 갑자기 그가 사형대에 선 것처럼 온몸에 전율을 일으키고, 머리카락이 산처럼 곤두섰어요……. 그가 하하 웃기 시작하는데, 피도르카의 간담이 서늘해졌어요.

"생각났어, 생각났어!" 그가 무서울 정도로 즐겁게 소리치더니, 도끼를 휘둘러 있는 힘껏 노파를 내리쳤어요. 2베르쇼크* 길이의 도끼가 참나무 문에 박혔어요.

노파는 사라지고, 일곱 살쯤 되는 아이가 흰 셔츠를 입고 머리가 천으로 뒤덮인 채 농가 한가운데 서 있었어요…….

시트 천이 흘러내렸어요. "이바시!" 피도르카가 외치고는 그에게 몸을 던졌어요. 하지만 환영은 다리에서 머리까지 온통 피로 뒤덮여 있고, 온 농가를 붉은빛으로 밝혔어요…….

그녀는 겁이 나서 현관으로 뛰어나왔지만, 잠시 정신을 차리고 나니 그를 도와주고 싶었어요. 하지만 헛수고였어요! 문이 너무 단단하게 닫혀서 아무리 애를 써도 열 수가 없는 거예요.

사람들이 몰려들고, 문을 두드리기 시작했어요. 안에 사람이 있기를 바라는 것처럼.

농가 전체가 연기로 가득 차고, 페트루시가 서 있던 한가운데에는 잿더미만 있고, 거기에서 군데군데 아직 증기가 올라오고 있었어요. 사람들이 자루로 달려가 보니, 금화 대신 온통 깨진 조각들뿐이었어요. 카자크들의 눈이 휘둥그레지고 입이 벌어지고 그들은 수염을 움직일 수조차 없이 땅에 못 박힌 듯 서 있었어요. 이 신기한 일에 그들은 그만큼 공포에 사로잡힌 거예요.

그 이후에 어떻게 되었는지는 기억이 나질 않아요. 피도르카는 순례를 떠나기로 맹세했어요. 아버지로부터 물려받은 재산을 다 모으고, 며칠 후 그녀는 이미 마을에 없었어요. 그녀가 어디로 갔는지 아무도 알 수 없었어요.

남을 돕기 좋아하는 노파들이* 그녀를 페트로가 끌려간 곳으로 보내려고 했지요.* 하지만 키예프에서 온 한 카자크가, 대수녀원에서 해골처럼 완전히 뼈만 남은 몰골로 끊임없이 기도하는 여인을 봤다고 했어요. 고향 사람들은 그녀의 모든 특징을 듣고는 그녀가 피도르카임을 알 수 있었어요. 어느 누구도 그녀에게서 단 한 마디 말도 들은 적이 없고, 그녀가 걸어올 때 모두 실눈을 떠야 할 정도로 빛나는 보석들로 장식된, 성모 마리아 성상의 덮개를 가져왔다고 하더군요.

그런데 말예요, 아직 이것으로 다 끝난 게 아니었어요. 간악한 악마가 페트루샤를 숨긴 바로 그날, 바사브륙이 다시 모습을 드러낸 겁니다. 모두 그에게서 도망치기 바빴어요. 그가 어떤 존재인지 알게 된 거죠. 그가 보물 더미를 파헤치기 위해 인간의 형상을 한 사탄에 다름 아니라는 것을요. 하지만 그는 악마의 손에 보물 더미가 주어질 때까지 젊은이들을 유혹하는 거예요.

바로 그해에 모두들 자기 움막을 버리고 마을로 옮겨 갔지요. 하지만 거기서도 저주받을 바사브류크으로부터 벗어나 평안을 얻을 수가 없었어요. 고인이 된 할아버지의 아주머니 말씀으로, 악마는 그녀가 오포시냔스카야 거리에 있는 예전의 주막을 떠난 것에 대해 누구보다도 그녀에게 악의를 품고서 온 힘을 다해 그녀에게 복수하려고 했대요.

한번은 마을 노인들이 주막에 모여, 식탁에 앉아서 흔히 말하듯이 관등별로 이야기를 나누고 있었대요. 식탁 한가운데, 이렇게 말하면 죄가 되겠지만, 구운 작은 양이 놓여 있었고요. 그들은 이런저런 것에 대해, 온갖 신기한 일들에 대해, 기적에 대해서도 수다를 떨고 있었지요. 그런데 한 명이라면 모를까 바로 모두에게, 양이 고개를 들고, 그의 음탕한 눈에 생기가 돌고 빛이 번쩍이고, 갑자기 나타난 검고 뻣뻣한 콧수염이 그 자리에 있는 사람들에게 의미심장하게 윙크를 하는 것처럼 느껴진 거예요.

모두 즉시 양의 머리에서 바사브류크의 낯짝을 알아보았죠. 제 할아버지의 아주머니는 심지어 그가 보드카를 요구할 거라고까지 생각했대요……. 정직한 노인들은 모자를 집어 들고 재빨리 자기 집으로 도망쳤지요.

그다음에는 가끔씩 할아버지와 눈과 눈을 맞대고 술을 마시며 이야기하기 좋아하던 교회 노인이 아직 두 번쯤 술잔을 비우기도 전에, 술잔이 그에게 허리를 굽혀 인사하는 것을 보았대요. 맙소사! 성호를 그을 수밖에요……!

이때 그의 반쪽인 아내에게도 기적이 일어났대요. 그녀가 엄청나게 큰 나무통에 있는 반죽을 밀치자마자 갑자기 나무통이 튀어 달아난 거예요. "거기 서, 거기 서!" 서기는 뭘 서요! 고것이 위엄 있게 팔을 옆구리에 대고선 무릎을 굽혔다 폈다 춤을 추며 온 농가를 다니더라는 거예요…….

여러분은 웃으시죠. 하지만 우리 할아버지들에게는 웃을 일이 아니었어요. 아파나시 사제가 성수를 들고 온 마을을 다니며 거리마다 관솔로 악마를 쫓아낸 것도 헛수고였어요. 돌아가신 할아버지의 아주머니는 누군가가 저녁만 되면 지붕을 두드리고 벽을 긁어 댄다면서 좀 더 오랫동안 불평했어요.

또 있어요! 지금은 우리 마을이 있는 바로 이곳의 모든 게 평안해 보이죠. 하지만 얼마 전까지만 해도 저의 돌아가신 아버지와 저는, 악마의 족속이 그 이후 오랫동안 자기 비용으로 수리한, 다 쓰러진 주막 옆을 선량한 사람은 지나가선 안 되었던 것을 잘 기억하고 있어요.

그을음이 낀 굴뚝에서 연기가 기둥처럼 피어오르고, 그게 어찌나 높이 올라가는지 그걸 보려면 모자가 벗겨졌지요. 그리고 온 스텝에 뜨거운 석탄을 뿌려 댔고요. 악마가 — 개자식, 그를 기억할 일이 없기를! — 자기 개집에서 어찌나 불평하며 흐느껴 우는지, 그 울음소리에 기겁한 갈까마귀들이 가까운 참나무 숲에서 떼 지어 올라가서는 거친 소리를 내며 하늘을 정신없이 날아다녔답니다.

5월의 밤 또는 물에 빠져 죽은 여인

귀신이 곡할 노릇이야! 세례받은 사람들이 뭐든 할라치면
꼭 사냥개가 토끼를 쫓듯 괴롭고 오금이 저리고,
모두 아무 소용이 없구먼. 악마가 개입하고 꼬리를 흔들어 대는
곳이면, 하늘에서 떨어진 건지 어디서 오는 건지 알 수가 없어.

1. 간나

낭랑한 노랫소리가 마을 길을 따라 강처럼 흘러갔다. 낮의 노동과 수고로 지친 청년들과 아가씨들이 밝은 저녁 빛을 받으며 떠들썩하게 모여들었다. 언제나 우수(憂愁)와 분리되지 않는 소리로 자신들의 즐거움을 흘려보내기 위해서.

영원히 깊은 생각에 빠진 저녁은 환상에 잠겨 푸른 하늘을 끌어안으면서, 모든 것을 불분명하고 머나먼 일로 만들었다.

이미 땅거미가 내려앉았지만 노랫소리는 조금도 잠잠해지지 않았다.

노래를 부르는 청년들 중에 혼자 슬그머니 빠져나온 카자크 청년 레브코, 즉 촌장의 아들이 손에 반두라를 들고 몰래 어디론가 가고 있었다. 카자크는 레셰틸롭카 양가죽 모자를 쓰고 길을 따라 걸으면서 손으로 현을 튕기고 춤을 춘다.

그는 크지 않은 벚나무들이 늘어선 어느 농가의 문 앞에 조용히 멈췄다. 이건 누구의 농가인가? 이건 누구의 문인가? 잠시 침묵하던 그가 반두라를 연주하며 노래를 부르기 시작했다.

태양은 저물고, 저녁이 가까이 오니 내게로 오라, 나의 연인이여!

"아니, 눈망울이 초롱초롱한 내 아리따운 여인은 깊이 잠들었나 봐!" 카자크가 노래를 끝내고 창가로 다가가며 말했다.

"갈랴,* 갈랴! 자고 있니, 아니면 내게로 나오기가 싫은 거야? 아마도 누군가 우리를 볼까 봐 겁내고 있거나 아니면 하얀 얼굴을 추위에 내비치기가 싫은가 보군!

겁내지 마, 아무도 없어. 저녁은 따뜻해. 하지만 누군가 나타난다면 내가 너를 스비트카로 덮어 주고 내 허리띠로 감싸 주고 손으로 너를 가려 줄게. 그러면 아무도 우리를 못 볼 거야.

차가운 바람이 불어오면 내가 너를 가슴에 더 가까이 끌어안고 키스로 너를 따뜻하게 해 주고 내 모자를 너의 하얀 발에 씌워 줄게.

내 가슴, 내 물고기, 목걸이야! 잠시 내다봐 줘. 창문 틈으로 너의 하얀 손이라도 내밀어 줘…….

아냐, 너는 자는 게 아냐, 교만한 아가씨!"

그는 순간적인 굴욕으로 상처를 받은 사람이 자기 기분을 드러낼 때 내는 그런 목소리로 좀 더 크게 말했다.

"너는 나를 조롱하는 게 재미있나 보구나, 안녕!" 이러고서 그는 몸을 돌려 모자를 비스듬히 눌러쓰고 거만하게 창문에서 멀어지며 조용히 반두라의 현들을 켰다.

이때 문의 나무 손잡이가 돌아가기 시작했다. 문이 끼익 소리를 내며 활짝 열리고 열일곱 번째 봄을 맞이하는 소녀가 땅거미에 에워싸여 조심스럽게 주위를 둘러보고 나무 손잡이를 손에서 떼지 않고 문지방을 넘었다.

불분명한 어둠 속에서 별처럼 선명한 눈동자가 상냥하게 타올랐다. 아름다운 산호 목걸이가 빛나고, 그녀 얼굴에서 수치심으로 붉게 타오르는 홍조까지도 청년의 독수리 같은 눈을 피할 수는 없었다.

"당신은 어쩜 그렇게 참을성이 없어요." 소녀가 그에게 낮은 목소리로 말했다. "그새 화를 내다니! 당신은 왜 그런 때를 고른 거예요, 사람들이 길을 따라 여기저기 다니는 때를……. 나는 온몸이 떨린다고요……."

"오, 떨지 마, 나의 아름다운 백당나무야! 내게 더 바짝 붙어!" 청년이 자기 목에 긴 가죽끈으로 걸려 있던 반두라를 던지고는 그녀를 껴안고 그녀와 함께 농가 문 옆에 앉으며 말했다. "너를 한시도 보지 않으면 내가 얼마나 괴로운지 알아?"

"내가 무슨 생각 하는지 알아요?" 아가씨가 생각에 잠겨 그에게 자기 눈을 대며 그의 말을 끊었다.

"우리가 앞으로는 자주 볼 수 없을 거라고 뭔가가 내 귀에 대고 속삭이는 것만 같아요. 당신 마을 사람들은 좋지 않아요. 아가씨들은 온통 질투의 눈으로 바라보고, 청년들은……. 난 심지어 내 어머니도 얼마 전부터 나를 더 엄하게 지켜보는 것을 느껴요. 솔직히 난 다른 사람들과 있는 게 더 즐거워요."

이 마지막 말을 할 때 그녀 얼굴에 어떤 우수의 표정이 나타났다.

"겨우 두 달 고향에 있어 놓고 벌써 지루해하다니! 내게도 싫증 난 거 아냐?"

"아, 당신한테 싫증 난 게 아니에요." 그녀가 웃으면서 덧붙였다. "난 당신을 사랑해요, 검은 눈썹의 카자크! 내가 당신을 사랑하는 건 당신에게 밤색 눈동자가 있어서예요. 당신이 그 눈으로 바라볼 때면 내 영혼이 웃는 것만 같아요. 영혼이 즐거워지고 기분이 좋아져요. 또 당신이 검은 콧수염을 상냥하게 움직이고, 당신이 길을 따라 가면서 노래하고 반두라를 켜기 때문이지요."

"오 나의 갈랴!" 청년이 그녀에게 키스하고 그녀를 더 강하게 자기 가슴에 끌어안으면서 소리쳤다.

"그만해요! 됐어요, 레브코! 먼저 말해 보세요, 당신 아버지하고 이야기는 했어요?"

"뭐?" 그가 잠에서 깬 듯이 말했다. "내가 결혼하고 싶고, 너는 내게 시집오고 싶어 한다고 말했어." 하지만 그가 "말했어"라고 할 때 그의 말에서 뭔가 우수 어린 느낌이 들었다.

"그래서 어떻게 됐어요?"

"그가 무슨 일을 벌이려는 걸까? 늙은 영감탱이가 늘 그렇듯이 귀먹어서 아무것도 못 듣는 척하더라고. 그러면서 내가 아무데나 쏘다니고 청년들과 거리를 휘젓고 다닌다고 욕까지 하더군. 하지만 겁내지 마, 나의 갈랴! 네게 카자크로서 약속해. 반드시 그를 설득시키겠어."

"레브코, 당신은 말만 하면 돼요. 그러면 모두 당신 뜻대로 이루어질 거예요. 난 이걸 잘 알아요. 다른 때 같으면 당신 말을 듣지 않을 거예요. 하지만 당신이 말을 하면 나도 모르게 당신이 원하는 것을 하게 돼요. 저길 봐요, 저길!"

그녀가 그의 어깨에 머리를 대고 눈을 위로 들어 올리며 말을 이었다. 위에는 따뜻한 우크라이나의 하늘이 한없이 푸르르고, 그들 앞에 서 있는 벚나무들의 휘어진 잔가지들이 아래로 잔뜩 매달려 있었다.

"저기 봐요, 저기 멀리 별들이 반짝였어요. 하나, 둘, 셋, 넷, 다섯……. 이건 하느님의 천사들이 하늘에 있는 자기의 밝은 집 창문들을 열고 우리를 바라보고 있는 거라는 게 사실이에요? 정말이에요, 레브코? 정말 그들이 우리 땅을 내려다보고 있는 건가요? 만일 사람들에게 새들처럼 날개가 있다면 거기로 높이, 높이 날아갈 텐데……. 아이, 무서워! 우리 세상의 어떤 참나무도 하늘에 가닿지는 못할 거예요. 하지만 사람들 말로는, 어딘가, 아주 먼 곳에 정수리가 바로 하늘에 닿는 나무가 있고, 하느님이 밝은 축일 전날 밤에 그것을 타고 땅으로 내려오신대요."

"아냐, 갈랴, 하느님에게는 하늘에서 땅까지 닿는 긴 사다리가 있어. 그것을 성스러운 대천사들이 부활절 전에 세우고, 하느님이 첫 계단을 내려오자마자 모든 악령들이 곤두박질치며 떼를 지어 지옥으로 떨어져. 그래서 그리스도의 축일에는 땅에 악령이 하나도 없는 거야."

"물이 얼마나 고요히 흔들리는지, 마치 요람에 있는 갓난아기 같아요!" 간나가 검은 단풍나무 숲으로 침울하게 에워싸인 연못을 가리키면서 말을 이었다. 그 연못에 자기의 애처로운 잔가지들을 담근 버드나무 가지들이 연못을 위해 곡(哭)을 하고 있었다.

마치 힘없는 노인처럼 연못은 멀리 있는 어두운 하늘을 자기의 차가운 품에 꼭 껴안고, 불타는 별들에 얼음 같은 키스를 퍼붓고 있었다. 그 별들은 곧 반짝거리는 밤의 차르*가 등장할 것을 예감이나 한 듯이 따뜻한 밤공기 사이로 흐릿하게 날아갔다.

숲 옆의 산 위에 낡은 나무집 하나가 덧창을 닫은 채 잠을 자고 있었다. 이끼와 야생풀이 지붕을 덮었고, 울창한 사과나무들이 그 창문 앞에 가지를 뻗고 있었다. 숲은 그늘로 그것을 껴안으며 그것에 야생의 어둠을 던지고 있었다. 개암나무 수풀이 그 산기슭에 펼쳐지며 연못을 향해 달려가고 있었다.

"나는 마치 꿈속에서 본 것처럼 기억해요." 간나가 그에게서 눈을 떼지 않고 말했다. "오래전, 아주 오래전에 내가 아직 어린 아이고 어머니와 함께 살았을 때, 사람들이 이 집에 대해 뭔가 무서운 이야기를 했던 것을. 레브코, 당신은 알고 있지요, 말해 줘요!"

"제발, 내 어여쁜 아가씨! 아낙네들과 어리석은 사람들이 무슨 말인들 못 하겠어. 너는 괜히 불안해지고 겁이 나고 편히 잠

듣지 못하게 될 거야."

"말해 줘, 말해 줘요, 사랑스러운 검은 눈썹의 청년!" 그녀가 자기 얼굴을 그의 뺨에 대고 그를 껴안으며 말했다. "아니! 당신은 나를 사랑하지 않는 거예요, 당신에겐 다른 아가씨가 있는 거예요. 나는 겁내지 않을 거예요. 나는 밤에 편히 잠잘 수 있어요. 하지만 이제 당신이 말해 주지 않으면 잠이 안 올 거예요. 난 괴로워하며 생각에 잠길 거예요…… 말해 줘요, 레브코!"

"아가씨들 옆에는 악마가 앉아서 그들의 호기심을 부추긴다는 사람들 말이 사실인 게야. 자, 들어 봐. 오래전에, 내 아가씨, 이 집에 백부장*이 살았어.

백부장에겐 딸, 즉 진정한 귀족 아가씨가 있었어. 눈처럼, 네 얼굴처럼 새하얬어. 백부장의 아내는 오래전에 죽었고, 백부장은 다른 여인과 결혼할 생각을 하게 됐어.

'새 아내를 얻어도, 옛날처럼 저를 아껴 주실 거죠, 아버지?'

'그러고말고, 내 딸아. 이전보다 더 세게 너를 가슴에 안아 줄게! 그럴게, 내 딸아, 훨씬 더 반짝이는 귀걸이와 목걸이를 선물해 줄게!'

백부장이 젊은 아내를 새집에 데려왔어. 젊은 아내는 예뻤어. 젊은 아내는 새하얀 얼굴에 홍조를 띠었어. 다만 그녀가 자기 의붓딸을 얼마나 무섭게 쳐다보던지, 딸은 그녀를 보고 소리를 질렀어. 엄한 계모는 온종일 말도 하지 않았어. 밤이 되자 백부장이 젊은 아내와 함께 자신의 화려한 침실로 갔어. 하얀 귀족 아가씨도 자기 침실로 들어가 문을 걸어 잠갔어.

그녀는 괴로워져서 울기 시작했어.

그런데 보니 무서운 검은 고양이가 그녀에게 살금살금 다가오는 거야. 그 털은 빛나고 쇠 발톱은 마루를 두드려 댔어. 딸이 공포에 질려 의자로 뛰어 오르자, 고양이가 그녀를 쫓아왔어.

그녀가 페치카에 붙은 침대로 뛰어가자 고양이도 거기로 와서는 갑자기 그녀에게 덤벼들어 그녀의 목을 졸랐어.

딸이 소리를 지르며 고양이를 자기에게서 떼어 내 마루로 던졌어. 다시 무서운 고양이가 살금살금 다가왔어.

우수가 그녀를 사로잡았어. 벽에 아버지의 장검이 걸려 있었어. 그것을 집어서 마루에 내던졌더니, 쇠 발톱이 난 앞발이 잘려 나갔고, 고양이는 괴성을 지르며 어두운 구석으로 사라졌어.

젊은 아내가 온종일 자기 침실에서 나오지 않다가 사흘째에 손에 붕대를 감고 나왔어.

불쌍한 귀족 아가씨는 계모가 마녀이고, 자기가 그녀의 팔을 벤 것을 알게 되었어.

나흘째 되던 날, 백부장이 자기 딸에게 여느 남정네에게 하듯이 물을 긷고 농가를 청소하라고 시키면서, 자기 방에는 얼씬도 하지 말라고 명령했어.

불쌍한 아가씨는 견디기 힘들었지만 어쩔 도리 없이 아버지 명령을 따라야 했어.

다섯째 되는 날, 백부장은 자기 딸을 맨발로 집에서 쫓아내고 도중에 먹을 빵 한 조각도 주지 않았어. 그때 귀족 아가씨가 손으로 하얀 얼굴을 감싸고 울기 시작했어. '아버지, 자기의 친딸을 죽이

시다니요! 마녀가 당신의 죄 많은 영혼을 죽였군요! 하느님이 용서해 주시길 바라요. 하지만 신이 불행한 저에게 이 세상에 살지 말라고 하시는 것 같군요……!' 그리고 저기, 너도 보이지…….”

레브코가 손가락으로 그 집을 가리키면서 간나에게 몸을 돌렸다. “여기 봐 봐, 저기 집에서 좀 더 떨어진 곳에 가장 깊은 강이 있잖아! 이 강가에서 귀족 아가씨는 몸을 던졌고, 그때 이후 그녀는 세상에서 사라졌어…….”

“그럼 마녀는?” 간나가 눈물이 글썽거리는 눈길을 그에게 향하고서 겁을 내며 말을 끊었다.

“마녀? 노파들이 지어내기를, 그때 이후 물에 빠져 죽은 여인들이 달 밝은 밤이면 귀족의 정원으로 나와서 달빛을 쬔대. 백부장의 딸이 그들의 우두머리가 되었고. 어느 날 밤 그녀가 연못가에 있는 자기 계모를 알아보고, 그녀를 공격해서 소리를 지르며 물속으로 끌고 갔대. 하지만 마녀는 이 상황에서도 방법을 찾아냈대. 그녀가 물 밑에서 물에 빠져 죽은 여인들 중 하나로 변해서, 물에 빠져 죽은 여인들이 마녀를 때리려고 녹색 갈대로 만든 채찍을 용케 피한 거야. 아낙네들 말을 믿다니!* 그 뒤에도 귀족 아가씨는 밤마다 물에 빠져 죽은 여인들을 모아서 하나씩 얼굴을 들여다보면서 그들 중 누가 계모인지 알아내려고 애쓰지만 아직도 못 알아냈대. 사람들 중에서 누구를 만나든 즉시 그에게 알아맞히라며 다그치고, 그렇게 하지 못하면 물에 빠뜨려 죽이겠다고 으박을 지른대. 나의 갈랴, 이게 바로 늙은이들이 하는 이야기야! 지금 주인이 그 자리에 양조장을 짓고 싶어서 그것을 위해 일부러 여기로 양조 기술자를 불렀어…….

그런데 말소리가 들리네. 우리 청년들이 노래를 마치고 돌아오는 거야. 안녕, 간나!

편히 자, 아낙네들이 지어낸 이야기는 생각하지 마!"

이렇게 말한 그는 그녀를 더 세게 안고 키스한 뒤 떠났다.

"안녕, 레브코!" 간나는 생각에 잠겨 어두운 숲에 눈을 고정시키면서 말했다.

이 시간 커다란 불덩이 같은 달이 장엄하게 땅에서 떨어져 나오고 있었다. 아직 그것의 절반은 땅 밑에 있었지만 이미 온 세상이 의기양양한 빛으로 가득 찼다.

연못에 불꽃이 떨어졌다. 나무 그늘이 검은 풀 위에서 더욱 선명하게 두드러졌다.

"안녕, 간나!" 이 말이 그녀의 말 다음에 울리고 키스가 이어졌다.

"당신이 돌아온 거군요!" 그녀가 돌아보면서 말했다. 하지만 자기가 모르는 청년이 눈앞에 있는 것을 보고 그녀는 옆으로 비켜섰다.

"안녕, 간나!" 다시 이 말이 들리고, 다시 누군가가 그녀 뺨에 키스했다.

"악마가 다른 놈을 보낸 거네!" 그녀가 화가 나서 말했다.

"안녕, 사랑스러운 간나!"

"이번엔 세 번째네!"

"안녕! 안녕! 안녕, 간나!" 사방에서 키스가 그녀를 덮쳤다.

"이건 완전히 한 부대네!" 간나는 앞다투어 자기를 껴안으려는 청년들의 무리에서 벗어나며 소리쳤다.

"이들은 끝없이 키스하는 데 질리지도 않는구나! 이젠 거리에 얼굴을 내밀지도 못 하겠어!"

이 말에 이어 문이 쾅 닫히고, 쇠로 된 빗장이 끼익 소리를 내며 채워지는 소리만 들렸다.

2. 촌장

여러분은 우크라이나의 밤을 아세요? 오, 여러분은 우크라이나의 밤을 모르시는군요! 그것을 잘 들여다보세요. 하늘 한가운데 달이 떠 있어요. 한없는 창공이 넓게 퍼지고 훨씬 더 한없이 나누어지지요. 그것은 빛나고 숨을 쉽니다. 온 땅이 은빛에 잠기고, 신비로운 공기가 서늘하면서도 무덥고 더없는 평안에 가득 차기도 하고요. 향기로운 대양이 흘러가지요. 신성한 밤이여! 매력적인 밤이여!

어둠에 잠긴 숲은 미동도 없이 영감에 차오르고, 자기로부터 거대한 그늘을 던졌다. 이 연못은 고요하고 잔잔하며, 그 물의 차가운 냉기와 암흑은 정원의 암녹색 벽들로 침울하게 둘러싸여 있다. 손이 닿지 않은 귀룽나무와 벚나무의 수풀이 겁을 내며 차가운 샘물로 뿌리를 뻗치고 가끔씩, 아름다운 미풍, 밤바람이 한순간 남몰래 다가와 키스를 할 때면 화를 내고 불만을 느끼면서 이파리를 사각거린다.

온 풍경이 잠들어 있다. 위에 있는 모든 것이 숨을 내쉰다. 모두 신비롭고 모두 장엄하다.

영혼 깊은 곳에서도 한없이, 신비롭게, 은빛 환영들이 무리를 지으며 정연히 일어난다. 신성한 밤이여! 매력적인 밤이여!

그런데 갑자기 모든 것이 소생했다. 숲도, 연못도, 스텝도. 우크라이나 종달새의 웅장한 천둥 같은 소리가 잠잠해지고, 달도 하늘 한가운데서 그것을 귀 기울여 듣는 것만 같다.

언덕 위 마을은 마치 매료된 듯 잠들어 있다. 달빛에 농가들이 더 하얗고 더 아름답게 반짝인다. 농가의 낮은 담벼락들이 암흑 속에서 더 눈부시게 도드라진다.

노랫소리는 가라앉았다. 모두 조용하다. 신앙심이 깊은 사람들은 이미 잠들어 있다.

드문드문 좁은 창문들이 반짝일 뿐이다. 다른 일부 농가들의 문지방 앞에서는 집으로 돌아온 가족이 때늦은 저녁 식사를 하고 있다.

"고팍은 그렇게 추는 게 아냐! 내가 보니, 모두 서툴러. 대부는 왜 이런 말을 했을까? ……자, 홉 트랄라! 홉 트랄라! 홉, 홉, 홉!"

중년의 술 취한 농부가 길에서 춤을 추며 혼자 이렇게 말하고 있었다.

"이런 제길, 고팍은 그렇게 추는 게 아니래도! 내가 왜 거짓말을 하겠어! 이런 제길, 그게 아니라니까! 자 봐, 홉 트랄라! 홉 트랄라! 홉, 홉, 홉!"

"저런, 멀쩡하던 사람이 바보가 됐어! 젊은이라면 봐주기라도 하지, 저런 늙은 촌놈이 애들에게 비웃음이나 사려고 밤에 길에서 춤을 추다니!" 손에 짚단을 들고 지나가던 중년 여인이 소리쳤다. "네 농가에나 가! 잠잘 때가 벌써 지났어!"

"갈 거야!" 농부가 걸음을 멈추고 말했다. "가겠어. 나는 어떤 촌장도 신경 쓰지 않아. 그가 무슨 생각을 하건, (악마가 그 아비에게 나타나길!) 그가 촌장이든 아니든, 그가 추위에 사람들에게 찬물을 끼얹건 말건,* 그렇게 콧대를 세우건 말건!

그래, 촌장, 촌장이라. 나의 촌장은 바로 나야.

그래, 신이 나를 때려죽여도 좋아! 신이 나를 때려죽여도 좋아, 나의 촌장은 바로 나야.*

바로 그래, 그렇지 않으면……."

그는 첫 번째 눈에 띄는 농가에 다가가면서 말을 이었고, 창문 앞에서 발을 멈추고 손가락으로 유리창을 쓸면서 나무 손잡이를 찾으려고 애썼다.

"여보, 문 열어! 여보, 빨리 나오라니까, 문 열라니까? 카자크가 잠잘 시간이야!"

"넌 어디 간 거야, 칼레니크? 남의 농가에 가 놓고!" 그의 뒤에서 즐거운 노래 모임에서 돌아오는 아가씨들이 웃으면서 소리쳤다. "네게 네 농가를 보여 줄까?"

"말해 줘요, 상냥한 새색시들!"

"새색시들이라고?" 한 명이 말을 가로챘다. "들었지, 칼레니크가 얼마나 정중하신지! 그 대가로 그에게 집을 가르쳐 줘야겠어…… 아니, 아냐, 먼저 춤을 추세요!"

"춤을 추라고……? 에이, 너희는 까탈스러운 아가씨들이구나!" 칼레니크가 웃으며 손가락으로 위협하고, 그의 발이 한곳에 몸을 지탱하고 있을 수 없었기 때문에 발을 헛디디며 말을 길게 끌었다. "내가 너희를 돌아가며 키스하게 해 줄래? 전부 키스할게, 전부 다!" 그가 한쪽으로 기울어진 발걸음으로 그들을 쫓아가려고 했다. 아가씨들이 소리를 지르며 우왕좌왕했다. 그러나 칼레니크의 다리가 그렇게 빠르지 않은 것을 보고는 그들은 힘을 내어 다른 방향으로 달렸다.

"저기 당신 농가가 있어요!" 그들이 떠나면서 그에게 다른 것보다 훨씬 더 큰, 마을 촌장의 소유인 농가를 가리키며 큰 소리로 말했다.

칼레니크는 다시 촌장을 욕하면서 고분고분 그 방향으로 나아갔다.

하지만 자기에게 그토록 불리한 소문과 구설수를 일으킨 이 촌장은 누구인가?

오, 이 촌장은 마을에서 중요한 인물이다. 칼레니크가 길 끝에 이를 때까지 우리는 틀림없이 그에게 대해 뭔가를 말할 수 있을 것이다.

마을 사람 모두가 그를 보면 모자를 벗어 인사한다. 가장 어린 아가씨들은 "안녕하세요"*라고 인사한다. 그러니 청년 중에 누가 촌장이 되고 싶어 하지 않겠는가!

촌장에게는 모든 담배 상자에 이르는 길이 저절로 열린다. 건장한 농민도 자기의 나무 담배 상자에 촌장이 굵고 투박한 손가락을 들이밀 때는 내내 모자를 벗고 서 있다.

민회나 총회에서 그의 권력이 다양한 목소리들에 의해 제한됨에도 불구하고, 촌장은 언제나 모두의 우위에 서서 거의 자기 뜻대로, 자기에게 유리한 사람을 보내 길을 닦고 매끄럽게 다지게 하거나 수로를 파게 한다.

촌장은 침울하고 보기에 엄하고 말을 많이 하는 것을 좋아하지 않는다.

또한 오래전, 아주 오래전에 고명하신 위대한 예카테리나 여왕이 크림반도에 왔을 때* 그가 수행원에 뽑혔었다. 이틀 내내 그는 이 직무를 수행했고, 심지어 여왕 마차의 마부와 함께 마부석에 앉는 영광도 누렸다.

바로 그때 이후로 촌장은 슬기롭고 위엄 있게 머리를 숙이고, 밑으로 돌돌 말린 콧수염을 매만지고, 눈썹 아래로 매와 같은 시선을 던지는 법을 익혔다.

그때 이후로 촌장은 누구와 무슨 이야기를 하든, 언제나 화제를 그가 어떻게 여왕을 수행하면서 여왕의 사륜 포장마차의 마부석에 앉았는지로 돌리곤 했다.

촌장은 가끔 귀먹은 척하기를 좋아한다. 특히 그가 듣고 싶지 않은 이야기를 들을 때.

촌장은 사치스러운 것을 참지 못한다. 그래서 그는 언제나 집에서 만든 검은 나사 천으로 된 스비트카를 입고 알록달록한 모직 허리띠로 허리를 두른다. 여왕이 크림반도를 방문했을 때 푸른 카자크 반외투를 입었던 것을 빼고는 그가 다른 옷을 입는 것을 본 사람이 아무도 없다.

하지만 마을 전체를 통틀어 이때를 기억할 수 있는 사람은 거의 없었다. 그는 그 반외투를 궤짝에 넣고 자물쇠를 채워 보관하고 있다. 촌장은 홀아비지만, 그의 집에는 처제가 살면서 점심과 저녁을 끓이고, 의자를 닦고, 농가를 하얗게 칠하고, 실을 감아 그에게 셔츠를 만들어 주고 살림 전체를 관리한다.

마을에서는 그녀가 전혀 그의 친척이 아닌 것처럼 말하지만, 우리는 이미 촌장에게는 그에 대한 온갖 중상을 퍼뜨리길 좋아하는 적들이 많은 것을 보았다.

그러나 촌장이 농작물을 수확하는 여인네들이 사방에 가득한 들판으로 나가거나, 젊은 딸이 있는 카자크 집에 가는 것을 처제가 언제나 마음에 들어 하지 않았던 것도 이 중상이 나오는데 빌미가 되었을 것이다. 촌장은 애꾸눈이지만, 대신 그의 한쪽 눈은 간악하고, 멀리 있는 마을 여자를 아주 잘 알아본다. 하지만 그는 어디서건 처제가 쳐다보고 있지는 않은지 잘 살피지 않고는 예쁘장한 얼굴에 한쪽 눈을 돌리지 않는다.

그러나 우리는 촌장에 대해 필요한 것을 거의 모두 말했는데, 술에 취한 칼레니크는 아직도 길의 절반도 가지 못하고 오랫동안 촌장을 온갖 정선된 단어들로 대접하고 있었다. 그 단어들은 오직 게으르고 매끄럽게 돌아가지 않는 그의 혀에만 오를 수 있는 것들이었다.

3. 뜻밖의 경쟁자, 음모

"아냐, 젊은이들, 아냐, 싫어. 그렇게 정신없이 취해서 날뛰고 말야! 너희들은 광폭하게 날뛰는 데 질리지도 않냐? 그렇지 않아도 우리는 이미 불량배로 알려졌어. 누워서 자는 게 더 나아!" 레브코는 술에 거나하게 취해서 그에게 새로운 장난을 부추기는 친구들에게 이렇게 말했다.

"안녕, 친구들! 모두 평안한 밤!" 그는 빠른 걸음으로 그들에게서 떨어져 길을 따라 걸었다. '맑은 눈의 간나는 자고 있을까?' 그는 우리에게 익숙한, 벚나무들이 있는 농가에 다가가면서 생각했다.

정적 속에 조용한 대화가 들렸다. 레브코는 걸음을 멈추었다. 나무들 사이로 하얀 셔츠가 보였다……. '이건 무슨 의미지?' 그는 잠시 생각하고 슬그머니 더 가까이 다가가서는 나무 뒤에 숨었다.

그 앞에 서 있는 아가씨의 얼굴이 달빛에 빛났다……. 이건 간나다!

하지만 그에게 등을 돌린 채 서 있는 키 큰 사람은 누구지? 그는 둘러보았으나 헛수고였다. 그늘이 그를 다리 끝에서 머리 끝까지 덮고 있었던 것이다.

단지 앞쪽에서 약간의 빛이 그를 비추고 있었다. 하지만 레브코가 한 걸음만 나서도 그에게는 불쾌한 일이었다. 자기 모습이 드러나는 것이다.

레브코는 조용히 나무에 몸을 기대면서 그 자리에 머무르기로 마음먹었다.

아가씨가 선명하게 그의 이름을 말했다. "레브코? 레브코는 아직 풋내기야!" 키 큰 사람이 쉰 소리로 나지막이 말했다. "내가 언제건 네 옆에 있는 그놈을 보기만 하면, 그의 머리채를 뽑아 버릴 테다……."

"어떤 불한당이 감히 내 머리채를 뽑아 버리겠다고 떠벌리는지 알고 싶군!" 레브코가 조용히 말하고 한마디도 내뱉지 않으려고 애쓰면서 목을 내밀었다.

하지만 낯선 남자가 계속 조용히 말을 해서 아무것도 알아들을 수가 없었다.

"당신은 어떻게 수치란 걸 모르세요!" 그의 말이 끝나자마자 간나가 말했다. "당신은 거짓말하는 거예요, 당신은 저를 속이는 거예요. 당신은 저를 사랑하지 않아요. 전 당신이 저를 사랑한다는 말을 결코 믿을 수가 없어요!"

"잘 알고 있어." 키 큰 사람이 말을 이었다. "레브코가 네게 쓸데없는 소리를 많이 주절대서 네 머리가 빙빙 돌게 만든 거야." (이때 청년은 이 낯선 인물의 목소리가 전혀 낯설지 않고 어디선가 들어 본 적이 있는 듯한 느낌을 받았다.)

"하지만 레브코가 자기 주제를 파악하게 해 주겠어!" 낯선 사람이 같은 식으로 계속 말을 이었다.

"그는 내가 그놈의 음모를 못 본다고 생각하는 거야. 개자식, 내 주먹맛이 어떤지 알게 될 거야."

이 말에 레브코는 더 이상 분노를 참을 수가 없었다.

레브코가 그에게 세 걸음 다가가서 온 힘을 다해 따귀를 갈기려고 했다. 그랬다면 낯선 남자의 몸이 단단해 보이긴 해도, 그는 제자리에 서 있지 못했을 것이다. 하지만 그 순간 빛이 그의 얼굴에 비치고, 레브코는 눈앞에 자기 아버지가 서 있는 것을 보고 몸이 굳었다.

자기도 모르게 머리를 내젓고 잇새로 가벼운 휘파람 소리를 내는 것 말고는 당혹감을 표현할 길이 없었다. 옆에서 부스럭거리는 소리가 들렸다. 간나가 서둘러 농가로 뛰어들면서 자기 뒤로 문을 쾅 닫았다.

"안녕, 간나!" 이때 청년들 중 한 명이 몰래 다가와 촌장을 안고 소리쳤고, 뻣뻣한 수염과 마주치자 공포에 질려 뒤로 물러났다. "안녕, 미녀야!" 다른 청년이 소리쳤으나 이번에는 촌장의 강한 타격에 곤두박질치듯이 날아갔다.

"안녕, 안녕, 간나!" 몇 명의 청년이 그의 목에 매달리며 소리치기 시작했다.

"썩 꺼져, 저주받을 왈패들아!" 촌장이 이들을 떼어 내고 그들에게 발을 구르면서 고함쳤다. "내가 네놈들에게 무슨 간나야! 네 아버지들 따라서 교수대에나 매달려라, 악마의 자식들! 꿀에 파리 붙듯이 달라붙는구먼! 내가 네놈들에게 간나를 주지!"

"촌장이야! 촌장이야! 이건 촌장이야!" 청년들이 소리를 지르며 사방으로 달아났다.

"아버지도 참 대단하셔!" 레브코가 당혹감에서 벗어나 정신을 차리고는, 청년들을 질책하고 떠나가는 촌장 뒤를 바라보며 말했다.

"아버지가 이런 장난을 치고 있었구나! 훌륭해! 간나 일을 이야기할 때 그가 내내 귀먹은 척했던 것이 무슨 의미인지 난 계속 생각해 봤지.

기다려, 늙은 영감탱이, 네가 젊은 아가씨들 창문 밑을 돌아다니면 어떻게 되는지 내가 알려 주겠어. 남의 신붓감을 빼앗으면 어떻게 되는지도 알려 주지!'

여봐, 친구들! 이리 와! 이리 와!"

그가 청년들에게 손짓하며 외쳤고, 그들이 다시 모여 무리를 이루었다.

"이리 와 봐! 내가 너희들에게 자러 가라고 설득했지. 하지만 이제 생각이 바뀌었어. 난 밤새도록 너희들과 놀 생각이야."

"그것참, 잘됐네!" 자기가 이 마을에서 가장 호탕하게 잘 노는 건달이라고 생각하는, 어깨가 넓고 몸집이 큰 청년이 말했다. "나는 제대로 놀지도 못하고 맘껏 장난도 못 치면 너무 답답해져. 뭔가 빠진 것만 같아. 모자나 담뱃대를 잃어버린 것만 같아. 한마디로 카자크가 아닌 거지."

"너희는 오늘 촌장을 완전히 성나게 만드는 데 동의하는 거지?"

"촌장이라고!"

"그래, 촌장을. 그가 사실 무슨 궁리를 한 거냔 말야! 그는 마치 헤트만*이나 되는 것처럼 우리를 다스리고 있어. 우리를 마치 자기 종 다루듯이 마구 부리는 것도 모자라서, 우리 아가씨들에게 다가가 추근대기까지 해. 내 생각에 온 마을에 촌장이 알랑거리지 않은 아가씨는 아무도 없을 거야."

"그래 맞아, 그래 맞아." 모든 청년들이 한목소리로 외쳤다.

"여봐들, 우리가 무슨 종이라도 된단 말야? 정말이지 우리가 그와 같은 종족이 아니란 말야? 하느님께 영광을, 우리는 감사하게도 자유로운 카자크라고! 청년들, 그에게 우리가 자유로운 카자크란 걸 보여 주자."

"보여 주자!" 청년들이 소리치기 시작했다. "촌장에게 보여 줄 거면 서기도 지나칠 수 없지!"

"서기에게도 보여 주자! 마침 우연인 양 내 머리에 촌장에 대한 아주 멋진 노래가 떠올랐어. 가자, 내가 너희들에게 가르쳐 줄게." 레브코가 손으로 반두라의 현을 때리면서 말을 이었다. "잘 들어 봐. 그리고 모두 누구로든지 옷을 바꿔 입어!"

"놀아 보자, 카자크!" 건장한 건달이 발로 발을 치고 손뼉을 치면서 말했다. "얼마나 화려한가! 얼마나 자유로운가! 날뛰기 시작할 때면, 옛 시절이 떠오르는 것 같아. 사랑스럽고 마음이 자유롭고, 영혼은 마치 천국에 있는 기분이야. 에이, 청년들! 에이, 놀아 보자……!"

그리고 무리가 시끄럽게 길을 따라 내달렸다. 신앙심이 깊은 노파들이 고함 소리에 잠에서 깨어 창문을 올리고 내다보더니, "이제 청년들이 놀고 있군!"이라고 말하며 잠에 취한 손으로 성호를 그었다.

4. 청년들이 장난치다

거리 끝에 한 농가만 아직 빛을 내고 있었다. 바로 촌장의 거처다. 촌장은 이미 오래전에 저녁을 끝냈고 의심할 바 없이 이미 오래전에 잠자리에 들었어야 했다. 그러나 이때는 그에게 손님으로, 자유로운 카자크들 사이의 크지 않은 땅뙈기를 갖고 있는 지주의 요청을 받아들여 양조장을 건설하도록 파견된 양조 기술자가 와 있었다.

손님은 성상화 바로 아래의 명예로운 자리에 앉아 있었다. 그는 키가 작고 뚱뚱했는데, 그의 작은 눈은 영원히 웃고 있는 것 같았다. 그 눈에 담배를 피우면서 계속 수다를 떨고 자기의 짧은 담뱃대에서 재로 변한 담배를 손가락으로 털어 낼 때의 만족감이 배어 있는 것 같았다.

연기 구름이 빠르게 그의 위로 흩어지며 그를 회청색 안개로 에워쌌다.

마치 양조장의 넓은 굴뚝이 자기 지붕 아래 앉아 있는 것이 지루해서 한바탕 놀아 볼 생각으로 촌장의 농가 식탁에 예의 바르게 자리를 잡고 앉아 있는 것 같았다.

그의 코 아래에는 짧고 무성한 콧수염이 자라 있었으나, 담배 연기 사이로 너무나 불분명하게 보여서 마치 양조 기술자가 헛간 고양이가 독점하다시피 한 쥐를 자기가 집어서 입에 물고 있는 것처럼 보였다.

촌장은 주인으로서 셔츠와 아마포 바지만 입고 앉아 있었다.

그의 독수리 같은 눈이 석양처럼 점차 가늘어지고 빛을 잃기 시작했다.

탁자 끝에서 촌장의 세력을 이루는 마을 순경* 중 한 명이 주인에 대한 존경심으로 스비트카를 입고 담배를 피우고 있었다.

"당신은 언제쯤……." 촌장이 양조 기술자에게 몸을 돌리고 자기의 하품하는 입에 십자가를 대면서 말했다. "당신의 양조장을 세울 생각이신가요?"

"하느님이 도우시면, 이번 가을에 양조장을 열게 될 것 같습니다. 성모 마리아의 날에는 촌장 나리께서 길에서 발로 독일 프레첼을 그리게 될 것이라고 장담합니다." 이 단어들을 발음하면서 양조 기술자의 눈이 사라졌다. 그 대신에 귀까지 빛이 길게 이어졌다. 몸 전체가 웃음으로 흔들리기 시작하고, 연기를 내뿜는 담뱃대를 즐거운 입술에서 순간적으로 뺐다.

"그렇게 되기를 바랍니다." 촌장이 자기 얼굴에 웃음 비슷한 것을 지으며 말했다.

"게다가 요새는, 다행히 포도주 양조장이 몇 개밖에 없어요. 옛날 페레야슬라프 길을 따라 제가 여왕을 모실 때는, 고인이 되신 베즈보로드코*가 아직…… ."

"이런, 언제 적 이야기를 하시는 겁니까? 그때는 폴타바의 크레멘추스크에서 로멘까지 포도주 양조장이 두 개도 안 됐지요. 그런데 지금은…… 저주받을 독일인들이 무슨 생각을 해냈는지 들어 보셨어요? 곧 모든 명예로운 기독교인들처럼 장작이 아니라 어떤 악마 같은 증기로 끓일 거라는 거예요."

이 말을 하면서 양조 기술자는 상념에 잠겨 식탁과 그 위에 넓게 펼쳐 놓은 자기 손을 바라보았다. "에구, 모르겠어요!"

"이 독일인들은, 하느님 용서하소서, 얼마나 바보 멍청이인가 말예요!" 촌장이 말했다. "나는 그들을 개 같은 아이들처럼 채찍으로 후려갈길 텐데 말입니다! 증기로 뭔가를 끓일 수 있다는 말은 들어 본 적이 없어요. 그래서 어린 새끼 돼지라면 괜찮지만, 고작 보르시* 한 숟가락 먹는 데 입술을 데지 않고는 입에 댈 수도 없게 될 겁니다……."

"당신은……." 의자에 양반다리를 하고 앉아 있던 처제가 반응했다. "아내 없이 우리 동네에 살게 되겠군요."

"아내가 제게 무슨 소용인데요? 좋은 게 뭐라도 있으면 모르지만요."

"좋지 않아요?" 촌장이 자기 눈을 그에게 향하면서 물었다.

"좋기는 무슨 얼어 죽을 말씀을! 악마처럼 늙어 가지고. 하랴는 완전히 주름살투성이여서 속이 텅 빈 지갑 같은데요." 양조 기술자의 낮은 몸통이 다시 엄청나게 큰 웃음으로 흔들렸다.

이때 뭔가가 문을 더듬어 찾기 시작했다. 문이 열리더니 농민이 모자도 벗지 않고 문지방을 넘어 마치 깊은 생각에 잠긴 듯이 농가 한가운데서 입을 벌리고 천장을 바라보며 서 있었다.

우리가 잘 아는 칼레니크였다. "자, 집에 도착했군!" 그가 문 옆 의자에 앉으면서 그 자리에 있는 사람들에게는 전혀 주의도 돌리지 않고 말했다.

"제기랄, 빌어먹을 원수의 아들이 길을 얼마나 늘여 놨는지!

가도 가도 끝이 없구먼! 누군가가 다리를 부러뜨린 것만 같아.

여편네, 저기 털외투 가져와서 나 좀 덮어 줘. 페치카에 있는 네게는 못 가겠어. 에구, 못 가겠어, 다리가 아파! 그것을 가져와, 거기 성상화 아래 자리에 그것을 놓아. 다만 잘 보고, 비빈 담배가 담긴 단지를 뒤집지 마. 아니면 아냐, 건드리지 마, 건드리지 마!

넌 오늘 술 취했나 보군……. 그럼 내가 직접 가져오지."

칼레니크가 살짝 몸을 일으켰으나 극복할 수 없는 힘이 그를 의자에 붙들었다.

"난 이래서 그가 좋단 말야." 촌장이 말했다. "남의 농가에 들어와서는 자기 집처럼 굴다니! 빨리 쫓아내야지!"

"이봐요, 내버려 두세요, 숨 좀 돌리게!" 양조 기술자가 그의 손을 잡으며 말했다. "이자는 유익한 사람이에요. 이런 사람이 많을수록 우리 양조장도 더 잘될 거고요……."

하지만 그 말은 선한 마음에서 나온 것이 아니었다. 양조 기술자는 모든 징조를 믿었고, 의자에 앉아 있는 사람을 바로 쫓아내는 것은 불행을 불러오는 것이라고 믿었다.

"내가 늙었구나……!" 칼레니크가 의자에 누우면서 투덜댔다. "내가 술 취했으면 몰라도, 난 취하지 않았어. 정말로 취하지 않았다고! 내가 왜 거짓말을 하겠어! 난 이것을 촌장에게라도 공표할 수 있어. 내게 촌장이 다 뭐야? 개놈의 자식, 그가 뒈졌으면! 그에게 침을 뱉어 주겠어! 애꾸눈 악마인 그를 짐마차가 치고 갔으면! 그놈이 사람들에게 추위에 물을 부어 댔으니……."

"얼씨구! 돼지가 농가에 기어 들어와서는 탁자에 앞발을 들이미는 격이네." 촌장이 화를 내며 자기 자리에서 일어나서 말했다. 하지만 이때 아주 무거운 돌이 날아오더니 창문을 산산조각 내고 그의 발밑에 떨어졌다.

촌장이 멈칫했다. "어떤 놈이 던졌는지 알기만 해 봐라." 그가 돌을 집어 들고 말했다. "교수형을 당할 놈, 내가 어떻게 던져야 하는지 가르쳐 주마! 이런 못된 장난을 치다니!" 그가 불타는 눈길로 손에 든 그것을 살펴보면서 말을 이었다. "이런 돌에 숨이나 막혀라……."

"그만, 그만하세요! 제발, 그렇게 말하지 마세요!" 양조 기술자가 창백해져서 말을 끊었다.

"당신이 어느 누구도 욕으로 축복하지 않도록 신이 당신을 저 세상에서도 이 세상에서도 보호하시길!"

"여기 보호자가 나타나셨군! 그가 망해 버렸으면……!"

"생각도 하지 마세요! 당신은 돌아가신 저의 장모님에게 무슨 일이 일어났는지 모르시는 모양이군요?"

"장모에게요?"

"네, 장모님에게요. 얼마 전 저녁에, 돌아가신 장모, 돌아가신 장인, 남자 고용인, 여자 고용인 그리고 다섯 명의 아이들이 저녁을 먹으려고 자리를 잡았지요. 장모님이 큰 솥단지에서 갈루시카를 사발에 조금 덜어 내서 너무 뜨겁지 않게 했어요. 일을 마치면 모두 배가 고픈 까닭에 식을 때까지 기다리고 싶지 않아 해서요. 긴 나뭇개비에 갈루시카를 끼우고 먹기 시작했지요. 갑자기 어디에서 왔는지, 어디 태생인지, 누군지 도무지 알 수 없는 사람이 자기도 식사에 끼게 해 달라고 부탁을 하는 거예요. 어떻게 배고픈 사람을 먹여 주지 않겠어요! 그에게도 나뭇개비를 주었지요. 손님은 암소가 건초를 먹듯이 갈루시카를 다 먹어 치웠어요. 다른 사람들이 하나씩 다 먹고 나뭇개비를 다른 것에 쑤시기도 전에 귀족의 마루판처럼 바닥이 매끌매끌해졌지요. 장모님은 다시 부었어요. 손님이 배불리 먹었으니 이번에는 조금 집을 거라고 생각하면서요. 전혀 그렇지 않았어요. 오히려 더 잘 먹는 거예요! 그가 두 번째 것도 다 비운 거예요! '이 갈루시카로 목이라도 막혀라!' 배고픈 장모님이 생각했지요. 그런데 갑자기 이자가 사레들리더니 쓰러진 거예요. 사람들이 서둘러 그에게 달려들었는데, 혼이 나간 뒤였어요. 질식한 거지요."

"그런 저주받을 대식가에겐 그래도 싸요!" 촌장이 말했다.

"하지만 전혀 그렇게 되지 않았어요. 그때부터 장모님에게 마음의 평안이 사라졌어요. 밤만 되면 죽은 자가 나타나는 거예요. 저주받은 놈이 굴뚝 위에 앉아서 갈루시카를 잇새에 물고 있는 거예요. 낮에는 모두 평안하고 그에 대해 어떤 말도 없었어요. 그런데 땅거미가 내려앉고 지붕을 보면, 그 개 같은 놈이 굴뚝에 걸터앉아 있는 거예요……".

"갈루시카도 잇새에 물고요?"

"갈루시카도 잇새에 물고요."

"신기하네요, 정말로! 저도 죽은 여자에 대해 그와 비슷한 말을 들은 적이 있어요……."

이때 촌장이 말을 멈췄다. 창문 아래에서 소음과 춤추는 사람들의 발 움직이는 소리가 들렸다.

처음에는 반두라의 현들이 조용히 소리를 내고, 여기에 한 명의 목소리가 합류했다. 그러다가 현들이 더 강하게 울리기 시작하더니, 몇 명의 목소리가 따라 부르고, 노래가 회오리바람처럼 우렁차게 울려 퍼졌다.

청년들, 너희는 들었냐? 우리 머리는 강하지 않아!
애꾸눈 촌장의 머리는 강하고…….
통 제조공, 촌장을 너의 쇠테로 두들겨 박아 버려!
통 제조공, 촌장을 채찍으로, 채찍으로 후려쳐.
우리 촌장은 백발이고 애꾸이고 악마처럼 늙었지.
얼마나 바보 멍청이인가!
변덕스럽고 음탕해서 아가씨들에게 딱 달라붙고…… 바보, 바보!
네가 청년들에게 기어들려고 하다니!
너는 관에 들어가서 수염을 잡고 목을 감싸기만 해!
긴 머리채를 잡아라! 긴 머리채를 잡아라!

「훌륭한 노래군요!」 양조 기술자가 머리를 약간 옆으로 수그리고, 그런 무례한 짓에 놀라 몸이 굳은 촌장 쪽으로 몸을 돌리면서* 말했다.

「훌륭해요! 다만 촌장에 대해 전혀 예의에 맞지 않는 단어들로 말하는 것이 추잡하군요…….」 그는 더 들을 요량으로 다시 눈에 달콤한 감동의 표정을 지으며 탁자에 손을 얹었다. 창문 밑에서 웃음소리와 "다시! 다시!"라는 고함 소리가 쩌렁쩌렁 울린 것이다.

하지만 통찰력 있는 눈이라면 당황한 촌장이 한자리에 오래 붙어 있지 않으리라는 것을 즉시 알아차렸을 것이다. 그것은 늙고 경험 많은 고양이가 가끔 미숙한 쥐에게 자기 꼬리 주위를 지나가도록 내버려 두지 않는 것과 비슷했다. 그새 고양이는 쥐가 자기 소굴로 가는 길을 차단할 계획을 재빠르게 세우는 것이다.

촌장의 외로운 눈이 아직 창문을 향해 있는 동안 손은 벌써 순경에게 신호를 보냈고, 그는 문의 나무 손잡이를 쥐었고, 갑자기 거리에 괴성이 일어났다…….

자신의 많은 장점들에 호기심을 추가하면서, 양조 기술자가 재빨리 자기 담뱃대에 담배를 채우고 거리로 뛰어나갔다. 하지만 장난꾸러기들은 이미 사방으로 흩어져 달아난 뒤였다.

"아니, 너는 내 손을 빠져나가지 못해!" 촌장이 털이 위로 뒤집힌 검은 양털 외투를 입은 사람의 손을 잡아끌면서 소리쳤다.

양조 기술자는 이때를 이용해서 평안을 파괴한 자의 얼굴을 보기 위해 뛰어나왔다. 그러나 긴 수염과 끔찍하게 칠한 낯짝을 보고 소심해져서 뒤로 물러났다.

"아니, 너는 내 손을 빠져나가지 못해!" 촌장이 자기 포로를 현관으로 계속 잡아끌면서 소리쳤고, 그는 어떤 반항도 하지 않고 마치 자기 농가에 가기나 하는 듯이 조용히 그의 뒤를 따라갔다.

"카르포, 창고를 열어!" 촌장이 순경에게 말했다. "그를 어두운 창고에 처넣어! 서기를 깨우고, 순경들을 불러 모아. 이 불량배들을 전부 잡아서 오늘 이놈들 모두에게 판결을 내리겠어!"

순경이 크지 않은 자물쇠로 현관에 짤그랑 소리를 내며 창고를 열었다.

그 순간 포로가 어두운 현관을 이용해 갑자기 아주 강한 힘으로 그의 손에서 빠져나갔다.

"어디를?" 촌장이 목덜미를 한층 더 세게 잡고 외치기 시작했다. "놔, 놓으란 말야!" 가녀린 목소리가 들렸다.

"소용없어! 소용없어, 이 녀석아! 아낙네가 아니라 악마처럼 빽빽거려도 날 속이지는 못해!" 그리고 그를 어찌나 세게 어두운 창고로 밀어 넣었는지, 불쌍한 포로는 마루에 쓰러져서 신음을 토했다. 촌장은 순경을 대동하고 서기의 농가로 향했고, 양조 기술자가 그들 뒤를 따라가면서 증기선처럼 담배 연기를 뿜어 댔다.

그들 세 명은 머리를 수그리고 생각에 잠겨 걸어갔다. 그런데 갑자기 어두운 교차로가 꺾이는 지점에서 이마를 세게 얻어맞아 날카로운 소리를 질렀고, 그에 대한 반응으로 똑같은 날카로운 소리가 일어났다.

눈을 가늘게 뜬 촌장이 서기와 두 명의 순경을 보고 경악했다.

"전 당신에게 가고 있었어요, 서기 나리."

"전 당신에게 가고 있었어요, 촌장 나리."

"기이한 일이 일어났어요, 서기 나리."

"기이한 일이 일어났어요, 촌장 나리."

"그게 뭔데요?"

"청년들이 날뛰고 있어요! 여러 무리를 지어 거리를 다니며 난폭하게 행동하고 있어요. 당신을 입에 담기도 어려운 수치스러운…… 말들로 높이면서요.* 술 취한 러시아 놈도 자신의 불경한 혀로 그런 단어들을 내뱉는 건 두려워할 거예요."

(알록달록한 마직 통바지와 포도주 효모 색의 조끼를 입은 빼빼 마른 서기는 이 모든 것을 말할 때 목을 앞으로 길게 뺐다가 동시에 목을 이전 상태로 밀어 넣었다.)

"제가 잠깐 졸고 있었는데, 그놈의 왈패들이 치욕스러운 노래와 소리로 저를 깨운 겁니다! 그들을 엄하게 다루려고 제가 바지와 조끼를 입는 동안 모두 사방으로 흩어져 달아나 버렸어요. 하지만 제일 중요한 놈은 우리에게서 도망치지 못했지요. 그는 지금 죄수들을 가두는 농가에서 노래를 부르고 있어요. 전 이 작자를 보고 싶은 마음이 굴뚝같았지만, 죄인들에게 못을 박아 넣는 악마처럼 낯짝이 숯으로 검게 칠해져 있더라고요."

"그의 복장은 어떻던가요, 서기 나리?"

"뒤집힌 검은 털외투를 입고 있어요, 개자식이죠, 촌장 나리."

"당신 거짓말을 하는 건 아니죠, 서기 나리? 이 왈패가 여기 우리 창고에 앉아 있다면 어떻게 하겠어요?"

"아니요, 촌장 나리. 이렇게 한다고 화내지 마세요. 당신 자신이 약간 거짓말의 죄를 짓고 있는 거예요."

"불을 가져와 보세요! 우리가 그를 보도록 하지요!" 불을 가져왔고, 문을 열었다. 촌장은 자기 눈앞에 처제가 있는 것을 보고 깜짝 놀라며 신음했다.

"말해 보시지." 그녀가 그런 말을 하며 그에게 다가섰다. "넌 마지막 정신 줄마저 놓은 것 아니야? 나를 어두운 창고에 밀어 넣을 때 네 애꾸눈 대가리에는 뇌가 한 방울도 없었던 거 아니야? 머리로 쇠갈고리를 찧지 않은 것이 그나마 다행이야. 정말이지 나라고 외치지 않았냔 말야? 저주받을 곰탱이, 자기 쇠 발로 붙잡아 밀어 넣기까지 하다니! 저세상에서 악마들이 너를 그렇게 처밀어 넣기를……!"

그녀가 거리로 난 문을 잡으면서 마지막 말을 하고는 어떤 이유에서인지 거리로 향했다.

"그래, 이게 너란 걸 알아보겠어!" 촌장이 정신을 차리고 말했다. "서기 나리, 말씀 좀 해 보세요, 이 저주받을 불한당이 촌장을 비방한 자가 아닌가요?"

"불한당이죠, 촌장 나리."

"우리가 이 불량배들을 엄중히 가르쳐서 자기 일을 잘하게 해줘야 할 때가 아닌가요?"

"오래전에 그랬어야 해요, 오래전에요, 촌장 나리."

"그 바보들이 그런 생각을 하다니……. 이건 또 무슨 일이야? 길에서 처제의 고함 소리가 난 것 같은데. 그 바보들이 자기가 촌장이고, 내가 그들과 동등하다고 생각하다니. 그들은 내가 그들 형제이고 단순한 카자크라고 생각하는 거야……!"

그 말에 이어서 크지 않은 기침과 함께 눈썹 아래에서 눈이 주변을 향하는 것으로 보건대, 촌장이 뭔가 중요한 것을 이야기할 태세라는 걸 짐작할 수 있었다.

"천…… 이 저주받을 연도는, 아무리 해도 제대로 말할 수가 없네. 모모 연도에 당시 위원*이던 레다촘에게 카자크 중 가장 영리한 자를 선발하라는 명령이 내려졌지요. 오!" 이 '오!'를 말하며 촌장은 손가락을 위로 올렸다. "가장 영리한 자라고요! 여왕을 모실 수행원으로. 난 그때……."

"또 그 말씀이시군요! 여긴 누구나 이미 알고 있습니다, 촌장 나리. 모두 당신이 어떻게 근무해서 여왕의 총애를 얻었는지 잘 알고 있지요. 이제 고백하세요, 제가 맞았지요. 뒤집힌 털외투를 입고 있는 이 왈패를 잡았다고 말씀하실 때, 영혼에 거짓말의 죄를 조금 지으신 게 맞지요?"

"이 뒤집힌 털외투를 입은 마귀로 말하면, 다른 이들의 본보기로 그에게 족쇄를 채워서 제대로 벌을 줘야 해요. 권력이 무엇을 의미하는지 모두 알게 해 줘야 해요! 촌장을 임명한 분이 차르가 아니라면 누구란 말입니까? 그다음에는 다른 청년들도 잡아들이겠어요. 난 저주받을 왈패들이 내 텃밭에 돼지 떼를 몰아넣어서 내 양배추와 오이들을 먹게 한 걸 잊지 않았어요. 난 악마의 자식들이 내 곡식을 탈곡하기를 거부한 일을 잊지 않았어요, 잊지 않고말고요……. 하지만 그들이 모두 사라졌으니, 이 뒤집힌 털외투를 입은 불한당이 누군지 반드시 알아내야겠어요."

"이자는 몸이 아주 날랜 녀석인 것 같군요!" 이 모든 대화 중에 마치 포위용 대포처럼 볼에 끊임없이 연기를 충전하고 입에서는 짧은 담뱃대를 떼고 완전히 구름 같은 연기를 내뿜던 양조 기술자가 말했다.

"만일의 경우에 이런 사람을 포도주 양조장에도 두면 나쁘지 않겠어요. 교회 상들리에 대신 참나무 꼭대기에 매달아 놓는 편이 훨씬 좋겠어요."

그런 날카로운 지적이 양조 기술자에게는 그다지 어리석어 보이지 않았고, 그는 그 순간 다른 이들의 동의를 기다리지 않고 쉰 목소리로 웃는 것으로 스스로에게 상을 주기로 결심했다.

이때 그들은 크지 않은, 거의 무너지다시피 한 농가에 다가갔고, 우리 동행인들의 호기심이 한껏 커졌다. 모두 문 옆으로 몰려들었다.

서기가 열쇠를 꺼내 자물쇠 부근을 돌리자 쨍그랑 소리가 났다. 하지만 그것은 그의 궤짝 열쇠였다! 급한 마음이 한껏 커졌다.

그는 손을 집어넣고 더듬다가 열쇠를 찾지 못하자 욕을 퍼붓기 시작했다.

"여깄다!" 마침내 그가 몸을 구부리고 알록달록한 바지에 달린 넓은 호주머니의 깊은 곳에서 그것을 끄집어내면서 말했다.

이 말에 우리 주인공들의 가슴이 하나로 모아지고, 이 엄청나게 큰 가슴이 어찌나 세게 고동치던지 그것의 불규칙한 박동 소리는 딸가닥거리는 자물쇠 소리로도 막을 수 없었다. 드디어 문이 열렸다. 그리고…… 촌장의 얼굴이 아마포처럼 창백해졌다. 양조 기술자는 한기를 느끼고, 그의 머리털이 하늘로 날아오르고 싶어 하는 것 같았다. 서기의 얼굴에 공포가 서렸다. 순경들은 땅에 딱 달라붙고, 딱 벌어진 입술을 다정하게 다물 힘이 없었다. 그들 앞에 처제가 서 있었던 것이다. 하지만 그녀도 그들보다 덜 당황한 것은 아니었고, 잠시 후 정신을 차리더니 그들에게 다가가려는 동작을 취했다.

"멈춰!" 촌장이 거친 목소리로 외치고는 문을 쾅 닫았다.

"여러분! 이자는 사탄이오!" 그가 말을 이었다. "불 가져와! 빨리! 관청 농가도 아끼지 않겠어. 그걸 태워, 태워 버려, 악마의 뼈도 땅에 남지 않게!"

처제가 문 뒤에서 촌장의 잔인한 결정을 듣고 공포에 질려 소리쳤다.

"무슨 소리예요, 여러분!" 양조 기술자가 말했다. "하느님 맙소사, 여러분 머리가 거의 눈처럼 하얘졌는데도, 아직 철이 덜 드셨군요. 마녀는 평범한 불로는 타지 않아요! 오직 담뱃대 불로만 귀신을 태울 수 있다고요. 기다려요, 제가 지금 불을 피울 테니까!"

이 말을 하고 그가 담뱃대에서 뜨거운 재를 짚단으로 쏟아붓고는 그것을 입으로 불기 시작했다.

이 순간 가련한 처제의 마음을 절망이 사로잡아서, 그녀는 그들이 마음을 바꾸도록 큰 소리로 애원하기 시작했다.

"기다려요, 여러분! 왜 헛되이 죄를 키우려는 거예요. 어쩌면 이자는 사탄이 아닐지도 몰라요." 서기가 말했다. "만일 그가, 즉 저기 앉아 있는 그가 성호를 긋는 데 동의한다면, 이것은 그가 악마가 아니라는 믿을 만한 증거예요."

이 제안에 모두 동의했다. "내게서 떨어져, 사탄아!" 서기가 입술을 문 틈새에 대고 말을 이었다. "그 자리에서 움직이지 않으면 우리가 문을 열겠다."

문이 열렸다.

"성호를 그어 봐!" 촌장이 뒷걸음질을 할 경우에 안전한 장소를 찾는 듯이 뒤를 돌아보면서 말했다.

처제가 재빨리 성호를 그었다.

"제기랄! 정말로 처제네!"

"어떤 악마가 너를 이 개미집에 끌어넣었냐?" 처제가 흐느껴 울면서, 청년들이 어떻게 길에서 그녀를 붙잡고, 그녀의 저항에도 불구하고 농가의 넓은 창문으로 밀어 넣은 뒤 덧창을 못질로 막았는지를 이야기했다. 서기가 들여다보니 넓은 덧창에 붙은 경첩이 뜯기고, 그것이 위쪽으로만 나무 각재로 못질이 되어 있었다.

"참 장하다, 애꾸눈 사탄아!" 그녀가 약간 뒤로 물러나 계속해서 자기 눈으로 그녀를 재어 보는 촌장에게 다가가며 날카롭게 소리쳤다.

"난 네 수작을 알아. 네가 원한 거야. 넌 더 자유롭게 아가씨들에게 알랑거리고, 백발 할아버지가 바보짓하는 것을 아무도 눈치채지 못하게 하려고 나를 불에 태울 기회가 생긴 것에 기뻐한 거야. 오늘 저녁 네가 간나와 무슨 얘길 했는지 내가 모를 거라고 생각해? 오! 난 전부 알고 있어. 네 얼빠진 대가리가 아니어도 나를 속이긴 힘들 거야. 난 오랫동안 참아 왔지만 이제는 알아서 하라고……."

이 말을 하고서 그녀는 주먹을 내밀고 촌장을 몸이 굳은 상태로 내버려 두고 빨리 떠났다.

'아냐, 이건 진짜로 사탄이 개입한 거야.' 촌장이 자기 모자 꼭대기를 세게 긁적이면서 생각했다.

"잡았습니다!" 이때 순경들이 들어오면서 날카롭게 외쳤다.

"누굴 잡았단 말야?" 촌장이 물었다.

"뒤집힌 털외투를 입고 있는 사탄을요."

"그를 데려와!" 촌장이 끌려온 포로의 손을 잡고 소리쳤다. "너희는 정신이 나갔어. 이건 술 취한 칼레니크야."

"빌어먹을, 귀신이 곡할 노릇이네! 우리 손에 있었다고요, 촌장 나리!" 순경들이 대답했다.

"교차로에 저주받을 청년들이 모여서 춤을 추고 서로 당기고 혀를 쑥 내밀고 손에서 강탈하고…… 악마한테나 가라! ……어떻게 우리가 청년들 대신에 이런 얼간이를 잡았는지, 귀신이 곡할 노릇이네요!"

"내 권한으로 모든 주민들에게 명령을 내리겠어." 촌장이 말했다. "이 순간 이 도적을 체포하라고. 바로 그런 방식으로 거리에서 발견되는 사람은 모두 처벌할 테니 내 앞으로 끌고 와!"

"자비를 베풀어 주세요, 촌장 나리!" 몇몇 사람이 큰절을 하면서 소리치기 시작했다. "당신도 어떤 상판대긴지 보셔야 해요. 저희를 죽인다 해도, 태어나서 세례받은 후 그런 역겨운 낯짝은 본 적이 없어요. 그건 아직 죄라고 할 수도 없어요, 촌장 나리, 선량한 사람을 그토록 혼란스럽게 만들면 그다음부터는 어떤 아낙네도 녹인 구리나 밀랍을 띄워서 치료하려 하지 않을 거라고요."

"내가 너희에게 점을 쳐 주지! 자네들은 뭐야? 복종하지 않겠다는 거야 뭐야? 자네들이 그들 편을 드는 것 같은데? 자네들, 반역자 아냐? 이게 뭐야? ……이게 뭐냐고? ……자네들이 반역을 일으키는 거군! 자네들이…… 나는 위원님에게 보고하겠어! 지금 당장! 들었지, 지금 당장. 뛰어, 새처럼 잽싸게 가! 너희를 당장…… 너희는 나를……." 촌장의 말에 모두 사방으로 도망쳤다.

5. 물에 빠져 죽은 여인

이 모든 소동의 주범은 아무것도 염려하지 않고, 산산이 흩어진 추격대에 신경 쓰지 않고 천천히 옛집과 연못으로 다가갔다. 내 생각에, 그가 레브코였다는 건 굳이 말할 필요가 없을 것이다. 그의 검은 털외투에는 단추가 풀려 있었다. 그는 모자를 손에 쥐었다. 그의 몸에서 구슬땀이 비 오듯 흘러내렸다. 얼굴을 달 쪽으로 향하고 서 있는 단풍나무 숲이 장엄하게 칠흑같이 어두워지고 있었다. 미동도 없는 연못은 지친 행인에게 신선한 바람을 안겨 주고 그가 연못가에서 쉬게 해 주었다.

모두 고요했다. 숲의 깊은 곳에서 꾀꼬리의 요란한 울음소리만 들려왔다. 참기 어려운 잠이 빠르게 그의 동공을 덮기 시작하고, 그의 피곤한 팔과 다리도 모든 것을 잊고 잠잠해질 태세였다. 머리가 기울었다……. "아니, 내가 이곳에서 잠이 들다니!" 그가 다리로 일어서고 눈을 비비면서 말했다.

그가 정신을 차리고 보니 그 앞에 밤이 훨씬 더 빛나는 것 같았다. 어떤 이상한, 환희에 넘치는 광채가 달빛에 뒤섞였다. 그는 이와 같은 장면을 결코 본 적이 없었다.

은빛 안개가 주위에 떨어졌다. 만발한 사과꽃과 밤에 피는 꽃들에서 나는 향기가 온 땅에 흘러넘쳤다. 그는 미동조차 않는 연못의 물을 바라보고 당황했다. 그 안에서 위아래가 뒤집힌 옛날식 귀족 집이 보였는데, 집은 깨끗했고, 어떤 선명한 위용이 어려 있었다. 어두운 덧창 대신에 즐거운 유리창과 문이 보였다. 깨끗한 유리창 사이로 도금한 것이 어른거렸다.

그런데 창문이 열린 것처럼 보였다. 그에게는 자신이 숨을 죽이고 한 치의 움직임도 없이 연못에서 눈을 떼지 않은 채 연못 깊은 곳으로 자리를 옮긴 것처럼 느껴졌다. 그리고 앞에서 창문에 하얀 팔꿈치가 놓이고, 그다음 상냥한 작은 얼굴이 밖을 바라보고 팔꿈치에 괴는 것이 보였다. 그녀의 빛나는 눈동자가 검은 아마색 머리 물결 사이로 조용히 빛났다.

그녀가 가볍게 머리를 흔들고, 그녀가 신호를 보내고, 그녀가 미소 짓는 것이 보였다…….

순간 그의 가슴이 격렬하게 고동쳤다……. 물이 잔잔하게 움직이기 시작하고, 창문이 다시 닫혔다.

그는 조용히 연못에서 돌아서서 집을 바라보았다. 어두운 덧창이 열려 있고, 유리창이 달빛에 반짝이고 있었다.

'사람들의 소문이 얼마나 미덥지 않은가 말야.'* 그는 혼자 생각했다. '집이 새로워졌어. 물감이 마치 오늘 칠한 것처럼 생생해. 저기 누군가 살고 있어.' 그가 말없이 더 가까이 다가갔으나, 그 안의 모든 것이 조용했다.

꾀꼬리들의 빛나는 노래가 강하고 낭랑하게 서로 화답했다. 그 노래가 나른하고 행복하게 사그라들고 있을 때, 귀뚜라미의 버스럭거리는 소리와 재잘거리는 소리 혹은 넓은 수면의 거울에 자신의 매끄러운 코를 박은, 늪의 새 우는 소리가 들려왔다. 레브코는 가슴에서 달콤한 고요와 자유의 기쁨을 느꼈다. 그가 반두라를 조율하고 연주하며 노래하기 시작했다.

오, 너, 달아, 내 달아,
너, 선명한 별아!
오, 아름다운 아가씨가 있는
저 마당을 비추어 주렴.

창문이 조용히 열리고, 그가 연못에서 본 바로 그 작은 머리가 주의 깊게 노래를 들으면서 밖을 바라보았다. 그녀의 긴 속눈썹이 눈에 반쯤 떨구어져 있었다. 그녀의 온몸이 아마포처럼, 달빛처럼 창백했다. 하지만 얼마나 신비로운가, 얼마나 아름다운가! 그녀가 웃기 시작했다……!

레브코는 전율을 느꼈다. "젊은 카자크, 내게 어떤 노래든 불러 줘요!" 그녀가 머리를 옆으로 수그리고 아주 짙은 속눈썹을 떨구면서 조용히 말했다.

"당신에게 어떤 노래를 불러 줄까요, 내 진정한 귀족 아가씨?"

그녀의 창백한 얼굴에 눈물이 조용히 흘러내렸다. "젊은이." 그녀가 말했다. 뭔가 설명하기 어려운 감동적인 것이 그녀 말에서 느껴졌다.

"젊은이, 내게 계모를 찾아 줘요! 그럼 당신을 위해 무엇이든 해 줄게요. 당신에게 상을 줄게요. 당신에게 풍성하고 성대한 상을 줄게요! 내겐 비단으로 수놓은 덧소매, 산호, 목걸이가 있어요. 당신에게 진주를 잔뜩 박은 허리띠를 선물할게요. 내겐 금이 있어요……. 젊은이, 내게 계모를 찾아 줘요! 그녀는 끔찍한 마녀여서, 난 밝은 세상에서 그녀 때문에 평안을 얻지 못했어요. 그녀는 나를 괴롭혔고, 내가 평범한 농부처럼 일하게 만들었어요.

내 얼굴을 봐요, 그녀는 사악한 마술로 내 뺨에서 홍조를 앗아갔어요. 내 하얀 목을 봐요. 지워지질 않아요! 조금도 지워지질 않아요! 그녀가 쇠 발톱으로 낸 이 푸른 반점은 결코 지워지지 않을 거예요!

내 하얀 다리를 봐요. 다리가 너무 많이 걸었어요, 양탄자만이 아니라 뜨거운 모래, 습한 땅, 찌르는 가시밭을 따라 걸었어요. 그리고 내 눈을, 눈을 봐요. 그것은 눈물 때문에 앞을 볼 수가 없어요……. 그녀를 찾아 줘요, 젊은이, 내게 내 계모를 찾아 줘요!"

그녀의 목소리가 갑자기 높아지더니 멈추었다. 눈물 줄기가 창백한 얼굴을 따라 흘러내렸다. 어떤 무겁고, 연민과 우수가 가득 찬 감정이 젊은이의 가슴속을 파고들었다.

"그대를 위해서라면 뭐든 할 각오가 되어 있어요, 내 귀족 아가씨!" 그가 마음의 동요를 느끼며 말했다. "하지만 내가 어떻게, 어디서 그녀를 찾지요?"

"잘 봐요, 잘 봐요!" 그녀가 다급하게 말했다. "그녀는 여기에 있어요! 그녀는 강변에서 내 아가씨들 사이에서 놀고 있고, 달빛으로 몸을 따뜻하게 하고 있어요. 하지만 그녀는 간악하고 교활해요. 그녀는 물에 빠져 죽은 여인의 모습을 하고 있어요. 하지만 난 알아요. 그녀가 여기 있는 게 내겐 들려요. 난 마음이 무거워요, 난 그녀 때문에 답답해요. 난 그녀 때문에 물고기처럼 가볍고 자유롭게 헤엄칠 수가 없어요. 난 열쇠처럼 바닥에 가라앉고 말아요. 그녀를 찾아 줘요, 젊은이!"

레브코는 연못가를 바라보았다. 여린 은빛 안개 속에서 그림자처럼 가벼운 아가씨들이, 은방울꽃이 가득 핀 들판처럼 하얀 셔츠를 입고 있는 것이 어른거렸다. 금목걸이, 산호 목걸이, 금화들이 그들 목에서 반짝였다. 하지만 그들은 창백했다. 그들의 몸은 마치 투명한 구름으로 빚은 것 같았고 은빛 달을 받으며 속까지 투명하게 빛나는 것 같았다.

원무를 추는 아가씨들이 놀면서 그에게 가까이 다가왔다. 목소리들이 들렸다. "갈까마귀 놀이를 하자, 갈까마귀 놀이를 하자!"* 조용한 석양 무렵 바람의 입술이 닿는 강가의 갈대처럼 모두 웅성거리기 시작했다.

"누가 갈까마귀가 되면 좋을까?" 제비뽑기에서 걸린 한 아가씨가 무리 중에서 나왔다. 레브코는 그녀를 유심히 들여다보기 시작했다. 얼굴, 옷, 그녀의 모든 것이 다른 아가씨들 것과 똑같았다.

다만 그녀가 이 역할을 마지못해 떠맡은 것이 눈에 띄었다. 무리가 긴 줄을 이루며 늘어지고 탐욕스러운 적의 공격을 피해 재빨리 달아났다.

"아니, 난 갈까마귀가 되고 싶지 않아!" 아가씨가 피곤에 지쳐 말했다. "가련한 암탉에게서 병아리들을 빼앗는 게 안타까워!"

'넌 마녀가 아니야!' 레브코가 생각했다. "그럼 누가 갈까마귀가 되지?" 아가씨들이 다시 제비를 던지려고 했다. "내가 갈까마귀가 될게!" 무리 중에 한 명이 자청하고 나섰다.

레브코는 주의 깊게 그녀 얼굴을 들여다보기 시작했다. 그녀가 곧 용감하게 긴 줄을 뒤쫓고 희생자를 잡기 위해 사방으로 몸을 던졌다. 이때 레브코는 그녀 몸이 다른 이들과는 달리 그렇게 반짝이지 않는 것을 깨달았다. 그 몸속에서 뭔가 검은 것이 보였다. 갑자기 괴성이 울렸다. 갈까마귀가 무리 속의 한 명에게 달려들어 그녀를 붙잡았다. 레브코는 그녀에게서 발톱이 튀어나오고 그녀 얼굴에 악의에 찬 기쁨이 번뜩이는 것을 느꼈다.

"마녀다!" 그가 갑자기 그녀를 손가락으로 가리키고 집을 향하면서 말했다.

귀족 아가씨가 웃기 시작하고, 아가씨들이 괴성을 지르며 갈까마귀 역을 맡은 루살카*를 데리고 갔다.

"네게 무슨 상을 줄까, 젊은이? 네겐 금이 필요 없다는 거 잘 알아, 넌 간나를 사랑하지. 하지만 엄한 아버지가 네가 그녀와 결혼하지 못하게 막고 있지. 그는 이제 방해하지 못할 거야. 받아, 이 쪽지를 그에게 전해…….”

하얀 손이 쑥 나오고, 그녀 얼굴이 신비롭게 빛나면서 번쩍이기 시작했다…….

이해하기 어려운 전율과 피곤에 젖은 심장이 두근거리는 것을 느끼며 그는 쪽지를 쥐었고…… 잠에서 깨었다.

6. 잠에서 깨어남

“내가 정말 꿈을 꾼 걸까?” 레브코는 작은 언덕에서 일어나며 혼잣말을 했다. “현실인 것처럼 너무 생생해! ……신기하네, 신기해!” 그가 주위를 둘러보며 말을 반복했다.

달이 그의 머리 위에 멈추어 한밤의 정경을 보여 주었다. 사방이 고요하고, 연못에서 차가운 공기가 불어왔다. 연못 위로 덧창이 닫히고 쓰러질 것 같은 집이 서 있었다. 이끼와 잡초로 덮여 그 집에서 사람이 떠난 지 매우 오래되었음을 알 수 있었다.

이쯤에서 그가 잠자는 내내 경련이 일어난 것처럼 꽉 쥐고 있던 손을 폈다. 그리고 그 안에 쪽지가 있는 걸 느끼고 질겁하며 소리쳤다. “이런, 내가 글을 알면 좋을 텐데!” 그는 자기 앞에서 그것을 사방으로 돌려 보며 생각했다. 순간 그의 뒤에서 시끄러운 소리가 들렸다.

“겁내지 마, 당장 그를 붙잡아! 뭘 그리 겁내는 거야? 우린 열 명이야. 이자가 악마가 아니라 사람이라는 데 내기를 걸겠어!" 촌장이 자기 동행에게 외쳤고, 레브코는 자기가 몇 개의 손에 붙잡힌 것을 깨달았다. 그 손 중 어떤 것은 공포로 벌벌 떨고 있었다.

"이봐, 벗어 봐, 네 끔찍한 가면 말야! 네가 사람들을 바보로 만드는 건 이걸로 충분해!" 촌장이 그의 목덜미를 잡으며 말했고, 그에게 자기 눈을 들이대고는 멍해졌다.

"레브코, 아들아!" 그가 놀라서 뒷걸음질을 치더니 손을 떨구고 소리쳤다. "이게 너였다니, 개자식! 이런, 악마의 자식! 이게 어떤 불한당인가, 어떤 마귀가 농담을 지어낸 건가 했더니! 네 놈이 다 익지도 않은 푸딩을 제 아비 목에 던지고, 거리를 돌아다니며 난동을 부리고, 노래를 지었단 말이지……! 에계, 헤, 헤, 레브코! 이게 뭐지? 등이 근질근질한가 보군! 그를 붙잡아!"

"잠깐만요, 아버지! 이 쪽지를 건네라는 명령을 받았어요." 레브코가 다급하게 말했다.

"지금은 쪽지 따위에 신경 쓸 때가 아냐, 이봐! 그를 붙잡아!"

"기다려요, 촌장 나리!" 서기가 쪽지를 펼치고 말했다. "위원님의 필체예요!"

"위원님?"

"위원님이라고요?" 순경들이 기계적으로 반복했다.

'위원님이라고? 신기하네! 더 이해가 안 되네!' 레브코가 혼자 생각했다.

"읽어 봐요! 읽어 봐!" 촌장이 말했다. "위원님이 거기 뭐라고 썼죠?"

"위원님이 뭐라고 쓰셨는지 들어 봅시다!" 양조 기술자가 담뱃대를 물고 불을 붙이면서 말했다.

서기가 목기침을 하고 읽기 시작했다. "촌장 예브투흐 마코고넨코에게 내리는 명령. 늙은 바보인 자네가 지난번 체납금을 거두고 마을에 질서를 부여하는 대신 바보가 되어 추악한 짓을 하고 있다는 소식이 우리에게 들렸다……."

"이런, 에구!" 촌장이 말을 끊었다. "아무 말도 안 들리네!"

서기가 다시 읽기 시작했다. "촌장 예브투흐 마코고넨코에게 내리는 명령. 늙은 바보인 자네가……."

"잠깐, 잠깐! 그럴 필요 없어요!" 촌장이 소리치기 시작했다. "난 아무것도 안 들리지만, 여기에 아직 중요한 내용이 없다는 건 알겠어요. 그다음을 읽어 보세요!"

"그래서 자네에게 즉시 자네의 아들 레브코 마코고넨코를 자네 마을의 카자크 여인 간나 페트리첸코바야에게 장가보내고, 마찬가지로 마을 대로에 있는 다리들을 수리하고, 배를 타고 오는 귀족 자제들이 납세 기관에서 바로 오는 길이라 해도 내게 통지하지 않고 그들에게 역마를 제공하지 말 것을 명령하는 바이다.* 만일 내가 도착할 때 위의 명령이 시행되지 않은 것을 발견할 시에는, 자네에게 응분의 대가를 요구하겠다. 위원, 퇴역 대위 코지마 데르카츠-드리시파놉스키."*

"그렇단 말이군요!" 촌장이 입을 헤벌리고 말했다. "여러분, 들었죠. 모든 것에 대해 촌장에게 책임을 물을 테니 순종하라는 말씀을 들었죠! 그럼 무조건 순종해야지요! 그렇지 않으면 벌을 받을 테니까요……. 그런데 너!" 그가 레브코에게 돌아서며 말을 이었다. "이게 어떻게 네놈 손에 들어갔는지 이상하긴 해도, 위원님의 명령에 따라 너를 장가는 보내 주지. 다만 그전에 넌 짧고 굵은 가죽 채찍 맛을 좀 봐야 해! 내 성상화 옆 벽에 걸려 있는 것 알지? 내일은 그걸 새것으로 갈아야겠다……. 그리고 이 쪽지는 어디서 얻었어?"

레브코는 사태가 예기치 않은 방향으로 흘러가는 것에 당황했으나, 그에겐 쪽지를 어떤 식으로 얻은 건지에 대해 머릿속으로 전혀 다른 대답을 준비하고 진실을 숨길 수 있는 지혜가 있었다.

"제가 엊저녁에 도시에 갔다가, 마침 마차에서 내리시는 위원님을 뵈었죠. 제가 우리 마을 사람인 것을 아시고 제게 이 쪽지를 주시고서 그가 돌아오는 길에 우리 집에 들러 식사를 하시겠다고 아버지, 당신에게 말로 전하라고 명령하셨어요."

"그가 그렇게 말씀하셨다고?"

"그렇게 말씀하셨어요."

"들었죠?" 촌장이 자기 동행들에게 돌아서며 거드름을 피우고 말했다. "위원님 스스로 우리 형제, 즉 내게 식사하러 오시는 거예요. 오!"

이때 촌장이 손가락을 위로 들어 올리고 마치 뭐든 귀 기울여 들으려는 듯한 자세로 고개를 숙였다.

"위원님, 들으셨죠, 위원님이 제게 식사하러 오시다니! 서기 나리, 어떻게 생각해요. 당신도, 이건 전혀 헛된 명예가 아니지요! 그렇지 않은가요?"

"그렇기는커녕, 제가 기억할 수 있는 한……." 서기가 말을 받았다. "어떤 촌장도 위원님에게 점심을 대접한 적은 없습니다."

"촌장이라고 다 같은 촌장은 아니지요!" 촌장이 자기만족의 표정을 지으며 말했다. 그의 입이 비틀어지고, 멀어지는 천둥소리에 더 가까운 무겁고 목쉰 웃음소리 비슷한 것이 그의 입술에서 울려 퍼지기 시작했다. "어떻게 생각해요, 서기 나리, 귀중한 손님을 위해 각 농가에서 병아리 새끼 한 마리라도, 아마포나 다른 것도 가져오도록 명령을 내릴 필요가 있겠지요…… 그렇지요?"

"필요하죠, 필요하고말고요, 촌장 나리!"

"결혼식은 언제 하나요, 아버지?" 레브코가 물었다.

"결혼식? 네게 결혼식을 치러 주지! ……그래, 귀중한 손님을 위해서…… 내일 사제가 너희를 결혼시킬 거야. 악마에게나 가라, 제기랄! 공무 수행이 뭘 의미하는지 위원님이 보시게 해 드려야지! 자, 제군들, 이제 잘 시간이야! 모두 집으로 가도록……! 오늘 일은 옛 시절을 떠올리게 하는군……." 이 말을 하며 촌장은 눈썹 밑에서 여느 때의 위엄 있고 의미 있는 시선을 던졌다.

"이제 촌장이 여왕을 어떻게 모셨는지 말하려는 거군!" 레브코는 이렇게 말하고 기쁜 마음으로, 키 작은 벚나무로 둘러싸인 익히 잘 아는 농가로 빠르게 서둘러 갔다.

'하느님이 당신에게 천국을 주시길, 착하고 아름다운 귀족 아가씨.' 그가 생각했다. '당신이 저세상에서 거룩한 천사들 사이에서 영원히 웃으며 지내기를! 오늘 밤에 일어난 신기한 일에 대해선 누구에게도 말하지 않겠어. 갈랴, 너에게만 이걸 들려주겠어. 너 혼자만 나를 믿고, 불행하게 물에 빠져 죽은 여인의 영혼의 평안을 위해 나와 같이 기도하는 거야!'

이 순간 그는 농가에 다가갔다. 창문이 열려 있고, 달빛이 그 틈으로 들어가 창문 앞에 있는 간나의 잠든 얼굴에 떨어졌다. 그녀의 머리는 손에 얹어져 있고, 뺨은 조용히 빛나고, 입술은 선명하지 않게 그의 이름을 부르며 움직이고 있었다.

"잘 자, 내 아름다운 여인아! 세상에서 가장 좋은 것을 모두 꿈꿔." 그녀에게 성호를 긋고 그는 창문을 닫고 조용히 멀어졌다.

잠시 후 마을의 모든 것이 잠들었다. 달만 변함없이 빛을 내며 신비롭게, 화려한 우크라이나 하늘의 가없는 허공을 흘러가고 있었다. 하늘이 높은 곳에서 변함없이 의기양양하게 숨 쉬고, 밤도, 신성한 밤도 장엄하게 깊어 가고 있었다. 신비로운 은빛을 내는 대지는 변함없이 아름다웠다. 하지만 이미 누구도 그것에 흠뻑 취해 있지 않았다. 모두 깊은 잠에 빠졌다. 가끔씩 개 짖는 소리에 정적이 끊겼고, 술 취한 칼레니크만이 여전히 오랫동안 자기 농가를 찾아, 깊이 잠든 거리를 휘청거리며 걸어가고 있었다.

사라진 문서

— 교회의 사제가 이야기해 준 실화

제가 여러분에게 할아버지 이야기를 더 해 주기를 원하신다고요? 좋고말고요, 왜 재밌는 이야기로 만족시켜 드리지 않겠어요? 아, 아주 먼 옛날 이야기지요, 아주아주 먼 옛날 이야기! 한 달이나 1년 전의 일이 아니라 아주 오랜 옛날 세상에서 일어난 일을 들을 때면, 가슴에 얼마나 큰 기쁨과 얼마나 큰 흥이 밀려오는지요!

게다가 할아버지나 증조할아버지처럼 자기 핏줄이 그 이야기에 포함되면, 그때는 손을 내젓는 수밖에요. 당신이 고조할아버지 영혼으로 들어가거나 증조할아버지 영혼이 당신 안에서 장난을 치는 것처럼 모든 이야기가 절로 나오는 것으로 느껴지지 않는다면, 위대한 순교자 바르바라에 대한 찬미가를 부른 이유로 제 목을 졸라도 좋습니다.*

아뇨, 제겐 무엇보다 우리 아이들과 젊은이들이 소중하답니다. 그들 눈에 뜨이기만 하면, "포마 그리고리예비치! 포마 그리고리예비치! 귀신 이야기 좀 해 주세요! 제발, 제발요!" 여차저차해서 여차저차했거든, 이야기가 꼬리에 꼬리를 물고 계속 나오네요…….

물론 이야기하는 거야 괜찮지요. 그들이 침대에서 어떻게 되는지를 봐야 해요. 제가 잘 아는데, 마치 열병이 덮친 것처럼 여자애들은 저마다 이불 밑에서 덜덜덜 떨 거예요, 머리까지 자기 털외투 속으로 집어넣고 싶을 거예요. 만일 쥐가 단지를 긁거나 누군가 살짝 지나가면서 우연히 갈고리만 떨어져도, 하느님 보호해 주세요! 간이 콩알만 해질 겁니다. 그런데 다음 날이면 아무 일도 없었던 것처럼 다시 반복되지요. 즉 귀신 이야기 좀 해 달라고 계속 졸라 대는 겁니다.

너희에게 어떤 이야기를 해 줄까? 갑자기 머리에 떠오르질 않네……. 좋아, 마녀들이 돌아가신 할아버지와 바보 게임*을 했던 얘기를 해 주지. 다만 미리 부탁하는데, 얘들아, 중간에 이야기를 끊지 마. 안 그러면 이야기가 뒤섞여서 남한테 말하기도 부끄러워지거든.

돌아가신 할아버지는, 여러분에게 미리 말해 드릴 필요가 있는데요, 한창때 여느 카자크와는 달랐습니다. 그는 글을 읽고 쓸 줄 알았거든요.* 축일에는 교회 예배서* 내용을 잘 전달해서 지금의 웬만한 사제도 그 앞에선 얼굴을 내밀지 못할 거예요.

여러분도 잘 아시겠지만, 그때는 바투린* 전역에서 글을 쓸 줄 아는 사람을 다 모으면 그들 모자들을 옆에 둘 필요도 없었어요, 주먹 한 줌으로 그들 모자를 전부 넣을 수 있었으니까요. 그래서 만나는 사람마다 그에게 허리를 굽혀 인사하는 것도 전혀 놀랄 일이 아니었죠.

그런데 언젠가 고명하신 헤트만이 무슨 이유에서인지 여왕님*께 문서를 보내 드릴 생각을 하신 거예요. 그때 연대의 서기가, 악마가 그를 데려가기를, 근데 그의 이름이 생각이 나질 않네요…… 비스크랴크? 비스크랴크도 아니고, 모투조츠카? 모투조츠카도 아니고, 골루푸체크? 골루푸체크도 아니고……* 어쨌든 지혜로운 이름으로 훌륭하게 시작한다는 것만은 알고 있어요. 서기가 할아버지를 부르더니 헤트만이 직접 그를 여왕님께 문서를 전해 드릴 전령으로 임명하셨다고 전하는 겁니다.

할아버지는 준비를 오래 하는 걸 좋아하지 않았어요. 그래서 바로 문서를 모자에 꿰매고 말을 불러내고 아내에게 그리고 자기가 새끼 돼지라고 부르는 두 아이에게 입을 맞추었지요. 그중 한 명이 우리 형제의 친아버지이죠. 그리고 할아버지는 마치 열다섯 명의 청년이 길 한가운데서 공놀이 '카샤(kasha)'를 할 생각을 하기나 한 것처럼 자욱이 먼지를 일으키며 길을 떠났어요.

그다음 날 아직 수탉이 네 번 울기도 전에 할아버지는 이미 코노토프*에 당도했어요.

하지만 너무 일러서 모두 아직 땅에 사지를 뻗고 잠들어 있었죠. 암소 옆에는 호탕하게 놀기 좋아하는 청년이 산까치처럼 코가 붉어져서 드러누워 있었고요. 조금 떨어진 곳에는 부싯돌, 푸른 물감, 장작, 가락지 빵들을 파는 상인이 앉아서 코를 골고 있었죠. 짐마차 아래에는 집시가 누워 있고, 생선이 쌓인 짐수레에는 짐마차꾼이 누워 있었어요. 길 한가운데에는 털북숭이 러시아 놈이 허리띠를 두르고 벙어리장갑을 낀 채 다리를 쭉 펴고 있었죠……. 장터에서 흔히 그렇듯이 온갖 어중이떠중이가 모여 있었지요.

할아버지는 잘 들여다보기 위해 멈췄어요. 그러는 사이 노점에서 사람들이 조금씩 움직이기 시작했어요. 유대인들이 물병을 쨍그랑거리기 시작하고, 연기가 여기저기에서 동그라미 모양으로 피어올랐어요. 뜨거운 빵 냄새가 상인 무리 사이에 퍼졌지요!

할아버지는 자기가 부싯돌용 쇳조각도, 담배도 준비하지 않은 것을 알아차리고, 장터를 서성거렸어요. 그러다 스무 걸음도 채 못 가서 맞은편에서 오는 자포로지예 사람*을 보았어요. 호탕하게 잘 노는 사람이라는 게 그의 얼굴에서 드러났죠! 불처럼 뜨거운 넓은 통바지, 푸른 반외투, 선명하고 알록달록한 허리띠, 옆구리에는 장검과 뒤꿈치까지 내려오는 구리 사슬이 달린 담뱃대, 영락없는 자포로지예 사람이었던 거예요!

참 재밌는 사람이군!* 서서, 몸을 쭉 펴고 손으로 멋진 수염을 쓰다듬고 말의 편자를 쨍그랑거리고 흥을 내기 시작하는군! 정말 한껏 흥을 내네. 다리는 아낙네 손에 걸린 실패처럼 빙그르르 돌며 춤을 추고, 반두라의 모든 현을 손으로 튕기고, 바로 허리에 팔을 대고 무릎을 굽혔다 폈다 하며 춤을 추고. 노래가 흘러나오고, 참 흥겹게도 노는구나!

아니야, 시간이 지났어. 하지만 자포로지예 사람들을 볼 기회는 더 이상 없을 거야! 그래, 이렇게 딱 마주쳤잖아. 한두 마디 말을 주고받더니 금방 친해졌어요. 이들은 수다를 떨기 시작했고, 너무 수다를 떨어서 할아버지는 자기 여행에 대해 까맣게 잊어버릴 뻔했어요. 사순절 전의 결혼식처럼 주연이 무르익었지요. 다만, 마침내 단지들을 깨부수고 사람들에게 돈을 집어 던지는 데 질리셨어요. 시장도 영원히 서는 것은 아니랍니다!

새 친구들은 헤어지지 않고 함께 길을 가기로 합의했어요. 그들이 들판으로 나왔을 때는 이미 저녁이 된 뒤였어요. 태양은 쉬러 갔고요. 어디선가 그것 대신에 불그스름한 띠가 타올랐어요. 들판에는 이랑이, 검은 눈썹 아가씨들의 명절용 덧치마처럼 알록달록해졌어요. 그런데 우리의 자포로지예 사람이 갑자기 엄청난 수다쟁이가 되었어요. 할아버지와 그들에게 달라붙은 다른 놀기 좋아하는 사람은 그에게 악마가 들어앉은 건 아닐까 생각하게 됐어요. 어디에서 그런 것을 다 모았을까.

이야기들과 우화들이 너무 기묘해서 할아버지는 몇 번이나 허리를 잡고 배꼽 빠지게 웃었어요. 하지만 들판에 오래 있을수록 더 어두워졌어요. 그와 함께 대담한 이야기도 더 앞뒤가 안 맞게 되었어요. 마침내 우리 이야기꾼이 완전히 조용해지더니 아주 작은 소리만 나도 몸을 벌벌 떨기 시작했어요.

"이봐, 고향 사람! 자네 장난 아니게 올빼미를 세기 시작했군. 집의 페치카 위 침대로 가고 싶은가 봐!"

"자네들 앞에 숨길 게 뭐 있겠나." 그가 갑자기 몸을 돌리고는 미동도 않고 그들에게 자기 눈을 고정시키더니 말했어요. "내 영혼은 오래전에 악마에게 팔렸다는 것을 알고 있나?"

"무슨 그런 해괴망측한 소리를! 이 세상에 사탄을 모르는 사람이 누구야? 그저 흥겹게 놀다가 흙으로 돌아가면 되는 거야."

"이크, 이보게들! 흥겹게 놀긴 했는데, 바로 오늘 밤이 내게 정해진 마지막 시간이야! 에이, 형제들!" 그가 손으로 그들을 치면서 말했어요. "에이, 나를 버리지 마! 하룻밤만 자지 말고 함께 있어 줘. 자네들 우정은 영원히 잊지 않을게!"

어떻게 그런 고통을 당하는 사람을 돕지 않을 수 있겠어요? 할아버지는 솔직하게, 사탄이 개 같은 면상으로 기독교인의 영혼을 냄새 맡게 하느니, 자기 머리에서 머리채를 잘라 내게 하겠다고 선언했어요.

온 하늘을 검은 아마천 같은 어두운 밤이 에워싸지 않았다면 우리 카자크들은 더 멀리 갔을 겁니다. 사실 들판이 양베케샤를 쓴 것처럼 그렇게 어둡지는 않았어요. 멀리서 작은 불빛만 어른거리고, 말들은 가까운 곳에 마구간이 있는 것을 느낀 듯 귀를 쫑긋 세우고 눈을 어둠에 박고 서둘렀어요. 불빛은 맞은편에서 다가오는 것 같았고, 카자크들 앞에, 마치 아낙네가 흥겨운 세례식에서 돌아오는 길에 몸이 기울어지듯이* 한쪽으로 기울어진 주막이 나타났어요.

그때 주막들은 지금과는 달랐어요. 선량한 사람은 몸을 펴고, 민속춤*을 추고, 심지어 머리에 취기가 돌고 다리가 문자 'П'를 쓰기 시작할 때는 어디에도 누울 데가 없었어요. 마당엔 온통 짐마차꾼들의 짐수레들로 가득 찼고요……. 짐수레 아래에, 구유에, 현관에, 누구는 몸을 웅크리고, 다른 사람은 몸을 펴고 고양이처럼 코를 골았어요.

주막 주인 혼자 호롱불 아래에서, 짐마차꾼들이 얼마만큼의 술을* 들이마셨는지를 막대기에 낸 표시로 파악하고 있었어요. 할아버지는 세 사람이 마실, 술 양동이 3분의 1을 요구하고 헛간으로 향했어요. 세 명 모두 나란히 누웠어요. 그가 몸을 뒤치기도 전에 그의 고향 사람들이 이미 죽은 듯 잠든 것을 보았어요. 할아버지는 그들에게 달라붙은 세 번째 카자크를 흔들어 깨우고는 그에게 길동무와 한 약속을 상기시켰어요. 하지만 그는 일어나서 눈을 비비더니 다시 잠들어 버렸어요. 할아버지는 할 수 없이 혼자 밤새 경비를 서야 했어요. 어떤 식으로든 잠을 쫓아내기 위해 그는 짐수레들을 전부 들여다보고, 말들을 점검하고, 담뱃대를 빨고, 뒤로 갔다가 다시 자기 일행 곁에 앉았지요. 파리 한 마리 날지 않는 것처럼 모두 조용했어요. 그때 옆의 짐수레 뒤에서 회색빛의 뭔가가 뿔을 내미는 것이 느껴졌어요…….

이때부터 그의 눈이 감기기 시작해서 그는 매 순간 주먹으로 눈을 문지르고 남아 있던 보드카로 눈을 씻어야 했어요. 하지만 눈이 곧 약간 선명하게 보인 뒤에, 모두 사라져 버렸어요. 그리고 시간이 조금 지나자 다시 짐수레 뒤에서 괴물이 나타났어요…….

할아버지는 가능한 한 눈을 부릅떴지만, 저주받을 졸음이 그 앞의 모든 것을 뿌옇게 만들었어요. 그의 손이 돌처럼 굳고, 머리가 기울어지고, 깊은 잠이 그를 사로잡아서, 그는 마치 죽은 듯이 쓰러졌어요.

할아버지는 오래도록 잤고, 해가 그의 면도한 정수리를 뜨겁게 달굴 때에야 비로소 자리에서 일어났어요. 두 번쯤 몸을 편 뒤에 등을 긁적이고 나서 그는 짐마차가 어제처럼 많지 않은 것을 알아챘어요. 짐마차꾼들이 이미 동트기 전에 어디론가 출발한 게 분명했어요.

자기 일행을 보니, 카자크는 잠자고 있는데 자포로지에 사람이 없었어요. 사방을 수소문해 봤지만 아무도 알지를 못했어요. 윗옷 하나만 그 자리에 놓여 있었지요. 할아버지는 공포에 사로잡혀서 깊은 생각에 잠겼어요. 말들을 살펴보러 갔더니 자기 말도, 자포로지에 사람 말도 없는 거예요!

이게 뭘 의미하는 거지? 만일 자포로지에 사람을 악마가 데려갔다면, 말들은 누가 가져간 걸까? 모든 것을 곰곰이 생각해 본 끝에 할아버지는 아마도 악마가 걸어왔다가 지옥이 가깝지 않아서 그의 말을 가져간 걸 거라고 결론을 내렸어요.

그는 카자크인으로서 약속을 지키지 않은 것이 너무 마음 아팠어요. '이제 할 수 없지. 걸어가야지. 도중에 시장에서 나오는 중개 상인이라도 만나면 어떻게든 말을 사야지'라고 그는 생각했어요. 그런데 모자를 집으려고 보니 모자도 없는 거예요. 어제 그가 자포로지에 사람과 잠시 모자를 바꾸었던 일이 생각나면서 돌아가신 할아버지는 손뼉을 탁 쳤어요. 악마가 아니면 누가 도둑질을 해 갔겠어요.

네가 이러고도 헤트만의 전령이냐? 여왕에게 문서를 드리는 일은 물 건너갔구나!

이때 할아버지가 악마에게 별명을 붙여 대기 시작하는데, 지옥에 있는 악마가 재채기를 여러 번 했을 거라고 생각해요. 하지만 욕을 해 봤자 별 도움은 안 되지요. 할아버지가 아무리 뒤통수를 긁어 봐도 어떻게 해야 할지 생각이 안 났어요.

이를 어쩐담? 서둘러 다른 이의 지혜를 얻기 위해, 그때 주막에 있던 선량한 사람들, 즉 짐마차꾼들과 그저 지나가던 사람들을 모두 모아서 어떤 슬픈 일이 벌어졌는지를 자초지종 얘기했어요. 짐마차꾼들이 채찍으로 자기 턱을 받치고 오래도록 생각하다가 머리를 젓고는, 세례받은 세상에서 악마가 헤트만의 문서를 가로채는 것 같은 그런 기이한 일은 들어 본 적이 없다고 말했어요. 다른 이들은 악마와 러시아 놈이 훔친 것은 더 이상 찾을 수 없다고 덧붙였어요.

단 한 명 주막 주인만 말없이 구석에 앉아 있었어요. 할아버지는 그에게 다가갔어요. 사람이 아무 말도 안 할 때는 엄청 똑똑하다는 의미니까요. 다만 주막 주인은 말을 아끼는 사람이어서 할아버지가 그의 호주머니에 폴란드의 20코페이카 은화 다섯 냥을 넣어 주지 않았다면, 할아버지가 그 앞에 아무리 오래 서 있었어도 헛수고였을 겁니다.

"문서를 찾을 수 있는 법을 알려 주지." 주인이 할아버지를 옆으로 데리고 나와서 말했어요. 할아버지의 마음이 홀가분해졌어요. "자네 눈을 보니 아낙네가 아니고 카자크야. 잘 보라고! 주막 가까이 오른쪽에 숲으로 꺾이는 길이 있을 거야. 다만 들판이 어두워질 때 갈 채비를 해. 숲에는 집시들이 살고, 마녀들이 쇠꼬챙이를 타고 날아가는 그런 밤에 그들은 쇠를 벼리기 위해 자기 소굴에서 나와. 그들이 실제로는 무엇으로 생계를 유지하는지 넌 알 것 없어. 숲에서 두드리는 소리가 많이 날 건데, 넌 그 소리가 나는 쪽으로 가면 안 돼. 그다음 네 앞에 작은 길이 나올 거고, 다 탄 나무를 지나 그 길로 계속 가, 계속……. 가시덤불에 할퀴고 무성한 개암나무 수풀이 길을 가로막을 거야. 그래도 계속 가. 작은 강에 이르면, 그때 멈춰. 그곳에서 필요한 사람을 만나게 될 거야. 호주머니가 만들어진 용도를 생각해서 호주머니에 선물을 챙겨 가는 것도 잊지 말고……. 이해하지, 마귀도 사람도 선물을 좋아한다는 거." 이렇게 말하고서 주막 주인은 자기 개집으로 들어갔고, 더 이상 아무 말도 하고 싶어 하지 않았어요.

돌아가신 할아버지는 소심한 사람이 아니셨어요. 늑대를 만나면 바로 꼬리를 잡았고요. 카자크들 사이에서 주먹질이 오갈 때면 상대방 모두 배처럼 땅에 나뒹굴었지요.

하지만 그가 그런 밤에 숲으로 들어섰을 때는 뭔가 섬뜩했어요. 하늘에 별이라도 있으면 좋으련만. 포도주 지하 광처럼 어둡고, 낮은 소리가 났어요. 아주 멀리서 머리 위로 차가운 바람이 나무 정수리를 따라 지나가고, 나무들이 술에 진탕 취한 카자크의 머리처럼 흥에 겨워 흩날리고 잎사귀들이 속삭이며 술주정하는 소리만 들렸어요.

바람에 찬 기운이 느껴져서 할아버지는 자기 양베케샤 생각이 간절했어요. 그때 갑자기 마치 1백 개의 도끼가 숲을 두드릴 때 나는 듯한 소리가 들리는데 그의 머리가 울릴 정도였어요. 벼락이 친 것처럼 온 숲이 잠깐 환하게 밝았어요.

할아버지는 즉시 작은 관목 숲 사이로 난 좁은 길을 알아보았어요. 바로 불에 탄 나무가 있고, 가시덤불도 있었어요! 모든 게 할아버지가 들은 그대로였어요. 주막 주인은 거짓말한 게 아니었어요.

하지만 날카롭게 찌르는 관목 사이를 통과하는 것은 전혀 유쾌한 일이 아니었어요. 저주받을 바늘과 잔가지들이 그렇게 아프게 할퀴는 건 태어나서 처음이었어요. 거의 한 걸음씩 발을 내디딜 때마다 그가 소리를 지르게 만들었지요.

그렇게 조금씩 나아가서 넓은 공지에 이르렀는데, 그가 알아볼 수 있는 나무들은 줄어들고, 더 나아갈수록 할아버지가 폴란드에서도 본 적이 없을 정도로 아주 우람한 나무들이 나왔어요.

보니, 나무들 사이로 작은 강이 어른거리는데, 검은 철만큼 시커멨어요. 할아버지는 사방을 둘러보며 강가에 오래 서 있었죠. 반대편 강가에서 불이 타오르고, 이제 꺼지려는 듯싶더니, 다시 강에 불이 비치는데 마치 카자크 손아귀에 든 폴란드 귀족처럼 덜덜 떨고 있었어요.

"저기 다리가 있군! 근데 사탄의 이륜마차나 겨우 한 대 지나가겠어."

하지만 할아버지는 용감하게 나서서, 담배 냄새를 맡기 위해 뿔 모양의 담배 상자를 꺼내는 것보다 더 빨리 반대편에 닿았지요. 그리고 자세히 들여다보니 불 주변에 사람들이 앉아 있었어요. 그들의 곱디고운 낯짝은,* 다른 때라면 이런 교제를 피하기 위해서라면 뭐든지 주고 싶을 정도였어요.

하지만 지금은 별도리 없이 일을 시작해야 했어요. 그래서 할아버지는 그들에게 허리를 깊이 굽혀서 인사를 했어요. "선량한 분들, 신의 은총이 있길 바랍니다!" 한 명이라도 고개를 돌리기라도 하면 좋을 텐데, 모두 앉아서 침묵하며 불에 뭔가를 뿌리고 있었어요.

자리 하나가 비어 있는 것을 본 할아버지는 앞뒤 안 재고 자기도 앉았지요. 하지만 예쁘장한 낯짝들은 별로 신경 쓰지 않았고, 할아버지도 신경 쓰지 않았죠. 모두 오랫동안 말없이 앉아 있었어요. 할아버지는 벌써 지루해졌어요. 호주머니를 더듬어 담뱃대를 꺼내고 주위를 둘러보니 어느 누구 하나 그를 쳐다보지도 않는 거예요.

"저, 나리들, 제가 부탁 좀 드려도 될까요. 말씀드리자면, 그저……. (할아버지는 세상을 적잖이 사셨기 때문에 어떻게 칭찬을 해서 다가가야 할지 잘 아셨고, 다른 경우에는 차르 앞이라도 실수하지 않으셨을 거예요.*) 말씀드리자면 제가 정신을 놓지도 않고 여러분을 모욕하지도 않기 위해서 말입니다, 제게 담뱃대가 있는데, 그것에 불을 붙일 게 없네요."

이 말에 한마디 반응도 없고, 다만 낯짝 하나가 바로 할아버지 이마에 뜨거운 숯을 들이밀어서, 만일 할아버지가 옆으로 조금 비껴 나지 않았다면 그는 한쪽 눈과 영원히 이별할 뻔했어요.

마침내 시간이 헛되이 흘러가는 것을 보고, 할아버지는 — 사탄 족속이 듣거나 말거나 — 이야기하기로 마음먹었어요. 낯짝들과 귀들이 세워지고, 앞발들이 앞으로 나왔죠. 할아버지는 그 의미를 알아채고서, 자기에게 있는 돈 전부를 한 움큼 쥐어서 마치 개에게 던지듯이 그들 한가운데 던졌어요. 그가 돈을 던지자마자, 그의 앞에 있던 모든 것이 뒤섞이고 땅이 크게 흔들렸어요. 그 자신도 이야기를 할 새도 없이 지옥에 떨어진 것만 같았어요.

"오, 맙소사!" 할아버지는 휘휘 둘러보고 한숨을 쉬었어요. 얼마나 추한 괴물들인지! 하나같이 낯짝이라고 할 만한 게 보이질 않았어요. 마녀들이 엄청나게 많은 것이 가끔 성탄절에 눈이 쏟아질 때 같았어요. 시장의 귀족 아가씨들처럼 온통 차려입고, 분을 칠하고 있었어요. 그 수가 얼마이건 간에 모두 술에 취한 것처럼 악마적인 스텝을 밟으며 춤을 추고 있었어요. 먼지가 얼마나 자욱이 일어났는지요! 악마의 불길이 얼마나 높이 타오르는지 보기만 해도 세례받은 사람에게는 소름이 돋았을 거예요.

개의 면상을 한 악마들이 독일인의 새 다리로 꼬리를 흔들면서 마녀들 주위를, 마치 청년들이 어여쁜 아가씨들 주위를 돌듯이 도는 것을 보았을 때, 아무리 공포에 질리기는 했어도, 할아버지의 웃음보가 터졌어요. 음악가들은 마치 북을 울리듯이 주먹으로 자기 뺨을 세게 치고, 마치 프렌치 호른*을 불듯이 코로 휘파람을 불었지요.

그들은 할아버지를 알아보고는 무리를 지어 그를 향해 나왔어요. 돼지, 개, 염소, 두루미, 말의 낯짝들이 모두 얼굴을 내밀면서 그에게 키스를 하려고 다가왔어요. 할아버지는 침을 뱉었죠. 그런 추악한 면상이 공격을 해 대다니!

마침내 그들은 할아버지를 붙잡아, 코노토프에서 바투린에 이르는 길처럼 긴 탁자에 앉혔어요.

'이건 전혀 나쁘지 않은걸.' 할아버지는 탁자에 놓인 돼지, 소시지, 양배추와 함께 잘게 썰린 파, 가지각색의 많은 단 음식을 보고 생각했어요. '개 같은 마귀들은 금식을 하지 않는 게야.'

여러분이 알아도 나쁘지 않을 것이 할아버지는 뭐든 입에 집어넣을 것이 있을 때엔 그것을 지나치는 법이 없었어요. 고인은 아주 맛있게 먹었어요. 이야기하기는 좀 그렇지만, 그다음에는 잘게 자른 비계가 담긴 사발과 넓적다리 햄을 자기 쪽으로 끌고 와서, 농부가 건초를 묶을 때 쓰는 쇠스랑보다 작지 않은 포크를 집어 들고 그것으로 가장 무게가 많이 나가는 조각을 집고 빵 껍질을 들었어요. 그런데 보니, 이게 다른 사람 입으로 가는 거예요. 바로 자기 귀 옆에서 어떤 면상이 그것을 씹으면서 식탁 전체를 이빨로 툭툭 치는 소리까지 들렸어요.

할아버지는 그래도 괜찮았어요. 다른 조각을 집어서 입술로 물었는데 이번에도 자기 목구멍으로 들어오질 않는 거예요. 세 번째도 다시 놓쳤어요. 할아버지는 너무 화가 나서 두려움도 잊었어요. 그런데 누군가의 앞발이 자기를 움켜쥐고 있는 것을 알게 되었어요. 그는 마녀들에게 급히 달려갔죠.

"헤롯의 족속인 여러분, 저를 비웃으려고 이러시는 겁니까? 당장 제 카자크 모자를 돌려주지 않으면, 제가 여러분의 돼지 낯짝을 뒷덜미 쪽으로 돌려놓겠어요. 그렇지 않으면 난 가톨릭이어도 좋습니다."

그가 마지막 말을 마치기도 전에 모든 괴물이 이빨을 드러내면서 할아버지의 간담이 서늘해지게 하는 웃음을 지었어요.

"좋아!" 할아버지가 마녀들 중에서 가장 늙은 마녀라고 생각한 마녀가 외쳤어요. 왜냐면 그녀 얼굴이 가장 예뻤기 때문이지요. "네게 모자를 다시 주지. 단, 그전에 우리와 바보 게임을 세 번 해야 해."

뭘 하라는 거야? 카자크에게 아낙네들과 앉아서 바보 게임을 하라니! 할아버지는 거부하고 거부하다가, 결국 자리에 앉았어요. 우리 사제들의 딸들이 신랑에 대해 점을 칠 때나 쓰는 기름이 덕지덕지 묻은 카드를 가져왔어요.

"잘 들어!" 마녀가 다시 짖어 댔어요. "한 번이라도 네가 이기면 네 모자를 얻게 될 거야. 세 번 전부 바보가 되면, 화내지 마, 모자는 물론이고 다시는 세상도 못 볼 줄 알아!"

"돌려, 돌려, 노파야! 되는대로 하지 뭐."

그렇게 카드가 돌아갔어요. 할아버지가 자기 패를 손에 쥐었는데, 보기도 싫은 쓸모없는 패가 나왔어요. 적어도 웃기라도 하게 으뜸패*가 하나라도 있었으면. 같은 무늬의 카드 모양에서 10패가 가장 높은 거고, 쌍은 하나도 없네. 그런데 마녀는 연달아 5패를 내놓는군. 바보가 되는 수밖에! 할아버지가 바보가 되자마자 사방에서 면상들이 크게 웃어 대고 짖어 대고 꿀꿀대기 시작했어요. "바보! 바보! 바보!"

"마귀 놈들, 엄청 깨부수네!" 할아버지가 자기 귀를 손가락으로 막으면서 소리치기 시작했어요.

생각해 보니 마녀가 속임수를 쓴 거야. 이젠 내가 직접 돌려야지. 패를 돌렸죠. 으뜸패들을 뽑았어요. 카드를 들여다보니, 아주 패가 좋았고, 으뜸패들이 있었어요. 처음부터 일이 더할 나위 없이 잘 풀렸죠. 마녀에게는 5패와 왕들이 있었어요! 할아버지 손에는 으뜸패들만 있었고요. 오래 생각할 것도, 궁리할 것도 없이 모든 으뜸패로 왕들의 콧수염을 잡았죠.

"헤-헤! 이건 카자크 방식이 아니야! 네가 뭘로 덮은 거야, 고향 사람?"

"뭘로라니? 으뜸패로 덮은 거지!"

"너희들에겐 이게 으뜸패인가 보네. 하지만 우리에게는 아니야!"

보니, 정말로 단순한 카드였어요. 제기랄, 마(魔)가 단단히 낀 거야! 이번에도 바보가 되는 수밖에 없었죠. 악마들이 다시 목이 찢어져라 외쳤어요. "바보! 바보!" 그래서 탁자가 뒤흔들리고 카드들이 탁자에서 튕겼지요.

할아버지는 열이 받쳤어요. 마지막으로 카드를 돌렸지요. 일이 다시 잘 풀렸어요. 마녀가 다시 5패를 냈어요. 할아버지가 카드를 내고 새 카드를 뽑았는데 다 으뜸패인 거예요.

"으뜸패다!" 그가 탁자를 카드로 엄청 세게 치면서 소리를 지르는 통에 카드가 상자처럼 뒤집혔어요. 마녀가 아무 말 없이 8패를 얹었어요.

"늙은 마녀야, 네가 뭘로 치는지 이제 알았다!"

그런데 마녀가 카드를 집어 올리니 그 밑에 평범한 6패가 있는 거예요.

"이런, 귀신이 졸도할 노릇이네!" 할아버지가 화를 내면서 주먹으로 탁자를 있는 힘껏 쳤어요.

다행히 마녀의 패도 나빴어요. 그 순간 할아버지에게 일부러 그런 것처럼 한 쌍이 나왔어요. 그런데 카드 패에서 카드를 집기 시작할 때 그의 힘이 빠졌어요. 너무 쓸모없는 패가 들어와서 할아버지는 손을 떨구었어요. 상자에는 새 카드가 하나도 없었고요. 아무 생각 없이 단순한 카드 6패를 냈어요. 마녀가 그것을 집었어요.

"이런 제기랄! 이게 뭐야? 에헤, 뭐가 제대로 안 되는 것 같아!" 그러고서 할아버지는 슬그머니 탁자 밑으로 카드를 넣고 성호를 그었어요. 그러고 나서 보니 그의 손에 으뜸패로 에이스, 왕, 잭이 있는 거예요. 그가 6패 대신 여왕을 냈지요.

"자, 내가 바보였겠다! 이제 으뜸패의 왕이다! 뭐야! 집었어? 엉? 고양이 후레자식! ……에이스를 원하는 거 아냐? 에이스다! 잭이다……!"

지옥에 천둥소리가 나고 마녀에게 경련이 일어났지요. 어디에선가 모자가 나오더니 바로 쿵! 하면서 할아버지 얼굴에 떨어졌어요.

"아니, 이걸론 안 되지!" 할아버지가 용기를 내어 모자를 쓰고 소리치기 시작했어요. "당장 내 앞에 내 용감한 말이 나타나지 않는데 내가 성스러운 십자가로 너희 모두에게 성호를 긋지 않는다면, 이 사악한 곳에서 천둥이 나를 내려쳐도 좋다!" 그러고서 손을 내밀었더니, 갑자기 그 앞에 말의 뼈가 털썩거리기 시작했어요.

"옜다, 네 말 받아라!"

가련한 할아버지는 그 뼈들을 보고 어리석은 아이처럼 울기 시작했어요. 오랜 벗이 불쌍하구나!

"내게 아무 말이나 줘요, 당신들 둥지에서 빨리 나가게!"

악마가 긴 채찍을 치자 말이 불처럼 그 밑에서 일어났고, 할아버지는 새처럼 위에 올라탔어요. 하지만 가는 길에 말이 어떤 고함 소리에도, 고삐에도 말을 듣지 않고 벼랑과 늪을 지나갈 때 그는 공포에 질렸어요.

그가 어떤 곳에 있었는지, 이야기만 들어도 소름이 돋았어요. 자기 밑을 바라보고 훨씬 더 공포에 질렸어요. 끝없는 낭떠러지인 거예요! 끔찍할 정도로 가팔랐어요!

사탄의 동물은 전혀 머뭇거리지 않고 곧장 그것을 뛰어넘었어요. 할아버지는 몸을 가눌 수가 없었어요. 나무 그루터기들을 지나고 작은 언덕들을 지나 쏜살같이 곧장 낭떠러지로 날아서 밑바닥에 있는 땅에 닿았는데, 그는 숨이 막히는 줄 알았지요.

적어도 그때 그에게 무슨 일이 일어났는지 하나도 기억을 못 했어요. 정신을 조금 차리고 둘러보니 이미 완전히 동이 터 있었고, 그 앞에 익숙한 장소들이 어른거렸어요. 바로 자기 농가 지붕에 누워 있는 거예요.

그는 기어 내려와서 다시 성호를 그었어요. 이런 악마의 농간을 봤나! 빌어먹을, 이게 어찌 된 영문이야, 인간에게 어떤 기이한 일들이 일어나는가 말야! 그리고 손을 보니 전부 피범벅이었어요. 서 있는 물 양동이를 들여다보니 얼굴도 그랬어요. 아이들이 놀라지 않게 하려고 온몸을 잘 씻고서 그는 조용히 농가에 들어갔어요. 보니 아이들이 그에게서 뒤로 물러서고 공포에 질려 그를 손가락으로 가리키며 말하는 거예요. "엄마, 엄마, 여기 봐, 미친 사람이 들어왔어."

그때 아낙네는 빗 앞에 앉아 잠들어 있었는데, 손에 물렛가락을 들고 잠에 취한 채 의자로 튀어 올랐어요. 할아버지가 조용히 손을 잡고 그녀를 흔들어 깨웠지요. "잘 지냈어, 여보! 건강은 한가?" 그녀는 눈이 휘둥그레져서 오랫동안 그를 바라보았고 마침내 할아버지를 알아보고는, 그녀가 꿈꾼 이야기를 들려줬어요. 페치카가 농가를 타고 달리면서 가래로 단지들을 멀리 몰고 있었는데, 뭐가 뭔지 귀신이 곡할 노릇이었다는 거예요.

"그래." 할아버지가 말했어요, "자넨 꿈을 꾸고, 난 현실에 있었군. 보아하니 우리 농가를 정결하게 해야겠어. 난 지금 우물쭈물할 상황이 아냐." 이 말을 하고 약간 숨을 고르더니 그는 말을 타고 낮에도 밤에도 멈추지 않고 달려서 지정된 장소에 닿았고 여왕에게 직접 문서를 전했지요.

거기에서 할아버지는 진기한 것들을 보고 이후 오랫동안 그 이야기를 늘어놓았어요. 그를 얼마나 천장이 높은 응접실로 안내했는지, 농가 열 개를 하나씩 올려 세워도 천장에 닿지 않을 정도였대요. 그가 한 방을 들여다봐도 없고, 다른 방에도 없고, 세 번째 방에도 없고, 심지어 네 번째 방에도 없고, 다섯 번째 방에서야 여왕이 금관을 쓰고 새 회색 스비트카를 입고 붉은 구두를 신고 금 갈루시카를 드시고 계시는 게 보였대요. 그녀가 어떻게 그의 모자에 푸른색의 5루블 지폐를 채우라고 지시했는지 전혀 기억할 수도 없다고 하고요.

악마들과의 대소동에 대해 할아버지는 떠올리는 것마저 잊고, 누구든 그것을 상기시키기만 하면, 그는 마치 그 일은 자기에게 일어난 일이 아닌 것처럼 침묵했지요. 그에게 그때 일을 전부 다시 말해 달라고 설득할 때는 여간 힘이 많이 드는 게 아니었어요.

그 이후 농가를 바로 정결하게 할 생각을 못 한 것에 대한 벌로 아낙네는 매년 똑같이, 바로 똑같은 시간에 춤을 추는 기이한 일이 벌어졌는데, 어떻게 해 볼 도리가 없었어요. 아무리 애를 써도 그녀의 다리가 저절로 움직이고, 무릎을 굽혔다 폈다 하며 춤을 추는 거였어요.

제2부

서문

이제 여러분에게 다른 책을 선사하는데 더 정확히 말하면 이게 마지막 책입니다! 이것도 출간하고 싶지 않았습니다, 정말 원하지 않았어요. 정말 분수를 알 때도 되었지요. 여러분에게 말씀드리는데, 농촌에서는 벌써 저를 조롱하기 시작했어요. 늙은 할아범이 노망났다고들 합니다. "늘그막에 애들 장난감을 갖고 놀다니!"라며 말입니다. 맞아요, 조용히 지낼 때가 오래전에 지났지요.

친애하는 독자님, 여러분은 아마 제가 노인인 척한다고 생각하시겠죠. 입에 이가 하나도 없는데 무슨 척을 한다고 그러세요! 지금은 부드러운 것이 들어오면 어떻게든 씹지만, 단단한 것은 전혀 깨물지를 못합니다. 그렇게 해서 여러분에게 다시 책이 나온 거예요! 다만 욕은 하지 말아 주십시오! 특히 다시 볼 수 있을지 하느님만 아시는 그런 사람과 작별 인사를 하는데 욕을 하는 건 좋지 않아요.

이 책에서는 여러분에게 거의 모두 낯선 화자들의 이야기들을 듣게 될 겁니다. 포마 그리고리예비치만 빼고요. 모스크바 대중 가운데 많은 신랄한 독설가조차 알아들을 수 없는 아주 현란한 언어로 이야기하던 물방울무늬의 귀족 나리는 이미 오래전에 세상을 떠났지요. 그는 모든 사람과 다툰 뒤에 우리를 쳐다보지도 않았어요.

그런데 여러분에게 이 일을 말씀드렸던가요? 잘 들어 보세요, 아주 우스운 사건이 있었거든요. 작년 여름, 저의 명명일* 무렵에 제게 손님들이 (친애하는 독자님, 제 고향 사람들이, 하느님, 그들에게 건강을 허락하시길, 이 노인을 잊지 않고 있었다는 걸 말씀드릴 필요가 있어요) 찾아왔지요.

제가 제 명명일을 기억하기 시작한 지도 어느덧 50여 년이 되었네요. 제가 정확히 몇 살인지, 이건 저도, 제 할망구도 여러분에게 말해 줄 수가 없습니다. 아마도 일흔 남짓 될 겁니다. 디칸카 마을의 하를람피 사제만 제가 언제 태어났는지 알고 있었는데, 아쉽게도 그가 이 세상을 떠난 지 벌써 50년이 지났네요.

자하르 키릴로비치 추호푸펜코, 스테판 이바노비치 쿠로치카, 타라스 이바노비치 스마즈넨키, 군 재판소 의원 하를람피 키릴로비치 흘로스타가 제게 손님으로 왔지요. 한 명 더 왔는데…… 이름도 성도 완전히 잊어버렸네요. 오시프…… 오시프 뭐라더라…… 맙소사, 미르고로드 사람이라면 다 아는 양반이었는데! 그는 언제나 손가락을 먼저 튕기고 나서 옆구리에 손을 대곤 했는데……. 어쩌겠어요! 나중에 생각이 나겠지요.

여러분에게 익숙한 귀족 나리도 폴타바에서 왔습니다. 포마 그리고리예비치는 포함시키지도 않았어요. 그는 이미 제 가족과 같으니까요. 모두 이야기꽃을 피웠지요. (다시 여러분에게 알려 줄 필요가 있는데, 우리는 결코 말도 안 되는 쓸데없는 이야기를 하는 게 아닙니다. 저는 언제나 예의에 맞는 이야기들을 좋아합니다. 소위 쾌락도, 교훈도 같이 얻기 위해서지요.) 사과를 어떻게 소금에 절여야 하는가에 대해서 이야기했고요.

제 할망구는 먼저 사과를 잘 씻고 그다음에 크바스에 담그고 그다음에는 이미…… 라고 말하려 했어요. 그런데 "그런 식으로는 아무것도 안 될걸!" 폴타바 사람이 물방울무늬 외투에 손을 넣고 으스대는 걸음으로 방을 거닐면서 말을 끊는 겁니다. "아무것도 안 될걸! 무엇보다도 먼저 캐누퍼 풀을 뿌리고 그다음에……."

전 여러분에게 여쭤 보고 싶습니다, 친애하는 독자님, 가슴에 손을 대고 말씀해 주세요, 여러분은 사과에 캐누퍼 풀을 뿌린다는 말을 어디서든 들어 본 적이 있으신가요? ……아뇨, 전 결코 들어 본 적이 없습니다. 제 할망구보다 이 일에 대해 더 잘 아는 사람은 아무도 없을 거예요. 여러분도 말씀 좀 해 보세요! 저는 일부러 그를 선량한 사람처럼 대하면서 옆으로 데리고 왔지요. "이봐요, 마카르 나자로비치, 쳇, 사람 좀 웃기지 마세요! 당신은 중요한 사람이에요, 당신이 말씀하셨듯이 언젠가 현지사(縣知事)와 같이 식사도 하셨잖아요. 그런데 거기서 그와 같은 이야기를 하시면 모두들 당신을 비웃을 거예요!"

여러분은 그가 뭐라고 대답했을 거라 생각하세요? 아무 말도 안 했어요! 바닥에 침을 뱉더니 모자를 들고 나가 버리더라고요. 누군가와 작별 인사라도 하고 갔다면 몰라요, 누군가에게 머리를 젓기라도 했으면 몰라요. 우리는 그저 작은 수레가 종소리를 내며 문에 다가가는 소리만 들을 수 있었지요. 마차를 타고 그냥 가 버린 겁니다!

차라리 그게 낫지요! 우리에게 그런 손님은 필요 없으니까요! 친애하는 독자님, 여러분에게 말씀드리는데, 세상에 이런 명사보다 더 나쁜 건 아무것도 없어요. 그의 아저씨가 언젠가 위원이었다는 이유로 콧대를 세우고 다닌다니까요. 세상에 위원보다 더 높은 직책은 없다는 식으로 말입니다. 그러나 위원보다 더 높은 직책은 많아요. 아뇨, 전 이런 명사를 좋아하지 않습니다.

여러분에게 포마 그리고리예비치를 예로 들어 보지요. 그는 대단한 사람이 아닌 것처럼 보이지만, 그를 보면 얼굴에 어떤 근엄함의 광채가 납니다. 심지어 코담배 냄새를 맡을 때도 무의식적으로 존경심을 느끼게 하고요. 교회 성가대에서 노래를 부를 때면 말로 표현할 수 없을 정도로 겸손합니다! 완전히 녹아 없어질 것 같다니까요……!

그런데 이자는…… 이제 그만해야죠! 그는 자기 이야기가 빠지면 대화가 안 된다고 생각했어요. 하지만 이렇게 책 한 권 분량의 이야기가 모였잖아요.

제가 여러분에게 이 책에는 제 이야기도 있을 거라고 약속했던 기억이 나는군요. 정말로, 그렇게 하고 싶었어요. 그런데 제 이야기를 위해서는 적어도 그런 책이 세 권은 필요하다는 걸 알게 됐습니다. 그래서 그것을 출판하려다가 그만두었습니다. 전 여러분을 잘 알아요. 노인을 비웃으시겠지요. 아뇨, 전 싫습니다! 안녕히 계세요! 오래도록, 어쩌면 완전히 보지 못할 겁니다. 그게 무슨 대수냐고요? 제가 이 세상에 없다고 해도, 여러분에게는 아무 상관이 없으니까요. 1년, 2년이 지나면 여러분 중 아무도 나중에는 늙은 벌치기 루디 판코에 대해 기억하지 않을 거고, 아쉬워하지도 않으실 테니까요.

성탄 전야

성탄 전 마지막 날이 지났다. 청명한 겨울밤이 다가왔다. 별들이 모습을 드러냈다. 달이 위엄 있게 하늘에 떠올라 선량한 사람들과 온 세상에 빛을 비추었다. 이건 모두들 즐겁게 성탄 축가를 부르며 그리스도에게 영광을 돌리기 위해서였다.* 아침부터 훨씬 더 추워졌다. 대신 너무나 고요해 장화 밑에서 뽀드득거리는 소리가 반 베르스타 밖에서도 들렸다. 아직 청년들이 떼를 지어 농가의 창문 아래 모습을 드러내지 않았다. 달만 혼자 남몰래 창문을 들여다보고 있었다. 마치 멋지게 차려입은 아가씨들에게 뽀드득거리는 눈으로 좀 더 일찍 뛰어나오라고 불러내는 것만 같았다. 그런데 한 농가의 굴뚝을 통해 연기가 뭉게뭉게 피어오르더니 먹구름을 이루어 하늘로 올라가고, 연기와 함께 빗자루를 탄 마녀가 날아올랐다.

만일 이때 소로친치의 군 재판소 의원이 새끼 양가죽 허리띠에 창기병 스타일로 만든 모자를 쓰고, 검은 새끼 양가죽으로 안감을 댄 푸른 외투를 입고, 악마식으로 꼬아 만든 채찍을 들고, 평범한 말들이 끄는 삼두마차를 타고 지나가고 있었다면, 그는 아마도 그녀를 알아보았을 것이다. 왜냐면 소로친치의 군 재판소 의원의 눈을 피할 수 있는 마녀는 이 세상에 없기 때문이다. 그는 마을 아낙네의 돼지가 새끼를 몇 마리 낳았는지, 궤짝에 옷감이 얼마나 있는지, 선량한 사람이 자기 옷과 살림 도구에서 어떤 것을 일요일에 주막에 저당 잡히는지 빠짐없이 알고 있었다. 하지만 소로친치의 군 재판소 의원은 그때 지나가지 않았고, 사실 그에게는 남의 일에 신경 쓸 겨를이 없었다. 그에게는 자기 구역이 따로 있었기 때문이다. 그러는 사이 마녀가 너무나 높이 날아올라 하늘에서 검은 점으로만 보였다. 하지만 점이 나타나는 곳에서는 어김없이 별들이 하늘에서 하나둘씩 사라졌다. 곧 마녀가 소매 가득히 별들을 모은 것이다. 그런데 갑자기 맞은편에서 다른 점이 나타나고, 이것이 커지고 길게 늘어졌는데 자세히 보니 더 이상 점이 아니었다. 근시안인 사람이 코에 안경 대신 위원님 마차의 수레바퀴를 낀다 해도, 이게 뭔지 알아보지 못할 것이다. 그녀 앞에 온전한 독일인*이 있었다. 끊임없이 좌우로 돌고 부닥치는 것이면 뭐든 냄새를 맡는 좁은 낯짝이 모아져서 우리의 돼지들처럼 둥그런 주둥이가 되고, 다리는 너무 가늘어서, 만일 야레스키*의 촌장이 그런 다리를 갖고 있다면 카자크 춤을 추는 즉시 그의 다리가 부러질 것이다. 그러나 대신 뒤에서 보면 그는 영락없이 제복을 입은, 현의 진정한 감독관이었다. 그에게는 오늘날 제복의 뒷자락만큼이나 날카롭고 긴 꼬리가 달려 있었기 때문이다. 다만 낯짝 아래의 염소수염, 머리에 솟아난 크지 않은 뿔, 그리고 온몸이 굴뚝 청소부보다 더 하얗지는 않은 것으로 볼 때,* 그가 독일인이 아니고, 현의 감독관도 아니고, 그저 악마일 뿐이라는 걸 짐작할 수 있었다. 악마에게는 밝은 세상을 어슬렁거리며 선량한 사람들에게 죄를 가르칠 수 있는 밤이 단 한 번 남은 것이다. 내일이면 아침 예배를 알리는 첫 종소리와 함께 그는 뒤도 안 보고 꼬리를 내리고 자기 소굴로 도망칠 것이다. 그러는 사이 악마가 달에 살그머니 몰래 다가가 손을 뻗쳐 그것을 잡으려 하다가, 갑자기 불에 덴 듯 손을 움츠리고 손가락을 빨고 다리를 흔들더니 쏜살같이 반대편에서 달려왔다. 그리고 다시 뒤로 튕겨 나더니 손을 움츠렸다. 하지만 교활한 악마는 계속 실패하는데도 못된 장난을 멈추지 않았다. 달에 다가가더니 갑자기 얼굴을 찡그리고 호호 불면서 두 손으로 달을 잡고, 마치 파이프 담배에 불을 붙이기 위해 맨손으로 불을 잡은 농부처럼 한 손에서 다른 손으로 던졌다. 그리고 마침내 그것을 자기 호주머니에 숨기는 데 성공하자, 아무 일도 없었던 것처럼 멀리 달아났다.

디칸카에서는 어느 누구도 악마가 달을 훔친 것을 알지 못했다. 사실 읍 서기가 주막에서 네 발로 기어 나오다가 달이 하늘에서 정신없이 춤추는 것을 보고, 온 동네 사람에게 신을 두고 맹세하며 이 사실을 알렸다. 그러나 세상 사람들은 고개를 절레절레 저었고 심지어 그를 조롱하기까지 했다. 하지만 악마가 그런 불법을 저지르기로 결심한 이유는 무엇일까? 그 이유는 바로 이것 때문이다. 그는 부유한 카자크 촙이 사제의 성탄절 쿠티야 식사에 초대된 것을 알고 있었던 것이다. 그 자리에는 촌장, 푸른 프록코트를 입고 주교의 성가대 학교에서 와서 가장 낮은 베이스 파트를 맡고 있는 사제의 친척, 카자크 스베르비구즈 그리고 다른 사람들도 있을 것이다. 그리고 쿠티야 말고도 바레누하, 사프란 꽃으로 증류한 보드카, 그 외 다른 음식도 많을 것이다. 그러면 그사이 온 동네에서 가장 예쁜 촙의 딸이 집에 혼자 남을 것이고, 그 딸에게 아마 어디 내놔도 부끄럽지 않을 힘세고 건장한 대장장이가 갈 텐데, 악마에게는 그 대장장이가 콘드라트 사제장의 설교보다 더 혐오스러웠던 것이다.

대장장이는 일이 없어 한가할 때면 그림을 그렸고, 주위에서 가장 훌륭한 화가라는 평판을 들었다. 한번은 아직 건강했던 백부장 L……이 일부러 그를 폴타바로 불러 자기 집 주위의 널빤지 울타리를 그림으로 장식하게 했다. 디칸카의 카자크들이라면 보르시를 덜어 먹을 정도로 훌륭한 사발들이 전부 대장장이의 손에 멋지게 칠해졌다. 대장장이는 신을 두려워하는 사람이어서 자주 성인들의 형상을 그렸다. 지금도 T…… 교회에 가면 그가 그린 복음서 저자인 누가*를 볼 수 있다. 하지만 그의 예술의 최고 결정판은 교회 입구 뒤 우측 현관 벽에 그린 그림이었다. 이 그림에서 그는 최후의 심판의 날 양손에 열쇠를 들고, 지옥에서 온 악령을 쫓아내는 성인 베드로를 묘사했다. 그리고 겁에 질린 악마는 자신의 멸망을 예감하고 사방으로 갈팡질팡 뛰어다니지만, 이미 감금된 죄인들이 채찍, 몽둥이 그리고 손에 쥐이는 것이면 뭐로든 집어 들고 그를 쫓아내고 있었다. 화가가 이 그림에 공을 들이고 그것을 큰 나무판에 그리는 동안 악마는 온 힘을 다해 그를 방해하려 했다. 보이지 않게 손을 건드리고 대장장이의 난로에서 재를 들어 올려 그 그림에 뿌리기도 했다. 하지만 그 모든 방해에도 불구하고 일은 마무리되고, 그림판이 교회로 운반되어 우측 현관 벽에 박혔다. 그때 이후로 악마는 대장장이에게 복수하기로 맹세했다.

그에게는 밝은 세상을 어슬렁거릴 수 있는 시간이 하룻밤밖에 남지 않았다. 그러나 이 밤에도 그는 대장장이에게 자신의 적의를 퍼부을 복수의 수단을 찾고 있었다. 그리고 그는 이를 위해 달을 훔치기로 결심한 것이다. 늙은 춥이 게을러서 일어나기 어려울 거라는 희망을 갖고 말이다. 사실 그의 오두막에서 사제의 집까지는 꽤 멀었다. 이 길은 마을 뒤에서 방앗간을 지나고 묘지를 지나고 골짜기를 굽이돌았다. 게다가 달밤에는 바레누하와 사프란 꽃으로 증류한 보드카가 춥을 유혹할 수도 있지만, 너무 어두우면 누구도 그를 페치카에서 끌어내어 농가 밖으로 불러내기 어려울 것이다. 그런데 오래전부터 그와 사이가 좋지 않은 대장장이가, 그가 있을 때는 제아무리 힘이 장사라 해도 결코 그의 딸에게 다가갈 엄두를 내지 못할 것이다.

그런 식으로 악마가 호주머니에 달을 숨기자마자 갑자기 온 세상이 어두워져서, 어느 누구도 사제에게 가는 길은커녕 주막으로 가는 길도 찾지 못할 것이다. 마녀는 갑자기 자기 주위가 어두워진 것을 알고 소리를 질렀다. 그런데 바로 그 악마가 작은 마귀처럼 다가와 그녀의 팔짱을 끼면서 그녀 귀에 보통 모든 여성에게 속삭이는 바로 그것을 속삭이기 시작했다.

우리 세상은 얼마나 신비롭게 창조되었는가! 이 세상에 사는 것은 뭐든지, 모두 서로를 수용하고 받아들이려 애를 쓰는 것이다. 예전에는 미르고로드에서 한 재판관과 시장만 겨울에 나사로 덮은 털외투를 입고 다니고, 하급 관리들은 모두 맨베케샤만 입고 다녔다. 그런데 지금은 군 재판소 의원도 하급 관리도 레셰틸롭카 마을의 양가죽에 나사 천을 덮은 새 모피 코트를 두르고 다닌다. 사무원과 군 서기는 17X3년에 1아르신에 가격이 6흐리브냐*나 되는 푸른 중국 무명을 입었다. 교회 일꾼은 남경목면으로 된 여름용 통바지와 줄무늬 소모사(梳毛絲)로 만든 조끼를 입었다.* 한마디로 개나 소나 다 인간답게 살려고 하는 것이다!

이 사람들은 언제쯤 허영심에서 벗어날까! 장담하건대 악마까지도 그런 풍조를 따르는 것을 보고 많은 이들이 놀랄 것이다. 무엇보다 당혹스러운 것은, 그가 아마도 자신을 멋쟁이라고 상상할 것이라는 점이다. 사실 그 형상은 보기만 해도 기분이 나빠진다. 포마 그리고리예비치가 말하듯이, 그의 면상은 둘째가라면 서러울 만큼 추악하기 짝이 없다. 그런데 그마저도 사랑하는 연인을 만드는 것이다! 하지만 하늘에서나 하늘 아래서나 너무 어두워서, 그 뒤 그들 사이에 무슨 일이 일어났는지 이미 전혀 볼 수 없었다.

"그래서, 이봐, 자네는 사제의 새 농가에 아직 안 간 건가?" 자기 오두막의 문밖으로 나오면서 카자크 춥이, 홀쭉한 편에 키가 크고 짧은 털외투를 입고 턱수염이 무성하게 자란 농부에게 말했다. 그 턱수염은 그가 이미 2주일 이상, 보통 농부들이 면도기가 없어서 자기 턱수염을 면도할 때 쓰는 낫 조각을 그것에 대지 않았음을 보여 주었다. "거기는 지금 훌륭한 주연이 벌어지고 있을 거라고!" 이 말을 하고 춥이 입을 크게 벌리며 웃고 말을 이었다. "우리가 늦지 말아야 할 텐데."

이 말을 하며 춥은 자신의 털외투를 꽉 동여맨 허리띠를 바르게 하고, 모자를 더 세게 푹 눌러쓰고, 손에 채찍을 꽉 쥐었다. 귀찮게 보채는 개들이 두렵고 무서웠기 때문이다. 하지만 하늘을 바라보고 그는 걸음을 멈추었다…….

"제기랄, 마(魔)가 낀 거야! 봐! 보라고, 파나스……!"

"뭘 말야?" 길동무가 말하며 역시 머리를 위로 들어 올렸다.

"이게 뭐냐니? 달이 없잖아!"

"이게 어찌 된 영문이야! 정말 달이 없네."

"아니, 그게 아니야." 춥은 친구의 한결같이 무심한 반응에 약간 화를 내면서 말했다. "이제 보니 자네는 신경도 안 쓰는 것 같구먼!"

"내가 뭘 어쩌겠나!"

춥이 소매로 콧수염을 닦으면서 말을 이었다. "어떤 악마가, 그 개자식이 아침에 보드카를 마시는 일이 없기를, 방해를 놓은 게 틀림없어! 나를 조롱하려고. 하지만…… 일부러 농가에 앉아서 창문을 봤을 땐, 밤이 신비로웠는데! 밝았어, 눈은 달빛에 반짝이고. 낮처럼 온통 환하게 밝았어. 그런데 문에서 나오기도 전에 칠흑처럼 어두워지다니!"

춥은 오랫동안 더 불평하고 욕을 퍼부었으나, 그러는 동시에 어떤 결정을 내려야 할지 곰곰이 생각했다. 그는 사제 집에서 온갖 허튼소리를 지껄이고 싶어 죽을 지경이었다. 그 집에는 의심할 나위 없이 촌장도, 외지에서 온 베이스 가수도, 2주일에 한 번씩 거래하러 폴타바로 가고 온 세상 사람이 다 배꼽 빠지게 웃을 정도로 재밌는 농담을 하는 타르 상인 미키타도 이미 와 있을 것이다. 춥은 머릿속으로 탁자에 놓인 바레누하를 그려 보았다. 이 모든 것이 정말 매혹적이었다. 하지만 어두컴컴한 밤을 보자 모든 카자크들에게 그토록 사랑스러운 게으름이 그의 내부에서 떠올랐다. 지금 다리를 구부리고 페치카 위 침대에 누워 편안하게 파이프 담배를 피우고, 만족스럽게 졸면서 창문 아래 떼를 지어 몰려드는 명랑한 청년과 아가씨들의 성탄 축가와 노래를 들으면 얼마나 좋을까! 만일 혼자였다면 그는 결코 망설일 것 없이 후자를 택했을 것이다. 그러나 지금은 둘이니 어두운 밤에 걷는 것도 그다지 따분하고 무섭지 않다. 그리고 다른 게으르거나 소심한 사람들 앞에서 자기도 똑같이 보이고 싶지 않았다. 불평을 해 댄 후 그는 다시 친구에게 몸을 돌렸다.

"자 봐, 달이 없지?"

"없어."

"그래, 정말 신기해! 담배 좀 맡게 해 줘. 이봐, 자네 담배는 정말 좋아! 자넨 그걸 어디서 구하는 거야?"

"좋기는, 무슨 얼어 죽을!" 친구가 무늬가 잔뜩 박힌 자작나무 담뱃갑을 덮으면서 대답했다. "늙은 닭도 재채기를 안 할 만큼 약한 거라고!"

춥이 계속 말을 이었다. "고인이 된 주막 주인 조줄랴가 언젠가 니진에서 내게 담배를 갖다줬던 기억이 나네. 와, 그런 담배도 다 있더군! 정말 좋은 담배였어! 그런데, 이봐, 우리 어떻게 할까? 밖이 정말 어둡네."

"그러니 집에 그냥 있자." 친구가 문손잡이를 잡으며 말했다.

만일 친구가 이렇게 말하지 않았다면, 춥은 아마도 집 안에 머무르기로 마음먹었을 것이다. 그러나 이제 뭔가가 그를 반대 방향으로 나가도록 이끄는 것 같았다.

"아냐, 이봐, 가세! 안 돼, 가야 해!"

이렇게 말하고 나서 그는 자기가 한 말 때문에 스스로에게 화가 났다. 그에게는 그런 밤에 힘들게 걸어야 하는 것이 아주 불쾌했던 것이다. 하지만 자신이 일부러 그것을 원했고, 자신이 남의 충고대로 행동하지 않은 것에서 그는 위안을 얻었다.

친구는 집에 앉아 있건 집 밖으로 힘들게 걷는 것이건 모두 완전히 매한가지인 사람처럼, 얼굴에 조금도 화난 기색 없이, 주위를 둘러보고, 채찍의 긴 손잡이로 어깨를 긁었다. 그리고 두 남정네는 길을 나섰다.

이제 혼자 남겨진 아름다운 딸이 무엇을 하는지 살펴보자. 옥사나는 아직 열일곱 살도 안 되었지만, 거의 온 세상이, 즉 디칸카 이편도, 디칸카 저편도 그녀 이야기뿐이었다.

청년들은 모두 이 마을에 그보다 더 예쁜 소녀는 결코 없으며, 앞으로도 결코 없을 거라고 단언했다. 자기에 대해 이야기하는 것을 모두 알고 듣고 있던 옥사나는 모든 미녀가 그렇듯이 변덕스러웠다. 그녀가 손으로 짠 덧치마와 앞치마를 입지 않고 아무 외투나 입고 다녀도, 그녀는 다른 소녀들을 무색하게 할 것이다. 청년들은 무리 지어 그녀를 쫓아다녔으나, 곧 인내심을 잃고 조금씩 그녀를 떠나서 그만큼 응석을 부리지 않는 다른 소녀들에게로 돌아섰다. 오직 대장장이 혼자만 강경했고, 그 역시 다른 청년들보다 결코 더 좋은 대우를 받지는 못했지만 그녀 뒤를 쫓아다니는 일을 멈추지 않았다.

아버지가 나가자 그녀는 오랫동안 다시 옷을 잘 차려입고 구리 액자로 된 작은 거울 앞에서 우쭐대며, 자신을 아무리 바라보아도 질리지 않았다. "사람들은 왜 나를 예쁘다고 칭찬할 생각을 한 걸까?" 그녀는 뭣에 대해서건 그저 혼자 수다를 떨기 위해서인 듯 산만하게 말했다. "사람들이 거짓말하는 거야. 난 전혀 예쁘지 않은걸."

그러나 빛나는 검은 눈동자와 영혼을 불태우는 말할 수 없이 유쾌한 미소가 감도는, 거울에 비친 어린아이의 풋풋하고 생기 넘치는 얼굴은 그와 정반대를 말하고 있었다. "정말로 검은 눈썹과 눈동자가, 세상에 이만한 걸 찾아볼 수 없을 정도로 그렇게 예쁜 거야? 이 위로 들린 코가 뭐가 예쁜데? 뺨은? 입술은? 정말 내 검은 머리 타래가 그렇게 예쁜 거야? 에흐! 저녁에 그것들이 긴 뱀처럼 배배 꼬여서 내 머리를 두른 것을 보면 사람들이 기겁할 거야. 지금 보니 난 전혀 예쁘지 않은걸!" 그러더니 거울을 자신에게서 약간 멀리 치우고 갑자기 소리쳤다. "아냐, 난 예뻐! 와, 얼마나 예쁜가 말야! 기적이야! 나를 아내로 맞을 사람에게 나는 얼마나 큰 기쁨을 가져다줄까! 남편은 나를 보면서 얼마나 즐거워할까! 그는 정신을 못 차릴 거야. 그는 죽도록 내게 키스를 퍼부을 거야."

그때 조용히 들어온 바쿨라가 속삭였다. "신비로운 아가씨야. 자기 자랑이 참 적기도 하구나!' 한 시간이나 서서 거울을 들여다보고도 싫증을 안 내고. 게다가 소리 내서 자기 자랑까지 하다니!"

"그래, 청년들아, 너희들이 내게 어울리기나 하겠어? 나를 봐." 예쁜 아가씨가 교태를 부리며 말을 이었다. "내가 얼마나 사르르 앞으로 나가는지. 내 셔츠는 붉은 비단으로 수놓은 거야. 머리 리본은 어떻고! 너희들은 이보다 더 화려하게 금은 실로 수놓은 끈을 평생 못 볼 거야! 이건 내게 세상에서 가장 멋진 청년이 장가들도록 아버지가 사 주신 거야!" 그녀가 미소를 짓고 다른 쪽으로 몸을 돌리다가 대장장이를 발견했다…….

그녀는 소리를 지르고 그 앞에 엄하게 멈춰 섰다. 대장장이는 풀이 죽었다.

신비로운 아가씨의 거무스름한 얼굴이 어떤 표정을 지었는지 말하기조차 어렵다. 거기에는 엄격함도 보이고, 엄격함 사이로, 당황해하는 대장장이에 대한 조롱 같은 것도 보였다. 그리고 약간 홍조를 띠며 화를 내는 기색이 얼굴에 퍼졌다. 이 모든 것이 너무나 교묘하게 결합되고 말로 표현할 수 없을 정도로 너무나 멋져서, 그녀를 백만 배는 더 빛나게 했다. 이 모든 것이 그녀를 훨씬 더 아름답게 했다.

"넌 여기 왜 왔어?" 옥사나가 입을 열었다. "정말 삽에 맞고 문 밖으로 쫓겨나고 싶어? 너희 청년들은 우리에게 몰래 다가오는 데 선수구나. 아버지가 집에 안 계시는 걸 순식간에 알아채니 말야. 오, 난 너희를 잘 알아! 그래, 내 궤짝은 준비됐어?"

"내 이쁜이, 곧 준비될 거야, 축제 이후에 준비될 거야. 내가 그걸 위해 얼마나 많은 공을 들였는지 네가 안다면. 이틀 밤 동안 대장간에서 나오지도 않았어. 대신 어떤 사제 딸도 그런 궤짝은 갖지 못할 거야. 백부장이 폴타바에 일하러 나올 때 타는 경마차에도 깔지 않을 그런 좋은 철을 깔았어. 또 얼마나 멋진 그림으로 장식할 거라고! 온 동네 아가씨들이 하얀 다리로 보러 나올 정도라고! 온 가장자리에 붉고 푸른 꽃들이 피질 거야. 불붙은 듯이 타오를 거야. 제발 내게 화내지 마! 말이라도 하고, 너를 바라볼 수 있게라도 해 줘."

"누가 너한테 못 하게라도 한대? 말해. 그리고 봐 봐!"

그러고서 그녀는 의자에 앉아 다시 거울을 들여다보고 머리에 얹은 머리 타래를 매만지기 시작했다. 그녀는 목을, 비단실을 수놓은 새 셔츠를 바라보았다. 섬세한 자기만족의 감정이 입술에, 신선한 뺨에 감돌고 눈에서 반짝였다.

"내가 네 곁에 앉게라도 해 줘!" 대장장이가 말했다.

"앉아." 옥사나가 입에나, 만족스러워하는 눈에나 같은 감정을 담고 말했다.

"신비로운, 아무리 봐도 질리지 않는 귀여운 옥사나, 네게 키스하게 해 줘!" 힘을 얻은 대장장이가 말하면서, 그녀에게 키스할 양으로 그녀를 자기 쪽으로 끌어안았다. 그러자 그녀는 대장장이의 입술에서 약간의 거리만 남아 있는 뺨을 옆으로 돌리고 그를 밀어냈다.

"뭘 더 원하는 거야? 꿀을 줬더니 숟가락도 필요하다는 격이네. 저리 가. 네 손은 철보다 더 딱딱해. 그리고 네 몸에서도 연기 냄새가 나. 나를 온통 더럽힐 것 같아."

그러고서 그녀는 거울을 가져오더니 다시 그 앞에서 몸단장을 하기 시작했다.

'그녀는 나를 사랑하지 않아.' 대장장이는 고개를 숙이고 혼자 생각했다. '그녀에겐 모든 게 장난거리야. 그런데 나는 그녀 앞에 바보처럼 서서 그녀에게서 눈을 떼지 못하는군. 나는 평생 그녀 앞에 서 있고, 영원히 그녀에게서 눈을 떼지 못할 거야! 신비로운 아가씨야! 그녀의 마음속에 뭐가 있는지, 그녀가 누구를 사랑하는지 알 수만 있다면 뭐든 내놓겠어! 하지만 아냐, 그녀에겐 누구도 필요 없어. 그녀는 스스로에게 만족해하며, 불쌍한 나를 괴롭히고 있잖아. 반면에 나는 슬픔 때문에 세상이 눈에 들어오지도 않아. 나는 세상 그 누구도 사랑한 적이 없고 결코 사랑할 수 없을 정도로 그녀를 사랑하니까.'

"네 어머니가 마녀라는 게 정말이야?" 옥사나가 말을 하고 웃음을 터뜨렸다. 대장장이도 자기 안의 모든 게 웃기 시작하는 것을 느꼈다. 그 웃음이 거의 동시에 그의 가슴에, 조용히 전율하는 힘줄에 반향을 일으키고, 그와 함께 그의 영혼에 분노가 치밀어서, 그는 그토록 유쾌하게 웃기 시작한 얼굴에 키스할 힘이 없었다.

"내가 어머니를 신경 쓰게 됐어? 네가 내 어머니고 아버지고 세상의 선한 모든 거야. 차르가 나를 불러서 '대장장이 바쿨라, 내 왕국에서 가장 좋은 것은 무엇이든 말해 보거라. 내가 다 주겠다. 네게 금으로 된 대장간을 만들어 주면, 너는 은도끼로 금을 펴게 될 것이다.' 그러면 나는 차르에게 말씀드리겠어. '저는 어떤 귀금속도, 금 대장간도, 당신의 왕국 전부도 원치 않습니다. 제게는 오직 저의 옥사나를 주세요!'"

"너 참 대단하다! 하지만 내 아버지가 헛발을 짚지는 않을 거야. 그가 너의 어머니와 결혼하려고 하지 않을지 한번 봐." 옥사나가 교활하게 웃으면서 말했다. "그런데 애들이 오질 않네……. 이게 무슨 의미일까? 성탄 축가 부르러 갈 때가 한참 지났는데. 난 심심해."

"그들은 될 대로 되라고 해, 내 아름다운 여인아!"

"꿈도 꾸지 마! 그들과 함께 아마 청년들도 올 거야. 여기서 무도회가 벌어질 거야. 얼마나 재밌는 이야기를 해 줄지 상상만 해도 신난다!"

"그들과 함께 있는 게 너는 그렇게 즐거워?"

"그럼, 너와 있을 때보다 훨씬 더 즐거워. 아! 누군가 문을 두드렸어. 아마도 소녀들이 청년들과 함께 온 걸 거야."

'내가 더 기다릴 게 뭐 있어?' 대장장이가 생각했다. '그녀는 나를 비웃고 있어. 그녀에게 나는 다 낡은 편자 정도밖에 안 되는 거야. 하지만 그렇다 해도, 다른 남자가 나를 비웃는 일은 없어야 해. 나보다 더 그녀 마음에 드는 자가 누군지 알아봐야겠어. 그다음에 난 그만두겠어…….'

문 두드리는 소리와 추위로 인해 째지게 울리는 소리가 들렸다. "문 열어!" 이 소리가 그의 상념을 중단시켰다.

"가만있어, 내가 직접 열 테니까." 대장장이가 말하고 현관으로 나갔다. 그는 화가 나서 누구든 부닥치는 대로 상대방의 옆구리를 두들겨 팰 셈이었다.

추위가 심해졌다. 하늘 위에서 악마가 너무나 추워서 한쪽 발굽에서 다른 쪽 발굽으로 통통 튀고, 어떻게든 얼어붙은 손을 녹이고 싶어서 주먹에 숨을 호호 불었다. 하지만 익히 알다시피, 우리 겨울만큼 그렇게 춥지 않은 지옥에서 아침부터 다음날 아침까지 빈둥거리던 자가 얼어붙는 것도 무리는 아니다. 그곳에서 그는 실제로 요리사인 양 원통 모자를 쓰고 아궁이 앞에 서서, 아낙네가 성탄절을 위해 소시지를 구울 때 느끼는 듯한 만족감을 가지고, 죄인들을 구워 댔던 것이다.

마녀 자신도 따뜻하게 옷을 입었음에도 불구하고 춥다고 느꼈다. 그래서 손을 위로 올리고 다리를 벌리고 한 치의 흐트러짐도 없이 스케이트를 타는 사람 같은 자세로, 마치 얼음 덮인 산을 미끄러져 내려가듯이 공중을 가로질러 곧장 굴뚝 속으로 내려갔다.

악마도 그런 방식으로 그녀를 따라 내려갔다. 그러나 이자는 스타킹을 신은 어떤 멋쟁이보다 더 날렵한 존재인 터라 바로 굴뚝으로 들어가 자기 연인의 목에 걸린 파이프로 돌진했으니, 둘 다 단지들 사이에 있는 넓은 페치카 속에 빠진 것도 당연하다.

아들 바쿨라가 농가로 손님들을 부르지는 않았는지 살펴보기 위해 여자 여행객은 조심스럽게 뚜껑을 밀어젖혔다. 그러나 농가 한가운데 놓여 있는 자루들을 제외하고는 아무도 없는 것을 보고 그녀는 페치카에서 기어 나와 따뜻한 외투를 벗어젖히고 옷매무새를 바로잡았다. 그래서 누가 봐도 그녀가 방금 전까지만 해도 빗자루를 타고 다녔다는 것을 알아볼 수 없었을 것이다.

대장장이 바쿨라의 어머니는 마흔이 되지 않았다. 그녀는 예쁘지도 못생기지도 않았다. 그 나이에는 예쁘기도 어렵다. 하지만 그녀는 가장 점잖은 카자크들을 자기에게 푹 빠지게 할 수 있었다(사실을 말하면 그들에게는 아름다움이 별 의미가 없다). 그래서 촌장도, 사제 오시프 니키포로비치도(물론 사제 부인이 집에 없다면), 카자크 코르니 춥도, 카자크 카시얀 스베르비구즈도 그녀의 집을 들락거리곤 했다.

그녀의 명예를 위해 말하는데, 그녀는 능란하게 그들과 어울릴 수 있었다. 그래서 그들 중 어느 누구도 자기에게 경쟁자가 있다는 생각을 전혀 하지 못했다. 독실한 농부나, 두건 달린 상의를 입은 카자크들이 자칭하는 귀족이나, 일요일에 교회에 가거나 날씨가 나쁘면 주막에 갈 때, 어떻게 솔로하에게 들르지 않고, 기름진 바레니카를 스메타나와 함께 먹지 않고, 따뜻한 농가에서 말 많고 편의를 잘 봐주는 여주인과 수다를 떨지 않겠는가?

귀족은 주막에 이르기 전에 일부러 이 시간을 위해 크게 우회했고, 이를 '길을 따라서 간다'고 했다. 그런데 솔로하는 축제 때에는 빛나는 덧치마를 중국 무명으로 지은 앞치마와 함께 입고, 그 위에 금실 끈으로 뒤를 수놓은 푸른 치마를 입고, 교회에 가서 곧장 오른쪽 성가대 근처에 서곤 했다. 그럴 때면 사제는 이미 기침을 하기 시작하고 무의식적으로 실눈을 뜨고 그곳을 바라보곤 했다. 촌장은 콧수염을 가지런히 매만지고 한 가닥 변발을 귀 뒤로 감고 자기 곁에 서 있는 사람에게 말했다. "와우, 멋진 아낙네야! 악마 같은 아낙네야!"

솔로하는 각자에게 인사를 했고, 그들은 그녀가 자기에게만 인사한다고 생각했다. 하지만 남의 일에 간섭하기 좋아하는 사람이면 솔로하가 누구보다도 카자크 춥에게 더 반갑게 인사한 것을 즉시 눈치챘을 것이다. 춥은 홀아비이고, 그의 농가 앞에는 언제나 여덟 단의 곡식단이 서 있었다. 두 쌍의 튼튼한 소들이 매번 헛간에서 거리로 머리를 내밀고, 친구에게 다가가는 암소나 통통한 삼촌인 수소를 보면 음매 하고 울었다.

수염이 난 염소는 지붕으로 올라가서 시장님처럼 격하게 달그락거리는 소리를 내고, 마당을 돌아다니는 칠면조들을 놀리고, 자기 수염을 조롱하는 적수, 즉 소년들을 보면 뒤돌아서서 도망치곤 했다.

춥의 궤짝들에는 옷감, 반외투, 금실로 수놓은 끈이 달린 옛날식 쿤투시 등이 많았다. 그의 죽은 아내가 멋쟁이였던 것이다.

텃밭에는 양귀비, 양배추, 해바라기 외에도 매년 두 이랑의 담배를 심었다. 솔로하는 이 모든 것을 자신의 살림과 합치는 것을 당연하게 여기고, 그의 것이 그녀 손에 들어 올 때 어떻게 질서를 잡을지 미리 고심하며 늙은 춥에 대한 호감을 두 배로 키웠다. 어떻게든 아들 바쿨라가 그의 딸에게 다가가지 못하게 하고 그가 춥의 모든 것을 자기 것으로 삼지 못하게 하려고(그렇게 되면 아마도 그는 그녀가 어떤 일에도 개입하지 못하게 할 것이다), 그녀는 40대 아낙네들이 쓰는 일반적인 방법에 의지했다. 즉 가능한 한 자주 춥이 대장장이와 싸우게 한 것이다.

아마도 바로 이런 교활함과 영리함 때문에, 어디선가 노파들이, 특히 어디서든 노파들이 기분 좋은 모임에서 너무 많이 마셨을 때, 솔로하는 틀림없이 마녀이고, 청년 키쟈콜루펜코가 그녀 뒤쪽으로 아낙네의 물레보다 작은 크기의 꼬리를 보았으며, 그녀가 지지난 주 목요일에도 검은 고양이가 되어 거리를 가로질러 달려갔고, 한번은 돼지가 사제 부인에게 달려가서 수탉처럼 울더니 사제장 콘드라트의 모자를 머리에 쓰고 뒤돌아 도망갔다고 얘기하게 되었을 것이다.

노파들이 이런 이야기를 하고 있을 때 암소 치는 목동 티미시 코로스탸비가 온 적이 있었다. 그는 여름, 바로 페트롭카* 전에 자기가 헛간에서 머리 밑에 짚을 받치고 자려고 누웠을 때 마녀가 머리카락을 길게 풀고 셔츠만 입은 채 암소들의 젖을 짜는 것을 자기 눈으로 똑똑히 보았다고 말했다. 그에 따르면, 자기는 마술에 걸려 움직일 수 없었고, 그녀가 암소들의 젖을 다 짠 뒤에 자기에게 다가와 자기의 입술을 어떤 역겨운 것으로 발라서, 자기는 온종일 침을 뱉었다고 했다. 하지만 이 모든 것은 뭔가 의심스러운 데가 있었다. 오직 소로친치의 군 재판소 의원만이 마녀를 알아볼 수 있기 때문이다. 그래서 모든 이름 있는 카자크들은 그런 이야기를 들었을 때 손을 저었다. 그들의 일반적인 대답은 "아낙네들이 거짓말한 거야!"였다.

페치카에서 기어 나와 옷매무시를 바로 한 뒤에 솔로하는 선량한 안주인처럼 집을 정리하고 모든 것을 제자리에 두기 시작했다. 그러나 자루는 건드리지 않았다. '이건 바쿨라가 가져온 거니까 그가 직접 가져가게 해야지!'라고 생각한 것이다. 그사이 악마가 굴뚝으로 날아들다가 우연히 춥이 남정네와 팔을 끼고 농가에서 멀리 사라지는 것을 보게 되었다. 그 순간 그는 페치카에서 다시 날아가 그들이 가는 길을 가로질러 얼어붙은 눈을 사방에서 휘젓기 시작했다. 눈보라가 일어났다. 공기가 하얗게 되었다. 눈이 앞뒤로 정신없이 달려들어 행인들의 눈, 입술, 귀를 뒤덮을 기세였다. 그러자 마귀는 춥이 남정네와 함께 다시 돌아가 대장장이를 발견하고 그를 호되게 매질해서, 그가 오랫동안 손에 붓을 못 쥐고 모욕적인 캐리커처를 그리지 못할 것이라고 굳게 확신하고서 다시 굴뚝으로 날아들었다.

사실 눈보라가 일고 바람이 곧장 눈으로 파고들자마자, 춥은 후회하면서 머리에 귀마개가 달린 모자를 더 깊이 눌러쓰고 자기 자신과 악마와 길동무를 향해 욕을 퍼부었다. 그러나 이 분노는 그런 척하는 것일 뿐이었다. 춥은 눈보라가 일어난 것이 매우 기뻤다. 사제의 집까지는 그들이 온 거리보다 여덟 배의 거리가 남아 있었기 때문이다. 여행객들은 뒤로 돌아섰다. 바람이 뒷덜미 속으로 불어왔다. 하지만 달려드는 눈 사이로 아무것도 보이지 않았다.

"가만 서 봐, 이봐! 길을 잘못 가는 것 같아." 촙이 잠시 옆으로 물러서서 말했다. "농가가 하나도 안 보여. 에구, 웬 눈보라가 이렇게 심하게 분담! 자네, 옆으로 꺾어서 조금 가 봐, 길을 찾을 수 있는지. 나는 잠깐 여기서 찾아볼게. 하필이면 왜 이놈의 악마가 이런 눈보라에 나다니게 만든 거야? 길을 찾으면 소리치는 거 잊지 마. 에구, 사탄이 눈에다가 엄청나게 눈을 뿌려 대는군!"

하지만 길은 보이지 않았다. 옆길로 접어든 길동무는 긴 장화를 신고 앞뒤로 다녀 보고, 마침내 주막으로 곧장 향했다. 이 발견에 그는 너무나 기뻐서 모두 잊어버리고, 자기 몸에서 눈을 털어 내고 현관으로 들어가고 거리에 남겨진 길동무에 대해서는 전혀 염려하지 않았다. 촙은 그 사이에 길을 찾은 것 같았다. 그는 멈춰 서서 목청껏 소리쳤다. 그러나 길동무가 나타나지 않자 그는 혼자 가기로 마음먹었다.

길을 조금 가다가 그는 자기 농가를 발견했다. 눈 더미가 농가 옆과 지붕 위에 쌓여 있었다. 추위로 얼어붙은 손을 탁탁 치면서 그는 문을 두드리고 명령조로 딸에게 문을 열라고 소리쳤다.

"넌 왜 온 거야?" 밖으로 나온 대장장이가 엄하게 고함치기 시작했다.

촙은 대장장이의 목소리를 알아듣고 약간 뒤로 물러섰다. "에구, 아니네, 이건 내 농가가 아니야.” 그가 혼자 말했다. “내 농가로 대장장이가 들어 올 리 없잖아. 그런데 다시 잘 살펴보니, 이건 대장장이 집도 아니야. 이 농가는 누구 거지? 맞아! 이걸 못 알아보다니! 이건 최근에 젊은 아내에게 장가간 절름발이 렙첸코 거야. 내 농가와 비슷한 건 그의 농가뿐이니까. 어쩐지 이렇게 빨리 집에 도착한 게 처음부터 이상하더라니. 하지만 렙첸코는 지금 사제네 집에 있는 것으로 아는데, 왜 대장장이가 있지? ……에-헤-헤! 그가 그의 젊은 아내에게 다니는 거야. 그렇군! 좋았어! ……이제 다 이해했어.”

“넌 누구냐, 뭣 때문에 문가에서 얼쩡거리는 거야?” 대장장이가 전보다 더 엄하게 말하고 더 가까이 다가왔다.

‘아니, 그에게 내가 누군지 밝히지 말아야지.’ 촙은 생각했다. ‘좋을 게 뭐 있겠어, 나를 두들겨 팰 텐데, 저주받을 악당!’ 그리고 그는 목소리를 바꾸어 대답했다.

“이봐, 나야! 자네 창문 밑에서 성탄 축가를 부르며 즐기러 온 거야.”

“성탄 축가는 무슨 얼어 죽을 놈의 축가, 악마에게나 꺼져!” 바쿨라가 화를 내며 소리쳤다. “뭘 그렇게 서 있는 거야? 안 들려, 냉큼 썩 꺼지라고!”

촙 자신도 이미 그런 분별 있는 생각을 하고 있었다. 하지만 그는 대장장이의 명령을 들어야 한다는 데 화가 나는 것 같았다. 어떤 악한 영혼이 그의 팔을 건드려서 뭔가 그것에 반대하는 말을 하게 했다.

"근데 넌 왜 그렇게 소릴 지르고 난리야?" 그가 같은 목소리로 말했다. "난 성탄 축가를 부르고 싶은 거야. 그것뿐이라고!"

"제기랄! 말을 못 알아먹네……!" 이 말에 이어 춥은 어깨에 아주 심한 타격을 느꼈다.

"이제 보니 싸움을 시작할 기세군!" 그가 약간 뒤로 물러서며 말했다.

"저리 가, 가라고!" 대장장이가 춥에게 또 한 번 타격을 가하고서 외쳤다.

"왜 그러는 거야!" 춥이 아픔도, 화도, 소심함도 함께 느껴지는 그런 목소리로 말했다. "보아하니 넌 정말 싸울 기세군. 더 아프게 때릴 기세야!"

"저리 가, 가라고!" 대장장이가 소리 지르고 문을 쾅 닫았다.

"저것 보게. 정말 기세 한번 등등하네!" 거리에 혼자 남은 춥이 말했다. "다가가지도 못 하겠어! 얘 좀 봐! 잘난 척하기는! 내가 널 법정에 못 세울 거라고 생각해? 아니, 이봐, 난 가겠어. 곧장 위원님에게 갈 거라고. 네게 본때를 보여 줄 테다! 난 네가 대장장이에 칠장이란 걸 염두에 두지 않을 거야. 하지만 등과 어깨를 보라고. 푸른 멍이 든 것 같아. 정말 아프게 때린 거야. 망할 놈! 추워서 모피 외투를 벗고 싶지 않은 게 유감이군! 기다려, 악마 같은 대장장이야, 악마가 너도, 네 대장간도 박살 내고, 네가 내 옆에서 맘껏 춤추게 되기를!* 제길, 망할 자식! 그런데 가만있자, 그가 지금 집에 없는 거지. 그럼 솔로하 혼자 있겠군. 흠…… 그 집이 여기서 멀지 않지. 가고 싶네! 지금은 아무도 우리를 발견하지 못할 때고. 아마…… 가능할 거야. 에휴, 망할 놈의 대장장이가 정말 아프게도 때렸네!”

여기에서 춥은 등을 문지르고 다른 방향으로 나아갔다. 먼저 솔로하와의 만남을 기대하는 유쾌함이 그의 고통을 조금 덜어 주고, 눈보라 치는 소리로는 잦아들지 않는, 온 거리를 따라 쨍쨍 금이 가게 하는 추위마저도 덜 느껴지게 했다.

때때로 눈보라가, 폭군처럼 자기 희생자의 코를 집는 어떤 이발사보다도 더 잽싸게, 그의 턱수염과 콧수염을 눈으로 비누칠을 해 대어 그의 얼굴에 약간 달콤한 표정이 떠올랐다. 하지만 그의 눈앞에서 눈보라가 앞뒤로 성호를 긋지 않았다면, 아마도 춥이 제자리에 서서 등을 긁으며 “망할 놈의 대장장이가 정말 아프게도 때렸네!”라고 말하는 것을 더 오랫동안 보게 되었을 것이다. 그리고 그는 다시 길을 나섰다.

꼬리와 염소수염이 달린 민첩한 멋쟁이가 굴뚝에서 나왔다가 다시 굴뚝으로 날아간 그때, 그가 달을 훔쳐 숨겨 놓은, 옆구리 멜빵에 매달린 연장 통이 우연히 페치카에 걸려서 녹았다. 달은 이때를 놓치지 않고 솔로하 농가의 굴뚝을 통해 사르르 하늘로 날아 올라갔다. 모든 것이 밝게 빛났다. 눈보라도 언제 그랬냐는 듯 그쳤다. 눈이 넓은 은빛 벌판을 이루며 타오르기 시작하고 온통 수정 같은 별들로 뒤덮였다. 추위가 사그라든 것 같았다. 청년들과 아가씨들 무리가 자루를 들고 나타났다. 노래가 울려 퍼지고, 성탄 축가를 부르는 사람들이 몰려들지 않는 농가가 거의 없었다.

달이 신비롭게 빛난다! 하하하 웃으며 노래하는 아가씨들 사이에서, 온갖 농담과 새로운 놀이를 즐길 준비가 된 청년들 사이에서 그런 밤을 여유롭게 보내는 게 얼마나 좋은지 말로 표현하기란 정말 어렵다. 오직 유쾌하게 웃어 대는 밤에만 영감을 받아서 지어낼 수 있는 이야기들이 있는 법이다. 두꺼운 양털 외투 속은 따뜻하다. 뺨이 추위로 훨씬 더 싱그럽게 달아오르고, 악마는 못된 장난을 치도록 뒤에서 부추긴다!

자루를 든 한 떼의 아가씨들이 춥의 농가로 들이닥쳐 옥사나를 에워쌌다. 고함 소리, 웃음소리, 이야기들이 대장장이의 귀를 먹먹하게 했다. 모두 앞다투어 이 미녀에게 뭐든 새로운 것을 이야기하려 했고, 자루를 내리고 자기들이 축가를 불러 이미 충분히 모은 둥근 빵 덩어리, 소시지, 바레니카를 자랑했다. 옥사나는 완전히 만족하며 기뻐하는 것 같았고 이 아가씨, 저 아가씨와 수다를 떨며 끝없이 하하하 웃었다. 대장장이는 그런 유쾌한 모습을 분노와 질투심으로 바라보았다. 한때는 자기도 그것에 미친 듯 열광하곤 했지만 이번에는 축가를 저주했다.

"와우, 오다르카!" 명랑한 미녀가 아가씨들 중 한 명에게 몸을 돌리고 말했다. "너에게 새 구두가 생겼네. 와우, 참 좋다! 금도 있고! 넌 정말 좋겠다, 오다르카, 네겐 뭐든 전부 사 주는 그런 사람이 있잖아. 내게는 그렇게 멋진 구두를 사 줄 사람이 아무도 없는데."

"슬퍼하지 마, 아무리 봐도 질리지 않는 옥사나!" 대장장이가 말을 받았다. "내가 너에게 귀한 귀족 아가씨가 신는 구두를 가져다줄게."

"네가?" 옥사나가 곧 교만하게 그를 바라보고 말했다. "내 발에 신을 만한 그런 구두를 네가 가져다줄지 한번 봐야겠네. 그럼 여왕이 신는 신발을 가지고 와!"

"이크, 그런 구두를 원하다니!" 무리를 이룬 아가씨들이 웃으며 소리쳤다.

"그래." 미녀가 거만하게 말을 이었다. "너희 모두 증인이 되어 줘. 만일 대장장이 바쿨라가 여왕이 신는 그 구두를 가져오면, 바로 그에게 시집가겠다고 약속해."

아가씨들이 미녀를 데리고 나갔다.

"웃어라, 웃어." 대장장이가 그들을 따라 나가면서 말했다. "나도 자신을 비웃고 있으니까. 내 정신이 어디로 갔는지 나도 모르겠어. 그녀는 나를 사랑하지 않아. 그녀는 될 대로 되라지! 온 세상에 옥사나 하나뿐이야? 오 하느님, 농촌에 그녀 말고도 예쁜 아가씨들은 많지요. 옥사나가 뭔데? 그녀는 결코 좋은 안주인이 못 될 거야. 그녀는 옷을 차려입는 데만 선수인 거야. 아니, 충분해, 바보짓은 이제 그만둘 때도 됐어."

그러나 대장장이가 이런 결심을 하려는 순간, 어떤 악령이 "대장장이야, 여왕의 구두를 가져와, 그럼 네게 시집갈게!"라고 조롱하듯 말하며 웃음 짓는 옥사나의 형상을 그 앞에 떠올렸다.

축가를 부르는 청년들도, 아가씨들도 떼를 지어 이 거리에서 저 거리로 몰려다녔다. 하지만 대장장이는 걸으면서 아무것도 보지 않고, 한때는 다른 누구보다도 자신이 즐겼던 유쾌한 놀이에 참여하지 않았다.

그러는 사이 악마는 솔로하 곁에서 진정으로 달콤한 기분이 되었다. 그는 마치 군 재판소 의원이 사제 부인에게 하듯이 긴장된 표정을 지으며 부자연스럽게 그녀의 손에 키스하고, 우울해하고, 그녀가 그의 욕망을 채워 주고 흔히 말하듯 그것에 보상하는 데 동의하지 않으면 그는 무엇이든 할 각오라고 단호하게 말했다. 그럴 때 군 재판소 의원은 물에라도 뛰어들 기세이고, 그러면 악마는 그의 영혼을 곧장 지옥 불로 끌고 갈 것이다. 솔로하는 그 정도로 잔인하지 않았기 때문에, 악마는 익히 알려진 바대로 그녀와 잘 노닥거렸다. 그녀는 자기 꽁무니를 쫓아다니는 무리를 바라보는 것을 아주 좋아해서 누군가와 시간을 같이 보내지 않는 경우가 매우 드물었다.

하지만 이날 저녁은 그녀 혼자 보낼 생각이었다. 농촌의 모든 이름 있는 주민들이 사제의 성탄절 쿠티야 파티에 초대받았기 때문이다. 그러나 모든 것이 정반대로 흘러갔다. 마귀가 자기의 요구를 표현하자마자 갑자기 건장한 촌장의 목소리가 들렸다. 솔로하가 문을 열기 위해 뛰어나갔고, 민첩한 마귀는 놓여 있던 자루로 기어 들어갔다.

촌장이 귀마개가 달린 모자에서 눈을 털고 솔로하의 손에서 보드카 잔을 받아 마신 후, 자기는 눈보라 때문에 사제에게 가지 않았고, 그녀 농가의 불빛을 보고 그녀와 저녁을 보낼 생각에 이쪽으로 방향을 돌렸다고 말했다.

촌장이 말을 마치기도 전에 문을 두드리는 소리와 사제의 목소리가 들렸다.

"나를 어디로든 숨겨 줘." 촌장이 속삭였다. "난 여기서 사제와 부닥치고 싶지 않아."

솔로하는 그렇게 살집 좋은 손님을 어디에 숨길지 오랫동안 생각하다가, 마침내 석탄이 들어 있는 가장 큰 자루를 택했다. 그녀가 석탄을 큰 나무통에 붓자, 건장한 촌장이 수염과 머리와 귀마개가 달린 모자와 함께 자루 속으로 기어 들어갔다.

사제가 헛기침을 하고 손을 문지르며 들어왔다. 그는 자기 집에 아무도 안 왔고, 그는 이 기회를 틈타 그녀 집에서 조금 놀 수 있는 것에 진심으로 기뻐하면서 눈보라에도 당황하지 않았다고 말했다. 이 대목에서 그는 그녀에게 더 가까이 다가가 기침을 하고 웃음을 짓고 자신의 긴 손가락으로 그녀의 드러난 통통한 손을 건드리고, 간교함도 자기만족도 배어 있는 그런 표정으로 말했다.

"당당한 솔로하, 당신의 이것은 무엇이지요?" 이 말을 하고 그가 약간 뒤로 물러섰다.

"그게 무엇이라니요? 손이지요, 오시프 니키포로비치!" 솔로하가 대답했다.

"흠! 손이군요! 헤헤헤!" 자기의 시작에 만족한 사제가 진심으로 말하고 방을 거닐었다.

"그럼 당신의 이것은 무엇인가요, 소중한 솔로하?" 그가 같은 표정으로 다시 그녀에게 다가가 손으로 가볍게 그녀의 목을 쥐고 말한 다음, 똑같은 방식으로 다시 뒤로 물러섰다.

"당신은 못 보시나 봐요, 오시프 니키포로비치!" 솔로하가 대답했다. "목이지요, 목에 있는 건 목걸이고요."

"흠! 목에 있는 건 목걸이라! 헤헤헤!" 사제가 다시 손을 문지르면서 방을 거닐었다.

"그럼 당신의 이건 무엇인가요, 비할 데 없는 솔로하……?" 이제 사제가 자기의 긴 손가락으로 어디를 건드리려고 했는지는 알 수 없다. 그때 갑자기 문 두드리는 소리와 카자크 춥의 목소리가 들렸다.

"오, 이런 맙소사, 제3자가 나타났네!" 사제가 당황해하며 소리쳤다. "이제 사람들이 나와 같은 직함을 가진 존재를 발견하면 어찌 되겠어? ……사제장 콘드라트의 귀에도 들어갈 거야!"

그러나 정작 사제의 두려움은 다른 데 있었다. 그는 그의 반쪽인 아내가 알게 될 것을 더욱 두려워했다. 그녀는 그 일이 아니어도 끔찍한 손으로 그의 풍성한 머리카락을 가장 낮은 급으로 만들어 버렸기 때문이다.

"제발, 선량한 솔로하." 그가 온몸을 떨면서 말했다. "당신의 덕은 「누가복음」 제13…… 제13장에서 말하듯이……. 이런 문을 두드리네, 문을 두드려! 오, 나를 어디로든 숨겨 줘요!"

솔로하는 다른 자루의 석탄을 나무통에 부었고, 몸이 너무 크지 않은 사제가 그 속으로 기어 들어가 가장 밑바닥에 앉았다. 그래서 그의 위로 반 자루의 석탄은 더 부을 수 있을 정도였다.

"안녕, 솔로하!" 춥이 농가로 들어서며 말했다. "넌 아마 내가 올 줄 몰랐겠지, 응? 정말 몰랐지? 어쩌면 내가 방해한 건 아니고……?" 츕이 얼굴에 명랑하고 의미심장한 표정을 지으며 말을 이었다. 그 표정으로, 옆으로 돌지 않는 그의 머리가 애를 써서 뭔가 날카롭고 복잡한 농담을 내뱉을 태세라는 걸 미리 알 수 있었다.

"어쩌면 당신이 여기서 누군가와 노닥거린 것은 아니겠지? 어쩌면 당신이 이미 누군가를 숨긴 것은 아니겠지…… 응?" 츕은 그런 지적을 하면서 희열을 느끼고, 자기 혼자만 솔로하의 호의를 누리는 것에 속으로 득의양양해하면서 웃기 시작했다. "솔로하, 이제 보드카를 마시게 해 줘. 내 목구멍이 저주받을 추위로 얼어 버린 것 같아. 하느님이 성탄 전야에 그런 밤을 보내시다니! 솔로하, 눈보라가 얼마나 몰아치던지…… 에이, 손이 뼈처럼 단단해졌어. 외투 단추를 풀 수가 없네! 눈보라가 얼마나 몰아쳐 대던지……."

"문 열어!" 거리에서 문을 쾅 치는 소리와 함께 사람 목소리가 들렸다.

"누군가 문을 두드리네." 동작을 멈춘 츕이 말했다.

"문 열어!" 전보다 더 세게 소리 질렀다.

"이건 대장장이야!" 츕이 귀마개 달린 모자를 집으며 말했다. "잘 들어, 솔로하, 나를 어디로든 보내 줘. 난 세상에서 이 저주받을 괴물 같은 놈 앞엔 절대로 나타나고 싶지 않아. 이 마귀 같은 아들놈의 두 눈 밑에 낟가리만 한 물집이 나기를!"

솔로하 자신도 질겁해서 미친 여자처럼 왔다 갔다 하다가, 제정신이 아닌 채로 츕에게 사제가 이미 앉아 있는 바로 그 자루에 기어 들어가라고 신호했다. 불쌍한 사제는 그의 머리 위에 묵직한 농부가 앉아서 추위에 얼어붙은 장화를 그의 관자놀이 양쪽에 댔을 때, 기침과 고통스러운 신음 소리를 낼 수조차 없었다.

대장장이는 한마디 말도 없이 모자를 벗지 않고 들어오더니, 의자에 풀썩 쓰러졌다. 그는 기분이 나쁜 게 분명했다.

솔로하가 그 뒤로 문을 닫은 그때 누군가가 다시 문을 두드렸다. 카자크 스베르비구즈였다. 이자는 이미 자루에 숨길 수도 없었다. 어떤 자루도 찾을 수가 없었기 때문이다. 그는 촌장의 몸보다 더 무겁고 대부 춥의 키보다 더 컸다. 그래서 솔로하는 그가 그녀에게 알리고 싶어 하는 모든 것을 그로부터 듣기 위해 그를 텃밭으로 내보냈다.

대장장이는 사람들이 성탄 축가를 부르는 소리가 멀리서 울려 퍼지는 것을 가끔 귀 기울여 들으면서 산만하게 자기 농가의 석탄들을 둘러보았다. 그리고 마침내 자루들에 눈을 고정시켰다. "어째서 이 자루들이 여기 있는 거야? 오래전에 그것들을 치웠어야 하는데. 이놈의 어리석은 사랑 때문에 내가 완전히 바보가 됐어. 내일이 축일인데, 농가에 아직도 온갖 쓰레기가 뒹굴다니. 이것들을 대장간으로 옮겨야지!"

여기서 대장장이는 거대한 자루들에 다가가 앉아 그것들을 더 세게 묶은 뒤 자기 어깨에 둘러멜 준비를 했다. 그러나 그의 생각이 아무도 모를 곳을 떠돌고 있는 게 분명했다. 그렇지 않았다면 그는 자루를 묶은 밧줄이 춥의 머리카락을 같이 묶을 때 춥이 내는 신음 소리를 들었을 것이다. 그리고 건장한 촌장도 선명하게 딸꾹질을 하기 시작했다.

"만일 이 쓸데없는 옥사나가 내 머리에서 사라지지 않으면 어쩐다?" 대장장이가 말했다. "그녀는 더 이상 생각하고 싶지 않아. 그런데 자주 생각이 나고, 일부러 그런 것처럼 그녀 생각만 나는군. 내 뜻과는 다르게 머리에 이 생각이 들어오는 것은 왜일까? 악마가 있나, 자루들이 전보다 더 무거워진 것 같군! 여기에 석탄 말고 뭔가 다른 것도 있는 것 같아. 난 참 바보야! 지금은 내게 뭐든 다 무거워 보인다는 걸 깜박했네. 예전에는 한 손으로 구리 동전과 말 편자를 구부렸다가 다시 펼 수도 있었는데, 지금은 석탄 자루들도 못 들다니. 곧 바람에도 쓰러지겠어. 아니야." 그는 한참을 잠잠하다가 마침내 원기를 되찾고 소리를 질렀다. "내가 왜 이렇게 아낙네처럼 구는 거야? 아무도 나를 비웃지 못하게 할 테다! 이런 자루는 열 개라도 들 수 있다고!"

그리고 그는 기운을 내서, 건장한 장정 두 명도 들지 못할 자루들을 어깨에 둘러멨다. "이것도 들어야지." 그는 바닥에 마귀가 몸을 웅크리고 누워 있는 작은 자루도 들고 말을 이었다. "여기에는 내 도구를 넣은 것 같군." 이렇게 말하고서 그는 휘파람으로 노래를 불면서 농가에서 멀리 나왔다.

내겐 아내를 얻기 위해 부산을 떨 필요가 없어…….

거리를 따라 노래와 고함 소리가 더 시끄럽게 울려 퍼지고 있었다. 서로 밀쳐 대는 사람들 무리가, 옆 마을에서 온 사람들로 인해 더 불어났다. 청년들은 맘껏 장난을 치고 거칠게 놀았다. 성탄 축가 사이로 자주 어떤 유쾌한 노래가 들려왔다. 그것은 그 순간 젊은 카자크라면 누구나 지을 수 있는 노래였다. 때로는 무리 중 한 명이 갑자기 성탄 축가 대신 보다 관대한 노래를 뽑으며 목청껏 소리를 질렀다.

자비로운 이여!
바레니카를 주세요,
쿠티야 한 덩어리를,
소시지 한 줄을!

노래를 부른 사람에게는 웃음 소리가 상으로 주어졌다. 작은 창문들이 올라가고, 점잖은 아버지들과 함께 단둘이 농가에 남아 있던 노파들의 앙상한 손이 창문 밖으로 나왔다. 그 손에는 소시지나 피로그 조각이 들려 있었다. 청년들과 아가씨들은 앞다투어 자루를 밑에 갖다 대고 자신들의 수확물을 챙겼다. 어떤 곳에서는 청년들이 사방에서 몰려들어 아가씨의 무리를 에워쌌다. 소음, 외침 소리, 한 청년이 눈덩이를 던지고, 다른 청년은 온갖 것이 들어 있는 자루를 파헤쳤다. 다른 곳에서는 아가씨들이 청년 한 명을 붙잡아 그에게 발을 내밀면 그는 자루와 함께 땅으로 곤두박질쳤다. 밤새 내내 즐겁게 놀 기세였다. 마치 그런 분위기에 맞춘 듯 밤이 너무나 화려하게 은은히 빛났다! 눈이 반짝이면서 달빛이 훨씬 더 하얘진 것 같았다.

대장장이가 자루를 들고 걸음을 멈추었다. 그의 귓가에 아가씨 무리에서 옥사나의 목소리와 가녀린 웃음소리가 들렸다. 그의 온 힘줄이 경련을 일으켰다. 그는 자루 밑바닥에 있는 사제가 다쳐서 신음을 하고 촌장이 목청껏 딸꾹질을 할 만큼 자루들을 세게 땅에 내던졌다. 그리고 어깨에 작은 자루를 메고, 아가씨 무리를 쫓아가는 청년 무리와 함께 걷기 시작했다. 그 아가씨 무리에서 옥사나의 목소리가 들렸다.

'그래, 저기 그녀가 있어! 여왕처럼 서서 검은 눈동자를 빛내고 있군! 그녀에게 어떤 잘빠진 청년이 이야기를 하고 있군. 아마도 재밌는 얘기겠지, 그녀가 웃는 걸 보니. 하지만 그녀는 항상 웃어 대지.' 마치 무의식적으로 그런 것처럼, 자기도 전혀 이해하지 못하는 사이에 대장장이가 군중을 뚫고 나가 그녀 옆에 섰다.

"아, 바쿨라, 너 여기에 있구나! 안녕!" 바쿨라가 거의 미치게 만드는 바로 그 웃음을 지으며 미녀가 말했다. "그래, 성탄 축가는 많이 불렀어? 에구, 자루가 참 작네! 그리고 여왕의 구두는 구했어? 구두를 가져와. 그럼 너한테 시집갈 테니까!" 그녀가 웃고는 무리와 함께 달려갔다.

대장장이는 못 박힌 듯 그 자리에 서 있었다. "아냐, 난 할 수 없어. 더 이상 힘이 없어……." 마침내 그가 말했다. "하지만 맙소사, 어째서 그녀는 그토록 악마처럼 예쁜 걸까? 그녀의 시선, 말, 모든 것이 마치 불타는 것 같아, 불타는 것 같아……. 아냐, 더 이상 나를 억누를 힘이 없어! 모든 것에 끝장을 낼 때야. 영혼아, 꺼져 버려라, 가서 얼음 구멍에 빠져 죽자. 난 이걸로 끝이야!"

이제 그는 결연한 걸음으로 앞으로 나가서 군중을 따라잡고 옥사나와 나란히 서자 단호한 목소리로 말했다.

"안녕, 옥사나! 원하는 신랑감을 찾아, 아무나 원하는 대로 바보로 만들어. 이 세상에선 더 이상 날 보지 못할 거야."

미녀는 놀란 기색으로 뭔가를 말하고 싶어 했지만 대장장이는 손을 내젓고 떠나갔다.

"어디 가, 바쿨라?" 뛰어가는 대장장이를 보면서 청년들이 소리쳤다.

"잘 있어, 형제들!" 대장장이가 소리치며 답했다. "신이 허락하신다면 저세상에서 보자. 이곳에서 우리는 더 이상 함께 놀지 못할 거야. 안녕, 나를 좋은 사람으로 기억해 줘! 콘드라트 사제장에게 내 죄 많은 영혼을 위해 추도식을 올려 달라고 부탁해 줘. 기적을 일으키는 니콜라이 성인과 성모 마리아의 성상화에 초를 꽂아 줘. 난 죄 많은 몸이지만, 세상일을 위해 그림을 그린 적은 없어. 내 궤짝에 있는 좋은 것은 모두 교회에 기부해 줘! 잘 있어!"

이렇게 말하면서 대장장이는 어깨에 자루를 메고 다시 달리기 시작했다.

"그가 상처를 입은 거야!" 청년들이 말했다.

"타락한 영혼이야!" 옆을 지나가던 노파가 경건하게 중얼거렸다. "대장장이가 어떻게 목을 맸는지 말하러 가야겠군!"

그사이 바쿨라는 뛰어서 몇 개의 거리를 지난 뒤에 숨을 고르기 위해 멈춰 섰다. '정말 나는 어디로 뛰어가는 걸까?' 그가 생각했다. '마치 모든 게 끝장난 것처럼 말야. 다시 방도를 찾아보자. 자포로지예 사람인 푸자티 파추크*에게 가 보자. 그는 모든 악마들을 알고 지내서 원하는 건 다 할 수 있다고들 하니까. 가자, 내 영혼이 망하게 하는 거야!'

이 말에 오랫동안 아무 움직임 없이 누워 있던 악마가 기쁨에 겨워 자루에서 펄쩍펄쩍 뛰었다. 그러나 대장장이는 자기가 엉겁결에 손으로 자루를 잡아서 스스로 이런 행동을 한 것이라 생각하며, 튼튼한 주먹으로 자루를 치고, 그것을 어깨에 대고 흔들면서 푸자티 파추크에게 향했다.

푸자티 파추크는 한때 알짜배기 자포로지예 사람이었다. 그러나 자포로지예 사람들이 그를 쫓아냈는지 그가 스스로 도망쳤는지는 아무도 모른다. 그가 디칸카에 산 지도 꽤 오래되었다. 아마 10년이나 15년쯤 되었을 것이다. 처음부터 그는 진정한 자포로지예 사람처럼 살았다. 즉 아무 일도 하지 않고 하루의 4분의 3은 잠을 자고 풀 베는 농부 여섯 명분의 음식을 먹고 한 번에 거의 한 동이의 술을 마셨다. 그러나 그는 작은 키에도 불구하고 옆으로 아주 넓게 퍼져 있었기 때문에 어디서든 묵을 곳을 찾을 수 있었다.

게다가 그가 입는 바지는 그가 아무리 큰 걸음을 해도 다리가 전혀 보이지 않을 정도로 넓었다. 그래서 양조장의 통나무가 거리를 굴러가는 것처럼 보였다. 아마도 그런 이유로 그를 푸자티라고 부르게 되었을 것이다. 그가 이 마을에 도착하고 며칠 지나지 않아, 모두들 그가 주술을 부려서 병을 고치는 사람이라는 것을 알았다. 누구건 무슨 병에든 걸리기만 하면 즉시 파추크를 불렀다. 그리고 파추크가 몇 마디만 중얼거리면 병이 손으로 씻은 듯 깨끗이 나았다.

한번은 배를 곯는 귀족이 생선 가시에 걸린 일이 있었는데, 파추크가 솜씨 좋게 그의 등을 주먹으로 치자 가시가 완전히 튀어 나왔고 귀족의 목구멍에는 어떤 상처도 나지 않았다. 최근에는 어디서든 그를 보는 일이 드물었다. 그 이유는 아마도 그의 게으름 때문이었다. 그래서 그가 문을 기어 나가는 것이 매년 더욱 어려워졌고, 세상 사람들이 그에게 볼일이 있을 때는 그들이 직접 가야 했다.

대장장이는 약간 소심한 마음으로 문을 열고 들어갔고, 파추크가 터키식으로 마루에 앉아 있는 것을 보았다. 그의 앞에는 갈루시카가 담긴 사발이 놓인, 크지 않은 나무통이 있었다. 사발은 일부러 그런 듯 그의 입술과 같은 높이에 있었다. 그는 손가락 하나 움직이지 않고 가볍게 머리를 사발에 기울여 갖다 대고, 때로는 걸쭉한 액체를 꿀꺽꿀꺽 마시고 때로는 이로 갈루시카를 물었다.

"아니, 이자는 춥보다 훨씬 더 게으르군. 그는 적어도 손가락으로는 먹는데, 이자는 손도 들기 싫어하네!"

파추크는 갈루시카에 완전히 마음이 쏠려 있는 것 같았다. 대장장이가 오는 것을 전혀 알아채지 못한 듯했기 때문이다. 대장장이는 문턱을 넘기도 전에 그에게 아주 공손히 절을 했다.

"저는 당신의 자비를 구하러 왔습니다, 파추크!" 바쿨라가 다시 절하면서 말했다.

뚱뚱한 파추크가 고개를 들고 다시 갈루시카를 홀짝이기 시작했다.

"사람들이 당신은 무슨 말을 해도 화를 내지 않는다고들 하더군요……." 대장장이가 힘을 내서 말했다. "당신에게 모욕을 주기 위해 이 말을 하는 건 아니지만, 당신은 거의 악마나 다름없다고들 하더군요."

이 말을 하면서 바쿨라는 자기가 너무 직설적으로 표현했다는 생각이 들어 당황했고, 강한 단어들을 조금 더 부드럽게 돌려서 말했다. 그리고 그는 파추크가 사발과 함께 나무통을 잡고 그의 얼굴에 냅다 던질 것을 예상하고, 약간 옆으로 비켜서며 갈루시카의 뜨거운 걸쭉한 액체가 그의 얼굴을 덮지 않도록 소매로 얼굴을 가렸다.

하지만 파추크는 그를 바라보더니 다시 갈루시카를 홀짝이기 시작했다. 용기를 얻은 대장장이는 말을 계속하기로 결심했다.

"파추크, 저는 당신에게 왔고, 당신에게 모두 다, 어떤 재산이든 충분히, 빵도 비율에 따라서 드리겠습니다!" 대장장이는 가끔씩 세련된 단어를 사용할 줄 알았다. 그가 폴타바에서 지내며 백부장의 널빤지 울타리에 그림을 그려 줄 때, 그런 단어를 익힌 것이다. "죄 많은 저는 망할 수밖에 없습니다! 이 세상 그 무엇도 저를 도울 수가 없어요! 있어야 할 것은 있어야지요. 저는 악마에게 도움을 구하는 수밖에 없습니다. 어떤가요, 파추크?" 대장장이는 그가 변함없이 침묵하는 것을 보고 말했다. "저는 어떻게 될까요?"

"악마가 필요하면 악마한테 가야지!" 파추크가 그에게 눈을 들지도 않고 계속 갈루시카를 비우면서 말했다.

"그래서 당신에게 온 겁니다." 대장장이가 절을 하고 대답했다. "당신 말고는 이 세상 누구도 그에게 가는 길을 알지 못한다고 생각하니까요."

파추크는 아무 말 없이 남은 갈루시카를 다 먹었다.

"선량한 분, 제게 자비를 베풀어 주세요, 거절하지 말아 주세요!" 대장장이가 매달렸다. "돼지든, 소시지든, 메밀가루든, 아마포든, 탈곡한 수수든, 어떤 것이든 필요하다면 다 드리겠습니다……. 보통 선한 사람들 사이에 그렇듯이…… 저희는 아까워하지 않을 겁니다. 그를 만나려면 어떤 길로 가야 하는지 대충이라도 말해 주시겠어요?"

"어깨 뒤에 악마가 있는 사람은 멀리 갈 필요도 없지." 파추크가 자세를 바꾸지 않고 무심하게 말했다.

바쿨라는 이 말에 대한 설명이 그의 이마에 쓰여 있기나 한 듯 그에게 눈을 고정시켰다. '그가 무슨 말을 하는 거야?' 그의 표정이 말없이 이렇게 묻고 있었다. 즉 반쯤 열린 그의 입은 첫 단어를, 갈루시카나 되듯이 받아서 꿀꺽 삼킬 준비가 되어 있었다. 그러나 파추크는 침묵했다.

순간 바쿨라는 갈루시카도 나무통도 그의 앞에서 없어진 것을 알아챘다. 그 대신 마루에 두 개의 사발이 놓여 있었다. 하나에는 바레니카가 가득했고, 다른 하나는 스메타나로 가득 차 있었다. 그의 생각과 눈이 자기도 모르게 이 음식에 쏠렸다. 그는 생각했다. '파추크가 바레니카를 어떻게 먹을지 지켜보자. 그는 아마 갈루시카처럼 꿀꺽 삼키기 위해서 몸을 기울이고 싶어 하지는 않을 거야. 게다가 그건 불가능해. 먼저 바레니카를 스메타나에 담가야 하니까.'

그가 이렇게 생각하자마자 파추크가 입을 벌리고 바레니카를 바라보며 더 강하게 입을 벌렸다. 그러자 바레니카가 사발에서 튀어 오르더니 스메타나로 풍덩 빠지고 다른 쪽으로 몸을 돌리더니 위로 튀어 올라 바로 그의 입으로 들어갔다. 파추크는 다 먹고 다시 입을 열었다. 그리고 바레니카도 똑같은 상태로 다시 움직였다. 그는 다만 씹고 꿀꺽 삼키는 수고만 하면 되었다.

'햐, 거참 신기하네!' 대장장이가 놀라서 입을 벌리고 생각했다. 바로 그 순간 그는 바레니카가 자기 입으로도 기어 와서 스메타나로 입을 뒤덮은 것을 깨달았다. 바레니카를 내뱉고 입술을 닦은 뒤, 대장장이는 이 세상에 얼마나 기이한 일들이 많은지, 악마가 인간을 얼마나 지혜로운 길로 인도하는지 생각하기 시작했다. 그리고 파추크만이 자기를 도와줄 수 있다고 느꼈다. '그에게 다시 절해야지, 그가 잘 설명해 주도록……. 하지만 악마는 정말 돼먹지 못한 놈이야! 오늘은 쿠티야만 먹는 성탄절 전날인데, 그는 바레니카, 그것도 아주 기름진 바레니카를 먹고 있으니! 정말이지 나는 얼마나 바보인가, 여기 서서 죄를 긁어모으고 있다니! 물러나자!' 독실한 대장장이는 황급히 농가 밖으로 뛰쳐나왔다.

하지만 자루에 앉아서 이미 오래전부터 기쁨에 젖어 있던 악마는 자기 손에서 그런 영광된 전리품이 빠져나가는 것을 견딜 수 없었다. 대장장이가 자루를 내려놓자마자 악마가 자루에서 튀어나오더니 그의 목에 올라탔다. 싸늘한 냉기가 대장장이의 몸을 훑고 지나갔다. 그는 당황하고 창백해져서 무엇을 해야 할지 몰랐다. 그는 성호를 긋고 싶었다……. 하지만 악마가 자기의 개 같은 낯짝을 그에게 기울이며 말했다. "나야, 네 친구, 내가 친구이자 동무를 위해 뭐든 해 줄게! 돈은 원하는 대로 줄게." 그가 그의 왼쪽 귀에 대고 찍찍거렸다. "옥사나는 오늘 우리 것이 될 거야." 그가 자기 면상을 다시 그의 오른쪽 귀로 돌리고 속삭였다.

대장장이는 생각에 잠겨 서 있었다.

"그래." 그가 마침내 말했다. "그런 대가라면 네 친구가 될 준비가 되어 있지!"

악마가 기뻐서 손뼉을 치고 대장장이 목에서 폴짝폴짝 뛰기 시작했다. '이제 대장장이가 내 수중에 들어왔구나!' 그는 혼자 생각했다. '이제 네게 복수할 테다. 너의 모든 그림과 악마에 대해 지어낸 허황된 이야기들에 대해! 온 동네에서 가장 독실한 녀석이 내 수중에 들어온 걸 알면 내 동료들이 뭐라고 할까?' 이때 악마는 지옥의 모든 꼬리 달린 족속을 어떻게 놀려 댈지, 그들 중 거짓 이야기를 짜내는 데 일인자로 인정받는 절름발이 악마가 얼마나 광분할지 생각하고 기뻐서 웃기 시작했다.

"자, 바쿨라!" 악마는 그가 도망칠까 봐 두려운 듯 그의 목에서 여전히 내려오지 않고 끽끽댔다. "너는 계약 없인 아무것도 할 수 없다는 걸 잘 알지."

"난 준비됐어!" 바쿨라가 말했다. "듣기에, 너희는 피로 서명한다던데. 기다려, 내가 호주머니에서 못을 꺼낼 테니!" 이 순간 그가 손을 뒤로 넘겨 악마의 꼬리를 잡았다.

"어, 이런 익살꾼 좀 보게!" 악마가 웃으면서 소리 질렀다. "이런, 그만해, 못된 장난은 이미 충분해!"

"가만있어, 친구!" 대장장이가 외쳤다. "이걸 네게 어떻게 보여 줄까?" 이 말을 하고서 그가 성호를 그었다. 그러자 악마가 어린 양처럼 조용해졌다. "가만있어." 그가 그의 꼬리를 땅으로 끌어당기면서 말했다. "너는 내게서, 선한 사람들과 명예로운 기독교인들의 죄를 보면서 배우게 될 거야!"* 이 말을 하며 대장장이는 그의 꼬리를 놓지 않고 그에게 올라탔고, 십자가 모양을 그리기 위해 손을 올렸다.

"자비를 베풀어 줘, 바쿨라!" 악마가 애처롭게 신음했다. "네게 필요한 건 뭐든 다 해 줄게. 다만 영혼만은 참회하도록 놓아 줘. 내게 끔찍한 성호를 긋지 말아 줘!"

"흥, 저주받을 독일 놈, 이제 네가 어떻게 수작을 부리는지 알겠어! 이제 내가 뭘 해야 할지 알겠어. 나를 당장 태워. 잘 들어, 새처럼 날아가!"

"어디로?" 슬픔에 찬 악마가 말했다.

"페테르부르크로, 곧장 여왕에게로!"

그리고 대장장이는 자신이 공중으로 날아오르는 것을 느끼고 공포에 얼어붙었다.

옥사나는 대장장이의 이상한 말에 대해 곰곰이 생각하면서 오랫동안 서 있었다. 이미 그녀의 내면에서 뭔가가, 그녀가 대장장이에게 너무 잔인하게 행동했다고 말하고 있었다. 그가 정말 뭔가 끔찍한 일을 하기로 결심하면 어쩌지? '좋을 게 뭐 있겠어! 어쩌면 그가 슬픔에 빠진 나머지 다른 여인을 사랑하기로 마음먹고, 화가 나서 그녀를 이 동네의 제일가는 미녀라고 부르게 될지 몰라. 하지만 아냐, 그는 나를 사랑해. 내가 얼마나 예쁜데! 그는 무슨 일이 있어도 결코 나를 배신하지 않을 거야. 그는 못된 장난을 치고, 그런 척하는 것일 뿐이야. 10분이 지나기도 전에 나를 보러 올 거야. 난 정말 엄격해. 못 이기는 척 그가 내게 키스하도록 허락할 필요가 있어. 그럼 그는 기쁨에 가득 찰 거야!' 그리고 변덕스러운 미녀는 자기 친구들과 농담을 했다.

"가만있어 봐." 그들 중 한 명이 말했다. "대장장이가 자기 자루를 잊어버렸어. 이것 좀 봐, 참 끔찍한 자루들이네! 그는 우리식으로 성탄절을 보내지 않은 거야. 내 생각에 여기에 양의 4분의 1은 집어넣은 것 같아. 소시지와 빵도 엄청 많겠다! 아주 풍족해! 축제 내내 배 터지게 먹을 수 있겠어."

"이게 대장장이의 자루들이야?" 옥사나가 끼어들었다. "이것들을 우리 농가로 옮긴 뒤에 그가 뭘 잔뜩 넣었는지 살펴보자."

모두 웃으며 그 제안에 동의했다.

"하지만 우린 그걸 들 수가 없어!" 무리를 이룬 아가씨들 모두가 자루들을 옮기려고 애쓰다가 갑자기 말하기 시작했다.

"가만있어 봐," 옥사나가 말했다. "썰매를 가지고 와서 짐을 옮기자!"

무리가 썰매를 찾아 달려갔다.

사제가 자신을 위해 손가락으로 상당히 큰 구멍을 냈음에도 불구하고, 포로들에게는 자루에 앉아 있는 게 너무나 지겨워졌다. 만일 사람들이 없다면 그는 밖으로 기어 나갈 방도를 찾았을 것이다. 하지만 모두가 있는 자리에서 자루에서 나가 자기를 웃음거리로 만드는 것은……. 이 생각이 그를 억눌렀다. 그래서 그는 춥의 정중하지 않은 구둣발 아래서 가볍게 신음할 뿐 더 기다리기로 결심했다. 춥도 자기 밑에 뭔가가 누워 있고 그 위에 앉아 있기가 엄청나게 불편한 걸 느끼면서, 사제 못지않게 자유를 갈망했다. 하지만 자기 딸의 결정을 듣자마자 그의 마음이 평안해지고 밖으로 나갈 생각이 없어졌다. 지금 나가면 적어도 자기 농가로 가는 데 1백 걸음, 어쩌면 2백 걸음은 걸어야 할 거라고 판단했기 때문이다.

밖으로 기어 나가면 옷매무시를 가다듬고 외투의 단추를 채우고 허리띠를 다시 매야 하는데, 이게 얼마나 수고스러운 일인가! 그리고 귀마개 달린 모자도 솔로하 집에 두고 왔다.* 아가씨들이 썰매로 운반해 주는 편이 훨씬 나은 것이다. 하지만 전혀 춥이 기대한 대로 되지 않았다. 아가씨들이 썰매를 가지러 달려갔을 때 빼빼 마른 남정네, 즉 춥의 이전 길동무가 마음이 흐트러지고 기분이 상한 채로 주막에서 나왔다. 주막 여주인이 절대로 그에게 외상을 해 주지 않기로 결심한 것이다. 그는 혹시 누구든지 독실한 귀족이 와서 그에게 술을 대접해 주길 기다리고 싶었다. 그런데 마치 일부러인 것처럼 모든 귀족이 집에 남아 명예로운 그리스도인처럼 식솔들 사이에서 쿠티야를 먹고 있는 것이다. 그는 정신의 타락과 포도주를 파는 유대인 여인의 목석같은 마음에 대해 곰곰이 생각하다가 자루들을 발견하고 깜짝 놀라 걸음을 멈추었다.

"어라, 누가 길에 별 이상한 자루들을 버렸네!" 그가 사방을 둘러보면서 말했다. "틀림없이 안에 돼지도 있을 거야. 누군가 운 좋게 성탄 축가를 부르고 이것저것 엄청 많이 모은 거야! 이 끔찍한 자루들 좀 봐! 메밀이 들어간 커틀릿과 튀김 과자, 그 외 온갖 좋은 것들이 가득 들어 있을 거야. ……음식이 다 으깨졌다고 해도, 유대인 여인이…… 음식 하나당 보드카 8분의 1잔은 줄 거야. 아무도 못 보게 서둘러 옮기자." 그러고서 그는 춥과 사제가 들어 있는 자루를 어깨에 멨다. 하지만 그것이 너무 무거웠다. "아냐, 혼자 옮기기엔 너무 무거워." 그가 말했다. "아, 마침 방직공 샤푸발렌코가 지나가네. 안녕, 오스타프!"

"안녕." 방직공이 걸음을 멈추고 대답했다.

"어디 가는 건가?"

"발길 닿는 대로 가는 중이야."

"이봐, 이 자루들을 나르는 걸 도와줘! 누군가 성탄 축가를 부르고 모은 것을 길 한가운데 버렸어. 우리끼리 반씩 나누자."

"자루들을? 그런데 자루에 뭐가 들었나, 둥근 빵이나 음식이 들었나?"

"응, 내 생각엔 다 있는 것 같아."

여기에서 이들은 울타리에서 막대들을 뽑아 그것들에 자루를 맨 다음 어깨에 메고 갔다.

"이것들을 어디로 옮길까? 주막으로?" 가는 도중 방직공이 물었다.

"나도 주막으로 갈 생각이었는데, 저주받은 유대인 여주인이 우릴 믿지 않고 우리가 어디선가 이걸 훔쳤다고 생각할 거야. 게다가 나는 방금 전에 주막에서 나왔어. 그걸 우리 농가로 가져가자. 아무도 우리를 방해하지 못할 거야. 집에 여편네가 없거든."

"정말 그녀가 집에 없는 건가?" 신중한 방직공이 물었다.

"다행히 우리가 아직은 정신이 안 나갔지." 남정네가 말했다. "만일 그녀가 있다면, 악마가 나를 그녀가 있는 곳으로 보내도 좋아. 내 생각에 그녀는 새벽까지 아낙네들과 돌아다닐 거야."

"거기 누구야?" 현관에서 두 친구가 자루를 들고 들어오면서 내는 소음을 듣고, 남정네의 아내가 고함을 지르고 문을 열었다.

남정네가 얼어붙었다.

"이런 제기랄!" 방직공이 손을 내려놓으며 말했다.

남정네의 아내는 이 밝은 세상에 적지 않은 그런 종류의 보물이었다. 그녀의 남편과 마찬가지로 그녀도 거의 집에 붙어 있지 않고 거의 온종일 수다쟁이와 부유한 노파들에게 비굴하게 달라붙어 칭찬하고 엄청난 식욕으로 먹어 대고, 남편과는 아침에

만 싸웠다. 이때만 가끔 그를 보았기 때문이다. 그들의 농가는 읍 서기의 바지보다 두 배는 더 낡았고, 지붕의 어떤 곳은 아예 짚이 없었다. 울타리는 일부만 남아 있었다. 사람들이 집에서 나올 때, 남정네의 텃밭을 지나갈 때 울타리에서 아무 막대기나 뜯어내 개를 쫓아낼 생각으로, 막대기를 들고 나오는 법이 없었기 때문이다.

페치카는 3일 정도 피우지 않았다. 상냥한 아내가 선한 사람들에게서 얻어 내는 건 뭐든지 남편에게서 멀리 숨기고, 남편이 자기의 전리품으로 주막에서 술 마시는 데 성공하지 못할 경우에는 자주 자기 맘대로 그에게서 그것을 빼앗았다. 남정네는 언제나의 냉정함에도 불구하고 그녀에게 양보하는 것을 좋아하지 않았고, 그래서 거의 매번 눈 밑에 멍이 든 채 집에서 나왔다. 그리고 그의 귀중한 반쪽은 한숨을 쉬면서, 노파들에게 자기 남편의 잔혹한 행위와 그녀가 그에게서 받은 구타에 대해 하소연하러 겨우 걸음을 옮겼다.

그러니 방직공과 남정네가 그런 예기치 않은 등장에 얼마나 당황했는지 쉽게 상상할 수 있을 것이다. 그들은 자루를 내려놓고 그것을 몸으로 막아서고 옷단으로 감추었다. 그러나 이미 늦었다. 남정네의 아내는 노쇠한 눈으로 흐릿하게만 볼 수 있었으나 자루를 알아본 것이다.

"이거 참 좋네!" 그녀가 매가 기뻐할 때 짓는 표정으로 말했다. "성탄 축가를 불러서 그렇게 많이 얻어 오다니 참 좋아! 선량한 사람들은 늘 그렇게 하는 법이야. 다만 어디서든 훔쳐서는 안 된다고 생각해. 당장 내게 보여 봐요. 들었어요, 지금 당장 당신 자루를 보여 줘요!"

"대머리 악마라면 네게 보여 주겠지만 우린 아냐." 남정네가 거드름을 피우면서 말했다.

"이게 너와 무슨 상관이야?" 방직공이 말했다. "우리가 성탄 축가를 불러서 얻은 거지, 네가 아니잖아."

"아니, 넌 내게 보여 주게 될 거야, 쓸모없는 주정뱅이야!" 아내가 키 큰 남정네의 턱을 주먹으로 때리고 맹렬히 자루로 돌진하면서 소리쳤다.

그러나 방직공과 남정네가 남자답게 자루를 방어해서 그녀가 뒤로 물러서게 했다. 하지만 그들이 정신을 차릴 새도 없이 아내가 손에 불꼬챙이를 들고 현관으로 뛰어나갔다. 그녀가 불꼬챙이로 민첩하게 남편의 양손과 방직공의 등을 때리고 어느새 자루 곁에 섰다.

"우리가 그녀에게 뭘 내준 거야?" 방직공이 정신을 차리고 말했다.

"이크, 우리가 뭘 내준 거야! 너는 어째서 내준 거야?" 남정네가 냉정하게 말했다.

"당신네 불꼬챙이는 틀림없이 쇠꼬챙이일 거야!" 잠시 침묵한 후에 방직공이 등을 쓰다듬으며 말했다. "내 아내가 작년에 장에서 불꼬챙이를 사 가지고 나를 때렸는데, 그건 전혀…… 안 아팠어."

그사이 의기양양해진 아내는 마루에 등잔불을 놓고 자루를 풀고 그 안을 들여다보았다. 하지만 자루는 그렇게도 잘 알아본 그녀의 늙은 눈이 이번에는 그녀를 속인 것 같았다.

“이크, 여기 멧돼지 한 마리가 통째로 누워 있네!” 그녀가 기뻐서 손뼉을 치며 소리를 질렀다.

“멧돼지라고! 들었어, 멧돼지 한 마리래!” 방직공이 남정네를 밀쳤다. “전부 네 잘못이야!”

“뭘 어쩌겠나!” 남정네가 어깨를 움츠리며 말했다.

“뭐라고? 우리가 뭐 하고 서 있는 거야? 자루를 빼앗자! 자, 돌진해!”

“저리 가! 가! 이건 우리 멧돼지야!” 방직공이 앞으로 나서며 소리쳤다.

아내가 다시 불꼬챙이를 잡았다. 그러나 이때 춥이 자루에서 기어 나와 마치 방금 긴 잠에서 깬 사람처럼 기지개를 켜면서 현관 사이에 섰다.

남정네의 아내가 손으로 마룻바닥을 치면서 소리를 질렀고, 모두들 자기도 모르게 입을 헤벌렸다.

“멍청한 아낙네가 뭐라는 거야, 멧돼지라니! 이건 멧돼지가 아니잖아!” 남정네가 눈을 휘둥그레 뜨면서 말했다.

“에휴, 자루에 사람을 처박은 거잖아!” 방직공이 경악하여 뒷걸음질하면서 말했다.

“뭐든 좋을 대로 말해, 무슨 말이건. 하지만 이건 분명 악마의 짓이야. 그가 눈에 띄게 창문으로 기어 들어오진 않는 법이야!”

“이건 대부잖아!” 자세히 살펴보던 남정네가 소리 질렀다.

"그럼 자넨 누구라고 생각했나?" 춥이 웃으면서 말했다. "뭐, 자네들 재밌으라고 내가 장난친 거야. 자네들은 돼지 대신 나를 잡아먹고 싶어 했던 것 같은데? 기다려 봐, 내가 자네들을 기쁘게 해 주지. 자루에 뭔가가 또 있어. 멧돼지 아니면 돼지 새끼나 다른 동물일 거야. 내 아래서 끊임없이 뭔가가 움직였거든."

방직공과 남정네가 자루로 달려들었고, 집의 여주인이 반대편에서 달라붙었다. 만일 사제가 이제 더 이상 숨어 있을 수 없다는 걸 알고 자루 밖으로 기어 나오지 않았다면, 다시 전투가 시작됐을 것이다. 남정네의 아내가 자루에서 사제의 다리를 붙잡고 끌어내려다가 멍하니 굳어서 손에서 다리를 놓았다.

"여기 또 다른 사람이 있네!" 방직공이 공포에 질려서 소리를 질렀다. "세상에, 이게 어떻게 된 노릇이야…… 머리가 빙빙 돌겠어…… 소시지도…… 음식도 아니고, 사람들을 자루에 처넣다니!"

"이건 사제 아닌가!" 누구보다도 더 놀란 춥이 말했다. "제기랄! 솔로하, 요것 봐라! 사람을 자루에 처박았겠다……. 그래, 이제 보니, 그녀 농가엔 자루들이 가득했어……. 이제 전부 알겠다. 그녀의 자루엔 각각 두 명씩 남정네들이 앉아 있었던 거야. 난 또 그녀가 내게만……. 솔로하, 두고 보자!"

아가씨들은 자루 하나가 없어진 것을 보고 깜짝 놀랐다. "어쩔 수 없지, 우리에겐 이거라도 있잖아." 옥사나가 말했다. 모두 자루에 달라붙어 그것을 굴려서 썰매에 실었다.

촌장은 만일 자기를 내보내고 자루를 풀어 달라고 소리치면 어리석은 아가씨들이 사방으로 도망치고 자루에 마귀가 앉아 있다고 생각할 것이고, 그러면 그가 내일까지 거리에 남아 있어야 할 거라고 생각해 침묵하기로 결정했다.

아가씨들은 그새 사이좋게 손을 모아서, 썰매로 뽀드득거리는 눈을 따라 소용돌이치듯 달렸다. 많은 아가씨들이 장난치면서 썰매에 앉았고, 다른 아가씨들은 촌장 위로 기어올랐다. 촌장은 모든 것을 꾹 참기로 결정했다. 마침내 길을 다 지나서 농가의 현관문을 활짝 열고 웃으면서 자루를 안으로 끌었다.

"자, 보자, 안에 뭐가 있는지." 모두들 자루를 풀려고 달려들면서 외쳤다.

이때 촌장이 자루에 앉아 있는 내내 끊이지 않고 그를 고통스럽게 하던 딸꾹질이 너무나 심해져서, 그가 딸꾹질을 하고 목청껏 기침을 하기 시작했다.

"이런, 여기 누군가 앉아 있어!" 모두 소리를 지르고 경악해서 문밖으로 멀리 달아났다.

"이게 웬 난리 법석이야! 어디로 미친 듯이 줄행랑을 치는 거야?" 춥이 문으로 들어서면서 말했다.

"아, 아버지!" 옥사나가 말했다. "자루에 누군가가 있어요!"

"자루에? 너희는 이 자루를 어디에서 얻었지?"

"대장장이가 그것을 길 한복판에 던졌어요." 모두 갑자기 말했다.

'음, 그렇군, 내가 그렇게 말하지 않았어……?' 춥이 혼자 생각했다.

"너희는 뭣 때문에 기겁한 거야? 잘 보자. 자, 사람이군. 이름과 부칭으로 부르지 못하는 것에 화내지 말길 바라네. 자루에서 나와!"

촌장이 기어 나왔다.

"아!" 아가씨들이 소리 지르기 시작했다.

"촌장도 거기로 기어들었군." 춥이 그를 머리부터 발까지 살펴보고 어안이 벙벙해서 혼잣말했다. "이렇게 된 거군!" 그는 더 이상 아무 말도 할 수 없었다.

촌장도 춥 못지않게 당황해서 어디서 시작해야 할지 몰랐다.

"틀림없이 밖이 추운 거지?" 그가 춥을 향해 말했다.

"조금 춥기는 해." 춥이 대답했다. "그런데 물어봐도 될까, 자넨 장화를 뭣으로 닦는가, 녹인 기름인가 타르인가?"

그는 사실 다른 것을 말하고 싶었다. 그는 "촌장, 자넨 어떻게 이 자루에 기어들게 된 건가?"라고 물어보고 싶었지만, 자기도 이해할 수 없게 전혀 다른 말을 하게 되었다.

"타르가 더 좋지!" 촌장이 말했다. "그럼, 잘 있게, 춥!" 그리고 귀마개가 달린 모자를 깊이 눌러쓰고 농가 밖으로 나왔다.

"뭐 하러 그가 장화를 뭘로 닦냐고 물어봤담?" 춥은 촌장이 나간 문을 바라보며 말했다. "솔로하, 요것 봐라! 사람을 자루에 처박다니! 제길, 악마 같은 아낙네! 그런데 난 바보야…… 이 저주받을 자루는 어딨어?"

"그건 구석에 던졌어요. 거긴 아무것도 없어요." 옥사나가 말했다.

"난 이게 뭔지 알아, 아무것도 없다고? 그걸 이리 가져와 봐, 거기에 한 명 더 앉아 있을 거야! 그걸 잘 털어 봐…… 뭐, 없어? ……이런, 저주받을 아낙네! 그녀를 바라볼 때는, 성녀같이 어떤 기름진 음식도 입에 안 대는 것처럼 굴더니."

그러나 한숨 돌릴 겸, 분노를 쏟아 내는 춥을 떠나 대장장이에게 돌아가 보자. 이미 밖은 8시가 되었으니 말이다.

처음 바쿨라가 땅에서 그렇게 높이 올라가서 밑에 아무것도 보이지 않고 달 바로 밑을 파리처럼 날게 되었을 때, 그에게는 끔찍하게 여겨졌다. 만일 달이 조금만 기울면 그의 모자에 걸릴 것만 같았다. 그러나 시간이 지나자 그는 원기가 나고 악마를 상대로 농담을 하게 되었다. 그가 목에서 십자가를 빼 그에게 갖다 대자 악마가 재채기와 기침을 하는 것이 그에겐 아주 재밌었다. 그가 머리를 매만지기 위해 일부러 손을 올렸을 때, 악마는 그가 성호를 긋는 줄 알고 훨씬 더 빨리 날았다. 하늘의 모든 것이 반짝였다. 가벼운 은빛 안개 속의 공기가 투명했다.

모든 게 훤히 보였다. 심지어 마법사가 단지에 앉아 그들 주위를 회오리바람처럼 지나가는 것까지 볼 수 있었다. 별들이 떼를 지어 숨바꼭질 놀이를 하고, 한 떼의 정령들이 하늘 한 켠에 구름처럼 모이고, 달 위에서 춤추던 다른 악마가 악마를 타고 가는 대장장이를 보더니 모자를 벗고, 마녀가 방금 어디론가 타고 갔던 것으로 보이는 빗자루가 다시 날듯이 돌아오고……. 그들은 이외에도 자잘한 것들과 많이 마주쳤다. 모두 대장장이를 보자 그를 바라보기 위해 잠깐 멈추었고, 그다음 다시 더 멀리 자기 길을 계속 갔다. 대장장이는 계속 날았다. 갑자기 그 앞에 완전히 불에 휩싸인 페테르부르크가 빛나기 시작했다. (그때 무슨 이유인지 조명 장식이 있었다.) 악마는 차단기를 지난 뒤엔 말로 변했고, 대장장이는 자기가 거리 한가운데 늠름한 말을 타고 있는 것을 보았다.

와우, 맙소사! 또각거리는 소리, 천둥 소리, 빛나는 광채. 양쪽에서 4층 벽이 무더기로 쏟아지고 말발굽 소리와 바퀴 소리가 천둥처럼 울리며 사방에서 메아리쳤다. 매 걸음마다 집들이 자라나고 땅에서 솟아오르는 것만 같았다. 다리들이 진동을 했다. 사륜마차들이 내달렸다. 마부들, 마차의 기수장들이 소리를 질렀다. 사방에서 날아오는 수천 개의 썰매들 밑에서 눈이 사각거렸다. 광장으로 좁아진 집들 밑에서는 행인들이 움츠리고 틈새가 좁아지고, 집들의 거대한 그림자들이 벽에 어른거리고 그림자의 머리가 굴뚝과 지붕에 가닿았다. 대장장이는 당황해서 사방을 둘러보았다. 그에겐 모든 집들이 무수히 많은 불꽃 같은 눈을 자신에게 향하고 자신을 바라보는 것처럼 느껴졌다.

그는 고급 나사 천으로 덮인 모피 외투 차림의 신사들을 너무 많이 봐서 누구에게 모자를 벗어야 할지 알 수가 없었다. '와, 맙소사, 귀한 분들이 얼마나 많은가!' 대장장이는 생각했다. '내 생각에, 모피 외투를 입고 거리를 지나가는 사람은 여기도 군 재판소 의원, 저기도 군 재판소 의원이야! 유리창이 달린 그런 신비로운 마차를 타고 다니는 사람들은 시장 정도가 아니라 아마 위원이고 어쩌면 그 이상일 거야.'

그의 생각이 악마의 질문으로 중단되었다. "곧장 여왕에게 갈까?" '아니, 그건 무서워.' 대장장이가 생각했다. '여기 어딘가에, 가을에 디칸카를 지나간 자포로지예 사람들이 도착했는지 모르겠네. 그들은 여왕에게 드릴 문서를 가지고 세치에서 왔는데, 그들에게 조언을 구하고 싶군.'

"이봐, 사탄아, 내 호주머니에 들어가서 나를 자포로지예 사람들에게 데려다줘!"

악마가 즉시 홀쭉해지더니 힘들이지 않고 그의 호주머니에 들어갈 정도로 작아졌다. 바쿨라가 주위를 살피기도 전에 자신이 큰 집 앞에 있는 것을 발견했다. 그는 자기도 모르게 계단을 올라가 문을 열었다. 그는 장식이 화려한 방을 보고 그 광채에 약간 뒤로 물러났다. 하지만 디칸카를 경유했던 바로 그 자포로지예 사람들이 비단 소파에 앉아 있는 것을 보고 조금 원기를 회복했다. 그들은 타르로 윤기를 낸 장화를 깔고 앉아서, 흔히 코레시카라고 부르는 가장 진한 담배를 피우고 있었다.

"안녕하십니까, 나리! 하느님이 여러분을 도와주시기를! 이런 곳에서 다 만나네요!" 대장장이가 가까이 다가가서 땅에 닿도록 절을 하고 말했다.

"저기 저자가 누군가?" 대장장이 바로 앞에 앉아 있던 사람이 더 멀리 앉아 있는 다른 사람에게 물었다.

"당신은 절 못 알아보시겠어요?" 대장장이가 말했다. "접니다, 바쿨라, 대장장이요! 가을에 디칸카를 지나면서 거의 이틀 정도 묵으셨지요. 당신의 건강과 장수를 빕니다. 그때 제가 새

쇠바퀴를 귀하 마차의 앞바퀴에 박았었잖아요!"

"아!" 같은 자포로지예 사람이 말했다. "이자는 그림을 아주 잘 그리는 바로 그 대장장이야. 반갑네, 고향 사람, 자네가 여기는 웬일인가?"

"네, 그게, 세상 구경 좀 하고 싶어서요. 사람들 말이……."

"그럼……." 자포로지예 사람이 점잔을 빼고 그가 러시아어도 할 수 있다는 것을 보여 주고 싶어서 말했다. "큰 도시가 어떤 거야?"*

대장장이도 수치를 당하고 신출내기로 비치고 싶지 않았다. 게다가 그는 자기보다 높으신 분들을 볼 기회가 있었기 때문에 자기도 교양 있는 언어를 알았다.

"고상한 현이군요!" 그가 무심하게 대답했다. "말문이 막힙니다. 엄청나게 큰 집들에, 사방에 장엄한 그림들이 걸려 있군요. 많은 집들이 금박이 박힌 문자들로 지나칠 정도로 잔뜩 적혀 있고요. 말문이 막힙니다, 신비로운 지역이군요!"*

자포로지예 사람들은 대장장이가 얼마나 자유롭게 자기 생각을 표현하는지를 듣고 그에게 매우 유리한 결론을 내렸다.

"나중에 자네와 좀 더 이야기함세, 고향 사람. 지금은 우리가 여왕에게 가야 하니까."

"여왕이라고요? 나리, 부디 저도 데려가 주세요!"

"자네를?" 자포로지예 사람이, 마치 삼촌이 진짜 말, 큰 말에 자기를 앉혀 달라고 요구하는 네 살배기 피양육인에게 말할 때와 같은 표정으로 말했다. "자네가 거기서 뭘 하려고? 아니, 안 돼.” 이 말을 할 때 그의 얼굴에는 아주 의미심장한 표정이 나타났다. “이봐, 우리는 여왕과 우리 일에 대해 논의를 할 거야.”

“데려가 주세요!” 대장장이는 계속 버텼다. “부탁해!” 그가 주먹으로 호주머니를 치며 악마에게 조용히 속삭였다.

그가 이 말을 하기도 전에 다른 자포로지예 사람이 말했다.

“그를 데려갑시다, 여러분!”

“그래요, 데려갑시다!” 다른 자포로지예 사람들도 말했다.

“우리처럼 옷을 차려입어.”

대장장이가 녹색 반외투를 집어 걸치려는 순간 갑자기 문이 열리고, 금줄을 들고 들어온 사람이 갈 때가 되었다고 말했다.

대장장이가 엄청나게 큰 마차를 타고 용수철에 몸이 흔들리면서 빠르게 달릴 때, 양쪽에서 4층 집들이 그의 뒤로 달리고 포장도로가 덜그럭거리며 스스로 말들의 발밑으로 굴러들 때, 그에게는 다시 신비롭게 느껴졌다.

‘하느님 맙소사, 얼마나 화려한 세상인가!’ 대장장이가 혼자 생각했다. ‘우리는 낮에도 이렇게 밝지 않은데.’

사륜마차들이 궁전 앞에 멈췄다. 자포로지예 사람들이 마차에서 내려 장엄한 현관으로 들어갔고, 조명을 받아 빛나는 계단을 올라가기 시작했다.

“와, 대단한 계단이다!” 대장장이가 혼자 속삭였다. “발로 밟아야 하다니 안타깝군. 이 장식 좀 봐! 사람들이 거짓말이라고 했지! 이게 무슨 거짓말이야! 와, 난간 좀 봐! 얼마나 섬세한 작품인가! 이 철 하나만 50루블은 나가겠어!”

자포로지예 사람들은 이미 계단을 따라 올라가 첫 번째 홀을 통과했다. 그들 뒤를 대장장이가 매 걸음마다 마루 세공에 미끄러지지나 않을까 두려워하면서 소심하게 따라갔다. 세 개의 홀을 지나갔으나 대장장이는 여전히 놀라움을 금치 못했다. 네 번째 홀로 들어간 뒤에 그는 자기도 모르게 벽에 걸린 그림에 다가갔다. 손에 어린아이를 안고 있는 지극히 순결한 처녀 그림이었다. '와, 대단한 그림이야! 신비로운 회화야!' 그가 판단했다. '저게 말을 하는 것 같아! 살아 있는 것 같아! 성스러운 아이군! 손도 움켜쥐었어! 미소를 짓네, 가련한 아이! 물감은! 와, 대단한 물감이다! 여기 노란 물감은 1코페이카도 안 하겠어.* 모두 녹색 안료에 홍색 염료야. 또 저 하늘색은 얼마나 생생한가! 훌륭한 작품이야! 틀림없이 밑칠을 연백(鉛白)으로 한 거야. 하지만 이 그림들이 아무리 놀랍다 해도, 이 청동 손잡이가…….' 그가 문에 다가가 자물쇠를 만지면서 생각을 이었다. '더 놀랄 만해. 얼마나 깔끔한 솜씨인가! 내 생각에, 이건 모두 독일 대장장이들이 가장 비싼 가격으로 만든 것 같아.'

만일 금은 실로 수놓은 끈을 단 하인이 대장장이의 팔을 건드리고 그가 다른 이들보다 뒤처지지 말아야 한다는 걸 상기시키지 않았다면, 그는 아마 더 오래 평가했을 것이다. 자포로지예 사람들은 이미 두 홀을 더 지나서 멈췄다. 여기에서 그들에게 기다리라는 명령이 내려왔다. 홀에는 금실로 수놓은 제복을 입은 몇 명의 장군들이 모여 있었다. 자포로지예 사람들은 사방으로 절을 하고 한데 모여 섰다.

잠시 후에 헤트만 제복을 입고 노란 장화를 신은 아주 뚱뚱한 사람이 장대한 키의 수행원들을 거느리고 들어왔다. 그의 머리는 다 밀었고, 한쪽 눈의 시력이 약간 좋지 않았고, 얼굴에는 오만하고 위엄 있는 표정을 지었으며, 모든 행동에서 명령하는 습성이 드러났다. 금실 제복을 입고 상당히 거만하게 빈둥거리던 모든 장군들이 부산을 떨고 낮게 절을 하면서 그의 말 한마디, 아주 작은 행동 하나까지 다 파악하려고 하는 것 같았다. 그걸 이루기 위해서라면 당장 날아가기라도 할 기세였다. 하지만 헤트만은 그들에게 전혀 주의를 돌리지 않고 그저 고개만 끄덕이고는 자포로지예 사람들에게 다가갔다.

자포로지예 사람들이 발에 닿을 정도로 절을 했다.

"자네들 전부 여기에 온 건가?" 그가 조금은 코맹맹이 소리를 내고 길게 말을 끌면서 물었다.

"네, 모두 왔습니다, 나리!" 자포로지예 사람들이 다시 절을 하며 대답했다.

"내가 가르친 대로 말하는 것을 잊지 마시오."

"나리, 잊지 않겠습니다."

"이분이 차르이신가요?" 대장장이가 자포로지예 사람들 중 한 명에게 물었다.

"차르는, 무슨! 이분이 바로 포툠킨*이야." 그가 대답했다.

다른 방에서 말소리가 들려왔고, 대장장이는 긴 꼬리가 달린 공단 드레스를 입고 들어오는 많은 귀부인들과, 금실로 수놓은 남성용 외투를 입고 머리 뒤에 깃털을 단 궁정의 신하들에게서 눈을 어디로 돌려야 할지 알 수 없었다. 갑자기 자포로지예 사람들이 땅에 풀썩 앉아서 한목소리로 말했다.

"자비를 베풀어 주십시오, 마마! 자비를 베풀어 주십시오."

대장장이는 아무것도 보지 못한 채 자신도 온 마음을 다해 바닥에 몸을 던졌다.

"일어나세요." 명령조이면서도 아주 유쾌한 목소리가 그들의 머리 위에 울려 퍼졌다. 궁정 신하 중 몇 사람이 부산을 떨며 자포로지예 사람들을 건드렸다.

"일어나지 않겠습니다, 마마! 일어나지 않겠습니다! 죽으면 죽었지 일어나지 않겠습니다!" 자포로지예 사람들이 소리쳤다.

마침내 포툠킨이 입술을 깨물고 직접 다가와서 자포로지예 사람들 중 한 명에게 명령조로 속삭였다. 자포로지예 사람들이 일어났다.

이때 대장장이도 고개를 들 용기를 내고 자기 앞에 서 있는 작은 키의 여인을 바라보았다. 심지어 그녀는 약간 살이 찌고 분을 엄청 바르고 하늘색 눈동자를 지니고, 그와 함께 위엄 있게 웃는 모습이었다. 그 모습은 모두를 아주 잘 복종시키고 늘 군림하는 여성만이 지을 수 있는 표정이었다.

"가장 빛나는 분이 내게 오늘, 내가 지금까지 결코 보지 못한 내 민족을 만나게 될 거라고 약속했지요." 하늘빛 눈동자의 귀부인이 호기심을 가지고 자포로지예 사람들을 살펴보면서 물었다. "여기서 당신들을 잘 대접하던가요?" 그녀가 더 가까이 다가와서 말을 이었다.

"네, 감사합니다, 마마! 좋은 음식을 먹고 있습니다. 다만 여기 양들은 우리 자포로지예에 있는 것들과 완전히 다릅니다. 왜 평안하게 살도록 하지 않으십니까……?"

자포로지예 사람들이 자기가 가르친 것과 전혀 다른 말을 하는 것을 보고 포툠킨이 눈살을 찌푸렸다.

자포로지예 사람들 중 한 명이 점잔을 빼면서 앞으로 나왔다.

"자비를 베풀어 주십시오, 마마! 왜 충직한 백성을 억압하십니까? 저희가 무엇으로 분노를 산 겁니까? 정말 저희가 망할 타타르인의 손을 잡고 도망가지 못하게라도 했습니까? 저희가 터키인과 어떤 일에건 합의라도 했습니까? 정말 저희가 일에서나 생각으로나 마마를 배신이라도 했습니까? 무엇 때문에 저희를 가혹하게 대하시는 겁니까? 전에 저희가 들으니, 저희를 막기 위해 사방에 요새를 지으라고 명령하셨다더군요. 나중에 들으니 저희를 기병으로 바꾸고 싶어 하신다고요? 이것이 마마의 군대가 방향을 바꿔서 페레코프를 건너고 마마의 장군님들이 크림 민족을 베어 죽이는 일을 도와준 것에 대한 대가란 말인가요……?"

포툠킨은 아무 말 없이 무심하게 자신의 손에 낀 다이아몬드 반지들을 작은 빗으로 닦았다.

"원하는 게 뭐지요?" 예카테리나가 염려하며 물었다.

자포로지예 사람들이 의미심장하게 서로를 바라보았다.

'지금이다! 여왕이 원하는 게 뭐냐고 묻고 있잖아!' 대장장이가 혼잣말하고 갑자기 바닥에 몸을 던졌다.

"폐하, 저를 벌하지 마소서, 자비를 명하소서! 여왕님의 자비로 분노하지 않으실 것을 믿고 말씀드립니다만, 여왕님의 발에 있는 구두는 무엇으로 만든 것인지요? 저는 이 세상 어느 왕국에 있는 어느 구두공도 그렇게는 못 만들 거라고 생각합니다. 제 아내가 그런 구두를 신을 수 있다면 정말이지 얼마나 좋을까요!"

여군주가 웃음을 터뜨렸다. 궁정 신하들도 웃기 시작했다. 포툠킨은 눈살을 찌푸리는 동시에 미소를 지었다. 지포로지에 사람들은 대장장이가 정신이 나간 게 아닌가 생각하면서 그의 팔을 치기 시작했다.

"일어나거라!" 여군주가 상냥하게 말했다. "만일 그대가 이런 구두를 갖고 싶다면 그건 어렵지 않게 해 줄 수 있지. 그에게 당장 금이 박힌 가장 비싼 구두를 갖다주세요! 정말 이런 소박함이 내 마음에 쏙 들어요! 자 당신, 여기 당신의 기지 넘치는 펜으로 쓸 소재가 있군요!" 여군주가 다른 이들에게서 멀리 떨어져 있던 중년의 남자에게 시선을 고정시키며 말을 이었다. 그는 통통하지만 약간 창백한 얼굴에 커다란 진주 단추가 달린 소박한 외투를 입고 있었는데, 그 외투로 보건대 궁정 대신의 부류에 속하지 않는 것 같았다.

"폐하, 너무나 자비로우십니다. 최소한 라퐁텐*은 불러야 할 것 같습니다!" 진주 단추가 달린 사람이 절을 하며 답했다.

"진실을 말하건대, 나는 지금도 당신의 『여단장』에 정신을 못 차리고 있어요.* 당신의 글은 놀라울 정도로 잘 읽히거든요! 그런데……." 여군주가 자포로지에 사람들을 향해 말을 이었다.

"세치에서 당신들은 결코 결혼하지 않는다고 들었는데요."

"천만에요, 마마! 스스로 아시겠지만 남자가 아내 없이 사는 건 불가능합지요." 대장장이와 이야기를 나눴던 바로 그 자포로지예 사람이 대답했다. 대장장이는 이 자포로지예 사람이 그렇게 교양 있는 언어를 잘 알면서 여왕과 말할 때는 마치 일부러 그러는 듯 가장 투박하고 소위 농부의 방언으로 말하는 것을 듣고 깜짝 놀랐다. '교활한 민족이야!' 그는 혼자 생각했다. '아무 생각 없이 저러지는 않을 거야.'

"저흰 수도사가 아닙니다요." 자포로지예 사람이 말을 이었다. "저희는 죄 많은 사람입지요. 모든 정직한 그리스도인이 그렇듯 저희는 기름진 음식을 아주 좋아합니다요. 저희 중에 적잖이 아내를 데리고 있는데, 다만 세치에서 함께 살지 않는 것뿐입지요. 폴란드에 아내가 있는 자들도 있습지요. 우크라이나에 아내가 있는 자들도 있고요. 터키에 아내를 둔 자들도 있습지요."

이때 시종들이 대장장이에게 구두를 가지고 왔다.

"와우, 정말 놀라운 장식이다!" 그가 구두를 들고 기뻐하며 소리쳤다. "폐하! 이런 신발을 발에 신고, 폐하, 이걸 신고 매력적으로 걸어가고 얼음판 위를 탈 때, 그 다리는 얼마나 예쁠까요? 아무리 못해도 완전히 설탕으로 된 다리일 거라고 생각합니다."

여군주는 정말로 그런 날씬하고 매력적인 다리를 갖고 있었다. 그래서 소박한 대장장이의 입에서 나오는 칭찬을 듣고 웃지 않을 수 없었다. 자포로지예 복장을 한 대장장이는 햇볕에 그은 얼굴에도 불구하고 멋쟁이라는 칭찬을 받을 만했다.

그런 호의 어린 관심에 기뻐하며 대장장이는 여왕에게 모든 것을 세세히 물어보고 싶었다. 정말 황제들은 꿀과 구운 돼지비계만 먹는다는 게 사실인지……. 하지만 자포로지예 사람들이 그의 옆구리를 찌르는 것을 느끼고 그는 침묵하기로 결심했다. 여군주가 노인들을 향하여, 세치에서 그들은 어떻게 사는지, 어떤 관습이 있는지 묻기 시작했다. 그는 뒤로 물러나 호주머니에 몸을 구부리고 조용히 말했다. "여기서 빨리 날 데리고 나가!" 그러자 갑자기 자신이 도시의 경계를 알리는 표지판을 이미 지난 것을 알게 되었다.

"물에 빠져 죽은 거야! 정말이야, 빠져 죽은 거야! 그가 빠져 죽은 게 아니라면 내가 이 자리에서 움직이지 못해도 좋아." 길 한가운데 무리를 이룬 디칸카 아낙네들 중 방직공의 뚱뚱한 아내가 재잘거렸다. "그럼 내가 거짓말쟁이라는 말이야? 정말 내가 누구 암소를 훔치기라도 했단 말이야? 정말 내가 나를 믿지 않는 사람에게 불행이 내리기를 바라기라도 했단 말이야?" 카자크 외투를 입고 보라색 코를 한 아낙네가 손을 저으며 소리쳤다. "대장장이가 어떻게 목을 맸는지, 늙은 페레페르치하가 자기 눈으로 똑똑히 보지 않았다면, 내가 물을 안 마셔도 좋아!"

"대장장이가 목을 맸다고? 이런!" 춥의 집에서 나온 촌장이 이렇게 말하고, 멈춰 서서 이야기를 나누는 사람들 무리를 비집고 더 가까이 다가갔다.

"이 늙은 술주정뱅이야, 너는 보드카를 안 마셔도 좋다고 말하는 게 더 나을걸!" 방직공 아내가 대답했다. "목을 매달려면 너처럼 그렇게 미쳐야 할 거야! 그는 물에 빠져 죽은 거야! 얼음 구멍에 빠져 죽은 거라고! 네가 지금 주막 여주인네에 있었던 것만큼 난 똑똑히 알고 있다고.”

“수치 덩어리야! 이게 감히 누굴 꾸짖는 거야!” 빨간 코를 한 아낙네가 분개하며 반박했다. “쓸모없는 것아, 입 다물어! 사제가 저녁마다 네게 다니는 걸 내가 모를 줄 알아?”

방직공 아내의 얼굴이 붉어졌다.

“뭐 사제? 사제가 누구한테 온다고? 무슨 거짓말을 하는 거야?”

“사제라고?” 푸른 중국산 무명을 씌운 토끼털 외투를 입은 사제의 아내가 사람들을 밀치고 싸우는 이들에게 가까이 다가가면서 재잘거렸다. “내가 사제에게 본때를 보여 줄 테다! 방금 말한 게 누구야, 사제라니?”

“사제가 다니는 건 바로 이자야!” 빨간 코를 한 아낙네가 방직공 아내를 가리키며 말했다.

“그래 너로구나, 암캐 같은 년.” 사제 아내가 방직공 아내에게 다가서며 말했다. “그래, 마녀야, 그에게 안개를 뿌리고 악마의 독약을 먹여서 네게 다니게 한 거구나?”

“물러나, 사탄아!” 방직공 아내가 뒤로 물러서며 말했다.

“이 저주받은 마녀야, 네 애를 보게 될 거라고 기대하지 마. 쓸모없는 것! 퉤!” 여기서 사제 아내가 방직공 아내의 눈에 정면으로 침을 뱉었다.

방직공 아내도 똑같이 해 주고 싶었다. 그런데 하필이면 이야기를 좀 더 잘 들으려고 싸우는 자들에게 바싹 다가간, 면도를 하지 않은 촌장의 수염에 침을 뱉고 말았다.

"제기랄, 추악한 아낙네 같으니!" 촌장이 앞깃으로 얼굴을 닦고 채찍을 들어 올리며 고함을 질렀다. 이 동작에 모두들 욕을 퍼부으며 사방으로 뿔뿔이 흩어졌다. "추악한 것 같으니!" 그가 계속 얼굴을 닦으면서 반복했다. "대장장이가 그렇게 빠져 죽었구나! 하느님 맙소사, 얼마나 훌륭한 그림쟁이였는데! 얼마나 튼튼한 칼, 낫, 쟁기를 만들어 줬는데! 얼마나 힘이 셌는데! 그래……." 그가 생각에 잠기더니 말을 이었다. "우리 농촌에서 그런 사람은 보기 드물어. 나도 저주받을 자루에 앉아 있을 때, 그 불쌍한 녀석이 얼마나 상심했는지 알아봤지. 멋진 대장장이였는데! 이제는 없다니! 내 얼룩덜룩한 암말에 편자를 박을 참이었는데!"

그런 기독교적인 생각에 가득 차서 촌장은 조용히 자기 농가로 어슬렁어슬렁 걸어갔다.

옥사나는 그 소식을 듣고 당황했다. 그녀는 페레페르치하의 눈과 아낙네들의 해석을 믿을 수가 없었다. 그녀는 대장장이가 자기 영혼을 망치기로 결심하기에는 그의 신앙심이 매우 깊다는 것을 알고 있었다. 그러나 그가 정말 다시는 농촌에 돌아오지 않을 생각으로 나갔다면, 어찌 알겠는가? 대장장이 같은 멋진 젊은이를 다른 곳에서는 찾을 수 없지 않은가! 그는 그토록 그녀를 사랑했는데! 어느 누구보다도 더 오랫동안 그녀의 변덕을 참아 줬는데!

미녀는 밤새 이불 밑에서 오른쪽에서 왼쪽으로, 왼쪽에서 오른쪽으로 몸을 뒤척이며 한숨도 잘 수가 없었다. 그녀는 밤의 어둠이 그녀 자신에게조차 감추고 있던 매혹적인 맨몸을 뒤척이면서, 소리를 내어 자신을 꾸짖었다. 그녀는 마음을 진정하고 아무 생각도 하지 않기로 마음먹었지만 계속 생각이 떠올랐다. 온몸이 뜨겁게 달아오르고, 아침이 왔을 때는 마음 깊이 대장장이를 사랑하게 되었다.

춥은 바쿨라의 운명에 대해 기쁨도 슬픔도 표현하지 않았다. 그의 생각은 단 한 가지에 몰두해 있었다. 그는 결코 솔로하의 간교한 배신을 잊을 수 없었고, 잠을 자면서도 그녀에게 욕하는 걸 멈추지 않았다.

아침이 밝았다. 서광이 비치기도 전에 온 교회가 사람들로 가득 찼다. 노파들은 흰 두건을 쓰고 흰 나사 천의 반외투를 입고 교회 입구에서 경건하게 성호를 그었다. 그들 앞에는 녹색과 노란색 재킷을 입은 귀족 부인들과 심지어 뒤에 금색 술이 달린 푸른 쿤투시를 입은 다른 귀족 부인들이 서 있었다. 머리에 가게에서 파는 온갖 리본을 잔뜩 두르고 목에 목걸이, 십자가, 금화를 건 아가씨들은 성단 앞 성상화 제단에 좀 더 가까이 다가가려고 애를 썼다.

하지만 누구보다도 수염을 기르고 목이 두껍고 방금 턱을 면도한 귀족들과 평범한 농부들이 맨 앞에 서 있었다. 그들은 대부분 두꺼운 겉 외투를 입었고 그 밑으로 하얀 반외투가 보였다. 어떤 이들에게서는 푸른 반외투가 보였다. 어디를 둘러봐도 모든 이의 얼굴에서 축제 분위기가 느껴졌다. 촌장은 금식을 마치고 먹을 소시지를 상상하면서 입맛을 다셨다.* 아가씨들은 얼음 위에서 어떻게 스케이트를 탈 것인지 생각했다. 노파들은 어느 때보다도 더 온 마음으로 기도문을 중얼거렸다.

카자크 스베르비구즈가 어떻게 절을 하는지가 교회 전체에 들렸다. 옥사나 혼자만 제정신이 아닌 듯 서 있었다. 그녀는 기도를 하는 둥 마는 둥 했다. 그녀 마음에는 그토록 다양한 감정들이 몰려들었고, 점점 더 기분이 나쁘고 점점 더 슬픈 감정이 밀려들어 그녀 얼굴에는 깊은 당혹감만 어려 있었다. 눈에는 눈물이 글썽글썽했다. 아가씨들은 그 이유를 헤아릴 수가 없었고, 대장장이에게 죄가 있다는 생각은 전혀 못 했다. 그러나 옥사나 혼자만 대장장이에게 마음이 가 있었던 것은 아니다. 모든 사람이 축제가 왠지 축제가 아니고, 모두 뭔가가 부족하다는 느낌을 갖고 있었다.

불행하게도, 사제가 자루 속의 여행 이후 목이 잠겨 거의 들리지 않는 목소리로 그르렁거렸다. 물론 외지에서 온 성악가는 베이스 음정을 멋지게 잡았으나, 대장장이가 있었다면 훨씬 더 좋았을 것이다. 대장장이는 사람들이 「우리 아버지」나⊠다른 천사」를 부를 때마다 언제나 성가대석에 올라가, 폴타바에서도 부르는 바로 그 음으로 부르곤 했다. 게다가 그는 혼자 교회의 직책을 제대로 수행했었다. 그런데 이미 아침 미사가 끝났다. 아침 미사 이후 낮 미사가 끝났다……. 어디로 간 걸까, 정말 그가 온데간데없이 사라진 걸까?

성탄 전야의 밤 시간 동안 악마는 대장장이와 함께 훨씬 더 빨리 달렸다. 순식간에 바쿨라는 자기 농가 곁에 있었다. 그때 수탉이 울었다. "어딜 가는 거야?" 도망치고 싶어 하는 악마의 꼬리를 잡고 그가 소리쳤다. "거기 서, 친구야, 아직 이게 다가 아니야. 아직 네게 감사 표현을 못 했잖아." 이 말을 하고 대장장이는 악마의 꼬리를 잡아 그를 세 번 때렸다. 불쌍한 악마는 이제 막 군 재판소 의원이 풀어 준 농민처럼 급히 내달렸다.

인류의 적(敵)은 이렇게 다른 이들을 속이고 유혹하고 바보로 만드는 대신 자기가 바보가 된 것이다. 그다음 바쿨라는 곳간으로 들어가서 건초를 파헤치고 들어가 대낮까지 잤다. 잠에서 깨었을 때 이미 해가 높이 솟아 있는 것을 보고 그는 당황했다. "내가 아침 미사와 낮 미사를 놓치다니!" 이때 신앙심 깊은 대장장이는, 이건 아마도 그가 자기 영혼을 파멸시키려는 죄스러운 생각을 품은 것에 대한 신의 처벌이고, 그가 교회의 그토록 웅장한 축제에 참여하지 못하도록 신이 그토록 깊은 잠을 주신 것이라 생각하고 근심에 잠겼다.

그러나 다음 주에 이에 대해 사제에게 고백하고 오늘부터 1년 동안 날마다 50번씩 절을 하겠다는 결정으로 마음의 평안을 얻고, 그는 농가에 들렀다. 그러나 농가에는 아무도 없었다. 아마도, 솔로하가 아직 돌아오지 않은 것 같았다. 그는 품에서 조심스럽게 구두를 꺼내어 보며, 이 훌륭한 작품과 지난밤의 신비로운 여행에 다시 놀라워했다. 그는 몸을 씻고 가능한 한 멋지게 옷을 차려입었다. 자포로지예 사람들에게 얻은 옷을 입고, 푸른 덮개가 위에 붙고 레셰틸롭카 마을의 양가죽으로 만든 새 모자를 궤짝에서 꺼냈다. 폴타바에서 지낼 때 산 이후 지금까지 한 번도 쓰지 않은 모자였다. 그는 또한 알록달록한 새 허리띠를 꺼냈다. 그는 이 모든 것을 보자기에 싸고 곧장 춥에게 향했다.

춥은 대장장이가 집 안으로 들어왔을 때 눈이 휘둥그레졌다. 그리고 무엇에 놀라야 할지, 대장장이가 살아난 것에 놀라야 할지, 대장장이가 직접 그에게 온 것에 놀라야 할지, 그가 그토록 멋쟁이처럼, 자포로지에 사람처럼 차려입은 것에 놀라야 할지 몰랐다. 그러나 바쿨라가 보자기를 풀어 자기 앞에 새 모자와 농촌에서는 본 적이 없는 허리띠를 놓고 춥 앞에 무릎을 꿇고 간청하는 목소리로 말하자 그는 더욱 놀랐다.

"자비를 베풀어 주세요, 어르신! 화내지 말아 주세요! 여기 채찍이 있습니다. 마음껏 때려 주십시오. 당신에게 저를 맡깁니다. 모든 것을 회개합니다. 때리시되, 다만 화는 내지 말아 주세요! 언젠가 당신은 고인이 되신 제 아버지와 의형제가 되어 함께 빵과 소금을 먹고 마가리치를 마셨지요."*

춥은 내심 놀라면서도 만족감을 느끼며, 농촌에서 어느 누구에게도 신경을 쓰지 않고 메밀로 만든 블린*처럼 5코페이카 동전과 편자를 손으로 구부리던 대장장이가, 바로 그 대장장이가 자기 발 앞에 누운 것을 보았다. 춥은 채찍을 집어 들고 그의 등을 세 번 때렸다.

"그래, 이제 됐다, 일어나! 항상 노인의 말을 귀담아들어라! 우리 사이에 있던 일은 잊자꾸나! 자, 이제 자네가 원하는 게 뭔지 말해 봐."

"어르신, 제게 옥사나를 주십시오!"

춥은 잠시 생각하면서 모자와 허리띠를 바라보았다. 모자가 신비로울 정도로 훌륭하고 허리띠 역시 그것 못지않았다. 그는 자기를 교활하게 배신한 솔로하를 기억하고 결연하게 말했다.

"좋아! 중매쟁이를 불러와!"

"어머나!" 옥사나가 문지방을 넘다가 대장장이를 보고 소리를 질렀다. 그리고 당황하면서도 기쁨에 차서 그에게 눈을 고정시켰다.

"네게 주려고 어떤 구두를 가져왔는지 봐 봐!" 바쿨라가 말했다. "바로 여왕이 신는 거야."

"아냐! 아냐! 내게 구두는 필요 없어!" 그녀가 손을 저으며 그에게서 눈을 떼지 않고 말했다. "난 구두가 아니어도……." 그녀는 더 이상 말을 잇지 못하고 얼굴을 붉혔다.

대장장이가 더 가까이 다가와 그녀의 손을 잡았다. 미녀가 눈을 내리깔았다. 그녀가 그토록 신비롭게 아름다운 적은 이전에도 결코 없었다. 환희에 가득 찬 대장장이가 조용히 그녀에게 키스를 하자 그녀 얼굴이 더 깊이 붉어졌다. 그녀가 훨씬 더 예뻐졌다.

고명하신 주교가 디칸카를 지날 때 이 농촌이 있는 곳을 칭찬하였고, 거리를 지나가다 한 새 농가 앞에 걸음을 멈췄다.

"이렇게 놀라운 장식이 그려진 농가는 누구 것인가?" 주교가 팔에 아이들을 안고 문 옆에 서 있는 아름다운 여인에게 물었다.

"대장장이 바쿨라의 집입니다." 옥사나가 그에게 절을 하며 말했다. 이 여인이 바로 그녀였던 것이다.

"훌륭해! 훌륭한 작품이야!" 아주 성스러운 주교가 문과 창문을 살펴보고 말했다. 창문들이 모두 붉은 물감으로 둘러지고, 문의 사방에 말을 타고 잇새에 파이프를 문 카자크들이 그려져 있었다.

그러나 가장 성스러운 주교는 바쿨라가 교회에서의 참회 약속을 지키고 무료로 왼쪽 성가대석을 녹색 물감과 붉은 꽃들로 장식한 것을 보고서, 그를 더욱 칭찬했다. 그러나 이것이 전부가 아니었다. 벽의 측면에는, 교회에서 보통 그러듯이, 바쿨라가 지옥의 악마를 너무도 추악하게 그려서 모두들 주위를 지나갈 때면 침을 뱉었다. 아낙네들은 자기 아이가 크게 울기만 하면 아이를 그림 앞으로 데리고 가서 말했다. "저것 봐, 얼마나 생생하게 그렸는가!" 그러면 아이는 눈물을 참고 그림을 곁눈질한 뒤에 어머니 가슴에 바짝 달라붙었다.

무서운 복수

1

키예프의 끝이 시끌벅적하고 우르릉거린다. 부대장 고로베츠가 자기 아들의 결혼식을 축하하는 것이다. 많은 사람들이 하객으로 몰려왔다. 옛날에는 잘 먹는 것을 좋아하고, 잘 마시는 것을 훨씬 더 좋아하고 유쾌하게 노는 것을 훨씬 더 좋아했다. 자포로지예 사람인 미키트카가 바로 회전초 들판*에서 벌어진, 거나하게 취하게 만드는 주연에서 밤색 말을 타고 왔다. 거기에서 그는 7일 밤낮으로 폴란드 왕의 귀족들에게 붉은 포도주를 대접한 것이다.

예사울의 의형제인 다닐로 부룰바시도, 두 개의 산 사이에 그의 농가가 있는 드네프르강의 반대편에서 젊은 아내 카테리나와 한 살배기 아들을 데리고 왔다. 손님들은 카테리나의 하얀 얼굴, 독일 비로드처럼 검은 눈썹, 화려한 나사 천, 하늘색 비단으로 만든 상의, 은빛 굽이 달린 구두에 놀랐다. 하지만 그들이 더욱더 놀란 것은 그녀의 늙은 아버지가 함께 오지 않았다는 사실이다. 그는 자드네프로비에*에 고작 1년 살고 21년간 아무 소식도 없이 종적을 감췄다가, 자기 딸이 결혼하고 아들을 낳을 때가 되어서야 그녀에게 돌아왔다. 그는 신비로운 이야기를 많이 해 줄 수 있을 것이다. 이방 땅을 그토록 오래 돌아다녔으니 어떻게 할 이야기가 없겠는가! 그곳은 모든 것이 여기와 다르다. 사람도 다르고, 그리스도의 교회도 없다. 하여튼 그는 오지 않았다.

손님들을 위해 건포도와 자두가 들어 있는 바레누하를, 그리고 제법 큰 쟁반에 얹은 크고 둥근 빵을 내왔다. 음악가들이 돈과 함께 구운 크고 둥근 빵의 밑껍질을 먹기 시작하고, 잠시 조용해지더니 옆에 실로폰, 바이올린, 북을 놓아두었다. 그사이 새색시와 아가씨들이 수놓은 손수건으로 얼굴을 씻고, 다시 자기 대열에서 앞으로 나왔다. 청년들은 옆구리에 팔을 대고 거만하게 사방을 바라보면서 그들을 맞이하러 쏜살같이 나갈 준비를 했다. 그때 늙은 부대장이 젊은이들을 축복하고자 두 개의 성상화를 들고 나왔다.

이 성상화들은 명예로운 고행자인 바르폴로메이 장로가 그에게 준 것이었다. 그 성상화들의 장식은 화려하지 않고 은도, 금도 빛나지 않았으나, 어떤 악한 세력도 그것들을 집에 둔 사람을 감히 건드릴 수 없었다. 성상화들을 위로 들어 올리고 부대장이 짧은 기도를 드리려 하는데…… 갑자기 땅에서 놀던 아이들이 질겁을 하고 소리를 지르기 시작했다. 아이들을 향해 사람들이 몰려들고, 모두 공포에 질린 채 그들 가운데 서 있는 카자크를 손가락으로 가리켰다.

그가 누군지 아는 사람은 아무도 없었다. 하지만 그는 이미 카자크식으로 훌륭하게 춤을 추고 그를 에워싼 군중을 한참 웃긴 뒤였다. 부대장이 성상화들을 들자 갑자기 그의 얼굴 전체가 변했다. 코가 자라나고 옆으로 기울었으며, 밤색 눈 대신에 초록색 눈이 두리번거리고, 입술이 퍼렇게 변하기 시작하고, 턱이 떨기 시작하더니 창처럼 날카로워지고…… 입에서 송곳니가 튀어나오고, 머리 뒤에서는 혹이 솟아오르고, 카자크가 노인이 되었다.

"바로 그자다! 바로 그자야!" 무리 지은 사람들이 서로 바싹 붙으면서 소리쳤다.

"마법사가 다시 나타났다!" 어머니들이 자기 아이들 손을 잡으면서 외쳤다.

부대장이 엄숙하고 위엄 있게 앞으로 나와, 그에게 맞서 성상화를 내밀면서 큰 소리로 말했다.

"썩 꺼져라, 사탄 같은 놈아, 여긴 네가 있을 곳이 아니야!" 기이한 노인이 쉬쉬거리고 늑대처럼 이를 딱딱거리더니 사라졌다. 사람들 사이에 소문과 이야기들이 떠돌고 떠돌아서, 악천후의 바다처럼 떠들썩거리기 시작했다.

"이 마법사는 누군가요?" 세상 경험이 없는 젊은 사람들이 물어 왔다.

"재앙이 닥치겠어!" 늙은 사람들이 머리를 저으면서 말했다.

사방에, 부대장의 드넓은 마당 전체에 사람들이 무리를 지어 기이한 마법사에 대한 이야기들을 듣기 시작했다. 하지만 모두 저마다 다른 이야기를 했다. 아마 아무도 그에 대해 확실히 이야기할 수 없었을 것이다.

마당으로 꿀 술* 한 통을 굴려 내오고 그리스산 포도주 통들도 적잖이 내왔다. 다시 모두 흥겨워졌다. 유악가들이 요란하게 악기를 울리자 아가씨들과 새색시들, 화려한 반외투를 입은 용감한 카자크들이 달려 나왔다. 90세와 100세 되는 노인들도 약간 술에 취해서 헛되이 지나가지는 않은 세월을 떠올리다가 자기들도 춤을 추겠다고 나섰다. 늦은 밤까지 주연을 즐기고, 이제는 더 이상 즐기지 않는 방식으로 주연을 즐겼다.

손님들이 흩어지기 시작했지만, 자기 집에 가는 사람은 적었다. 많은 이들이 부대장 집의 넓은 마당에 남았다. 훨씬 더 많은 카자크들이 초대받지도 않았는데 가게 아래 마룻바닥에서, 말 옆에서, 가축우리 근처에서 잠이 들었다. 카자크의 머리가 취기로 흔들리는 곳이면 어디서나, 카자크는 누워서 키예프 전체가 떠나갈 만큼 코를 골았다.

2

온 세상이 고요하게 반짝인다. 달이 산 너머에서 나타났다. 드네프르의 구릉진 강가를 값비싼 다마스쿠스 옥양목처럼 달이 눈처럼 하얗게 덮고, 그늘이 소나무 수풀보다 훨씬 멀리 뻗어 나갔다.

드네프르강 한가운데 참나무로 만든 배가 나아갔다. 앞에는 검은 카자크 모자를 비스듬히 쓴 두 명의 청년이 앉고, 노 밑에서는 물거품이 부싯돌로 번쩍이는 불꽃처럼 사방으로 튀고 있었다. 카자크들은 왜 노래하지 않는가? 이미 우크라이나에 가톨릭 사제들이 다니고 카자크 민족을 가톨릭인으로 개종시키고 있는 것에 대해서도 말하지 않는다. 소금 호수에서 타타르 적군과 어떻게 이틀간 싸웠는지에 대해서도.* 그들이 어떻게 노래하겠는가, 어떻게 사악한 일들에 대해 이야기하겠는가. 그들의 주인 다닐로는 깊은 생각에 잠기고, 그의 진홍빛 반외투 소매가 참나무 배 밖으로 떨구어져 물을 긷는다. 그들의 여주인 카테리나는 조용히 아이를 흔들면서 그에게서 눈을 떼지 않는다. 아마포를 두르지 않은 화려한 드레스에 물보라가 회색 먼지처럼 떨어진다.

드네프르강 한가운데서 높은 산, 드넓은 초원, 녹색 숲을 바라보는 것은 얼마나 즐거운가! 산은 산이 아니다, 거기에는 기슭이 없고 위뿐만 아니라 아래에도 날카로운 꼭대기가 있다, 그 아래에도 그 위에도 높은 하늘이 있다. 구릉에 있는 숲은 숲이 아니다, 숲 할아버지의 덥수룩한 머리에 자라난 머리카락이다. 물속에서 머리 밑으로 수염이 씻기고, 수염 밑에도, 머리 위에도 높은 하늘이 있다. 초원은 초원이 아니다, 둥근 하늘 한가운데를 두른 녹색 허리띠이고, 위쪽 절반에도, 아래쪽 절반에도 달이 거닌다.

다닐로는 사방을 바라보지 않고, 자기의 젊은 아내를 바라본다.

“내 젊은 아내여, 내 금처럼 소중한 카테리나, 왜 슬픔에 잠겨 있는 거야?”

“난 슬픔에 잠긴 게 아니에요, 다닐로! 마법사에 대한 기묘한 이야기들이 너무 끔찍해서 그래요. 사람들 말로는, 그가 너무 끔찍한 모습으로 태어나서…… 아이들 중 누구도 어릴 때부터 그와 놀려고 하지 않았대요. 들어 봐요, 다닐로, 얼마나 무서운 이야기를 하는지. 그는 항상 모두가 자기를 비웃는다고 느낀대요. 어두운 저녁에 어떤 사람하고 부닥쳤을 때 그는 즉시 상대방이 입을 열고 이를 드러내며 비웃는 것으로 느꼈대요. 그다음 날이면 그 사람이 죽은 채로 발견되었고요. 이 이야기들을 들을 때 내겐 기이하고, 난 무서웠어요.” 카테리나가 손수건을 꺼내 팔에 안겨 잠든 아이의 얼굴을 닦아 주며 말했다. 손수건에는 그녀가 붉은 비단실로 수놓은 잎사귀와 열매들이 있었다.

다닐로는 한마디 말도 없이, 멀리 숲 뒤로 흙 둔덕이 검게 물들고 둔덕 뒤로 오래된 성이 솟아 있는 어두운 쪽을 바라보았다. 눈썹 위로 단번에 세 개의 주름살이 잡히고, 왼팔이 훌륭한 콧수염을 매만졌다.

“내가 두려운 건 그가 마법사여서가 아니야.” 그가 말했다. “내가 두려운 건 그가 악한 의도를 품고 왔다는 거야. 그가 무슨 변덕이 생겨서 이곳으로 기어들었겠어? 우리가 자포로지에 사람들에게 가는 길을 끊기 위해서 폴란드인들이 어떤 성채를 건설하려고 한다는 말을 들었어.*

이게 사실이라고 쳐……. 그에게 어떤 은신처가 있다는 소문이 들리기만 하면 나는 악마의 둥지를 깨끗이 청소해 버리겠어. 난 늙은 마법사를 갈까마귀들도 쪼아 먹을 게 없을 정도로 다 태워 버리겠어. 하지만 내 생각에, 그에게는 금과 온갖 재물이 있을 거야. 저게 이 마귀가 사는 곳이야! 그에게 돈이 많다면…… 우린 지금 십자가 주위를 지나갈 거야. 이건 묘지야! 여기에 그의 악한 조상들이 썩고 있어. 그들은 돈을 위해서라면 사탄에게 영혼과 구멍투성이인 반외투들까지 팔려고 했대. 그에게 확실히 금이 있다면, 지금 꾸물거릴 것도 없어. 전쟁에서 항상 전리품을 얻는 것은 아니니까……."

"당신이 무슨 계획을 세우고 있는지 알아요. 내겐 그와의 만남이 어떤 좋은 것도 가져다주지 않을 거란 예감이 들어요. 하지만 당신은 그토록 무겁게 한숨을 쉬고, 그렇게 엄해 보이고, 당신 눈은 그토록 침울하게 인상을 쓰고 있군요……!"

"입 닥쳐, 아낙네야!" 다닐로가 화를 내며 말했다. "아낙네들과 엮이는 사람은 스스로 아낙네가 될 거야. 젊은이, 내 담뱃대에 불 좀 줘!" 그가 노 젓는 사람 중 한 명에게 말했고, 그는 자기 담뱃대에서 뜨거운 재를 털어 자기 주인의 담뱃대에 옮겨 주었다.

"내가 마법사 때문에 겁을 내다니!" 다닐로가 말을 이었다. "카자크는, 감사하게도, 악마도 가톨릭 사제들도 두려워하지 않아. 우리가 아내의 말을 들으면, 참 이득이 많아지겠지.* 그렇지 않은가, 청년들? 우리의 아내는 담뱃대와 날카로운 장검이야!”

카테리나는 잠에 겨워하는 물에 눈길을 떨어뜨리고 잠잠해졌다. 바람이 수면에 잔물결을 일으키고, 드네프르강 전체가 마치 한밤중의 늑대 털처럼 은빛으로 빛났다. 참나무 배가 돌아서 숲가를 따라 가기 시작했다. 강가에 있는 묘지가 보였고, 낡은 십자가들이 한 무더기 모여 있었다. 그 위로는 백당나무도 자라지 않고, 풀도 녹음을 띠지 않고, 달만이 높은 하늘에서 묘지들을 덥혀 주고 있다.

“자네들, 저 비명 소리가 들리나? 누군가 우리에게 도움을 요청하는 거야!” 다닐로가 사공들에게 돌아서며 말했다.

“저희도 비명 소리를 들었는데요, 저쪽인 것 같습니다.” 젊은이들이 묘지를 가리키며 일제히 말했다.

그러나 모두 조용해졌다. 배가 방향을 틀어 튀어나온 강가를 에둘러 가기 시작했다. 갑자기 사공들이 노를 떨어뜨리고 미동도 하지 않고 눈을 고정시켰다. 다닐로도 멈칫했다. 공포와 싸늘한 한기가 카자크들의 온몸을 파고들었다.

무덤의 십자가가 흔들리더니 그 밑에서 조용히 앙상한 시체가 올라왔다. 수염이 허리까지 내려오고, 손가락의 긴 손톱이 손가락보다 훨씬 더 길었다. 그는 조용히 손을 위로 들어 올렸다. 그의 얼굴 전체가 파들파들 떨고 일그러졌다. 그는 끔찍한 고통을 견디고 있는 것 같았다. “답답하다! 답답해!” 그가 인간의 소리가 아닌 거친 목소리로 신음했다. 그의 목소리가 칼처럼 가슴을 할퀴고는, 시체가 갑자기 땅 밑으로 사라졌다.

다른 십자가가 흔들리기 시작하더니, 또 다른 시체가 나왔는데 이전 시체보다 훨씬 더 끔찍하고 훨씬 더 컸다. 그는 완전히 자라서 수염이 무릎까지 내려오고 뼈 같은 손톱도 훨씬 더 길었다. 그가 훨씬 더 거친 목소리로 "답답해!"라고 외치고는 또다시 땅 밑으로 사라졌다.

세 번째 십자가가 흔들리고, 세 번째 시체가 일어났다. 그의 뼈만 땅 위로 높이 솟아오른 것 같았다. 수염은 발뒤꿈치까지 닿고 긴 손톱의 손가락들은 땅에 들어박혔다. 그는 마치 달을 따고 싶어 하는 듯 끔찍하게 손을 위로 뻗고, 누군가가 그의 노란 뼈를 톱질하는 것처럼 소리 지르기 시작했다.

카테리나의 팔에서 자고 있던 갓난아기가 소리를 지르며 잠에서 깼다. 안주인도 소리를 질렀다. 사공들은 모자를 드네프르에 떨어뜨렸다. 주인도 벌벌 떨었다. 갑자기 아무 일도 없었던 것처럼 모두 사라졌다. 하지만 사공들은 오랫동안 노를 젓지 못했다.

부룰바시는 겁에 질린 젊은 아내가 자기 팔에서 소리 지르는 갓난아기를 어르는 모습을 걱정스러운 태도로 바라보다가, 그녀를 가슴에 꼭 껴안고 이마에 입을 맞추었다.

"당황하지 마, 카테리나! 봐, 아무것도 없잖아!" 그가 사방을 가리키며 말했다. "마법사가 자기의 더러운 보금자리에 아무도 다가오지 못하도록 사람들을 겁주려고 하는 거야. 하지만 그것으로는 아낙네들이나 겁줄 뿐이지! 이리, 아들을 내게 줘 봐!" 이 말을 하고 다닐로가 자기 아들을 위로 들어 올리고 그에게 뽀뽀했다.

"자, 이반, 넌 마법사들이 두렵지 않니? 그럼 이렇게 말해야지. '아뇨, 아빠, 전 카자크인걸요.' 이제 됐어, 뚝 그쳐야지! 집으로 가자! 집으로 가자. 어머니가 죽을 먹여 주고 네가 요람에서 자도록 뉘어 주고 노래를 불러 줄 거야.

자장, 자장, 자장!
자장, 자장, 아들아!
어서 크거라, 즐겁게 크거라!
카자크에게는 영광을,
적들에게는 징벌을 위하여!

잘 들어, 카테리나, 당신 아버지는 우리와 화목하게 지내고 싶어 하지 않으시는 것 같아. 화난 사람처럼 침울하고 엄한 표정으로 오시잖아……. 불만이 있는 거야. 그런데도 왜 찾아오시는지 모르겠어. 그는 카자크의 자유를 위해 마시고 싶어 하지 않았어! 팔에 갓난아기들을 안고 어르지도 않았어! 처음에 나는 그에게 내 마음을 전부 털어놓고 싶었어. 그런데 뭔가 내키지 않아서 말이 잘 나오질 않았어. 아냐, 그에게는 카자크의 영혼이 없는 거야! 카자크의 영혼은 어디서, 어떻게 만나든, 서로 만날 때마다 가슴에서 흘러나오는 법이야! 어떤가, 내 사랑하는 젊은이들, 곧 강가인가? 자, 너희들에게 새 모자를 주지. 스테치코, 네게는 비로드와 금을 박은 것을 주지. 난 그걸 타타르인에게서 머리와 함께 벗겨 냈어. 그의 실탄도 모두 얻었고. 하지만 그의 영혼만은 자유롭게 풀어 줬지. 배를 대! 이반, 우리는 다 왔는데, 너는 여전히 우는구나! 아이를 받아, 카테리나!"

모두 밖으로 나왔다. 산 뒤로 건초 지붕이 나타났다. 다닐로의 할아버지가 물려준 큰 가옥이었다. 그 뒤로도 산이 있고, 거기에는 들판도 있고, 거기에서는 1백 베르스타를 간다 해도 한 명의 카자크도 찾아볼 수 없을 것이다.

3

다닐로의 농가는 두 개의 산 사이, 드네프르강으로 내리닫는 좁은 골짜기에 있다. 그에게는 높지 않은 큰 가옥이 있다. 보기에는 평범한 카자크들의 농가이고, 그 안에는 큰 방이 하나 있을 뿐이다. 하지만 그도, 그의 아내도, 늙은 하녀도, 열 명의 선발된 젊은이들도 함께 기거할 정도로 크다.

벽 주위에 위로는 참나무 선반이 있다. 거기에는 공동 식사를 위한 사발, 단지들이 빼곡히 쌓여 있다. 그것들 사이에는 전쟁에서 선물로 받았거나 획득한 커다란 은컵들과 금으로 테를 두른 술잔들이 있었다. 그 아래에는 값비싼 구식 소총, 장검, 화승총, 창 등이 걸려 있다. 그것들은 자의건 타의건 타타르인, 터키인, 폴란드인들로부터 넘어온 것인데, 날이 망가진 것이 적지 않다. 그것들을 보면서 다닐로는 표시들에 따라 자신의 전투들을 하나씩 떠올리는 것 같았다. 벽 아래, 밑으로는 매끄럽게 대

패질이 된 참나무 의자들이 있었다. 천장에 박은 고리에 매단 밧줄에 걸려 있는 요람이 의자 근처, 페치카 침대 밑에 매달려 있다.

전체적으로 큰 방의 마룻바닥은 매끄럽게 다듬어지고 점토가 발려 있다. 다닐로는 아내와 함께 긴 의자에서 잔다. 페치카 위 침대에서는 늙은 하녀가 잔다. 요람에서는 어린아이가 즐거워하고 자장가를 들으며 잠이 든다. 마룻바닥에서는 젊은이들이 나란히 누워 밤을 보낸다.

하지만 카자크는 자유로운 하늘 아래 매끄러운 땅에서 자는 것을 더 좋아한다. 그에게는 깃털 요도 이불도 필요 없다. 그는 머리 밑에 신선한 건초를 받치고 풀 위에 자유롭게 손발을 뻗는다. 그는 한밤중에 깨어나 별이 총총한 높은 하늘을 바라보며, 카자크의 뼈에 신선함을 가져다주는 밤의 한기로 전율하는 것이 즐겁다. 잠결에 몸을 뻗고 중얼거리면서 그는 담배를 피우고 따뜻한 털외투로 몸을 더 꼭 감싼다.

부룰바시는 어제의 여흥으로 일찍 일어나지 못했고, 일어난 후에는 구석 의자에 앉아 그가 물물 교환을 해서 얻은 새 터키 장검의 날을 갈기 시작했다. 카테리나는 금실로 비단 수건을 수놓기 시작했다.

갑자기 카테리나의 아버지가 들어왔다. 그는 화가 나 있었고 침울하고 바다 건너에서 들여온 담뱃대를 물고 있었으며, 딸에게 다가가 밤늦게 집에 돌아온 이유가 뭔지 엄하게 캐묻기 시작했다.

"그 일에 대해서는, 장인어른, 그녀가 아니라 제게 물어보셔야죠! 아내가 아니라 남편이 대답하는 겁니다. 우리는 이미 그렇게 하고 있으니까, 분하게 생각하지 마세요!" 다닐로가 자기 일을 멈추지 않고 말했다. "믿음이 없는 다른 땅에서는 그러지 않을 수도 있죠. 그건 제가 잘 모르겠네요."

장인의 엄한 얼굴이 붉으락푸르락해지고 눈이 사납게 번득거렸다.

"아버지가 아니면 누가 자기 딸을 돌보냔 말야!" 그가 혼자 중얼거렸다. "좋아, 네게 물어보자. 늦은 밤까지 어디를 그리 싸돌아다닌 거냐?"

"바로 그게 문제로군요, 소중한 장인어른! 그에 대해 말씀드리면, 저는 이미 오래전에 아낙네들이 기저귀를 갈아 줄 나이에서 벗어났습죠. 어떻게 말에 올라타야 하는지도 알고요. 손에 날카로운 장검도 쥘 줄 알고요. 그 외 다른 것도 할 수 있습죠……. 제가 뭘 하는지, 누구에게도 대답하지 않을 줄도 알고요."

"이제 보니, 다닐로, 잘 알겠다. 자넨 싸우고 싶어 몸이 근질근질한 거군! 뭔가를 감추는 사람은 필경 좋지 않은 일을 꾸미고 있는 거야."

"좋을 대로 생각하세요." 다닐로가 말했다. "저도 스스로 생각할 수 있으니까요. 다행히 저는 어떤 불명예스러운 일에도 관여한 적이 없고, 언제나 정교 신앙과 조국 편에 섰습지요. 정교인들이 죽음을 무릅쓰고 싸우고, 자기들이 심지 않은 곡물을 챙기기 위해 습격할 때는 다른 부랑자들이 어딘지도 모를 곳을 싸돌아다니는 것처럼 하지 않아요. 우니아트* 교도들과도 전혀 비슷하지 않고요. 그들은 신의 교회를 들여다보지도 않지요. 그들이 어디를 싸돌아다니는지 그들에게 정확히 물어볼 필요가 있을 겁니다."

"이봐, 카자크! 자네 아나…… 난 총을 잘 못 쏘는 편이야. 1백 사젠* 밖에서도 내 총알은 가슴을 관통할 정도니까. 난 남이 시샘할 정도로 칼을 휘두르지도 못해. 죽을 끓이는 곡물보다도 더 잘게 사람을 난도질할 정도니까."*

"전 준비됐습니다." 다닐로가 마치 무엇을 위해 날을 갈았는지 알았다는 듯 날렵하게 장검으로 공기를 가르면서 말했다.

"다닐로!" 카테리나가 그의 팔을 붙잡고 매달리면서 크게 외쳤다. "정신 차려요, 미쳤군요, 당신이 누구에게 손을 올렸는지 보세요! 아버지, 당신 머리는 눈처럼 하얀데, 당신은 어리석은 젊은이처럼 붉으락푸르락하시는군요!"

"여보!" 다닐로가 위협하듯 소리쳤다. "난 이런 걸 좋아하지 않는다는 걸 알아 둬. 아낙네가 끼어들 일이 아니야!"

장검 부딪치는 소리가 살벌했다. 쇠가 쇠를 치고, 카자크들이 먼지처럼 불꽃으로 뒤덮였다.

카테리나는 울면서 다른 큰 방으로 가서 침대에 몸을 던지고 장검이 부딪치는 소리를 듣지 않으려고 귀를 막았다. 하지만 카자크들은 그녀가 장검 부딪치는 소리를 피할 수 있을 정도로 어설프게 치지 않았다. 그녀 심장이 갈기갈기 찢어지는 것만 같았다. '툭, 툭' 소리가 온몸을 지나가는 게 들렸다.

"아니, 못 참겠어, 더는 못 참겠어……. 선홍빛 피가 하얀 몸에서 샘물처럼 솟을지도 몰라. 지금 내 사랑하는 남편의 힘이 빠지고 있을 텐데, 나는 여기 누워 있다니!" 그녀는 완전히 창백해지고 거의 숨을 쉬지도 못하는 상태로 농가에 들어갔다.

카자크들은 대등하게, 살벌하게 싸우고 있었다. 그들은 막상막하였다. 카테리나의 아버지가 앞으로 나서면 다닐로가 물러선다. 다닐로가 앞으로 나서면 엄한 아버지가 물러서고, 다시 동등해진다. 열기가 뜨겁다. 그들은 칼을 크게 휘둘렀다……. 이런! 장검들이 챙강거리고…… 챙강거리더니 칼날들이 옆으로 날아갔다.

"하느님, 감사합니다!" 카테리나가 말했으나, 카자크들이 구식 소총을 잡는 것을 보고 다시 소리를 질렀다. 그들은 부싯돌을 넣고 방아쇠를 당겼다. 다닐로가 쏘았지만 맞지 않았다. 아버지가 조준을 했는데…… 그는 늙었다. 그는 젊은이처럼 그렇게 정확하게 보지 못한다. 하지만 그의 손은 떨지 않는다. 총소리가 들렸다……. 다닐로가 휘청거렸다. 선홍빛 피가 카자크의 반외투 왼쪽 소매를 붉게 물들였다. "아냐!" 그가 소리쳤다. "난 그렇게 값싸게 나를 팔지 않아. 왼손이 아니라 오른손이 장수인 거야. 내 벽에는 터키 총이 걸려 있고, 그건 내 평생 단 한 번도 나를 속인 적이 없지. 벽에서 내려와, 오랜 친구! 나를 도와줘!" 다닐로가 손을 뻗쳤다.

"다닐로!" 절망한 카테리나가 그의 팔을 잡고 그의 발에 몸을 던지며 외쳤다.

"나를 위해서 애원하는 게 아니에요. 내게 결론은 하나예요. 남편 없이 살아가는 아무 가치도 없는 아내가 되는 거요. 드네프르, 차가운 드네프르가 내 무덤이 될 거예요……. 하지만 아들을 보세요, 다닐로, 아들을 보세요! 누가 불쌍한 갓난아기를 따뜻하게 해 주겠어요? 누가 그를 어르고 달래 주겠어요? 누가 그에게 검은 말을 타고 자유와 믿음을 위해 싸우고 카자크식으로 마시고 노는 것을 가르쳐 주겠어요? 죽어, 내 아들아, 죽어 버려! 네 아버지가 너를 알고 싶어 하지도 않으니까! 그가 자기 얼굴을 돌리는 것을 보렴. 오! 난 이제야 당신을 알게 되었어요! 당신은 사람이 아니라 짐승이에요! 당신에겐 늑대의 심장과 간악하고 역겨운 뱀의 영혼이 있어요.

난 당신에게 한 방울의 연민이라도 있고, 당신의 돌 같은 몸에 인간의 감정이 타오르고 있다고 생각했어요. 하지만 당신에겐 이런 게 기쁨을 주는군요. 우리를 모독하는 짐승인 폴란드인들이 당신 아들을 불에 던지는 걸 들을 때, 당신 아들이 칼과 뜨거운 물 밑에서 소리 지를 때, 당신 뼈는 무덤에서 기뻐하며 춤을 추겠군요. 오, 난 당신을 알아요! 당신은 관에서 일어나, 아들 밑에서 소용돌이치며 타오르는 불을 모자로 지피면서 기뻐하겠지요!"

"그만해, 카테리나! 이리 와, 눈에 넣어도 아프지 않을 이반, 내가 키스해 줄게! 아냐, 내 아가야, 아무도 네 머리카락을 건드리지 못할 거야. 너는 조국의 영광을 위해 자라게 될 거야. 너는 카자크들 앞에서, 머리에 비로드 모자를 쓰고 손에 날카로운 장검을 쥐고 회오리바람처럼 날게 될 거야. 장인어른, 제게 손을 주세요! 우리 사이에 있었던 일은 잊어버리죠. 당신 앞에서 올바르게 행동하지 못한 것을 사과합니다. 당신은 손을 내밀지 않으실 건가요?" 다닐로가 카테리나의 아버지에게 말했다. 그는 얼굴에 분노의 기색도, 화해의 기색도 보이지 않고 한자리에 서 있었다.

"아버지!" 카테리나가 그를 안고 키스하면서 외쳤다. "그렇게 고집스럽게 대하지 마세요. 다닐로를 용서해 주세요. 그는 아버지를 더 이상 괴롭히지 않을 거예요!"

"내 딸아, 오직 너만을 위해 용서하마!" 그가 그녀에게 키스하고 이상하게 눈을 빛내면서 대답했다. 카테리나는 살짝 몸서리를 쳤다. 그녀에게는 키스도, 눈의 이상한 광채도 기이하게 여겨졌다. 다닐로가 자기의 부상당한 팔에 붕대를 감고 있는 탁자에 그녀는 팔꿈치를 기대었고, 다닐로는 자기가 아무 잘못도 없는데 용서를 구한 것이 카자크식에 맞지 않는 행동은 아닐까 생각했다.

4

날이 밝았다. 그러나 해는 뜨지 않았다. 하늘이 흐려지고, 가랑비가 들판에, 숲에, 드넓은 드네프르에 뿌려졌다. 카테리나는 잠에서 깨었지만 기쁘지 않았다. 눈엔 눈물이 글썽글썽하고, 그녀는 불안하고 마음이 평온하지 않았다.

"사랑하는 여보, 소중한 여보, 이상한 꿈을 꾸었어요!"

"사랑스러운 카테리나, 어떤 꿈인데?"

"정말 이상한 꿈이었어요. 실제 있었던 일처럼 너무 생생해요. 꿈에서 내 아버지가 우리가 부대장의 집에서 본 그 괴물인 거예요. 하지만 부탁해요. 꿈을 믿지 마세요. 그런 어리석은 환상이 보이지 않기를! 저는 그 앞에 서서 온몸을 떨고 겁에 질렸어요. 그의 말 한마디 한마디에 소름이 돋았어요. 그가 하는 말을 당신이 들었다면……."

"그가 뭐라고 했는데, 내 귀중한 카테리나?"

"그가 하는 말이 '나를 봐, 카테리나, 난 멋있어! 사람들이 나를 바보라고 말하는 건 헛소문이야. 내가 너의 훌륭한 남편이 되어 줄게. 내가 눈으로 어떻게 보는지 잘 봐!' 그러고는 그가 내게 불같은 눈을 들이밀어서 난 소리를 지르고 깨었어요."

"그래, 꿈에는 많은 진실이 담겨 있지. 하지만 산 너머 상황이 그다지 좋지 않은 거 알아? 폴란드 놈들이 다시 모습을 드러내기 시작한 거야. 고로베츠가 내게 사람을 보내 자지 말라고 전했어. 하지만 그가 신경을 쓰는 건 괜한 짓이야. 나는 그렇지 않아도 자지 않아. 내 젊은이들이 오늘 밤 열두 개의 목재 참호 벽을 만들었어. 우린 놈들에게 납으로 만든 자두를 대접할 거고, 폴란드 귀족들은 채찍을 맞으면서 춤을 추게 될 거야."

"아버지가 그걸 아세요?"

"당신 아버지는 내 목에 가시 같아! 난 지금까지도 그의 정체를 종잡을 수가 없어. 아마 그는 타지에서 많은 죄를 많이 지었을 거야. 사실 영문을 모르겠어. 한 달쯤 살면 한 번쯤은 선량한 카자크처럼 한바탕 즐겁게 놀 법도 한데! 그는 꿀 술 마시는 걸 좋아하지 않아! 잘 들어, 카테리나, 그는 내가 브레스트의 유대인들에게서 털어 낸 꿀 술을 마시고 싶어 하지 않았어! 이봐, 여보게!" 다닐로가 소리쳤다. "이봐, 광으로 뛰어가서 유대인의 꿀 술을 가져와! 그는 보드카도 마시지 않아! 이런, 젠장! 카테리나, 내겐 그가 예수 그리스도를 믿지 않는 것만 같아. 어때? 당신의 눈엔 어떻게 보여?"

"다닐로, 당신 무슨 말씀을 하시는 거예요!"

"이상해, 여보!" 다닐로가 카자크에게 점토 컵을 받으면서 말을 이었다. "쫓겨난 가톨릭 교인도 이미 보드카라면 사족을 못 쓰는데, 그걸 안 마시는 건 터키인들뿐이야. 뭐야, 스테치코, 광에서 꿀 술을 많이 홀짝였군그래?"

"맛만 본 거예요, 주인님!"

"거짓말, 개자식! 파리들이 콧수염에 달려들었구먼! 눈짐작으로 반 양동이는 마신 것 같아. 쳇, 카자크들이란! 얼마나 간교한 민족인가 말야! 동료를 위해 뭐든 할 각오는 해도 술만은 예외라니까. 안주인 카테리나, 내가 술을 안 마신 지 꽤 오래됐지. 그렇지?"

"참 오래도 됐네요! 지난번에……."

"걱정 마, 걱정 마, 한 컵 이상 안 마실 거야! 저기 터키 사제도 들어오는군!" 문으로 들어오기 위해 몸을 굽힌 장인을 보고 그가 이를 갈면서 말했다.

"이게 뭐냐, 내 딸아!" 아버지가 머리에서 모자를 벗고 신기한 돌들을 박은 장검이 걸린 허리띠를 바로잡으면서 말했다. "해가 중천에 떴는데, 아직 점심 준비도 안 해 놓고."

"점심은 준비됐어요, 아버지, 지금 내올 거예요! 갈루시카를 담은 단지를 가져와!" 카테리나가 나무 식기를 헝겊으로 닦는 늙은 하녀에게 말했다. "아니, 기다려. 내가 직접 내올게." 카테리나가 말을 이었다. "자넨 젊은이들을 불러."

모두 마루에 둘러앉았다. 성상화가 있는 성스러운 구석의 맞은편에 아버지가 앉고 왼편에 다닐로, 오른편에 카테리나, 그리고 푸른색과 노란색 반외투를 입은 열 명의 가장 충직한 젊은이들이 앉았다.

"난 이 갈루시카가 싫어!" 아버지가 조금 먹다가 숟가락을 내려놓고 말했다. "아무 맛도 없어!"

'네게는 유대인 국수가 더 좋겠지.' 다닐로는 생각했다.

"왜 그러세요, 장인어른." 그가 소리를 내어 말을 이었다. "갈루시카가 맛이 없다고 하셨나요? 잘못 만들었다는 건가요? 카테리나는 헤트만도 먹기 어려울 정도로 맛있게 갈루시카를 만드는데요. 그것에 대해서는 불평할 게 전혀 없어요. 이건 기독교인의 음식이잖아요! 성스러운 사람들과 신을 섬기는 사람들은 모두 갈루시카를 먹었다고요."

그러나 아버지는 한마디도 하지 않았고, 다닐로도 입을 다물었다.

구운 멧돼지가 양배추, 자두와 함께 나왔다.

"난 돼지가 싫어!" 카테리나의 아버지가 숟가락으로 양배추를 긁어내면서 말했다.

"뭣 때문에 돼지를 싫어하신다는 거예요?" 다닐로가 말했다. "돼지를 안 먹는 사람들은 터키인과 유대인들뿐이에요."

아버지가 더 엄하게 눈살을 찌푸렸다.

늙은 아버지는 우유와 함께 메밀 죽만 먹고 보드카 대신 그의 품에 있던 물병에서 어떤 검은 물을 마셨다.

점심을 마친 후 다닐로는 깊은 단잠을 자고 저녁 무렵에야 일어났다. 그는 앉아서 카자크 군대를 위한 글을 작성하기 시작했고, 카테리나는 의자에 앉아 발로 요람을 밀기 시작했다. 다닐로는 앉아서 왼쪽 눈으로는 글을 보고, 오른쪽 눈으로는 작은 창문을 보고 있다. 창문 너머로 멀리 산들과 드네프르가 반짝였다. 드네프르 너머로 숲이 푸른빛을 띠고 있었다. 위로는 밤하늘이 명료해지면서 어른거렸다. 하지만 다닐로는 먼 하늘도 푸른 숲도 즐기지 않았고, 그는 오래된 성이 검은빛을 띠는 돌출된 곳을 바라보고 있었다. 그의 눈에 성의 좁은 창문에서 불빛이 반짝이는 것처럼 보였다. 하지만 모두 조용했다.

아마 그에게만 그렇게 느껴졌을 것이다. 아래에 드네프르가 낮게 떠들어 대고, 삼면에는 순간적으로 깨어난 파도들이 하나둘씩 철썩거리는 소리뿐이었다.

하지만 모두 조용하다. 드네프르는 풍파를 일으키지 않았다. 그것은 노인처럼 투덜대고 불평한다. 그것은 모든 것에 짜증을 낸다. 그 주위의 모든 것이 변했다. 그것은 강가의 산, 숲, 초원과도 대적하고, 그것들에 대한 불평을 흑해로 싣고 간다.

저기 드넓은 드네프르를 따라 작은 배가 검은빛을 내고, 성에서 다시 뭔가가 빛나는 것 같았다. 다닐로는 조용히 휘파람을 불었고, 충직한 젊은이가 휘파람 소리에 뛰쳐나왔다.

"스테치코, 날카로운 장검과 라이플총을 서둘러 챙기고 나를 따라와."

"나가시게요?" 카테리나가 물었다.

"나가, 여보. 모두 제대로 있는지 둘러봐야겠어."

"하지만 난 혼자 있는 게 무서워요. 난 너무 졸려요. 하지만 같은 꿈을 꾸면 어쩌죠? 난 그게 정말 꿈이었는지도 확신이 안 가요. 너무나 생생해서요."

"노파가 함께 있을 거야. 현관과 마당에도 카자크들이 자고 있을 테고!"

"노파는 이미 잠들었고, 카자크들은 왠지 믿을 수가 없어요. 들어 봐요, 다닐로, 내 방을 잠그고 열쇠를 가져가요. 그러면 난 덜 무서울 거예요. 그리고 카자크들이 문 앞에 눕게 해 주세요."

"그렇게 하지!" 다닐로가 라이플총에서 먼지를 닦고 선반에 화약을 쏟으면서 말했다.

충직한 스테치코가 이미 카자크 전투복을 완전히 갖춰 입고 서 있었다. 다닐로는 새끼 양가죽 모자를 쓰고, 창문을 닫고, 문에 빗장을 지르고, 자물쇠를 채우고, 잠들어 있는 카자크들 사이로 조용히 마당에서 나와 산으로 갔다.

밤은 청명했다. 드네프르에서 신선한 바람이 산들산들 불어왔다. 멀리 갈매기 울음소리만 들리지 않으면, 모두 쥐 죽은 듯 조용할 것이다. 하지만 그때 사각 소리가 들리는 것 같았다……. 부룰바시와 충직한 부하는 목재 참호 벽을 덮고 있는 가시덤불에 조용히 몸을 숨겼다. 누군가가 붉은 반외투를 입고 두 자루의 총을 가지고 허리에는 장검을 차고 산에서 내려오고 있었다.

"이건 장인이잖아!" 다닐로가 덤불 뒤에서 그를 지켜보며 말했다. "그가 이 시간에 왜, 어디로 가는 걸까? 스테치코! 하품하지 말고 두 눈 부릅뜨고 장인이 어느 길로 접어드는지 잘 봐." 붉은 반외투를 입은 사람이 바로 해안가로 내려서고 돌출된 곳으로 돌아섰다. "아니! 저기로 가는구나!" 다닐로가 말했다. "스테치코, 그가 방금 마법사의 소굴로 향했어."

"아마도 다른 곳은 아닌 것 같아요, 다닐로! 아니면 우리가 그를 다른 쪽에서 보겠지요. 하지만 그가 성 주변에서 사라졌어요."

"기다려. 기어서 나가자. 그다음 흔적을 따라 가자. 여기에 뭔가가 숨겨져 있어. 아니, 카테리나, 내게 말했듯이 네 아버지는 간악한 인간이야. 그는 전혀 정교 신자처럼 행동하지 않았어."

다닐로와 그의 충직한 젊은이가 툭 튀어나온 강가에 나타났다. 이제 그들은 보이지 않는다. 성을 에워싸고 있는, 잠에서 깨울 수 없는 숲이 그들을 감추었다. 위쪽 창문이 조용히 빛나기 시작했다. 아래에선 카자크들이 서서 어떻게 기어 들어갈지 궁리하고 있다.

대문도 현관문도 보이지 않는다. 마당 쪽에 통로가 있을 것이다. 하지만 거기로 어떻게 들어간단 말인가? 멀리서 사슬이 쨍그랑거리고 개들이 달려 나오는 소리가 들렸다.

"그리 오래 생각할 게 아니었군!" 다닐로가 창문 앞의 높은 참나무를 알아채고서 말했다. "여기 서 봐! 내가 참나무를 기어오를 테니. 거기선 바로 창문을 들여다볼 수 있을 거야."

그는 장검 소리가 울리지 않도록, 허리띠를 풀고 장검을 밑에 던진 뒤, 나뭇가지를 붙잡고 위로 기어 올라갔다. 창문이 더욱 더 밝게 빛났다. 그는 창문 바로 옆 나뭇가지에 앉아 손으로 나무를 붙들고 들여다보았다. 방에 촛불도 없는데 빛이 난다. 벽을 따라 신비로운 표식들이 있다. 무기가 걸려 있지만 모두 이상한 것들이다. 그런 것은 터키인도, 크림인도, 폴란드인도, 기독교인도, 훌륭한 스웨덴 민족도 가지고 다니지 않는다. 천장 밑의 앞뒤로 박쥐들이 어른거리고, 그들의 그림자가 벽을 따라, 문을 따라, 마루판을 따라 어른거린다. 그때 끼익 소리도 없이 문이 열렸다. 붉은 반외투를 입은 누군가가 들어와서 곧장 하얀 테이블보가 덮여 있는 탁자로 다가간다. "바로 그로군, 장인이야!" 다닐로가 약간 낮게 몸을 숙이고 나무에 더 바싹 붙었다.

그러나 장인에게는 누가 창문으로 바라보고 있는지 살펴볼 시간이 없었다. 그는 기분이 상했는지 우울한 모습으로 들어와 탁자에서 테이블보를 거두었다. 갑자기 온 방에 투명한 하늘빛이 조용히 흘렀다. 다만 이전의 창백한 황금빛 물결이 하늘빛과 섞이지 않고 흐르다가 하늘색 바다에서처럼 반짝이다 사라지고, 대리석처럼 층을 이루며 늘어졌다. 이때 그가 탁자에 단지를 놓고 거기에 어떤 풀을 넣기 시작했다.

다닐로는 유심히 들여다보았고 이미 장인이 입은 붉은 반외투를 알아볼 수 없었다. 그 대신 그가 터키인들이 입는 넓은 바지를 입고 있는 것이 보였다. 허리띠 뒤에는 총들이 걸려 있고, 머리에는 러시아어도 아니고 폴란드어도 아닌 어떤 글자가 잔뜩 적힌 기이한 모자가 씌워져 있었다. 얼굴을 들여다보니, 얼굴도 변하기 시작했다. 코가 길게 늘어져서 입술 위에 걸리고, 입은 한순간 귀까지 늘어나고, 이가 입 밖으로 보이고 옆으로 굽어졌다. 그 앞에 부대장의 결혼식에 나타난 바로 그 마법사가 서 있었다. '카테리나, 네 꿈이 맞았어!' 부룰바시는 생각했다.

마법사가 탁자 주위를 오갔고, 벽의 표지들이 더 빠르게 변하기 시작하고, 박쥐들이 아래위, 앞뒤에서 더 세게 날아다녔다. 하늘빛이 더 잦아들고 더 잦아들어서 마침내 사라진 것 같았다. 촛대가 연한 장밋빛으로 빛났다.

조용한 울림과 함께 기이한 빛이 방 구석구석마다 흐르는 듯하다가 갑자기 사라지면서, 완전히 어두워졌다.

조용한 저녁 시간에 바람이 수면의 거울을 따라 맴돌고 은빛 버드나무가 더 깊이 물속으로 휘어지게 할 때처럼 살랑거리는 소리만 들렸다. 다닐로에게는, 촛대에서 달이 반짝이고 별들이 다니고 검푸른 하늘이 흐릿하게 어른거리고 차가운 밤공기가 그의 얼굴에 불어오는 것 같은 느낌이 들었다.

다닐로에게 (이때 그는 자기가 꿈을 꾸는 게 아닌가 싶어 자기 콧수염을 더듬기 시작했다) 이미 촛대에는 하늘이 없고 자신의 침실에 있는 것 같았다. 벽에 그의 타타르와 터키 장검들이 걸려 있고, 벽 근처에는 선반들이 있고 선반에는 식기와 도구가 놓여 있다. 탁자에는 빵과 소금이 있고 요람이 걸려 있다. 그러나 성상화 대신 무서운 얼굴들이 보인다. 의자에는……. 그러나 짙어진 안개가 모든 것을 가려 다시 어두워졌다.

그리고 다시 신비로운 울림과 함께 촛대가 장밋빛으로 반짝이고, 마법사가 자기의 기이한 회교도 머릿수건을 쓰고 미동도 않고 서 있었다.

소리들이 더 강해지고 낮아지고 둔탁해지고, 엷은 장밋빛이 더 선명해지고, 구름처럼 하얀 뭔가가 농가 한가운데서 불어왔다. 다닐로에게는, 구름이 실제 구름이 아니라 여인이 서 있는 것처럼 보였다. 다만 그녀는 무엇으로 이루어진 건가, 공기로 짠 건가? 어째서 그녀가 땅에 닿지 않은 채 서 있고 무엇에도 기대지 않으며, 그녀를 관통해서 장밋빛이 반짝이고 벽에는 표식들이 어른거리는가? 순간 그녀가 투명한 머리를 움직였고, 그녀의 창백한 하늘빛 눈이 조용히 반짝이고, 머리카락이 휘감기며 마치 밝은 회색 안개처럼 그녀의 어깨로 떨어진다. 마치 투명하고 하얀 아침 하늘 사이로 겨우겨우 눈에 띄는 아침놀의 진홍빛이 흘러가듯 입술이 창백하게 붉어진다. 눈썹이 흐릿하게 검은빛을 낸다……. 아! 이건 카테리나다! 그 순간 다닐로는 자신의 사지가 돌처럼 굳는 것을 느꼈다. 그는 힘을 내서 말하려 했으나 입술이 소리 없이 움직였다.

마법사가 제자리에 미동도 않고 서 있었다.

"넌 어디 갔다 온 거야?" 그가 묻자, 그 앞에 서 있던 여인이 몸서리를 치기 시작했다.

"오, 저를 왜 불러내신 거예요?" 그녀가 조용히 신음했다. "전 너무 기뻤는데 말예요. 전 제가 태어나고 15년간 살았던 곳에 갔었어요. 오, 거긴 얼마나 좋은지! 제가 어린 시절 뛰놀던 초원은 얼마나 푸르고 향긋한지. 들꽃도 똑같고, 우리 농가도, 텃밭도 똑같았어요! 오, 어머니가 저를 얼마나 정겹게 안아 주셨는데요! 그녀 눈에 얼마나 깊은 사랑이 담겨 있었는데요! 그녀가 저를 얼마나 예뻐 하고, 저의 입과 뺨에 뽀뽀해 주고, 촘촘한 빗으로 저의 아마빛 머리 타래를 빗겨 주었는데요……."

그녀가 마법사의 창백한 눈을 뚫어지게 쏘아보았다. "아버지! 당신은 왜 제 어머니를 베어 죽이신 거죠?"

마법사가 손가락으로 위협하듯 손짓했다.

"내가 너한테 이것에 대해 말하라고 부탁이라도 했단 말이냐?" 공기 속의 미녀가 몸을 떨기 시작했다. "너의 여주인은 지금 어디 있냐?"

"내 주인 카테리나는 지금 잠들었고, 나는 그것에 기뻐하며 포르르 날아간 거예요. 난 오랫동안 어머니를 보고 싶었거든요. 그런데 갑자기 내가 열다섯 살이 된 거예요. 나는 완전히 새처럼 가벼워졌지요. 당신은 왜 저를 불러낸 거예요?"

"내가 어제 한 말을 전부 기억하냐?" 마법사가 아무도 알아들을 수 없을 만큼 조용히 물었다.

"기억해요, 기억해. 하지만 난 이것을 잊기 위해서라면 뭐든지 내놓겠어요! 불쌍한 카테리나! 그녀는 그녀의 영혼이 아는 것 중에서 모르는 게 많지요."

'이건 카테리나의 영혼이군.' 다닐로는 생각했으나, 여전히 움직일 수가 없었다.

"참회하세요, 아버지! 당신이 살해할 때마다 죽은 자들이 무덤에서 일어나는 것이 무섭지도 않으세요?"

"넌 또 같은 말이구나!" 마법사가 위협하며 말을 끊었다. "난 내 길을 갈 거고, 너도 내가 원하는 것을 하도록 만들겠어. 카테리나는 나를 사랑하게 될 거야……!"

"오, 당신은 괴물이지, 내 아버지가 아니에요!" 그녀가 신음했다. "아니요, 당신 뜻대로는 안 될 거예요! 정말 당신은 당신의 부정한 회교식 머릿수건으로 영혼을 불러내 그것을 괴롭히는 권세를 얻으셨죠. 하지만 오직 신만이 자신이 원하는 것을 그 영혼이 하도록 할 수 있어요.

아니요, 제가 그녀의 몸에 남아 있는 한 카테리나가 신을 거역하는 일은 결코 없을 거예요. 아버지, 최후의 심판이 다가왔어요! 당신이 제 아버지가 아니라 해도, 제가 저의 사랑스럽고 신실한 남편을 배신하게 하지는 못할 거예요. 제 남편이 제게 충실하지 않고 제게 상냥하게 대하지 않는다 해도, 전 그를 배신하지 않을 거예요. 신은 서약을 어기는 신실하지 못한 영혼을 좋아하지 않으시니까요."

이때 그녀가 자기의 창백한 눈을, 다닐로가 앉아 있는 창가로 돌리고 뚫어지게 쳐다보더니, 미동도 않고 멈췄다…….

"넌 어디를 보는 거냐? 거기서 누구를 본 거냐?" 마법사가 소리쳤다.

공기 중의 카테리나가 몸을 떨기 시작했다. 하지만 이미 다닐로는 오래전에 땅으로 내려오고 자신의 충직한 스테치코와 함께 산으로 몰래 들어갔다. "끔찍하군, 끔찍해!" 그는 카자크의 가슴에 소심함을 느끼면서 혼잣말을 하고, 보초를 서면서 담배를 피우는 한 명을 제외하고는 카자크들이 깊이 잠들어 있는 자기 마당을 곧 지나갔다. 온 하늘에 별들이 총총했다.

5

"저를 깨운 건 정말 잘하신 거예요!" 카테리나가 상의의 수놓인 소매로 눈을 비비고 자기 앞에 서 있는 남편을 머리끝에서 발끝까지 살펴보면서 말했다. "내가 얼마나 무서운 꿈을 꾸었다고요! 가슴으로 숨 쉬는 것도 얼마나 어려웠다고요! 오, 난 죽는 줄만 알았어요……."

"어떤 꿈인데, 이런 꿈 아니었어?" 부룰바시가 아내에게 자기가 본 것을 전부 말해 주었다.

"여보, 당신이 그걸 어떻게 아셨어요?" 카테리나가 경악하며 물었다. "아니에요, 당신이 말한 것 중에 많은 걸 저는 몰라요. 아니에요, 아버지가 어머니를 살해했다는 꿈은 꾸지 않았어요.

난 시체들도, 어떤 것도 보지 못했어요. 아니에요, 다닐로, 그렇게 말하지 마세요. 아, 제 아버지는 얼마나 무서운 분인가요!"

"네가 많은 걸 못 본 것은 놀랄 일이 아니야. 당신은 당신의 영혼이 아는 것의 10분의 1도 모르는 거야. 당신의 아버지가 적그리스도라는 걸 알아? 작년에 내가 폴란드인들과 함께 크림인들을 공격하러 나섰을 때(그때 난 이 믿지 못할 민족과 연합하고 있었지), 브라트스키 수도원장이, 여보, 그는 성인이야, 내게 말해 줬어. 적그리스도가 각 사람의 영혼을 불러낼 권세를 갖고 있다고 말야. 적그리스도가 잠들면 영혼이 자유롭게 돌아다니고, 대천사들과 함께 신의 성소 근처로 날아간다고 말야. 내겐 처음부터 당신 아버지 얼굴이 마음에 안 들었어. 당신에게 그런 아버지가 있는 걸 알았다면 난 당신과 결혼하지 않았을 거야. 난 당신을 버리고 영혼에 적그리스도 종족과 친척이 되는 죄를 짓지 않았을 거야."

"다닐로!" 카테리나가 손으로 얼굴을 가리고 울면서 말했다. "내가 당신에게 무슨 죄를 지었다고 그러세요? 내가 당신을 배신이라도 했나요, 사랑하는 여보? 내가 당신의 분노를 산 적이 있나요? 정말이지 당신을 신실하게 섬기지 않았나요? 당신이 흥겨운 연회에서 기분이 좋아져서 돌아올 때 내가 기분 나쁜 말을 한 적이 있나요? 당신에게 검은 눈썹의 아들을 낳아 주지 않았나요……?"

"울지 마, 카테리나, 난 이제 당신을 잘 알고 무슨 일이 있어도 버리지 않겠어. 모든 죄는 당신 아버지에게 있으니까."

"아뇨, 그를 내 아버지라고 부르지 마세요! 그는 내 아버지가 아니에요. 하느님이 증인이세요. 난 그와의 관계를 끊겠어요! 그는 적그리스도이고 배교자예요! 그가 망한다 해도, 그가 물에 빠진다 해도, 난 그를 구하기 위해 손을 내밀지 않을 거예요. 당신이 내 아버지예요!"

6

다닐로 집의 깊은 지하실에, 세 개의 자물쇠가 채워진 곳에 쇠사슬에 꽁꽁 묶인 마법사가 앉아 있었다. 멀리 드네프르강 위로 그의 악마 같은 성이 빛나고, 피와 같은 진홍빛 파도가 철썩거리며 옛날식 벽 주위로 몰려든다. 마법사가 깊은 지하실에 앉아 있는 것은 마술 때문에도, 신을 거역하는 행동 때문도 아니다. 그것들에 대해서는 신이 심판하실 것이다. 그는 은밀한 배신 때문에, 러시아 정교 땅의 적들과 공모한 것 때문에, 즉 가톨릭교도에게 우크라이나 민족을 팔아넘기고 기독교 교회를 불태운 것 때문에 앉아 있는 것이다.

마법사는 침울하다. 그의 머리에 든 생각은 밤처럼 새카맣다. 그가 살 수 있는 날은 단 하루 남았고, 내일이면 세상과 하직할 것이다. 내일 형벌이 그를 기다리고 있다. 그를 기다리는 형벌은 전혀 가벼운 것이 아니다. 그를 산 채로 솥에 넣고 삶거나 그에게서 죄 많은 피부를 벗겨 낸다 해도 이것조차 그에겐 자비로운 벌이다. 마법사는 침울한 표정으로 고개를 떨구었다. 그가 죽음의 시간 앞에서 이미 회개하고 있는지도 모른다. 하지만 그의 죄들은 신이 용서할 수 있는 것들이 아니다.

그 앞에 위로 쇠창살을 엮어 놓은 좁은 창문이 있다. 그는 자기 딸이 지나가지 않는가 보려고 사슬을 울리면서 창문에 다가갔다. 그녀는 비둘기처럼 온유하고, 아버지를 자비롭게 대하지 못할 정도로 나쁜 것을 기억하지 않을 거야……. 하지만 아무도 없다. 아래로 길이 나 있고, 그 길을 지나는 사람이 아무도 없다. 길 아래에서는 드네프르가 노닐고 있다. 강은 누구에게도 신경 쓰지 않고, 사납게 날뛰고 있다. 죄수에게는 그것의 단조로운 소리가 우울하게 들린다.

그때 누군가가 길을 따라 나타났다. 이건 카자크다! 죄수는 무겁게 한숨을 쉬었다. 다시 모든 것이 텅 비어 있다. 그때 누군가가 멀리서 내려온다…… 녹색의 쿤투시가 바람에 휘날린다…… 머리에 쓴 조각배 모양의 금색 화관이 빛난다…… 바로 그녀다! 그가 창문에 더 가까이 달라붙었다. 벌써 가까이 다가온다…….

"카테리나! 내 딸아! 자비롭게 대해 다오, 나에게 자비를 베풀어 다오!"

그녀는 말이 없고, 듣고 싶어 하지 않으며, 그녀는 감옥 쪽으로 눈도 돌리지 않고 지나가고 이미 사라졌다. 온 세계가 텅 비었다. 드네프르가 침울하게 떠들썩거린다. 비애가 가슴을 파고든다. 하지만 마법사가 이 비애를 알기나 할까?

낮이 저녁으로 기운다. 어느새 해가 졌다. 이미 그것은 없다. 이미 저녁이고, 신선하고, 어딘가에서 소가 음매 하고 운다. 어딘가에서 소리들이 떠다닌다, 아마도 어디서건 사람들이 일터에서 오면서 흥겨워하는 것 같다. 드네프르를 따라 배가 어른거린다……. 누가 죄수에 대해 생각이나 하겠는가! 하늘에서 은빛 낫이 반짝였다. 저기 누군가 맞은편에서 길을 따라 온다. 그러나 어둠 속에서 분간하기가 어렵다. 이것은 카테리나가 돌아오는 것이다.

"딸아, 주님을 위해서 제발! 잔인한 늑대 새끼들도 제 어미를 물어뜯지는 않는단다, 딸아, 이 죄 많은 아버지를 좀 봐주려무나!" 그녀는 듣지도 않고 간다. "딸아, 불행한 어머니를 위해서……!" 그녀가 멈추었다. "여기 와서 내 마지막 말을 들어주려무나!"

"왜 저를 부르는 거예요, 배교자 주제에? 저를 딸이라고 부르지도 마세요! 우리 사이엔 어떤 혈연관계도 없어요. 제 불쌍한 어머니를 위해 제게서 뭘 원하시는 건가요?"

"카테리나! 내겐 마지막이 가까웠다. 난 네 남편이 나를 암말의 꼬리에 묶어 들판을 달리게 하고 싶어 한다는 걸 알아. 어쩌면 더 끔찍한 형벌을 생각해 낼 거야……."

"정말 이 세상에 당신의 죄에 합당한 형벌이 있을까요? 그걸 기다리세요. 아무도 당신을 위해 애원하지 않을 테니까요."

"카테리나! 벌은 내게 무섭지 않아. 하지만 저세상에서의 고통은……. 카테리나야, 넌 순결하니 네 영혼은 천국의 하느님

곁으로 날아가겠지. 하지만 배교자인 아버지의 영혼은 영원한 불 속에서 탈 것이고, 그 불은 결코 꺼지지 않을 거다. 그것은 더욱더 강하게 강하게 타오르겠지. 누구도 어떤 이슬방울도 떨어뜨리지 않을 거고, 어떤 바람도 불지 않겠지…….”

“나에겐 그런 벌을 줄여 줄 힘이 없어요.” 카테리나가 돌아서면서 말했다.

“카테리나! 한마디만 더 들어 봐라. 넌 내 영혼을 구할 수 있어. 넌 하느님이 얼마나 선하시고 자비로우신지 아직 잘 모르는구나. 넌 사도 바울에 대해 들어 봤니? 그가 얼마나 큰 죄인이었는지를. 하지만 그는 참회하고 성인이 되었지.”

“당신의 영혼을 구하기 위해 제가 뭘 할 수 있을까요?” 카테리나가 말했다. “연약한 여인인 제가 무얼 생각할 수 있을까요!”

“내가 여기서 나갈 수 있다면, 난 모든 걸 버리겠다. 참회할 거야. 동굴에 가서 몸에 거친 고행복을 입고 아침저녁으로 신에게 기도하겠다.

고기는 물론이고 생선도 입에 안 대겠다! 잘 때는 옷도 깔지 않겠어! 그리고 내내 기도하겠다, 내내 기도하겠어! 내게서 신의 자비가 죄의 1백분의 1만큼이라도 덜어지지 않는다면, 나를 땅에 목까지 묻거나 돌벽 속에 밀폐시키겠어. 음식도, 마실 것도 입에 안 대고 죽겠다. 내 재산 전부를 수도사들에게 나누어 주어 그들이 40일간 밤낮으로 나를 위해 추도식을 거행하게 하겠다…….”

카테리나가 깊은 생각에 잠겼다.

"문은 열어 줄 수 있지만 당신의 사슬을 풀어 줄 순 없어요."

"난 사슬은 겁나지 않아." 그가 말했다. "넌 내 손과 발이 그것들로 묶여 있다고 생각하는 거지? 아니야, 난 그들 눈에 안개를 일으켜서 손 대신에 마른 나무를 잡아당기게 했단다. 자, 봐라, 내 몸엔 지금 사슬이 하나도 없지!" 그가 한가운데로 나오면서 말했다.

"난 이 벽들도 겁나지 않고, 그것들 사이를 지나갈 수 있어. 하지만 네 남편은 이 벽이 어떤 벽인지 모른다. 그것은 거룩한 고행자가 세워서, 성인이 이 독방을 잠근 바로 그 열쇠로 열지 않고는 어떤 악령도 여기서 죄수를 빼낼 수가 없단다. 내가 나가서 자유로워질 수 있다면, 세상이 들어 본 적도 없는 죄인인 나를 위해 바로 그런 독방을 짓겠다."

"잘 들으세요. 당신을 풀어 드리죠. 하지만 당신이 나를 속인다면……." 카테리나가 문 앞에 멈춰 서서 말했다. "참회하는 대신에 다시 악마의 편이 된다면, 어떻게 하지요?"

"아니다, 카테리나, 내겐 살날이 얼마 남지 않았어. 내가 받을 형벌이 아니어도 마지막이 가까웠다. 넌 정말 내가 영원한 고통 속에 나를 맡길 거라고 생각하는 거냐?"

자물쇠가 천둥처럼 울렸다…….

"안녕! 자비로운 신이 너를 보호하기를, 내 아가야!" 마법사가 그녀에게 키스하며 말했다.

"나를 건드리지 말아요, 세상이 들어 본 적도 없는 죄인, 어서 나가요!" 카테리나가 말했다. 하지만 그는 이미 사라지고 없었다.

"내가 그를 풀어 줬어." 그녀가 겁에 질리고 깜짝 놀라서 벽을 바라보며 말했다. "이제 남편에게 뭐라고 말하지? 난 망했어. 난 산 채로 무덤에 묻히는 편이 나아!" 그녀가 눈물을 터뜨리면서 죄수가 앉아 있던 그루터기에 쓰러졌다. "하지만 난 영혼을 구해 줬어." 그녀가 조용히 말했다. "난 신의 자비를 베푼 거야. 하지만 내 남편이…… 난 처음으로 그를 속였어. 오, 얼마나 끔찍한가, 내가 그 앞에서 거짓말하는 게 얼마나 어려울까. 누군가 오고 있어! 이건 그야! 남편!" 그녀는 절망적으로 소리를 지르며 정신을 잃고 땅에 쓰러졌다…….

7

"나예요, 내 딸! 나예요, 내 사랑!" 카테리나가 정신을 차렸을 때 이 말이 들렸고, 그녀는 자기 앞에 있는 늙은 하녀를 보았다. 아낙네가 허리를 굽히며 뭔가 속삭이는 것 같았고, 카테리나 위로 뼈만 앙상한 손을 뻗치더니 그녀에게 찬물을 뿌렸다.

"여기는 어디야?" 카테리나가 몸을 일으키고 주위를 둘러보며 말했다. "내 앞에 드네프르가 떠들썩거리고, 내 뒤로 산이……. 이봐, 나를 어디로 데려온 거야?"

"난 당신을 데려온 게 아니라 끌고 나온 거예요. 내 팔로 답답한 지하 광에서 안고 나온 거예요. 다닐로로부터 당신에게 어떤 해도 미치지 않도록 열쇠로 잠가 두었어요."

"열쇠는 어딨어?" 카테리나가 자기 허리띠를 살펴보면서 말했다. "그게 안 보이네."

"열쇠는 당신 남편이 마법사를 살펴보려고 가져갔어요, 내 아가."

"살펴보려고? ……난 망했어!" 카테리나가 소리를 질렀다.

"하느님이 우리에게 자비를 베풀어 주시길, 내 아가! 다만 잠잠히 있어요, 주인 아가씨, 아무도 모를 거예요!"

"그가 달아났어, 저주받은 적그리스도가! 들었어, 카테리나? 그가 달아났어!" 다닐로가 아내에게 다가오며 말했다. 눈에 불이 이글거렸다. 장검이 울리며 그의 옆구리에서 흔들거렸다.

아내는 사색이 되었다. "누가 그를 풀어 준 건가요, 여보?" 그녀가 전율하면서 물었다.

"풀어 줬어. 정말이야. 하지만 악마가 풀어 준 거야. 자 봐, 그 대신에 통나무가 사슬에 묶여 있어. 악마가 카자크를 두려워하지 않도록 신이 그렇게 하신 거야! 내 카자크 중 한 놈이라도 머리에 이런 생각을 품기라도 하고, 내가 이걸 알게 되는 날에는 그에게 맞는 형벌을 찾지도 못할 거야!"

"만일 제가 그랬다면요?" 카테리나가 무심코 말을 하다가, 겁에 질려 말을 멈췄다.

"당신이 그런 생각을 했다면 그땐 내 아내가 아니야. 난 당신을 자루에 집어넣어 드네프르 한가운데 잠기게 하겠어!"

카테리나의 숨이 멎었고, 그녀의 머리카락이 주뼛 서는 것 같았다.

8

국경 지대의 길가 주막에 폴란드인들이 모여 이틀간 주연을 즐기고 있다. 망할 놈들이 적지 않다. 습격을 위해 모인 것 같았다. 어떤 이들은 구식 소총을 갖고 있었고, 박차가 쟁그랑거리고 장검이 덜컥거린다.

귀족들이 즐겁게 떠벌리면서 자신들의 전례 없는 무용담을 이야기하고 정교도들을 조롱하고 우크라이나 민족을 자신들의 종이라 부르고 거만하게 콧수염을 말고 거만하게 고개를 추켜세우고 긴 의자에 벌렁 누워 있다.

가톨릭 사제도 그들과 함께 있다. 가톨릭 사제도 그들과 똑같아서 전혀 사제처럼 보이지 않는다. 그도 마시고 그들과 함께 흥겨워하고 자신의 불경한 혀로 수치스러운 말들을 내뱉는 것이다.

하인들도 그들에게 전혀 뒤지지 않는다. 누더기가 된 반외투 소맷자락을 뒤집고 대단한 사람이라도 되는 양 으스대며 걷는다.

카드놀이를 하고 카드로 서로의 코를 친다. 남의 아내를 데리고 왔다. 고함 소리, 싸움……! 귀족들이 미친 듯 날뛰고 농담을 지껄인다. 유대인의 수염을 잡고 그의 불경한 이마에 십자가를 그린다. 아낙네들에게 공탄을 쏴 대고, 불경한 사제와 함께 경쾌한 폴란드 춤을 춘다.

타타르인들에게서도 러시아 땅에 그런 유혹은 없었다. 러시아가 자신의 죄에 대해 그런 수치를 당하도록 신이 의도하신 것 같았다! 그런 소동 가운데 드네프르 너머에 있는 다닐로의 마을과 그의 아름다운 아내에 대해 이야기하는 소리가 들린다……. 이 떼거리는 결코 선한 일을 위해 모이지 않은 것이다!

9

다닐로가 자기 방의 탁자에 팔꿈치를 기대고 앉아 생각에 잠겨 있다. 의자에는 카테리나가 앉아서 노래를 부른다.

"왠지 우울해, 여보!" 다닐로가 말했다. "머리가 아프고, 가슴이 아파. 왜 이렇게 마음이 무거운지! 내 죽음이 얼마 남지 않은 것 같아."

'오, 눈에 넣어도 아프지 않을 여보! 내게 머리를 기대요! 왜 그런 어두운 생각을 골똘히 하시는 거예요?' 카테리나는 이렇게 생각했지만 감히 말할 수가 없었다. 죄를 지은 그녀는 남편의 애무를 받아들이는 게 고통스럽다.

"잘 들어, 여보!" 다닐로가 말했다. "내가 없을 때 아들을 떠나지 마. 만일 당신이 그를 버리면, 이 세상에서고 저세상에서고 당신에게는 신이 주는 행복이 없을 거야. 내 뼈가 축축한 땅에서 썩는 것이 힘들겠지만, 내 영혼은 훨씬 더 힘들 거야."

"당신, 무슨 말씀을 하시는 거예요, 여보! 당신이 우리 연약한 여인들을 비웃지 않았던가요? 근데 이제 연약한 여인처럼 말씀하시는군요. 당신은 아주 오래 살 거예요."

"아냐, 카테리나, 영혼은 죽음이 가까이 오는 걸 느끼게 돼 있어. 세상이 왠지 우울해지고 있어. 사악한 때가 오고 있어. 오, 기억해, 내 옛 시절을 기억해. 그 시절은 다시 돌아오지 않겠지! 그땐 우리 부대의 자랑이자 영광이었던 늙은 코나셰비치,* 그가 아직 살아 있었지! 카테리나, 이때는 황금시대였어! 늙은 헤트만이 검은 말을 타고 앉아 있었지. 손에 든 철퇴*가 빛났지. 둘레에 그의 부하들이 있었고, 사방으로 자포로지예 카자크들의 붉은 바다가 넘실거렸어. 헤트만이 말하기 시작하면 모두 못 박힌 듯 서 있었어. 노인이 우리에게 이전의 무용담과 세치를 회상할 때면 울기 시작했어. 아, 카테리나, 우리가 그때 터키인들과 얼마나 용감하게 싸웠는지 당신이 안다면! 내 머리에 지금도 베인 자국이 보여. 네 발의 총알이 내 몸의 네 군데를 관통했어. 그 상처 중 어느 하나도 완전히 아물지 못했어. 그때 우리가 얼마나 많은 금을 모았던가! 카자크들은 모자로 귀한 보석들을 퍼 담았지. 카테리나, 그때 우리가 어떤 말들을 훔쳤는지 당신이 안다면! 오, 난 이제 그렇게 싸울 수 없을 거야! 늙은 것도 아니고 몸은 건장한 것 같은데, 카자크 칼이 손에서 떨어지고, 일없이 빈둥대고, 무얼 위해 사는지 나도 모르겠어. 우크라이나에는 질서가 없어. 대령과 부대장은 자기들끼리 개처럼 서로 으르렁거려. 모두를 지배할 늙은 지휘자가 없어. 귀족들은 전부 폴란드 의식으로 바꾸고, 그들의 간악한 짓거리를 흉내 내고 있어. 가톨릭과 정교를 결합시키면서 영혼을 팔아넘겼고. 유대인이 가난한 민족을 몰아내고 있어. 오 옛날이여, 옛날이여! 지나간 시대여! 내 젊은 시절이여, 너희는 어디로 갔느냐? 이봐, 지하 광으로 가서 꿀 술 한 컵 가져와! 지나간 운명과 옛 시절을 위해 마셔야겠어!"

"손님들을 무엇으로 맞이할까요? 초원 쪽에서 폴란드 놈들이 오고 있어요!" 스테치코가 농가로 들어오며 말했다.

"그들이 왜 오는지 알아." 다닐로가 자리에서 일어서면서 말했다. "충직한 부하들, 말에 안장을 놓게! 전투복을 입어! 장검을 뽑아! 납 가루도 챙기는 것 잊지 말고. 명예롭게 손님들을 맞이해야지!"

하지만 카자크들이 말에 앉아 구식 소총을 장전하기도 전에 이미 폴란드인들이 가을에 나무에서 땅으로 떨어진 이파리처럼 산을 가득 뒤덮었다.

"햐, 이제 저들에게 배상금을 요구해야겠군!" 앞에서 금으로 장식한 전투복을 입고 말에 앉아 으스대며 몸을 흔드는 뚱뚱한 귀족들을 바라보며 다닐로가 말했다. "우리가 다시 한번 영광스럽게 놀아 볼 때가 온 것 같군! 카자크 영혼아, 마지막으로 충분히 즐겨라! 젊은이들, 놀아 보자, 우리의 축제가 왔다!"

산마다 흥겨운 잔치가 벌어지고, 주연을 즐겼다. 칼들이 노닐고 총알이 날아다니고 말들이 울부짖으며 껑충껑충 뛰어다닌다. 고함 소리에 머리가 어질어질하다. 연기에 눈이 가려진다. 모든 것이 뒤섞였다. 하지만 카자크는 어디에 전우가 있고 어디에 적이 있는지를 느낌으로 안다. 총알이 소리를 내고 지나가면, 용감한 기수가 말에서 굴러 떨어진다. 장검이 휙 소리를 내면 혀가 두서없이 웅얼거리면서 땅에 머리가 뒹군다.

하지만 무리 가운데 다닐로의 카자크 모자의 붉은 윗부분이 보인다. 푸른 반외투에 두른 금색 허리띠가 눈에 어른거리고, 검은 말의 갈기가 회오리바람처럼 휘날린다. 그가 새처럼 여기저기 나타나서 고함을 지르고 다마스쿠스 장검을 휘두르며 좌우로 사정없이 적을 벤다.

베어라, 카자크! 놀아라, 카자크! 용감한 가슴을 즐겁게 하라. 하지만 금으로 장식한 전투복과 반외투는 거들떠보지 마라! 발아래 금과 보석들을 짓밟아라! 찔러라, 카자크! 놀아라, 카자크! 하지만 뒤를 돌아보아라. 불경한 폴란드 놈들이 이미 농가에 불을 지르고 당황한 가축을 몰고 있다. 다닐로가 회오리바람처럼 뒤로 몸을 돌리고, 윗부분이 붉은 모자가 이미 농가들 주위에 나타나고, 그 주위의 사람들이 줄어든다.

폴란드인들과 카자크들은 한 시간, 두 시간 싸우는 것이 아니다. 이쪽도 저쪽도 수가 줄어든다. 하지만 다닐로는 지치지 않고, 긴 창으로 폴란드인을 안장에서 떨어뜨리고, 날렵한 말로 보병들을 짓밟는다.

어느새 마당이 깨끗해지고, 폴란드인들이 사방으로 도망치기 시작한다. 카자크들이 죽은 이들에게서 금색 반외투와 화려한 전투복을 벗겨 낸다. 다닐로는 적을 추격하려고 자기편을 불러 모으기 위해 주위를 둘러보았다……. 그리고 완전히 분노로 격앙되었다. 그의 눈에 카테리나의 아버지가 보인 것이다.

저기 그가 산에 서서 다닐로에게 구식 소총을 겨누었다. 다닐로는 말을 몰아 곧장 그에게 돌진했다. 카자크, 죽음을 위해 가는구나……. 구식 소총이 우렁차게 울리고, 마법사가 산 뒤로 사라졌다. 충직한 스테치코만이 붉은 옷과 신비로운 모자가 어떻게 어른거리는지를 보았다.

카자크가 몸을 흔들더니 땅으로 굴러 떨어졌다. 충직한 스테치코가 자기 주인에게 몸을 던졌다. 그의 주인이 땅에 몸을 뻗은 채 맑은 눈을 감고 누워 있다. 붉은 피가 가슴에서 솟구쳤다. 하지만 자기의 충직한 부하가 있는 것을 느낀 듯했다. 조용히 눈썹을 올리고 그의 눈이 반짝였다. "잘 있게! 스테치코! 카테리나에게 아들을 버리지 말라고 말하게! 너희들도 그를 버리지 말게, 내 충직한 부하들아!" 그리고 잠잠해졌다. 카자크의 영혼이 귀족의 몸에서 날아오르고, 입술이 푸른색으로 변했다. 카자크는 그렇게 깊이 잠들었다.

충직한 부하가 울음을 터뜨리며 카테리나에게 손을 흔든다. "오세요, 주인마님, 어서 오세요. 당신 주인은 거나하게 취하셨어요." 그는 술에 취해 축축한 땅에 누워 있습니다. 그는 오랫동안 술에서 깨어나지 못할 겁니다!"

카테리나는 손뼉을 치고 죽은 몸 위에 낟가리처럼 쓰러졌다. "여보, 당신이 여기 눈을 감고 누워 있다니요? 일어나세요, 눈에 넣어도 아프지 않을 매 같은 이여, 손을 뻗어요! 몸을 일으켜요! 단 한 번만이라도 당신의 카테리나를 바라보고, 콧수염을 실룩거리고, 한마디라도 해 보세요……. 하지만 당신은 말이 없군요, 말이 없어요, 내 사랑하는 낭군! 당신은 흑해처럼 푸른빛으로 변했군요. 당신의 심장이 고동치지 않는군요! 왜 이렇게 몸이 차가운가요, 여보? 내 눈물이 뜨겁지 않아서, 그것으로 당신을 데워 줄 힘이 모자라나 보군요! 내 울음소리가 크지 않아서 그것으로 당신을 깨울 수 없나 보군요! 이제 누가 당신의 부대를 인도하겠어요? 누가 당신의 검은 말을 타고 질주하고 큰 소리로 휙 소리를 내고 카자크들 앞에서 장검을 휘두르겠어요?

카자크들, 카자크들이여! 여러분의 명예와 영광은 이제 어디 있나요? 여러분의 명예와 영광인 분이 눈을 감고 축축한 땅에 누워 있어요. 나도 묻어 줘요, 그와 함께 묻어 줘요! 내 눈을 땅으로 덮어 줘요! 내 하얀 가슴에 단풍나무 널빤지를 눌러 줘요! 내겐 더 이상 내 아름다움이 필요 없어요!”

카테리나가 울면서 몹시 슬퍼하고, 멀리서 사방이 먼지로 뒤덮인다. 늙은 부대장 고로베츠가 돕기 위해 달려온 것이다.

10

조용한 날씨에 드네프르가 자신의 넘치는 물을 숲과 산들 사이로 자유롭게 스르르 내보낼 때, 그것은 신비롭기 그지없다. 잔물결이 일지도 않고, 우르릉거리지도 않는다. 바라보면 드넓고 장엄한 그가 가는지 안 가는지 알 수가 없고, 마치 유리로 만든 것 같고, 거울 같은 하늘빛 길이 측량할 수 없을 정도로 드넓게, 끝이 없을 정도로 길게 유유자적 날아다니며 녹색 세상을 맴도는 것만 같다. 그럴 때면 뜨거운 태양도 높은 곳에서 내려다보며 차갑고 유리처럼 투명한 물에 햇빛을 담그는 것이 즐겁고, 강가의 숲도 물에서 화려하게 반짝인다.

녹색 고수머리의 숲이여! 그것은 들꽃들과 함께 물에 몰려들고, 아무리 봐도 질리지 않는 듯이 몸을 굽혀 물을 바라보고, 자신의 빛나는 모습을 아무리 즐겨도 물리지 않는 듯이 즐기고, 그 모습에 웃음을 보내고, 가지들을 끄덕이면서 드네프르를 반가이 맞이한다.

숲은 드네프르의 한가운데를 바라볼 엄두도 내지 못한다. 태양과 푸른 하늘 외에는 어느 누구도 드네프르를 바라보지 않는다. 드네프르의 한가운데까지 날아가는 새는 드물다. 화려한 드네프르여! 세상에 그에 견줄 만한 강은 없다.

사람과 짐승과 새가 모두 잠든 따뜻한 여름밤에도 드네프르는 신비롭기 그지없다. 신만이 하늘과 땅을 둘러보고 장엄하게 사제복을 뒤흔든다. 사제복에서 별들이 쏟아진다. 별들이 세상 위로 번쩍거리며 빛나고 모두 한 번에 드네프르에 몸을 내맡긴다. 드네프르는 그들 모두를 자신의 어두운 품 안에 껴안는다. 어느 한 별도 그에게서 도망치지 않고, 하늘에서만 빛이 사그라든다. 잠든 까마귀들이 점점이 박힌 검은 숲과 오래전에 허물어진 산들이 매달려 자신의 긴 그림자로나마 그것을 덮으려고 애쓴다. 그러나 헛수고다! 드네프르를 덮을 수 있는 것은 이 세상에 아무것도 없다. 푸르디푸른 그것은 대낮처럼 한밤중에도 넘쳐흐르듯이 스르르 흘러가고, 사람의 눈길이 닿을 수 있는 한 멀리서도 보인다. 응석을 부리고 밤의 냉기에 강변에 더 가까이 달라붙으면서 그것은 뒤로 은빛 전투복을 남긴다. 그 전투복은 다마스쿠스 장검의 칼날처럼 갑자기 타오르지만, 푸른 드네프르는 다시 잠들었다.

그때도 드네프르는 신비롭기 그지없다, 세상에 그에 견줄 만한 강은 없다! 산더미처럼 커다란 검푸른 먹구름이 하늘을 따라 지나가고 검은 숲이 뿌리까지 흔들리고 참나무들이 갈라지는 소리를 내고 번개가 먹구름 사이로 꺾이면서 단번에 온 세상을 비출 때, 그때 드네프르는 무섭다! 구릉 같은 파도가 산을 때리며 우르릉거리고, 빛을 내뿜고 신음을 토하면서 멀리 물러나고 슬피 울며 멀리 흘러간다. 카자크의 늙은 어머니가 자기 아들을 부대로 떠나보낼 때 그렇게 슬퍼하곤 한다. 술에 거나하게 취하고 원기 왕성한 아들은 검은 말을 타고 허리에 팔을 대고 멋지게 모자를 비뚜름하게 쓰고 가지만, 그녀는 울며 그를 따라 달려가서 그의 등자를 붙잡고 재갈을 움켜쥐고 아들 위로 손을 비틀고 쓰라린 눈물을 흘린다.

튀어나온 강가의 다 탄 그루터기와 돌들이 떠오르는 파도 사이로 사납게 검은빛으로 변한다. 다가오는 배가 위로 솟았다가 아래로 꺼지면서 강가를 때린다. 늙은 드네프르가 몹시 화를 내는 이때 카자크 중 어느 누가 감히 통나무배를 타고 놀이를 즐길 생각을 했을까? 그는 분명 드네프르가 사람들을 파리처럼 집어삼킨다는 것을 잘 모르는 것이다. 작은 배가 나루에 닿고 거기에서 마법사가 나왔다. 그는 기분이 좋지 않았다. 그는 카자크들이 살해된 자신들의 주인을 기리려고 거행한 추도식에 마음이 쓰린 것이다. 폴란드인들이 적지 않은 대가를 치렀다. 완전한 전투복과 반외투를 입은 44명의 귀족과 33명의 종이 난도질 당하고, 남은 자들은 포로로 잡혀 말과 함께 타타르인들에게 팔려 가게 되었다.

그는 타 버린 그루터기 사이로 돌계단을 따라 밑으로 내려갔다. 거기에는 땅속 깊이 그의 움막집이 파여 있었다. 그는 문 삐걱거리는 소리를 내지 않고 조용히 들어가 테이블보가 깔린 탁자에 단지를 놓고 긴 손으로 어떤 알려지지 않은 풀을 던지기 시작했다. 어떤 기이한 나무로 만들어진 술잔을 들고 그것으로 물을 길어 입술로 중얼거리고 어떤 주문을 만들면서 붓기 시작했다. 방에 장밋빛이 나타났다. 그때 그의 얼굴을 바라보는 것은 끔찍했다. 얼굴은 피범벅인 듯하고, 깊게 파인 주름살만 거무스름했다. 눈에 불이 붙은 것 같았다. 불경한 죄인! 이미 턱수염도 오래전에 희끗해지고, 얼굴에는 주름살이 파이고, 몸은 완전히 쭈그러들었음에도, 계속 신에 대적하는 음모를 꾸미는 것이다. 농가 한가운데 하얀 구름이 불어오고, 그의 얼굴에 기쁨과 유사한 것이 빛났다.

그런데 갑자기 그가 입을 벌린 채 감히 움직이지도 못하고 미동도 하지 않게 된 것은 왜일까? 머리카락이 빗처럼 그의 머리에서 주뼛 선 것은 왜일까? 구름 속에서 어떤 기이한 얼굴이 빛난 것이다. 요구하지도 않고 부르지도 않은 불청객이 그의 앞에 나타났고, 시간이 지날수록 미동도 하지 않는 눈이 더욱 선명해지고 더 날카롭게 쏘아보았다. 그의 형체, 눈썹, 눈, 입술, 모두 마법사에겐 낯선 것이었다. 평생 그는 이 얼굴을 본 적이 전혀 없었다. 그에게 끔찍한 것은 별로 없어 보인다. 하지만 극복하기 어려운 공포가 그를 덮쳤다. 이 알 수 없는 기이한 얼굴이 구름 사이로 여전히 미동도 없이 그를 바라보았다. 구름은 이미 사라졌으나, 알지 못할 형체는 더욱 극명하게 보였고, 날카로운 눈이 그에게서 떨어지지 않았다. 마법사는 백지장처럼 하얘졌다. 그는 제 목소리가 아닌 거친 목소리로 비명을 지르고 단지를 뒤엎었다……. 모두 사라졌다.

11

"진정하거라, 내 사랑하는 누이야!" 늙은 부대장 고로베츠가 말했다. "꿈이 진실을 말하는 경우는 드물단다."

"이봐요, 누워요!" 그의 젊은 며느리가 말했다. "내가 점쟁이 노파를 부를게요. 그녀에게 맞설 만큼 강한 악령은 없어요. 그녀가 녹은 구리나 밀랍을 부어서 원인을 찾아낼 거예요."

"아무것도 겁내지 마세요!" 그의 아들이 장검을 집으면서 말했다. "어느 누구도 당신을 모욕하지 못할 겁니다."

카테리나는 침울하게, 흐릿한 눈으로 모두를 바라보면서 뭐라고 말해야 할지 몰랐다. '나 스스로 멸망을 자초한 거예요. 내가 그를 풀어 주었다고요.' 마침내 그녀가 다음과 같이 말했다.

"난 그놈 때문에 평안할 수가 없어요! 키예프의 당신 집에서 지낸 지 벌써 10여 일이 지났지만, 고통은 가시지 않았어요.

내 아들이 복수를 하도록 조용히 그를 키워야겠다고 생각했어요……. 무서워요, 그가 내 꿈에 무서운 모습으로 나타났어요! 여러분은 그를 보는 일이 없기를! 지금도 가슴이 쿵쾅거려요. 그가 이렇게 소리쳤어요. '네 아기를 베겠어, 카테리나, 네가 내게 시집오지 않으면……!'" 그녀는 울면서 요람에 몸을 던졌고, 당황한 아기는 고사리손을 내밀며 소리를 질렀다.

부대장의 아들이 그 말을 듣고 분개하며 열을 내고 눈을 번득였다. 부대장 고로베츠도 화를 냈다.

"저주받은 적그리스도, 베어 보라고 해. 이리 와 봐, 그럼 늙은 카자크의 손에 힘이 있는지 없는지 알게 될 거다." 그가 총명한 눈을 위로 들어 올리며 말했다. "내가 형제 다닐로에게 힘을 북돋아 주려고 달려온 것을 신이 아신다. 많은 카자크들이 누운 그 차가운 침상에 그가 누운 것을 보게 된 건 신의 거룩하신 뜻에 따른 거야! 그 대신 그의 추도식은 정말 성대하지 않았는가! 한 명의 폴란드 놈이라도 살아서 빠져나갈 수 있었는가 말이다! 진정해, 내 아가야! 아무도 감히 너를 모욕할 수는 없을 거야. 정말 내가 없고, 내 아들이 없다 해도 말이다."

늙은 부대장은 이렇게 말하면서 요람에 다가갔고, 아이는 그의 가죽 혁대에, 은테를 두른 담뱃대와 빛나는 부싯돌이 담긴 자루가 매달린 걸 보고 그것에 고사리손을 뻗으며 웃기 시작했다.

"아버지의 길을 걷게 될 거야." 자기 몸에서 담뱃대를 꺼내 아이에게 건네주면서 늙은 부대장이 말했다. "요람에 있을 때부터 물러서질 않고 벌써 담배 피울 생각을 하니 말야."

카테리나가 조용히 한숨을 내쉬고 요람을 흔들기 시작했다. 밤을 함께 보내기로 의견을 모으고, 얼마 지나지 않아 모두 잠들었다. 카테리나도 잠들었다.

마당과 농가의 모든 것이 조용했다. 보초를 서는 카자크들만 잠들지 않았다. 갑자기 카테리나가 소리를 지르며 잠에서 깨었고, 모두 그녀 뒤를 이어 잠에서 깨었다. "애가 죽었어, 그를 베었어!" 그녀가 소리치며 요람에 몸을 던졌다.

모두 요람을 에워싸고, 거기에 죽은 아기가 누워 있는 것을 보고 공포에 질려 몸이 굳었다. 들어 본 적도 없는 이 악행에 대해 어떻게 생각해야 할지 몰라 그들 중 누구도 소리를 내지 못했다.

12

우크라이나 국경에서 멀리 폴란드를 넘고, 사람들이 많은 렘베르크시(市)도 넘어 높은 산들이 줄지어 뻗어 있다. 산 너머 산인 이 산들은 마치 돌로 만든 사슬처럼 좌우로 땅을 에워싸고, 시끄럽고 격랑이 이는 바다가 침투해 땅에 구멍을 내지 못하도록 두꺼운 돌벽처럼 땅을 뒤덮었다. 돌로 만든 사슬은 왈라키아 공국과 세드미그라드 지역으로 이어지고 갈리츠 민족과 헝가리 민족 사이에서 거대한 편자 모양이 되었다. 하지만 우리 쪽에는 그런 산이 없다.

우리 눈으로는 그것들을 둘러볼 수가 없고, 어떤 산봉우리에는 사람의 발도 닿지 않았다.

그것들의 모양새도 신비롭기 그지없다. 열정적인 바다가 드넓은 강가에서 격랑을 이루며 달려와 볼품없는 파도를 회오리바람처럼 위로 들어 올린 후 파도가 돌처럼 굳어 공중에 꿈쩍도 않고 머물게 된 것은 아닐까?

하늘에서 무거운 먹구름의 일부가 떨어져 나와 땅을 가득 채운 것은 아닐까? 왜냐하면 산들도 똑같은 회색이고, 하얀 봉우리가 햇빛을 받아 빛나면서 불꽃을 튀기고 있기 때문이다.

이미 카르파티아산맥에 이르기까지 러시아어가 들리고, 산 너머로도 여기저기에서 모국어처럼 사용된다. 하지만 그곳의 신앙은 이미 우리 것과 다르고 언어도 우리 것과 다르다.

거기에는 헝가리 민족이 적잖이 살고 있다. 카자크 못지않게 말을 타고 서로 베고 마셔 댄다. 마구와 비싼 외투를 얻기 위해 호주머니에서 금화를 꺼내는 것을 아까워하지 않는다. 산 사이에 있는 호수들은 아늑하고 웅장하다. 그것은 유리처럼 미동도 없이 잔잔하고, 거울처럼 산의 맨머리와 초록 기슭을 자기 몸에 비춘다.

하지만 밤에 별들이 반짝이건 반짝이지 않건 거대한 검은 말을 타고 가는 저 사람은 누구인가? 엄청나게 큰 키의 무사가 산 아래를, 호수 위를 달리고, 거인 같은 말과 함께 잔잔한 수면에 반영되고, 그의 끝없이 긴 그림자가 산들에 끔찍하게 어른거리는가?

세공된 갑옷과 투구가 번쩍거리고, 어깨에 창이 걸려 있고, 장검이 안장에 부딪혀 쨍그랑거리고, 투구가 씌워져 있고, 콧수염은 거무스레하고, 눈은 감겨 있고, 눈썹은 밑으로 떨구어져 있다. 그는 자고 있는 것이다. 그리고 잠에 취한 채 고삐를 잡고 있다. 그의 등 뒤에도 같은 말에 어린아이가 시동(侍童)처럼 앉아 있다. 그도 잠이 든 채 무사를 잡고 있다.

그는 누구이고, 어디로, 왜 가고 있는가? 그를 아는 자가 누구인가?

그가 산들을 넘어가는 건 하루 이틀이 아니다. 날이 밝고, 태양이 떠오르면 그가 보이지 않는다. 다만 산사람들은 가끔 하늘이 청명하고 산에 먹구름이 흘러가지 않는데도 산에 긴 그림자가 어른거리는 것을 볼 수 있었다. 밤에 어둠이 몰려오면, 그가 다시 보이고 호수에 비치고, 그의 뒤로 그의 그림자가 전율하며 달려간다.

그는 이미 많은 산을 지났고 크리반산의 봉우리로 올라갔다. 카르파티아산맥에서 이보다 높은 산은 없고,* 그것은 차르처럼 다른 산들 위로 솟아 있다. 여기에서 산과 기수가 멈추었고, 기수는 더 깊은 잠에 빠지고 먹구름이 내려와 그를 가렸다.

13

"쉬잇…… 조용히 해, 아낙네! 그렇게 치지 마. 내 아기가 잠들었어. 내 아들이 오랫동안 울다가 지금 잠들었어. 난 숲으로 갈 테야, 아낙네! 넌 왜 그렇게 나를 바라보는 거야? 넌 무서워,

네 눈에서 쇠 집게가 튀어나올 정도야……. 휴, 엄청 길군! 불처럼 타오르네! 넌 아마 마녀일 거야! 오, 네가 마녀라면 여기서 썩 꺼져! 넌 내 아들을 뺏어 가려는 거야. 여기 부대장은 얼마나 어리석은지, 그는 내가 키예프에서 사는 게 즐거울 거라고 생각해. 아니, 내 남편도, 내 아들도 여기에 있어. 누가 농가를 돌보게 될까? 난 아주 조용히 나와서 고양이도, 개도 듣지 못했어. 넌, 아낙네, 젊어지고 싶어 하지. 그건 전혀 어렵지 않아. 춤만 추면 돼, 내가 어떻게 추는지 봐……."

그런 두서없는 말을 하면서 카테리나가 미친 듯이 사방을 바라보고 손을 옆구리에 대고 춤을 추기 시작했다. 그녀가 소리를 지르며 발로 스텝을 맞추었다. 박자도 안 맞고 리듬도 안 맞게 은 편자가 울려 퍼졌다. 풀어 헤친 검은 머리카락이 하얀 목 주위에 어른거렸다. 그녀가 멈추지 않고 손을 휘젓고 머리를 끄덕이면서 새처럼 날았다. 하지만 힘이 부쳐서 땅으로 쿵 떨어지거나 세상 밖으로 날아갈 것만 같았다.

늙은 하녀가 슬프게 서 있고, 그녀의 깊은 주름살에 눈물이 쏟아졌다. 자신의 여주인을 바라보는 충직한 젊은이들의 가슴에 무거운 돌이 얹어진 것 같았다.

그녀는 이미 완전히 힘이 빠져 한자리에서 느릿하게 스텝을 밟으면서도, 자신이 느린 민속춤을 추고 있다고 생각했다. "내게는 목걸이가 있어, 젊은이들!" 마침내 그녀가 스텝을 멈추고 말했다. "너희에겐 없지! ……내 남편은 어디 있는 거야?" 그녀가 갑자기 소리치더니 허리띠 밑에서 터키 단도를 꺼냈다.

"아! 내게 필요한 건 이런 칼이 아니야." 이 말을 할 때 그녀의 얼굴에서 눈물이 흐르고 우수가 감돌았다. "내 아버지는 가슴이 멀리 떨어져 있어. 그는 가슴에 닿을 수 없는 거야. 그의 가슴은 철로 만든 거야. 마녀가 지옥 불로 그에게 박아 넣은 거야. 아버지는 왜 오지 않는 거야? 정말 그를 찔러 죽여야 할 때라는 걸 모르는 건가? 그는 내가 직접 오기를 바라는 것 같아……." 그리고 말을 마치지 않고 이상하게 웃기 시작했다. "아주 재밌는 이야기가 떠올랐어. 내 남편을 어떻게 장사 지냈는지 생각이 났어. 그를 산 채로 장사 지낸 거야……. 난 얼마나 웃겼는지! 잘 들어 봐, 잘 들어 봐!" 말하는 대신 그녀가 노래를 부르기 시작했다.

피범벅이 된 짐마차가 가네,
그 짐마차에 카자크가 누워 있네,
총을 맞고 칼에 베인 채.
그는 오른손에 창을 쥐고 있네,
그 창에서 피가 흐르네,
피범벅이 된 강이 흐르네.
강 위로 단풍나무가 서 있고,
단풍나무 위로 갈까마귀가 까악거리네.
어머니가 카자크를 위해 흐느끼네.
어머니, 흐느끼지 마세요, 슬퍼 마세요!
당신의 아들은 장가갔어요,
귀족 아가씨를 아내로 얻었어요.

깨끗한 들판에 문도 없고 창문도 없는
움막집을 얻었어요,
이게 내 노래의 끝이에요.
물고기가 게와 춤을 추었죠……
나를 사랑하지 않는 자의 어머니는 열병으로 덜덜 떨게 될 거예요!

그녀의 모든 노래가 그렇게 뒤섞였다. 그녀가 자기 농가에서 지낸 지도 어느새 이틀이 지났다. 그녀는 키예프에 대해 듣고 싶어 하지 않고, 기도하지 않고, 사람들을 피해 달아나고, 아침부터 늦은 밤까지 어두운 참나무 숲을 방황한다. 날카로운 잔가지들이 하얀 얼굴과 어깨를 할퀴고, 바람이 헝클어진 머리 타래를 뒤흔든다. 낡은 잎사귀들이 그녀의 발밑에서 서걱거리고, 그녀는 아무것도 바라보지 않는다.

저녁놀이 꺼져 가고 아직 별이 나오지 않고 달이 빛나지 않을 때면 숲을 다니기가 무섭다. 세례받지 않은 아이들은 나무들에 할퀴고 마른 가지들에 붙들리고, 울고, 웃고, 거리를 따라 넓은 엉겅퀴 덤불에서 공처럼 구른다. 스스로 물에 빠져 자신의 영혼을 죽인 아가씨들이 드네프르의 파도에서 열을 지어 뛰어나오고, 머리카락이 녹색 머리와 함께 어깨에 흐르고, 물이 낭랑하게 졸졸거리며 긴 머리카락에서 땅으로 달려가고, 아가씨는 마치 유리 셔츠를 통해서인 듯 물 사이로 빛난다. 입술이 신비롭게 웃고, 뺨이 붉어지고, 눈이 영혼을 유혹한다……. 그녀는 사랑으로 불타오르고, 그녀는 키스할 것만 같다……. 도망쳐라, 세례받은 남자여! 그녀의 입술은 얼음이고, 침상은 차가운 물이며, 그녀는 너를 간질여 강으로 끌고 갈 것이다.

카테리나는 누구도 쳐다보지 않고, 정신이 나가서 루살카들을 두려워하지 않고 늦은 시각에 칼을 들고 뛰어나가 아버지를 찾아다닌다. 이른 아침에 매우 잘생긴 어떤 손님이 붉은 반외투를 입고 찾아와, 다닐로에 대해 물었다. 모두 듣더니 울어서 퉁퉁 부은 눈을 소매로 닦고 어깨를 으쓱했다. 그가 말하기를, 자기는 고인이 된 부룰바시와 함께 전투를 하고, 함께 크림인들과 터키인들을 베었으며, 다닐로가 그런 최후를 맞이할 거라고는 전혀 예상하지 못했다고 했다. 손님은 다른 많은 것에 대해서도 이야기하고 카테리나를 보고 싶어 했다.

카테리나는 처음에는 손님이 말하는 것을 전혀 귀담아듣지 않다가, 조금씩 제정신이 든 것처럼 그의 말을 귀 기울여 듣기 시작했다. 그는 자신이 어떻게 다닐로와 함께 의형제처럼 지냈는지, 한번은 어떻게 크림인들을 피해서 방둑 밑에 숨었는지에 대해 이야기했다……. 카테리나는 전부 들으면서 그에게서 눈을 떼지 않았다.

'그녀가 정신을 차릴 거야!' 젊은이들이 그녀를 보며 생각했다. '이 손님이 그녀를 치유할 거야! 그녀가 벌써 정신을 차리고 듣고 있잖아!'

그러는 사이 손님은, 다닐로가 허심탄회한 대화 중에 그에게 "이봐, 코프랸, 신의 뜻으로 내가 세상을 떠나게 되면, 내 아내를 데려가서 네 아내로 삼아 줘"라고 말했다고 이야기했다.

카테리나가 매서운 눈으로 그를 쏘아보았다. "아!" 그녀가 소리쳤다. "이자야! 이자가 아버지야!" 그리고 칼을 들고 그에게 달려들었다.

그는 오래도록 그녀에게서 칼을 빼앗으려고 애쓰면서 싸웠다. 마침내 그가 칼을 빼앗고 손을 휘둘렀다. 끔찍한 일이 벌어졌다. 아버지가 정신이 나간 자기 딸을 죽인 것이다. 몹시 놀란 카자크들이 그에게 달려들었으나 마법사는 이미 말에 올라타고 시야에서 사라진 뒤였다.

14

키예프 너머에 들어 본 적이 없는 기이한 현상이 나타났다. 모든 귀족과 헤트만들이 이 기이한 일을 보기 위해 몰려들었다. 갑자기 이것이 멀리 세상의 모든 구석에서도 보였다. 멀리 드네프르강 어귀가 푸른색을 띠고, 그 뒤로 흑해가 넘실거리는 것이 보였다. 세상 물정에 밝은 사람들은 바다에서 산처럼 일어난 크림반도도, 늪지대인 시바시도 알아보았다.* 왼편으로는 갈리치아 땅이 보였다.*

"저게 뭔가요?" 몰려든 사람들이 저 멀리 하늘에 어른거리고 구름을 더 많이 닮은 회백색 봉우리들을 가리키면서 노인들에게 물었다.

“카르파티아산맥이야!” 노인들이 말했다. “저 산들 중에는 영원히 눈이 녹지 않는 것들도 있어. 먹구름이 저기에 달라붙어서 밤을 보내지.”

그 순간 새로운 기적이 나타났다. 구름이 가장 높은 산에서 걷히고, 봉우리에 기사의 갑옷을 갖춰 입고 눈을 감고 있는 기수가 보였다. 그는 마치 가까운 곳에 서 있는 것처럼 잘 보였다.

이때 공포에 질린 사람들 사이에서 한 사람이 말에 올라타고는, 마치 누군가가 자기를 쫓아오고 있지는 않은지 눈으로 찾는 듯이 사방을 사납게 둘러보면서 온 힘을 다해 말을 몰았다. 그는 마법사였다. 그는 무엇에 그토록 겁에 질린 것일까? 공포에 질려 기이한 기사를 바라보고서, 그는 자기가 주술을 부릴 때 부르지도 않았는데 자기 앞에 나타난 바로 그 얼굴을 알아본 것이다. 그는 자신이 그 얼굴을 보고 왜 그렇게 움찔했는지 이해할 수 없었다. 그는 소심하게 주위를 둘러보면서, 저녁이 엄습하고 별들이 보일 때까지 말을 타고 질주했다.

그는 집으로 향했다. 아마 그 기이한 일이 무슨 의미인지 악령에게 물어보려고 했을 것이다. 그는 길 한가운데 소매처럼 튀어나온 좁은 강을 말과 함께 뛰어넘으려 했다. 그때 갑자기 전 속력으로 달리던 말이 멈추더니 그에게 자기 낯짝을 돌리고, 기이하게 웃기 시작했다! 어둠 속에서 두 줄의 하얀 이가 무섭게 빛났다.

마법사의 머리카락이 주뼛 섰다. 그는 광분한 사람처럼 사납게 고함치고 울면서, 곧장 말을 키예프로 몰았다. 그에겐 사방의 모든 것이 자기를 잡으려 뛰쳐나오는 것만 같았다. 어두운 숲으로 에워싸인 나무들이 살아 있는 양 검은 턱수염을 흔들고 긴 가지들을 뻗으면서 그의 목을 조르려고 온 힘을 다 쏟는 것 같았다. 별들이 그의 앞으로 달려가 모두에게 이 죄인을 가리키는 것만 같았다. 길조차도 그의 흔적을 따라 질주하는 것 같았다. 절망에 빠진 마법사는 키예프의 성지로 날듯이 내달렸다.

15

고행자가 자기 동굴의 등불 앞에 혼자 앉아 거룩한 책에서 눈을 떼지 않고 있었다. 그가 동굴에 자신을 가두고 지낸 이후 오랜 세월이 흘렀다. 이미 널빤지 관도 만들고, 침대 대신 거기에 누워서 잤다.

거룩한 노인이 책을 덮고 기도하기 시작했다……. 그때 갑자기 기이하고 끔찍한 모습의 남자가 뛰어 들어왔다. 거룩한 고행자는 첫 순간 그 사람을 보고 당황해서 뒤로 물러섰다.

그는 사시나무 떨듯 떨고, 눈은 사납게 힐끔거리고, 눈에서 끔찍한 불이 뿜어져 나와서 보는 이가 질겁하게 하고, 그의 일그러진 얼굴은 보는 이의 영혼에 소름이 돋게 했다.

"사제, 기도해 줘! 기도해 줘!" 그가 절망적으로 소리쳤다. "파멸당한 영혼을 위해 기도해 줘!" 그러고는 땅에 몸을 던졌다.

거룩한 고행자는 성호를 긋고 책을 집어 펼쳤다. 그리고 공포에 질려 뒤로 물러나면서 책을 떨어뜨렸다.

"안 돼, 세상에서 들어 본 적도 없는 죄인아! 너에겐 자비가 없어! 여기서 썩 나가! 널 위해서는 기도해 줄 수 없어!"

"안 된다고?" 정신이 나간 죄인이 외쳤다.

"자, 보게, 책의 거룩한 글씨가 피로 가득 차 있어. 아직까지 세상에서 이런 죄인은 나타난 적이 없어!"

"사제, 넌 날 비웃는 거야!"

"어서 가, 저주받은 죄인아! 난 너를 비웃는 게 아냐. 난 공포에 질린 거야. 너와 같이 있는 사람에게도 좋은 일은 없을 거야!"

"아니, 아냐! 넌 비웃는 거야, 아니라고 하지 마…… 네 입이 어떻게 벌어졌는지 봤어. 네 늙은 이빨이 일렬로 하얗게 드러났잖아……!"

그는 광인처럼 달려들어 거룩한 고행자를 죽였다.

뭔가가 무겁게 신음하기 시작하고, 신음 소리가 들판과 숲을 지나 울려 퍼졌다. 숲 뒤에서 뼈만 앙상하고 메마른 손들이 긴 손톱과 함께 올라와, 부들부들 떨더니 사라졌다.

그는 이미 공포도, 아무것도 느끼지 못했다. 그에겐 모든 것이 흐릿하게 보였다. 술 취한 것처럼 귀에서 소리가 나고 머리에서 소리가 난다. 눈앞에 있는 모든 것이 거미줄에 뒤덮여 있는 것만 같다.

그는 말에 올라타고 곧장 카네프로 갔다. 그는 무얼 위해선지도 모르면서, 그곳에서 체르카시를 지나 오른쪽으로 꺾어 곧장 크림의 타타르인들에게 갈 요량이었다.

하지만 그가 하루, 이틀을 달렸는데도 카네프가 보이질 않았다. 길은 바로 그 길이고 그에게 드러날 때가 이미 오래전에 지났는데도 카네프가 보이질 않았다. 멀리 교회 꼭대기들이 빛나기 시작했다. 하지만 이건 카네프가 아니라 슘스크다. 마법사는 자기가 완전히 반대 방향으로 달린 것을 보고 당황했다. 다시 말을 키예프 쪽으로 몰았고 하루가 지나서야 도시가 나타났다. 하지만 그곳은 키예프가 아니라 슘스크보다도 키예프에서 훨씬 더 먼 도시인 갈리치이고, 멀지 않은 곳에 헝가리인들이 살고 있다. 그는 뭘 해야 할지 몰라서 말을 뒤로 돌렸으나, 다시 반대편으로 가고 있는 걸 알아차리고는 뒤돌아서 앞으로 간다.

이 세상 어느 누구도 마법사의 영혼에서 무슨 일이 일어났는지 말할 수는 없을 것이다. 그것을 둘러보고 거기에서 무슨 일이 벌어졌는지 알게 된다면, 그는 몇 날 몇 밤 잠을 설치고 결코 웃지도 못할 것이다.

그것은 원한도, 공포도, 포악한 분노도 아니었다. 세상에 그것을 지칭할 말은 없다. 그의 피가 들끓어 오르고, 열불이 오른다. 그는 온 세상을 자기 말로 짓밟고 키예프에서 갈리치까지 온 땅을 그곳 사람들과 그곳에 있는 모든 것과 함께 들어 올려 흑해에 가라앉히고 싶었을 것이다.

하지만 그가 이렇게 하고 싶어 한 것은 악의 때문이 아니었다. 아니다, 그 자신이 무엇 때문인지도 몰랐다. 그 앞에 카르파티아산맥과, 모자처럼 잿빛 먹구름으로 정수리를 덮은 높은 크리반산이 가까이 보이자 그는 온몸을 떨었다. 그러나 말은 계속 달리고, 이미 산을 따라 달리고 있었다. 한순간 먹구름이 걷히더니, 그 앞에 엄청나게 큰 기수가 나타났다…….

그는 멈추려고 애쓰며 고삐를 아주 세게 잡아당겼다. 말이 갈기를 들어 올리며 사납게 울부짖고는 기사를 향해 질주했다. 이때 마법사에게는 자기 안의 모든 것이 죽고, 미동도 않던 기수가 움직이고 한순간 눈을 뜬 것처럼 느껴졌다. 자기에게 달려오는 마법사를 보고 그가 웃기 시작했다. 거친 웃음소리가 천둥처럼 산을 따라 울려 퍼지고, 마법사의 가슴에 울리면서 그의 내면에 있는 모든 것을 뒤흔들었다. 그에게는 강한 누군가가 그의 속으로 파고들어 그의 속을 헤집고 다니며 도끼로 가슴과 힘줄을 찍어 내는 것처럼 느껴졌다……. 이 웃음이 그의 몸에서 그토록 무섭게 메아리친 것이다!

기수가 끔찍한 손으로 마법사를 붙잡고 그를 공중에 들어 올렸다. 그 순간 마법사는 죽고, 죽은 후 눈을 떴다. 하지만 그는 이미 시체였고, 정말 시체로 보였다. 산 자도 부활한 자도 그처럼 끔찍하게 보이지는 않을 것이다. 그는 사방으로 죽은 눈을 굴리고, 키예프에서, 갈리츠 땅에서도, 카르파티아에서도 들고일어난 시체들을 알아보았다. 이들은 얼굴이 붕어빵처럼 그와 닮아 있었다. 그들은 창백하디창백하고, 한쪽이 다른 쪽보다 더 크고, 한쪽이 다른 쪽보다 더 뼈가 앙상한 상태로, 손에 끔찍한 먹잇감을 쥐고 있는 기사 주위로 몰려들었다. 기사가 다시 한번 웃고는 먹잇감을 낭떠러지에 내던졌다. 모든 시체가 낭떠러지로 뛰어들어 시체를 낚아채더니 그것을 자기 이로 파 들어가기 시작했다.

다른 것보다 더 크고 다른 것보다 더 끔찍하게 생긴 또 다른 시체가 땅속에서 일어나고 싶어 했다. 하지만 그럴 수가 없었다. 그는 땅속에서 너무 거대하게 자라 그렇게 할 힘이 없었던 것이다. 그가 일어난다면 카르파티아도, 세드미그라드와 터키 땅도 뒤집어질 것이다. 그가 조금만 일어났는데도 온 땅에 지진이 일어났다. 도처의 많은 농가들이 뒤집어지고, 많은 사람들이 깔려 죽었다.

카르파티아에서는 1천 개의 방앗간이 바퀴로 물을 돌릴 때처럼 시끄러운 소리가 자주 들린다. 어느 누구도 그 옆을 지나기를 두려워해 들여다본 적도 없는 출구 없는 벼랑에서, 시체들이 한 시체를 갉아 먹고 있는 것이다.

온 세상의 땅이 이쪽 끝에서 저쪽 끝까지 뒤흔들리는 일도 드물지 않게 있었다. 글을 아는 사람들은 이것이 모래 근처 어딘가에 산이 있고, 그 산에서 불길이 일어나고 불타는 강이 흐르기 때문이라고 해석한다. 그러나 이에 대해서는 헝가리와 갈리치아 땅에 사는 노인들이 더 잘 안다. 그들의 말에 따르면, 땅속에서 자란 거대하고 거대한 시체가 일어나고 싶어서 땅을 뒤흔들고 있는 것이다.

16

글루호프시(市)에 반두라 연주자인 노인 주위에 사람들이 몰려들고 장님의 반두라 연주를 이미 한 시간째 듣고 있었다. 아직까지 그렇게 훌륭한 노래들을 그렇게 멋지게 들려준 반두라 연주자는 없었다. 처음에 그는 과거 헤트만의 지배에 대해, 사가이다츠니와 흐멜니츠키*를 칭송하는 노래를 불렀다. 그때는 시대가 달랐다. 카자크 전사는 한껏 영광을 누리고, 말에 올라타 적들을 짓밟았으며, 어느 누구도 감히 그들을 비웃을 수 없었다. 노인은 흥겨운 노래들도 부르고, 마치 볼 수 있는 것처럼 사람들에게 눈을 돌렸다. 뼛조각을 고정시킨 손가락이 파리처럼 줄을 날아다니고 줄이 스스로 연주하는 것 같았다. 주위 사람들은, 늙은이들은 고개를 수그리고 젊은이들은 눈을 노인에게 들어 올리고, 감히 자기들끼리 속삭일 엄두도 내지 못했다.

"기다려요." 노인이 말했다. "여러분에게 오랜 옛날 일을 들려주지요."

사람들이 다시 더 빽빽하게 몰려들고, 노인이 노래하기 시작했다.

"세드미그라드의 공후인 스테판*을 위한 노래요. 세드미그라드의 공후가 폴란드인들의 왕이기도 했을 때, 두 명의 카자크, 이반과 페트로가 살았지요. 그들은 형제처럼 살았답니다.

'이봐, 이반, 우리가 얻는 것은 모두 반으로 나누세. 한쪽이 즐거워하면 다른 쪽도 즐거워하고 한쪽이 슬퍼하면 둘 다 슬퍼하는 거야. 한쪽이 재물을 얻으면 반씩 나누세. 누군가 포로가 되면 다른 쪽은 가진 것 전부를 팔아 몸값을 지불해 주세. 그렇지 않으면 자기 자신이 포로가 되거나.' 정말로 카자크들은 자신들이 얻은 것은 무엇이든 반으로 나누었지요. 남의 가축이나 말을 몰게 되면, 그것도 모두 둘로 나누었지요.

스테판왕이 터키인과 싸우게 되었지요. 이미 3주일째 터키인들과 싸우는데도, 그는 그들을 몰아낼 수가 없었어요. 터키인들에게는 열 명의 부하들과 함께 혼자서 부대 하나를 몰살시킬 수 있는 파샤*가 있었어요. 스테판은 용감한 전사가 나타나 자신에게 그 파샤를 산 채로든 죽여서든 데려온다면 군대 전체에 지급할 급료를 그 한 사람에게 주겠다고 공표했지요. '같이 가서 파샤를 잡아 오세!' 이반이 페트로에게 말했어요. 카자크들이 길을 떠났고, 한 명은 한쪽으로, 다른 사람은 다른 쪽으로 갔어요.

페트로가 파샤를 잡았는지 안 잡았는지 모르겠지만, 이미 이반이 파샤의 목을 호송 줄로 묶어서 바로 왕에게 데리고 갔어요. '용감한 전사로구나!' 이렇게 말하고서 스테판왕은 그 혼자에게 군대 전체가 받을 급료를 주도록 명했어요. 그에게 그가 생각하는 장소의 땅을 주고 그가 원하는 만큼의 가축을 주도록 명했어요. 이반은 왕에게 급료를 받자마자 바로 그날 정확히 그것을 자기와 페트로 사이에 반으로 나누었어요. 덕분에 페트로는 왕의 급료 절반을 받기는 했지만, 이반이 왕으로부터 받은 엄청난 영광을 얻을 수는 없었고, 이에 대해 마음속 깊이 앙심을 품게 되었어요.

왕으로부터 하사받은 땅을 차지하기 위해 두 기사가 카르파티아로 가고 있었어요. 카자크 이반은 자기 말에 아들을 앉히고 그를 자기 몸에 묶었지요. 이미 땅거미가 찾아왔을 때도 그들은 가고 있었어요. 어린 아들은 잠들고, 이반도 졸기 시작했어요. 카자크여, 졸지 마라, 산길은 위험해! 하지만 카자크의 말은 스스로 어디서든 길을 찾아내고 걸려 넘어지지 않고 제 길에서 벗어나지도 않는 그런 말이었어요. 산들 사이에 벼랑이 있고, 그 벼랑 밑바닥은 아무도 본 적이 없었어요. 그 벼랑의 바닥까지는 땅에서 하늘만큼이나 멀었지요.

바로 벼랑을 끼고 길이 하나 나 있는데, 두 사람은 지나갈 수 있지만 세 사람은 절대로 불가능했어요. 졸고 있는 카자크를 태운 말이 조심스럽게 나아가기 시작했어요. 페트로는 나란히 가면서 온몸에 전율을 느끼고 기쁨에 숨이 막혔어요. 그는 주위를 둘러보고 의형제를 벼랑으로 떠밀었어요. 그러자 말이 카자크와 아들과 함께 틈새로 떨어졌어요.

하지만 카자크는 나뭇가지를 잡았고 말만 바닥으로 떨어졌어요. 그가 아들을 어깨에 이고 기어오르기 시작했고, 조금만 가면 다 되는데 눈을 들어 보니 페트로가 그를 다시 떠밀기 위해 창을 겨누고 있었어요.

'맙소사, 자넨 내 의형제야. 차라리 눈을 들지 말 것을. 형제가 나를 떠밀려고 창을 겨누는 것을 보게 되다니……. 사랑하는 형제! 나는 창으로 밀어도 좋지만 내가 종족에게 기억되도록 아들만은 받아 줘! 죄 없는 어린아이가 무슨 죄가 있다고 이런 몹쓸

죽음을 당해야 한단 말인가?'

페트로가 웃으면서 그를 창으로 밀어, 카자크는 아들과 함께 바닥으로 떨어지고 말았어요. 페트로는 전 재산을 얻어 파샤처럼 살게 되었고요. 페트로의 가축만큼 많은 가축을 가진 사람은 없었어요. 그렇게 많은 암양과 숫양이 있는 곳은 어디에도 없었어요. 그런데 페트로가 죽게 되었지요.

페트로가 죽자마자 신은 두 의형제인 페트로와 이반의 영혼을 심판하기 위해 불러냈어요. '이자는 엄청난 죄인이다!' 신이 말했어요. '이반, 그에게 어떤 형벌을 내릴지 난 바로 선택하지 않겠다. 네가 직접 그에게 내릴 형벌을 선택하거라!' 이반은 오랫동안 생각한 뒤에 말했어요. '이 사람은 제게 엄청난 모욕을 주었습니다. 유다처럼 자기 형제를 배반하고, 내게서 이 땅의 명예로운 혈통과 후손을 앗아 갔습니다. 명예로운 혈통과 후손이 없는 사람은 땅에 던져지고 땅에서 헛되이 사라진 곡물 씨앗과 같습니다. 새싹이 없으니 씨앗이 뿌려졌다는 것을 알아줄 사람이 아무도 없는 겁니다.

신이여, 그의 모든 후손이 땅에서 행복을 얻지 못하게 하소서! 그의 마지막 후손이 이 세상에 여태 있어 본 적이 없는 악한이 되게 하소서! 그가 악한 행동을 할 때마다 그의 조부와 증조부 등 선조들이 관에서 평안을 얻지 못하고, 세상에 알려지지 않은 고통을 견디며 무덤에서 일어나게 하소서! 유다 페트로는 일어날 힘이 없어서 그로 인해 더 찢어지는 고통을 겪고, 광인처럼 땅을 먹고 땅 밑에서 몸부림치게 하소서!

그놈에게 정해진 악행이 다 채워지는 때가 오면, 신이여, 나를 그 벼랑에서 말과 함께 가장 높은 산으로 들어 올리소서. 그리고 그를 내게 보내 내가 그를 그 산에서 가장 깊은 벼랑으로 떨어뜨리게 하소서. 그리고 그의 조부와 증조부 등 모든 시체들이 생전에 어디에서 살았건 간에 그가 조상들에게 끼친 고통에 대해 그를 갉아 먹고자 다양한 곳에서 몸을 뻗어 영원히 그를 갉아 먹게 하소서. 저는 그의 고통을 보면서 즐거워하겠습니다!

유다 페트로는 땅에서 일어나지 못하고 자기도 그를 갉아 먹으려고 악을 쓰지만 결국 자기 자신을 갉아 먹고, 그의 뼈가 더 멀리 더 크게 자라서 그의 고통이 더욱 심해지게 하소서.

그에게는 그것이 가장 끔찍한 고통이 될 것입니다. 인간에게는 복수하고 싶은데 복수할 수 없는 고통보다 더 큰 고통이 없기 때문입니다.'

'네가 생각해 낸 형벌이 끔찍하구나, 인간이여!' 신이 말했어요. '모두 네가 말한 대로 되게 하겠다. 하지만 너도 영원히 네 말에 앉아 있고, 말에 앉아 있는 동안에는 네게 하늘의 왕국이 없을 것이다!'

그리고 모든 것이 말한 대로 되었어요. 지금까지도 카르파티아에는 말을 탄 신비로운 기사가 서 있고, 바닥 없는 벼랑에서 시체들이 시체를 갉아 먹는 것을 바라보고, 땅 밑에 누운 시체가 자라나서 끔찍한 고통 속에 자기 뼈를 갉아 먹고 끔찍하게 온 땅을 뒤흔드는 것을 느끼고 있지요……."

장님은 이미 자기 노래를 끝내고, 다시 줄을 고르기 시작했다. 그는 이미 호마와 예렘에 대해서, 스트클랴르 스토코주에 대해서 우스운 이야기들을 부르기 시작했다.* 하지만 노인과 어린아이들은 아직도 정신을 차리지 못하고, 고개를 수그린 채 아주 먼 옛날 일어난 끔찍한 일을 생각하며 오랫동안 서 있었다.

이반 표도로비치 시폰카와 그의 이모

이 이야기에 얽힌 다른 이야기가 있습니다. 이건 가댜치에서 온 스테판 이바노비치 쿠로치카가 우리에게 들려준 이야기예요. 그전에 여러분은 제게 기억력이란 게 있다고 말하기 어려울 정도로 기억력이 형편없다는 걸 알 필요가 있습니다. 제게 말하건 말하지 않건 제가 잊어버리는 건 마찬가지예요.

이건 마치 체에 물을 붓는 격이지요. 제게 그런 약점이 있다는 걸 알기 때문에 저는 일부러 그에게 이야기를 노트에 적어 달라고 부탁했어요. 신이 그에게 건강을 주시길. 그는 언제나 제게 친절해서 이야기를 적어 주었고, 저는 그것을 작은 탁자에 두었지요. 여러분은 그 탁자를 잘 알고 있을 거라고 생각합니다. 그건 문을 열고 들어갔을 때 구석에 있지요……. 참, 여러분이 저희 집에 와 본 일이 없다는 것을 잊었네요. 제 할망구와 함께 산 지 이미 30년이 되는데, 그녀는 어린 시절부터 글을 배우지 않았지요. 그걸 감출 필요가 뭐 있겠어요.

그런데 그녀가 어떤 종이에 피로그를 굽고 있는 게 보였어요. 친애하는 독자님, 그녀는 기가 막히게 피로그를 잘 굽지요. 그보다 맛있는 피로그는 세상 어디서도 찾아볼 수 없을 거예요. 그런데 어쩌다 피로그의 받침 종이를 봤는데, 글씨 비슷한 게 적혀 있는 거예요. 이상한 예감이 들어 작은 탁자에 가 보았더니 노트의 절반이 없어진 게 아니겠어요! 나머지 종이를 전부 피로그 만드는 데 써 버린 거예요. 하지만 어쩌겠어요? 늙은 나이에 주먹질을 하며 싸울 수도 없는 노릇이죠!

작년에 가댜치를 지나갈 일이 생겼어요. 도시에 도착하기 전에 스테판 이바노비치에게 이야기에 대해 묻는 것을 잊지 않으려고 손수건에 매듭을 묶었지요.* 그리고 이것으로도 부족하다 싶어 도시에 가면 기침을 해서 그것을 기억하겠다고 다짐했지요. 하지만 전부 허사였어요. 도시를 지나가고, 기침을 하고, 손수건에 코를 풀면서도 전부 까먹어 버린 거예요. 초소에서 6베르스타나 지난 뒤에야 겨우 생각이 났고, 할 수 없이 결말을 빼고 인쇄해야 했습니다.

하지만 이야기가 어떻게 되는지 정말 알고 싶은 분이 있다면, 가댜치에 가서 스테판 이바노비치에게 물어보시면 돼요. 그는 대단히 만족스러워하며 처음부터 다시 이야기해 줄 겁니다. 그는 석조 교회 근처에 살고 있지요. 골목에서 옆으로 돌면 바로 두 번째 혹은 세 번째 문이 나와요. 아니, 이렇게 설명하는 게 더 좋겠군요. 마당에 메추라기가 있는 큰 장대가 보이고 초록색 치마를 입은 뚱뚱한 할머니가 당신을 맞으러 나오면 (여기서 말해 두는데, 그는 독신이에요) 이것이 그의 마당이에요.

그를 시장에서 만날 수도 있습니다. 그는 거기에 아침마다 9시까지 있으면서 식탁에 오를 생선과 채소를 고르고 안티프 신부 혹은 독점 판매를 하는 유대인 상인과 이야기를 나누곤 하니까요. 여러분은 그를 곧 알아볼 겁니다. 아무도 그가 입는 알록달록한 무늬가 찍힌 바지와 중국식 황색 프록코트를 입지는 않으니까요. 그리고 또 다른 특징이 있어요. 그는 걸을 때 언제나 손을 휘젓지요. 이미 고인이 된 군 재판소 의원 데니스 페트로비치는 멀리서 그를 볼 때마다 "저 봐, 저 봐, 풍차 제분소가 지나가"라고 말하곤 했지요.

1. 이반 표도로비치 시폰카

이반 표도로비치 시폰카가 퇴역하고 자기 영지인 브이트레벤키에서 지낸 지 어느덧 4년이 지났다. 그가 아직 '바뉴샤'*이던 때, 그는 가댜치군(郡)에 있는 학교를 다녔고, 지극히 선량하고 지극히 성실한 소년이었다. 러시아어 문법 교사인 니키포르 티모페예비치 데예프리차스치예*는 학생들이 모두 시폰카처럼 열심히 공부하면 자기도 단풍나무 자를 안 들고 다닐 거라고 말했다. 그는 게으름뱅이와 장난꾸러기들을 손으로 때리는 데 진력이 났다고 고백했다. 바뉴샤의 노트는 언제나 깨끗하고, 테두리가 선으로 그어져 있고, 어디에도 얼룩 자국이 없었다. 그는 언제나 팔짱을 끼고 시선을 선생님에게 고정시키고 얌전히 앉아 있었다. 그는 자기 앞에 앉아 있는 친구의 등에 종이를 붙이거나, 걸상을 부수거나 선생님이 올 때까지 '아줌마 놀이'를 하는 법이 절대 없었다. 누구든 연필을 깎을 칼이 필요하면 바로 이반 표도로비치에게 갔다. 그가 언제나 칼을 가지고 다닌다는 것을 알고 있었기 때문이다. 이반 표도로비치, 그때는 그저 '바뉴샤'였던 그는 회색 프록코트의 올가미에 꿰맨 작은 가죽 주머니에서 칼을 꺼내곤 했다. 그리고 깎는 용도로는 칼의 뭉툭한 날이 있다고 다짐을 주면서 칼의 날카로운 쪽으로는 깎지 말 것을 요구했다. 그의 그런 선량함은 라틴어 선생님까지 그를 주목하게 했다. 그 선생님이 그늘에서 한 번 기침을 하면 보풀이 난 그의 값싼 모직물 외투와 마맛자국으로 추해진 그의 얼굴이 문에 나타나기도 전에 이미 교실 전체가 공포의 도가니가 되곤 했다. 교무실에는 늘 이 무서운 선생님의 매 두 다발이 있었고, 수업을 듣는 학생 중 절반은 무릎을 꿇고 있었다. 그런 선생님이 학급에서 이반 표도로비치보다 훨씬 출중한 아이들이 많았는데도 그를 반장으로 삼게 된 것이다.

여기에서 그의 삶 전체에 영향을 미친 한 사건을 언급하지 않을 수가 없다. 그에게 맡겨진 학생 중 하나가 라틴어에 일자무식이면서도 반장에게 성적표에 '잘 알고 있음'이라고 적어 달라고 부탁할 요량으로 포장지에 기름을 잔뜩 바른 블린을 싸 가지고 왔다. 이반 표도로비치는 규율을 잘 지켰음에도 불구하고 이때는 배가 고파서 유혹을 물리칠 수가 없었다. 그는 블린을 집어 자기 앞에 책을 세우고 먹기 시작했다. 그는 먹는 데 몰두한 나머지 교실이 갑자기 쥐 죽은 듯 조용해진 걸 알지 못했다. 보풀이 이는 값싼 외투에서 쑥 나온 끔찍한 손이 그의 귀를 잡고 교실 한가운데로 끌어냈을 때에야 비로소 그는 공포에 파랗게 질렸다. "블린 이리 내놔! 얼른 내놔, 새끼야!" 무서운 선생님이 이렇게 말하고는 기름이 잔뜩 묻은 블린을 손가락으로 낚아채 창문 밖으로 던졌다. 그리고 마당을 뛰어가는 학생들에게 그것을 줍지 말라고 엄하게 경고했다. 그러고 나서 그는 매로 이반 표도로비치의 손을 때렸다. 그의 얘기인즉슨, 다른 부위가 아니라 그것을 집은 손이 잘못했기 때문이다. 어쨌거나 그렇지 않아도 그에게서 떼어 놓기 어려웠던 수줍음이 그때 이후 그에게 훨씬 더 심해졌다. 아마 그가 문관의 길을 밟지 않은 이유도 이 사건 때문일 것이다. 증거를 없앨 수는 없다는 것을 그는 이 경험으로 잘 알게 된 것이다.

그는 열다섯 살이 되어 2학년에 진급하고, 거기에서 신성한 교리 문답과 산수의 네 가지 법칙 대신에 지리, 인간의 의무에 대한 몇 권의 책을 배우기 시작했다. 그러나 숲으로 들어갈수록 장작개비가 많아진다는 것을 깨닫고,* 또 아버지가 사망했다는 통지도 받고 해서, 그는 2년 더 있다가 어머니의 동의하에 P 포병 부대에 입대했다.

포병 부대 P는 여타의 포병 부대들과는 부류가 달랐다. 그 부대는 주로 시골에 주둔했지만 여느 기병대 못지않았다. 대부분의 장교들이 독주를 마시고 창기병들 못지않게 유대인들의 늘어뜨린 머리를 잡아당길 줄 알았다. 심지어 몇 명은 마주르카도 추었고, P 부대장은 사교계에서 누구와 이야기하건 이것을 잊고 그냥 지나치는 법이 없었다. 그는 보통 매 단어마다 배를 가볍게 두드리면서 "제 부하 중에는 마주르카를 추는 부하들이 많습니다. 정말 많지요, 정말 많아요"라고 말하곤 했다. 여러분에게 P 부대의 교양 수준을 좀 더 알려 주는 의미에서 덧붙이면, 장교 중 두 명은 지독한 카드 도박꾼이어서 군복, 군모, 외투, 칼자루에 달린 끈 그리고 심지어 기병대에서도 찾아보기 어려운 속옷까지 잃곤 했다. 하지만 그런 사람과의 교제가 이반 표도로비치의 수줍음을 덜어 주진 못했다. 그는 점심과 저녁 식사 전에 보드카를 한 잔 마실 뿐 독주는 마시지 않고 마주르카도 추지 않고 카드놀이도 안 했기 때문에 자연스럽게 늘 혼자 지냈다. 그런 식으로, 다른 사람들이 평범한 말을 타고 소지주들을 찾아 뿔뿔이 흩어질 때, 그는 자기 방에서 자신의 유순하고 선량한 영혼에 맞는 일들에 몰두했다. 단추를 깨끗이 씻거나, 운세풀이 책을 읽거나, 방구석마다 쥐덫을 놓거나, 종내는 군복을 벗어 던지고 침대에 드러눕곤 했다. 그 대신 부대에서 이반 표도로비치보다 더 품행이 방정한 사람은 찾아볼 수 없었다. 그는 자기 소대를 잘 이끌어서 중대 지휘관은 언제나 그를 본보기로 내세웠다. 그 대신 곧, 소위보를 받은 지 11년이 지난 뒤에* 그는 육군 소위로 진급했다.

이 무렵 그는 어머니가 돌아가셨다는 전갈을 받았다. 그리고 엄마의 친자매인 이모가 선한 마음으로 그의 크지 않은 영지를 돌보고 있다고 그에게 편지로 알렸다. 그 이모에 대해 그는 어린 시절 말린 배와 직접 만든 맛있는 당밀 과자를 들고 오거나 심지어 가댜치에까지 보내 준 것 말고는 아무것도 몰랐다. 이반 표도로비치는 이모의 선한 의도를 굳게 믿고 전처럼 자신의 임무를 수행했다. 그의 위치에 있고 비슷한 관직을 얻은 다른 사람은 스스로를 자랑스러워했을 텐데, 그에게는 자만이라는 게 눈곱만큼도 없었다. 소위가 된 이후에도 그는 소위보였을 때와 다름없는 그 이반 표도로비치였다. 이 주목할 만한 사건이 있은 지 4년이 지나 부대가 모길레프군(郡)에서 대러시아로 이동하려 할 때, 그는 다음과 같은 편지를 받았다.

사랑하는 조카, 이반 표도로비치!

네게 속옷을, 즉 털실로 짠 다섯 켤레의 양말과 얇은 아마포로 만든 네 벌의 셔츠를 보낸다. 그리고 일에 대해 너와 이야기하고 싶다. 너도 이미 상당히 중요한 직책을 얻었고, 내 생각에 너도 알다시피 집안을 돌볼 나이가 되었으니 군대에 더 있을 이유가 없는 것 같다. 나는 이미 늙어서 너의 살림을 돌봐 줄 수 없고, 사실 네게 개인적으로 털어놓을 것이 많다. 바뉴샤, 오거라. 너를 만날 날을 손꼽아 기다리겠다.

너를 끔찍이 사랑하는 이모 바실리사 춥첸시카

추신: 우리 텃밭에서 기적과도 같은 무가 자랐는데, 무라기보다는 감자에 더 가깝다.

편지를 받고 일주일이 지난 후에 이반 표도로비치는 다음과 같이 답장했다.

자비로운 이모 바실리사 카시포로브나!

속옷을 보내 줘서 대단히 감사합니다. 특히 제 양말이 너무 낡아서 졸병이 네 번이나 기워 준 탓에 아주 좁아진 참이었습니다. 저는 저의 근무에 대한 이모님의 견해에 전적으로 동의하여 그저께 퇴임했습니다. 퇴임 통고를 받는 대로 마부를 찾아보겠습니다. 밀, 시베리아의 알바니아 밀 씨앗들에 대한 이모님의 이전 명령은 이행할 수 없었습니다. 모길레프군을 다 뒤져도 그런 것은 없습니다. 여기서는 주로, 충분히 발효된 맥주를 약간 섞은, 집에서 만든 시골 맥주로 돼지를 키웁니다.

이모님께 깊은 경의를 표합니다.

조카 이반 시폰카

마침내 이반 표도로비치는 소위 신분으로 퇴임장을 받고, 모길레프에서 가다치까지 40루블로 유대인 마부를 구하고, 여행용 포장마차에 앉았다. 이 무렵 나무들은 어리고 아직 듬성듬성한 이파리들로 옷을 입고 있었으며, 땅은 온통 싱싱한 풀들로 푸르러지기 시작하고, 들판에서는 봄 냄새가 물씬 풍겼다.

2. 길

도중에 그다지 눈에 띌 만한 일은 없었다. 여행길은 2주 남짓 걸렸다. 이반 표도로비치는 더 일찍 도착할 수도 있었지만, 독실한 유대인이 토요일마다 유대교 안식일을 지키면서 말에 씌우는 두꺼운 덮개를 두르고 하루 종일 기도를 한 것이다. 그러나 이반 표도로비치는, 이미 전에 이야기했듯이, 무료한 길 참지 못하는 성격이었다. 그사이 그는 트렁크를 열고 속옷을 꺼내 잘 세탁되어 있는지 잘 접혀 있는지 꼼꼼히 살펴보고, 이미 견장 없이 새로 지은 군복의 솜을 조심스럽게 떼어 내고, 이것을 다시 가장 좋은 방식으로 접어서 넣었다. 전반적으로 말하면, 그는 책 읽는 것을 좋아하지 않았다. 가끔 운세 풀이 책을 들여다보곤 했지만, 이것은 익히 알고 있고 이미 몇 번은 읽은 것을 다시 보기를 좋아했기 때문이다. 그런 식으로 도시 주민은 뭔가 새로운 것을 듣기 위해서가 아니라 이미 옛날부터 클럽에서 함께 수다를 떨던 친구들을 만나기 위해 매일 클럽에 가곤 한다. 그런 식으로 관리는 뭔가 외교적인 계산이 있어서가 아니라 인쇄된 이름 목록이 자기를 지극히 즐겁게 하기 때문에 대단히 만족스러워하며 하루에도 몇 번씩 기관 명부를 읽곤 한다. "아! 이반 가브릴로비치는 그런 사람이군!" 그는 혼자 나직이 되뇐다. "아! 나도 그렇지! 음!" 그다음에도 그는 같은 감탄구들을 섞어 그것을 다시 읽곤 한다.

2주간의 여행 이후 이반 표도로비치는 가댜치에서 1백 베르스타 떨어진 마을에 도착했다. 금요일이었다. 그가 여행용 포장마차를 타고 유대인과 함께 여인숙에 들어섰을 때 해는 이미 오래전에 기울어 있었다.

이 여인숙은 소읍마다 있는 여인숙들과 전혀 다르지 않았다. 거기에서는 보통 여행객이 역마(驛馬)나 되는 것처럼 정성껏 건초와 귀리로 대접한다. 그래서 보통 점잖은 사람들이 식사하듯 아침 식사를 하고 싶으면, 다음번까지 식욕을 온전히 보존하는 편이 낫다. 이반 표도로비치는 이것을 알고 미리 끈으로 묶은 가락지 빵 두 개와 햄을 샀다. 그는 어떤 여인숙에서건 떨어지는 법이 없는 보드카를 한잔 마시고서, 진흙 바닥에 움직이지 않게 붙박아 놓은, 주점의 참나무 식탁에 앉아 저녁 식사를 하기 시작했다.

그러는 중에 반개 이륜마차 소리가 들렸다. 문이 삐걱삐걱 소리를 내기 시작했다. 그러나 이륜마차는 마당에 오랫동안 들어서지 않았다. 우렁찬 목소리가 주점을 운영하는 노파와 싸우고 있었다. "들어가지. 하지만 네 오두막에서 벼룩이 한 마리라도 날 무는 날에는 맞을 줄 알아. 그래, 각오해, 늙은 마녀야! 그리고 건초값도 안 줄 거야!"

얼마 지나지 않아 문이 열리고 녹색 프록코트를 입은 뚱뚱한 사람이 걸어 들어왔다, 아니, 기어 들어왔다고 하는 편이 나을 것이다. 이중 턱 때문에 훨씬 더 굵어 보이는 짧은 목에 머리가 움직이지도 않고 편안히 놓여 있었다. 외모로 보건대 그는 쓸데없는 일로 골머리를 썩인 적이 단 한 번도 없고, 평생을 버터 위에서 스케이트 타듯이 살아온 부류에 드는 것 같았다.

"안녕하세요, 인사드리겠습니다!" 그가 이반 표도로비치를 보고 말했다.

이반 표도로비치는 말없이 고개를 숙였다.

"저, 제가 누구와 이야기를 나누는 영예를 누리는지 물어봐도 되겠습니까?" 뚱뚱한 손님이 계속 말했다.

이반 표도로비치는 무의식적으로 자리에서 일어나, 대위가 뭔가를 물을 때 하던 것처럼 몸을 곧게 폈다. "퇴역 소위 이반 표도로비치 시폰카입니다." 그가 대답했다.

"그러면 어디로 가는지 여쭤 봐도 되겠습니까?"

"제 영지 브이트레벤키입니다."

"브이트레벤키라고요!" 엄격한 심문관이 고함을 질렀다. "잠깐만, 이보세요, 잠깐만요!"

그는 이렇게 말하면서, 마치 그가 지나가는 것을 누군가가 가로막거나 자기가 군중 속을 헤치고 지나가는 양 그에게 손을 휘저으며 다가왔고, 가까이 와서는 이반 표도로비치를 껴안고 먼저 오른쪽, 그다음 왼쪽에 키스하고 다시 오른쪽 뺨에 키스했다. 이 키스는 이반 표도로비치의 마음에 매우 들었다. 낯선 사람의 커다란 뺨을 그의 입술이 부드러운 베개로 받아들였기 때문이다.

"안녕하세요. 인사드리겠습니다!" 뚱뚱보가 계속 말했다. "저는 같은 가댜치군의 지주이며 당신의 이웃입니다. 당신의 브이트레벤키에서 5베르스타도 떨어지지 않은 곳에 있는 호르티셰 마을에 살지요. 그리고 저의 성은 그리고리 그리고리예비치 스토르첸코입니다. 정말로, 정말로, 이보세요, 만일 호르티셰 마을을 내방하지 않는다면 당신을 알고 싶지도 않습니다. 지금은 일이 있어 서둘러 가야 합니다……. 어, 이게 뭐야?" 그가 안으로 들어오는 말 시중 드는 하인에게 자상한 목소리로 말했다. 소년은 소매에 헝겊을 대고 기운 염소 가죽의 긴 상의를 입고 멍청한 표정으로 책상에 보따리와 상자들을 막 놓은 참이었다. "이게 뭐야? 뭐냔 말야?" 그리고리 그리고리예비치의 목소리도 눈에 띄지 않게 점점 커졌다.

"정말로 내가 그걸 여기 갖다 놓으라고 했단 말야, 이것아? 정말로 내가 여기 갖다 놓으라고 했단 말야, 비열한 놈아? 정말로 먼저 암탉을 데우라고 말하지 않았단 말야, 사기꾼아? 빨리 꺼져!" 그가 발을 구르며 고함을 질렀다. "거기 서, 면상아! 작은 술병들이 있는 여행용 손가방은 어딨어? 이반 표도로비치!" 그가 술을 잔에 따르면서 말했다. "약주 한잔 드세요!"

"이런, 안 됩니다…… 전 이미 마셔서……." 이반 표도로비치가 말을 더듬으며 말했다.

"이보세요, 듣기 싫습니다!" 지주가 언성을 높였다. "듣기 싫어요! 당신이 들기 전까지는 자리를 뜨지 않겠어요……."

이반 표도로비치는 어쩔 도리가 없다는 것을 알고서 만족감이 없지는 않게 다 마셨다.

"이보세요, 이것은 암탉입니다." 뚱뚱한 그리고리 그리고리예비치가 그것을 나무 상자에 놓고 자르면서 말했다. "제 요리사 야브도하는 가끔 진탕 마시는 것을 아주 좋아해서 자주 너무 익혀 버리곤 하지요. 이봐!"

그가 긴 염소 가죽 상의 차림으로 깃털 이불과 베개를 들고 온 소년에게 몸을 돌렸다. "오두막 한가운데 마룻바닥에 침상을 깔아! 잘 봐, 베개 밑에 건초를 더 높이 깔아야 해! 할망구한테서 밤에 귀에 끼워 넣을 대마 조각을 가져와! 이보세요, 어느 러시아 여인숙에서 왼쪽 귀에 바퀴벌레가 들어갔는데, 그 망할 놈의 사건이 있은 뒤로 밤에 귀를 막는 습관이 생긴 것을 아셔야 해요. 망할 러시아 놈들, 나중에 알게 됐는데, 그놈들은 야채수프에도 바퀴벌레를 넣어 먹는다더군요. 제게 일어난 일을 다 적을 수도 없어요. 귀가 너무 간지러워서, 너무 간지러워서…… 미칠 지경이라고요! 그때 우리 마을의 한 무식한 노파가 저를 도와주었습니다. 그런데 뭘로 도와주었다고 생각하세요? 그저 속삭이는 것으로요.

이보세요, 당신은 약제사들을 어떻게 생각하세요? 저는 그들이 우리를 속이면서 바보로 만들고 있다고 생각합니다. 이 노파가 약제사들보다 20배는 나아요."

"정말입니다, 당신 말씀은 정말 사실입니다. 노파는 종종……." 그는 더 이상 적당한 단어를 찾지 못한 듯 말을 뚝 끊었다.

여기에서 그가 말을 많이 하지 않는 편이라는 것을 말해 두는 것이 좋겠다. 그것은 수줍음 때문일 수도 있고, 좀 더 아름답게 표현하고 싶은 마음 때문일 수도 있다.

"제대로, 건초를 제대로 털란 말야!" 그리고리 그리고리예비치가 하인에게 말했다. "건초가 너무 더러워서 작은 가지 같은 게 떨어질 것 같아. 이보세요, 편안한 밤이 되기를 바랍니다! 내일은 못 뵙겠네요. 저는 동트기 전에 떠납니다. 내일이 토요일이니 당신의 유대인은 유대교 안식일을 지킬 것이고, 따라서 당신은 일찍 일어날 필요가 없지요. 제 청을 잊지 마세요. 호르티셰 마을에 오지 않는다면 당신을 알고 싶지도 않습니다."

그리고리 그리고리예비치의 시종이 그의 프록코트와 장화를 벗기고 실내복을 입혔다. 그리고리 그리고리예비치는 침대에 몸을 던졌는데, 마치 거대한 깃털 이불이 다른 깃털 이불에 눕는 것 같았다.

"이봐! 어딜 가는 거야, 이 비열한 놈아? 이리 와, 이불을 바로 해! 이봐, 베개 밑에 건초를 더 넣어! 그리고 말들은 잘 먹였어? 건초를 더 넣어! 이리, 여기 옆구리 밑으로! 그래, 이 비열한 놈아, 이불을 잘 펴 봐! 그래, 더! 오……!"

그러고 나서 그리고리 그리고리예비치는 두 번쯤 깊이 숨을 쉬더니, 가끔 방 전체가 울리게 코로 끔찍한 휘파람 소리를 내며 코를 골았다. 그 소리에 페치카에 붙은 침대에서 자던 노파가 깨어 두 눈을 휘둥그레 뜨고 사방을 둘러보고는 아무 일도 없자 마음을 놓고 다시 잠이 들 정도였다.

다음 날 이반 표도로비치가 잠에서 깼을 때 뚱뚱한 지주는 이미 없었다. 이것이 귀환 도중에 그에게 일어난 눈에 띄는 유일한 사건이었다. 이로부터 세 번째 날에 그는 자신의 작은 영지에 도착했다.

방앗간의 풍차가 날개를 휘젓는 모습이 눈에 들어오고, 유대인이 여윈 말들을 산으로 몰수록 아래쪽에서 버드나무들이 일렬로 모습을 드러내자, 그는 심장이 강하게 고동치는 것을 느꼈다. 버드나무 사이로 연못이 생생하고 선명하게 반짝이며 신선한 공기를 호흡하고 있었다. 그는 한때 여기에서 멱을 감았었다. 그는 한때 바로 이 연못에서 아이들과 함께 목까지 물에 잠긴 채 가재를 잡았었다. 여행용 마차가 영지의 방둑으로 들어서고, 이반 표도로비치는 갈대로 뒤덮인 옛날식 작은 집을 알아보았다. 그가 언젠가 몰래 기어 올라갔던 사과나무와 배나무들이 그대로 있었다. 그가 마당에 들어서자마자 사방에서 갈색, 검은색, 회색, 얼룩색 등 온갖 종류의 개들이 달려 나왔다. 어떤 개들은 짖어 대면서 말들의 다리 밑으로 달려들고, 다른 것들은 마차 바퀴 축에 기름이 발려 있는 것을 보고 뒤에서 달려 나왔다. 한 마리는 부엌 옆에 서서 앞발로 뼈다귀를 가리고 목청껏 짖어대고, 다른 개는 먼 곳에서 짖으며 꼬리를 흔들고 앞뒤로 뛰어다니는 모양이 마치 "여기 보세요, 성도님들, 제가 얼마나 젊고 아름다운 사람인지요!"라고 말하는 것 같았다.

누덕누덕 기운 셔츠를 입은 소년들이 이반 표도로비치를 보러 뛰어나왔다. 암퇘지는 마당을 따라 16마리의 새끼 돼지들을 이끌고 다니면서 심문하는 듯한 표정으로 자기 낯짝을 위로 들어 올리고 평소보다 더 우렁차게 꿀꿀거렸다. 마당에는 햇볕에 말리려고 내놓은 밀, 수수, 보리가 여러 줄로 땅에 널려 있었다. 지붕에도 여러 종류의 풀들을 적지 않게 말리고 있었다.

이반 표도로비치는 이 광경을 둘러보는 데 너무 열중한 나머지 마부석에서 내리는 유대인의 장딴지를 얼룩 개가 물었을 때에야 비로소 정신을 차렸다. 하인들로는 요리사, 할멈 한 명 그리고 모직 상의를 입은 여자아이 둘이 달려 나와서 "주인 나리가 오셨어요!"라고 첫 탄성을 지른 뒤에, 이모가 소녀 팔라시카와 자주 채소밭지기와 수위의 일까지 대행하는 마부 오멜코와 함께 텃밭에 밀을 심고 있다고 알려 주었다. 그러나 이모는 멀리서 거적이 깔린 여행 마차를 보고 이미 그 자리에 와 있었다. 이반 표도로비치는 그녀가 두 팔로 그를 거의 들어 올리는 것에 경악했다. 정말 이 사람이 편지에 자신의 노쇠와 병에 대해 하소연한 이모라는 걸 믿을 수 없었다.

3. 이모

바실리사 카시포로브나 이모는 이 무렵 쉰 살가량 되었다. 그녀는 결혼한 적이 없으며, 종종 처녀의 삶이 그녀에게는 무엇보다 소중하다고 말하곤 했다. 그러나 내 기억에는, 그녀에게 중매를 선 사람이 단 한 명도 없었다. 이것은 어떤 남자든 그녀와 함께 있으면 수줍음 비슷한 것을 느껴 그녀에게 청혼할 엄두를 내지 못했기 때문이다. "바실리사 카시포로브나는 정말 강한 성격을 갖고 계시군요!"라고 약혼자들은 말했는데, 그들이 옳았다. 바실리사 카시포로브나는 누구든 풀보다 더 조용하게 만들 수 있었기 때문이다. 그녀는 전혀 쓸모없는 술주정꾼인 방앗간 주인을 어떤 보조 수단도 없이 남자처럼 강한 팔뚝으로 매일 앞 머리채를 잡아채어 그를 인간이 아니라 금덩어리로 만드는 수완을 발휘하기도 했다. 그녀는 키가 크고 거구였으며 그에 걸맞은 체력을 갖고 있었다. 그녀가 평일에는 조그만 가장자리 주름 장식이 있는 흑갈색 상의를, 화창한 일요일과 자신의 명명일에는 아름다운 캐시미어 숄을 입는 것은 용서할 수 없는 자연의 실수인 듯싶었다. 그녀에게는 용기병(龍騎兵)의 수염과 기병의 긴 장화가 더 잘 어울렸던 것이다. 그 대신 그녀가 하는 일은 그녀의 외모에 완전히 걸맞았다. 그녀는 어떤 사공보다도 더 능숙하게 노를 저으며 혼자 배를 조종하고, 총으로 들새를 사냥하고, 풀 베는 일꾼들 곁에 서서 한시도 떨어지지 않고, 원두밭의 참외와 수박 개수를 다 세고, 그녀의 방둑을 통과하는 짐마차에서 5코페이카씩 세금을 거두고, 나무에 올라가 가지를 흔들어 배를 떨어뜨리고, 게으른 신하는 끔찍한 손으로 때리고, 접대할 자격이 있는 이들에게는 바로 그 무서운 손으로 보드카 잔을 권했다. 그녀는 거의 동시에 욕을 퍼붓고, 방적사(紡績絲)를 염색하고, 부엌으로 달려가고, 전통 음료인 크바스를 만들고, 꿀로 잼을 졸이고, 온종일 집안일에 신경 쓰고 어디서건 제시간에 일을 마쳤다. 그 덕분에 마지막 인구 조사에서 18명의 농노로 이루어진 이반 표도로비치의 작은 영지는 완전한 의미에서 '번창'했다. 게다가 그녀는 조카를 지극히 열정적으로 사랑하여 그를 위해 착실히 코페이카를 모았다.

집에 돌아온 뒤 이반 표도로비치의 삶은 결정적으로 변하여, 완전히 다른 길을 가게 되었다. 아마도 자연은 그를 18명의 농노가 있는 영지를 운영하는 데 알맞게 창조하신 듯했다. 이모 스스로도, 비록 집안의 모든 영역에 그가 관여하는 것을 허락하지는 않았지만, 그가 좋은 주인이 되리라는 것을 알아보았다. "아직은 어려. 그가 어떻게 모든 걸 다 알겠어?" 이반 표도로비치가 마흔이 약간 안 되는데도 그녀는 이렇게 말했다.

그러나 그는 수확하는 사람들과 풀 베는 사람들이 있을 때 밭을 떠나지 않았고, 이것은 그의 유순한 영혼에 말로 표현하기 어려운 만족감을 주었다. 10여 개의 반짝이는 큰 낫을 동시에 휘두르면 풀이 정연하게 일렬로 쓰러지는 소리가 나고, 가끔씩 수확하는 일꾼들이 부르는 노랫소리가 때로는 손님을 맞이하는 듯 유쾌하게, 때로는 이별하는 것처럼 구슬프게 울려 퍼졌다. 평화롭고 깨끗한 저녁은 또 얼마나 멋진가! 공기는 얼마나 자유롭고 신선한가! 그 순간 만물은 소생한다. 스텝은 붉어지고, 푸른빛이 감돌고, 꽃처럼 타오른다. 메추라기, 등에, 갈매기, 귀뚜라미, 수천 마리의 곤충, 그것들이 내는 휘파람 소리, 윙윙거리는 소리, 툭툭 끊어지는 소리, 찢어지는 소리와 갑작스럽게 울리는 조화로운 합창 소리. 이 모든 것이 잠시도 사그라들지 않는다. 그리고 태양이 가라앉다가 마침내 숨는다. 오! 얼마나 신선하고 멋진가! 들판 여기저기에 불을 피우고 냄비를 얹는다. 수염이 난 풀 베는 일꾼들이 갑자기 냄비를 둘러싸고 앉는다. 갈루시카에서 모락모락 김이 난다. 땅거미가 회색빛이 된다……. 그때 이반 표도로비치에게 무슨 일이 일어나는지 말하기 어렵다. 그는 풀 베는 일꾼들과 하나가 되어 자기가 너무나 좋아하는 그들의 갈루시카를 맛보는 것도 잊은 채 한곳에 움직이지 않고 서서 눈으로 하늘에서 떨어지는 갈매기를 좇거나 밭에 줄줄이 서 있는 추수한 곡식 낟가리들을 세곤 했다.

얼마 지나지 않아 이반 표도로비치는 훌륭한 주인이라고 그에 대한 칭찬이 사방에 자자해졌다. 이모는 조카에 대해 무척 기뻐하고, 그를 칭찬할 수 있는 기회를 결코 놓치지 않았다. 그러던 어느 날 — 이때는 이미 수확이 끝난 뒤로, 즉 7월 말이었다 — 바실리사 카시포로브나가 은밀한 표정으로 이반 표도로비치의 손을 잡고 오래전부터 그녀의 마음을 사로잡고 있는 일에 대해 의논하고 싶다고 말했다.

"사랑하는 이반 표도로비치, 네 영지에 18명의 농노가 있다는 걸 알고 있겠지. 하지만 그건 인구 조사상의 숫자이고, 그보다 더 많을 수도 있어. 어쩌면 24명이 될지도 몰라. 그러나 이게 문제가 아니야. 너도 우리 조그만 수풀 뒤에 있는 작은 숲을 알지. 그리고 그 숲 너머에 넓은 스텝이 있는 것도. 거기는 20데샤티나*가 조금 안 될 거야. 하지만 거기 풀들은 가다치에 기마병만 있으면 매해 1백 루블 이상의 값으로 팔 수 있을 정도야."

"이모, 알고 있어요. 풀이 아주 좋지요."

"풀이 아주 좋다는 건 나도 알아. 그러나 그 땅 전체가 네 거란 걸 알아? 왜 그렇게 눈이 휘둥그레지는 거야? 들어 봐, 이반 표도로비치! 너는 스테판 쿠지미치를 기억하지? 틀림없이 기억할 거야! 넌 그때 아주 어린 소년이어서 그의 이름조차 말할 수가 없었지, 어떻게 말을 할 수 있었겠어! 내가 성탄절 금식 기간*에 왔던 게 생각나는군. 그때 너를 두 손에 안으려고 했는데, 그 순간 네가 내 옷을 전부 망쳤어. 다행히 엄마인 마트로냐에게 너를 넘겨줬지. 그때 너는 너무 역겨웠어! ……그러나 이게 문제가 아니야. 어쨌든 내가 말한 바로 그 영지를 네게 증여한다는 문서는 스테판 쿠지미치가 작성한 거야. 그런데 네 엄마인 고인은, 우리끼리 하는 이야기지만, 아주 성격이 이상했어. 하느님, 이런 역겨운 말을 하는 걸 용서하소서. 악마도 그녀를 이해할 순 없을 거다. 그녀가 이 문서를 어디에 두었는지 아무도 몰라. 내 생각에 늙은 총각 그리고리 그리고리예비치 스토르첸코가 그걸 갖고 있어. 이 올챙이배에게 그의 전 재산이 갔거든. 그가 이 문서를 숨기지 않았다면 내 손에 장을 지져도 좋아."

"이모, 혹시 그 사람이 제가 여인숙에서 알게 된 스토르첸코 씨 아닌가요?"

"누가 그를 알겠어!" 이모는 약간 생각에 잠겼다가 대답했다. "그는 비열한 작자가 아닐지도 몰라. 그래, 그가 우리 마을로 온 지 6개월밖에 안 되니까. 그동안 사람을 파악할 수는 없지. 그의 엄마는 듣자 하니 매우 현명한 노파이고, 소금을 절이는 솜씨가 대단하다더구나. 하녀들도 양탄자를 만드는 솜씨가 보통이 아니라고 해. 하지만 그가 너를 잘 대해 주었다고 하니, 그에게 가 봐! 늙은 죄인이 양심의 소리에 귀를 기울이고 자기 것이 아닌 것을 내놓을지도 모르지. 저 브리치카*라도 타고 갈 수 있을 거야. 망할 놈의 애들이 뒤쪽의 못을 다 뽑아 놓았네. 마부 오멜코에게 못으로 가죽을 더 잘 고정시키라고 해야겠어."

"왜요, 이모? 이모가 가끔 들새 사냥할 때 쓰는 짐마차를 타고 갈게요."

이것으로 대화는 끝났다.

4. 점심

이반 표도로비치는 점심때 호르티셰 마을에 들어섰고, 지주 댁에 가까워졌을 때 약간 소심해졌다. 이 집은 꽤 긴 데다, 많은 이웃 지주의 집처럼 갈대 지붕이 아니라 나무 지붕 아래 있었다. 마당의 두 창고 역시 나무 지붕 아래 있고, 문은 참나무로 되어 있었다. 이반 표도로비치는 무도회에 나와서 눈길이 가는 곳마다 자기보다 더 잘 빼입은 사람들만 보게 되는 멋쟁이 신사와 같은 모양새였다. 그는 존경하는 마음으로 짐마차를 창고 옆에 두고 현관 계단까지 걸어갔다.

"아! 이반 표도로비치!" 연미복을 입고, 그러나 넥타이, 조끼, 멜빵 없이 마당을 거닐던 뚱뚱한 그리고리 그리고리예비치가 소리를 질렀다. 그러나 그의 몸에서 비 오듯 쏟아지는 땀을 보면 이 정도의 복장도 그의 거대한 몸집을 괴롭히는 것 같았다. "아니, 이모를 뵙는 대로 곧 오겠다고 하고서 안 오시면 어떡합니까?" 그리고 이 말 뒤에 이반 표도로비치의 입술이 전과 똑같은 익숙한 베개를 맞이했다.

"집안일이 많아서…… 특별히 용무 때문에 당신에게 잠시 들른 겁니다."

"잠시라고요? 그럴 수는 없지. 이봐!" 뚱뚱한 주인이 소리를 지르자 카자크 상의를 입은 예전의 소년이 부엌에서 뛰어나왔다. "지금 당장 카시얀에게 문을 잠그라고 해. 들었나, 꽉 잠그라고 해! 이 나리의 말들에 메운 멍에를 즉시 풀어놔! 방으로 들어가시죠, 여기는 너무 더워서 제 셔츠가 다 젖었네요."

이반 표도로비치는 방으로 들어간 뒤에, 시간을 헛되이 낭비하지 않고 자신의 소심함에도 불구하고 결연히 공격하기로 마음먹었다.

"이모가 찾아뵈라고 해서 왔습니다…… 고인이 되신 스테판 쿠지미치 씨의 증여 문서가 있다고 하시더군요."

이 말에 그리고리 그리고리예비치의 넓적한 얼굴이 얼마나 떨떠름한 표정을 띠었는지 묘사하기란 쉽지 않다.

"이런, 아무 소리도 안 들리는데요!" 그가 대답했다. "제 왼쪽 귀에 바퀴벌레가 들어앉아 있다는 말씀을 드려야겠어요. 러시아 오두막에서는 망할 놈의 러시아인들이 사방에 바퀴벌레들을 키우고 있어요. 얼마나 아픈지 어떤 펜으로도 묘사할 수 없어요. 이리 간질이고 저리 간질이고……. 그런데 한 노파가 가장 간단한 수단으로 저를 도와주었지요……."

"제가 말씀드리고 싶은 건……." 이반 표도로비치는 그리고리 그리고리예비치가 일부러 화제를 딴 데로 돌리려는 것을 보고 결연하게 말을 끊었다. "고인 스테판 쿠지미치의 유언에 증여 문서가 언급되어 있다고……. 그것에 따르면, 제게 양도하기로……."

"그건 당신 이모의 중상모략이에요. 거짓말입니다, 새빨간 거짓말이니요! 또 유언에 어떤 문서가 적혀 있다고 한들, 그게 어디 있단 말이지요? 아무도 제게 말해 주지 않았어요. 저는 진심으로 호의를 가지고 당신에게 말씀드리는 겁니다. 그건 거짓말입니다!"

이반 표도로비치는 말을 멈추었고, 실제로 이모에게 그렇게 보였을 뿐인지도 모른다고 생각했다.

"아, 어머니와 여동생들이 오는군요!" 그리고리 그리고리예비치가 말했다. "점심이 준비되었다는 의미예요. 갑시다!" 이 말을 하고서 그는 이반 표도로비치의 손을 잡고 어느 방으로 끌고 갔다. 그 방에는 테이블에 보드카와 안주가 놓여 있었다.

바로 그때 두건을 쓴 커피 주전자 같은 키 작은 노파가 두 아가씨와 함께 들어왔다. 그중 한 명은 금발이었고, 다른 한 명은 흑발이었다. 이반 표도로비치는 교육을 잘 받은 기병으로서 먼저 노파의 손에 다가가고, 그다음 두 아가씨의 손에 다가갔다.

"어머니, 이분은 우리 이웃인 이반 표도로비치 시폰카 씨예요!" 그리고리 그리고리예비치가 말했다.

노파가 이반 표도로비치를 뚫어지게 쳐다보았다. 아니, 단지 쳐다보는 것처럼 보였을지도 모른다. 그러나 이분은 완전히 선량함 그 자체였다. 그녀는 마치 이반 표도로비치에게 "댁에서는 겨울에 오이를 얼마나 절이는가요?"라고 묻는 것 같았다.

"당신은 보드카를 드셨나요?" 노파가 물었다.

"어머니, 잠을 제대로 못 주무셨나 보군요." 그리고리 그리고리예비치가 말했다. "도대체 누가 손님에게 술을 드셨냐고 물어봅니까? 음식 대접만 하세요. 술을 마시고 안 마시고는 저희 문제니까요. 이반 표도로비치! 수레국화 보드카하고 트로히모프카야 보드카 중에서 어느 것을 더 좋아하시나요? 이반 이바노비치, 아니 왜 그렇게 서 있는 게요?" 그리고리 그리고리예비치가 뒤를 돌아다보고 말했다. 이반 표도로비치는 보드카 쪽으로 다가오는 이반 이바노비치를 알아보았다. 그는 목덜미 전체를 뒤덮을 만큼 커다랗고 높이 선 깃이 달리고 옷자락이 긴 프록코트를 입고 있어, 얼굴이 브리치카 위에 앉은 것처럼 깃 위에 앉아 있었다.

이반 이바노비치는 보드카에 다가가서 손을 문지르고는 술잔을 유심히 살펴보더니 술을 따르고 불에 비춰 보았다. 그런 다음 보드카를 한 번에 입에 부어 넣고 삼키기 전에 입 안에서 잠깐 양치질을 했다. 그리고 소금에 절인 식용 버섯을 곁들여 빵을 먹고는 이반 표도로비치에게 몸을 돌렸다.

"이반 표도로비치 시폰카 씨와 대화할 수 있는 영광을 가질 수 있을까요?"

"네, 괜찮습니다." 이반 표도로비치가 대답했다.

"당신을 알게 된 뒤로 참 많이 변하셨군요." 이반 이바노비치가 계속 말했다. "저는 아직 당신이 요만할 때를 기억하지요!"

이 말을 하고 그가 손바닥을 마룻바닥에서 1아르신 정도 거리에 두었다.

"고인이 되신 당신 아버지는, 신께서 그분에게 천국을 허락하시기를, 보기 드문 분이셨죠. 그분의 수박과 참외들은 늘 지금은 어디서도 찾아볼 수 없는 것들이었어요. 아마 여기서도……." 그가 그를 옆으로 이끌면서 계속 말을 이었다. "당신에게 식탁에 참외를 내놓을지 모르겠어요. 근데 이게 무슨 참외랍니까? 보기도 싫습니다! 이보세요, 그에게 그런 수박이 있었다는 것을 믿으시겠어요?" 그가 은밀한 표정으로 마치 굵은 나무를 껴안으려는 듯 팔을 벌리고 말했다. "정말 이 정도였다고요!"

"식탁으로 가십시다!" 그리고리 그리고리예비치가 이반 표도로비치의 팔을 붙잡고 말했다. 모두 식당으로 갔다. 그리고리 그리고리예비치는 커다란 냅킨으로 몸을 가리고 늘 앉는 자기 자리인 식탁 끝에 앉았는데, 이 모습은 간판에 이발사들이 그린 주인공들과 흡사했다. 이반 표도로비치는 얼굴이 붉어져서 자기에게 가리킨 대로 두 아가씨 맞은편 자리에 앉았고, 이반 이바노비치는 자기 지식을 알려 줄 사람이 나타난 것에 진심으로 기뻐하면서 그의 옆자리에 앉는 것을 잊지 않았다.

"당신은 쓸데없이 엉덩이 부위를 고르셨어요, 이반 표도로비치! 이건 칠면조예요!" 노파가 이반 표도로비치에게 몸을 돌리며 말했다. 그 순간 검은 헝겊을 댄 회색빛 연미복을 입은 영지의 하인이 그에게 음식을 날랐다. "등 부위를 고르세요!"

"어머니! 누구에게도 참견하라고 부탁하지 않았다고요!" 그리고리 그리고리예비치가 말했다. "손님 자신이 어느 부위를 골라야 할지 잘 알고 계신다는 걸 아셔야지요! 이반 표도로비치 씨, 날개 부위를 고르세요, 저기 배꼽이 있는 다른 날개를요! 아니, 왜 그렇게 조금 뜨세요? 넓적다리를 고르세요! 아니, 넌 왜 음식을 들고 입을 쩍 벌리고 있어? 이리 가져와! 비열한 놈아, 무릎을 꿇어! 그리고 말해 봐. '이반 표도로비치 님, 넓적다리를 드세요'라고!"

"이반 표도로비치 님, 넓적다리를 드세요." 하인이 음식을 들고 무릎을 꿇으며 낮은 목소리로 외쳤다.

"음, 무슨 칠면조가 이 모양이야!" 이반 이바노비치가 자기 이웃에게 몸을 돌리고 경계하는 표정을 지으며 나지막이 말했다. "이런 걸 칠면조라고 하다니! 당신은 저희 집 칠면조를 보셔야 해요! 제 칠면조 한 마리의 지방이 이런 것 열 마리의 지방을 합친 것보다 더 많다고 장담해요. 나리, 믿어지세요, 그것들이 저희 집 마당을 다니는데, 얼마나 살이 투실투실 쪘는지 보기만 해도 기분이 안 좋답니다……!"

"이반 이바노비치, 자네 말은 거짓이야!" 그리고리 그리고리예비치가 그의 말을 주의 깊게 듣고 말했다.

"당신에게 말씀드리는 건데……." 이반 이바노비치는 그리고리 그리고리예비치의 말을 듣지 못한 듯한 표정으로 자기 이웃에게 계속 이야기했다. "제가 작년에 그것들을 가다치에 보냈을 때 한 마리당 50코페이카씩 받았지요. 그래도 전 그것을 받지 않으려고 했어요."

"이반 이바노비치, 자네에게 말하는데 자네 말은 거짓이야!" 그리고리 그리고리예비치가 더 선명히 들리도록 한 자 한 자 끊어서 전보다 더 크게 말했다.

하지만 이반 이바노비치는 그 말이 자기와는 상관없다는 표정으로 계속, 그러나 훨씬 더 작은 소리로 이야기했다. "나리, 정말 받고 싶지 않았어요, 가댜치의 어떤 지주에게서도……."

"이반 이바노비치! 당신은 얼간이야, 그 이상 아무것도 아니야." 그리고리 그리고리예비치가 큰 소리로 말했다. "이반 표도로비치는 자네보다 더 잘 알고 있고, 아마 자네 말을 안 믿을 거야."

그러자 이반 이바노비치는 완전히 기분이 상해서 입을 다물고, 보기에 역겨운 자기의 칠면조처럼 살이 붙지 않았음에도 칠면조를 덜기 시작했다.

칼, 숟가락, 접시 부딪치는 소리가 잠시 대화를 대신했으나, 그리고리 그리고리예비치가 양의 뼈에서 골수를 빨아 먹는 소리보다 더 크진 않았다.

"당신은 읽어 보셨나요?" 한동안 침묵을 지키던 이반 이바노비치가 자기의 브리치카에서 이반 표도로비치에게로 얼굴을 내밀고 물었다. "『코로베이니코프의 성지 순례』*라는 책을? 영혼과 마음에 얼마나 진정한 기쁨을 주는지요! 이제 그런 책은 나오지 않아요. 몇 년 동안 그것을 못 본 것이 정말 안타깝습니다."

이반 표도로비치는 화제가 책으로 옮겨 간 것을 들으며 부지런히 소스를 덜기 시작했다.

"나리, 평범한 상인이 이 장소들을 모두 여행했다니 정말 놀랍지 않은가요? 3천 베르스타 이상을 말입니다, 나리! 3천 베르스타 이상이에요! 신이 그에게 팔레스타인과 예루살렘을 여행하게 하신 겁니다."

"그가 예루살렘에도 있었다는 말씀이군요!" 어린 시절부터 예루살렘에 대해 귀가 닳도록 들어 온 이반 표도로비치가 입을 열었다.

"이반 표도로비치, 뭐에 대해 말씀하시는 건가요?" 식탁 끝에서 그리고리 그리고리예비치가 물었다.

"저는, 즉 세상에는 얼마나 먼 나라들이 많은지 이야기할 수 있는 기회를 가졌던 겁니다!" 이반 표도로비치는 그토록 길고 어려운 구절을 말한 것에 진심으로 만족을 느끼면서 말했다.

"이반 표도로비치, 그를 믿지 마세요!" 그리고리 그리고리예비치가 잘 듣지 않고 말했다. "늘 거짓말만 하니까요!"

그러는 동안 점심이 끝났다. 그리고리 그리고리예비치는 습관적으로 잠깐 코를 골기 위해 자기 방에 갔고, 손님들은 주인 노파와 아가씨들을 따라 응접실에 갔다. 그들이 점심 먹으러 나가면서 보드카를 남겨 두었던 식탁은 마법에라도 걸린 듯, 다양한 종류의 잼들이 들어 있는 작은 그릇들과 수박, 앵두, 참외가 있는 접시들로 가득 찼다.

그리고리 그리고리예비치가 없다는 것이 모든 점에서 눈에 띄었다. 여주인도 말을 더 자연스럽게 하고, 요청하지 않았는데도 스스로 과자를 만들고 배를 말리는 일에 대해 많은 비밀을 털어놓았다. 심지어 아가씨들도 말을 하게 되었다. 하지만 언니보다 여섯 살 어리고 약 스물다섯 살쯤 되어 보이는 금발의 아가씨는 더 말이 없어졌다.

그러나 누구보다 이반 이바노비치가 더 많이 말하고 움직였다. 지금은 아무도 그를 묵사발로 만들지 않고 방해하지 않는다고 확신하고서, 그는 오이, 감자 파종, 옛날의 현자들 — 지금 현자들보다 참 뛰어나기도 해라!* — 그리고 어떻게 모든 것이 점점 더 현명해지고 가장 지혜로운 것들을 고안해 내는가에 대해 이야기했다. 한마디로 이 사람은 영혼을 즐겁게 하는 대화를 가장 큰 기쁨으로 여기고, 말할 수 있는 것은 뭐든 말하려고 하는 사람들 중 하나였다. 만일 대화가 중요하고 성스러운 대상들에 미치면, 이반 이바노비치는 가볍게 머리를 흔들면서 각 단어가 끝날 때마다 한숨을 쉬었다. 집안일이 화제에 오르면, 자기의 브리치카에서 고개를 내밀고, 한 번 보기만 하면 배 크바스는 어떻게 만들고, 그가 말하는 참외들은 얼마나 크고, 그의 마당을 뛰어다니는 거위들은 얼마나 통통한지 이해할 수 있을 것 같은 얼굴 표정을 지었다. 마침내 저녁이 되었을 때 이반 표도로비치는 아주 어렵사리 작별 인사를 할 수 있었다. 자신의 온순함에도 불구하고, 하룻밤 묵으라는 강력한 만류에도 불구하고, 그는 가겠다는 뜻을 강하게 드러내고 그 집을 나섰다.

5. 이모의 새로운 계략

"그래 어땠냐? 늙은 악당이 문서를 내놓더냐?" 이모는 이반 표도로비치를 그 질문으로 맞이했다. 그녀는 성급하게 이미 몇 시간을 난간에서 기다리다가 마침내 참지 못하고 문밖으로 나와 있었다.

"아니요, 이모!" 이반 표도로비치가 짐마차에서 내리면서 말했다. "그리고리 그리고리예비치에게는 어떤 문서도 없어요."

"그럼 그의 말을 믿은 거로군! 저주받을 놈, 거짓말을 늘어놓은 거야! 언제고 만나기만 하면 손으로 패대기를 쳐야지. 오, 그에게 비계를 붙여 주겠어. 그런데 먼저 재판으로 그놈에게 땅을 요구할 수 있는지 재판관과 이야기해 봐야겠네. 그건 그렇고, 지금은 이게 중요한 게 아니지. 그래, 어때, 점심은 좋았냐?"

"매우…… 네, 정말 좋았어요, 이모."

"어떤 음식들이 있었지? 말해 봐. 노파가 요리를 아주 잘한다던데."

"스메타나를 넣은 트보로그* 음식들, 비둘기가 든 소스……."

"자두가 있는 칠면조도 나왔냐?" 이모가 물었다. 왜냐면 그녀도 이 음식을 만드는 데 일가견이 있었기 때문이다.

"칠면조도 있었어요! ……아름다운 아가씨들이 있었고요. 그리고리 그리고리예비치의 여동생들요, 특히 금발 아가씨요!"

"아!" 이모가 말하고 이반 표도로비치를 뚫어져라 쳐다보았다. 그는 얼굴이 빨개져 눈을 땅으로 떨어뜨렸다. 새로운 계획이 신속하게 그녀 머리에서 번뜩였다. "아, 그래서?" 그녀가 호기심에 차서 열정적으로 물었다. "눈썹은 어떻더냐?" 여기서 이모는 언제나 여인의 미모의 첫 기준을 눈썹에 두었다는 것을 말해 둘 필요가 있다.

"이모, 눈썹이 이모 젊었을 때 눈썹과 완전히 똑같았어요. 얼굴은 온통 작은 주근깨였고요."

"아!" 이모는 이반 표도로비치의 말에 만족스러워하며 말했다. 그러나 그는 이것이 칭찬일 거라고는 전혀 생각도 못 했다. "그녀의 옷은 어땠냐? 지금이야 내 이 윗옷만큼 촘촘한 옷감을 찾아보기 어렵지. 하지만 이게 중요한 게 아니지. 그래, 너는 그녀와 이야기를 좀 나눠 보았냐?"

"저, 어떻게요……? 제가요, 이모? 이모는 벌써 생각이……."

"뭐라고? 놀랄 게 뭐 있어? 신이 좋으신 대로 하는 거지! 아마도 너는 태어날 때부터 그녀와 함께 살도록 예정되어 있을 거야."

"이모, 저는 이모가 어떻게 이런 말씀을 하시는지 모르겠어요. 그건 이모가 저를 전혀 모르신다는 의미예요……."

"이런, 벌써 자존심이 상했구나!" 이모가 말했다. '아직 풋내기 애송이야!' 그녀는 혼자 생각했다. '아무것도 모른다니깐! 그들을 결합시키는 게 좋겠어. 서로 인사시켜야지!'

이모는 부엌을 둘러보러 가면서 이반 표도로비치를 내버려 두었다. 그러나 이때부터 그녀는 자기 조카를 신랑으로 보기 시작하고 어린 손자들을 돌보는 것만 생각했다. 그녀의 머리는 결혼식 준비에 대한 생각들로 가득 찼고, 그녀가 모든 면에서 전보다 훨씬 신경을 많이 쓰는 것이 보였다. 사정이 나아지기보다는 오히려 나빠지기만 했지만 말이다. 그녀는 하녀에게 절대로 맡기는 법이 없는 피로그를 만들면서 종종 깊은 생각에 빠져 자기 옆에 어린 손자가 서서 피로그를 달라고 한다고 상상하다가 아무 생각 없이 가장 좋은 부위를 집어 그에게 손을 내밀었다. 그러자 마당 개가 이 기회를 놓치지 않고 윤이 번드르르 나는 조각을 낚아채며 크게 짖어 대 그녀를 상념에서 깨웠고, 그 대가로 부젓가락으로 얻어맞았다. 심지어 그녀는 자기가 좋아하는 일도 내팽개치고, 사냥을 나가지 않았다. 사냥에 간다 해도 자고새 대신 까마귀를 쏘았으니, 이것은 이전에는 절대로 없던 일이었다.

이로부터 나흘이 지난 뒤, 마침내 만인이 지켜보는 가운데 광에서 마당으로 브리치카가 굴러 나왔다. 동시에 채소밭 일꾼과 수위이기도 한 마부 오멜코가 이른 아침부터 끊임없이 바퀴를 핥아 대는 개들을 계속 매로 쫓아내면서 가죽을 망치로 때리고 못으로 고정시켰다. 이것이 바로 아담이 타고 다니던 마차라는 사실을 독자에게 알리는 것이 내 의무라고 생각한다. 그리고 만일 누군가 다른 것을 아담의 마차라고 생각한다면, 이것은 모두 거짓말이고, 그 마차도 틀림없이 가짜다. 그것이 어떻게 홍수를 면했는지는 전혀 알려져 있지 않다. 노아의 방주에 그것을 실을 수 있는 특별한 헛간이 있었다고 생각하는 수밖에 없다. 독자들에게 그 생김새를 생생하게 묘사할 수 없는 것이 너무 안타깝다. 바실리사 카시포로브나는 그 구조에 대단히 만족하고 구식 마차들이 유행에서 사라지는 것에 늘 유감을 표명했다는 점을 말해 두는 것으로 만족하겠다. 마차의 구조 자체가 약간 기울어져 있어서 오른쪽이 왼쪽보다 훨씬 높았다. 그녀의 말처럼 한쪽으로는 소러시아인이, 다른 쪽으로는 대러시아인이 기어오를 수 있다는 것이 그녀의 마음에 아주 들었다. 그러나 마차 안에 다섯 명의 소러시아인과 이모 같은 사람 세 명은 탈 수 있었다.

한낮에 오멜코가 채비를 마친 후 마구간에서 마차보다 약간 젊은 말 세 마리를 끌어내어 웅장한 마차에 밧줄로 묶기 시작했다. 이반 표도로비치는 왼쪽에서, 이모는 오른쪽에서 마차에 기어오르고, 마차가 출발했다. 길에서 마주친 농민들은 그토록 부유한 마차를 보자(이모가 그것을 타고 다니는 일은 아주 드물었다) 공손한 태도로 걸음을 멈추고, 모자를 벗으며 허리까지 굽혀 인사했다. 두 시간쯤 지나 여행용 포장마차가 현관 계단 앞에 멎었다. 굳이 말할 필요도 없겠지만, 바로 스토르첸코의 집 현관 계단 앞 말이다. 그리고리 그리고리예비치는 집에 없었다. 노파가 아가씨들과 함께 손님들을 맞이하기 위해 응접실에 나왔다. 이모가 위엄 있는 걸음으로 다가가 대단히 민첩하게 한 발을 앞으로 내밀고 크게 말했다.

"주인마님, 개인적으로 당신에게 경애를 표하게 되어 매우 기쁩니다. 그리고 제 조카 이반 표도로비치를 잘 대접해 주셔서 존경과 함께 감사의 말씀을 드리고 싶습니다. 조카의 칭찬이 대단하더라고요. 댁의 메밀은 정말 훌륭합니다, 마님! 영지로 들어오면서 보았지요. 1데샤티나당 몇 단이나 거두시는지 여쭤 보아도 될까요?"

이 말이 끝나고 서로 키스가 이어졌다. 응접실에 자리를 잡고 앉았을 때, 늙은 여주인이 말을 시작했다.

"메밀에 대해서라면 뭐라 드릴 말씀이 없군요. 그건 그리고리 그리고리예비치의 일이거든요. 전 오랫동안 이 일에는 관여하지 않았어요. 그럴 수도 없고요. 이미 늙은걸요! 옛날에는, 제 기억에, 메밀이 종종 허리까지 왔었지요. 지금은 도무지 영문을 모르겠어요. 지금은 모든 게 훨씬 더 좋다고 합니다만." 노파가 한숨을 쉬었다. 주의 깊은 사람이라면 누구나 이 한숨에서 옛날 18세기의 한숨을 들을 수 있을 것이다.

"마님, 듣자 하니 댁에서는 하녀들이 아주 훌륭한 양탄자를 만들 수 있다더군요." 바실리사 카시포로브나가 말했다. 이 말로 그녀는 노파의 마음의 금선(禁線)을 건드렸다. 이 말에 그녀는 다시 소생한 듯, 방적사를 어떻게 염색하고, 이것을 위해 실을 어떻게 준비하는지에 대해 줄줄이 얘기했다. 대화는 빠르게 양탄자에서 오이절임과 배 말리는 법으로 옮겨 갔다. 한마디로 한 시간도 안 되어 두 부인은 마치 백 년은 친분이 있었던 것처럼 자기들끼리 이야기를 나누게 되었다. 바실리사 카시포로브나는 이반 표도로비치가 일찍이 들어 본 적이 없는 조용한 목소리로 그녀와 말했다.

"네, 한번 둘러보는 게 좋지 않을까요?" 늙은 여주인이 자리에서 일어나며 말했다.

그녀 뒤를 이어 아가씨들과 바실리사 카시포로브나가 일어섰고, 모두 하녀 방으로 천천히 열을 지어 나갔다. 그러나 이모는 이반 표도로비치에게 남으라는 신호를 보내면서 노파에게 뭔가 조용히 얘기했다.

"마센카!" 노파가 금발의 아가씨에게 말했다. "손님과 남아서 그분이 지루하지 않도록 말동무를 해 드려라."

금발의 아가씨는 남아서 소파에 앉았다. 이반 표도로비치는 자기 의자에 마치 바늘방석에 앉은 듯한 기분으로 앉아 있었고, 얼굴이 빨개지면서 눈을 내리깔았다. 그러나 아가씨는 이를 전혀 알아채지 못한 듯 무심하게 소파에 앉아 열심히 창문과 벽을 둘러보거나, 의자 밑을 겁먹은 듯이 뛰어가는 고양이를 눈으로 따라가고 있었다.

이반 표도로비치는 조금 용기를 내서 대화를 시작하고 싶었지만, 오는 도중 말을 전부 잃어버렸는지, 어떤 생각도 머리에 떠오르질 않았다.

15분가량 침묵이 흘렀다. 아가씨 역시 그대로 앉아 있었다.

마침내 이반 표도로비치가 용기를 냈다.

"여름에는 참 모기가 많군요!" 그는 반쯤 떨리는 목소리로 말문을 열었다.

"지독히 많아요!" 아가씨가 대답했다. "오빠가 오래된 어머니 단화로 파리채를 만들었는데도, 여전히 많아요."

그러고 나서 대화는 다시 중단되었다. 그리고 이반 표도로비치는 더 이상 할 말을 찾지 못했다.

마침내 안주인이 이모와 머리카락이 검은 아가씨와 함께 돌아왔다. 좀 더 이야기를 나누고서 바실리사 카시포로브나는 하루 묵고 가라는 간곡한 초대를 뿌리치고 안주인과 아가씨들과 작별 인사를 했다. 노파와 아가씨들은 손님들을 배웅하기 위해 현관 입구로 나왔고, 마차에서 내다보는 이모와 조카에게 다시 오랫동안 인사했다.

"이반 표도로비치! 아가씨와 단둘이서 무슨 얘기를 나눴냐?" 집으로 돌아오는 길에 이모가 물었다.

"마리야 그리고리예브나는 아주 수줍음이 많고 성격이 좋은 아가씨더군요." 이반 표도로비치가 말했다.

"잘 들어 둬, 이반 표도로비치! 나는 진지하게 말하는 거다. 신의 가호가 있기를. 너는 서른여덟 살이야. 이미 상당한 직함도 갖고 있고. 이제 아이들에 대해서도 생각할 때가 되었어. 네겐 아내가 필요해……."

"아니, 이모!" 이반 표도로비치가 당황해서 소리를 질렀다. "어떻게 아내를! 아니에요, 이모. 제발 부탁드려요……. 저를 완전히 수치스럽게 만드시는군요. 저는 아직 결혼을 해 본 적이 없고…… 그녀와 뭘 어떻게 해야 할지도 전혀 모른다고요!"

"알게 될 거야, 이반 표도로비치, 알게 될 거야." 이모가 미소를 띠고 중얼거리며 속으로 말했다. '이런, 맙소사! 아직도 어린애 코흘리개군. 아무것도 모르다니!'

"자, 이반 표도로비치!" 그녀가 소리를 내어 이야기를 계속했다. "너는 마리야 그리고리예브나보다 더 좋은 아내를 결코 찾을 수 없을 거야. 게다가 그녀는 무척 네 마음에 들었고. 나는 이미 노파와 이것에 대해 많이 이야기했어. 그녀는 너를 사위로 맞이하는 것에 대단히 만족스러워해. 물론 이것에 대해 죄인 그리고리예비치가 뭐라고 할지는 아직 두고 봐야겠지만. 그러나 우리는 그를 두고만 보지 않을 테고, 지참금을 내놓지 않을 수작을 부리기만 하면 그를 재판으로…….” 이때 마차가 마당에 들어섰고 고대의 여윈 말들은 마구간이 가까워진 것을 느끼고 힘을 냈다.

“이봐, 오멜코! 말들이 먼저 잘 쉬게 해. 멍에를 푼 다음 곧장 물 먹이는 곳으로 끌고 가지 말란 말야! 말들이 뜨거우니까.” 이모가 마차에서 내리면서 말을 이었다. “저, 이반 표도로비치. 내 충고하는데, 잘 생각해 봐. 난 이제 부엌으로 갈 테니까. 솔로하에게 저녁 준비시키는 것을 잊었거든. 내 생각에 그 멍청이가 혼자서는 꿈도 못 꿨을 거야.”

그러나 이반 표도로비치는 마치 천둥을 맞아 정신이 나간 듯 멍하니 서 있었다. 정말, 마리야 그리고리예브나는 매우 아름다운 아가씨다. 하지만 결혼이라니……! 결혼이라는 것은 그에게 너무 낯설고 너무 기이해서 그는 공포를 느끼지 않고는 생각할 수가 없었다. 아내와 함께 산다니……! 이해가 안 돼! 방에 혼자가 아니라 늘 둘이 있어야 한다니……! 이 생각에 깊이 빠져들수록 그의 얼굴에선 땀이 송골송골 맺혔다.

그는 평소보다 일찍 잠자리에 들었지만 아무리 애써도 잠을 이룰 수가 없었다. 마침내 그토록 바라던 잠이, 만인의 위로자가 그를 방문했다. 그러나 이건 또 무슨 꿈인가! 그는 이제껏 그보다 더 뒤죽박죽인 꿈을 꾼 적이 없었다. 꿈속에서 그 주위의 모든 것이 갑자기 윙윙대고 빙글빙글 돌아가며, 달리고 또 달려서 발에 감각도 거의 없다…… 이미 힘이 다 빠진다…… 갑자기 누군가가 그의 귀를 잡아당긴다. "에이! 누구야?" "나다, 네 아내야!" 누군가가 시끄럽게 말한다. 그는 갑자기 잠에서 깨어났다. 그는 자기가 이미 결혼한 상태이고, 집 안에 있는 모든 게 너무 기이하고 너무 낯선 것을 보게 되었다. 그의 방에는 1인용이 아닌 2인용 침대가 있었다. 의자에는 아내가 앉아 있다. 그는 이상한 기분이 들었다. 그녀에게 어떻게 다가가야 할지, 그녀와 무슨 말을 해야 할지도 알 수가 없다. 그러고 보니 그녀 얼굴이 거위 얼굴이다. 그가 절망해서 옆으로 몸을 돌리자 거위 얼굴을 한 다른 아내가 보인다. 다른 쪽으로 돌아선다 — 세 번째 아내가 서 있다. 뒤를 돌아보니 역시 아내가 있다. 그는 우수에 사로잡혔다. 그는 서둘러 정원으로 내달렸다. 그러나 정원이 무더워 그는 모자를 벗었는데, 보니 모자 안에도 아내가 있다. 그의 뺨에서 식은땀이 났다. 손수건을 꺼내려고 호주머니에 손을 집어넣으니 호주머니에도 아내가 있다. 귀에서 목면(木綿)을 꺼냈는데, 거기에도 아내가 앉아 있다……. 그때 갑자기 그는 한 다리로 껑충껑충 뛰고 있었다. 이모가 그를 보고 점잖은 어조로 말했다. "그래, 너는 뛰어야 해. 왜냐면 이젠 결혼한 몸이니까." 그는 그녀에게 다가가지만 이모는 이모가 아니고 종루(鍾樓)다. 그리고 누군가가 그를 밧줄로 묶어 종루로 끌고 가는 것을 느낀다. "나를 끌고 가는 작자가 누구야?" 이반 표도로비치가 불평했다. "나다, 널 끄는 건 바로 네 아내야. 왜냐하면 너는 종(鐘)이니까." "아니야, 나는 종이 아니야, 나는 이반 표도로비치라고!" 그가 고함쳤다. "아니, 너는 종이야." P 포병 부대장이 지나가며 말했다. 그때 갑자기 꿈속에서, 아내가 사람이 아니라 모직 옷감이고, 그가 모길레프에서 상점 주인에게 다가간다. "어떤 옷감을 찾으시나요?" 상인이 말한다. "아내를 고르세요, 이게 가장 유행하는 옷감입니다! 아주 좋은 거예요! 지금은 누구나 그것으로 프록코트를 짓지요……." 상인은 아내를 재어서 자른다. 이반 표도로비치는 그것을 겨드랑이에 끼고 유대인 재봉사에게 간다. "안 돼요." 유대인이 말한다. "이건 나쁜 옷감이에요! 그걸론 누구도 프록코트를 짓지 않아요……."

공포에 질리고 인사불성인 상태에서 이반 표도로비치는 잠에서 깼다. 식은땀이 줄줄 흘러내렸다.

그는 아침에 일어나자마자 해몽책을 찾아보았다. 책 끝머리에 한 선량한 서적 상인이, 보기 드물게 착하고 순수한 마음에서 신성한 해몽을 적어 놓았다. 그러나 거기에는 아무것도 없었고, 그런 뒤죽박죽인 꿈과 비슷한 것도 없었다.

그러는 사이 이모의 머리에서는 새로운 구상이 완전히 무르익었다. 그에 대해서는 다음 장에서 알게 될 것이다.

저주받은 땅

— 교회의 사제가 이야기해 준 실화

에구, 이야기하는 데 벌써 진력이 났구먼! 여러분은 어떻게 생각하세요? 물론 지루하지요. 얘기하고, 또 얘기하고, 그만둘 수가 없네요! 여러분이 허락하신다면 이게 마지막 얘기가 될 겁니다. 여러분은 소위 말하는 악한 영(靈)을 잘 다룰 수 있다고 하셨지요. 세상에 별의별 일이 다 있는 걸 생각하면, 그야 물론이죠……. 하지만 그렇게 말씀하시면 안 돼요. 악마가 한번 속이고 싶은 마음이 들 때면 우리는 그냥 속아 넘어가는 거예요. 기가 막히게 속인다니까요!

자, 한번 보세요. 우리 아버지에겐 애가 모두 넷이었어요. 전 그때 아직 바보였어요. 제 나이가 겨우 열한 살이었는데, 아니 열한 살이 아니었네, 제가 네 발로 뛰어다니고 개처럼 핥아 먹던 것을 어제 일처럼 잘 기억하니까요. 아버지는 고개를 내저으며 제게 소리를 지르곤 하셨어요. "에구, 포마, 포마야! 이제 장가갈 나이인데 아직도 어린 노새처럼 바보짓을 하는구나!" 할아버지는 그때 아직 살아 계셨고 거동도 하셨어요. 그가 저세상에서 평안하시길! 꽤 건장하셨지요. 그분에겐 가끔 하고 싶은 일이 생겼는데…….

무슨 얘기를 하려는 거냐고요? 제 형제 중 한 명은 담뱃불을 붙이려고 페치카에서 한 시간 내내 석탄을 긁어내고, 다른 형제는 무슨 일인지 창고로 달려갔어요. 와, 정말 대단했지요! 마지못해 하는 게 아니라, 스스로 원해서 한 거예요. 잘 들어 보세요.

아버지는 초봄에 크림반도로 담배를 팔러 가셨어요. 그가 준비한 짐마차가 두 댄지 세 댄지 기억은 안 나지만, 당시 담뱃값이 좋았거든요. 아버지는 세 살배기 동생을 짐마차꾼으로 키우겠다며 그를 데리고 가셨어요. 그래서 할아버지, 어머니, 저, 형제, 또 다른 형제가 집에 남았지요.

할아버지는 바로 길옆에다 원두밭을 만들고 바라크에서 지내려고 이사하셨어요. 이 원두밭에서 제비와 까치를 쫓아내기 위해 우리도 데려가셨고요. 이게 우리에게 나빴다고는 할 수 없어요. 하루 종일 오이, 참외, 무, 파, 콩을 얼마나 많이 먹어 댔는지 배 속에서 수탉들이 울어 대는 것 같았으니까요. 게다가 수지맞는 일도 있었어요. 여행객이 길을 가다 보면, 저마다 수박이나 참외를 맛보고 싶어지니까요. 또 주위 농가들에서 닭, 달걀, 칠면조와 교환하자고 가져오기도 했고요. 지내기가 아주 좋았지요.

하지만 할아버지가 무엇보다 좋아하신 건 매일 50여 대의 짐마차가 지나간다는 거였어요. 아시죠, 세상 경험 많은 사람들이 이야기를 하려고 오면 귀를 쫑긋 세워야 한다는 걸 말이에요! 할아버지는 갈루시카를 먹고 싶어 안달이 난 사람 같았어요. 가끔은 오랜 지인들을 만나는 일도 있었어요. 누구나 할아버지를 알고 있었고, 노인들이 모일 때 어떤 일이 벌어지는지 여러분도 상상할 수 있지요. 이러쿵저러쿵, 그땐 어땠고 저땐 어땠고…… 이야기가 넘쳐흘렀지요! 아주 오래전 일들을 나누었고요.

한번은, 정말 방금 전에 일어난 일 같네요, 어느새 해가 지기 시작하고, 할아버지가 원두밭을 다니면서, 수박이 햇볕에 타지 않도록 낮에 그것을 덮어 두었던 이파리들을 거두고 있었어요.

"저기 봐, 오스타프!" 제가 형에게 말했지요. "저기 짐마차들이 와!"

"짐마차가 어딨다고?" 혹시 젊은이들이 먹을까 봐 커다란 참외에 표시를 하면서 할아버지가 말했어요.

길을 따라 정확히 여섯 대의 짐마차가 천천히 오고 있었어요. 맨 앞에는 회청색 수염이 난 짐마차꾼이 걷고 있었어요. 굳이 세자면 열 걸음 남짓 남았을 때, 그가 걸음을 멈추었어요.

"잘 지냈나, 막심! 하느님이 여기서 만나게 해 주셨군!"

할아버지가 눈을 가늘게 떴어요.

"아! 잘 지내지, 잘 지내고말고! 어디서 오는 건가? 여기 볼랴치카도 있나? 잘 지내지, 잘 지내고말고! 제기랄, 마(魔)가 낀 거야!* 여기 다 있다니. 크루토트리셴코도! 페체리차도 코벨레크도! 스테치코도! 잘 지내고말고! 아, 하, 하! 허, 허……." 그러곤 서로 키스를 했어요.

소들이 풀을 뜯어 먹도록 짐마차에서 떼어 낸 뒤 풀어 주었죠. 짐마차들은 길에 놔두었고요. 그들은 모두 판잣집 앞에 둥그렇게 앉아 파이프를 빨기 시작했어요. 그러나 지금 파이프가 대수겠어요? 온갖 이야기와 쓸데없는 잡담 때문에 한 대라도 피웠으면 그나마 다행이지요. 점심 식사 이후 할아버지는 손님들을 참외로 대접했어요. 각자 참외를 하나씩 잡고 작은 칼로 껍질을 깨끗이 벗겨 냈죠. (이 작자들은 아주 닳고 닳았고 고생도 많이 해서, 어떻게 먹어야 할지를 아주 잘 알았지요. 지금도 귀족 나리의 식탁에 앉을 수 있을 정도로요.) 참외 껍질을 깨끗이 벗긴 뒤에 각자 손가락 하나로 구멍을 뚫어서 그것으로 속을 들이마시고, 참외는 조각을 내어 입에 넣기 시작했어요.

"얘들아, 어떻게 된 거냐?" 할아버지가 말했죠. "왜 입을 딱 벌리고 서 있는 거야? 춤 좀 춰 봐, 이 녀석들아! 오스타프, 네 피리는 어디 둔 거야? 카자크 춤 좀 춰 봐! 포마, 팔을 옆구리에 대 봐! 자! 바로 그렇지! 헤이, 탁!"

저는 그때 어리고 몸놀림이 좋았어요. 늙으면 서러운 법이지요! 이젠 그렇게 못 추니까요. 온갖 현란한 춤 동작 대신 발이 휘청거릴 뿐이에요. 할아버지는 짐마차꾼들과 앉아서 우리를 오랫동안 바라보셨어요. 그의 다리를 뭔가가 건드린 것처럼 다리가 한곳에 가만있지 못하는 게 눈에 띄었어요.

"포마, 저것 봐." 오스타프가 말했어요. "영감탱이가 춤추러 나올 거야!"

여러분은 어떻게 생각하세요? 그가 말을 끝내기도 전에 노인네가 참지를 못한 거예요! 잘 아시겠지만, 그는 짐마차꾼들 앞에서 잠시 자랑을 하고 싶었던 거지요.

"자 봐, 망할 악마의 자식들아!* 그걸 춤이라고 추는 거야? 춤은 이렇게 추는 거야!" 그가 다리를 들어 올리고 팔을 펴고 발뒤꿈치를 구르면서 말했어요.

입이 딱 벌어졌지요. 그가 춤을 추는데, 헤트만 부인과 춘다고 해도 그렇게 호탕하게 췄을 거예요. 우리는 옆으로 물러났고, 영감탱이가 오이밭을 따라서 다리로 현란한 춤 동작을 보여 주기 시작했어요. 그가 중간까지 나와서, 흥겹게 놀아 보려고 다리로 자신의 특기를 보여 주려는 참인데, 어라, 다리가 올라가질 않네. 정말 그랬어요! 빌어먹을, 귀신이 곡할 노릇이네! 다시 몸을 힘껏 움직여 가운데로 나왔지만, 움직이질 않네! 아무리 해도 움직이질 않아, 움직이질 않아! 다리가 나무토막이 돼 버린 거야! "이제 보니, 여긴 악마가 다니는 곳이군! 이제 보니 사탄이 유혹하는 곳이야! 인류의 적인 헤롯이 끼어든 거야!"

짐마차꾼들 앞에서 이런 수치를 당하다니! 다시 몸을 움직여 또박또박 차근차근 움직이기 시작했어요. 보기 좋았어요. 하지만 가운데까지 왔는데, 정말 안 되는 거예요! 춤이 안 나오고, 그걸로 끝이었어요!

"쳇, 사기꾼 같은 사탄! 썩은 참외가 목에 걸려 숨이나 막혀라! 아직 어릴 때 뒈져 버려라, 개자식! 노인에게 이런 수치를 안기다니……!"

그런데 정말로 뒤에서 누군가가 웃기 시작하는 거예요. 돌아다보니 원두밭도, 짐마차꾼도, 아무것도 없고, 뒤에도, 앞에도, 사방으로 평탄한 밭뿐인 거예요.

"어랏! 흠…… 이런 제기랄!"

할아버지는 눈을 가늘게 뜨고 살펴보기 시작했어요. 장소가 전혀 모르는 곳은 아닌 듯싶었어요. 옆에 숲이 있고, 숲 뒤에는 장대가 솟아 있는데 아주 멀리서도 희미하게 보였어요. 빌어먹을, 귀신이 곡할 노릇이네! 이건 사제의 텃밭에 있는 비둘기장이잖아! 반대편에서도 뭔가가 희끄무레하게 보였어요. 잘 살펴보니 읍 서기의 곡식 창고였어요. 제기랄, 악마가 멀리도 보냈구먼! 그는 원을 그리면서 주위를 돌아다니다가 우연히 길을 발견했어요. 달은 없고, 그 대신 하얀 점이 먹구름 사이로 어른거렸어요. '내일은 바람이 심하게 불겠군!' 할아버지는 생각했어요. 그때 길의 한쪽 무덤에서 촛불이 반짝이는 것이 보였어요.

"어라!" 할아버지가 서서 손을 허리춤에 대고 살펴봤어요. 촛불이 꺼지고 멀리 조금 더 먼 곳에 다른 촛불이 빛나기 시작했어요. "보물이다!" 할아버지가 외쳤어요. "이게 보물이 아니라면 내 손에 장을 지져도 좋아!" 그는 바로 땅을 파기 위해 손에 침을 뱉었어요. 그런데 순간 자기에겐 삽도, 가래도 없다는 걸 깨달았어요. "에구, 이렇게 아쉬울 수가! 누구든 잔디를 들어 올리기만 하면 거기에 고스란히 놓여 있을 거야! 지금 할 일이라곤 이것밖에 없네. 장대를 잊어버리지 않도록 표시라도 해 둬야겠어!"

할아버지는 회오리바람으로 부러진 것 같은 묵직한 나뭇가지를 끌어다 촛불이 타고 있는 무덤 위에 얹어 놓고 길을 나섰어요. 어린 참나무 숲이 듬성듬성해지고, 울타리가 눈에 들어왔어요. '그래! 이건 사제의 비둘기장이라고 내가 말하지 않았어?' 할아버지는 생각했어요. '저건 그의 울타리야! 이제 원두밭까지 1베르스타도 안 남았군.'

하지만 할아버지가 느지막이 집에 도착했을 때 그는 갈루시카를 먹고 싶은 마음이 없었어요. 내 형제인 오스타프를 깨운 뒤 짐마차들이 떠난 지 오래됐는지만 물어보고서, 양가죽 코트를 몸에 둘렀어요. 오스타프가 "할아버지, 오늘 어딜 가신 거예요?"라고 묻자, 그는 외투를 더 세게 몸에 두르며 말했어요. "묻지 마, 물어보지 마, 오스타프야. 물어보면 머리가 하얘질 거야."

그러고서 그가 어찌나 크게 코를 고는지, 원두밭에 기어들려던 까마귀들이 깜짝 놀라 하늘로 날아갈 정도였어요. 여느 사람 같으면 잠도 못 잤을 텐데 말예요! 할아버지가 약삭빠르다는 건 군이 말할 필요도 없지요. 할아버지가 하늘나라에서 평안하시길! 그에게는 언제나 재앙을 피할 수 있는 재주가 있었어요. 어느 때는 입술을 깨물고 싶을 만큼 슬픈 노래를 불렀지만요.

다음 날, 들판에 땅거미가 지자마자 할아버지는 외투를 걸치고 허리띠를 조이고 겨드랑이에 삽과 가래를 끼우고 머리에 모자를 쓰고 독주를 한 잔 걸치고 옷섶으로 입술을 닦고 곧장 사제의 텃밭으로 갔어요. 저기 울타리도, 낮은 참나무 숲도 지났어요. 나무들 사이로 작은 길이 굽이굽이 돌아서 들판을 향해 나 있었고요. 그 길이 맞는 것 같았어요. 그가 들판으로 나가자 어제의 바로 그 자리였어요. 저기 비둘기장도 솟아 있고요. 그런데 곡식 창고가 보이질 않는 거예요. "아닌데, 여긴 그곳이 아니야. 아마 더 멀리 있을 거야. 확실히 곡식 창고 쪽으로 돌아가야 해!" 그는 뒤돌아서 다른 길로 가기 시작했고, 곡식 창고가 보였어요. 그런데 비둘기장이 없는 거예요! 그는 다시 돌아서 비둘기장 쪽으로 더 가까이 갔어요. 그러자 이번에는 곡식 창고가 사라진 거예요. 그때 마치 일부러인 것처럼 들판에 빗방울이 뚝뚝 떨어지기 시작했어요. 다시 곡식 창고로 뛰어가면 비둘기장이 사라지고, 비둘기장으로 가면 곡식 창고가 사라졌어요.

"빌어먹을 사탄 놈, 자손을 볼 생각일랑 하지도 마라!"

그런데 비가 양동이로 퍼붓듯이 쏟아지기 시작했어요.

그는 새 장화가 비에 젖을까 봐 바로 그것을 벗어서 어깨 숄로 둘둘 감고는, 귀족 나리의 말처럼 냅다 뛰기* 시작했어요. 비에 흠뻑 젖은 채 바라크에 기어 들어가 양털 가죽으로 몸을 감싸고 잇새로 뭔가를 중얼거리고는, 제가 태어나서 한 번도 들어 보지 못한 말로 사탄을 욕하기 시작했어요. 솔직히 말해서 이 일이 대낮에 일어났다면 전 얼굴을 붉혔을 거예요.

다음 날 잠에서 깨어나 지켜보니, 할아버지는 아무 일도 없었다는 듯 다시 원두밭을 거닐고 가래로 수박을 가리고 있더군요. 점심 이후 다시 노인은 열심히 얘기했고, 수박 대신 동생을 암탉과 바꾸겠다고 하시면서 그를 겁주었고요. 저녁을 먹고서 그는 직접 나무로 피리를 만들어 불기 시작했어요. 그가 터키 참외라고 부르는, 뱀처럼 세 겹으로 꼬인 참외를 우리가 갖고 놀게도 해 주었는데요, 이제 그런 참외는 어디서도 볼 수 없을 거예요. 그는 그 씨앗을 어디 먼 곳에서 받아 왔거든요.

저녁 무렵 일찌감치 저녁을 먹고서 할아버지는 삽을 들고, 늦게 여무는 호박을 위해 새로 이랑을 내려고 나갔어요. 도중에 그 저주받은 땅 곁을 지나가게 되자 그는 참지 못하고 잇새로 내뱉듯이 말했어요. "저주받은 곳!" 그러고는 그저께 춤이 잘 안 춰지던 그 한가운데로 들어가서 화를 내며 삽으로 땅을 내리쳤어요. 그런데 둘러보니, 그의 주위가 다시 같은 장소인 거예요. 한쪽에는 비둘기장이 솟아 있고 다른 쪽에는 곡식 창고가 있는 거예요. "삽을 가져오길 잘했군. 바로 그 길이야! 저기 무덤도 있고! 저기 나뭇가지도 얽혀 있어! 바로 저기 촛불도 반짝이고! 이번에는 실수하면 안 돼."

그는 마치 원두밭에 잘못 찾아온 멧돼지에게 쓴맛을 보여 주겠다는 듯 조심스럽게 삽을 위로 치켜들고 무덤 앞에 걸음을 멈추었어요. 촛불이 꺼지고, 풀이 자란 무덤에 돌이 있었어요. '이 돌을 들어 올려야겠어!' 할아버지는 이렇게 생각하고 사방에서 그것을 파헤치기 시작했어요. 저주받은 돌이 크기도 하구먼! 하지만 그는 땅에 발을 굳게 디디고는 무덤에서 그것을 밀어냈어요. "우!" 골짜기에 메아리가 울렸어요. "돌아, 잘 가거라! 이제 일이 잘 풀리겠어."

그런 다음 할아버지는 걸음을 멈추고 뿔 모양의 담배 상자를 꺼내 주먹에 담배를 뿌리고 그것을 코로 가져가려 했어요. 그 순간 갑자기 머리 위에서 뭔가가 "에취!" 하며 재채기를 하는 소리가 났어요. 그 소리가 어찌나 컸던지 온 나무들이 뒤흔들리고 할아버지 얼굴이 침으로 뒤덮였어요. "재채기를 하고 싶으면 옆으로 돌아서기라도 해야 할 거 아냐?" 할아버지가 눈을 닦으며 말했어요. 그런데 주위를 둘러보니 아무도 없는 거예요. "아니, 이건 틀림없이 사탄이 담배 냄새를 싫어하는 거야!" 그는 담배 상자를 품에 넣고 삽을 쥐면서 계속 말했어요. "바보 같은 놈, 그의 할아비도, 아비도 그런 담배는 맡지 못했던 거야!"

그는 무덤을 파기 시작했고, 흙이 부드러워서 삽이 아주 깊게 들어갔어요. 그때 무슨 소리가 났어요. 흙을 파헤치니 큰 냄비가 보였어요. "아, 바로 여기 있었군!" 할아버지가 그 아래를 삽으로 파면서 외쳤지요. "아, 바로 여기 있었군!" 새 부리가 냄비를 부리로 쪼아 대고 찍찍거리며 말했어요. 할아버지가 옆으로 물러서서 삽을 떨어뜨렸어요. "아, 바로 여기 있었군!" 나무 꼭대기에서 양 대가리가 음매 하며 말했어요. "아, 바로 여기 있었군!" 나무 뒤에서 낯짝을 내밀며 곰이 으르렁거렸어요. 할아버지에게 소름이 돋았어요.

"이런, 여기선 말하기도 겁이 나네!" 그가 혼자 중얼거렸어요. "여기선 말하기도 겁이 나네!" 새 부리가 찍찍거렸어요. "말하기도 겁이 나네!" 양 대가리가 매애 하며 말했어요. "말하기도!" 곰이 으르렁거렸어요.

"흠……." 할아버지는 말하고서 스스로 기겁했어요. "흠!" 새 부리가 찍찍거렸어요. "흠!" 양 대가리가 매애 하며 말했어요. "험!" 곰이 으르렁거렸어요.

그는 공포에 질려 돌아봤어요. 하느님 맙소사, 얼마나 끔찍한 밤인가! 별도 달도 없고, 사방이 온통 낭떠러지들이야. 발밑으로는 끝이 보이지 않는 절벽이고, 머리 위로는 산이 매달려 있는데, 산이 그에게 무너져 내릴 것만 같았어요! 할아버지 느낌에, 산 뒤로 어떤 상판대기가 지나가는 것 같았어요. 우! 우! 코는 대장간의 외투 같고, 콧구멍은 양동이로 양쪽에 물을 퍼부은 것 같구먼! 입술은 맙소사, 두 개의 통나무 같아! 붉은 눈은 위로 부릅뜨고, 혀도 쑥 내밀고 약을 올리네!

"제기랄!" 할아버지는 냄비를 포기하고 말했어요. "네 보물이니 네가 가져! 이 추악한 낯짝아!" 그러고서 멀리 도망치려는데, 둘러보니 모든 게 전과 똑같은 거예요. "악마가 겁을 준 것뿐이군!" 그가 다시 냄비를 파내기 시작했어요. 근데 정말 무겁기도 하네! 이를 어쩐담? 여기 이대로 둘 수는 없지! 그는 젖 먹던 힘을 다해 그것을 두 손으로 붙잡았어요.

"자, 한 번만, 한 번만! 한 번 더, 한 번 더!" 그리고 마침내 끌어냈어요! "휴우! 이제 담배 냄새 좀 맡아야지!" 그가 작은 뿔 모양의 담배 상자를 꺼냈어요. 하지만 손에 뿌리기 전에 주위에 아무도 없는지 잘 살펴봤어요. 아무도 없는 것 같군. 그런데 나무 밑동이 헐떡거리며 성을 내고, 귀가 보이고, 눈이 충혈되는 느낌이 들고, 콧구멍이 벌름거리고 코에 주름살이 잡히고 재채기를 하려고 하는 거예요. '아냐, 담배 냄새를 안 맡겠어.' 할아버지는 담배 상자를 감추고 생각했어요. '사탄이 다시 내 눈에 침을 뱉을 거야.' 그는 서둘러 냄비를 잡고 젖 먹던 힘을 다해 달리기 시작했어요. 그때 뒤에서 뭔가가 잔나뭇가지로 그의 다리를 긁으려 하는 소리가 들렸어요. "에구! 에구, 에구!" 할아버지는 걸음아 나 살려라 하고 죽을힘을 다해 달리면서 소리쳤어요. 사제의 텃밭에 다다랐을 때에야 그는 겨우 숨을 돌릴 수 있었지요.

'할아버지는 대체 어딜 가신 거야?' 우리는 이미 세 시간째 기다리며 생각했어요. 농가에선 이미 어머니가 나와서 뜨거운 갈루시카를 한 단지 가지고 왔어요. 할아버지가 아직도 안 돌아오셨네! 다시 우리끼리만 저녁을 먹었죠. 저녁 식사 후에 어머니는 단지를 씻고 어디에 구정물을 버리면 좋을까 눈으로 찾고 있었어요. 주위가 온통 이랑이었거든요. 그런데 맞은편에서 그녀에게 나무통이 곧장 다가오는 것이 보였어요. 하늘은 너무 어두웠고요. 틀림없이 젊은 애들 중 누군가가 장난치려고, 뒤에서 몸을 숨긴 채 그것을 밀고 있을 거야.

"그럼 바로 여기에 구정물을 버려야지!" 이렇게 말하고서 뜨거운 구정물을 냅다 부었어요.

"에구!" 낮은 소리로 누군가가 소리를 질렀어요.

보니 할아버지인 거예요. 누가 그를 알아볼 수 있겠어요! 맙소사, 나무통이 기어간다고 생각한 거죠. 솔직히 이렇게 말하면 안 되지만, 할아버지의 백발이 구정물로 뒤덮이고 백발에 수박과 참외 껍질이 매달린 모습이 정말 우스웠어요. "제길, 악마한테나 꺼져라!" 할아버지가 옷깃으로 머리를 닦으며 말했어요. "찜통 목욕을 시켜도 유분수지! 내가 성탄절 돼지야? 자, 애들아, 너희는 이제 가락지 빵을 먹게 될 거야!* 이 녀석들도 금색 수가 놓인 외투를 입고 다니게 될 거야! 잘 봐, 여길 잘 봐, 내가 뭘 가져왔는지를 말야!" 할아버지가 이렇게 말하고 냄비는 열었어요.

여러분은 거기에 뭐가 있었을 거라고 생각하세요? 적어도 좋은 게 있을 거라고 생각하셨죠, 네? 금을 떠올리셨나요? 근데 거기 있는 건 금이 아니라 쓰레기, 오물…… 입으로 말하기도 창피한 것들이었어요. 할아버지는 침을 탁 뱉고 냄비를 내던지고 손을 씻었죠. 그때 이후 할아버지는 언제건 우리가 악마를 믿게 될까 봐 주문을 외워서 악마를 떨쳐 내려고 했어요. "생각도 하지 마!" 그는 자주 우리에게 말했어요. "예수 그리스도의 적이 말하는 건 뭐든, 다 거짓말이야. 개 같은 놈! 그놈에겐 진실이 눈곱만큼도 없어."

노인은 다른 곳이 마법에 걸려 소동이 일고 있다는 말을 들을 때면 이렇게 말하곤 했어요. "자, 애들아, 성호를 긋자!" 그는 우리에게 외쳤어요. "바로 그렇게! 바로 그렇게! 잘했어!" 그러고는 십자가를 놓기 시작했어요. 그리고 몸이 말을 안 들어서 춤을 추지 못했던 저주받은 곳을 울타리로 에워싸고, 쓸데없는 것은 모두 거기에 버리라고 지시했어요. 원두밭에서 긁어모은 온갖 잡초와 쓰레기도요.

악마는 그렇게 사람을 속인다고요! 난 이 땅을 잘 알지요. 그 후로 이웃 카자크들이 원두밭을 만들기 위해 아버지에게 그 땅을 빌렸어요. 땅은 훌륭했어요! 수확도 항상 놀라웠고요. 하지만 저주받은 곳에서는 어떤 좋은 것도 나오지 않았어요. 정성 들여 심고 가꾸었는데도 나오는 건 뭐가 뭔지 알 수 없는 것이었어요. 수박도 수박이 아니고, 호박도 호박이 아니고, 오이도 오이가 아니고…… 아무도 알 수 없는 것들이 나왔다니까요!

『미르고로드』 및 페테르부르크 이야기

이반 이바노비치와 이반 니키포로비치가 싸운 이야기

1. 이반 이바노비치와 이반 니키포로비치

이반 이바노비치의 베케샤*는 훌륭하다! 가장 훌륭한 외투다! 어린 양가죽은 또 어떤가! 와, 제기랄, 얼마나 멋진 어린 양가죽인가! 서리가 낀 회청색이다! 다른 이에게서 그와 같은 외투를 찾아볼 수 있다면 내 손에 장을 지져도 좋다! 특히 그가 누군가와 이야기하게 된다면 제발 그들을 한번 보세요. 옆에서 들여다보세요. 보기 드문 진수성찬을 배 터지게 먹는 거나 다름없어요! 묘사조차 할 수 없어요, 비로드! 은! 불꽃! 하느님 맙소사! 기적을 베푸는 니콜라이, 하느님의 종이여! 왜 제겐 그런 베케샤가 없는 건가요!

그는 그것을 아가피야 페도세예브나가 키예프에 가기 전에 지었다. 여러분은 아가피야 페도세예브나를 아시나요? 바로 군재판소 의원의 귀를 물었던 여자 말입니다.

이반 이바노비치는 아주 훌륭한 사람이다! 미르고로드에 있는 그의 집은 얼마나 훌륭한가? 그 주위로 사방에 참나무 장대로 떠받쳐진 차양이 둘러져 있고 차양 아래에는 긴 의자가 늘어져 있다. 이반 이바노비치는 아주 무더워질 때면 베케샤와 내의를 벗어젖히고, 달랑 셔츠만 입고 차양 밑에서 휴식을 취하며, 마당과 길거리에서 무슨 일이 일어나는지 바라본다. 바로 창문 아래 있는 사과나무와 배나무들은 얼마나 훌륭한가! 창문만 열면 나뭇가지들이 방으로 튀어 들어온다. 이 모든 것이 집 앞에 있고, 그의 정원에 있는 것을 보게 될 것이다. 거기에 없는 것이 무언가! 자두, 버찌, 체리, 텃밭의 온갖 채소들, 해바라기, 오이, 참외, 시냇물, 심지어 곡식 창고와 대장간도 있다.

이반 이바노비치는 아주 훌륭한 사람이다! 그는 참외를 아주 좋아한다. 이것이 그가 좋아하는 음식이다. 점심을 마친 후 차양 아래로 셔츠만 입고 나올 때면, 바로 가프카*에게 참외 두 개를 가져오라고 명령한다. 그리고 참외를 직접 자르는데 씨는 모아서 특별한 종이에 보관하고 먹기 시작한다. 그다음 가프카에게 잉크병을 가져오라고 명하고는 직접 자기 손으로 씨가 담긴 종이 위에 제목을 적는다. "이 참외는 모모 일에 먹었음." 이때 손님이 함께 있다면, "모모 씨도 참석하였음"이라고 적었다. 고인이 된 미르고로드 재판관은 이반 이바노비치의 집을 볼 때마다 탄복했다. 정말 멋진 집이었다. 사방에서 그 집으로 현관과 작은 현관이 세워진 것이 내 마음에 든다. 멀리서 바라보면 블린이 켜켜이 얹힌 접시, 아니 더 잘 표현하면 나무에 자라는 영지버섯과 아주 비슷하게 겹겹이 쌓아 놓은 지붕만 보이기 때문이다. 하지만 지붕은 완전히 갈대로 덮여 있다. 버드나무, 참나무 그리고 두 그루의 사과나무가 넓게 벌린 가지를 지붕에 기대고 있다. 나무들 사이로 세공된 하얀색 덧창이 달린 크지 않은 창문들이 어른거리면서 거리까지 튀어나와 있다.

이반 이바노비치는 아주 훌륭한 사람이다! 폴타바 의원도 그를 알고 있다! 도로시 타라소비치 푸히보치카*가 호롤*군(郡)에서 나올 때면 늘 그에게 들르곤 한다. 콜리베르다*에 사는 사제장 표트르 신부는 자기에게 다섯 명 정도의 손님이 모일 때면 늘 이반 이바노비치만큼 기독교인의 의무를 착실히 수행하고 멋지게 살 줄 아는 사람은 찾아볼 수 없다고 말한다.

오, 시간은 얼마나 빨리 흐르는가! 그가 홀아비가 된 지도 10년이 더 지났다. 그에게는 자녀가 없었다. 가프카에게는 아이들이 있고, 그들은 자주 마당을 뛰어다닌다. 이반 이바노비치는 언제나 그들에게 가락지 빵이나 참외 조각이나 배를 준다. 가프카는 그의 창고와 지하 창고 열쇠들을 들고 다니지만, 그의 침실에 있는 큰 궤짝과 가운데 창고의 열쇠들은 이반 이바노비치가 자기 수중에 두고 아무도 그것을 들여다보지 못하게 한다. 가프카는 건강한 아가씨로 앞치마를 두르고 다니고, 신선한 종아리와 뺨을 가지고 있다.

이반 이바노비치는 얼마나 독실한 사람인가! 일요일마다 그는 베케샤를 입고 교회에 간다. 그 안에 들어가면 이반 이바노비치는 사방으로 정중히 인사하고 보통 성가대석에 자리를 잡고 베이스 소리를 아주 잘 뽑아낸다. 예배가 끝날 때 이반 이바노비치는 거지들을 절대로 그냥 지나치지 못한다. 타고난 선량함이 그를 그 방향으로 유도하지 않는다면, 아마도 그는 그런 지루한 일을 하고 싶지 않을 것이다. "가련한 아낙네, 안녕한가!" 그는 보통 가장 불구가 심하고, 찢어진 헝겊으로 기운 옷을 입은 아낙네를 찾아서 이야기했다.

"가련한 아낙네, 자넨 어디서 왔는가?"

"나리, 저는 시골 마을에서 왔습니다. 마시지도 먹지도 못한 지 3일째이고, 제 애들이 저를 쫓아냈어요."

"가련한 아낙네, 자넨 여기 왜 온 건가?"

"나리, 누구든 빵 살 돈이라도 주지 않을까 해서 자비를 구하러 왔습지요."

"흠! 정말 자넨 빵을 원한다고?" 이반 이바노비치는 보통 이렇게 묻곤 했다.

"어떻게 원하지 않겠어요! 개처럼 굶었는데요."

"음!" 이반 이바노비치는 보통 이렇게 대답하곤 했다. "그럼 아마 고기도 원하겠구먼?"

"네, 자비롭게 베풀어 주시는 거라면 뭐든 만족하지요."

"흠! 정말 고기가 빵보다 나은 건가?"

"배곯는 사람이 뭘 가리겠어요. 주시는 거는 뭐든지, 뭐든지 좋습니다."

이 말을 하고 아낙네는 보통 손을 내밀곤 했다.

"그냥 들어가." 이반 이바노비치는 말했다. "뭘 그리 서 있어?

자넬 때리는 것도 아닌데!" 그런 심문으로 제2, 제3의 거지를 향한 후 마침내 그는 집에 돌아오거나 보드카 한잔을 마시러 이웃인 이반 니키포로비치나 재판관이나 시장에게 들르곤 한다. 이반 이바노비치는 누구든 그에게 선물이나 먹을 것을 가져오는 걸 아주 좋아한다. 이것은 아주 그의 마음에 든다.

이반 니키포로비치 역시 매우 좋은 사람이다. 그의 마당은 이반 이바노비치의 마당과 나란히 있다. 그들은 세상에 여태껏 없었을 만큼 절친한 친구다. 여전히 하늘색 소매의 밤색 연미복을 입고 다니고 일요일마다 재판관 집에서 점심을 먹는 안톤 프로코포비치 포포푸즈*는 늘 이반 니키포로비치와 이반 이바노비치는 악마가 직접 끈으로 맺어 준 사이라고 말하곤 했다. 한쪽이 가는 곳으로 다른 쪽도 끌려가는 것이다.

이반 니키포로비치는 결코 결혼을 한 적이 없다. 그가 결혼한 적이 있다고도 하지만 새빨간 거짓말이다. 나는 이반 니키포로비치를 아주 잘 알고 있고, 그는 결혼할 생각조차 가져 본 적이 없다고 말할 수 있다. 이런 유언비어는 모두 어디에서 나오는 것인가?

이반 니키포로비치는 뒤에 꼬리를 달고 태어났다는 소문이 퍼졌다. 하지만 그것은 말도 안 되고, 동시에 야비하고 무례한 환상이어서 나는 계몽된 독자들 앞에서 반박할 필요조차 느끼지 않는다. 독자들은 오직 마녀에게만, 정말 극소수의 마녀에게만 뒤에 꼬리가 있고, 말하자면 꼬리는 남성보다 여성에게 더 많다는 것을 잘 알고 있기 때문이다.

그들의 엄청난 애정에도 불구하고, 이 보기 드문 친구들은 전혀 닮지 않았다. 두 사람의 성격은 서로를 비교함으로써 훨씬 더 잘 파악할 수 있을 것이다. 이반 이바노비치는 극도로 유쾌하게 말할 수 있는 비범한 재능을 가지고 있다. 오, 그는 얼마나 말을 잘하는가! 이 느낌은 여러분이 머리를 쓰다듬거나 조용히 손가락으로 여러분의 뒤꿈치를 간질일 때 느끼는 것에만 비할 수 있다. 듣고 또 듣다가 고개를 떨구게 될 것이다. 유쾌하다! 더할 수 없이 유쾌하다! 목욕을 마치고 깊이 잠드는 것과 같다. 반대로 이반 니키포로비치는 말을 아끼는 경우가 더 많으나, 대신 단어를 끄집어냈다 하면, 정말 정신을 바짝 차려야 한다. 온갖 면도날보다 더 잘 밀어내기 때문이다. 이반 이바노비치는 여위고 키가 큰 반면, 이반 니키포로비치는 약간 더 작고 대신 옆으로 두껍게 퍼져 있다. 이반 이바노비치의 머리는 꼬리가 아래로 간 무를 닮은 반면, 이반 니키포로비치의 머리는 꼬리가 위로 간 무를 닮았다. 이반 이바노비치는 점심 이후에만 맨셔츠 바람으로 차양 아래 눕고, 저녁나절에는 베케샤를 입고 그가 밀가루를 납품하는 읍내 가게나 메추라기를 잡으러 들판이나 어디든 간다. 이반 니키포로비치는 온종일 현관 계단에 눕고, 날씨가 너무 덥지 않으면 해에 등을 내밀며, 아무 데도 가고 싶어 하지 않는다. 아침에 생각이 나면 마당을 거닐고 살림살이를 둘러보고 다시 방으로 간다. 예전에는 이반 이바노비치에게 들르기도 했다. 이반 이바노비치는 지극히 섬세한 터라, 정중한 대화에서 결코 무례한 단어로 말하지 않고 그런 단어를 들으면 즉시 모욕을 느낀다. 이반 니키포로비치는 가끔 조심성이 없고, 그럴 때면 보통 이반 이바노비치가 자리에서 일어나 말한다. "됐어요, 됐어요, 이반 니키포로비치. 그런 불경한 말을 하느니 차라리 양지에 누워 있는 게 더 낫겠어요."

이반 이바노비치는 그의 수프에 파리가 떨어지면 매우 화를 낸다. 그는 그때 불같이 화를 내며 접시를 던지고, 그러면 주인도 혼난다.

이반 니키포로비치는 목욕하는 것을 너무 좋아해서, 물이 목까지 차도록 앉으면 물로 탁자와 사모바르*를 가져오라고 명하고, 그렇게 서늘한 장소에서 차 마시는 것을 아주 좋아한다.

이반 이바노비치는 일주일에 두 번 수염을 깎는 반면, 이반 니키포로비치는 한 번 깎는다.

이반 이바노비치는 무척 호기심이 많다. 무엇이건 그에게 이야기를 시작해서 끝까지 얘기하지 않으면, 정말 난리가 난다! 그는 뭣에건 불만을 느끼면 즉시 다른 이들이 그것을 느끼게 만든다.

이반 니키포로비치의 표정으로는 그가 만족하는지 화가 났는지 알아내기가 매우 어렵다. 무엇에건 기쁨을 느낀다 해도 드러내지 않는다. 이반 이바노비치는 약간 겁이 많은 성격이다.

이반 니키포로비치는 그와 반대로 아주 넓은 주름의 통바지를 입어서, 그것에 바람을 넣으면 헛간과 건물과 함께 마당 전체를 그 안에 넣을 수도 있을 것이다.

이반 이바노비치의 눈은 표정이 풍부하고 크고 담배색이고, 입은 약간 'v'* 자를 닮았다. 반면 이반 니키포로비치의 눈은 작고 황달기가 있으며, 무성한 눈썹과 부푼 뺨 사이에 완전히 내려앉아 있고 코는 잘 익은 자두 모양이다.

이반 이바노비치가 여러분에게 담배를 대접할 때는, 늘 먼저 혀로 담배 상자의 뚜껑을 핥고 그다음 그것을 손가락으로 툭 치고, 담배를 꺼내면서 여러분이 잘 아는 사이라면 "나리, 한 대 피우길 요청해도 될까요?"라고 하고, 잘 모르는 사이라면, "나리, 직위, 이름, 부칭을 아는 영광을 갖지는 못했으나 한 대 피우시길 요청해도 될까요?"라고 말할 것이다. 그러나 이반 니키포로비치는 곧장 여러분의 손에 자기 파이프를 쥐여 주고 "한 대 피우시죠"라고만 덧붙일 것이다.

이반 이바노비치도 이반 니키포로비치도 벼룩을 몹시 싫어해서 이반 이바노비치나 이반 니키포로비치나 물건을 파는 유대인에게서, 그가 유대교 신앙을 고백하는 것을 먼저 충분히 비난하고 나서, 다양한 병에 든, 이 곤충의 퇴치 약을 사지 않고는 그를 보내지 않을 것이다.

하지만 약간의 차이에도 불구하고, 이반 이바노비치도 이반 니키포로비치도 아주 훌륭한 사람들이다.

2. 이 장에서 이반 이바노비치가 무엇을 갖고 싶어졌는지, 이반 이바노비치와 이반 니키포로비치가 무엇에 대해 대화하고, 그것이 어떻게 끝났는지를 알 수 있을 것이다

7월 아침이었다. 이반 이바노비치는 차양 아래 누워 있었다.

날이 무덥고 공기는 건조하고 시냇물이 넘실대고 있었다.

이반 이바노비치는 이미 도시 밖의 시골 마을에 가서 풀 베는 사람들을 보고, 마주치는 농민과 아낙들에게 어디에서 와서 어디로 왜 가는지 물어보고, 너무 많이 걸은 탓에 피곤해서 쉬려고 누웠다. 그는 누워서 오랫동안 창고들, 마당, 광, 마당을 뛰어다니는 닭들을 바라보며 혼자 생각했다. '오 하느님, 난 얼마나 멋진 주인인가요! 제게 없는 것이 뭐가 있나요? 닭, 건물, 헛간, 온갖 변덕, 진짜로 증류한 보드카, 정원에는 배나무와 자두나무들, 텃밭에는 양귀비, 양배추, 콩…… 제게 없는 게 뭐가 있나요? ……제게 부족한 게 있다면 그게 뭔지 알고 싶네요.'

스스로에게 그토록 심오한 질문을 던지고 나서 이반 이바노비치는 깊은 생각에 잠겼다. 그 와중에 그의 눈이 담장을 넘어 이반 니키포로비치의 마당으로 넘어갔고, 무의식적으로 호기심을 자아내는 구경거리에 몰입했다.

비쩍 마른 아낙네가 오래 쟁여 놓은 옷을 정연하게 가져와서 그것을 바람에 말리기 위해, 늘어진 줄에 널고 있었다. 곧 소맷단이 해진 낡은 군복이 공중에 소매를 펴고* 이반 니키포로비치가 금은 실로 짠 여성 재킷을 껴안았다. 그 뒤로 쌍두 독수리* 문장의 금속 단추가 달려 있고 옷깃이 떼어진 귀족 제복이 모습을 내밀었다. 한때 이반 니키포로비치의 다리에 걸쳤다가 이제는 그의 손가락이나 들어갈, 얼룩이 있는 하얀 캐시미어 바지가 모습을 내밀었다.

그것들 뒤로 'Л' 자 모양의 다른 것들이 걸렸다. 그다음 이반 니키포로비치가 20년 전 민병대*에 입대할 준비를 하면서 콧수염을 기르던 때 지은 푸른 카자크 반코트가 걸렸다.

마침내, 때마침 공중에 솟은 첨탑을 닮은 장검이 나타났다. 그다음 5코페이카 동전 크기의 구리 단추가 달리고, 초록 풀색의 긴 외투를 닮은 뭔가의 옷자락이 희미하게 보이기 시작했다. 금장식 끈*으로 둘러싸이고 앞이 깊게 파인 조끼가 옷자락 뒤로 내다보았다. 조끼는 곧 돌아가신 할머니의 낡은 치마에 가려졌다. 그 치마에는 수박을 넣을 수 있을 만큼 큰 호주머니들이 달려 있었다.

모든 것이 함께 뒤섞이면서 이반 이바노비치에게는 아주 매력적인 구경거리가 되었다. 그사이 햇빛이 청색이나 녹색 소매, 붉은 소맷단이나 금실로 된 부분을 군데군데 뒤덮거나 첨탑 같은 장검 위에서 장난을 치며 특별한 구경거리를 만들었다. 그것은 마치 시골 마을들을 유랑하는 사기꾼들이 벌이는 인형극과 흡사했다. 그것은 특히 군중이 서로를 밀치면서 금관을 쓴 헤롯왕이나 염소를 모는 안톤*을 바라볼 때, 인형극 뒤에서 바이올린이 울리고 집시가 북 대신 자기 입술을 손으로 치고, 해가 지고, 남방의 밤의 신선한 냉기가 뚱뚱한 시골 마을 여인들의 신선한 어깨와 가슴을 눈에 띄지 않게 더욱 강하게 달라붙을 때와 같다.

곧 노파가 창고에서 낑낑대며 너덜너덜해진 등자, 다 해진 가죽 권총집, 한때는 선홍색이었을 안장 밑의 덮개, 금실 수와 구리 번호판이 있는 골동품 같은 안장을 끌고 나왔다.

'저런 멍청한 아낙네를 봤나!' 이반 이바노비치는 생각했다. '이젠 이반 니키포로비치까지 바람에 말리겠다고 끌어내겠군!'

정말 그랬다. 이반 이바노비치의 추측이 완전히 틀리지는 않았다. 5분쯤 뒤에 이반 니키포로비치의 남경목면 바지가 높이 솟아오르고, 이것이 거의 마당의 절반을 차지했다.

그녀는 모자와 총도 가지고 나왔다.

'이건 무슨 의미지?' 이반 이바노비치는 생각했다. '난 이반 니키포로비치의 총을 본 적이 전혀 없는데. 그에게 이게 뭐람? 총을 쏜다면 모를까, 총을 쏘지도 않는데 총을 갖고 있다니! 총이 그에게 무슨 소용이지? 근데 물건은 훌륭하네! 난 오래전부터 저런 것을 갖고 싶었어. 저 총이 몹시 갖고 싶다. 난 총을 갖고 노는 걸 좋아하니까.'

"어이, 이봐, 아낙네!" 이반 이바노비치가 손가락으로 가리키며 소리쳤다.

노파가 담장 쪽으로 다가왔다.

"이봐, 자네 이게 뭔가?"

"직접 보시다시피 총이죠."

"무슨 총인가?"

"그게 어떤 총인지 누가 알겠어요? 그게 제 거라면 그게 어떻게 생긴 건지 제가 알겠지요. 하지만 그건 주인 나리 건데요."

이반 이바노비치는 자리에서 일어나 총을 사방으로 살펴보느라, 총과 함께 바람에 말리려고 내건 것에 대해 그녀를 꾸짖으려던 일도 잊었다.

"그건 철(鐵)인 게 틀림없어요." 노파가 계속 말했다.

"흠! 철이라. 그게 어째서 철이라는 거야?" 이반 이바노비치가 혼잣말을 하고, 노파에게 물었다. "오래전부터 주인에게 있었던 건가?"

"아마 오래전부터일걸요."

"좋은 물건이군." 이반 이바노비치가 계속 말했다. "그걸 달라고 해야겠어. 그가 이것으로 할 일이 뭐 있겠어? 아니면 뭐든 다른 것과 교환해야지. 이봐, 주인 나리는 집에 계시는가?"

"계세요."

"어떻게? 누워 계시는가?"

"누워 계세요."

"좋아, 내가 그에게 가지."

이반 이바노비치는 옷을 차려입고, 미르고로드의 거리에는 사람보다 개들이 훨씬 더 많이 다니기 때문에 개들을 물리치기 위해 옹이가 많은 막대기를 손에 쥐고 나섰다.

이반 니키포로비치의 마당은 이반 이바노비치의 마당과 나란히 있었기 때문에 바자울을 통해 이쪽에서 저쪽으로 넘어갈 수도 있었다. 그러나 이반 이바노비치는 거리를 통해 갔다. 이 길에서 골목으로 꺾어 들어야 했다. 그런데 골목은 너무 좁아서 말 한 필이 끄는 짐마차 두 대가 마주치면, 서로 비껴서 지나갈 수 없기 때문에 각 마차의 뒷바퀴를 붙잡고 길 양편으로 끌어내기 전까지는 그 상태로 있을 수밖에 없었다.

행인은 담장을 따라 양쪽으로 마치 꽃처럼 자란 우엉들에 의해 치장되었다. 이 골목으로 한편에서는 이반 이바노비치의 광이, 다른 편에서는 이반 니키포로비치의 헛간, 문, 비둘기장이 나 있었다. 이반 이바노비치가 문에 다가가 빗장을 내렸다. 안에서 개 짖는 소리가 일어났다. 다양한 털 색깔의 개 떼가 곧 달려 나왔으나, 익숙한 얼굴임을 알아보고 꼬리를 흔들며 뒤로 물러났다.

이반 이바노비치는 마당을 지나갔다. 이 마당은 이반 니키포로비치가 직접 손으로 먹이를 주는 인도산 비둘기들, 수박과 참외 껍질, 군데군데 자란 풀, 군데군데 자리 잡은 부서진 바퀴나 나무통에서 떨어져 나온 테, 기름때가 전 셔츠를 입고 굴러다니는 소년으로 알록달록했다. 화가들이 좋아하는 진풍경이다! 넓게 펼쳐진 채 매달린 옷들이 드리우는 그림자가 마당을 거의 다 뒤덮어서 마당이 약간 시원해졌다. 아낙네가 인사하며 그를 맞이하였고, 하품을 하면서 제자리에 섰다.

집 앞 현관은 두 개의 참나무 기둥에 매달린 차양으로 멋지게 몸단장을 했으나, 이 차양은 소러시아의 이맘때 햇볕을 막기에는 적합하지 않았고, 햇볕은 농담이 아니라 진짜로 행인을 발끝에서 머리끝까지 뜨거운 땀으로 뒤범벅을 만든다. 이반 이바노비치가 저녁에 산책하러 나가는 일상의 습관을 버리고 이런 때 집을 나서기로 결정한 것만 봐도, 꼭 필요한 물건을 얻고자 하는 그의 열망이 얼마나 강했는지 알 수 있었다.

이반 이바노비치가 들어간 방은 칠흑같이 어두웠다. 겉창이 닫혀 있었기 때문이다. 그리고 햇빛이 겉창에 난 구멍 사이로 들어와 무지갯빛을 만들고 반대편 벽에 부딪혀 벽에 갈대 지붕, 나무, 마당에 매달린 옷, 이 모든 것이 뒤바뀐 형태로 알록달록한 풍경을 이루고 있었다.

이로 인해 방 전체에 어떤 기묘한 음영이 드리워져 있었다.

"안녕하십니까!" 이반 이바노비치가 말했다.

"아, 안녕하세요, 이반 이바노비치!" 방구석에서 목소리가 대답했다.

그제야 이반 이바노비치는 마룻바닥에 펼쳐진 양탄자에 누워 있는 이반 니키포로비치를 알아보았다.

"당신 앞에 벌거벗고 있는 저를 용서해 주세요."

이반 니키포로비치는 아무것도 걸치지 않고, 셔츠도 없이 누워 있었다.

"괜찮습니다. 당신은 오늘 식사를 했습니까, 이반 니키포로비치?"

"했지요. 당신은 하셨습니까, 이반 이바노비치?"

"했습니다."

"당신은 지금 막 일어나셨습니까?"

"제가 지금 일어났냐고요? 무슨 말씀을, 이반 니키포로비치! 어떻게 지금까지 잠을 잘 수 있단 말입니까! 전 방금 시골 마을에서 도착했습니다. 거리엔 아주 아름다운 생명체들이 있고요! 경탄이 절로 나와요! 건초도 아주 무성하고 부드럽고 풍성하고요!"

"고르피나!" 이반 니키포로비치가 외쳤다. "이반 이바노비치에게 보드카와 피로그를 스메타나와 함께 갖다 드려."

"오늘 날씨가 좋습니다."

"그런 말 마세요, 이반 이바노비치. 악마가 이놈의 날씨를 가져가 버렸으면! 더워서 다닐 수가 없어요."

"그런다고 악마를 입에 올릴 것까지 있나요. 에이, 이반 니키포로비치! 당신이 제 말을 기억할 때는 이미 늦을 겁니다. 당신은 불경한 말 때문에 지옥에서 혼날 겁니다."

"제가 당신 마음을 상하게 한 게 뭐가 있다고 이러세요, 이반 이바노비치? 전 당신의 아버지도, 어머니도 언급하지 않았습니다. 제가 무엇으로 당신 마음을 상하게 했는지 모르겠군요."

"그만 됐습니다, 됐어요, 이반 니키포로비치!"

"나 참, 저는 당신 마음을 상하게 하지 않았습니다, 이반 이바노비치!"

"메추라기들이 아직도 피리 소리를 듣고 나오지 않는 게 이상하네요."

"당신 원하시는 대로, 당신 편한 대로 생각하세요. 하지만 저는 무엇으로도 당신을 모욕하지 않았습니다."

"그것들이 왜 안 나오는지 모르겠어요." 이반 이바노비치가 이반 니키포로비치의 말을 못 들은 척하며 말했다. "때가 아직 안 된 건가요, 지금이 그때인 것 같은데요."

"생명체들이 잘 지낸다고 하셨나요?"

"경탄이 절로 나오는 생명체들이에요, 경탄이 절로 나와요!"

그 뒤로 침묵이 잇따랐다.

"이반 니키포로비치, 당신은 왜 이 옷들을 넌 건가요?" 마침내 이반 이바노비치가 말했다.

"네, 망할 놈의 아낙네가 아주 아름다운 거의 새것 같은 옷에 곰팡이가 슬게 했어요. 그래서 바람에 말리고 있는데, 섬세하고 아주 훌륭한 옷감은 뒤집기만 하면 됩니다. 그럼 다시 입을 수 있지요."

"저기 물건 하나가 제 맘에 들던데요, 이반 니키포로비치."

"어떤 건데요?"

"말씀해 주세요, 옷과 함께 바람에 말리려고 내놓은 이 총이 당신에게 무슨 소용이 있습니까?" 여기서 이반 이바노비치가 담배를 꺼냈다. "한 대 피우시겠습니까?"

"괜찮습니다, 피우세요! 전 제 것을 피울 테니까요!" 이 말을 하고 이반 니키포로비치는 자기 주변을 더듬으며 파이프를 찾았다. "어리석은 아낙네야, 총까지 거기에 널다니! 좋은 담배는 소로친치에 있는 유대인이 만들지요. 그가 거기에 뭘 넣는지 모르겠지만, 향이 아주 좋아요! 향쑥하고 약간 비슷하지요. 한번 받아서, 입으로 조금 불어 보세요. 정말 향쑥이랑 비슷하지 않은가요? 받으세요, 피워 보세요!"

"말씀해 주세요, 이반 니키포로비치, 계속 총에 대해 말씀드리는 건데요, 당신이 그걸로 뭘 하시겠어요? 그건 정말 당신에게 필요 없는 겁니다."

"어떻게 필요 없다고 그러세요? 총 쏠 일이 생기면요?"

"무슨 말씀을, 이반 니키포로비치, 언제 당신이 총을 쏠 거란 말씀이세요? 정말이지 그리스도가 재림할 때나 쏘겠지요. 제가 알고 다른 사람들이 기억하는 한, 당신은 오리 한 마리 죽여 본 적이 없으시고, 당신의 천성도 하느님이 총을 쏘게 만드시질 않았어요. 당신은 점잖은 거동과 형체를 갖고 계세요. 당신이 어떻게 늪을 지나다니겠어요. 지금도 어떤 말로든 예의범절에 맞게 부르기 어려운 당신 옷을 바람에 말리고 있는데, 그때는 어떻게 되겠어요?

(위에서 언급한 대로 이반 이바노비치는 누군가를 설득할 때는 여간 생생히 묘사하는 게 아니었다. 그는 말을 얼마나 잘하는가! 신이여, 그는 얼마나 말을 잘하는지요!) 자, 그러니 당신에겐 예의에 맞는 행동이 필요합니다. 그걸 제게 넘기세요!"

"어떻게 그럴 수가! 이건 비싼 총입니다. 그런 총은 이제 어디서도 찾아볼 수 없을 거예요. 제가 군대에 들어가려고 할 때 터키인에게서 그걸 샀어요. 그런데 이제 갑자기 그걸 넘긴다고요? 어떻게 그럴 수가 있단 말예요? 이건 제게 꼭 필요한 물건이라고요."

"그것이 무엇에 꼭 필요하단 말이에요?"

"무엇에 필요하냐니요? 도둑들이 집을 공격할 때…… 꼭 필요하고말고요. 오 하느님, 감사합니다! 이제 저는 평안하고 아무도 두려워하지 않습니다. 왜냐고요? 제 창고에 총이 있다는 것을 알기 때문이지요."

"참 좋은 총이네요!* 이반 니키포로비치, 자물쇠가 망가졌던데요."

“무슨 말씀을, 뭐가 망가졌다고요? 하지만 고칠 수 있습니다. 녹슬지 않게 마유(麻油)로 칠만 하면 돼요.”

“당신 말에서, 이반 니키포로비치, 저에 대한 우정의 태도를 찾아볼 수가 없군요. 당신은 제게 호의의 표시로 아무것도 하고 싶지 않으신가 보군요.”

“어떻게, 이반 이바노비치, 제가 당신에게 어떤 호의도 보이지 않는다고 할 수 있습니까? 당신은 부끄럽지도 않으세요? 당신 소들이 우리 스텝에서 풀을 뜯어 먹어도 전 한 번도 그것들을 가져가지 않았어요. 또 당신은 폴타바에 갈 때 늘 제 짐마차를 요구하시죠, 그렇죠? 제가 한 번이라도 거절한 적이 있던가요? 당신 아이들이 바자울을 넘어 제 마당으로 들어와서 저의 개들과 놀 때도, 전 아무 말 하지 않았어요. 그들이 놀게 하고, 아무것도 건드리지 못하게만 했어요! 그들이 맘껏 놀게 했다고요!”

“선물하고 싶지 않다면 서로 교환합시다.”

“그것에 대해 제게 뭘 주실 건데요?” 이 말을 하고 이반 니키포로비치는 손을 허리에 대며 이반 이바노비치를 바라보았다.

“당신에게 붉은 돼지를 드리지요. 제가 돼지우리에서 직접 먹인 것을요. 정말 멋진 돼지예요! 내년에 그것이 당신에게 새끼 돼지들을 선사할지 안 할지 한번 보세요.”

“이반 이바노비치, 당신이 어떻게 그런 말을 할 수 있는지 모르겠네요. 제게 당신의 돼지가 무슨 소용이 있다고 그러세요? 정말이지 악마를 추모라도 해야겠네요.”

“또 그러시네! 정말 악마 없이는 말을 못 하시는군요! 그건 당신 죄예요, 에이, 죄라고요, 이반 니키포로비치!"

"당신은 어떻게 실제로, 이반 이바노비치, 악마도 뭐가 뭔지 모를 돼지를 총과 맞바꿀 수가 있단 말입니까!"

"돼지가 어째서 악마도 뭐가 뭔지 모를 거라는 건가요, 이반 니키포로비치?"

"세상에, 당신도 잘 판단해 보세요. 이 총으로 말할 것 같으면 잘 알려진 물건이에요. 그런데 악마도 뭐가 뭔지 모를 돼지라니요! 당신이 말씀하시는 것만 아니면, 저는 이것을 저에 대한 모욕으로 생각할 겁니다."

"돼지에 좋지 않은 게 뭐가 있다고 그러세요?"

"당신은 정말 저를 뭘로 보시는 겁니까? 내가 돼지를……."

"앉으세요, 앉으세요! 이제 안 하겠습니다……. 당신이 그냥 총을 갖고 계세요. 창고 구석에 처박혀서 곰팡이가 나고 녹슬게 하세요……. 더 이상 그것에 대해선 얘기하고 싶지 않아요."

이 말 뒤에 침묵이 이어졌다.

"사람들 말로……." 이반 이바노비치가 말을 시작했다. "세 왕이 우리 차르에게 전쟁을 선포했다는군요."

"네, 표트르 표도로비치가 그러더군요. 이건 무슨 전쟁이랍니까? 그게 왜 일어나는 건가요?"

"뭘 위한 전쟁인지, 이반 니키포로비치, 저도 모르겠어요. 제 생각에는 그 왕들이 우리 모두 터키인의 신앙을 받아들이길 원하는 것 같아요."

"이런, 멍청한 것들, 그딴 걸 원하다니!" 이반 니키포로비치가 머리를 조금 들어 올리고 말했다.

"가만 보니, 우리 차르가 정말로 그것 때문에 그들에게 전쟁을 선포한 겁니다. '반대로 당신이 그리스도를 믿으세요'라고 하면서요."

"뭐라고요? 우리가 그들을 무찌를 겁니다, 이반 이바노비치!"

"무찌르겠죠, 이반 니키포로비치. 그래서 총을 바꾸고 싶지 않단 말씀이세요?"

"이상하군요, 이반 이바노비치. 당신은 높은 학식으로 잘 알려진 분인데, 철부지처럼 말씀하시네요. 제가 그런 바보 같은 것을 위해서……."

"앉으세요, 앉으세요. 내버려 두세요! 뒈지게 하세요. 더 이상 말하지 않겠습니다!

이때 요깃거리가 나왔다.

이반 이바노비치는 술을 한 잔 마시고 스메타나가 든 피로그를 먹었다.

"이보세요, 이반 니키포로비치, 당신에게 돼지와 함께 두 포대의 귀리도 드리겠습니다. 당신은 귀리를 파종하지 않으셨지요. 어쨌거나 올해 당신은 귀리를 사셔야 할 거고요."

"에잇, 이반 이바노비치, 당신과는 콩알을 다 먹고 말을 해야겠군요. (이건 아직 아무것도 아니다. 이반 니키포로비치에게 이 정도 표현은 양호한 것이다.) 귀리 두 포대에 총을 바꾸는 사람을 어디서 보셨어요? 당신도 자기 베케샤는 안 내놓을 거잖아요."

"하지만 이반 니키포로비치, 당신은 제가 돼지도 줄 거라는 걸 잊으셨군요."

"어떻게요! 총을 주는 대신에 귀리 두 포대와 돼지라고요?"

"네, 왜요, 적단 말인가요?"

"총에 대해서요?"

"물론 총에 대해서요."

"총에 두 포대요?"

"두 포대가 빈 것이 아니고 귀리가 든 것이에요, 돼지는 잊으셨나요?"

"돼지와 키스나 하세요. 그게 싫으면 악마하고 하시거나!"

"오! 당신에게 갈고리를 채울 겁니다! 보세요, 그런 불경한 말을 한 대가로 저승에서 당신의 혀를 뜨거운 바늘로 꿰맬 겁니다. 당신과 말한 뒤에는 얼굴도, 손도 씻고, 연기를 내서 몸을 정화시켜야 할 거예요."

"됐어요, 이반 이바노비치, 총은 고상한 물건이고 가장 흥미로운 소일거리이고 게다가 방의 더없는 장식품이고……."

"이반 니키포로비치, 당신이 총을 들고 다니는 건 바보 멍청이가 예쁜 가방을 갖고 다니는 격이에요."* 이반 이바노비치가 화를 내며 말했다. 정말로 그는 화가 나기 시작했던 것이다.

"이반 이바노비치, 당신은 진짜 수거위요."*

이반 니키포로비치가 이 말만 하지 않았다면 그들은 자기들끼리 싸우다가 언제나처럼 친구로 헤어졌을 것이다. 하지만 이제 상황이 달라졌다.

이반 이바노비치가 크게 발끈했다.

"당신, 지금 뭐라고 하셨죠, 이반 니키포로비치?" 그가 언성을 높이며 물었다.

"난 당신이 수거위를 닮았다고 했소, 이반 이바노비치!"

"당신은 어떻게 인간에 대한 예의와, 인간의 관직과 성(姓)에 대한 존경심을 버리고 그런 모욕적인 이름으로 명예를 더럽힐 수 있습니까?"

"여기에 무슨 모욕적인 것이 있다고 그러세요? 당신은 정말 뭘 그리 팔을 휘두르세요, 이반 이바노비치?"

"다시 말하는데, 당신은 어떻게 모든 예의에 어긋나게 저를 수거위라고 부를 수 있단 말입니까?"

"나는 당신 머리에 침을 뱉겠소, 이반 이바노비치! 당신은 왜 그렇게 꼬꼬댁거리고 그러쇼?"

이반 이바노비치는 더 이상 자제할 수가 없었다. 그의 입술이 덜덜 떨리고, 입이 평상시의 'v' 자가 변해서 'O'를 닮게 되고, 눈을 끔찍할 정도로 깜박거렸다. 이것은 이반 이바노비치에게 극히 드문 일이었다. 이렇게 하려면 그를 매우 심하게 화나게 만들어야 했다.

"난 당신에게 선언하오." 이반 이바노비치가 말했다. "난 당신을 알고 싶지 않소!" 이반 니키포로비치가 대답했다. "정말 큰 불행이군! 에이, 이걸로 울기나 할 줄 알고!"

거짓말이다, 거짓말이다, 이런, 거짓말을 한 거다! 사실 그는 이 말에 몹시 당혹스러웠다.

"난 당신 집에 발을 들이지 않겠소."

"에헤!" 이반 니키포로비치가 당혹해서 스스로 무엇을 해야 할지 모르고 평상시와 달리 두 다리로 일어나서 말했다. "에이, 아낙네, 젊은이들!"

이 말에 바로 그 비쩍 마른 아낙네와 길고 넓은 프록코트로 엉켜 있는 키가 작은 소년이 문에 나타났다.

"이반 이바노비치의 팔을 잡아서 그를 문밖으로 내보내!"

"뭐라고! 귀족을?" 이반 이바노비치가 자긍심과 불만의 감정을 드러내며 소리쳤다.

"그렇게만 해 봐! 나와 봐! 너희를 너희 어리석은 주인 나리와 함께 황천길로 보내 주겠어! 까마귀도 너희 있는 곳을 찾지 못할 거다!" (이반 이바노비치는 그의 마음이 흔들릴 때면 평소와 달리 강하게 말하곤 했다.)

그 자리에 있던 사람 모두 인상적인 그림을 연출했다. 이반 니키포로비치는 방 한가운데 어떤 장식도 없이 완전한 아름다움을 드러내며 서 있었다! 아낙네는 입을 딱 벌린 채, 얼굴에 가장 의미 없고 공포로 가득 찬 낯짝을 하고 있었다. 이반 이바노비치는 로마 제국의 집정관을 연기하는 것처럼 손을 위로 들어 올리고 있었다!

이건 흔치 않은 순간이었다! 장엄한 연극이었다!

그 사이에 단 한 명의 관객이 있었으니, 엄청나게 큰 겨울 외투를 입은 소년이었다. 그는 아주 평온하게 서서 손가락으로 코를 파고 있었다.

마침내 이반 이바노비치가 모자를 집어 들었다.

"당신은 행동거지가 아주 좋으시군요, 이반 니키포로비치! 아주 훌륭해요! 당신이 그에 대한 대가를 치르게 하겠소."

"가세요, 이반 이바노비치, 가세요! 잘 보시고 제 눈에 띄지 않게 하세요. 그렇지 않으면, 이반 이바노비치, 당신의 낯짝을 패 주겠소!"

"이거나 먹으쇼, 이반 니키포로비치!" 이반 이바노비치가 대답하면서 그에게 손가락으로 모욕을 주고 자기 뒤로 문을 쾅 닫았다. 문이 끼익 하다가 쿵쾅거리는 소리를 내며 다시 열렸다. 이반 니키포로비치가 문에 모습을 드러내고 뭔가를 덧붙이고 싶어 했으나, 이반 이바노비치는 이미 뒤도 돌아보지 않고 마당에서 잽싸게 나갔다.

3. 이반 이바노비치와 이반 니키포로비치의 싸움 뒤에 무슨 일이 일어났는가?

바로 그렇게, 미르고로드의 명예이자 자랑거리인 두 존경받는 남성이 서로 싸운 것이다! 무엇 때문에? 아무것도 아닌 일 때문에, 수거위 때문에. 이들은 서로 보려고도 하지 않고, 모든 관계를 끊어 버렸다. 이전에는 가장 떼어 놓기 어려운 친구들로 널리 알려졌는데 말이다!

이반 이바노비치와 이반 니키포로비치는 매일 서로의 건강을 알아보기 위해 사람을 보내고, 자주 발코니에서 이야기를 나누고, 듣고 있노라면 마음이 흡족해지는 그런 유쾌한 말을 주고받았다. 일요일마다 이반 이바노비치는 두꺼운 베케샤를 입고, 이반 니키포로비치는 남경목면으로 된 카자크식 황갈색 반외투를 입고, 두 사람이 함께 거의 팔짱을 끼고 교회에 갔다. 눈썰미가 아주 좋은 이반 이바노비치가 먼저, 미르고로드에서 자주 볼 수 있는 길 한가운데의 웅덩이나 어떤 더러운 거라도 발견하면, 그는 언제나 이반 니키포로비치에게 "조심하세요, 여기엔 발을 디디지 마세요, 여긴 안 좋으니까요"라고 말했다. 그러면 이반 니키포로비치 역시 가장 감동적인 우정의 표시를 보이고, 아무리 멀리 떨어져 있어도 언제나 이반 이바노비치에게 파이프를 든 손을 내밀고 "한 대 피우시죠!"라고 말하곤 했다. 양편의 살림은 얼마나 훌륭한가……! 이 두 친구는…….

이 소식을 들었을 때, 내게는 마른하늘에 날벼락 같았다! 나는 오랫동안 믿고 싶지 않았다. 오, 하느님! 이반 이바노비치가 이반 니키포로비치와 싸우다니요! 그토록 존경받는 분들이 말입니다! 이제 이 세상에 확고한 것이 뭐가 있겠어요? 이반 이바노비치가 자기 집에 왔을 때, 그는 오랫동안 심한 흥분 상태에 있었다. 평소 같으면 그는 제일 먼저 헛간에 들어가 암말이 건초를 잘 먹는지 살펴볼 것이다(이반 이바노비치의 암말은 이마에 털이 없는 사브라사야* 품종으로, 아주 좋은 말이었다). 그러고 나선 칠면조들과 돼지 새끼들을 자기 손으로 먹이고, 그다음에는 방으로 가서 나무 식기 그릇을 만들거나(그는 나무로 아주 솜씨 있게, 선반공 못지않게 다양한 물건들을 만들 줄 알았다) 류비 가리와 포포프에서 인쇄된 책*(이반 이바노비치는 그 제목을 기억하지 못한다. 아가씨가 아주 오래전에 아이를 즐겁게 해주려고 표지 윗부분을 찢었기 때문이다)을 읽거나 차양 아래서 쉴 것이다. 그런데 이번에는 늘 하던 일 중 아무것도 하지 않았다. 그 대신 그는 가프카와 마주치자, 그녀가 부엌으로 곡식단을 밀고 있는 중인데도, 왜 일은 안 하고 빈둥거리냐며 욕을 퍼부었다. 그가 평상시에 주던 음식을 먹으려고 현관에 다가온 수탉에게는 지팡이를 던졌다. 다 낡은 셔츠를 입고 땟국물이 흐르는 소년이 그에게 달려와서 "아저띠, 아저띠, 과자 줘요!"라고 외치자, 소년을 아주 엄하게 혼쭐내고 발을 굴러서, 겁에 질린 소년이 걸음아 나 살려라 하고 도망갔다.

하지만 마침내 정신을 차린 그는 평소의 일을 하기 시작했다. 그는 늦게 점심 식사를 하고, 저녁나절에는 차양 밑에서 쉬기 위해 누울 참이었다. 가프카가 끓인 맛있는 비둘기 수프가 아침의 사건을 기억에서 깨끗이 몰아냈다. 이반 이바노비치는 다시 만족스럽게 자신의 살림살이를 둘러보기 시작했다. 마침내 이웃집 마당에 눈이 머무르자, 그는 "오늘은 내가 이반 니키포로비치 집에 안 갔지. 그에게 가 봐야겠군"이라고 혼잣말을 했다. 이 말을 하고 이반 이바노비치는 지팡이와 모자를 집어 들고 거리로 나섰다. 그러나 문에서 나오자마자 아침의 싸움을 기억하고 침을 뱉고 뒤로 돌아섰다.

거의 똑같은 행동이 이반 니키포로비치의 마당에서도 있었다. 이반 이바노비치는 아낙네가 그의 마당으로 넘어올 의도로 다리를 얹은 것을 보았으나, 갑자기 "물러서! 물러서! 필요 없어!"라는 이반 니키포로비치의 목소리가 들렸다.

그러나 이반 이바노비치는 매우 심심해졌다. 이반 니키포로비치 집의 특별한 사건이 어떤 화해의 희망도 없애고, 이미 꺼지려 하는 적대감의 불길에 기름을 끼얹지만 않았어도, 이 존경할 만한 사람들은 그다음 날로 화해할 수 있었을 것이다.

바로 그날 저녁 무렵 이반 니키포로비치의 집에 아가피야 페도세예브나가 왔다. 아가피야 페도세예브나는 이반 니키포로비치의 친척도, 처제도, 심지어 대모도 아니었다. 그녀는 아무 이유도 없이 그를 찾아오는 것 같았고, 그 자신도 그녀에 대해 그다지 기뻐하지 않았다. 그런데도 그녀는 찾아와서 그의 집에 몇 주간, 때로는 그보다 더 오래 머물곤 했다. 그때 그녀는 열쇠를 빼앗아 집 안을 온통 자기 손아귀에 두었다. 이것은 이반 니키포로비치에게 매우 불쾌했으나, 그는 놀랍게도 마치 어린아이처럼 그녀 말을 잘 들었다. 가끔은 그가 반항하려고도 했지만 언제나 아가피야 페도세예브나가 우세했다.

고백하건대, 나는 여자가 우리 코를 찻주전자의 손잡이 잡듯이 그렇게 민첩하게 잡도록 만들어진 것이 무엇을 위한 것인지 이해가 안 된다. 아니면 그들의 손은 다른 어떤 것보다도 우리 코를 잡는 데 더 편하게 창조된 것일까? 이반 니키포로비치의 코는 자두를 약간 닮았음에도 불구하고, 그녀는 그의 코를 잡아서 개처럼 자기 뒤로 끌고 다녔다. 그는 그녀가 있을 때면 무의식적으로 자기의 평소 생활 습관마저 바꿔서, 햇볕에 그렇게 오랫동안 누워 있지 않았고, 눕는다 해도 벌거벗은 채가 아니라 셔츠와 바지를 입고 누웠다. 그런데 아가피야 페도세예브나는 이것을 전혀 요구한 적도 없다. 그녀는 격식을 차리는 것을 싫어해서, 이반 니키포로비치가 열병을 앓을 때면 제 손으로 직접 그를 머리끝에서 발끝까지 테레빈유와 식초로 문질렀다. 아가피야 페도세예브나는 머리에 두건을 쓰고, 코에는 세 개의 사마귀가 있고, 노란 꽃들이 있는 커피색 실내복을 입고 다녔다. 그녀의 몸은 나무통을 닮아서, 그녀의 허리를 찾기란 마치 거울 없이 자기 코를 보는 것만큼 어려웠다.

그녀의 다리는 짧고, 두 개의 베개 모양으로 만들어졌다. 그녀는 잡담과 수다를 떨고, 아침마다 삶은 사탕무를 먹고, 훌륭하게 잘 꾸짖고, 이 온갖 일들을 모두 하면서도 그녀 얼굴 표정은 한순간도 바뀌지 않았으니, 이는 여성들만이 보여 줄 수 있는 능력이었다.

그녀가 오면서 모든 것이 잘못된 방향으로 틀어져 버렸다.

"이반 니키포로비치, 그와 화해하지 말고 사과도 하지 마. 그는 너를 죽이고 싶어 할 거야. 이자는 그런 작자야! 넌 그를 아직 잘 몰라."

이 망할 아낙네가 하도 쉬쉬거리고 쉬쉬거려서 이반 니키포로비치는 이반 이바노비치에 대해 듣는 것조차 싫어하게 되었다. 모든 게 다른 양태를 띠게 되었다. 옆집 개가 마당에 기어들 때면, 사람들은 뭐든 잡히는 대로 개를 패 댔다. 애들이 담장을 넘어 오면, 바람에 셔츠가 위로 부풀리고 등에 채찍 자국이 나서 신음을 하며 돌아갔다. 이반 이바노비치가 아낙네에게 뭔가를 물어볼라치면 그녀도 너무나 무례하게 굴어서, 극도로 세련된 이반 이바노비치조차 침을 뱉고 "이런 추잡한 아낙네! 주인보다 더하네!"라고 말할 뿐이었다.

마침내 모든 모욕을 완결 짓는 의미에서, 증오에 가득 찬 이웃이 평소에 바자울을 넘어가곤 했던 곳의 바로 맞은편에 거위 우리를 지었다. 그는 더 심하게 모욕을 주려는 특별한 의도를 가지고 이렇게 한 것 같았다. 이반 이바노비치에게 혐오스러운 이 거위 우리는 악마와 같은 속도로, 단 하루 만에 지어졌다. 이것이 이반 이바노비치에게 적의와 복수욕을 불러일으켰다. 하지만 그는 비둘기장이 자기 집의 일부를 차지하고 있음에도 불구하고 비통해하는 모습을 전혀 보이지 않았다. 그러나 그의 심장은, 그가 이 외적인 평정 상태를 유지하는 게 극히 어려울 정도로 격렬하게 뛰었다.

그렇게 그는 하루를 보냈다. 어느덧 밤이 왔다…….

오, 만일 내가 화가라면, 나는 이 매력적인 밤을 훌륭하게 묘사할 것이다!

나는 어떻게 온 미르고로드가 잠자고 있는지를 묘사할 것이다! 셀 수 없이 많은 별들이 어떻게 미동도 없이 잠든 미르고로드를 바라보고 있는지, 어떻게 가까이 있거나 먼 데 있는 개 짖는 소리에 정적이 사그라드는지, 어떻게 사랑에 빠진 교회 일꾼이 개들 옆을 빨리 지나가고 기사처럼 두려움 없이 바자울을 넘어가는지, 달빛에 사로잡힌 집의 하얀 벽들이 어떻게 더 하얘지면서 나무들에 더욱 어두운 그늘을 드리우고, 나무 그늘이 더욱 검어지고 꽃들과 조용해진 풀이 더 향기로워지고, 지칠 줄 모르는 밤의 기사인 찌르레기가 사방에서 다정하게 찌르륵거리며 노래하고 있는지를.

나는 어떻게 이 낮고 작은 황토집 중 한 집의 외로운 침대에서 뒤척이는 검은 눈썹의 아가씨가 전율하는 어린 가슴을 안고 창기병의 콧수염과 장검들을 꿈꾸고 있는지, 달빛이 그녀의 뺨에서 미소 짓는지를 묘사할 것이다! 나는 어떻게 집들의 하얀 굴뚝들에 앉는 박쥐의 검은 그림자가 하얀 길을 따라 어른거리는지 묘사할 것이다…….

하지만 나는 이 밤에 톱을 들고 나온 이반 이바노비치는 거의 묘사할 수 없을 것이다. 그의 얼굴에 얼마나 다양한 감정들이 쓰여 있었는지! 그는 조용히, 조용히 몰래 숨어들어 거위 우리 밑으로 기어 들어갔다. 이반 니키포로비치의 개들이 이들의 싸움에 대해 아직 아무것도 알지 못한 탓에 그를 옛 친구로 여기고 그가 네 개의 참나무 기둥으로 지탱되는 비둘기장에 다가가는 것을 허용했다. 그는 가까운 막대로 기어가서 그것에 톱을 갖다 대고 톱질을 하기 시작했다. 톱에서 나는 소리에 그는 순간순간 주위를 둘러보았지만, 모욕에 대한 생각이 다시 용기를 북돋워 주었다. 마침내 첫 기둥이 잘려 나갔다. 이반 이바노비치는 다른 기둥에 착수했다. 그의 눈이 불타오르고 공포 때문에 아무것도 보이지 않았다. 갑자기 이반 이바노비치가 소리를 지르고,

온몸이 마비되었다. 그의 눈앞에 죽은 사람이 나타난 것이다. 하지만 그는 곧 이것이 그에게 목을 쑥 내민 거위인 걸 알고 정신을 차렸다. 이반 이바노비치는 분개하면서 침을 뱉고 일을 계속했다. 두 번째 기둥도 잘려 나갔다. 비둘기장이 흔들거리며 기우뚱해졌다. 이반 이바노비치가 세 번째 기둥에 착수했을 때 그의 심장이 너무 끔찍하게 고동치기 시작해서, 그는 몇 번 일을 멈추었다. 그것의 절반 이상이 이미 톱으로 잘렸을 때, 아슬아슬하던 비둘기장이 갑자기 심하게 기울어졌다……. 이반 이바노비치가 뒤로 물러서자마자 그것이 깨지는 소리를 내며 무너졌다. 그는 혼비백산해서 톱을 잡고 집으로 뛰어가 침대에 몸을 던졌다. 그는 창문으로 자기의 끔찍한 행동의 결과를 바라볼 엄두도 내지 못했다. 그에겐 이반 니키포로비치의 집안 사람들, 즉 늙은 아낙, 이반 니키포로비치, 끝없이 긴 프록코트를 입은 소년이 모여서, 모두 몽둥이를 들고 아가피야 페도세예브나의 지시를 받아 그의 집을 파괴하고 산산조각 내려고 오는 것만 같았다.

다음 날 내내 이반 이바노비치는 열병에 걸린 것 같았다. 그에겐 증오에 가득 찬 이웃이 이에 대한 복수로 자기 집에 불을 놓을 것만 같았다. 그래서 그는 가프카에게 어디든 마른 볏짚이 놓여 있지는 않은지 매 순간 사방을 둘러보라고 지시했다. 마침내 그는 이반 니키포로비치에게 경고를 하기 위해 토끼처럼 앞으로 잽싸게 나가서 그를 미르고로드군 재판소에 고소하기로 마음먹었다.

그것이 어떤 것인지는 다음 장에서 알게 될 것이다.

4. 미르고로드 재판소의 접견실에서 일어난 일에 대하여

미르고로드는 경이로운 도시다! 거기에 없는 건물이 뭐가 있는가? 마른 볏단 지붕이건, 갈대 지붕이건, 심지어 나무 지붕이건, 온갖 지붕의 건물이 있고, 오른쪽 길이건 왼쪽 길이건 사방이 바자울이다. 바자울을 따라 홉(hop)이 칭칭 감기고, 바자울 위로 항아리들이 걸려 있고 그 뒤로 해바라기가 해 모양의 머리를 드러내고 양귀비가 붉게 물들고 두꺼운 호박들이 어른거린다…… 화려하다!

바자울은 언제나 그것을 더 그림처럼 아름답게 만들어 주는 물건들, 즉 동여맨 전통 치마나 여성 상의나 넓은 바지 등으로 장식되어 있다. 미르고로드에는 도둑질이 없고 사기 치는 일도 없어서, 각자 생각나는 대로 바자울에 매단다. 광장에 다가가면 잠시 걸음을 멈추고 그 광경을 즐기게 될 것이다. 거기에는 웅덩이, 놀라울 정도로 커다란 웅덩이가 있다! 어디에서도 볼 수 없는, 세상에 단 하나뿐인 웅덩이다! 그것은 거의 광장 전체를 차지한다. 아주 훌륭한 웅덩이다! 멀리서 보면 볏짚단으로 생각할 큰 집과 작은 집들이 주위를 에워싸고 그 웅덩이의 아름다움에 놀라워한다.

하지만 나는 군 재판소만큼 좋은 건물은 없다고 생각한다. 그것이 참나무로 된 건지 자작나무로 된 건지는 내게 중요하지 않다. 하지만 여러분, 그 안에는 여덟 개의 작은 창문이 나 있다! 여덟 개의 작은 창문이 일렬로 나 있고, 바로 광장과 내가 이미 말한 바 있는, 물로 가득 찬 공간에 면해 있는데, 시장은 그것을 호수라고 불렀다!

그 재판소 하나만 화강암으로 이루어져 있고, 미르고로드의 다른 모든 건물들은 단지 하얗게 칠해져 있다. 재판소 지붕 전체는 나무로 되어 있고, 지붕을 칠하기 위해 준비한 기름을 관리들이, 일부러 그런 것처럼 사순절 금식 기간에, 파를 곁들여 먹어 치우지 않았다면 붉은색으로 칠해지기까지 했을 것이다. 그래서 지붕은 칠해지지 않은 채 남았다.

광장에는 자주 암탉들이 뛰어다니는 현관이 나 있다. 그로 인해 거의 언제나 현관에는 껍질 벗긴 곡물이나 뭐든 먹을 것들이 뿌려져 있다. 하지만 이것은 일부러 그런 것이 아니라 오직 청원인들의 부주의 때문이다. 그것은 두 부분으로 반씩 구분되어 있다. 한쪽에는 민원실이 있고 다른 쪽에는 구치실(拘置室)이 있다. 민원실이 있는 구획에는 하얗게 칠해진 두 개의 깨끗한 방이 있다. 하나는 청원인을 위한 대기실이고, 다른 쪽에는 검은 잉크 얼룩으로 장식된 탁자가 있고, 거기에는 표트르 1세의 칙령이 붙어 있는 삼각기둥이 있다. 등 받침이 높은 네 개의 참나무 의자가 있고, 벽을 따라 쇠로 테두리를 두른 궤짝들이 있다. 그 안에는 고소장 다발이 보관되어 있다. 이 궤짝 중 하나 위에는 왁스로 깨끗하게 닦인 장화 한 짝이 있다.

민원실은 아침부터 열렸다. 이반 니키포로비치보다는 조금 말랐으나 꽤 뚱뚱한 재판관은 선량한 얼굴 표정으로 기름때가 묻은 실내복을 입고 파이프 담배와 찻잔을 든 채 판사 조수와 이야기를 나누고 있었다. 재판관의 입술은 바로 코 아래 있어서 그로 인해 그의 코는 마음껏 윗입술의 냄새를 맡을 수 있었다. 이 입술이 그에게 담뱃갑 역할을 대신했다. 코에 들어갈 담배가 거의 언제나 윗입술에 뿌려졌기 때문이다. 바로 그렇게 재판관은 조수와 이야기를 나누고 있었다. 맨발의 아가씨가 찻잔이 든 쟁반을 들고 곁에 서 있었다. 탁자 끝에서는 비서가 사건의 판결문을 읽고 있었는데, 너무 단조롭고 맥없는 어조로 읽고 있어 피고인은 듣다가 잠이 들었을 것이다. 만일 그사이에 재판관이 매우 흥미로운 대화에 빠지지 않았다면, 의심할 여지 없이 그가 누구보다도 먼저 잠이 들었을 것이다.

"난 어떤 방식으로 그들이 노래를 잘하게 된 건지……." 재판관이 이미 식은 찻잔에서 차를 홀짝이며 말했다. "일부러 알아내려고 애써 보았어요. 내게 2년쯤 전에 아주 훌륭한 개똥지빠귀가 있었어요. 그런데 어떻게 됐게요? 갑자기 완전히 버려 버렸어요. 뭐가 뭔지 알 수 없는 노래를 하기 시작한 겁니다. 노래를 부를수록 더 나빠지고 나빠져서, 발음이 이상해지고 목이 쉬고, 아예 새를 버리는 게 나았어요! 정말 어처구니가 없었지요! 그런데 그 이유가 곧 밝혀졌어요. 목구멍 밑에 완두콩보다 작은 종양이 생긴 겁니다. 이 종양을 가시로 찌르기만 하면 됐어요. 내게 이걸 가르쳐 준 사람은 자하르 프로코피예비치인데, 원하면 어떤 식으로 된 건지 말씀드리지요. 내가 그에게 가서……."

"데미얀 데미야노비치, 다른 것을 읽을까요?" 이미 몇 분 전에 읽기를 마친 비서가 말을 끊었다.

"아, 벌써 다 읽었다고요? 참 빨리도 읽었군요! 난 아무것도 못 들었는데. 그게 어딨죠? 그걸 이리 줘요, 내가 서명을 하지요. 거기 뭐가 더 있나요?"

"카자크 보키티카의 도둑맞은 암소에 대한 고소가 있습니다."

"좋아요, 읽어 보세요! 네, 내가 그에게 가서…… 그가 저를 어떻게 대접했는지도 당신에게 자세히 이야기해 줄 수 있어요. 보드카에 발릭*이 나왔는데, 아주 훌륭했어요! 네, 우리가 잘 아는 발릭이 아니었어요."

이 말을 하며 재판관은 혀로 입맛을 다시고 미소를 지었다. 그 사이 코는 늘 그렇듯이 담뱃갑의 냄새를 맡았다.

"미르고로드의 식품점에서 파는 발릭과는 달랐지요. 나는 청어는 안 먹었어요. 당신도 알다시피, 그걸 먹으면 속이 쓰리거든요. 하지만 캐비아는 먹었어요. 아주 훌륭한 캐비아더군요! 말이 필요 없을 정도로 훌륭했어요! 그다음 나는 센토리에 담근 복숭아 보드카를 들이켰어요. 사프란 꽃에 담근 보드카도 있었지만, 당신도 아시다시피 나는 사프란 보드카는 안 마셔요. 그건 아주 좋기는 해요, 흔히 하는 얘기로 처음에 입맛을 돋우기도 하고, 나중에 입가심을 하기도 좋고……. 아! 이게 누구십니까? 정말 오랜만입니다."

이반 이바노비치가 들어오는 것을 보고 재판관이 갑자기 외쳤다.

"수고하십니다! 안녕하십니까!" 이반 이바노비치가 사방으로 정중히 인사하면서, 그만이 보일 수 있는 유쾌한 태도로 대답했다.

오 하느님, 그는 자신의 반응으로 사람들을 얼마나 매료시킬 수 있는지요! 그렇게 섬세한 태도를 저는 어디서도 본 적이 없어요.

그는 자신의 가치를 매우 잘 알았기 때문에 모두의 존경을 당연한 것으로 받아들였다.

재판관이 직접 이반 이바노비치에게 의자를 권했고, 그의 코가 윗입술에서 담배를 전부 들이마셨다. 이것은 그가 대단히 만족스러워하고 있다는 표시였다.

"이반 이바노비치, 어떤 것을 드시겠어요?" 그가 물었다. "차 한잔 드시겠어요?"

"괜찮습니다. 대단히 감사합니다." 이반 이바노비치가 대답과 함께 일어나서 정중히 인사하고 앉았다.

"부디, 차 한잔 드세요!" 재판관이 반복했다.

"괜찮습니다, 감사합니다. 이렇게 손님을 환대하시다니 기쁩니다." 이반 이바노비치가 대답하고 일어나서 정중히 인사하고 앉았다.

"차 한잔 드세요." 재판관이 반복했다.

"괜찮습니다, 신경 쓰지 마십시오, 데미얀 데미야노비치!"

이 말을 하고 이반 이바노비치가 또다시 일어나서 정중히 인사하고 앉았다.

"한 잔만?"

"정 그러시다면, 딱 한 잔만!" 이반 이바노비치가 말하면서 손을 쟁반으로 내밀었다.

오 하느님! 인간이 얼마나 섬세할 수 있는가요? 그런 행동이 얼마나 유쾌한 인상을 주는지 말로는 다 설명할 수 없어요!

"한 잔 더 드시지 않겠어요?"

"대단히 감사합니다." 이반 이바노비치가 찻잔을 쟁반에 뒤집어 놓고 정중히 인사하면서 대답했다.

"더 드시지요, 이반 이바노비치!"

"더 마시지 않겠습니다. 정말 감사합니다." 이 말을 하고서 이반 이바노비치가 일어나서 정중히 인사하고 앉았다.

"이반 이바노비치! 우정을 보여 주셔야죠, 한잔 더 드세요!"

"괜찮습니다. 정말이지 접대에 감사할 따름입니다."

이 말을 하고서 이반 이바노비치가 일어나서 정중히 인사하고 앉았다.

"딱 한 잔만요! 한 잔요!"

이반 이바노비치가 쟁반으로 손을 뻗쳐 찻잔을 집어 들었다.

휴우, 놀랄 노 자다! 저렇게 자신의 품격을 유지할 수 있는 인간이 있단 말인가!

"저는, 데미얀 데미야노비치……." 이반 이바노비치가 마지막 한 모금을 다 마시고 말했다. "저는 꼭 필요한 용무가 있어서 당신에게 온 겁니다. 저는 고소하려고 합니다."

이 말을 하고서 이반 이바노비치는 찻잔을 내려놓은 다음 호주머니에서 글씨가 적힌, 문장이 박힌 종이를 꺼냈다. "저의 적, 저주받을 적에 대한 고소장입니다."

"누구에 대한 건데요?"

"이반 니키포로비치 도브고츠훈에 대한 겁니다."

그 말을 듣고 재판관은 의자에서 거의 넘어질 뻔했다.

"무슨 말씀이세요!" 그가 손뼉을 치며 말했다. "이반 이바노비치! 당신이 이걸요?"

"보시다시피 제가요."

"오, 하느님 맙소사! 어떻게 된 겁니까! 당신, 이반 이바노비치가 이반 니키포로비치의 적이 되다니요? 그 말이 당신 입에서 나오는 것 맞아요? 다시 한번 말해 주세요! 당신 뒤에 다른 누가 숨어서 당신 대신 말하는 건 아닌가요?"

"그럴 리 없습니다. 저는 그를 볼 수조차 없습니다. 그가 제게 죽음과 같은 모욕을 안겨 주고 제 명예를 손상시켰으니까요."

"가장 성스러운 성부, 성자, 성령이여! 이제 제가 어떻게 어머니를 설득시키겠어요! 노파인 그녀는 매일 제가 자매와 싸우기만 하면 '애들아, 너희는 왜 그렇게 개처럼 사이가 안 좋냐?'라고 말씀하셨지요. '이반 이바노비치와 이반 니키포로비치를 본받으면 좋으련만. 이런 친구들도 없단다! 그런 친구들이 다 있다니! 그렇게 훌륭한 사람들이 있다니 말야!' 그랬던 두 분이 이렇게 되다니! 무엇 때문에 이렇게 된 건지 말씀해 보세요? 어떻게 된 일이세요?"

"이건 민감한 사안입니다, 데미얀 데미야노비치! 그것은 말로 설명할 수도 없습니다. 청원서를 읽도록 하시는 것이 훨씬 더 나을 겁니다. 청원서를 읽도록 지시해 주세요. 여기, 이 부분부터 읽으시지요. 여기가 더 예의에 맞는 부분이니까요."

"읽어 보세요, 타라스 티호노비치!" 재판관이 비서를 향해 말했다.

타라스 티호노비치가 청원서를 들고, 모든 군 재판소 비서들이 코를 풀듯이 코를 풀고는 두 손가락의 도움을 받으며 읽기 시작했다.

"미르고로드군(郡)의 귀족이자 지주인 이반, 이반의 아들, 페레레펜코의 청원: 그 항목은 다음과 같다.

1) 불경하고, 혐오감을 불러일으키고 온갖 도를 넘어서는 불법적인 행위로 온 세상에 널리 알려진 이반, 니키포르의 아들, 도브고츠훈은 1810년 7월 7일 내게 치명적인 모욕을 입혔다. 이것은 나의 개인적인 명예뿐 아니라 같은 정도로 나의 신분과 성(姓)도 더럽히고 뒤흔드는 것이다. 게다가 이 귀족은 추악한 외모이고, 싸우기 좋아하는 성격에, 온갖 종류의 신성 모독적이고 남을 험담하는 말들로 가득 차 있다."

비서는 여기까지 읽고 다시 코를 풀기 위해 잠깐 멈추었고, 재판관은 존경심을 가지고 팔짱을 끼며 혼잣말했다.

"얼마나 예리한 글인가! 오, 하느님! 이 사람은 얼마나 글을 잘 쓰는지요!"

이반 이바노비치가 계속 읽을 것을 요구해, 타라스 티호노비치는 계속 읽어 내려갔다.

"이 귀족, 이반, 니키포르의 아들, 도브고츠훈은, 내가 그에게 가서 우정 어린 제안을 했을 때, 공개적으로 내 명예를 모욕하고 매도하는 이름, 즉 수거위라는 이름으로 나를 불렀다. 그런데 나는 이날까지 결코 이런 추악한 동물로 불린 적이 없고, 앞으로도 그렇게 불릴 의향이 전혀 없다는 것은 미르고로드군 전체에 잘 알려진 바이다. 나의 귀족 혈통은 세 성인을 모시는 교회*에 있는 교인 명부*에 나의 출생일과 함께 내가 받은 세례도 동일하게 기록되어 있는 것으로 입증된다. 학문에 어느 만큼이건 조예가 있는 사람이라면 누구나 알다시피 수거위는 교인 명부에 기록될 수 없다. 수거위는 인간이 아니고 새이며, 이것은 신학교에 다니지 않은 사람도 누구나 잘 알고 있기 때문이다. 그러나 이 악질 귀족은 이 모든 것을 알고 있으면서도 다만 내 신분과 직위에 치명적인 모욕을 가하기 위해 나를 수거위라는 말로 매도했다.

2) 게다가 이 무례하고 버릇없는 귀족은 성직에 종사하신 내 부친 고(故) 이반, 오니시의 아들, 페레레펜코에게서 물려받은 나의 영지도 침해했다. 온갖 법을 위반하며 우리 현관 맞은편 정면으로 거위 우리를 옮겼다. 그것은 내게 가한 모욕을 심화시키려는 의도가 아니고서는 결코 있을 수 없는 일일 것이다. 왜냐하면 이 거위 우리는 그전까지 상당히 좋은 장소에 있었고, 상당히 튼튼했기 때문이다. 하지만 앞에서 언급한 귀족의 혐오스러운 의도는 나를 무례한 사건들의 증인으로 만들었을 뿐이다. 왜냐하면 어느 누구도 예의에 맞는 일을 위해 동물 우리, 특히 거위 우리에 가지 않는다는 것은 널리 알려진 바이기 때문이다. 그런 불법적인 행동 이후 쟁기 두 개가 아직도 내 부친 고(故) 이반, 오니시의 아들, 페레레펜코께서 생전에 내게 물려주

신 내 땅을 점유하고 있다. 그 땅은 헛간에서 시작해 일직선으로 아낙네들이 그릇을 씻는 바로 그 장소까지 이른다.

3) 그 이름과 성이 온갖 혐오감을 불러일으키는, 앞에서 언급한 귀족은 내가 집에 있을 때 나를 불태워 죽이려는 악의를 마음에 품고 있다. 이것의 의심할 수 없는 표식은 다음과 같다.

첫째, 이 악랄한 귀족이 자주 자기 방에서 나오기 시작했다. 그는 예전에는 게으름과 혐오스러운 비만 때문에 전혀 그럴 생각을 하지 않았다.

둘째, 내 부친 고(故) 이반, 오니시의 아들, 페레레펜코께서 내게 물려주신 내 땅을 표시하는 담장에 붙어 있는 그의 하인 방에서 매일, 평상시와는 달리 오랫동안 촛불이 켜져 있다. 이것이 그 선명한 증거다. 지금까지 그의 구두쇠 같은 인색함 때문에 비계로 만든 초뿐만 아니라 호롱불 역시 껐었기 때문이다.

이에 따라 이 귀족, 이반, 니키포르의 아들, 도브고츠훈을 방화, 나의 직위, 이름, 성에 대한 모욕, 탐욕스러운 재산 강탈, 그리고 무엇보다도 내 성에 비속하고 비난받을 만한 명칭인 수거위를 결부시킨 것에 대해 고소한다. 그에게 벌금을 부과하고, 그를 범법자로 판결하는 데 드는 비용과 다른 손실을 변상하고, 그에게 족쇄를 채워 도시 감옥에 투옥할 것을 요구하며, 이 청원에 대해 속히 공정한 판결을 내려 주기 바란다.

귀족이자 미르고로드의 지주인 이반, 이반의 아들, 페레레펜코가 쓰고 작성함."

비서가 이 청원서를 읽고 나자 재판관이 이반 이바노비치에게 다가가 그의 단추를 잡고 그에게 거의 다음과 같은 방식으로 말하기 시작했다.

"당신은 무슨 짓을 하시는 거예요, 이반 이바노비치? 신을 두려워하세요! 청원서를 버리고, 그것을 없애 버리세요!(그것에게 사탄이 꿈에서 나타나기를!) 이반 니키포로비치의 손을 잡고 키스하고 산투린스키 포도주나 니코폴스키 포도주를 사거나 혹은 그냥 펀치를 만들고 저를 부르세요! 함께 마시고 모두 잊어버리세요!"

"아니에요, 데미얀 데미야노비치! 이건 그렇게 끝날 일이 아닙니다." 이반 이바노비치가 근엄한 태도로 말했다. 그 표정은 언제나 그에게 잘 어울렸다. "이것은 우호적인 거래로 해결할 수 있는 일이 아닙니다. 안녕히 계십시오! 안녕히 계십시오, 여러분!" 그는 똑같은 근엄한 태도로 모두를 향해 말을 이었다. "저의 청원서가 적합한 절차를 밟게 되기를 바랍니다." 그리고 그는 접견실에 있는 모두를 경악시킨 채 나갔다.

재판관은 한마디도 없이 앉아 있었고, 비서는 담배 냄새를 맡았다. 관리들은 잉크병 대신 사용하는 깨진 병 조각을 뒤엎었다. 재판관 자신은 정신이 산만해져서 탁자에 손가락으로 잉크 웅덩이를 만들고 있었다.

"이것에 대해 뭐라고 하시겠어요, 도로페이 프로피모비치?" 한참 동안 침묵한 뒤에 재판관이 조수에게 물었다.

"할 말이 없습니다." 조수가 대답했다.

"이런 일이 벌어지다니!" 재판관이 말을 이었다.

그가 말을 끝마치기도 전에 문이 갈라지는 소리를 내더니 이반 니키포로비치의 앞부분 절반이 접견실에 모습을 드러내고 나머지 절반은 대기실에 남아 있었다.

이반 니키포로비치의 등장, 특히 재판소로의 행차는 너무 특별한 일로 여겨져서, 재판관은 외마디 소리를 지르고, 비서는 읽기를 중단했다. 기모 원단의 반(半)연미복 비슷한 옷을 입은 관리 한 명은 입술에 펜을 물고, 다른 관리는 파리를 꿀꺽 삼켰다.

심지어 지금도 전령의 직위를 갖고 있는 상이군인인 수위는 어깨에 견장을 단 더러운 셔츠를 입고 머리를 긁적이면서 그때까지 문에 서 있었는데, 이 상이군인마저도 입을 딱 벌리고 누군가의 발을 밟았다.

"아니, 당신이 웬일이세요? 무슨 일이 있는 겁니까? 건강은 어떠세요, 이반 니키포로비치?"

그러나 이반 니키포로비치는 사색이 되어 있었다. 문에 꽉 끼여서 앞으로도 뒤로도 걸음을 옮길 수가 없었기 때문이다. 재판관이 대기실에 소리를 질러 거기 있는 누구든 뒤에서 이반 니키포로비치를 접견실로 밀어 보라고 했지만 헛수고였다.

대기실에는 청원인 노파 한 명밖에 없었고 그녀의 앙상한 손으로는 아무리 힘을 써도 아무것도 할 수 없었다.

그때 관리들 가운데 두꺼운 입술, 넓은 어깨, 통통한 코, 술 취해서 흐리멍덩하게 바라보는 눈, 팔꿈치 쪽 옷이 해진 한 관리가 이반 니키포로비치의 앞 절반 부분에 다가가서 어린아이처럼 그의 두 팔을 깍지 끼고 늙은 상이군인에게 눈짓을 했다. 상이군인은 자기 무릎을 이반 니키포로비치의 배에 딱 댄 다음 그의 신음에도 불구하고 그를 대기실로 밀어 넣었다.

그때 빗장이 튀어나가 문의 나머지 반쪽이 열렸다. 게다가 관리와 그의 조수인 상이군인이 우정 어린 노력으로 숨을 내쉬면서 너무 강한 냄새를 풍겨 접견실 전체가 잠시 술집으로 변한 것 같았다.

"멍들지 않으셨나요, 이반 니키포로비치? 제가 어머니께 말씀드리면, 어머니가 당신에게 과실주를 보내 줄 겁니다. 그것으로 허리와 등만 문질러도 멍이 모두 사라질 겁니다."

그러나 이반 니키포로비치는 의자에 털썩 주저앉아서, 한동안 신음 소리를 내는 것 외에는 아무 말도 하지 못했다. 마침내 피곤해서 거의 들리지 않는 약한 목소리로 그가 말했다.

"필요하지 않으세요?" 호주머니에서 파이프를 꺼내며 덧붙였다. "받으시고 한 대 피우세요!"

"당신을 뵙게 돼서 매우 기쁩니다." 재판관이 대답했다. "하지만 무슨 일로 당신이 이런 수고를 하면서 우리에게 이런 예상치 못한 기쁨을 주시는지 전혀 감이 안 잡히는군요."

"청원서를 가지고……." 이반 니키포로비치는 이 말밖에 할 수 없었다.

"청원서라고요? 어떤 건데요?"

"고소장을 가지고……." 그는 숨이 차서 오랫동안 말을 잇지 못했다. "에구, 아파라! 사기꾼에게 고소장을 가지고…… 이반 이바노프 페레레펜코에게……."

“맙소사! 당신도 그렇단 말인가요! 세상에 보기 드문 친구분들이 말입니다! 그렇게 덕망 높은 분을 고소하신다고요!”

“그는 영락없는 사탄이오!” 이반 니키포로비치가 툭툭 끊어서 말했다.

재판관이 성호를 그었다.

“청원서를 받으시고, 읽어 보세요.”

“할 수 없군요, 읽어 보세요, 타라스 티호노비치.” 재판관이 불만스러운 표정을 지으며 비서를 향해 말했다. 그런데 그의 코가 무의식적으로 윗입술의 냄새를 맡았다. 그것은 재판관이 매우 만족할 때만 하는 행동이었다. 코의 이런 전횡에 재판관은 더욱 당혹스러워졌다. 그는 코의 경솔한 처사를 처벌하기 위해 손수건을 꺼내 윗입술에서 담배를 전부 닦아 냈다.

비서는 낭독을 시작하기 전에 늘 하던 평소의 발작적인 행동, 즉 콧수건의 도움 없이 코를 풀고서, 평소의 목소리로 다음과 같이 읽기 시작했다.

“미르고로드군의 귀족인 이반, 니키포르의 아들, 도브고츠훈의 청원: 그 항목은 다음과 같다.

1) 자신을 귀족이라고 부르는 이반, 이반의 아들, 페레레펜코는 증오스러운 악의와 명백한 적의를 가지고 온갖 더러운 짓, 손해, 다른 끔찍한 행동을 어제 대낮에 내게 행했다. 그는 도둑처럼 손에 도끼, 톱, 보습, 다른 철제 무기를 들고 밤에 내 마당으로 침입하여 거기에 있는 내 거위 우리를 자기 손으로, 모욕적인 방식으로 잘라 냈다. 이에 대해 나는 그런 불법적이고 강도

같은 행동에 어떤 빌미도 제공하지 않았음을 밝힌다.

2) 이 귀족 페레레펜코는 지난달 7일 이전부터 내 생명을 침해하려는 의도를 가지고 있었으며, 이 의도를 비밀리에 숨기고 내게 와서 우호적이고 교활한 방식으로 내 방에 있는 내 총을 달라며 강하게 요구하기 시작했다. 그리고 그는 여느 때처럼 인색하게 그 대가로 내게 쓸모없는 각종 물건, 즉 붉은 돼지와 귀리 두 자루를 제안했다. 하지만 그때 그의 범죄 의도를 간파한 나는 갖은 수단을 다해 그를 물리치려고 노력했으나, 이 사기꾼이자 비열한인 이반, 이반의 아들, 페레레펜코는 농부처럼 저속하게 내게 욕을 퍼붓고 그때부터 나에 대해 화해할 수 없는 적의를 품었다. 게다가 자주 언급되는 이 광란하는 귀족이자 도적인 이반, 이반의 아들, 페레레펜코는 정말로 비천한 집안 출신이었고, 그 누이는 온 세상이 알아주는 창녀로서 5년쯤 전에 미르고로드에 머물렀던 사냥꾼 무리를 따라갔음에도 남편을 농부로 등록했다. 그의 아버지와 어머니 역시 법의 테두리에서 벗어난 사람들이고, 둘 다 상상조차 하기 어려운 술주정뱅이들이었다. 지금 언급되는 귀족이자 도적인 페레레펜코는 야수 같은, 비난받아 마땅한 행동 면에서 자신의 모든 일가친척을 능가하고, 경건한 외양 뒤로 가장 유혹이 되는 짓거리를 하고 있다. 예를 들어 그는 금식을 하지 않는다. 왜냐하면 그는 성탄절 금식 기간 전날에 양을 사고, 그다음 날 법의 테두리에서 벗어난 관계에 있는 가프카에게 그것을 잘게 썰도록 명령하기 때문이다. 때마침 그에게 호롱불과 초에 사용할 비계가 필요했다는 조건을 달고 말이다.

따라서 이 귀족 혹은 이미 도둑질과 강도질의 죄상이 드러난 도적, 신성 모독자, 사기꾼에게 족쇄를 채워 감옥이나 중앙 형무소에 투옥하고 거기에서 재량에 따라 관직과 지위를 박탈하고 충분히 채찍질을 한 다음 시베리아 수용소로 유형 보내고, 그에게 비용과 다른 손실을 지불하도록 명령하고, 나의 이 청원에 대해 판결을 내려 주기 바란다.

미르고로드군의 귀족인 이반, 니키포르의 아들, 도브고츠훈이 이것을 청원함."

비서가 읽기를 마치자마자 이반 니키포로비치는 모자를 집어 들고, 나갈 요량으로 정중히 인사했다.

"어디 가시는 겁니까, 이반 니키포로비치?" 그의 뒤에 대고 재판관이 말했다. "좀 더 앉아 계세요! 차를 드세요! 오리시코! 넌 왜 멀뚱히 서 있는 거야, 멍청한 계집애야, 관리들과 눈이 맞은 거야? 가서 차를 내와!"

그러나 이반 니키포로비치는 집에서 너무 멀리 나와 그토록 위험한 격리를 유지한 것에 놀라서, "신경 쓰지 마세요, 전 만족하게도……"라고 말하고 어느새 문으로 기어 나갔다. 그가 자기 뒤로 문을 닫았을 때, 접견실에 있는 사람들은 모두 망연자실해졌다.

달리 할 수 있는 게 없었다. 두 청원서가 접수되고, 한 가지 예기치 않은 상황이 더 큰 관심을 불러일으키지 않았다면, 이 사건은 상당히 진지한 관심을 끌었을 것이다.

재판관이 조교와 비서를 대동한 채 접견실에서 나오고, 관리들이 청원인들이 가져온 암탉, 달걀, 큰 빵 조각, 피로그, 크니시, 기타 온갖 시시한 것들을 자루에 담아 넣었을 때, 갑자기 붉은 돼지가 방으로 뛰어 들어와, 접견실에 있는 모두가 놀랍게도, 피로그나 빵 껍질이 아니라 탁자 끝에 놓여서 종이가 아래로 너덜너덜 걸려 있던 이반 니키포로비치의 청원서를 문 것이다. 붉은 돼지가 종이를 물고 너무나 잽싸게 도망가는 바람에, 관청 관리들이 자와 잉크들을 던졌음에도 불구하고, 누구도 그것을 쫓아갈 수가 없었다.

이 기상천외한 사건은 엄청난 혼란을 일으켰다. 그 청원서의 복사본도 아직 만들지 못한 상태였기 때문이다. 재판관, 즉 그의 비서와 조수는 오랫동안 그 유례없는 상황에 대해 의견을 나눈 뒤에 마침내 이에 대해 시장에게 글을 쓰기로 결정했다. 이 일에 대한 심리는 시 경찰서의 소관이었기 때문이다. N389번 사건이 당일 그에게 넘어가고, 이것에 대한 상당히 흥미로운 해명이 이루어졌다. 그것에 대해서 독자들은 다음 장에서 알게 될 것이다.

5. 미르고로드에서 존경받는 두 인물의 협의가 적혀 있는 장

이반 이바노비치가 자기 집안일을 관리하고 평상시처럼 차양 아래 눕기 위해 나서는 순간, 쪽문에 뭔가 붉은 것을 보고 깜짝 놀랐다. 이것은 시장의 붉은 소맷단으로서 그의 옷깃과 똑같이 윤기가 자르르 흐르고 끝부분은 광택이 나는 가죽으로 변해 있었다.

이반 이바노비치는 혼자 생각했다. '표트르 표도로비치가 뭔가 말을 하러 온 건 나쁘지 않아.' 그런데 시장이 지나치게 급하게 오면서 팔을 휘두르는 것을 보고 깜짝 놀랐다. 이것은 시장에게 극히 드문 일이었기 때문이다.

시장의 제복에는 여덟 개의 단추가 달려 있었고, 아홉 번째 단추는 2년쯤 전 성전 봉헌식 중에 떨어져서 아직까지도 마을 순경들은 찾지 못하고 있다. 구역 감독자들이 그에게 날마다 전하는 보고를 들을 때마다 시장이 항상 단추를 찾았는지 물었음에도 말이다.

이 여덟 개의 단추는 아낙네들이 한 명은 오른쪽에서, 다른 한 명은 왼쪽에서 콩을 심듯이 그의 옷에 매달려 있었다.

그의 왼쪽 다리는 마지막 전투 때 총알이 뚫고 지나가 그는 다리를 절면서 왼쪽 다리를 옆으로 멀리 휘둘렀고, 그래서 그의 오른쪽 다리로 몸을 지탱하기가 힘들었다. 시장이 보병대처럼 다리를 더 빠르게 움직이려고 하면 할수록 그것은 앞으로 덜 나아갔다. 그래서 시장이 차양에 이를 때까지 이반 이바노비치는 시장이 그렇게 급히 팔을 휘두르는 이유가 무엇인지 추측하는 데 충분한 시간을 가질 수 있었다. 게다가 시장이 새 장검을 차고 온 터라, 일이 특별히 중요한 것으로 비쳐져서, 그는 추측하는 데 더욱더 골몰했다.

"안녕하십니까, 표트르 표도로비치!" 이미 언급했듯이 엄청 호기심이 많고, 시장이 현관을 공격했으나 아직 눈을 들어 올리지 못하고 자신의 보병대와 싸우는 것을 보고 더는 참을 수 없던 이반 이바노비치가 소리쳤다. 보병대는 결코 한 번 공격으로는 계단에 오를 수 없었던 것이다.

"다정한 친구이자 은인인 이반 이바노비치에게 문안 인사 드립니다!" 시장이 대답했다.

"앉으십시오. 보기에 피곤하신 듯합니다. 상처 입은 다리가 방해가 돼서……."

"제 다리라고요!" 시장이 거인이 난쟁이에게, 잘난 체하는 학자가 춤 선생에게 던지는 것과 같은 시선을 이반 이바노비치에 던지면서 소리를 질렀다.

이 말을 하고 그는 자기 다리를 쭉 늘여서 그것으로 마루를 쳤다. 하지만 이 용감한 행동은 그에게 큰 대가를 치르게 했다. 그의 몸 전체가 흔들리고 코로 난간을 쪼았기 때문이다. 하지만 현명한 질서 수호자는 어떤 내색도 하지 않고 즉시 자세를 바로잡으며 마치 담뱃갑을 찾기 위해서인 양 호주머니에 손을 집어넣었다.

"가장 친애하는 친구이자 은인인 이반 이바노비치, 저는 당신에게 제 평생 그런 행군은 하지 않았다고 말씀드리는 바입니다. 네, 진지하게 말씀드리면, 했지요. 예를 들면 1807년 전투에서……. 아, 제가 어떤 식으로 담장을 넘어 예쁘장한 한 독일 여자에게 갔는지 말씀드리지요."

이 말을 하고 시장이 한쪽 눈을 가늘게 뜨면서 악마 같은 사기꾼의 웃음을 지었다.

"당신은 오늘 어디에 다녀오셨습니까?" 이반 이바노비치가 시장의 말을 가로막으며 서둘러 그의 화제를 방문 목적으로 돌리려는 듯 물었다. 그는 시장이 무엇을 공표할 의도인지 물어보고 싶어 미칠 지경이었지만, 세상사에 대한 섬세한 지식으로 그런 질문은 예의범절에 맞지 않는다는 것을 알고 있었다. 그래서 이반 이바노비치는 자신을 절제하면서 수수께끼의 풀이를 기다릴 수밖에 없었다. 그사이에 그의 심장은 평상시와는 달리 강하게 쿵쾅거렸다.

"좋습니다, 제가 어디 있었는지 말씀드리죠." 시장이 대답했다. "당신께 알려 드리면, 첫째, 오늘 아주 멋진 시간을……." 마지막 말을 듣고 이반 이바노비치는 거의 죽을 지경이었다.

"하지만 사실……." 시장이 말을 이었다. "저는 오늘 당신에게 아주 중요한 문제를 전하기 위해 온 것입니다." 순간 시장의 얼굴과 거동이 그가 현관을 공격할 때처럼 긴장된 기색을 띠었다.

이반 이바노비치는 활력을 얻고 열병에 걸린 듯 몸을 떨면서, 평상시처럼 지체 없이 질문을 던졌다.

"어떤 것인데요? 정말 중요한 것인가요?"

"직접 보십시오. 먼저 당신에게 알려 드리는바, 친애하는 친구이자 은인 이반 이바노비치, 당신은…… 제 편에서 제가 보기에는 큰 문제가 아니에요. 하지만 정부 원칙이, 정부 원칙이 이것을 요구하니 어쩔 수 없습니다. 당신은 관구(管區)의 질서를 위반했어요!"

"무슨 말씀을 하시는 겁니까, 표트르 표도로비치? 저는 전혀 이해가 안 되는군요."

"부디, 이반 이바노비치! 당신이 어떻게 이해를 못 하시겠어요? 당신의 동물이 매우 중요한 관청 문서를 강탈했는데, 이런 일이 있었는데도 당신이 아무것도 이해를 못 하겠다고 말씀하시다니요?"

"어떤 동물인데요?"

"말하는 걸 허락해 주신다면 말하겠습니다. 바로 당신이 소유한 붉은 돼지입니다."

"그런데 제게 무슨 죄가 있다는 겁니까? 왜 재판소 수위는 문을 열어 두었답니까!"

"하지만 이반 이바노비치, 당신의 동물, 즉 당신에게 죄가 있습니다."

"저를 돼지와 동급으로 두시다니 참으로 감사합니다."

"전 그걸 말하는 게 아니에요, 이반 이바노비치! 제기랄, 말씀을 잘못 드렸군요! 당신의 깨끗한 양심으로 판단해 보세요. 관청의 원칙에 따르면, 도시에, 하물며 도시 중심가에 깨끗하지 못한 동물이 다니는 것은 금지되어 있다는 것은 의심할 여지 없이 당신도 잘 알고 계실 겁니다. 이 일은 금지되어 있다는 데 동의해 주십시오."

"당신이 그 말씀을 왜 하시는지 통 모르겠군요! 돼지가 거리로 나간 것이 대단히 중요한 사안이라니요!"

"당신에게 알려 드리지요. 들어 보세요, 이반 이바노비치, 이것은 완전히 불가능한 일이에요. 어쩌겠습니까? 관청이 원하니…… 저희는 순종해야지요. 가끔 암탉과 거위들이 거리는 물론이고 광장으로도 달려 나간다는 데는 이견이 없습니다. 그런데 주목하세요, 이건 암탉과 거위들입니다. 하지만 돼지와 염소는 공적인 장소에선 허용하지 않는다는 규정을 저는 이미 작년에 알려 드렸습니다. 그때 그 규정을 모임에서 대중에게 소리 내어 읽도록 지시했어요."

"아닙니다, 표트르 표도로비치, 전 여기서 당신이 온갖 수단으로 저를 모욕하려 한다는 것밖에 보이지 않습니다."

"그렇게 말씀하시면 안 되지요, 가장 친애하는 친구이자 은인인 당신을 제가 모욕하려 하다니요. 스스로 기억해 보세요. 작년에 당신이 규정된 규격보다 1아르신 더 높게 지붕을 지을 때 전 당신에게 아무 말도 하지 않았습니다. 오히려 전혀 알아채지 못한 척했지요. 믿으시겠어요, 가장 친애하는 친구, 지금도 전 완전히, 이렇게 말할 수 있다면…… 하지만 저의 도리, 한마디로 저의 의무는 청결을 지키는 데 있습니다. 스스로 판단해 보세요, 갑자기 도시 중심가에……."

"당신의 도시 중심가는 참 좋기도 하더군요! 온갖 아낙네가 필요 없는 것은 온통 거기에 내다 버리러 가니까요."

"당신에게 알려 드리는바, 이반 이바노비치, 당신은 저를 모욕하고 계신 겁니다! 정말이에요, 이런 일이 가끔 일어나긴 합니다. 하지만 대체로 담장, 헛간 혹은 창고 아래에만 버립니다. 그러나 중심가, 광장에 돼지가 비집고 들어가는 것 같은 일은……."

"그게 뭐 어때서요, 표트르 표도로비치! 돼지는 신성한 피조물입니다."

"동의합니다! 당신이 지식이 많은 분이고 학문과 다른 여타의 사물들을 잘 알고 계시다는 것은 온 세상이 다 아는 사실이지요. 물론 저는 어떤 학문도 배우지 못했고, 서른 살에 처음 속기를 배웠지요. 사실 당신도 아시다시피 전 병졸 출신이고요."

"음!" 이반 이바노비치가 말했다.

"네." 시장이 말을 이었다. "1801년에 저는 제4중대 중위로서 제42 엽병 연대(狩獵聯隊)에 속해 있었지요. 우리 중대장은, 알려 드리자면 예레메예프 대위였습니다."

이 말을 하고 시장은 이반 이바노비치가 늘 열어 두는 담뱃갑에 자기 손가락을 쑤셔 넣고 담배를 비볐다.

이반 이바노비치가 대답했다. "음!"

"하지만 저의 도리는……." 시장이 말을 이었다. "정부의 요구에 복종하는 것입니다. 당신도 아시죠, 이반 이바노비치, 재판소에서 관청 서류를 훔치는 것은 다른 온갖 범죄와 같은 급으로 형사 재판에 넘겨진다는 것을 말이에요?"

"원하신다면 당신에게 일깨워 드리고 싶습니다. 그건 사람에게나 해당되는 말이지요. 예를 들어 만일 당신이 서류를 훔친다면 말이에요. 하지만 돼지는 동물이고, 신의 피조물입니다!"

"그렇지요. 하지만 법에는 '강탈의 죄를 지은 자……'라고 적혀 있습니다. 주의 깊게 들어 보세요, '죄를 지은 자!' 여기에는 가문도, 성도, 직위도 정해져 있지 않아요. 그래서 동물도 유죄가 될 수 있는 겁니다! 당신의 뜻은 잘 알겠지만, 이 동물은 처벌 판결이 나오기 전에, 질서 파괴자로서 경찰에 넘겨야 합니다."

"안 됩니다, 표트르 표도로비치!" 이반 이바노비치가 냉정하게 반박했다. "그렇게는 안 될 겁니다!"

"당신이 무얼 원하시건 간에 저는 관청의 규정을 따라야만 합니다."

"당신은 왜 저를 두렵게 하시는 겁니까? 아마도 돼지를 위해 팔 없는 병사를 보내고 싶으신 거지요? 저는 마당 아낙네에게 그를 쇠꼬챙이로 내보내라고 명하겠어요. 그의 마지막 팔도 부러뜨리겠어요."

"저는 감히 당신과 다툴 수는 없습니다. 당신이 돼지를 경찰에 출두시키길 원하지 않으신다면, 당신이 원하는 대로 그것을 사용하세요. 원하신다면 그것을 성탄절에 맞추어 얼린 뒤 넓적다리로 훈제 햄을 만들거나 그렇게 드세요. 다만 당신에게 요청하는바, 만일 소시지를 만드신다면 제게도 한 쌍 보내 주세요. 당신의 가프카는 돼지 피와 비계로 아주 훌륭하게 소시지를 만드니까요. 저의 아그라페나 트로피모브나는 그것을 아주 좋아한답니다."

"소시지 한 쌍을 보내 드리지요."

"친애하는 친구이자 은인, 그렇다면 당신에게 정말 감사하겠습니다. 이제 당신에게 한마디 더 하게 해 주세요. 저는 재판관으로부터, 마찬가지로 다른 지인들로부터, 말씀드리자면, 당신을 당신의 친구 이반 니키포로비치와 화해시켜 달라는 요청을 받았어요."

"뭐라고요! 그 촌놈과요? 제가 이 무례한 놈과 화해해야 한다고요? 절대 안 됩니다! 그렇게는 안 될 겁니다. 안 되고말고요!"

이반 이바노비치는 극도로 결연한 상태에 있었다.

"당신이 원하는 대로 하시죠." 시장이 양 콧구멍에 담배를 대접하면서 대답했다. "저로서는 조언해 드릴 힘이 없군요. 하지만 알려 드리는바, 당신들은 지금 싸우고 계신데, 화해를 하시면……."

그러나 이반 이바노비치가 대화를 어물쩍 넘기고 싶을 때 보통 하는 식으로, 메추라기 사냥에 대해 이야기하기 시작했다. 그래서 시장은 별 성과를 거두지 못하고 자기 집으로 돌아가야 했다.

6. 독자는 이 장 안에 있는 모든 것을 쉽게 알 수 있을 것이다

재판소에서 사태를 감추기 위해 모든 노력을 기울였으나 그 다음 날 미르고로드 전체가, 이반 이바노비치의 돼지가 이반 니키포로비치의 청원서를 가져간 사실을 알게 되었다. 시장 자신이 제일 먼저 정신 줄을 놓고 이것을 말해 버렸다.

이반 니키포로비치에게 사람들이 그 소식을 전하자 그는 아무 말도 하지 않고 "붉은 놈 아닌가요?"라고만 물었다. 그러나 때마침 그의 집에 있던 아가피야 페도세예브나가 다시 이반 니키포로비치에게 다가가 공략하기 시작했다.

"정신 차려요, 이반 니키포로비치. 당신이 그냥 넘어가면 사람들이 당신을 바보라고 비웃을 거예요! 그러고도 당신이 귀족 행세를 할 수 있겠어요? 당신이 그렇게 사족을 못 쓰는 단것을 파는 아낙네보다도 못하게 될 거예요!"

못 말리는 여인이 설득을 했다! 그녀는 어디선가 얼굴 전체에 반점이 나 있고 팔꿈치에 헝겊을 덧댄 검푸른 프록코트를 입고 다니는 중년의 가무잡잡한 사람을 찾았다. 그는 관청의 잉크병처럼 검었다! 그는 구두를 타르로 닦고, 귀 뒤에 세 개의 펜을 꽂고, 가슴판의 단추에 매단 유리병을 잉크병 용도로 들고 다녔다. 그는 한 번에 피로그 아홉 개를 먹고 열 개째는 호주머니에 넣어 두었다. 문장이 박힌 종이 한 장에 어떤 고소 내용이든 엄청나게 적어서, 어느 누구도 간간이 기침과 재채기를 하지 않고는 한 번에 다 읽을 수가 없었다. 이 보잘것없는 족속의 사람이 파헤치고 열중하고 글을 써서 마침내 다음과 같은 문서가 조작되었다.

"미르고로드군 재판소에 이반, 니키포르의 아들, 도브고츠훈이 제출함.

귀족 이반, 니키포르의 아들, 도브고츠훈인 내가 이반, 이반의 아들, 페레레펜코에 대해 제출하고, 미르고로드군 재판소 역시 만족을 표명한 청원서의 결과.

붉은 돼지의 저열한 횡포는 비밀에 부쳐졌으나 이와 무관한 사람들로부터 소문이 퍼졌다. 그러한 의도적인 허용과 묵인은 분명히 재판을 받아야 한다. 왜냐하면 이런 돼지는 어리석은 동물이고 심지어 문서 강탈도 할 수 있는 능력이 있기 때문이다. 이로써 자주 언급되는 돼지가 바로 자신을 귀족 이반, 이반의 아들, 페레레펜코라 부르고, 이미 도둑질, 살인 미수와 신성 모독죄가 입증된 적대자에 의해 그런 짓을 하도록 교사된 것이 아주 명명백백하다.

그러나 미르고로드 재판소는 여느 때처럼 위선적으로 당사자와 비밀리에 합의를 봤다. 어떤 합의도 없이 이 돼지가 어떤 식으로든 서류 강탈을 하도록 허용될 수는 없었을 것이다. 왜냐하면 미르고로드군 재판소에는 근무하는 직원들이 많고, 이를 위해서는 접수실에 상주하는 병사 한 명만 언급해도 충분하다. 그는 애꾸눈에 팔은 약간 상해를 입었으나 돼지를 내쫓고 그것을 몽둥이로 때리기에는 아주 적합한 능력을 갖고 있기 때문이다. 이로써 미르고로드 재판소의 묵인과, 그로 인해 상호 합의하에 유대인식으로 벌어들인 이윤의 논의의 여지 없는 분배가 선명하게 보인다. 앞에서 언급한 도적이자 귀족인 이반, 이반의 아들, 페레레펜코도 관여한 것이다.

그래서 귀족인 나, 이반, 니키포르의 아들, 도브고츠훈은 군 재판소에 만일 붉은 돼지와, 그것과 공모한 귀족 페레레펜코로부터 지정된 청원서를 되찾지 못하고 그에 따른 공정한 판결을 내게 유리한 방향으로 내리지 않는다면 귀족인 나, 이반, 니키포르의 아들, 도브고츠훈은 그 재판소의 불법적인 묵인에 대해 적합한 형식 절차를 밟아 의회에 탄원서를 낼 것이다. 미르고로드군의 귀족, 이반, 니키포르의 아들, 도브고츠훈."

이 요구는 강한 효과를 발휘했다. 재판관은 모든 선량한 사람이 보통 그러하듯이 겁이 많은 소심한 사람이었다. 그는 비서의 도움을 요청했다. 그러나 비서는 잇새로 둔중한 '음' 소리를 내고 얼굴에 무심하고도, 악마적으로 이중적인 표정을 지었다. 그 표정은 자기 발아래로 달려온 희생자를 볼 때 사탄만이 지을 수 있는 것이다. 남은 방법은 단 하나였다. 두 친구를 화해시키는 것이다. 하지만 모든 계략이 지금껏 실패로 돌아갔는데 이 일에 어떻게 착수한단 말인가?

그러나 다시 시도해 보기로 결정했다. 하지만 이반 이바노비치는 싫다고 단번에 공언했고 심지어 화를 내기까지 했다. 이반 니키포로비치는 대답 대신에 등을 돌리고 한마디도 하지 않았다. 그때 사건이 일반적인 경우와는 달리 빠르게 처리되었고, 불공정한 재판은 보통 일 처리가 빠르다는 좋은 평판을 듣는다.* 서류에 표시를 하고 복사하고 번호를 붙이고 철을 하고 명단을 작성하는 모든 과정이 단 하루 만에 이루어졌다. 그리고 사건을 책장 속에 넣은 뒤, 그것은 거기에 1년, 2년, 3년간 계속 놓여 있었다.

그사이 많은 신부들이 시집을 갔다. 미르고로드에 새 길이 닦였다. 재판소장의 어금니 하나와 곁니 두 개가 빠졌다. 이반 이바노비치의 마당에는 이전보다 더 많은 아이들이 뛰어다녔다. 그들이 어디에서 나오는지는 하느님만 아실 것이다!

이반 니키포로비치는 이반 이바노비치를 질책하기 위해, 이전보다 조금 더 멀리 떨어져 있기는 하지만 새 거위 우리를 세웠고 이반 이바노비치와는 완전히 담을 쌓고 지냈다. 그래서 이 훌륭한 사람들이 서로 얼굴을 보는 일은 거의 없었다. 그리고 사건은 내내 최고의 질서에 따라 책장에 놓여 있었고, 그 책장은 검은 얼룩으로 대리석처럼 되었다.

그사이 온 미르고로드에 매우 중요한 사건이 일어났다. 시장이 무도회를 개최한 것이다! 이 회합의 다양함과 연회의 성대함을 묘사하는 데 알맞은 붓과 물감을 어디에서 얻을 수 있을까? 시계를 받아서 그것을 열고 그 안에서 일어나는 일을 바라보세요. 끔찍한 헛소리가 아닌가요? 이제 시장 집 마당 한가운데 얼마나 많은 마차가 서 있었는지 상상해 보세요. 어떤 사륜 포장마차와 짐마차들이 없겠는가! 하나는 뒤가 넓고 앞은 좁은 것이고, 다른 것은 뒤가 좁고 앞이 넓은 것이다. 하나는 사륜 포장마차이기도 하고 짐마차이기도 한 것이다. 다른 것은 사륜 포장마차도 아니고 짐마차도 아닌 것이다. 또 다른 것은 엄청나게 큰 건초 낟가리나 덩치 큰 상인의 아내처럼 생겼다. 다른 것은 머리가 헝클어진 유대인이나 아직 피부에서 완전히 자유로워지지 못한 해골처럼 생겼다. 다른 것은 옆모습이 영락없이 긴 담뱃대가 달린 파이프다. 다른 것은 어떤 것도 닮지 않고, 완전히 꼴불견이고 지극히 환상적인 어떤 이상한 존재의 모습이다.

이 바퀴들과 횡목들의 혼돈 속에서 두꺼운 나무틀이 가로지르는 창문이 나 있는 사두 사륜 포장마차와 유사한 것이 우뚝 솟아 있었다. 회색 카자크 반외투, 스비트카, 단순한 외투를 입고, 양가죽 모자와 크기가 다른 챙 모자들을 쓰고 손에 파이프를 들고 있는 마부들이 화려하게 장식한 말들을 마당으로 끌고 왔다. 시장이 어떤 무도회를 개최한 것인가!

그곳에 참석했던 이들을 모두 읽어 보겠다. 타라스 타라소비치, 엡플 아킨포비치, 옙치히 옙치히예비치, 그 이반 이바노비치가 아니라 다른 이반 이바노비치, 사바 가브릴로비치, 우리의 이반 이바노비치, 옐레프페리 옐레프페리예비치, 마카르 나자리예비치, 포마 그리고리예비치…… 더 이상은 못 하겠다! 힘에 부친다! 쓰는 데 손이 피곤하다!

그리고 얼마나 많은 부인들이 있었는가! 피부가 가무잡잡한 쪽과 하얀 쪽, 큰 쪽과 작은 쪽, 이반 니키포로비치처럼 뚱뚱한 쪽과 시장의 긴 칼집에 숨을 수 있을 만큼 마른 쪽. 얼마나 많은 부인용 모자인가! 얼마나 많은 드레스인가! 붉은색, 노란색, 커피색, 녹색, 청색, 새것, 안팎을 뒤집어 다시 재봉한 것, 다시 재단한 것. 그리고 스카프, 리본, 손지갑!

안녕히 가세요, 가련한 눈이여! 그대는 이런 장관을 본 뒤에는 더 이상 쓸모가 없을 겁니다. 얼마나 긴 식탁이 차려졌는가! 얼마나 많은 대화가 오갔는가, 얼마나 큰 소음이 일어났는가! 이 연회 이후로는 풍차의 모든 맷돌도, 바퀴도, 톱니바퀴도, 절구도 아무것도 아닐 것이다!

그들이 무슨 말을 했는지 여러분에게 성실히 전해 줄 수는 없으나, 많은 유쾌하고 유익한 것들에 대해 이야기했다는 것만은 짐작할 수 있을 것이다. 즉 날씨에 대해, 개들에 대해, 밀에 대해, 머릿수건에 대해, 종마에 대해서.

마침내 그 이반 이바노비치가 아니라 한쪽이 애꾸눈인 이반 이바노비치가 말했다.

“내 오른쪽 눈에 (애꾸눈인 이반 이바노비치는 언제나 자기에 대해 아이로니컬하게 말했다) 이반 니키포로비치 도브고츠훈 씨가 안 보이니 제겐 아주 이상하네요."

"오고 싶어 하지 않았어요." 시장이 말했다.

"어떻게 그런 일이오?"

"맙소사, 그들이 서로, 즉 이반 이바노비치가 이반 니키포로비치와 싸운 지도 2년이 되는군요. 한쪽이 있는 곳에 다른 쪽은 절대로 가지 않는답니다!"

"무슨 말씀을 하시는 겁니까!" 이 말에 애꾸눈 이반 이바노비치가 눈을 위로 치뜨고 손을 팔짱 꼈다. "제가 저의 애꾸눈과 조화롭게 지내는 마당에, 좋은 눈을 가진 사람들이 평화롭게 살지 못한다면, 이제 어떻게 되겠습니까?"

이 말에 모두 목청껏 웃었다. 많은 사람들이 애꾸눈 이반 이바노비치가 완전히 요즘의 취향에 맞게 농담을 뱉는 것 때문에 그를 매우 사랑했다. 플란넬 프록코트를 입고 코 위에 회반죽이 있는 키가 크고 깡마른 사람, 지금까지 구석에 앉아서, 파리가 그의 코에 날아올 때도 얼굴에 어떤 미동도 하지 않던 바로 이 신사가 자기 자리에서 일어나 애꾸눈 이반 이바노비치를 에워싼 군중 가까이 다가갔다.

"이보세요!" 애꾸눈 이반 이바노비치가 정연한 무리가 자기를 에워싼 것을 알고 말했다. "들어 보세요! 여러분이 지금 저의 애꾸눈을 말똥말똥 쳐다보는 대신에, 그 대신에 우리 두 친구를 화해시킵시다!"

애꾸눈 이반 이바노비치는 아낙네와 아가씨들과 이야기를 나누고서, 이제 이반 니키포로비치에게 조용히 사람을 보내 그들이 서로 부딪치게 하자고 제안했다. 모두 한마음으로 애꾸눈 이반 이바노비치의 제안을 받아들이며 즉시 이반 니키포로비치의 집에 사람을 보내 그에게 무슨 일이 있어도 시장의 정찬에 올 것을 요구하자고 제안했다.

그러나 중요한 문제가 모두를 당혹스럽게 했다. 이 중요한 일을 누구에게 맡긴단 말인가? 누가 외교적인 일에 더 재능이 있고 능란한가를 놓고 오랫동안 논의한 끝에, 마침내 한마음으로 안톤 프로코피예비치 골로푸즈*에게 이 모든 일을 맡기기로 결정했다.

그러나 먼저 독자에게 이 주목할 만한 인사를 조금 소개해야 할 듯싶다. 안톤 프로코피예비치는 완전히 선량한 사람이었다. 즉 미르고로드의 존경할 만한 사람 중 누구라도 그에게 목에 맬 손수건이나 속옷을 주면, 그는 감사해한다. 누군가 그의 코를 가볍게 튕기면, 그는 그때도 감사해한다. 그에게 "안톤 프로코피예비치, 당신의 프록코트는 갈색인데 소매가 하늘색인 것은 왜 그러는 거요?"라고 물으면, 그는 평소에 늘 "당신에게는 그런 것이 없군요! 기다려 보세요, 닳도록 입다 보면 모두 똑같아질 겁니다!"라고 대답하곤 했다. 정확히 하늘색 나사 천이 햇빛의 작용으로 갈색으로 바뀌기 시작했고, 이제는 완전히 프록코트 색과 비슷해지고 있다. 하지만 정말 이상한 것이 있으니, 안톤 프로코피예비치가 늘 여름에는 나사 천 옷을 입고 겨울에는 남경목면 옷을 입는다는 것이다.

안톤 프로코피예비치는 자기 집이 없다. 예전에는 도시 끝에 집이 있었지만, 그는 그것을 판 돈으로 밤색 말 세 마리가 끄는 삼두마차와 크지 않은 사두 포장마차를 샀고, 사두 포장마차를 타고 지주들의 집에 손님으로 찾아갔다. 하지만 그 마차들에 많은 수고를 들여야 하는 데다 귀리값도 만만치 않자, 안톤 프로코피예비치는 그것을 바이올린과 마당 일을 하는 하녀와 맞바꾸고, 추가로 25루블어치의 종이를 받았다. 그다음 안톤 프로코피예비치는 바이올린을 팔고, 하녀는 금으로 장식한 고급 양가죽 담배쌈지와 바꾸었다. 이제 그에게는 다른 누구에게도 없는 담배쌈지가 있다. 이 만족을 얻기 위해 그는 이제 마을을 다닐 수도 없고, 도시에 머물면서 다양한 집들, 특히 귀족의 집들에서 기식해야 하고, 그들은 그의 코를 튕기는 만족을 얻었다.

안톤 프로코피예비치는 먹는 것을 좋아하고, '바보'와 '제분소 주인' 카드놀이를 많이 한다. 언제나 순종하는 것이 그의 기질이었기 때문에 그는 모자와 지팡이를 쥐고 즉시 길을 나섰다. 그리고 길을 가는 동안 어떤 방식으로 이반 니키포로비치를 자극해서 그가 무도회에 오게 할 수 있을지 궁리하기 시작했다.

이반 니키포로비치의 약간은 완고한 기질 때문에 안톤 프로코피예비치가 계획을 세우는 것은 거의 불가능했다. 그리고 침대에서 일어나는 데에도 이반 니키포로비치는 큰 수고를 들여야 하는데, 정말로 이반 니키포로비치가 어떻게 오겠다고 결정할 수 있을까? 설령 이반 니키포로비치가 일어난다 해도, 의심의 여지 없이, 이반 니키포로비치도 익히 아는바, 그의 화해할 수 없는 적이 있는 곳에 그가 어떻게 오게 할 수 있을까?

궁리를 하면 할수록 안톤 프로코피예비치는 더 많은 장애물을 발견했다.

날이 매우 무더웠다. 해가 지글지글 끓었다. 땀이 그의 몸에서 비처럼 줄줄 흘러내렸다. 안톤 프로코피예비치는 사람들이 그의 코를 튕겼음에도 불구하고 많은 일에서 매우 교활한 사람이었다. 다만 거래에서 그는 그다지 운이 없었다. 그는 언제 바보 흉내를 내야 할지 잘 알아서, 가끔 지혜로운 사람은 교묘히 난국을 빠져나가는 일이 드문 그런 상황과 경우에도 빠져나갈 수 있었다.

그가 창의적인 지성으로 이반 니키포로비치를 설득할 방법을 궁리하고 용감하게 모든 것에 직면하며 나아가고 있던 그때, 한 가지 예기치 않은 상황이 그를 약간 당혹스럽게 했다. 여기서 독자에게 알려 줘야 할 것이 있으니, 안톤 프로코피예비치에게는 입을 때마다 개들이 그의 장딴지를 물게 하는 이상한 바지가 있었다. 그런데 하필이면 바로 그날 그는 이 바지를 입고 있었다.

그래서 그가 상념에 사로잡히자마자 사방에서 끔찍한 개 짖는 소리가 그의 귀청을 때렸다. 안톤 프로코피예비치는 누구도 지르기 어려울 만큼 큰 고함을 질러서, 여러분이 잘 아는 아낙네와 헤아릴 수 없이 큰 프록코트를 입은 주거인이 그를 맞으러 달려 나오고, 심지어 소년들도 이반 이바노비치의 마당에서 달려 나왔다. 비록 개들이 그의 다리 하나만 겨우 물 수 있었으나, 그럼에도 이것으로 그의 원기가 매우 약해지고, 그는 약간 소심하게 현관에 다가갔다.

7. 마지막 장

"아! 안녕하세요. 당신은 왜 개들을 괴롭힌 겁니까?" 이반 니키포로비치가 안톤 프로코피예비치를 보고 말했다. 왜냐면 안톤 프로코피예비치와 농담을 곁들이지 않고 말하는 사람은 아무도 없었기 때문이다.

"고놈들 전부 뒈져 버려라! 누가 그것들을 괴롭힌단 말이에요?" 안톤 프로코피예비치가 대답했다.

"당신은 거짓말하는 거요."

"맙소사, 아닙니다! 표트르 표도로비치가 당신을 정찬에 초대했습니다."

"음!"

"맙소사! 거부할 수 없을 만큼 간절하게 요청했어요. 그가 하는 말이, '이반 니키포로비치는 나를 적으로 여겨서 나를 피하고 있는 거야. 그는 이야기하거나 앉아 있다 가려고 내 집에 들르는 일이 결코 없어'라는 거예요."

이반 니키포로비치가 자기 이중 턱을 쓰다듬었다.

"그가 말하기를, '만일 이반 니키포로비치가 이번에도 오지 않으면 어떻게 생각해야 할지 모르겠어요. 아마 그는 내게 어떤 음모를 꾸미고 있는 걸 거예요. 제발, 안톤 프로코피예비치, 이반 니키포로비치에게 말해 주세요!' 어떻게 하시겠어요, 이반 니키포로비치? 갑시다! 지금 거기에는 아주 훌륭한 사람들이 모여 있어요!"

이반 니키포로비치는 현관에 서서 온 힘을 다해 목구멍을 떠는 수탉을 바라보았다.

"만일 당신이 아신다면, 이반 니키포로비치……." 충심 어린 대리인이 말을 이었다. "표트르 표도로비치에게 어떤 용철갑상어, 어떤 신선한 캐비아를 보냈는지 말예요."

그 말에 이반 니키포로비치가 고개를 돌리고 주의 깊게 귀 기울여 듣기 시작했다. 이것이 대리인에게 원기를 불어넣어 주었다.

"어서 갑시다, 거기에 포마 그리고리예비치도 있어요! 당신도 가셔야지요?" 그는 이반 니키포로비치가 내내 외로운 상태로 누워 있는 것을 보고 덧붙였다. "어떠세요? 가시겠어요, 안 가시겠어요?"

"싫어요."

이 '싫어요'에 안톤 프로코피예비치는 충격을 받았다.

그는 자기의 간절한 설명에, 아무리 봐도 훌륭한 이 사람이 완전히 기울었다고 생각했는데, 그 대신에 "싫어요"라는 단호한 대답을 들은 것이다.

"어째서 당신은 가지 않는다는 겁니까?" 그는 그에게서는 아주 드물게 나타나는 그런 분노에 가까운 감정을 느끼면서 물었다. 그는 심지어 재판관과 시장이 특별히 자신들을 즐겁게 하고 싶을 때 하는 행동, 즉 그의 머리에 불타는 종이를 얹는 행동을 할 때조차도 그런 분노를 느낀 적이 극히 드물었다.

이반 니키포로비치가 담배 냄새를 맡았다.

"당신 뜻대로 하세요, 이반 니키포로비치. 전 무엇이 당신을 가로막는지 모르겠군요."

"제가 어떻게 거길 가겠어요?" 마침내 이반 니키포로비치가 말했다. "그곳에 강도 놈이 있을 텐데요!" 그는 이반 이바노비치를 그렇게 불렀다.

오, 하느님! 그건 오래전에…….

"맙소사, 그는 없을 겁니다! 하늘에 맹세코 없을 겁니다! 그가 있다면 저를 바로 이 자리에서 천둥으로 내려치시길!" 안톤 프로코피예비치가 대답했다. 그는 한 시간에 열 번은 신에게 맹세할 기세였다.

"가십시다, 이반 니키포로비치!"

"당신은 거짓말하는 거요, 안톤 프로코피예비치. 그가 거기에 있지요?"

"맙소사, 맙소사, 없어요! 그가 거기에 있다면 제가 이 자리에서 움직일 수 없기를! 직접 판단해 보세요. 제가 무슨 이유로 거짓말을 하겠어요? 제 팔과 다리가 말라비틀어지기를! 자, 이래도 믿지 못하시겠어요? 제가 당신 앞에서 말라 죽기를! 아버지도 어머니도 나도 하늘나라를 보지 못하기를! 아직도 못 믿으시겠어요?"

이반 니키포로비치는 이 호언장담에 완전히 마음이 기울어, 끝이 없는 프록코트를 입은 자기 시종에게 바지와 남경목면으로 만든 카자크식 반외투를 가져오라고 명령했다.

나는 이반 니키포로비치가 어떻게 바지를 입었는지, 그가 어떻게 넥타이를 칭칭 감았는지, 마지막으로 어떻게 왼쪽 소매 밑에 여분으로 구멍이 난 카자크식 반외투를 입었는지 묘사할 필요는 없을 거라고 생각한다. 그가 그동안 내내 예의범절상의 평안을 유지하고, 안톤 프로코피예비치의 제안, 즉 뭐든 그의 터키식 담배쌈지와 맞바꾸자는 제안에 한마디도 대답하지 않았다는 것을 전하는 것으로 충분하다.

그나저나 모임에 참석한 사람들은 이반 니키포로비치가 나타나 마침내 모두의 바람이 실현될, 즉 이 존경할 만한 사람들이 서로 화해할 결정적인 순간을 기다리고 있었다. 그러나 많은 이들은 이반 니키포로비치가 오지 않을 것이라고 거의 확신하고 있었다.

심지어 시장은 그가 안 오는 쪽으로 애꾸눈 이반 이바노비치와 내기를 했다. 그러나 애꾸눈 이반 이바노비치가 시장은 자기의 총상 입은 다리를, 자기는 애꾸눈을 담보로 내걸 것을 요구했기 때문에 그는 발끈했다. 시장은 그 제안에 매우 모욕을 느꼈으나, 그곳에 모인 사람들은 조용히 웃었다.

이미 1시가 훨씬 지났음에도 불구하고, 아직 어느 누구도 식탁에 앉지 않았다. 미르고로드에서는, 심지어 장엄한 의식에서도 한창 점심을 먹고 있을 때였다. 안톤 프로코피예비치가 문에 나타나자마자 모두 그를 에워쌌다. 안톤 프로코피예비치는 모든 질문에 결정적인 단 한 마디, "안 올 겁니다"라고 외쳤다. 그가 이 말을 하자마자 그의 대리인 역할이 실패한 것에 대한 비난과 욕설, 아마도 손가락을 튕기는 것까지 그의 머리에 우박처럼 쏟아질 판이었다. 그때 갑자기 문이 열리고 이반 니키포로비치가 들어왔다. 만일 사탄이나 죽은 사람이 나타났다 해도 이반 니키포로비치의 갑작스러운 도착만큼 회중(會衆) 전체에 큰 충격을 주지는 못했을 것이다. 안톤 프로코피예비치는 그렇게 모든 사람을 놀린 것에 기뻐하면서 옆구리에 손을 대고 웃음을 터뜨렸다. 어떻든 간에, 이반 니키포로비치가 그렇게 짧은 시간에 귀족에게 합당한 옷을 갖춰 입을 수 있다는 것이 모두에게 거의 믿기지 않았다.

이반 이바노비치는 이때 없었다. 그는 무슨 이유로인지 나가 있었다. 충격에서 정신을 차린 회중이 이반 니키포로비치의 건강에 관심을 보이고 그가 더 뚱뚱해진 것에 대해 만족을 표했다. 이반 니키포로비치가 모두와 키스하고 말했다. "덕분에 매우 잘 지냅니다." 그사이 보르시 냄새가 방을 가로질러 넓게 퍼지며 배고픈 손님들의 콧구멍을 유쾌하게 간질였다. 모두 식당으로 몰려들었다. 말이 많은 쪽과 침묵하는 쪽, 마른 쪽과 뚱뚱한 쪽 등 부인들의 행렬이 앞으로 뻗었고, 기다란 식탁이 온갖 색으로 알록달록해졌다.

식탁에 어떤 음식들이 있었는지는 묘사하지 않겠다! 스메타나와 함께 내온 므니시키,* 보르시에 곁들여 나온 곱창 요리에 대해서도, 자두와 건포도가 들어간 칠면조 요리에 대해서도, 보기에 크바스에 담근 장화와 아주 흡사한 음식에 대해서도, 옛날 요리사의 백조의 노래인 소스*에 대해서도, 즉 포도주 불길에 뒤덮인 채 내놓아 부인들을 매우 즐겁게도 하고 두렵게도 만든 소스에 대해서도 전혀 언급하지 않겠다. 이 음식들에 대해서는 얘기하지 않겠다. 내게는 대화하면서 그것들을 알리기보다 그것들을 먹는 편이 훨씬 더 마음에 들기 때문이다. 이반 이바노비치에게는 고추냉이와 함께 요리한 생선이 마음에 들었다. 그는 특별히 이 유익하고 영양가 높은 식사에 몰두했다.

그는 가장 가느다란 생선 조각을 골라 접시에 놓았고, 무심결에 맞은편을 바라보았다. 오 창조주여, 어떻게 이런 이상한 일이 있을 수 있습니까! 그의 맞은편에 이반 니키포로비치가 앉아 있는 것이다! 동시에 이반 니키포로비치도 눈을 들어 바라보았다! 아니다! 난 할 수 없다……! 내게 다른 펜을 주세요! 내 펜은 시들시들하고 죽은 것과 같은데, 이런 그림을 그리려면 섬세한 펜촉이 필요하다고요!

그들의 얼굴은 경악하는 표정을 지으며 돌처럼 굳어졌다. 그들 각자가 오래전에 알았던 얼굴을 보고, 예기치 않게 만난 친구를 보고 무심코 다가가서 "한 대 피우시지요!"라거나 "한 대 피우시길 요청해도 될까요?"라고 말하며 파이프를 내밀려고 하는 것만 같았다. 그러나 이와 함께 바로 그 얼굴은 불길한 징조인 양 끔찍했다! 이반 이바노비치와 이반 니키포로비치에게서 땀이 비 오듯 쏟아졌다. 그 자리에서 식사하던 사람들 모두 주의를 집중하며 침묵하고, 예전에는 친구였던 이들에게서 눈을 떼지 않았다. 그때까지 거세한 닭이 어떻게 되는지에 대한 상당히 흥미로운 대화에 몰두해 있던 부인들이 갑자기 대화를 멈추었다. 모두 조용해졌다!

이것은 위대한 화가의 붓을 필요로 하는 그림이다! 마침내 이반 이바노비치가 콧수건을 꺼내 코를 풀기 시작했고, 이반 니키포로비치는 주위를 둘러보고 열린 문에 시선을 고정시켰다. 시장은 즉시 이 행동을 알아차리고 문을 더 꽉 닫도록 지시했다. 그때 친구들은 음식을 먹기 시작했는데, 단 한 번도 서로를 쳐다보지 않았다.

식사를 끝내자마자 옛적의 친구였던 둘은 자리에서 벌떡 일어나 슬그머니 빠져나가기 위해 모자를 찾기 시작했다. 그때 시장이 눈짓을 했고, 그 이반 이바노비치가 아니라 애꾸눈 이반 이바노비치가 이반 니키포로비치의 등 뒤에 서고, 시장은 이반 이바노비치의 등 뒤로 갔다. 양쪽 다 그들을 뒤에서 밀기 시작했다. 그들이 함께 부닥쳐서 악수를 할 때까지 그들을 놓아주지 않기 위해서였다.

애꾸눈 이반 이바노비치가 약간 옆에서이긴 하지만 상당히 성공적으로 이반 니키포로비치를 이반 이바노비치가 서 있는 곳으로 밀었다. 그러나 시장은 너무 옆으로 방향을 잡았다. 이번에 그는 어떤 명령도 듣지 않고 악의에 찬 듯 너무 멀리, 완전히 반대 방향으로 나가면서 자기 맘대로 움직이는 다리를 전혀 통제할 수 없었기 때문이다(이것은 아마 식사 중에 너무 많은 온갖 음료들이 있었기 때문일 것이다). 그래서 이반 이바노비치는 호기심 때문에 한가운데로 몸을 내민 붉은 드레스를 입은 부인에게 쓰러졌다. 그런 조짐은 결코 좋은 결과를 예고하지 않는다.

그러나 재판관이 일을 바로잡기 위해 시장의 위치를 차지하고, 코로 윗입술의 담배를 모두 들이마신 뒤에 이반 이바노비치를 다른 방향으로 밀었다. 미르고로드에서 이것은 일반적인 화해의 방식이다. 그것은 공놀이와 약간 유사하다. 재판관이 이반 이바노비치를 밀자마자 애꾸눈 이반 이바노비치가 온 힘을 다해 버티며, 지붕에서 빗물 떨어지듯 땀이 흘러내리고 있는 이반 니키포로비치를 밀었다.

양 친구가 한껏 버텼음에도 불구하고 마침내 그들은 부닥쳤다. 양쪽 진영이 다른 손님들로부터 상당한 지원을 받았기 때문이다. 그때 사방에서 그들을 밀접하게 에워싸 그들이 서로에게 손을 내밀기로 작정할 때까지 놓아주지 않았다.

"제발 부탁입니다, 이반 니키포로비치와 이반 이바노비치! 양심에 대고 말씀해 보세요. 당신들은 무엇 때문에 싸운 겁니까? 쓸데없는 것 때문이 아닙니까? 당신들은 사람들 앞에서, 그리고 신 앞에서 부끄럽지 않으세요?"

"전 모르겠어요." 이반 니키포로비치가 피곤해서 숨을 헐떡이며 말했다. (그가 화해의 시간에서 정말 머지않은 것이 눈에 띄었다.) "전 제가 이반 이바노비치에게 무슨 잘못을 했는지 모르겠어요. 그가 무엇 때문에 저의 가축우리를 톱질하고 저를 파멸시킬 생각을 한 건가요?"

"저는 어떤 악한 의도도 갖지 않았습니다." 이반 이바노비치가 이반 니키포로비치에게 눈을 돌리지 않고 말했다.

"하느님 앞에서나 여러분 앞에서 맹세합니다, 존경할 만한 귀족 여러분, 저는 제 적에게 아무 짓도 하지 않았습니다. 그런데 그는 무엇 때문에 저를 비방하고 제 직위와 칭호에 해를 입히는 겁니까?"

"제가 당신에게, 이반 이바노비치, 어떤 해를 입혔다고 그러세요?” 이반 니키포로비치가 말했다.

한순간만 더 설명이 이어지면 해묵은 적의가 사라질 참이었다. 이미 이반 니키포로비치는 파이프를 집어 “한 대 피우시지요”라고 말하기 위해 호주머니에 손을 집어넣었다.

“진정 이게 해가 아니란 말입니까?” 이반 이바노비치가 눈을 들지 않고 대답했다. “귀하, 당신이 저의 직위와 성을, 여기서 말하기에는 예의에 맞지 않는 그런 단어로 모욕했잖아요?”

“당신에게 친구로서 말씀드리는데, 이반 이바노비치! (이 말을 하면서 이반 니키포로비치는 손가락으로 이반 이바노비치의 단추를 건드렸다. 이것으로 그의 기분이 완전히 드러났다.) 당신은 악마도 모를 아무것도 아닌 말에, 제가 당신을 수거위라고 부른 것에 대해 모욕을 느낀 건데요…….”

이반 니키포로비치는 그 말을 하고 나서 자기가 경솔하게 행동했음을 깨달았다. 그러나 이미 말이 나와 버린 것이다.

모든 것이 악마의 뜻대로 되었다!

증인 없이 이 말이 튀어나왔을 때도 이반 이바노비치가 제정신을 잃고 사람에게서 보기 어려운 그런 분노에 휩싸였는데, 이제 판단해 보세요, 친애하는 독자님, 이제 이 파괴적인 단어가 많은 부인들이 있는 모임에서 튀어나왔으니 어떻게 되겠는지요? 특히 이반 이바노비치가 예의에 맞게 행동하고 싶어 하는 부인들 앞에서 말입니다. 이반 니키포로비치가 그런 식으로 행동하지 않았더라면, 그가 수거위가 아니라 새라고만 했어도 충분히 바로잡을 수 있을 것이다. 하지만 모두 물 건너간 일이 되고 말았다! 그는 이반 니키포로비치에게 시선을 던졌다. 얼마나 무서운 시선인가! 만일 이 시선에 실행력이 주어진다면, 이반 니키포로비치를 유골로 만들어 버릴 것이다. 손님들은 이 시선의 의미를 이해하고 자기들 쪽에서 서둘러 두 사람을 떼어 놓았다. 그리고 유순함의 대명사로서, 한 명의 거지에게도 질문을 하지 않고는 그냥 지나친 적이 없는 이 사람은 끔찍한 광분에 휩싸였다. 욕망은 그런 거센 폭풍을 일으키는 법이다!

한 달 내내 이반 이바노비치에 대해 아무 소식도 들리지 않았다. 그는 자기 집에서 나오지 않았다. 보물함이 열리고, 궤짝에서 모습을 드러냈다, 무엇이? 루블 은전이다! 옛날 호랑이 담배 피우던 시절에 쓰던 은전이다! 이 루블 은전이 잉크로 먹고사는 사람의 얼룩진 손으로 넘어갔다. 사건이 의회로 이송되었다. 내일 판결이 나올 것이라는 기쁜 소식을 들었을 때에야 비로소 이반 이바노비치는 바깥세상을 바라보고 집 밖으로 나갈 결심을 했다. 슬프다! 그때부터 의회는 재판이 다음 날 끝날 거라는 통보를 10년째 매일 계속하고 있다!

* * *

5년쯤 전에 나는 미르고로드를 지나가게 되었다. 나는 날씨가 좋지 않을 때 갔다. 우울하고 축축한 날씨에 진창에 안개가 낀 가을이었다. 따분하게 끝없이 내리는 비의 창조물인 자연스럽지 못한 풀이 들판과 밭을, 줄줄 흐르는 그물처럼 뒤덮었다. 마치 못된 장난이 노인에게, 장미가 노파에게 달라붙듯이, 그 풀은 들판과 이랑에 달라붙었다.

그때 날씨는 내게 강한 인상을 주어, 그것이 따분할 때면 나도 따분해졌다. 하지만 그럼에도 불구하고, 미르고로드에 다가가게 되었을 때, 내 심장이 강하게 고동치는 것을 느꼈다. 오 하느님, 얼마나 많은 추억들이 몰려오는지요! 나는 12년간 미르고로드를 보지 못한 것이다. 그때는 여기에 세상에 둘도 없이 감동적인 우정을 나누는 두 사람, 두 친구가 살았다. 얼마나 많은 고명한 사람들이 죽었는가! 재판관 데미얀 데미야노비치도 이때는 이미 고인이었고, 애꾸눈 이반 이바노비치도 세상을 떠났다.

내가 중심가로 들어섰을 때, 건초 다발이 위에 묶여 있는 망대들이 사방에 서 있었다. 어떤 새로운 계획이 이행되고 있었다! 몇 채의 농가가 무너져 있었다. 담장과 바자울의 남은 조각들이 낙심한 상태로 솟아 있었다.

그때는 마침 축일이었다. 나는 굵은 무명을 씌운 포장마차를 교회 앞에 세우게 하고서 아무도 돌아보지 않도록 아주 조용히 들어갔다. 그런데 아무도 없었다. 교회가 텅 비어 있었다. 사람이 거의 아무도 없었다. 가장 경건한 사람들도 진창을 두려워한 것이 분명했다. 구름으로 흐린, 더 잘 표현하면 아픈 날에 초들은 왠지 이상하게 불쾌했다. 어두운 곁방은 슬퍼 보였다. 둥근 유리가 달린 직사각형의 긴 창문들에 빗줄기 눈물이 흘러내렸다.

나는 곁방을 나갔고 머리가 희끗희끗한 노인에게 향했다.

"이반 니키포로비치가 살아 있는지 알 수 있을까요?"

그때 성상화 앞의 램프가 더 활기차게 타올랐고, 빛이 바로 내 이웃의 얼굴에 떨어졌다.

자세히 살펴보고서야 익히 아는 얼굴임을 알아볼 수 있었으니, 내가 얼마나 놀랐겠는가! 이 사람이 바로 이반 니키포로비치라니! 얼마나 많이 변했는가!

"안녕하세요, 이반 니키포로비치? 아주 많이 늙으셨군요!"

"네, 늙었지요. 난 오늘 폴타바에서 왔어요." 이반 니키포로비치가 대답했다.

"무슨 말씀을! 당신이 이런 나쁜 날씨에 폴타바에 다녀오시다니요."

"어쩌겠어요! 소송이……."

그 말을 듣고 나는 무의식중에 한숨을 쉬었다. 이반 니키포로비치가 내 한숨의 의미를 알아차리고 말했다.

"염려하지 마세요. 다음 주일에 판결이 나고, 그것도 내게 이로운 쪽으로 날 거라는 믿을 만한 소식을 들었어요."

나는 어깨를 으쓱한 뒤 이반 이바노비치에 대해 뭐든 알아보려고 나왔다.

"이반 이바노비치는 여기 있습니다." 누군가가 내게 말했다. "그는 성가대석에 있어요."

나는 그때 깡마른 형체를 알아보았다. 이 사람이 이반 이바노비치였단 말인가? 얼굴이 주름살로 뒤덮이고, 머리카락은 완전히 하얘졌다. 하지만 베케샤는 똑같았다.

첫인사를 나눈 후에 이반 이바노비치가 언제나 그의 깔때기 모양의 얼굴에 그토록 잘 어울리는 명랑한 미소를 지으며 나를 향해 말했다.

“당신에게 유쾌한 소식을 전해 드릴까요?”

“어떤 소식인데요?” 내가 물었다.

“내일 틀림없이 제 사건의 판결이 날 겁니다. 의회가 믿을 만한 소식을 알려 줬어요.”

나는 더 깊이 한숨을 쉬었다. 그리고 나는 정말 중요한 용무로 왔기 때문에 서둘러 작별 인사를 하고 포장마차에 앉았다. 미르고로드에서 배달부라는 이름으로 잘 알려진 깡마른 말들이, 회색 진창 더미에 푹푹 빠지는 말발굽으로 듣기에도 불쾌한 소리를 내면서 느릿느릿 나아갔다. 비가 마부석에 앉아 굵은 무명으로 몸을 한껏 덮은 유대인에게 엄청나게 쏟아졌다. 습기가 내 몸을 파고들었다. 초소가 있는 슬픈 관문이 옆을 천천히 지나갔다. 초소에서는 상이군인이 자기의 회색 투구를 수리하고 있었다. 다시 군데군데 파이고 검고 군데군데 푸릇푸릇한 똑같은 들판, 몸이 젖은 갈까마귀와 까마귀들, 똑같은 모양의 비, 끝없이 눈물에 젖은 하늘이다.

여러분, 이 세상은 얼마나 지루한가요!

마차

소읍 B에 기병 연대가 주둔하면서 읍내는 활기가 돌기 시작했다. 그전까지는 끔찍할 정도로 따분했다. 그곳을 지나가면서 믿기 어려울 정도로 우울하게 거리를 바라보는 흙을 덕지덕지 바른 낮은 집들을 둘러볼 때, ……마음속에서 무슨 일이 벌어지는지 설명하기란 불가능하다. 도박으로 돈을 잃거나 경우에 안 맞는 어리석은 언행을 할 때 느끼는 우수와 같은 감정이 밀려온다. 한마디로 좋지 않은 것이다.

비를 못 이기고 진흙이 그 집들 위로 무너졌기 때문에 벽들이 하얀 대신에 얼룩져 있었다. 지붕은 우리 남방 도시에서 흔히 그렇듯 대부분 갈대로 덮여 있었다. 작은 뜰은 시장의 명령에 따라 경관을 위해 베어 낸 지 오래다. 거리에서는 누구도 만날 수 없고, 수탉만 수북이 쌓인 먼지로 인해 베개처럼 폭신폭신한 포장도로를 가로질러 갈 것이다. 이 먼지는 조금만 비가 와도 진창으로 변하고, 그러면 소읍 B의 거리는 시장이 프랑스인이라고 부르는 살집 좋은 동물들로 가득 차곤 한다. 이 동물들이 자기 목욕탕에서 심각한 낯짝을 내밀고 너무나 이상한 그르렁 소리를 내서, 말을 타고 가던 사람은 조금이라도 더 빨리 지나가기 위해 말을 몰아대는 수밖에 없다. 그러나 소읍 B에서는 말 타고 다니는 사람을 만나기가 어렵다. 아주 드물게 열한 명의 농노가 있는 지주가 남경목면 프록코트를 입고 포장도로를 따라 반은 브리치카이고 반은 짐마차인 마차를 타고 가면서 잔뜩 쌓인 밀가루 자루 사이로 얼굴을 내밀고, 고삐로 밤색 말을 조이고, 그 뒤를 망아지가 쫓아간다.

시장의 광장도 약간 우울한 모습이다. 재봉사 집이 아주 어리석게도 앞면 전체가 아니라 구석 모퉁이만 튀어나와 있다. 그 맞은편에는 창문이 두 개인 석조 건물이 15년간 지어지고 있다. 좀 더 떨어진 곳에는 진흙색을 내려고 회색 페인트를 칠한, 유행하는 판자 울타리가 홀로 서 있다. 이 울타리는 시장이 한창 때, 점심 이후 바로 잠을 자고 밤에는 말린 산딸기로 맛을 낸 탕약 마시는 습관을 갖기 전에, 다른 건물들의 모델로 삼기 위해 세운 것이다.

다른 곳은 거의 모두 욋가지로 엮은 울타리다. 광장 한가운데에 아주 작은 가게들이 있다. 거기에는 언제나 가락지 빵 고리, 붉은 숄을 쓴 할머니, 비누 한 푸드, 맛이 쓴 아몬드 몇 푼트,* 산탄(散彈), 두꺼운 반목면, 어느 때고 문 옆에서 스바이카* 놀이를 하는 두 명의 가게 점원을 볼 수 있다.

그러나 기병 연대가 이 군의 소읍 B에 주둔하면서 모든 것이 변하기 시작했다. 거리가 다채로워지고 활기를 띠게 되었다. 한마디로 전혀 다른 모습이 되었다. 낮은 집들은 자주 머리에 군모 장식을 달고 곁을 지나가는 날렵하고 호리호리한 장교를 보게 되었다. 그는 말 번식에 대해, 가장 질 좋은 담배에 대해 이야기하기 위해, 그리고 가끔 드로시키*를 걸고 카드 게임을 하기 위해 동료에게 가는 것이었다. 그 마차는 연대용이라고 불릴 만했으니, 연대 밖으로 나오지 않고 모든 곳을 다닐 수 있었기 때문이다. 오늘은 소령이 타고 다니면 내일은 중위의 마구간에 나타나고, 일주일 뒤에는, 이것 봐, 다시 소령의 당번병이 그것에 돼지비계를 발라 주곤 했다.

집들 사이의 나무 울타리에는 햇빛에 말리려고 내건 병사 모자들이 옹기종기 걸려 있었다. 회색 외투가 문의 어디에선가 튀어나오고, 골목에서는 구두용 솔처럼 뻣뻣한 콧수염을 한 병사들을 만날 수 있었다.

콧수염은 어디에서나 보였다. 여자 상인들이 술잔을 가지고 시장에 몰려들면, 그들 어깨 뒤로 틀림없이 콧수염들이 나타난다. 광장 한가운데서는 콧수염을 기른 병사가, 눈을 치켜뜨고 신음 소리를 낼 뿐인 어떤 어리석은 촌놈을 야단치고* 있었다.

장교들은 그때까지 사제의 미망인과 한집에 사는 판사 그리고 사리 분별이 있어 확실히 온종일, 점심부터 저녁까지 그리고 저녁부터 점심까지 잠만 자는 시장으로만 구성되었던 사교계에 활기를 불어넣었다.

연대 준장의 아파트가 이곳으로 옮겨 오자 사교계에 드나드는 사람이 훨씬 더 많아지고 더 주목을 받게 되었다. 그때까지 있는 줄도 몰랐던 주위의 지주들이 장교들과 교제하고 이따금 파종, 아내의 부탁, 토끼로 가득 찬 그들의 뇌리에 아주 희미한 기억으로 남아 있던 '은행'*이라는 카드놀이를 하기 위해 군의 소읍에 더 자주 나오기 시작했다.

어떤 이유로 준장이 대연회를 열게 되었는지 기억할 수 없는 게 매우 안타깝다. 다만 엄청나게 큰 연회가 준비되었다. 준장 집 부엌의 음식 써는 소리가 도시의 초소 근처까지 들렸다. 연회를 위해 시장 전체가 소집되어, 사제 부인과 함께 사는 판사는 메밀가루로 만든 전병과 풀로 된 캐러멜로 끼니를 때워야 했다.

장군 아파트의 크지 않은 문 주위에는 온통 드로시키와 콜랴스카*가 세워져 있었다. 이 사교 모임은 남성들, 장교들과 몇 명의 인근 지주들로 구성되었다. 지주들 중에서는 누구보다 피파고르 피파고로비치 체르토쿠츠키가 눈에 띄었다. 그는 B 군(郡)의 중요한 귀족 중 한 명으로 선거에서는 누구보다 부산을 떨고 번지르르한 마차를 타고 군에 오곤 했다.

그는 예전에 기병 연대들 중 한 곳에서 근무했고, 사람들의 주목을 끌고 눈에 띄는 장교들 중 한 명이었다. 적어도 그의 부대가 돌아다니던 많은 무도회와 모임에서 그를 볼 수 있었다. 그러나 이에 대해서는 탐보프현과 심비르스크현*의 아가씨들에게 물어보는 편이 나을 것이다.

만일 그가 흔히 불쾌한 사건이라고 불리는 어떤 일로 퇴역하지 않았다면, 그는 다른 현들에서도 자신에게 유리한 영광을 얻었을 것이다. 그런데 옛날에 그가 누군가의 따귀를 갈긴 것인지 아니면 그에게 따귀를 갈긴 것인지, 정확히 기억나지 않는다. 다만 그에게 퇴역을 요구한 것만은 확실하다.

하지만 그가 이것으로도 자신의 위신을 떨어뜨린 것은 전혀 아니었다. 그는 군복 스타일로 허리를 높게 한 연미복을 입고, 장화에 박차를 달고, 코 밑에는 콧수염을 길렀다. 그렇지 않으면 귀족들이, 그가 가끔 경멸 조로 '보병대딩' 가끔은 '보병대다링'이라고 부르는 보병대*에 자신이 근무했다고 생각할 것이기 때문이다.

그는 사람들로 북적거리는 장이란 장은 모두 돌아다녔다. 엄마, 딸, 뚱뚱한 지주들로 구성된 러시아의 내장이라 할 수 있는 사람들은 브리치카, 타라타이카,* 타란타스* 그리고 누구도 꿈도 꾸지 못한 그런 카레타*들을 타고 그런 장을 돌아다니며 즐거운 시간을 보내곤 했다.

그는 기병 연대가 어디에 있는지 냄새를 맡기만 하면, 언제나 장교들과 교제하기 위해 찾아왔다. 그들 앞에서 아주 날렵하게 자기의 가벼운 작은 콜랴스카나 드로시키에서 뛰어내리고는 엄청나게 빠른 속도로 이들과 친해진 것이다.

지난 선거에서 그는 귀족들에게 훌륭한 정찬을 대접했다. 그 점심에서 그는 자신을 귀족단장*으로 선출해 주기만 하면 귀족들의 위상을 최고로 높이겠다고 공언했다.

전반적으로 그는 군과 현에서 말하듯이 귀족답게 처신하고, 상당히 예쁜 여성과 결혼했으며, 그녀의 지참금으로 2백 명의 농노와 몇천 루블을 얻었다. 이 자본은 곧 훌륭한 말 여섯 마리, 문의 도금된 자물쇠, 집과 프랑스인 집사를 위한 길들인 원숭이를 사는 데 쓰였다.

이 2백 명은 자신의 농노 2백 명과 함께 몇 건의 상거래를 위해 저당 잡혔다. 한마디로 그는 지주다운 지주…… 제법 훌륭한 지주였던 것이다.

그 외에도 준장의 정찬에는 몇 명의 다른 지주들도 있었지만, 그들에 대해서는 할 말이 없다. 다른 이들은 모두 같은 연대의 군인들과 두 명의 참모 장교, 즉 대령과 상당히 뚱뚱한 소령이었다. 장군은 기골이 장대하고 살집이 좋았다. 하지만 그는 장교들이 평하듯이 훌륭한 상관이었다. 그는 매우 둔탁하고 인상적인 저음으로 이야기했다.

정찬은 너무나 훌륭했다. 오세트르, 벨루가, 스털렛 철갑상어들, 느시,* 아스파라거스, 메추라기, 자고새, 버섯 요리는 요리사가 그 전날 저녁부터 입에 뜨거운 음식을 대지 못했고, 네 명의 병사들이 손에 칼을 들고 밤새 그가 프리카세와 젤리* 만드는 것을 도와주었다는 것을 말해 주었다.

끝없이 나오는 라피트* 적포도주가 든 긴 병과 마데이라* 백포도주가 담긴 목이 짧은 병, 아름다운 여름날, 내내 열어 놓은 창문, 식탁에 놓인 얼음이 담긴 접시들, 장교들의 풀어 젖힌 마지막 단추, 잘 손질된 연미복 소유주들의 구겨진 가슴판, 장군의 목소리에 뒤덮이고 샴페인 따르는 소리가 뒤섞이며 서로 엇갈리는 대화, 이 모든 것이 서로 화답했다.

정찬 이후 모두 위(胃)가 유쾌하게 무거워진 것을 느끼며 일어나서 길고 짧은 담뱃대들로 담배를 피우며 손에 커피 잔을 들고 현관 계단으로 나섰다.

장군, 대령, 심지어 소령의 제복들도 완전히 단추가 풀려 실크 옷감 사이로 고상한 멜빵이 살짝 보였다. 그러나 장교들은 합당한 존중의 태도를 갖추어 마지막 세 개를 제외한 모든 단추를 채우고 있었다.

"자, 이제 말을 보여 드리죠." 장군이 말했다. "이보게, 부탁하네." 그는 유쾌한 외모에 상당히 민첩한 청년인 자기 부관에게 몸을 돌리고 말을 이었다. "이리로 밤색 암말을 끌어오라고 지시해! 여러분이 직접 보시게 될 겁니다."

여기서 장군은 담뱃대를 빨고 연기를 내뿜었다. "암말이 아직 완전히 손질이 안 됐어요. 망할 놈의 도시, 제대로 된 마구간도 없고. 말은, 빽, 빽,* 아주 멋진데 말이에요!"

"그런데 각하, 빽, 빽, 그 암말을 갖고 계신 지 오래되셨나요?" 체르토쿠츠키가 물었다.

"빽, 빽, 빽, 푸, 빽, 그렇게 오래되지 않았어요. 종마 사육장에서 가져온 지 고작 2년 된걸요!"

"조련된 걸 사신 건가요 아니면 여기서 조련시키신 건가요?"

"빽, 빽, 푸, 푸, 푸…… 우…… 우…… 빽, 여기서요." 이렇게 말하고 장군이 연기 속으로 사라졌다.

그사이 마구간에서 병사가 뛰어나오고, 말발굽 소리가 들리더니 마침내 길고 헐렁헐렁한 흰옷을 입고 엄청나게 큰 검은 콧수염을 기른 다른 병사가 몸부림을 치며 당혹스러워하는 말의 고삐를 잡고 끌고 왔다. 말이 갑자기 고개를 쳐들어 땅에 주저앉듯이 몸을 낮춘 병사를 그의 콧수염과 함께 위로 들어 올릴 뻔했다.

"자, 자! 아그라페나 이바노브나!" 현관 계단 아래로 말을 끌면서 그가 말했다.

암말의 이름은 아그라페나 이바노브나였고, 남방의 미녀처럼 탄탄하고 야성적이었으며, 나무 계단에 말발굽을 대면서 요란한 소리를 내더니 갑자기 멈췄다.

장군은 담뱃대를 내려놓고 만족스러운 표정으로 아그라페나 이바노브나를 바라보았다. 대령이 현관 계단을 내려가 아그라페나 이바노브나의 얼굴을 만졌다. 소령도 아그라페나 이바노브나의 다리를 가볍게 두드렸고, 다른 사람들은 어르듯이 혀로 소리를 냈다. 체르토쿠츠키는 현관 계단에서 내려가 말의 뒤쪽으로 갔다. 병사가 몸을 쭉 펴고 고삐를 잡은 채, 마치 그들에게 덤벼들고 싶은 양 방문객들의 눈을 정면으로 바라보았다.

"아주, 아주 좋군요!" 체르토쿠츠키가 말했다. "아주 아름다운 말이네요! 그런데 각하, 말이 어떻게 걷는지 알 수 있을까요?"

"말의 걸음은 훌륭해요. 다만…… 제기랄…… 멍청한 수의사*가 무슨 알약을 먹여서, 이틀이나 재채기를 하고 있어요."

"아주, 아주 좋은데요. 그런데 각하, 이것에 어울리는 마차를 갖고 계신지요?"

"마차? ……하지만 이건 승마용이오."

“저도 압니다. 하지만 각하, 다른 말들에게 어울리는 마차를 갖고 계신지 알고 싶어서 여쭌 겁니다.”

“글쎄, 내 마차들은 그리 많지 않아요. 솔직히 말하면, 오래전부터 요즘 나오는 콜랴스카를 갖고 싶었소. 그 때문에 지금 페테르부르크에 있는 동생에게 편지를 썼는데, 그가 보낼 건지 안 보낼 건지 알 수가 없소.”

“제가 보기엔 각하…….” 지주가 지적했다. “빈에서 만든 마차만큼 좋은 건 없습니다.”

“당신 생각이 맞소. 뻑, 뻑, 뻑.”

“각하, 제게 아주 좋은 최신 빈제(製) 콜랴스카가 있습니다.”

“어떤 마차요? 당신이 타고 다니는 것 말이오?”

“오, 아닙니다. 이건 특별히 저의 여행용 마차고요. 그건…… 놀랍게도 깃털만큼 가볍습니다. 각하께서 그것을 타신다면, 각하께서 이런 표현을 허락하신다면, 유모가 각하를 요람에 태워 흔들어 주는 느낌일 겁니다!”

“편안하다는 거군요?”

“아주, 아주 편안합니다. 쿠션, 용수철, 모두 그림에 그린 것 같지요.”

“그거 좋군요.”

“게다가 아주 널찍합니다! 각하, 저는 아직 그런 마차를 본 적이 없습니다. 제가 근무할 때 마차 상자에 럼주 열 병과 담배 20푼트를 넣은 적이 있습니다. 그 외에도 제겐 여섯 벌의 군복, 속옷, 두 개의 파이프, 이렇게 말하는 걸 허락하신다면 회충처럼 긴 파이프가 있었고, 주머니들은 황소 한 마리를 통째로 넣을 수 있을 정도지요."

"그거 좋군요."

"각하, 저는 그걸 사느라 4천 루블을 지불했습니다."

"가격을 보니 분명 좋은 것이겠군요. 당신이 직접 그걸 샀소?"

"아닙니다, 각하. 우연히 얻었습니다. 제 친구로서 보기 드문 사람이고 장군님도 확실히 잘 지내시게 될 제 어린 시절 친구가 그걸 샀습니다. 저흰 네 거 내 거 없이 전부 같이 썼지요. 제가 카드에서 그를 이겨 얻은 겁니다. 각하, 내일 저희 집에서 점심을 대접할 영광을 베풀어 주시지 않으시겠습니까? 그리고 함께 마차도 보십시오."

"내가 뭐라 말해야 할지 모르겠소. 나 혼자는 좀…… 장교들과 같이 가는 것도 괜찮겠소?"

"장교님들도 정중히 초대합니다. 여러분, 저는 저희 집에서 여러분을 뵙는 것을 큰 영광으로 생각합니다."

대령, 소령, 다른 장교들도 존경의 뜻으로 허리를 굽혀 감사의 인사를 했다.

"각하, 제 견해로는 물건을 사려면 정말 좋은 것을 사야 하고, 나쁜 것은 아예 안 사는 편이 낫지요. 내일 저희 집에 오시는 영광을 베푸시면 제가 영지 경영을 위해 직접 만든 지출 항목을 보여 드리겠습니다."

장군이 그를 바라보고 입에서 연기를 내뿜었다.

체르토쿠츠키는 자기 집에 장교들을 초대한 것에 아주 만족했다. 그는 미리 머릿속으로 파테*와 소스를 주문하면서, 장교들을 명랑하게 바라보았다. 장교들도 마찬가지로 그에 대한 호의를 갑절로 느꼈으니, 그들의 눈, 경례 비슷한 약간의 몸동작에서 이를 알 수 있었다. 체르토쿠츠키는 더욱 거리낌 없이 앞으로 나서고, 그의 목소리에서 긴장이 풀렸다. 목소리가 만족감으로 무거워진 것도 알 수 있었다.

"각하, 저희 집에서 제 아내도 만나 주시기 바랍니다."

"저는 매우 기쁩니다." 장군이 콧수염을 쓰다듬으며 말했다.

체르토쿠츠키는 곧장 집으로 가서 내일 점심을 위해 미리 손님맞이 준비를 하고 싶었다. 그래서 이미 모자도 손으로 집으려고 했다. 그런데 어쩐 일인지 이상하게도 그는 얼마간 더 머무르게 되었다. 그사이 방에 카드용 테이블들이 배치되었다. 곧 모든 손님들이 비스트 게임을 하기 위해 네 조로 나뉘어 장군 방들의 여러 구석에 자리를 잡았다. 초를 가져왔다.

체르토쿠츠키는 비스트 게임을 위해 앉을지 말지 오랫동안 망설였다. 그러나 장교들이 그를 초대하자, 거절하는 것은 공동생활의 규율에 어긋난다고 느꼈다. 그는 잠시 앉았다. 자기 앞에 펀치 컵이 놓인 것을 보고, 자기도 모르는 사이에 그는 순간 엉겁결에 다 마셨다.

세 판 승부를 두 번 마친 뒤 체르토쿠츠키는 다시 팔 밑에 펀치 컵을 발견했고, 먼저 "여러분, 전 집에 갈 시간이에요. 정말로 갈 시간입니다"라고 말한 뒤 역시 엉겁결에 마셨다. 그리고 다시 놀이를 하기 위해 자리에 앉았다.

그사이 방 안 여러 구석에서의 대화는 사적인 방향으로 흘러갔다. 비스트 놀이를 하는 사람들은 거의 말이 없었으나, 놀이를 하지 않고 한쪽 소파에 앉은 사람들은 대화에 열을 올렸다. 한쪽 구석에서는 이등 대위가 옆구리에 쿠션을 받치고 잇새로 담뱃대를 물고는 상당히 자유롭게 물 흐르듯이 자신의 애정 행각을 이야기해서, 주위에 모인 사람들의 주의를 온통 사로잡았다. 다 자란 감자 두 개를 살짝 닮은 짧은 팔을 가진 엄청나게 뚱뚱한 지주 한 명이 특별히 달콤한 표정을 지으며 듣고 있었는데 때때로 담뱃갑을 꺼내기 위해 짧은 팔을 넓은 등 뒤로 힘겹게 뻗곤 했다.

다른 구석에서는 기병 중대의 교련에 대한 상당히 열띤 논쟁이 시작되었고, 이때 이미 두 번 퀸 대신 잭을 던진 체르토쿠츠키가 갑자기 그 대화에 끼어들면서 제자리에서 외쳤다. "몇 년도요?" 혹은 "어느 연대죠?" 그는 이따금 질문이 완전히 흐름에 맞지 않는다는 걸 깨닫지 못했다.

마침내 야식이 나오기 몇 분 전에 비스트 놀이가 끝났다. 그러나 그는 몇 마디 이야기를 계속했고, 모두들 머릿속이 비스트로 가득 찬 것 같았다. 체르토쿠츠키는 자기가 많이 땄다는 걸 아주 잘 기억했으나, 손에 들어온 건 아무것도 없었다. 그 때문에 탁자에서 일어났을 때 그는 호주머니에서 손수건을 찾는 사람의 어정쩡한 자세로 오랫동안 서 있었다.

그사이 야식이 나왔다. 아주 당연하게도 포도주는 부족함이 없었고, 체르토쿠츠키는 그의 오른편과 왼편에 병들이 있었기 때문에 자기도 모르게 이따금 자기 잔에 술을 부어 마셨다.

식사 중에 대화가 끝없이 이어졌으나 왠지 이상하게 흘러갔다. 1812년 전투*에 참전했던 한 지주가 전혀 있지도 않은 전투 이야기를 했고, 무슨 이유인지 알 수 없게도 유리병에서 마개를 들어 케이크에 꽂았다.

한마디로 뿔뿔이 흩어지기 시작했을 때는 이미 새벽 3시였고, 마부들은 마치 구입한 물건 보자기를 떠안듯이 몇 사람을 안아서 끌고 갔다. 체르토쿠츠키 역시 자신의 완전한 귀족주의에도 불구하고 콜랴스카에 앉아서 아주 낮게 몸을 굽혔고 고개를 너무나 크게 끄덕거려서 집에 왔을 때는 콧수염에 우엉 씨 두 개가 붙어 있었다.

집 안에서는 모두 곤히 자고 있었다. 마부는 간신히 주인을 끌고 거실을 지나 젊은 하녀에게 넘겨주었다. 체르토쿠츠키는 하녀를 따라서 겨우겨우 침실에 당도하고, 눈처럼 하얀 잠옷을 입고 매력적인 자세로 누워 있는 젊고 예쁘장한 아내 곁에 몸을 뉘었다. 남편이 침대에 풀썩 쓰러지는 바람에 아내가 잠에서 깼다. 몸을 길게 늘이고 속눈썹을 올리고 빠르게 세 번 눈을 찡그리고 나서 그녀는 약간 못마땅한 듯 미소를 지으며 눈을 떴다. 그러나 그가 이번에는 단호하게 어떤 애무도 하고 싶어 하지 않는 것을 보고 그녀는 당혹해서 반대편으로 돌아누웠고, 자신의 신선한 뺨을 손에 대고 그에 뒤이어 곧 잠이 들었다.

코 고는 남편 옆에서 젊은 여주인이 깼을 때는 이미 시골에서 '이르다'고 말하기 어려운 시간이었다. 그가 어젯밤 4시에 집에 돌아온 것을 기억하고 그녀는 그를 깨우기가 안쓰러웠다. 그래서 남편이 페테르부르크에서 사 준 침실용 슬리퍼를 신고서, 흐르는 물처럼 주름 장식이 있는 흰 블라우스를 입고 화장실에 가서 자신처럼 신선한 물로 세수하고 화장대에 다가섰다.

자기 모습을 한두 번 비춰 보고 그녀는 자신이 오늘 유달리 예뻐 보이는 것을 알았다. 이 별 의미 없는 상황이 그녀로 하여금 거울 앞에 꼬박 두 시간 더 앉아 있게 했다. 마침내 그녀는 매우 아름답게 옷을 차려입고 신선한 공기를 마시기 위해 정원으로 나섰다. 일부러인 듯 그날은 남방의 여름날만이 누릴 수 있는 찬사를 들을 정도로 아름다웠다.

태양이 중천에 떴을 때 햇빛이 한껏 뜨거워졌으나, 무성한 나무로 그늘진 오솔길 아래에서는 시원하게 산책할 수 있었다. 햇빛에 데워진 꽃들의 향 내음이 더욱 짙게 풍겼다.

예쁘장한 안주인은 이미 12시가 지났지만 남편이 아직 자고 있다는 것을 까맣게 잊고 있었다. 정원 뒤 마구간에서 졸고 있는 두 명의 마부와 한 명의 기수*의 점심 뒤의 코 고는 소리가 그녀 귀에까지 들렸다. 하지만 그녀는 넓은 길로 시야가 확 트인 그늘진 오솔길에 앉아 인기척 없는 텅 빈 길을 아무 생각 없이 바라보았다. 그때 갑자기 멀리 보이는 먼지가 그녀의 주의를 끌었다.

주의 깊게 바라보던 그녀는 곧 몇 대의 마차들을 알아보았다. 맨 앞에 덮개가 없는 가벼운 2인용 콜랴스카가 달리고, 거기에는 햇빛에 반짝이는 두꺼운 견장을 단 장군과 그와 나란히 대령이 앉아 있었다. 그 뒤를 이어 다른 4인승 콜랴스카가 따라오고 거기에는 소령이 장군의 부관과 앉아 있고 맞은편에는 두 명의 장교가 있었다. 콜랴스카 뒤를 이어 모두에게 잘 알려진 연대용 드로시키가 따라오고, 이번에는 살찐 소령이 그것을 차지하고 있었다. 드로시키에 이어 4인승 여행 마차*가 따르고, 거기에는 네 명의 장교와 다섯 번째 장교가 앉아 있었다……. 그 뒤로는 세 명의 장교가 검은 얼룩이 있는 아름다운 밤색 말들을 타고 우쭐대며 달리고 있었다.

'정말 이게 우리 집에 오는 걸까?' 집의 안주인이 생각했다. "이런, 맙소사! 정말 다리로 돌아섰네!" 그녀는 외치며, 손뼉을 치고 화단을 가로질러 곧장 남편의 침실로 뛰어갔다. 그는 죽은 듯이 자고 있었다.

"일어나요, 일어나! 빨리 일어나요!" 그녀가 그의 팔을 잡아 끌면서 외쳤다.

"응?" 눈을 뜨지 않고 기지개를 켜며 체르토쿠츠키가 말했다.

"일어나요, 미련퉁이! 듣고 있어요? 손님이에요!"

"손님, 어떤 손님?" 이렇게 말하고 그는 송아지가 얼굴로 어미 소의 젖꼭지를 찾을 때 내는 음매 소리를 작게 냈다. "음……." 그는 그르렁거렸다. "자, 여보, 목을 내밀어요! 키스해 줄 테니."

"여보, 제발 일어나요. 장군이 장교들과 함께 오고 있어요! 이런, 맙소사, 당신 콧수염에 우엉 씨가 있어요."

"장군? 그럼 그가 벌써 오고 있단 말야? 아, 이런 제기랄, 왜 아무도 안 깨운 거야? 점심, 점심은 어떻게, 다 잘 준비됐어?"

"점심이라뇨?"

"내가 시키지 않았단 말야?"

"당신이 언제요? 당신은 새벽 4시에 왔고, 제가 아무리 물어봐도 아무 말도 안 했어요. 미련퉁이, 난 당신이 안쓰러워서 깨우지 않은 거라고요. 전혀 주무시지 못했잖아요……." 마지막 말을 그녀는 매우 나른하고 애원하는 목소리로 말했다.

체르토쿠츠키는 번개 맞은 사람처럼 눈을 휘둥그레 뜨고 잠시 침대에 누워 있었다. 마침내 그가 셔츠 바람으로 침대에서 벌떡 일어났다. 이건 완전히 예의에 어긋나는 행동이라는 걸 잊은 것이다.

"이런 멍청이!" 그는 이마를 탁 치며 말했다. "내가 그들을 점심에 부른 거야. 이를 어쩌지? 멀리 있어?"

"전 몰라요…… 지금쯤 이미 도착했을 거예요."

"여보…… 숨어야겠어! 에이, 거기 누구 있나! 이봐, 얘야! 이리 와, 바보야, 뭘 두려워하는 거야? 지금 장교들이 올 거야. 너는 주인님이 집에 없다고 전해. 전혀 집에 없고, 아침에 이미 나갔다고 전해. 들었어? 모든 하인들에게 그렇게 일러. 빨리 가!" 이렇게 말하고 그는 빨리 실내복을 움켜쥐고, 마차 헛간이 가장 안전할 거라 생각하고 거기에 숨으러 달려갔다.

그러나 헛간 구석에 섰을 때 그는 여기서도 자기를 알아볼 수 있다는 걸 깨달았다. '그럼 여기가 더 좋겠다.' 이 생각이 그의 뇌리에 어른거렸고, 그는 당장 가까이 있는 콜랴스카의 계단을 내리고 그 안으로 뛰어든 다음 문을 닫고 더 안전하도록 무릎 덮개와 가죽으로 몸을 덮고 실내복을 입은 채 몸을 구부리고 완전히 숨을 죽였다.

그사이 마차들이 현관 계단에 다가왔다. 장군이 마차에서 내려 온몸을 흔들고, 그 뒤를 이어 대령이 손으로 모자의 깃털 장식을 바로잡으며 내렸다.

그다음 드로시키에서 뚱뚱한 소령이 옆구리에 장검을 쥔 채 튀어나오고, 마지막으로 우쭐대며 말을 타고 온 장교들이 안장에서 내렸다.

"주인님은 지금 집에 안 계십니다." 하인이 현관 계단에 나와서 말했다.

"아니, 없다니? 하지만 점심때는 오시겠지?"

"아닙니다. 하루 종일 밖에 계실 겁니다. 내일 이맘때에야 계실 겁니다."

"이럴 수가!" 장군이 말했다. "어떻게 그럴 수가 있지……."

"이건 농담인 것 같습니다." 대령이 웃으면서 말했다.

"아냐, 어떻게 그럴 수가 있지?" 장군이 불만스러워하며 말을 이었다.

"쳇…… 제기랄…… 접대도 못 할 거면서 초대는 왜 하고 그래?"

"각하, 어떻게 이럴 수 있는지 이해가 안 됩니다." 젊은 소령이 말했다.

"뭐라고?" 위관급 장교와 대화할 때면 언제나 이 의문사를 쓰는 버릇이 있는 장군이 말했다.

"제 말은, 각하, 어떻게 그렇게 행동할 수 있느냐는 겁니다."

"물론이지…… 무슨 일이 일어난 것은 아닌가? 그러면 적어도 미리 알려는 줘야지, 아니면 아예 초대를 하질 말거나."

"저, 각하, 어쩔 수 없으니 돌아가시지요!" 대령이 말했다.

"당연히, 별도리가 없지. 하지만 그가 없어도 콜랴스카는 볼 수 있겠지. 그가 그걸 몰고 가진 않았을 거야. 이봐, 거기 누구 있나, 자네, 이리 와 봐!"

"제가 뭘 도와 드릴까요?"

"자네가 마구간지기인가?"

"마구간지기입니다, 각하."

"우리에게 주인이 최근에 얻은 새 콜랴스카를 보여 주게."

"네, 그럼 헛간으로 가시죠!"

장군은 장교들과 함께 헛간으로 향했다.

"여긴 어두우니 허락하신다면, 그것을 몰고 나오겠습니다."

"괜찮아, 괜찮아, 그대로 좋아!"

장군과 장교들은 콜랴스카 주위를 돌면서 꼼꼼히 바퀴와 용수철을 둘러보았다.

"글쎄, 특별한 게 전혀 없군." 장군이 말했다. "아주 평범한 콜랴스카야."

"아주 볼품없는 것입니다." 대령이 말했다. "전혀 좋은 게 없습니다."

"제가 보기에, 각하, 이건 4천 루블의 가치가 전혀 없습니다." 젊은 장교 중 한 명이 말했다.

"뭐라고?"

"제 말은, 각하, 제가 보기에, 이건 4천 루블의 가치가 전혀 없습니다."

"무슨 얼어 죽을 4천 루블! 이건 2천 루블의 가치도 없어. 아무것도 없어. 혹시 안에는 뭔가 특별한 게 있을지도……. 이봐, 가죽 덮개를 벗겨 보게……."

그러자 실내복을 입고 앉아서 흔치 않은 자세로 몸을 구부리고 있는 체르토쿠츠키가 장교들의 눈에 들어왔다.

"아, 여기 계셨군요!" 깜짝 놀란 장군이 말했다.

이렇게 말하고 장군은 즉시 체르토쿠츠키에게 다시 덮개를 씌우고 문을 쾅 닫고 장교들과 함께 떠나 버렸다.

로마

석탄처럼 시커먼 먹구름을 밀어젖히고 빛의 홍수를 내뿜으며 견딜 수 없어 요동치는 번개를 바라보라. 알바노*의 여인, 안눈치아타의 눈동자가 바로 그랬다. 그녀의 모든 것이 대리석에 생명을 불어넣고 조각가의 끌이 빛나던 고대를 떠올리게 한다.

타르처럼 검고 숱 많은 머리카락이 무거운 타래로 묶여 머리 위에 두 개의 똬리를 이루고, 네 가닥의 긴 고수머리가 목덜미까지 늘어져 있다. 그녀가 눈부시게 빛나는 눈처럼 하얀 얼굴을 어디로 돌리건, 그녀의 자태는 보는 이의 마음에 그대로 각인되었다. 옆모습은 어떤가, 옆모습은 신비롭고 고결한 분위기를 풍기고, 어떤 붓으로도 그릴 수 없는 아름다운 선이 흘러내린다.

그녀가 빛나는 목의 뒷덜미와 지상에서는 보기 어려운 아름다운 어깨를 드러내며, 뒷덜미를 머리 위로 묶인 경이로운 머리카락과 함께 어디로 향하건, 그 방향에서 볼 때도 그녀는 경이롭다! 하지만 무엇보다도 경이로운 순간은 그녀가 눈을 들어 상대방의 눈을 똑바로 마주 대할 때다. 그때 보는 이는 소름이 돋고 심장이 멎는다.

그녀의 풍부한 음성이 구리처럼 낭랑하게 울린다. 그녀의 날렵하고 힘차고 자신감 넘치는 몸동작은 어떤 날쌘 표범도 비할 바가 아니다.* 그녀의 모든 것이, 어깨에서 고대의 숨결이 느껴지는 발까지, 그녀 발의 새끼발가락까지, 피조물 중 최고의 왕관이다.

그녀는 어디를 가든 한 폭의 그림을 들고 다닌다. 저녁 무렵 그녀가 머리에 세련된 구리 항아리를 얹고 서둘러 분수를 향해 갈 때면 그녀를 둘러싼 주위 세상에 신비로운 조화가 스며든다. 알바노 산들의 경이로운 산자락이 더욱 가볍게 멀리 사라지고, 로마의 푸른 하늘이 더욱 푸르러지고, 사이프러스 나무는 더욱 곧게 날아오르고, 남방 나무들의 미의 극치인 로마의 소나무 정수리가 하늘에서 더욱 가녀리게, 더욱 자주 우산 모양으로 공중을 헤엄친다.

모든 것이 그와 같다. 분수의 물줄기가 다이아몬드처럼 빛나는 아치를 그리며 아래 놓인 구리 통에 한 줄기씩 낭랑하게 떨어지는 사이, 알바노 여인들이 은방울이 구르는 듯한 큰 목소리로 재잘대며 분수의 대리석 계단에 몰려들어 한 계단씩 자리를 잡을 때의 분수도 그러하다. 바로 그 분수와 인파도, 모든 것이 그녀의 의기양양한 아름다움을 더 선명하게 드러내기 위해, 마치 여왕이 궁전의 신하들을 거느리고 지나가듯이 그녀가 모든 것을 거느리고 지나가는 것을 보여 주기 위해 존재하는 것만 같다.

알바노에서 카스텔-간돌포*까지 펼쳐진 검은 나무들의 회랑이 축제를 위해 멋지게 차려입은 군중으로 가득 차고, 어둑어둑한 나무 회랑의 아치 밑으로 비로드 옷을 입고 번쩍거리는 허리띠와 금빛 꽃이 달린 깃털 모자로 한껏 멋을 낸 소귀족들이 어른거리고, 반쯤 눈을 감은 당나귀들이 하얀 머리 장식으로 멀리서도 반짝이는 날씬하고 힘센 알바노와 프라스카티* 여인들을 그림처럼 멋지게 태우거나 혹은 완두콩 색의 고무 방수 망토를 입고 발끝이 땅에 닿을까 발을 곧추세우고 꼼짝도 하지 않는 키 큰 영국인을 전혀 그림처럼 아름답지 않게 힘들게 땀을 흘리며 끌고 오거나 혹은 블라우스를 입고 가죽띠에 나무통을 달고 반다이크*식의 세련된 수염을 기른 예술가를 태우고 천천히 가거나 전속력으로 내달리고, 그림자와 해가 모든 무리를 뒤쫓아 끊임없이 내달리는 축제일에도, 다른 여느 축제일에도 그녀가 있으면 그녀가 없을 때보다 훨씬 더 멋지다.

이 회랑의 어스름한 깊은 어둠 속에서 온몸이 광채로 빛나는 그녀가 모습을 드러낸다.

그녀의 알바노식 복장의 선홍색 옷감이 햇빛을 받자 뜨거운 석탄처럼 불을 내뿜는다. 그녀 얼굴에서 신비로운 축제의 기운이 맞은편에서 오는 모든 이를 향해 날아오른다. 이들은 그녀를 보자 붙박인 듯 걸음을 멈추고, 모자 뒤에 꽃을 꽂고 한껏 멋을 낸 소귀족은 자기도 모르게 탄성을 지른다. 완두콩 색의 망토를 입은 영국인은 미동도 하지 않던 얼굴에 의문 부호를 짓고, 반다이크식의 수염을 기른 예술가는 어느 누구보다 더 오랫동안 제자리에 멈춰 서서 생각에 잠긴다. '디아나*나, 자존심 강한 유노*나, 매력적인 우아의 여신들,* 화폭에 옮겨진 모든 여인들의 신비로운 모델이 되겠군!' 동시에 그는 대담하게 생각한다. '저런 경이로운 존재가 평생 그의 초라한 화실을 장식한다면 그야말로 천국일 거야!'

하지만 누구보다도 더 그녀를 거부하지 못하고 그녀를 뒤쫓는 눈길이 있었으니 그 눈길의 주인은 과연 누구인가? 누가 그녀의 말, 몸동작, 그녀 얼굴에 나타난 생각의 흐름을 지켜보고 있는가?

스물다섯 살 청년, 로마의 공작, 한때는 중세의 명예, 자랑, 치욕이었으나 지금은 구에르치노와 카라치*의 벽화가 그려지고, 빛바랜 갤러리, 더러워진 유리병, 하늘색 탁자, 달처럼 머리가 희끗해진 집사가 있는 웅장한 텅 빈 궁전에서 황량하게 불이 꺼져 가는 가문의 후예다.

얼마 전 로마의 거리에 나타난 그는 검은 눈동자, 어깨 너머로 걸친 망토에서 뿜어져 나오는 불길, 고대인의 윤곽을 한 코, 상아처럼 하얀 이마와 그 위에 날아갈 듯 드리워진 비단결 같은 머리카락을 갖고 있었다. 그는 15년간 로마를 떠나 있다가 다시 나타났고, 얼마 전까지만 해도 어린아이였으나 이제는 자신만 만한 청년이 되어 있었다.

그러나 독자는 이 모든 일이 어떻게 일어난 것인지 반드시 알아 둘 필요가 있다. 그래서 아직 젊지만 이미 많은 강렬한 인상으로 가득 찬 그의 삶의 역사를 간단히 훑어보겠다. 그의 어린 시절은 로마에서 흘러갔다. 그는 오래전에 살았던 로마 대귀족들의 관습에 따라 교육을 받았다.

그의 스승, 가정 교사, 삼촌이자 그 외 필요한 건 무엇이건 해주던 사람은 사제이자 엄격한 고전주의자로서, 피에트로 벰보*의 편지, 조반니 델라 카사*의 작품, 단테*의 5~6편의 노래의 숭배자였다. 그는 그 글들을 읽을 때마다, "오 하느님, 얼마나 신성한가요!(Dio, che cosa divina!)"라며 힘차게 탄성을 지르고서 두 줄쯤 더 읽고는 "오 악마여, 얼마나 신성한가요!(Diavolo, che divina cosa!)"라며 탄성을 지르곤 했다. 그것이 그의 예술적인 평가와 비평의 거의 전부였다. 그리고 나머지 대화는 브로콜리와 아티초크, 자신이 아주 잘 알고 좋아하는 화제, 즉 송아지 고기가 가장 좋은 때는 언제이고, 어린 염소는 몇 월부터 먹을 수 있는가로 옮겨 가곤 했다. 그는 친구인 다른 사제와 거리에서 만나면 이 모든 것에 대해 수다 떨기를 몹시 좋아하고, 장딴지를 날렵하게 쭉 펴고, 양말을 신은 뒤 검은 비단 양말 안으로 털양말을 쑤셔 넣었다. 그는 한 달에 한 번 정기적으로 커피잔에 피마자기름을 약처럼 마심으로써 몸을 정화시켰고,* 그래서 모든 사제들이 뚱뚱해지듯이 매일 매 시간 뚱뚱해졌다.

당연히 그런 지도 아래 젊은 공작이 배우는 것은 많지 않았다. 그가 배운 것이라곤 고작 라틴어가 이탈리아어의 아버지이고, 가톨릭 주교는 세 부류가 있는데 곧 검은 양말을 신은 부류, 연보라색 양말을 신은 부류, 추기경과 거의 같은 부류라는 것이었다. 그는 피에트로 벰보가 당시 주교들에게 보낸 대부분 축하

용인 편지 몇 편을 알게 되었다. 그는 사제와 함께 산책을 다니던 코르소* 거리, 보르헤스 빌라,* 사제가 종이, 깃털 펜, 코담배를 사기 위해 걸음을 멈추던 두세 개의 상점, 그가 피마자기름을 샀던 약국을 잘 알게 되었다. 피양육자의 지식의 범위는 이게 전부였다.

다른 땅과 국가들에 대해 사제는 불분명하고 불확실한 그림을 그려 주었다. 즉 그는 프랑스 땅은 비옥하고, 영국인들은 상인 기질이 강하고 여행을 좋아하며, 독일인들은 술꾼이고, 북구에는 야만인의 땅인 모스코비아*가 있는데 거기에서는 혹독한 추위 때문에 사람의 뇌가 터질 수도 있다고 설명했다.

늙은 공작이 갑자기 낡은 교육 방식을 바꾸어 아들에게 유럽식 교육을 시키겠다는 생각을 하지 않았다면, 피양육자는 스물다섯 살이 될 때까지도 그 이상의 지식을 얻지는 못했을 것이다. 이 결정은 부분적으로는 늙은 공작이 최근 모든 극장과 산책길에서 매번 커다란 하얀 주름 장식에 턱을 밀어 넣고 검은 고수머리 가발을 매만지면서 끊임없이 오페라글라스를 들이대고 바라보기 시작한 어떤 프랑스 귀부인의 영향 때문이었을 것이다. 젊은 공작은 루카*에 있는 대학으로 보내졌다.

그곳에서 6년을 보내는 동안 사제의 따분한 감독 아래 잠들어 있던 그의 활력 넘치는 이탈리아인 기질이 한껏 피어났다. 이 청년에게서 최고의 만족을 갈망하는 영혼과 뛰어난 관찰력이 드러났다. 딱딱한 스콜라 철학의 형상으로 뒤덮인 학문이 명맥을 이어 가던 이탈리아 대학은, 이미 알프스산맥을 넘어 들어

온, 새로운 학문에 대한 생생한 소문을 단편적으로 듣고 있던 새로운 젊은이들을 만족시키지 못했다.

프랑스의 영향이 북부 이탈리아에서 눈에 띄기 시작했다. 그것은 유행, 책의 장식 무늬, 보드빌,* 기괴하고 정열적이지만 군데군데 재능의 흔적이 없지 않은 방종한 프랑스 뮤즈의 강렬한 작품들과 함께* 그곳으로 전해졌다.

7월 혁명 이후 잡지를 통한 강력한 정치적 움직임이 여기에도 영향을 미쳤다. 사람들은 잃어버린 이탈리아 영광의 회복을 꿈꾸면서 오스트리아 병사의 혐오스러운 흰 군복을 불만스럽게 바라보았다.*

그러나 평안한 만족을 사랑하는 이탈리아인의 기질은, 프랑스인이라면 깊이 생각도 하지 않고 들고일어날 반란을 일으키지 않았다. 모든 것이 알프스산맥 너머의 진정한 유럽에 가고 싶다는 참을 수 없는 열망으로 응축되었다. 유럽의 영원한 활동과 광채가 멀리서 매혹적으로 빛나고 있었다.

그곳에는 이탈리아의 노쇠와 완전히 대비되는 새로움이 있었고, 그곳에서는 19세기 유럽인의 삶이 시작되고 있었다. 모험과 세상을 갈망하는 젊은 공작의 영혼은 그곳으로 강하게 이끌렸고, 그의 갈망이 실현되는 것이 완전히 불가능한 것을 볼 때마다 우울한 중압감이 그를 짓눌렀다. 그는 늙은 공작의 타협할 줄 모르는 폭군 기질을 잘 알고 있었고, 그와 조화롭게 지낼 힘이 없었다. 그런데 갑자기 그는 늙은 공작으로부터 편지를 받았다. 편지에는 그가 파리로 가서 그곳의 대학에서 학업을 마칠 것, 단 그전에 루카에서 삼촌의 도착을 기다렸다가 그와 함께 파리로 갈 것이 적혀 있었다. 젊은 공작은 너무 기뻐서 펄쩍펄쩍 뛰고, 친구들과 작별의 키스를 나누고, 모두를 근교의 식당에서 대접하고, 2주일 뒤에는 이미 길을 나섰다. 그는 기쁨에 가슴 벅차 하며 모든 대상을 맞아들일 준비가 되어 있었다.

심플론 고개를 넘어갔을 때 자신은 이제 반대편, 즉 유럽에 있다는 유쾌한 상념이 그의 뇌리를 스쳐 지나갔다! 탁 트인 전망도, 가벼운 지평선도 없이 무겁게 쌓여 있는 야생적인 스위스 산들의 보기 흉한 모습을 보고, 아주 평안하게 응석을 부리는 이탈리아의 아름다운 자연에 익숙해진 그의 시선은 약간 두려워졌다.

그러나 유럽의 도시들, 웅장하고 빛나는 호텔들, 모든 여행자에게 제공되는, 집처럼 느끼도록 배치된 편의 시설들을 보자 그는 갑자기 얼굴이 환해졌다. 깨끗하고 한껏 멋을 낸 모든 것이 그에겐 새로웠다.

독일 도시들에서 그는 정연하고 아름다운 조화가 결여된, 독일인들의 이상한 체형에 약간 당황했다. 이탈리아인의 가슴에는 태어날 때부터 아름다움에 대한 감각이 배어 있었다. 독일어 역시 그의 음악적인 귀에 불쾌하게 들렸다. 그러나 눈앞에 프랑스 국경이 보이자 그의 가슴이 두근거리기 시작했다. 유럽에서 유행하는 언어의, 새처럼 포르르 날아오르는 소리들이 그의 귀를 사랑으로 어루만지고 입맞춤해 주었다.

그는 그 소리들이 미끄러지듯 살랑거리는 것을 들으며 남몰래 만족을 느꼈다. 그 소리는 그에게 이미 이탈리아에서부터, 절제할 줄 모르는 남방 민족들의 강렬한 언어들에 수반되는 경련과도 같은 동작들이 깨끗하게 정화되어 뭔가 고양된 것으로 여겨졌다.

그에게 더욱 깊은 인상을 준 것은 가볍게 날아오를 것만 같은 특별한 부류의 여성들이었다. 거의 눈에 띄지 않는 외모, 작은 다리, 가녀리고 공기처럼 가벼운 몸매, 다른 이의 시선에 불꽃처럼 반응하는 눈길, 거의 말을 하지 않는 것처럼 이야기하는 이 사라져 버릴 것만 같은 존재가 그를 당혹스럽게 했다.

그는 참을 수 없는 열망으로 파리를 기다리고, 탑과 궁궐이 가득한 파리를 상상하고, 나름 그것의 모양을 상상하고, 마침내 프랑스의 수도가 가까워졌다는 징조들을 발견하고 가슴에 전율을 느꼈다. 풀로 붙인 포스터들, 거대한 문자들, 수가 늘어난 역마차들, 합승 마차들……. 마침내 변두리의 집들이 빠르게 지나갔다.

그리고 이제 그는 파리에 있다. 그는 파리의 기괴한 외양에 파편적으로 감싸이고, 거리의 움직임과 번쩍거림, 지붕들의 무질서, 조밀한 파이프 관들, 건축에 대한 아무런 취향 없이 결합된 집들, 조각처럼 촘촘히 달라붙은 상점들, 층이 잘 맞춰지지 않은 벌거벗은 측벽들, 벽, 창문, 지붕, 심지어 파이프 관으로 기어오른 끝없이 뒤섞인 금박의 글씨들, 유리창으로만 이루어져서 투명하게 빛나는 아래층들에 사로잡혔다. 이것이 바로 파리였다. 그것은 영원히 전율하는 통풍구이며, 불꽃같은 소식, 계몽,

유행, 세련된 취향, 그리고 사소하지만 강력해서 그것을 부정하는 사람들조차 벗어날 힘은 없는 법들을 던져 대는 물대포다. 숙련도, 예술성, 유럽의 먼 오지에 숨어 있는 온갖 재능이 만들어 내는 모든 것의 위대한 전시회다. 스무 살 청년의 전율과 뜨거운 열망이고, 유럽의 환전소이자 시장이다!

그는 어안이 벙벙해져 정신을 차릴 수 없는 상태에서, 온갖 민족으로 가득 차고 승합 마차가 오가면서 파인 길들을 따라 걸었다. 그는 여태 들어 본 적도 없는 궁궐과도 같은 장식으로 번쩍거리는 카페의 외양에, 지붕이 씌워진 유명한 통행로들에 어안이 벙벙해졌다. 거의 모두 젊은이들로 이루어진 군중이 비좁게 움직이며 내는 수천 걸음의 둔탁한 소리에 그는 귀가 먹먹해졌다. 그리고 유리 천장을 통해 회랑으로 떨어지는 햇빛으로 환히 빛나는 가게들의 요동치는 광채에 그는 눈이 멀 지경이었다.

그는 자신의 눈 속으로 밀려들면서 현란하게 어른거리고, 하루 24편의 공연과 무수히 많은 온갖 음악회들에 대해 외치는 수백만 장의 포스터 앞에 걸음을 멈추었다. 그리고 환상적인 이 모든 광경이 저녁이 되면서 환상적인 가스 조명을 받아 빛을 내뿜고, 모든 집이 갑자기 밑으로부터 강한 빛을 받으며 투명해지기 시작했을 때 마침내 그는 이 모든 것에 완전히 넋이 나갔다.

가게의 유리와 창문들이 사라져 없어진 듯했다. 그 안에 진열된 모든 것이 바로 창밖에 끝까지 남아서 빛을 내고 거울의 심연에 반영되는 것 같았다. "와, 얼마나 신성한 물건인가!(Ma quest'è una cosa divina!)" 활력이 넘치는 이탈리아인은 감탄사를 연발했다.

그의 삶도 많은 파리인과 파리를 방문한 많은 젊은 외국인의 삶처럼 활기차게 흘러갔다.

그는 아침 9시에 잠자리에서 일어나면 바로 웅장한 카페에 갔다. 그곳에는 유리로 씌운 유행하는 벽화, 금으로 덮인 천장, 잡지와 신문의 긴 지면, 손에 웅장한 은제 찻잔을 들고 방문자들 곁을 지나가는 고상한 웨이터가 있었다.

그곳에서 그는 향락주의자처럼 만족하며 푹신한 소파에 편하게 앉아 엄청나게 큰 찻잔으로 기름진 커피를 마시면서, 작고 어두운 이탈리아 카페에서 단정치 못한 점원이 잘 씻지도 않은 유리컵을 내오던 것을 떠올렸다.

그다음 그는 엄청난 분량의 잡지들을 한 장 한 장 읽으면서, 이탈리아의 『로마의 일기(*Diario di Roma*)』와 『피라토(*Il Pirato*)』* 같은 초라한 소잡지들을 떠올렸다. 이런 소잡지들에는 악의 없는 정치 기사 그리고 테르모필레 전투와 페르시아의 다리우스 1세에 대한 일화 등이 실리곤 했다.*

반대로 여기에서는 사방에서 격정적인 글을 볼 수 있었다. 질문에 대한 질문, 반격에 대한 반격을 보면, 온갖 세력들이 저마다 들고일어나는 것 같았다. 저마다 머지않은 상황의 변화를 이야기하면서 위협하고 국가의 붕괴를 예측했다. 프랑스 의회와 정부 부서의 온갖 미묘한 움직임과 행동이 완고한 정당들 사이에 엄청난 파장을 일으키고, 잡지들에서는 거의 절망적인 외침이 들려왔다.

이탈리아 청년은 그것들을 읽으면서 당장 내일이라도 혁명이 일어날 거라 생각하며 공포까지 느끼고, 정신이 혼미해져서 문학 서클에서 탈퇴했다. 오직 파리만이 자신의 거리들과 함께 그의 뇌리에서 한순간 이 모든 짐을 날려 버릴 수 있었다.

그의 마음을 무겁게 하는 글들을 읽은 이후, 사방으로 날아오르는 파리의 광채와 현란한 움직임은 그에게 깊이 파인 절벽을 따라 펼쳐진 가벼운 꽃들과 비슷해 보였다. 순간 그는 거리로 나가 시간을 보내면서 모든 이와 비슷하게 모든 면에 대해 하품을 했다.

그는 파리의 모든 가게에 가득 찬, 한창때를 맞은 밝고 가벼운 지방 여인들 앞에서 하품을 했다. 여기에서 남성의 엄격한 외모는 불쾌한 것이 되고, 완전한 유리 때문에 검은 얼룩처럼 어른거리는 것 같았다.

그는 온갖 종류의 비누로 씻어서 매혹적으로 화려하게 빛나는 가느다란 손이 어떻게 사탕 종이를 접는지 바라보았다. 그사이에도 그의 시선은 길 가는 사람들을 눈을 빛내며 뚫어져라 쳐다보았다. 다른 곳에서는 금발의 작은 머리가 어떻게 유행하는 소설의 지면에 긴 속눈썹을 내려뜨리고 그림처럼 아름답게 기울어진 모습을 보여 주는지 바라보았다. 그녀는 자기 주위에 젊은이들이 몰려들어 눈처럼 하얀 그녀의 가벼운 목과 그녀 머리의 머리카락 한 올 한 올을 살펴보고, 자기가 책을 읽을 때 그녀의 가슴이 고동치는 것에 귀 기울이는 것을 알아보지 못했다.

그는 책방 앞에서도 하품을 했다. 거기에서는 상아와도 같은 종이 위에 대담하게 흥분한 상태에서 그려진 검은 장식 문자들이 거미처럼 시커먼 모습을 하고 있었다. 때로는 거기에 있는 것이 무언지 분간조차 할 수 없었고 이상한 글자들이 상형 문자처럼 보였다. 그는 혼자 가게를 가득 채우고, 초콜릿을 얇게 펼치는 거대한 롤러를 굴리면서, 거울 같은 유리창 너머에서 오고 가는 기계 앞에서도 하품을 했다. 그는 파리의 악어*들이 호주머니에 손을 찔러 넣고 입을 벌린 채 몇 시간씩 죽치고 서 있는 가게들 앞에서 하품을 했다. 거기에는 커다란 바닷가재가 녹색 채소 속에서 붉은빛을 띠고, 송로로 속을 채운 칠면조가 간단히 '300프랑'이라고 적힌 가격표와 함께 걸려 있었다. 그리고 유리 항아리에 담긴 노랗고 붉은 생선들이 금빛 깃털과 꼬리들처럼 어른거렸다.

그는 밀집된 파리 전체를 의기양양하게 관통하는 넓은 대로에서도 하품을 했다. 도시 한복판에는 6층 건물 높이의 나무들이 줄지어 있고, 아스팔트가 깔린 인도에는 파리를 방문한 군중과 일부 천박한 파리 토박이인 사자와 호랑이 떼*가 몰려들었다. 이들에 대한 소설 속의 묘사가 항상 정확한 것은 아니다.

또 그는 식당으로 달려갔다. 거기에서는 이미 오랫동안 유리벽이 가스등으로 반짝이며, 홀에 놓인 작은 테이블들에 앉아서 시끄럽게 떠들어 대는 수많은 귀부인과 신사들의 무리를 반영하고 있었다. 식사 후에 그는 무슨 연극을 고를지에 대해서만 곤혹스러워하며 바로 극장으로 서둘러 갔다. 극장마다 저마다의 명성이 있고, 각각 자신의 작가, 자신의 배우가 있다. 사방에

뉴스가 넘쳐 난다. 거기에는 활력 있고, 프랑스인만큼 가볍고, 날마다 3분의 휴식 시간 만에 완전히 창작되는 새로운 보드빌이 빛을 발한다. 이것은 배우의 끝없이 변덕스럽게 변하는 유쾌한 연기 덕분에 처음부터 끝까지 사람들을 웃게 만든다. 거기에는 뜨거운 정열의 드라마가 있다.

그는 자신도 모르게 이탈리아의 무미건조하고 빈약한 드라마 장면과 비교하게 되었다. 거기에서는 매번 똑같은 노인인 골도니가 나와서 누구나 줄줄이 암기하는 대사를 읊거나 어린애도 지루해 죽을 정도로 악의 없고 순진한 새로운 희극들이 반복되었다. 그는 빈약한 이탈리아 코미디들과 이 활기차고 급하게 공연되는 드라마의 홍수를 비교해 보았다. 파리에서는 모든 것이 아직 뜨거울 때 빚어지고, 누구나 자기의 새로운 소식이 차갑게 식어 버리지는 않을까만 두려워했다.

그는 마음껏 조롱하고 한껏 흥분하고 물릴 정도로 바라보고 기진맥진해지고 새로운 인상에 압도당한 채 집으로 돌아와서 침대에 쓰러지곤 했다. 익히 알다시피 프랑스인에게는 방에 침대 하나만 있으면 된다. 그는 공적인 장소에 있는 사무실, 식사, 저녁의 조명을 활용한다. 그러나 젊은 공작은 하품을 하며 즐기는 이 다양한 소일거리들을, 자신의 영혼이 참을 수 없이 갈급해하는 지적인 활동들과 결합시키는 것을 잊지 않았다.

그는 유명하다는 교수들의 강의란 강의는 모두 들었다. 자주 영감에 가득 찬 생생한 말들, 열정적인 교수가 교묘하게 바꾼 새로운 관점들과 측면들은 젊은 이탈리아인이 전혀 예상하지 못한 것이었다. 그는 자기 눈에서 비늘이 벗겨지는 듯, 전에는 미처 알아보지 못한 대상들과 자신이 습득한 잡동사니 지식들이 이전과는 전혀 다른 빛나는 모습으로 되살아나는 것처럼 느꼈다. 그런 지식은 보통 대부분의 사람에게는 삶에 적용되지 않고 사라지는 것들이다. 그는 자극을 받았고, 전혀 다른 시각으로 보게 된 것은 그의 기억에 영원히 각인되었다.

그는 심지어 유명하다는 목사, 선동가, 논쟁 조의 웅변가, 그리고 유럽에서 파리가 시끄럽게 외쳐 대는 것이면 뭐든 빼놓지 않고 들었다. 그에게는 항상 돈이 충분하지 않았다. 노공작이 그에게 공작이 아니라 학생으로 생활하기에 적당한 만큼만 돈을 보냈음에도 불구하고, 그는 어디든 가고, 유럽의 인쇄물들이 서로 반복하며 나팔을 불어 대는 유명한 곳이면 어디든 접근할 방법을 찾았다. 심지어 그는 다른 작품들과 함께, 이상한 작품들로 그의 뜨거운 젊은 영혼을 전율시킨 유명 작가들의 얼굴을 직접 보기도 했다. 그들의 작품들에는 많은 이들에게 여태껏 말하지 않은 선율과 여태껏 포착되지 않은 욕망의 격정들이 담겨 있는 것 같았다.

한마디로 이 이탈리아인의 삶은 넓고 다면적인 양태를 띠고, 유럽의 가장 거대하고 빛나는 활동으로 가득 채워졌다. 한 번에, 단 하루 만에, 무사태평하게 하품을 하고 불안해하며 흥분하고, 눈으로 가볍게 공부하고 지적인 긴장을 느끼고, 극장의 보드빌, 교회의 설교자, 잡지와 관청의 정치적인 소용돌이, 청중석에서 터져 나오는 박수갈채, 귀를 찢을 듯한 오케스트라의 우렁찬 굉음, 무대의 공기처럼 가볍게 반짝이는 춤, 엄청난 규모의 거리의 삶이 펼쳐졌으니, 스무 살 청년에게 이 얼마나 거인 같은 삶인가!

파리보다 더 좋은 곳은 없다. 그는 이 삶을 그 무엇과도 바꾸지 않을 것이다. 유럽의 심장부에 산다는 것은 얼마나 즐겁고 신나는 일인가. 그곳을 걷다 보면 더 높이 고양되고, 자신이 위대한 인류 공동체의 일원이라는 것이 느껴진다! 그의 뇌리에는 이탈리아를 완전히 버리고 영원히 파리에 머무를 생각마저 맴돌았다. 이제 그에게 이탈리아는 삶과 온갖 활동이 정체된, 어둡고 곰팡내 나는 유럽의 구석처럼 느껴졌다.

4년 동안 그의 격정적인 삶이 그렇게 흘러갔다. 그 4년은 청년에게 너무나 의미 있는 해였고, 그 기간의 끝자락에서는 모든 것이 이전과 다른 모습으로 비쳐졌다. 그는 많은 것에 실망했다. 영원히 외국인을 매료시키는 똑같은 파리, 파리인들의 영원한 욕망 중 많은, 아주 많은 것이 이제 그에게는 예전과 다른 모습으로 보였다. 그는 자신의 이 모든 다면적이고 활동적인 삶이 어떤 결과도, 어떤 풍성한 정신적인 결실도 거두지 못하고 사라진 것을 보았다. 영원히 끓어오를 것만 같던 실질적인 활동 속에서 이제 그에게는, 실제 활동이 아닌 이상한 것, 행동 대신 말만 무성한 끔찍한 왕국이 보였다.

그는 어떤 프랑스인이든 격정에 가득 찬 머리 하나로만 일하는 것을 보게 되었다. 그가 보기에 그들은 엄청난 분량의 잡지를 읽는 데 온종일을 보내면서도 실질적인 삶을 위해서는 단 한 시간도 쓰지 않았다. 어떤 프랑스인이든 책과 인쇄물에 의해 움직이는 정치의 이상한 소용돌이 속에서 양육되고, 자신이 속한 계층에 대해 아직 문외한이고 자신의 모든 실질적인 규범과 관계에 대해서도 잘 모르면서 벌써 이런저런 정당에 달라붙고, 모든 관심사를 가슴으로 격정적이고도 뜨겁게 받아들이고, 자기에게 반대하는 자들을 맹목적으로 반대하고, 아직 자기의 이해관계도, 반대하는 사람들도 눈으로 보지 못했다……. 그래서 마침내 정치라는 단어는 이 이탈리아인에게 강한 적대감을 불러일으켰다.

거래, 지성의 흐름에서, 사방에서, 모든 곳에서 그는 긴장된 노력과 새로운 것에 대한 열정만 볼 수 있었다. 사람들은 다른 사람 앞에서는 무슨 일이건 단 1분이라도 자기가 이기려고 안간힘을 썼다. 상인은 상점의 휘황찬란한 광채로 대중을 유혹하기 위해 상점을 정돈하고 장식하는 데 가지고 있는 돈을 다 썼다.

마치 밤거리의 타락한 여인이 사람을 붙잡듯이, 모든 것이 요구도 안 했는데 뻔뻔스럽게 달라붙어 원하는 것을 뜯어 가는 것 같았다. 마치 귀찮게 구는 거지들이 떼를 지어 에워싸듯이 모든 것이 앞서거니 뒤서거니 하며 자기 손을 더 높이 내밀었다.

학문 자체에서, 그가 가치를 인정하지 않을 수 없었던 영감에 찬 강의들에서, 그는 이제 어디서건 자기 의견을 내세우고 으스대며 자신을 드러내고 싶어 하는 욕망을 알아보게 되었다.

어디서건 여태껏 발견되지 않았던 사실들을 만인에게 드러내고, 발견의 영광을 자신에게 돌리기 위해 가끔은 전체의 조화를 손상시키면서 그것들에 큰 영향을 주려고 애쓰는 것을 볼 수 있었다. 마지막으로 어디서건 뻔뻔스러울 정도의 확신만 넘치고, 자신의 무지에 대한 겸손한 인식은 어디서도 찾아볼 수 없다는 것을 알게 되었다. 그는 이탈리아인 알피에리*가 자신의 신랄한 기질로 프랑스인들을 비판한 시들을 떠올렸다.

모든 걸 하지만 아무것도 모르고,
모든 걸 알지만 아무것도 안 하지.
프랑스인들은 경박하고 말만 많고,
더 많이 나눠 줄수록 더 적게 되돌려 주지.*

멜랑콜리 기질이 그를 사로잡았다. 그는 기분을 전환시키고 자신이 존경하는 사람들과 어울리려고 애써 보았지만 소용없었다. 원래 이탈리아적인 본성은 프랑스적인 요소와 잘 맞지 않았다.

우정은 빠르게 맺어졌다. 그러나 프랑스인은 하루 만에 자신의 밑바닥까지 전부 내보이는 반면 다음 날이면 그에게서 아무것도 알아낼 수 없고, 이미 알려진 심연보다 더 깊이 그의 영혼 속으로 들어갈 수 없고, 날카로운 사고도 더 깊어지지 않았다. 반면 이탈리아인의 감정은 너무나 강렬해서 경박한 기질에서 나오는 대답을 완전한 대답으로 받아들일 수 없었다.

그리고 그는 자신이 존경하지 않을 수 없는 사람들의 마음에서조차 어떤 이상한 공허를 발견했다. 마침내 그는 이 민족 전체의 빛나는 형상에서, 고상한 충동의 분출에서, 기사도적인 섬광에서, 이 민족은 뭔가 창백하고 불완전한 존재이며, 이 민족이 창조한 경박한 보드빌과 같다는 것을 알아차렸다.

이 민족에게는 위대하고 단계적인 이념이 자리 잡지 못했다. 어디든 사유에 대한 암시는 있으나 정작 사고는 없다. 어디든 열정의 한 단면은 있지만 열정은 없으며, 어떤 것도 마무리되지 않고, 모두 한곳으로 모아지고 재빠른 손놀림으로 대충 그려진다. 민족 전체가 책의 현란한 장식 무늬일 뿐 결코 위대한 거장의 그림은 아니다.

갑자기 그를 덮친 멜랑콜리로 인해 그는 모든 것이 그런 방식으로 되어 있는 것을 볼 수 있었다. 혹은 이탈리아인의 신실하고 신선한 내면의 감성이 그 원인이었을 수도 있다. 어느 쪽이건 온갖 광채와 소음이 가득한 파리는 이제 그의 마음을 짓누르는 황야가 되었고, 그는 자기도 모르게 그것의 소리가 분명하게 들리지 않는 멀리 떨어진 변두리를 찾아갔다.

그는 이탈리아 오페라만 보러 가기 시작했다. 거기에서만 그의 영혼이 휴식을 취할 수 있는 것 같았다. 이제 그 앞에 모국어의 소리가 그 위력과 충만함을 온전히 드러냈다.

그동안 잊고 지내던 이탈리아가 그에게 마력과도 같은 빛을 내며 더 자주 나타났다. 날이 갈수록 그녀가 부르는 소리가 더욱 선명하게 들렸다. 그는 마침내 이제 자기가 파리에 머무를 이유가 없는 것으로 보이므로 로마로 돌아가는 것을 허락해 달라고 아버지에게 요청하는 편지를 쓰기로 결심했다.

그런데 그는 두 달간 어떤 답장도, 심지어 그가 오래전에 받았어야 할 통상적인 어음조차 받지 못했다. 처음에는 아버지의 변덕스러운 성격을 잘 알고 있기에 인내하며 기다렸으나, 마침내 불안감이 그를 엄습하기 시작했다.

그는 일주일에 몇 번이나 자신의 은행 담당 직원에게 물어보았지만 매번 로마에서는 아무 소식도 없다는 대답을 들었다. 그의 영혼에서 절망감이 터져 나오려고 했다. 생활비도 이미 오래전에 바닥나서 그는 이미 오래전에 은행에서 대출을 받았으나 이 돈마저도 오래전에 다 나갔다. 그는 이미 오래전부터 외상으로 점심과 아침을 먹고 빚을 지며 근근이 지냈다. 주위에서는 그를 삐딱하니 곱지 않은 시선으로 바라보기 시작했다. 친구 중 누구에게서라도 어떤 기별이라도 들으면 좋으련만. 이때 그는 자신의 외로움을 뼈저리게 느꼈다.

불안한 기다림 속에 그는 죽을 정도로 따분한 이 도시를 배회했다. 여름의 파리는 그에게 더욱더 참기 어려웠다. 모든 파리 방문객들이 광천수를 따라, 유럽의 호텔과 도로를 따라 사방으로 흩어졌다. 모든 것에서 허무함의 유령이 보였다.

그는 파리의 집과 거리들을 참을 수 없었고, 그것의 정원들은 태양 빛에 작열하는 집들 사이에서 시들해지고 황폐해지고 있었다. 그는 죽은 사람처럼 센강의 육중하고 무거운 다리에, 답답한 연안 도로에 죽치고 앉아 뭔가에 몰두하고 무엇이든 깊이 생각해 보려고 애썼으나 헛수고였다. 엄청나게 거대한 우수가 그를 집어삼키고, 이름 없는 구더기가 그의 심장을 갉아 먹었다.

마침내 운명이 그에게 자비를 베풀었다. 어느 날 은행 직원이 그에게 편지를 전해 주었다. 그것은 삼촌에게서 온 편지로, 노공작은 이미 이 세상 사람이 아니고, 모든 것이 엉망진창이 되어 있으며 젊은 공작이 개인적으로 입회해야만 처분할 수 있는 재산이 있는데 그것을 처분하기 위해 돌아오라는 전갈이었다.

편지에는 겨우 교통편을 구하고 빚의 4분의 1을 청산할 수 있을 만큼의 지폐가 있었다. 젊은 공작은 한시도 지체하고 싶지 않았다. 그래서 은행 직원이 빚을 유예해 주도록 겨우겨우 설득하고 우편 마차에 자리를 얻었다. 파리가 시야에서 사라지고 들판의 신선한 공기를 마셨을 때 그의 가슴에서 끔찍한 중압감이 떨어져 나가는 것 같았다.

첫 이탈리아 도시를 보았을 때 그의 마음을 가득 채운 감정을 설명하기란 정말 어렵다. 그것은 웅장한 제노바*였다. 증기선이 선착장에 닿는 순간 다채로운 종루들, 희고 검은 대리석으로 줄이 그어진 교회들, 갑자기 사방에서 그를 엄습한, 탑이 많은 원형 극장이 갑절로 더 아름답게 그의 위로 솟아올랐다. 그는 결코 제노바를 본 적이 없었다.

기묘한 푸른색으로 빛나는 가녀린 하늘의 대기 중에 춤추는 집과 교회 그리고 궁전들은 다채로우면서도 통일성이 있었다. 해안가로 나갔을 때 그는 갑자기 자신이 이 어둡고 기묘하고 좁고 나무판으로 포장된 거리에 있는 걸 알게 되었다. 이 거리에서 푸른 하늘은 위에 있는 하나의 좁은 줄 같았다. 엄청나게 높고 큰 집들 사이의 이렇듯 비좁은 공간에, 마치 소리가 없는 것에, 삼각형의 작은 광장들에, 그것들 사이로 제노바의 은세공인과 금세공 장인들의 가게들로 가득한, 좁은 회랑처럼 굽이굽이 나 있는 거리들에 그는 어안이 벙벙해졌다.

따뜻한 시로코* 바람에 살랑이는, 여인들의 그림처럼 아름다운 레이스 숄, 그들의 당당한 걸음걸이, 길에서 들려오는 낭랑한 이야기 소리, 교회들의 열린 문과 거기에서 나오는 향료 냄새, 이 모든 것이 이미 멀리 지나간 바람처럼 그에게 불어왔다. 그는 유럽의 지혜로운 땅에서 자신의 순결하고 숭고한 의미를 잃어버린 교회에 여러 해 동안 발을 들여놓지 않았다는 것을 생각해 냈다.

그는 교회 안으로 조용히 들어가서 웅장한 대리석 회랑 옆에 말없이 무릎을 꿇고 자신도 무엇을 위해서인지 모르면서 오랫동안 기도했다. 그는 이탈리아가 자신을 받아 주기를, 위로부터 그에게 기도하고 싶은 열망이 내려지기를, 그의 영혼이 축제 때처럼 기쁨으로 넘치기를 기도했다. 이 기도는 아마 그가 지금까지 드린 것 중에 최고의 기도였을 것이다. 한마디로 그는 제노바를 자기 마음에 아름다운 정류장으로 받아들였다. 그곳에서 그는 이탈리아의 첫 키스를 받았다.

그는 그런 선명한 감정으로 리보르노,* 텅 비어가는 피사,* 이전에 그가 알지 못하던 피렌체*를 바라보았다. 잘 다듬어진 사원의 둔중한 둥근 지붕, 황제식 건축 양식의 어두운 궁전들, 엄격한 위용의 크지 않은 소도시들이 그를 위엄 있게 바라보았다. 그다음에 그는 그와 똑같은 밝은 기분으로 아펜니노산맥을 넘었다. 마침내 6일간의 여정 끝에 멀리 선명하게, 깨끗한 하늘로 기적과도 같은 둥근 사원이 모습을 드러냈을 때, 오! 얼마나 벅찬 감정이 한 번에 그의 가슴에 밀려들었는지!

그는 그것을 미처 알지 못했고, 뭐라고 표현할 방법이 없었다. 그는 모든 작은 구릉과 경사지를 둘러보았다. 그리고 마침내 폰테 몰레(Ponte Molle), 도시의 문이 보이고, 피아차 델 포폴로(Piazza del Popolo)의 아름다운 광장들이 그를 감싸 안았다. 테라스, 계단, 동상, 지붕 꼭대기를 거니는 사람들이 몬테 핀치오(Monte Pincio)를 바라보았다. 하느님! 그의 가슴이 얼마나 강하게 고동쳤는지!

그가 흠 없이 순진하고, 라틴어는 이탈리아어의 아버지라는 것밖에 모르던 때 사제와 함께 다니던 코르소 거리를 베투린 사람이 뛰어가고 있었다. 커다란 카페가 있는 팔라초 루스폴리(Palazzo Ruspoli), 피아차 콜론나(Piazza Colonna), 팔라초 시아라(Palazzo Sciarra), 팔라초 도리아(Palazzo Doria), 그가 외우다시피 잘 알고 있던 집들이 그 앞에 다시 나타났다. 마침내 그는 외국인들이 그토록 비난하는 골목으로 꺾어 들어갔다. 사람들이 바글거리지 않는 골목에서는 문에 백합이 그려진 이발소, 문에서 술이 긴 주교 모자를 쑥 내민 모자점, 바로 길 위에서 짜는 고리버들 의자 가게 등이 가끔씩 눈에 들어왔다. 마침내 마차가 브라만테 양식*의 웅장한 궁전 앞에 멈춰 섰다.

칠이 벗겨지고 어수선한 홀에는 아무도 없었다. 계단에서 그는 노쇠한 집사(maestro di casa)를 만났다. 수위가 지팡이를 가지고 나갔기 때문이다. 하지만 그가 보통 가는 곳은 카페였고, 그곳에서 내내 시간을 보냈다. 노인이 덧창을 열고 오래된 웅장한 홀에 불을 밝히기 위해 뛰어나갔다.

우울한 감정이 그를 사로잡았다. 그것은 누구나 몇 년 동안 집을 떠났다가 돌아와서 모든 것이 훨씬 더 낡고 더 텅 빈 것처럼 보일 때, 어린 시절에 접한 모든 물건이 무겁게 말을 걸어올 때 느끼는 감정이었다. 그것에 얽힌 추억이 유쾌하면 유쾌할수록 그의 마음에 전해지는 우수는 더욱더 파괴적이기 마련이다.

그는 길게 열을 지어 늘어선 홀들을 지나고 서재와 침실을 둘러보았다. 그 침실에서는 최근까지도 이 궁전의 늙은 주인이 옷술들과 문장(紋章)이 달린 커튼 밑의 침대에서 잠이 들고 느슨한 실내복과 실내화를 걸치고 서재로 가서 살을 찌우기 위해 당나귀 젖 한 잔을 마시곤 했다. 그다음에 늙은 주인이 교태를 부리는 늙은 여자 친구의 세심한 노력으로 옷을 차려입던 탈의실을 바라보았다. 그곳에서 나온 늙은 주인은 하인들과 함께 마차를 타고 산책을 하러 보르헤스 빌라로 가서, 역시 거기로 산책 나온 영국 여인을 오페라글라스로 줄곧 바라보곤 했다.

탁자와 서랍에서는 노인이 젊게 보이려고 바르던 연지, 분, 온갖 화장품 조각들이 보였다. 집사는 노인이 사망하기 2주 전만 해도 결혼할 결심을 굳히고 남편의 의무를 명예롭게 이행하기 위해(con onore i doveri di marito) 일부러 외국 의사들과 논의했다고 전했다. 그러나 어느 날 주교들과 수도원장을 두세 번 방문하고 피곤한 상태로 집으로 돌아와 소파에 앉은 뒤에 독실한 신자처럼 사망했다. 집사의 말로, 그가 2분 전에 자신의 고해 신부인 벤벤티노(Benventino) 사제를 부르러 보낼 생각만 했어도 더욱더 축복을 받았을 테지만 말이다.

젊은 공작은 이 모든 것을 산만하게, 무엇에도 마음을 쓰지 않고 들었다. 여행의 피로와 기이한 인상이 사라진 후 그는 자기 일에 착수했다. 그는 끔찍한 무질서에 경악했다. 작은 일부터 큰 일까지 모든 것이 말도 안 되게 뒤죽박죽이었다. 페라라와 나폴리에 있는 허물어진 궁전들과 땅들에 대한 네 건의 끝없는 소송, 앞으로 3년간의 형편없는 수입, 빚, 그리고 웅장한 외관에 속 빈 강정이나 다름없는 빈털터리 상태가 그의 눈앞에 모습을 드러냈다.

늙은 공작에게는 인색함과 사치가 도저히 이해할 수 없게 뒤섞여 있었다. 그는 엄청나게 많은 하인을 거느렸지만, 그들은 제복 외에 아무 보수도 받지 못하고 화랑을 보러 오는 외국인들이 주는 돈에 만족했다. 공작은 사냥 몰이꾼, 웨이터, 그의 마차를 따라가는 하인들, 어디에도 따라가지 않고 가까운 카페나 식당에서 온갖 헛소리를 떠들어 대며 온종일 죽치고 앉아 있는 하인들을 두었다.

젊은 공작은 즉시 늙은 집사 한 명만 남기고 이 못된 놈들, 모든 몰이꾼과 사냥꾼들을 내보냈다. 그는 결코 타지 않을 말들을 팔고 마구간을 완전히 없앴다. 또한 그는 변호사들을 불러 소송을 해결했다. 적어도 네 건의 소송 중 두 건은 해결하고 나머지 소송은 무익한 것이어서 남겨 두었다. 그는 모든 면에서 절제하고 엄격하게 절약하며 생활하기로 결심했다. 이러는 것이 그에게는 힘들지 않았다. 왜냐면 그는 이미 절제하는 데 익숙해졌기 때문이다.

마찬가지로 그에겐 자기와 같은 신분에 있는 사교계 사람들과의 관계를 끊는 것도 어렵지 않았다. 물론 그래 봤자 쇠락한 두세 가문밖에 없었지만 말이다. 그리고 프랑스 교육의 영향을 받으며 양육된 사람들의 모임, 주위에 외국인들을 불러 모은 부유한 은행가, 접근하기 어려운 주교들, 사교적이지 않고 투박하며 홀로 떨어져 시종이나 이발사와 (바보 게임류의) 트레세테(tresette) 카드놀이를 하며 시간을 축내는 사람들과의 관계를 끊는 것도 어렵지 않았다.

한마디로 그는 완전히 떨어져서 로마를 둘러보기 시작했고, 이 점에서 그는 외국인이나 다름없었다. 외국인은 처음에는 로마의 보잘것없고 번쩍거리지 않는 외관, 더러워진 검은 집들에 경악하고, 골목에서 골목으로 들어가며 멍한 표정으로 "엄청나게 거대한 고대 로마는 도대체 어디에 있는 건가요?"라고 묻다가 이윽고 밀집된 골목들 사이로 고대 로마가 조금씩 모습을 드러내기 시작하면 그제야 그것을 알아본다. 고대 로마는 어디에선가는 어두운 아치로, 어디에선가는 벽 속에 만든 대리석 코니스*로, 어디에선가는 거무스레해진 반암(斑巖)* 기둥으로, 어디에선가는 냄새나는 생선 시장 속의 페디먼트*로, 어디에선가는 오래되지 않은 교회 앞의 포르티코*로 나타나는 것이다. 마지막으로 완전히 살아 움직이는 도시가 끝나는 먼 곳에서,

고대 로마가 수천 년의 담쟁이덩굴, 알로에, 툭 트인 평원 사이로 거대하게 솟아오른다. 끝없이 넓은 콜로세움, 개선문들, 한눈에 들어오기에는 너무 거대한 황제 궁전들의 유적, 황제의 욕탕들, 사원들, 들판에 널린 묘지들로 말이다. 이방인은 고대 로마에 완전히 에워싸여 최근의 좁은 길들과 골목들은 쳐다보지도 않는다. 그의 기억에는 엄청난 규모의 황제 석상들이 세워지고 고대 군중의 고함과 박수 소리에 귀가 먹먹해진다.

그러나 그는 오직 티투스 리비우스*와 타키투스*에게만 매료되어 모든 것을 뒤로 제쳐 둔 채 고대로만 돌진하고, 고상한 현학주의에 빠져 새로운 도시 전체를 파헤치고 싶은 열정에 가득 찬 외국인과는 다르다. 아니다, 그는 어두운 아키트레이브* 밑에서 살랑거리는 고대의 세계나, 도처에 예술가들의 거인과 같은 작품들과 교황들의 위대한 자비의 흔적을 남기며 권세를 부리던 중세나, 마지막으로 떼 지어 몰려드는 새로운 민족과 함께 고대와 중세에 바싹 달라붙은 근대나 모두 똑같이 아름답다는 것을 발견했다.

그에게는 그것들이 절묘하게 하나로 결합하여, 사람이 북적대는 수도와 황야가 어우러진 환영들을 만들어 내는 것이 마음에 들었다. 궁전, 회랑, 풀, 벽을 따라 달리는 야생 덤불, 아래쪽이 덮여 있는 어둡고 말 없는 엄청난 짐 더미들 속에서 왁자지껄한 시장, 포르티코 옆 생선 장수의 활기찬 외침 소리, 판테온 앞에 허브로 장식한 앙증맞은 가게와 레모네이드 장수가 함께 어우러진 환영들…….

그에게는 어둡고 정돈되지 못한 거리들의 초라함, 노랗고 생기를 띠는 페인트칠이 없는 집들, 도시 속의 목가(牧歌)가 마음에 들었다. 그 목가에는 포장도로 위에서 휴식을 취하는 염소 떼, 아이들의 고함 소리, 이 모든 것 위에 보이지 않게 사람을 에워싸는 선명하고 의기양양한 정적이 있었다.

그에게는 끊임없이 불현듯 예기치 않게 나타나서 깜짝 놀라게 하는 로마의 모든 것들이 마음에 들었다. 마치 아침에 사냥을 하러 나가는 사냥꾼처럼, 모험을 찾는 고대의 기사처럼, 그는 날마다 새롭고 새로운 기적들을 찾아 나섰고, 볼품없는 골목 안에서 갑자기 자기 앞에 엄격하고 음침하고 장엄한 위용의 궁전이 우뚝 서 있을 때면 자기도 모르게 길을 멈췄다.

궁전의 무겁고 둔중하고 절대 부서질 리 없는 벽들은 어두운 석회석으로 되어 있고, 꼭대기에는 웅장하게 장식된 거대한 코니스가 왕관처럼 놓여 있었다. 큰 문은 대리석 기둥들로 둘러싸여 있고, 화려한 건축 장식이 얹어진 창문들은 위엄 있게 정면을 바라보고 있었다. 혹은 갑자기 예기치 않게 크지 않은 광장과 함께, 자기 자신은 물론 이끼로 볼썽사나워진 화강암 계단들을 물로 튀기는 그림처럼 아름다운 분수가 나타났다. 어둡고 더러운 거리가 예기치 않게 베르니니*의 장난기 어린 건축 장식이나 위로 날아오르는 오벨리스크나 교회나 수도원 벽으로 끝나곤 했다. 이 모든 것이 어두운 감청색 하늘에 석탄처럼 검은 사이프러스 나무들과 함께 햇빛으로 붉게 빛나고 있었다.

거리 안으로 더 멀리 깊이 들어갈수록 브라만테, 보로미니, 다

상갈로, 델라 포르타, 다비놀라, 부오나로티*의 궁전들과 건축물들이 더 자주 나타났다. 그는 마침내 오직 여기, 이탈리아에서만 건축이 엄격한 위용을 드러내는 예술로 존재한다는 것을 명확히 이해하게 되었다.

그가 교회와 궁전들의 내부로 발걸음을 옮겼을 때 그의 영적인 만족감은 훨씬 더 커졌다. 그곳에는 온갖 종류의 대리석에 현무암, 감청색 코니스, 반암, 금, 고대의 돌들이 뒤섞인 아치, 편평한 기둥, 원형 기둥들이 조화롭게 어우러지며 깊은 상념에 빠져 있었고, 그것들 위로는 붓으로 그린 불멸의 그림이 높이 올려져 있었다.

그것들은 숭고하고 아름다웠다. 홀의 훌륭하게 고안된 장식들은 황제의 위엄과 건축의 화려함으로 가득 차 있었다. 사치스러운 건축은 어느 곳에서나 이 풍요로운 결실의 시대*가 남긴 그림 앞에 경건하게 무릎을 꿇을 줄 알았다. 이 시대의 예술가는 동시에 건축가이자 화가이자 심지어 조각가이기도 했다.

이제는 반복되지 못할 이 강력한 붓의 작품들은 더욱더 이해하기 어렵고 모방을 용납하지 않는 상태로, 거무스름해진 벽에 걸려 있었다. 그것들에 대한 상념에 더욱 깊이 잠기면서 그는 자기 영혼에 이미 각인되어 있는 자신의 취향이 눈에 띄게 성숙해지는 것을 느꼈다.

이 장엄하고 아름답고 화려한 작품 앞에서 그에게 19세기의 화려함, 사소하고 초라한 화려함은 얼마나 낮아 보였는가? 가게 장식에나 적합한 19세기의 화려함은 금세공업자, 가구업자,

도배업자, 선반공, 각종 기술자들을 활동 무대로 끌어내고, 세상에서 라파엘로, 티치아노,* 미켈란젤로 같은 사람들을 없애고, 예술을 수공예로 끌어내렸다.

벽을 영원한 그림으로 장식하겠다는 이 위대한 생각 앞에, 일과 소란스러운 일상의 소일거리에서 휴식을 취할 때 영원한 만족을 주는 물건을 자기 앞에 두겠다는 궁전 주인의 이 아름다운 생각 앞에, 첫눈에만 경이롭게 보이고 그다음엔 무심히 보게 되는 이 화려함은 그에게 얼마나 낮아 보였는가! 그 주인은 세상만사를 멀리 제쳐 놓고 그곳, 구석에 놓인 옛날식 소파에 홀로 앉아 말없이 시선을 고정한 채, 마음으로 시선과 함께 붓의 신비로 더 깊이 들어가서, 보이지 않는 가운데 아름다움 속 영혼의 상념을 보고자 한 것이다.

또한 인간의 예술은 영혼의 움직임에 고결함과 신비로운 아름다움을 부여하면서 높이 우뚝 솟아오른다. 움직이는 사물들로 인간을 에워싸며 영혼에 양분을 공급하는 이 흔들림 없는 화려한 창작의 결실 앞에서, 날마다 불안한 유행, 즉 현자들도 말없이 무릎을 꿇는 19세기의 이상하고 이해할 수 없는 소산, 장엄하고 성스러운 모든 것을 억압하고 파괴하는 자에 의해서 부서지고 버려지는 오늘날의 조그만 장식들은 그에게 얼마나 낮아 보였는가!

그런 상념에 잠겨 있을 때 불현듯 그에게 이런 생각이 들었다. 우리 시대를 감싸고 있는 이 무심한 냉정함, 거래하듯이 이루어지는 저열한 계산, 아직 자라지도 밖으로 나오지도 못한 감정들의 때 이른 퇴화가 이것 때문이 아닐까……? 성상화를 사원에서 떼어 내면, 사원은 더 이상 사원이 아니다. 박쥐와 악령들이 그곳에 둥지를 트는 것이다.

그가 더 주의 깊게 바라보면 볼수록 이 시대의 비범한 창조성에 더욱더 전율했다. 그리고 그는 불현듯 탄성을 질렀다. "그들은 언제 어떻게 이것을 할 수 있었단 말인가!" 로마의 이 장엄한 일면은 그 앞에서 매일 자라나는 것 같았다. 화랑에 화랑들, 끝이 없다…… 저기에도, 이 교회에도 뭐든 기적과 같은 그림이 보존되어 있었다.

저기 황폐해 가는 벽에서도 거의 사라져 없어질 것만 같은 프레스코 벽화가 그를 놀라게 한다. 저기 고대의 이교 사원에서 가져다 놓은 높이 세워진 대리석과 기둥들 위에서도 시들지 않는 붓으로 그린 천장화가 빛난다. 이 모든 것이 평범한 흙에 감춰지고 오직 광부 한 사람만 알고 있는 숨겨진 금광과 같았다.

집으로 돌아올 때마다 그의 영혼은 얼마나 충만했는가! 평안하고 의기양양한 정적으로 가득 찬 이 감정은, 파리에서 그의 영혼을 무의미하게 가득 채우던 불안한 인상들과 얼마나 달랐는가! 그때 그는 녹초가 되고 피곤한 몸으로 집에 돌아왔고, 그 인상들의 결과를 믿을 힘이 거의 없었다.

이제 그에게는 보기 흉하고 거무스레하게 그을린 로마의 외관이 그 안에 간직한 이 보물들과 더욱 조화를 이루는 것으로 보였다. 이 모든 것을 보고 나서 빛이 번쩍거리는 휘황찬란한 가게들, 유행에 따라 화려하게 차려입은 사람들과 승용 마차들로 가득한 거리로 나서는 것은 그에게 불쾌할 것이다. 그런 행동은 정신을 분산시키고 신성 모독적인 것이 될 것이다.

그에겐 이 거리들의 소박한 정적, 로마 주민의 특별한 표정, 때로는 삼각모에 검은 양말과 단화를 신은 검은 사제의 모습으로, 때로는 도금된 굴레, 바퀴, 차양, 문장이 달린 주교의 구식 진홍빛 포장마차의 모습으로 여전히 거리에서 눈에 띄는 이 18세기의 환영이 더욱더 마음에 들었다. 모든 것이 어떤 식으로든 로마에 중요한 의미와 조화를 이루었다. 반외투를 뒤로 넘기거나 어깨에 외투를 걸치고 그림처럼 평안하게 거리를 오가는 이 활기차고 서두르지 않는 민족에게는, 푸른 블라우스를 입은 사람들과 파리의 주민들 속에서 그를 그토록 놀라게 했던 짓눌린 얼굴 표정이 없었다.

여기에서는 가난 자체도 걱정 근심 없고, 마음을 찢는 아픔과 눈물은 거리가 멀고, 무사태평하게 그림처럼 손을 내밀며 밝은 모습을 띠었다. 긴 흰 옷이나 검은 옷을 입고 거리를 가로지르는 수도사들의 그림 같은 대열, 햇빛에 갑자기 밝은 낙타색으로 빛나는 카푸친 수도사의 더러운 밤색 망토, 마지막으로 사방에서 여기로 몰려들어, 꽉 끼는 유럽식 의복을 벗어 던지고 자유로운 복장으로 나타난 예술가 무리들. 프랑스인이 한 달에 다섯 번 손질하고 면도하는 볼썽사나운 좁은 턱수염과는 전혀 다른, 레오나르도 다빈치*와 티치아노의 초상화에서 뽑아 온 듯한 장엄하고 위풍당당한 턱수염들.

여기에서 예술가는 길게 물결치는 머리카락의 아름다움을 느끼고 기꺼이 곱슬머리를 기른다. 여기에서는 다리가 구부정하고 몸에 허리가 없는 독일인이 어깨까지 금빛 머리 타래를 늘어뜨리고 그리스식 셔츠의 가벼운 주름들과, '친퀘첸토(Cinquecento)'*라는 이름으로 유명한 비로드 의상을 늘어뜨리며 의미심장한 표정을 지었다. 그 양식은 오직 로마의 예술가들만이 온전히 습득할 수 있었다. 그들의 얼굴에는 엄격한 평안과 고요한 노동의 흔적이 반영되어 있었다. 거리, 카페, 주점에서 들리는 대화와 주장들 자체가 유럽 도시들에서 그가 들은 것들과 완전히 대립되거나 전혀 달랐다.

여기에서는 금액이 줄어든 펀드, 사무실의 논쟁, 스페인 문제에 대한 소문들이 없었다. 여기에서는 최근에 공개된 고대 조각상, 거장들의 그림들의 가치에 대한 대화가 들리고, 새로운 화가의 전시품에 대한 논쟁과 서로 다른 의견들, 민족 축제들에 대한 소문들, 마지막으로 인간의 개성이 드러나는 개인적인 대화들이 퍼지고 있었다. 유럽에서는 그런 말들이 개개인의 마음의 표현을 억누르는 지루한 사회적인 풍문들과 정치적 의견들에 의해 밀려나 있었다,

그는 종종 도시 근교를 둘러보기 위해 도시를 떠났고, 그때마다 다른 기적들에 전율했다.

고대 신전의 조각들이 널려 있고 말로 표현할 수 없는 평안에 잠긴 채 사방으로 펼쳐진, 말없이 텅 빈 로마의 들판은 정말 아름다웠다. 거기에는 한데 어우러진 노란 꽃들이 순금색으로 빛

나고, 야생 양귀비의 빨간 꽃잎들이 뜨겁게 불붙은 석탄처럼 빛났다. 이 들판은 사방으로 네 가지의 신비로운 풍경을 펼치고 있었다.

한 방향에서 보면, 이 들판은 선명한 직선을 그으며 펼쳐진 지평선과 바로 연결되었다. 수도관의 아치들을 공중에 세운 다음 은처럼 빛나는 하늘에 풀로 붙여 놓은 것처럼 보였다.

다른 방향에서 보면, 들판 위에 산들이 빛나고 있었다. 산들은 티롤이나 스위스에서처럼 격렬하고 볼품없이 튀어나오지 않고, 수면을 미끄러지듯 조화로운 선으로 굽이굽이 이어지고, 신비로운 선명한 공기로 빛을 받으며 하늘로 날아오를 기세였다. 산등성이에는 수도관들의 긴 아케이드가 긴 기단(基壇)과 비슷하게 내달리고, 산 정상은 신비로운 건물이 공기 속에 이어진 것처럼 보였다. 그 위로 펼쳐진 하늘은 은빛이 아니라 말로 표현하기 어려운 봄의 라일락 색이었다.

세 번째 방향에서 보면, 이 들판 역시 산으로 왕관을 쓴 것 같았다. 산들은 더 가깝게 더 높이 들어 올려지고, 앞줄은 더 강하게 솟아오르고, 가벼운 단(壇)들은 멀리 사라지고 있었다. 엷은 하늘빛 공기가 들판을, 신비롭게 점점이 펼쳐진 꽃들로 감싸 안았다. 공기와 같은 하늘색 덮개 사이로 아주 희미하게 비치는 프라스카티의 집들과 빌라들이 빛나고 있었다.

그가 뒤로 몸을 돌리자 네 번째 방향의 풍경이 펼쳐졌다. 들판은 바로 로마로 끝났다. 집들의 모서리와 선들, 건물의 둥근 지붕들, 산 조반니 인 라테라노(San Giovanni in Laterano) 대성당*의 동상들, 성 베드로(di San Pietro) 대성당의 장엄한 둥근 지붕이 격하고 선명하게 빛나고 있었다. 베드로 대성당의 둥근 지붕은 멀어지면 멀어질수록 더 높이 솟아오르고, 마침내 온 도시가 완전히 사라질 때면 모든 지평선에 군림하듯이 홀로 남아 있었다.

그는 해 저물 무렵 프라스카티나 알바노에 있는 빌라들의 테라스에서 이 들판을 바라보는 것을 훨씬 더 좋아했다. 그때 이 들판은 테라스의 어두운 난간에서 높이 솟아오르며 반짝이는 광활한 바다처럼 보였고, 경사지들은 자신들을 감싸는 빛 속으로 사라졌다.

처음에 들판은 녹조를 띤 것으로 보였으나, 들판을 따라 여기저기 흩어진 묘지들과 아치들이 눈에 들어왔다. 그다음 들판은 햇빛의 무지개 빛깔 중 밝은 노란빛을 통과하면서 고대 유적을 희미하게 보여 주었다. 그리고 마침내 더욱더 보랏빛으로 변하면서 거대한 둥근 지붕도 집어삼키고 하나의 진한 진홍빛으로 합쳐졌다. 멀리 반짝이는 하나의 금빛 바다 줄기만이 들판을 그것과 똑같이 진홍빛으로 물든 지평선과 분리시켰다. 그는 결코 어디서도 들판이 하늘과 비슷하게 불길로 변하는 것을 본 적이 없다.

그는 말로 표현하기 어려울 정도의 환희에 차서 오랫동안 이 광경 앞에 서 있었고, 그다음에는 환희에서 벗어나 모든 것을 잊고 그냥 그렇게 서 있었다. 그때는 태양도 이미 모습을 감추고, 지평선은 빠르게 희미해지고, 순식간에 어두어둑해진 들판이 훨씬 더 빠르게 희미해지고, 저녁이 자신의 시커먼 모습을 사방에 드러냈다. 그리고 빛나는 파리들이 마치 불붙은 분수처럼 폐허 위로 날아오르고, 사람처럼 곧추서서 날갯짓을 하며 날아다니는 '사탄'이라는 이름의 못생긴 곤충이 아무 의미 없이 그의 눈으로 날아와 부딪혔다. 그제야 비로소 그는 남방의 밤 추위가 그의 몸을 완전히 에워싸는 것을 느끼고 남방의 열병에 걸리지 않도록 서둘러 도시의 거리로 향했다.

그의 삶은 그렇게 자연, 예술, 고대에 대해 사색하는 가운데 흘러갔다. 이런 삶을 살면서 그는 그 어느 때보다 더 강하게, 이제껏 그가 일화와 단편들로만 알고 있던 이탈리아의 역사 속으로 더 깊이 들어가고 싶다는 열망을 갖게 되었다. 역사가 없는 현재는 완전하지 않은 것으로 여겨졌다. 그는 고문서, 연대기, 기록물들을 빨아들일 듯이 열심히 읽기 시작했다. 그는 이제, 자신이 읽고 있는 사건에 몸과 마음으로 너무 몰입한 나머지 자신을 둘러싼 인물과 사건들을 총체적인 맥락에서 보지 못하는 안방샌님 같은 이탈리아인의 태도로 읽지 않을 수 있었다.

그는 이제 모든 것을 바티칸 사원의 창문에서 바라보듯 평안하게 살펴볼 수 있었다. 그는 이탈리아 밖에 체류하면서, 활발하게 활동하는 민족과 국가들의 소란스러운 움직임을 지켜본 자신의 경험을 엄격한 토대로 삼아 모든 결론을 내렸고, 그의 경험은 그의 시각에 다면성과 포용성을 부여했다. 이제 그는 책을 읽으면서 훨씬 더 많이, 동시에 훨씬 더 차분하게 이탈리아의 지나간 시대의 영광과 광채에 감탄하게 되었다. 그토록 좁은 땅 구석에서 인간이 그토록 빠르게 다양한 양태로 발전하고 모든 힘이 그토록 강렬하게 움직인 것에 그는 경이를 느꼈다.

그는 여기에서 사람이 어떻게 열정을 불태우는지, 각 도시가 어떻게 자기 식의 사투리로 말하는지, 각 도시에 어떻게 완전한 역사책들이 쓰이게 되었는지, 여기에서 어떻게 한 번에 온갖 형태의 시민권과 통치 방식들이 생겨났는지를 보았다.

강하고 굽힐 줄 모르는 성격의 요동치는 공화국들과 그 안에서 배출된 전권을 쥔 폭군들도 있고, 단 한 명의 권력자인 공화정 총독*의 유령 아래 성스러운 통치망에 통합은 되어 있으나 황제처럼 군림하는 상인들의 도시도 있고, 초대를 받아서 토착민들 속에 살아가는 이방인들도 있고, 별로 두드러지지 않는 소도시 심장부에서의 강한 탄압과 저항도 있고, 극도로 작은 땅의 공작과 군주들의 거의 황홀한 광채도 있고, 문화 예술과 과학의 보호자, 억압자, 동시대에 서로 충돌한 일련의 위인들도 있고, 리라, 나침반, 칼, 팔레트, 전쟁과 투쟁 속에 세워진 사원들도 있고, 적의, 피의 복수, 관대한 성격들, 정치 사회적인 소용돌이 속에 개인의 삶에서 벌어지는 별의별 소설 같은 사건들, 그 사건들 간의 신비로운 연관성도 있고, 정치적이고 사적인 삶의 모든 측면의 경이로운 발전, 다른 곳에서는 광활한 공간에서도 부분들로만 이루어지는 정치적이고 사적인 삶의 모든 요소가 그토록 밀집된 형태로 깨어 일어나는 것도 있었다.

그리고 이 모든 것이 갑자기 사라져 지나가 버리고, 모든 것이 식은 용암처럼 얼어붙고, 오래된 쓸모없는 폐물처럼 유럽인들의 기억에서마저 내동댕이쳐졌다. 어디에서도, 심지어 잡지에서도 머리에서 왕관이 벗겨진 가난한 이탈리아는 언급되지 않고 있다.

그는 생각했다. '정말로 그녀의 영광은 결코 부활하지 않을 것인가? 정말로 그녀의 지나간 광채를 되돌릴 방법은 없는가?' 그는 자신이 루카에서 대학을 다닐 때 그것의 지나간 영광을 되살릴 꿈을 꾸었던 것을 떠올렸다. 사실 이것은 젊은이들이 즐겨하는 생각이다. 그들은 술잔을 기울이면서 선량한 영혼과 소박한 마음으로 그것을 꿈꾸는 것이다. 이제 그는 젊은이가 얼마나 근시안적이고, 민중의 무관심과 게으름을 비난하는 정치인들이 얼마나 근시안적인지 알았다. 그는 이제 위대한 손길을 느끼고 당혹스러워졌다. 전 세계적인 의미를 지니는 사건들을 위에서 선을 그어 주는 위대한 손길, 그 앞에서 인간은 마비되고 할 말이 없어지는 것이다.

그는 박해받던 시민, 그동안 알려지지 않았던 땅과 다른 넓은 길들을 홀로 세상에 보여 주고 조국을 파괴한 가난한 제노바인을 이탈리아 주위에서 불러냈다.* 온 세상의 지평선이 펼쳐지고, 유럽이 엄청난 규모로 움직이며 들끓고, 배들이 강력한 북방의 힘을 밀어내면서 온 세계를 누볐다.

지중해는 텅 빈 채로 남겨졌다. 강의 하구가 얕아지듯이, 우회된 이탈리아도 얕아졌다. 베네치아가 자신의 썩은 궁전들을 아드리아해의 파도에 비추며 서 있다. 고개를 숙인 곤돌라 사공이 텅 빈 벽들과 말 없는 대리석 발코니의 무너진 난간들 밑으로 외국인을 인도할 때, 외국인에게는 가슴 저미는 안타까움이 밀려온다. 페라라는 무감각해지고 문장(紋章)이 붙은 궁전의 거칠고 우울한 모습으로 보는 이들을 당혹스럽게 한다. 기울어진 탑들과 건축의 기적들은 이탈리아의 온 공간을 공허하게 바라보면서 자신에게 냉담한 세대 속에 자신이 있음을 알게 된다. 한때 북적대던 거리에서는 구슬픈 메아리가 울려 퍼지고, 가난한 에트루리아*인은 웅장한 궁궐 속에 자리 잡은 더러운 여인숙으로 다가간다. 이탈리아는 거지처럼 남루한 고행복을 입은 상태에 있었고, 그녀에게는 퇴색한 화려한 옷 조각들이 먼지 낀 누더기처럼 걸쳐져 있다.

안타까운 마음이 충동적으로 일어나서 그는 거의 눈물을 흘릴 뻔했다. 그러나 곧 숭고한 생각이 그의 영혼에 들어와 그를 위로해 주었다. 그는 더 높은 감각으로 이탈리아는 죽지 않았고, 온 세상에 대한 그녀의 지배는 영원히 빼앗을 수 없고, 그녀 위로 그녀의 위대한 천재성이 영원히 감돌고 있음을 느꼈다. 그 천재성은 바로 처음에 유럽의 운명을 자신의 가슴에 품고, 유럽의 어두운 숲으로 십자가를 지고 들어가고, 먼 나라에서 야만적인 용모의 사람을 '시민'의 쇠갈고리로 묶고, 여기에서 최초로 국제 무역과 교활한 정치와 시민들의 복잡한 동력이 끓어오르고, 그 이후 이성의 광채가 찬연히 솟아오르고, 자신의 이마에 성스러운 시의 화관을 썼다. 그리고 이탈리아의 정치적 영향력이 사라지기 시작했을 때도, 그것은 의기양양하고 불가사의한 기적들을 통해 세계 위로 뻗어 나갔다. 그것은 바로 인간에게 이전에 알지 못했던 만족과 여태껏 인간의 영혼 깊은 곳에서 일어난 적이 없는 신성한 감정들을 안겨 주었다.

예술의 시대가 몸을 감추고 계산에 사로잡힌 사람들이 예술에 냉담해진 때에도, 천재성은 고함치듯 윙윙거리는 음악의 형태로 바람처럼 온 세계 위로 퍼져 나간다. 센강, 네바강, 템스강, 모스크바강, 지중해, 흑해 연안에서, 알제리의 성벽에서, 최근까지 야만적이었던 멀리 떨어진 섬들에서도 낭랑한 가수들에게 보내는 열광적인 박수 소리가 울려 퍼진다.

마침내 로마의 천재성은 오늘날 자신의 낡고 파괴된 상태로 음험하게 세상을 다스린다. 이 위대한 건축의 기적들은 중국식의 조그마한 사치품과 장난감 같은 사유의 분열에 대해서 유럽을 비난하기 위해 유령처럼 남아 있었다.

이 노쇠한 세계들의 경이로운 결합 자체, 그리고 이 세계들과 영원히 꽃이 만발한 자연의 매력적인 결합 — 이 모든 것이 세계를 일깨우기 위해, 북방의 주민에게 마치 꿈에서처럼 가끔은 남방이 모습을 드러내게 하기 위해, 영혼을 차갑게 만드는 일들로 가득 찬 추운 생활 환경에서 남방에 대한 희망이 그를 이끌어 내기 위해 존재한다. 그 희망이 그를 그곳으로부터 이끌어 내고, 불현듯 멀리 날아가는 시선처럼, 달빛을 받는 콜로세움의 밤처럼, 아름답게 죽어 가는 베네치아처럼, 보이지 않는 하늘의 광채처럼, 그리고 경이로운 공기의 따뜻한 입맞춤처럼 그에게 빛을 비추기 위해서다 — 그가 자기 삶에서 단 한 번이라도 아름다운 사람이 되게 하기 위해서다…….

그렇게 가슴 벅찬 순간 그는 조국의 붕괴와 화해하고, 그때 그는 모든 것에서 영원한 생명, 영원한 창조주가 그의 세계에 준비한 영원히 더 나은 미래의 싹을 보았다.

그 시간 그는 매우 자주 로마 민중의 오늘날의 의미에 대해서도 깊이 생각하게 되었다. 그는 이 민중 속에서 인간의 손이 닿지 않은 근원을 보았다. 이 민중은 이탈리아의 빛나는 시대에는 아직 어떤 역할도 하지 않았다. 역사책의 지면에서 교황의 이름과 귀족의 저택들은 발견되었으나, 민중은 부각되지 않았다. 자기 내부와 밖에서 움직이는 이해관계의 흐름은 아직 그의 관심을 끌지 않았다. 교육이 민중에게 미치지 못하고, 민중 안에 숨겨진 힘들이 소용돌이처럼 솟구쳐 오르지 못했다. 이 민족의 본성에는 뭔가 어린아이처럼 고결한 것이 있었다. 로마인이라는 이름에 대한 자부심, 그 자부심으로 인해 도시민 일부는 자신들을 고대 로마 시민들의 후예로 여기고 결코 이방인과 혼인 관계를 맺지 않았다.

선한 마음과 열정이 어우러진, 민중의 빛나는 본질을 보여 주는 이런 특성들, 그래서 로마인은 결코 악도, 선도 잊지 않았다. 그는 선하거나 악하고, 낭비가이거나 구두쇠였으며, 그 안에는 덕성과 결함들이 처음 형성될 때부터 층을 이루고 뒤섞이지 않았다. 이것은 마치 교양 있는 사람에게서 이기심이라는 최고의 통치자 밑에 온갖 사소한 욕망들이 애매한 형태로 나타나는 것과 같았다. 가진 돈을 다 들여서 자신을 드러내려는 무절제한 충동, 이것은 강한 민족들의 습관이며, 그에게는 이 모든 것이 의미가 있었다.

이 꾸밈없이 밝고 명랑한 기질은 다른 민족에게서는 찾아보기 어려운 것이다. 그가 머물렀던 다른 곳에서는 어디서든 사람들이 민중을 위로하려고 애쓰는 데 반해, 여기서는 반대로 민중이 스스로를 위로하는 것 같았다. 민중은 스스로 참여하고 싶어하고, 카니발에서 민중을 통제하기란 매우 어렵다. 그는 1년간 비축해 둔 모든 것을 이 일주일 반 동안 다 쓸 준비가 되어 있다. 그는 모든 것을 옷 한 벌에 쏟아붓는다. 광대, 여인, 시인, 의사, 백작으로 차려입고, 듣는 이 듣지 않는 이 가릴 것 없이 모두에게 말도 안 되는 소리와 강의를 늘어놓는다. 이 명랑한 기질은 마치 회오리바람처럼 마흔 살 어른에서 어린아이까지 모두를 사로잡는다. 입을 것이 전혀 없는 가난한 농부조차 짧은 재킷을 뒤집어 입고 얼굴에 석탄을 바르고 알록달록한 무리 속으로 뛰어든다. 그리고 이 명랑한 기질은 그의 본성에서 나오는 것이지 술기운에서 나오는 것이 아니다. 이 민중은 거리에서 술 취한 사람을 만나면 휘파람을 불며 그에게 조소를 보낸다.

그다음 자연스러운 예술적 충동과 감정의 특징들이 있다. 그는 평범한 여인이 어떻게 예술가에게 그의 그림의 문제점을 지적하는지를 보았다. 그는 어떻게 그림 같은 옷에서, 교회 장식에서 이런 감정이 은연중에 드러나는지, 어떻게 젠차노(Genzano)* 사람들이 꽃 양탄자로 거리를 장식하는지, 어떻게 알록달록한 꽃잎들이 물감과 그늘로 변하고, 포장도로에 문양, 대주교의 문장, 교황의 초상화, 모노그램,* 꽃, 동물, 아라베스크가 새겨졌는지를 보았다.

그는 부활절 전날 식료품 상인들이 어떻게 가게를 장식하는지 보았다. 돼지 햄, 소시지, 하얀 거품, 레몬과 이파리들이 모자이크로 변하고 천장 그림을 이루었다. 파르메산 치즈와 다른 치즈들로 이루어진 원들을 서로 포개어 기둥을 이루고, 수지 양초로는 내벽에 쳐진 주름진 모자이크 차양의 술 장식을 만들었다. 눈처럼 하얀 돼지기름으로는 완전한 조각상, 기독교와 성서에 관련된 역사적인 인물들이 빚어지고, 그 모양에 깜짝 놀란 관객은 이것을 석고상으로 오인했다. 가게 전체가 반짝이는 별들로 빛나고, 솜씨 있게 매달린 작은 유리컵들에 반사되고, 거울들로 끝없는 달걀 더미들을 반영하면서 밝은 사원으로 변화했다. 이 모든 것을 이루는 데는 취향이 필요했고, 식료품 상인은 수입을 위해서가 아니라, 다른 사람들이 즐기고 자신도 즐기기 위해서 이것을 만들었다.

마지막으로 이 민족에게는 자긍심이 살아 있다. 여기에서 이 민족은 민중*이지 오합지졸이 아니며, 기질적으로 태초의 고대 시민들의 정신을 내포하고 있다. 이방인들, 소극적인 민족의 유혹자들의 습격도 그 민족을 타락시킬 수 없었다. 이 습격으로 주점마다 거리마다 가장 경멸할 만한 계층이 형성되고, 여행객은 종종 그들을 기준으로 민족 전체를 판단하게 마련인데도 말이다.

어리석은 정부 규정, 모든 시대와 이해관계에서 아무 연관성 없이 형성되고 지금까지 폐지되지 않은 한 무더기의 법들 — 그중에는 심지어 고대 로마 공화정 시대의 칙령들도 있다 — 도 민족의 숭고한 정의감을 없애지는 못했다.

그는 불의한 참칭자를 거부하고 고인의 관에 휘파람을 부는 반면, 민중에게 사랑받는 몸을 실은 이륜마차는 친절하게도 자기가 끌고 간다. 종종 유혹적이어서 다른 곳에서는 타락을 초래했을 성직자의 행동이 그에게는 거의 영향을 미치지 못한다. 그는 종교를 위선적인 종교인들과 분리시킬 줄 알고, 차가운 무신론에 전염되지도 않았다.

마지막으로 정체된 국가의 피할 수 없는 운명인 곤궁과 가난도 이 민족을 음울하고 간악한 방향으로 인도하지 못한다. 그는 명랑하기 때문에 이 모든 것을 이겨 낸다. 그들이 거리에서 강도 짓을 하는 이야기는 장편 소설과 단편 소설들에만 나올 뿐이다. 이 모든 것이 그에게 강력하고 아직 알려지지 않은 민족의 풍부한 자연력을 보여 주었다. 이 민족에게는 앞으로 어떤 무대가 준비되어 있는 것만 같다. 유럽의 계몽은 마치 의도적인 것처럼 그에게 영향을 미치지 못하고, 그의 가슴에 차가운 자기완성의 염원을 심어 주지 못했다.

가장 영적인 정부, 지나간 시대에서 살아남은 이 이상한 환영은 마치 민족을 외부의 영향으로부터 보호하기 위해, 명예욕에 가득 찬 이웃 중 어느 누구도 그의 개성을 침해하지 않게 하기 위해, 때가 될 때까지 그의 자부심 강한 민족성이 조용히 숨어 있게 하기 위해 남아 있는 것 같았다.

게다가 여기 로마에서는 아무것도 죽지 않았다. 로마의 폐허

와 위대한 가난 자체에서는, 산 채로 죽어 가는 국가의 기념비들을 관조하는 자들을 불현듯 휘감는, 괴로울 정도로 가슴을 후벼 대는 감정이 느껴지지 않았다. 여기에는 그와 정반대의 감정이 존재한다. 그것은 선명하고 의기양양한 평안이다. 그리고 공작은 이 모든 것을 곰곰이 살펴볼 때마다 불현듯 '영원한 로마'라는 말에 어떤 비밀스러운 의미가 담겨 있는 것은 아닐까 의문을 품게 되었다.

이 모든 것을 경험한 결과, 그는 자기 민중을 알기 위해 더욱더 노력하게 되었다. 그는 거리에서, 카페에서, 방문객이 있는 곳이면 어디든 탐색했다. 한 곳에서는 골동품 잡화상, 두 번째 곳에서는 사격수들과 사냥꾼들, 세 번째 곳에서는 주교의 하인들, 네 번째 곳에서는 예술가들, 다섯 번째 곳에서는 로마의 모든 젊은이들과 로마의 멋쟁이들이 그의 관심 대상이었다. 그는 주점, 즉 외국인은 다니지 않고, 로마의 귀족(nobile)이 종종 하인과 나란히 앉고, 무더운 날이면 사람들이 외투와 넥타이를 벗어 던지는 완전한 로마식 주점에서 민족을 탐색했다. 그는 교외의 그림같이 아름다우면서도 초라한, 유리가 없고 공기로 된 창문이 있는 작은 주점들에서 민중을 탐색했다. 그곳에는 로마인들이 가족이나 모임 단위로 와서 식사를 하거나, 그들의 표현에 따르면 '즐기기 위해서(far allegria)' 오곤 했다. 그는 그들과 함께 앉아 식사를 하고, 기꺼이 대화에 끼어들고, 글을 읽고 쓸 줄 모르는 단순한 산악 지대 주민들의 소박하고 건강한 사고와 활기차고 창조적인 이야기들에 아주 자주 놀라곤 했다.

그러나 무엇보다도 그가 민중을 알 수 있는 기회는 의식과 축제 속에 있었다. 그때 모든 로마 주민은 위로 솟아오르고, 지금까지 전혀 눈에 띄지 않던 수많은 미녀들이 갑자기 모습을 드러낸다. 이 미인들의 형상은 이제는 부조(浮彫)와 고대 시 선집에서만 볼 수 있다.

이 완전한 시선, 석고상 같은 어깨, 수천 가지의 다양한 형태로 머리 위로 올리거나 뒤로 넘긴 타르처럼 검은 머리카락, 금색 화살을 통해 그림처럼 빗은 손, 당당한 걸음걸이, 우아한 여인들의 가벼운 매력이 아니라 온통 진지한 고전적인 아름다움을 드러내는 선과 특징들. 여기 여인들은 이탈리아 건물들과 유사해 보였다. 건물들은 궁전이거나 가축우리이고, 여인들은 미인이거나 못생기거나 둘 중 하나다. 그들 사이에 중간은 없다. 그저 예쁜 여인들은 없는 것이다. 그는 마치 아름다운 시에서 다른 시행들 사이로 모습을 드러내고 영혼에 신선한 전율을 선사하는 시행들을 즐기듯이 그들을 즐겼다.

그러나 곧 그런 쾌락에, 다른 모든 쾌락들에 대해 강하게 전쟁을 선포하는 감정이 결합되었다. 이 감정은 영혼의 밑바닥에서, 영혼의 숭고한 유일한 지배자에 대해 민주적인 반란을 일으키는 강렬한 인간적인 욕망을 불러일으켰다. 그는 안눈치아타를 알아보았다. 바로 그런 식으로 우리는 마침내 우리 이야기의 서두를 장식한 아름다운 형상에 이르게 되었다.

이 일은 카니발 도중에 일어났다.

“오늘 나는 코르소 거리에 안 갈 거야.” 공작이 집을 나서면서 집사에게 말했다. “난 카니발에 질렸어. 내겐 여름 축제와 의식들이 훨씬 더 맘에 들어…….”

“하지만 이게 무슨 카니발이랍니까?” 노인이 말했다. “이 카니발은 애들 장난 같아요. 저는 카니발이 어떤 건지 잘 기억하고 있습니다. 그땐 코르소 거리에 마차가 한 대도 없고, 밤새 거리마다 음악이 쩡쩡 울렸지요. 그땐 화가, 건축가, 조각가 들이 작품과 전설들을 구상했고요. 그땐 민중이, 공작님도 이해하시죠, 온 민중, 모두, 모든 금세공업자, 액자 제조업자, 모자이크 세공인, 아름다운 여인이, 모든 여주인, 모든 귀족, 모두, 모두, 모두가…… 얼마나 즐겼는지요!(O quanta allegria!) 그때 카니발이 진짜 카니발이고, 지금은 이게 무슨 카니발이랍니까? 에잇!” 그는 어깨를 으쓱하고 이렇게 덧붙였다. “추잡한 짓뿐입니다!(E una porcheria!)”

그리고 집사는 마음이 격앙되어 평상시와 달리 강한 손짓을 했으나, 진작부터 공작이 자기 앞에 없었다는 것을 깨닫고 마음이 진정되었다. 공작은 이미 거리에 나와 있었다. 그는 카니발에 참여하고 싶지 않아 얼굴에 가면도, 철망도 쓰지 않고, 망토를 뒤로 두르고 단지 코르소 거리를 통해 도시의 반대쪽으로 나가고 싶었다.

그런데 민중의 인파가 너무 밀렸다. 그래서 그가 두 사람 사이를 겨우겨우 지나가고 있는데, 갑자기 위에서 밀가루가 그를 뒤덮었다. 알록달록한 어릿광대가 자신의 연인과 쏜살같이 옆을 지나가면서 딸랑이로 그의 어깨를 툭 쳤다. 색종이 가루와 꽃송이들이 그의 눈으로 날아들었다. 양쪽에서, 즉 한쪽에서는 백작이, 다른 쪽에서는 의사가 그의 귀에 대고 윙윙거리기 시작했는데, 의사는 그의 위장에 무엇이 있는지 긴 강의를 늘어놓았다. 그에게는 그들 사이를 비집고 나갈 힘이 없었다. 인파가 더 불어났기 때문이다. 승용 마차 대열도 움직일 수 없어서 멈춰 섰다.

집들과 같은 높이의 죽마를 타고, 매 순간 다리가 어긋나서 포장도로로 떨어져 죽을 위험을 무릅쓰고 걸음을 옮기는 한 용감한 남자가 군중의 주의를 사로잡았다. 그러나 그는 거기에 신경을 쓰지 않는 것 같았다. 그는 어깨에 거인의 허수아비를 얹고 끌고 가면서, 한 손으로는 그것을 붙잡고 다른 쪽에는 종이에 적은 소네트 시*를 들고 있었다. 그 종이에는 종이 뱀에 붙이곤 하는 종이 꼬리가 붙어 있었다. 그는 목청껏 외쳤다. "여기 돌아가신 위대한 시인이 계시다! 여기 꼬리가 달린 그의 소네트가 있다!(Ecco il gran poeta morto. Ecco il suo sonetto colla coda!)"

이 용감한 사나이가 너무나 많은 군중을 끌어모아서 공작은 숨을 쉬기도 어려울 지경이었다. 마침내 온 군중이 죽은 시인을 따라 앞으로 나아가고, 승합 마차 대열도 움직이게 되었다. 군중이 움직이면서 그의 모자가 벗겨지긴 했지만, 공작은 이것에 매우 기뻐하며 모자를 주우러 뛰어갔다.

그런데 그가 모자를 집어 들면서 눈도 들어 올리는 순간 몸이 굳어졌다. 그 앞에 듣도 보도 못한 아름다운 여인이 서 있었던 것이다. 그녀는 번쩍이는 알바노 민속 의상을 입고, 그녀 앞에 있는 역시 아름다운 다른 두 여인과 나란히 서 있었다. 하지만 그 두 여인은 그녀 앞에서 마치 밤이 낮 앞에 있는 것과 같았다. 이것은 최고 경지의 기적이었다. 모든 것이 이 광채 앞에서는 빛을 잃지 않을 수 없었다. 그녀를 보면 왜 이탈리아 시인들이 아름다운 여인을 태양에 비유했는지 선명히 이해할 수 있었다. 그것은 진짜 태양, 완전한 미였다. 세상의 미녀들에게 흩어져서 따로따로 빛나는 모든 것, 이 모든 것이 여기에 함께 모여 있었다.

그녀의 가슴과 상반신을 바라보노라면, 여느 미인들의 가슴과 상반신에 무엇이 부족한지가 선명해졌다. 그녀의 무성하고 빛나는 머리숱 앞에서 다른 모든 머리숱은 듬성듬성하고 광택이 없어 보였다. 그녀의 손은 모든 이를 예술가로 변화시킬 정도였다. 누구든 예술가처럼 감히 숨도 못 쉬고 그것을 영원히 바라보게 될 것이다.

그녀의 발 앞에서는 영국 여인, 독일 여인, 프랑스 여인 그리고 다른 모든 민족 여인들의 발이 나뭇조각처럼 보일 것이다. 고대의 조각가들만이 그 숭고한 아름다움의 이념을 조각상에 보존할 수 있었다. 그것은 모든 이의 눈을 똑같이 멀게 하기 위해 창조된 충만한 미였다. 여기서는 어떤 특별한 취향도 지닐 필요가 없었다. 여기서는 모든 취향들이 하나로 모아지지 않을 수 없고, 모든 것이 몸을 낮추지 않을 수 없었다.

그는 온 민중이, 그 수가 얼마이든 간에, 어떻게 그녀에게 시선을 집중하는지 보았다. 어떻게 여인들이 자기도 모르게 얼굴에 만족감이 뒤섞인 감탄의 표정을 지으면서 "오, 아름다워라!(O bella!)"라고 반복하는지, 어떻게 그 자리에 있던 모든 사람이 마치 예술가로 변한 듯 그녀 한 사람만 뚫어지게 쳐다보는지를 보았다. 그러나 미인의 얼굴에서는 그녀가 온통 카니발에 정신이 팔려 있는 것이 보였다. 그녀는 군중과 가면들만 바라볼 뿐, 자신에게 쏠린 눈길은 의식하지 못하고, 그녀 뒤에 서 있는 비로드 재킷을 입은 남자들, 그들과 함께 온 친척인 듯한 남자들의 말도 거의 듣지 못했다.

공작은 주위의 가까이 있는 사람들에게 이 신비로운 미인이 누구이며 어디에서 왔는지 물어보려고 했다. 그러나 사방에서 나오는 대답은 한결같이 어깨를 으쓱거리며 "모르겠는데요. 틀림없이 외국 여인일 거예요"라는 것뿐이었다.* 그는 움직이지 않고 숨을 멈추고 눈으로 그녀를 빨아들일 듯이 탐색했다. 마침내 미인은 그에게 자신의 충만한 눈길을 던졌으나, 곧 당황해하면서 그것을 다른 쪽으로 옮겼다. 고함 소리가 그를 일깨웠다. 그 앞에 엄청나게 큰 짐마차가 서 있었던 것이다.

마차에는 가면을 쓰고 장밋빛 블라우스를 입은 한 무리의 사람들이 있었다. 그들은 그의 이름을 부르고 그에게 밀가루를 쏟아부으며 "우, 우, 우!" 하고 긴 탄성을 곁들이기 시작했다. 그를 둘러싸고 있는 이웃들의 엄청난 웃음소리를 들으면서, 그는 한 순간에 발끝에서 머리끝까지 흰 가루로 뒤덮였다. 눈썹까지 온통 눈처럼 하얘진 그는 옷을 갈아입기 위해 서둘러 집으로 달려갔다.

그가 집으로 뛰어가 옷을 다 갈아입기 전에, 「아베 마리아」 공연을 보기까지 남은 시간은 고작 한 시간 반이었다. 코르소에서는 빈 포장마차들이 돌아가고 있었다. 그 마차들에 앉아 있던 사람들은 말 경주를 기다리는 동안, 끝없이 움직이는 군중을 내려다보기 위해 발코니로 가고 있었다. 코르소로 접어드는 순간, 그는 재킷을 입은 남자들과 화관을 머리에 쓰고 손에 탬버린과 팀파니를 든 빛나는 여인들로 가득 찬 짐마차를 발견했다.

짐마차의 여인들 속에 그를 전율시킨 그 미인이 앉아 있는 것을 보았을 때, 그의 심장은 얼어붙었다. 그녀의 얼굴이 불꽃이 번쩍거리는 듯한 웃음으로 빛났다. 짐마차가 고함 소리와 노랫소리에 파묻히면서 빠르게 지나갔다. 그가 취한 첫 행동은 그 마차를 따라 달리는 것이었으나, 엄청나게 많은 음악인들의 행렬이 그의 길을 가로막았다. 그들은 여섯 개의 바퀴에 오싹할 정도로 큰 바이올린을 싣고 가고 있었다. 한 사람은 줄 받침대 위에 앉고, 다른 사람은 짐마차 옆을 따라 걸으면서, 바이올린 줄 대신 매단 네 개의 굵은 밧줄을 엄청나게 큰 활로 켜고 있었다. 아마도 이 바이올린을 만드는 데 엄청난 노동, 비용, 시간이 들었을 것이다.

앞에는 거대한 큰북이 가고 있었다. 어른과 소년들의 무리가 이 음악 행렬의 뒤를 넘어질 듯 바싹 뒤따르고, 행렬의 끝에는 로마에서 뚱뚱한 것으로 유명한 식료품 상인이 종탑만큼 높은 관장을 들고 가고 있었다. 거리가 이 대열로부터 깨끗해졌을 때, 공작은 짐마차를 따라 달리는 일은 어리석고 이미 늦었다는 것을 알게 되었다. 게다가 그것이 어느 길을 따라 갔는지도 알 수가 없었다. 하지만 그는 그녀를 찾아야겠다는 생각을 포기할 수 없었다. 그의 상상 속에서 이 빛나는 웃음과, 신비롭게 가지런히 놓인 치아들이 보이는 열린 입술이 날갯짓을 하며 둥둥 떠다녔다. 그럼 어떻게 되었을까?

이것은 응당 그렇게 되어야 하고, 이것은 자연의 법칙이다. 즉 그녀에게는 자신의 아름다움을 감추고 사람들이 못 보게 할 권리가 없다. 완전한 아름다움이 이 세상에 주어진 것은 모든 사람이 아름다움을 보고 마음으로 그것에 대한 이데아를 영원히 간직하기 위해서다.

만일 그녀가 그저 아름답기만 하고 천상의 지고한 완성작이 아니었다면, 그녀는 한 남자에게만 속할 권리가 있고, 그는 그녀를 광야로 데리고 나가 세상으로부터 숨길 수도 있을 것이다. 그러나 완전한 아름다움은 모두가 보게 해야 한다.

과연 예술가가 위대한 사원을 좁은 골목길에 세우겠는가? 아니다. 그는 사람들이 사방에서 그것을 보고 감탄하게 하기 위해 탁 트인 광장에 세울 것이다. 어떤 사도가 말했듯이, 과연 촛불을 가려서 탁자 밑에 두려고 촛불에 불을 붙이겠는가? 아니다, 촛불을 탁자 위에 세우기 위해서, 모두 그것을 보고 그 빛을 받으며 살아가도록 초에 불을 붙이는 것이다.* 아니야, 나는 꼭 그녀를 보아야만 해.

공작은 곰곰이 생각했고, 오랫동안 이것을 이룰 수 있는 모든 수단을 떠올려 보고 궁리해 보았다. 마침내 그는 한 가지 수단에 생각이 멈추었다. 그는 조금도 지체하지 않고 곧장 로마의 많은 외딴 거리 중 한 곳으로 출발했다. 그곳에 가문의 문장들이 그려진 달걀형 목조 방패가 있는 주교의 궁전은 없다. 다닥다닥 붙은 작은 집의 창문과 문마다 그 위에 번호가 붙어 있고, 포장도로가 곱사등처럼 툭 튀어나와 있다. 외국인 가운데 그곳에 눈을 돌리는 사람은 정말 교활한 자, 즉 이동용 의자와 물감을 들고 다니는 독일 예술가밖에 없다. 그리고 지나가는 염소 무리에서 뒤처지고, 한 번도 본 적이 없는 이 길이 무슨 길인지 놀라서 걸음을 멈추고 둘러보는 염소밖에 없다.

여기에서는 로마인이 재잘거리는 소리가 낭랑하게 널리 퍼진다. 사방에서, 모든 창문에서 말과 이야기 소리가 쏟아진다. 여기에서는 모든 것이 개방되어, 길 가던 이들도 집 안의 모든 비밀을 전부 알 수 있다. 심지어 어머니와 딸이 거리로 고개를 쑥 내밀고 자신들만의 비밀을 나눈다. 여기에서는 남자들이 눈에 띄지 않는다. 아침이 밝자마자 창문이 열리고 수산나 여인이 몸을 내민다. 다른 창문에서는 그라치아 여인이 치마를 입는 것이 보인다. 이윽고 난나 여인이 창문을 연다.

루치아 여인이 빗으로 머리 타래를 묶으며 밖으로 기어 나온다. 마지막으로 체칠리아 여인이 늘어진 줄에 걸린 속옷을 집기 위해 창문에서 손을 내미는데, 이 속옷은 오랫동안 자신을 집도록 허락하지 않아서 그에 대한 벌을 받는다. 즉 그 벌로 그녀에 의해 구겨지고 마루에 내팽겨지고 '짐승 같으니!(Che bestia!)'

라는 욕을 먹는다.

여기에서는 모든 것이 활기차고, 모든 것이 끓어오른다. 발에서 신발이 창문 밖의 개구쟁이 아들에게 혹은 한 살배기 갓난아이가 누워 있는 광주리에 다가가서 그의 냄새를 맡고 머리를 구부려 그에게 뿔이 뭔지를 설명할 참이던 염소에게 날아간다.

여기에서는 알려지지 않는 것이 없었다. 모든 것이 알려진다. 사람들은 무엇이든 전부 알고 있었다. 주디트라는 여인이 어떤 손수건을 샀는지, 누구 집에서 점심으로 생선을 먹을 건지, 누가 바르바루치아의 연인인지, 어떤 카푸친 수도사가 고해를 더 잘 들어주는지. 아주 가끔씩 남편이 말을 내뱉기도 한다. 그는 거리에 서서 벽에 기대고, 잇새로 짧은 파이프를 물고 있는데, 카푸친 수도사에 대해 듣다가 "전부 사기꾼이야"라고 짧은 구절을 덧붙이는 것을 자기의 의무로 여긴다. 그다음에 그는 다시 계속해서 코 밑으로 연기를 내뿜었다.

여기로는 제빵사에게 밀가루를 갖다주는 노새가 끄는 이륜마차와, 볼품없는 옆구리를 돌로 때리며 재촉하는 남자아이들에도 아랑곳없이 브로콜리가 담긴 광주리를 질질 끄는 졸음에 겨운 당나귀 외에는 어떤 사륜마차도 들어오지 않았다.

여기에는 빵과 밧줄을 파는, 유리 창문이 있는 상점과 거리 모퉁이에 있는 어둡고 좁은 카페 말고는 어떤 가게도 없다. 그 거리 모퉁이에서는 '오로라'라는 이름으로 유명한 음식점의 웨이터*가 끊임없이 밖으로 나와서 작은 양철 커피포트에 담긴 커피나 염소 젖이 들어간 초콜릿을 사람들에게 나누어 주는 것이 보였다.

여기 집들은 2인, 3인, 때로는 4인에게 속하고, 그중 한 명만 평생 소유권을 갖고, 다른 사람은 1층을 소유하고 거기에서 나오는 소득을 2년 동안만 얻고, 그 이후에는 유언에 따라 1층이 그에게서 빈센트 아버지에게 10년간 넘어간다. 하지만 프라스카티에 사는 먼 친척이, 미리 짜 놓은 계략에 따라 소송을 걸어 아버지에게서 그것을 빼앗아 갈 수도 있다.

한 집에 창문 하나, 다른 집에 창문 두 개를 소유하고 창문 하나에 대한 수익을 형제와 함께 반분하는 주인들도 있고, 그 창문에 대해 불의한 거주자는 전혀 지불하지 않는 경우도 있었다. 한마디로 이곳은 끝없는 소송의 대상이자 로마를 가득 채우는 변호사와 판사들의 밥줄이었다.

방금 언급한 여인들은 모두, 완전한 이름으로 불리는 상류층뿐만 아니라 체타, 투타, 난나 등 지소형(指小形)으로 불리는 하류층도 똑같이 아무 일도 하지 않았다. 그들은 변호사, 낮은 직급의 관료, 소상인, 짐꾼 그리고 아주 자주, 별로 좋지 않은 망토에 아름다운 주름을 만들어 걸칠 줄만 아는 실업자의 부인들이었다.

남성들 중 많은 이들이 예술가의 모델이 되어 주었다. 여기에는 모든 종류의 모델이 있었다. 돈이 있으면 그들은 주막에서 다른 남편들과 한 무리의 일행과 함께 즐겁게 시간을 보냈고, 돈이 없으면 그들은 심심해하지 않고 창문을 바라보았다. 지금은 거리가 평상시보다 더 조용했다. 몇몇 사람들이 코르소 거리의 인파를 보러 갔기 때문이다. 공작은 한 작은 집의 낡은 문에 다가갔다. 그 문에는 잔뜩 구멍이 나 있어서, 주인조차도 진짜 열쇠 구멍을 찾을 때까지 구멍들에 열쇠를 끼워 보곤 했다. 그가 문고리를 막 쥐려고 할 때 갑자기 소리가 들렸다.

"공작님*은 페페를 뵙고 싶으신 건가요?"

그가 고개를 들어 올렸다. 3층에서 투타 여인이 몸을 내밀고 바라보고 있었다. "에구, 왜 고함을 치고 그래." 맞은편 창문에서 수산나 여인이 말했다. "공작님은 페페를 보시러 온 게 아닐 거야."

"당연히 페페를 보러 오신 거야, 안 그런가요, 공작님? 페페를 보러 오신 게 아닌가요, 공작님? 페페를 보러 오신 거죠?"

"페페는 무슨, 페페는 무슨!" 수산나 여인이 두 팔로 몸짓을 하며 계속 말했다. "공작님이 지금 페페에게 신경 쓰시게 됐어? 지금은 축제 때여서, 공작님은 사촌 동생인 몬텔리 후작 부인과 함께 다니고, 친구들과 마차를 타고 꽃들을 던지러 가고, 흥겹게 지내기 위해(far allegria) 도시 밖으로 나가실 거야. 페페는 무슨, 페페는 무슨!"

공작은 자신이 시간을 어떻게 보낼지 그렇게 자세히 설명하는 것에 깜짝 놀랐다. 하지만 그는 전혀 놀랄 필요가 없었다. 수산나 여인은 모든 것을 알고 있었기 때문이다.

"아닙니다, 친절한 여러분." 공작이 말했다. "저는 정확히 페페를 만나야 해요."

그 말에 오래전부터 2층 창문에서 몸을 내민 채 듣고 있던 그라치아 여인이 공작에게 대답했다. 그녀는 혀를 살짝 끌끌 차고 손가락을 돌리며 대답했다. 이것은 로마인들이 거절할 때 일반적으로 하는 표시였다. 그리고 덧붙였다.

"그는 집에 없어요."

"하지만 그가 어디에 있는지, 어디로 갔는지 혹시 아시나요?"

"헤! 어디로 갔겠어요!" 그라치아 여인이 고개를 어깨에 기대고 반복했다. "광장 분수 옆의 주막에 앉아 있겠죠. 누군가 그를 불러냈나 보죠. 누가 그를 알겠어요!"

"공작님이 그에게 뭐든 말씀하시고 싶은 게 있으면……." 맞은편 창문에서 바르바루치아가 끼어들면서 동시에 귀에 귀걸이를 걸고 있었다. "제게 말씀하세요. 제가 그에게 전해 줄게요."

"아니, 아니에요." 공작은 잠시 생각하더니 돕고자 하는 것에 대해 감사를 표했다.

이때 교차로에서 엄청나게 큰 더러운 코가 보였다. 이 코는 그 뒤를 따라 모습을 드러낸 입술과 얼굴 위에 커다란 도끼처럼 걸려 있었다.

바로 페페였다.

"저기 페페예요!" 수산나 여인이 외쳤다.

"저기 페페가 와요, 공작님!" 자기 창문에서 그라치아가 활기차게 외쳤다.

"와요, 페페가 와요!" 거리의 자기 구석에서 체칠리아 여인의 목소리가 울렸다.

"공작님, 공작님! 저기 페페예요, 저기 페페예요!" 거리에서 아이들이 소리쳤다.

"보입니다, 보여요." 그런 활기찬 고함 소리에 어안이 벙벙해지면서 공작이 말했다.

"바로 저예요, 공작님, 자 왔지요!" 페페가 모자를 벗으며 말했다. 보아하니 그는 이미 축제를 제대로 맛본 것 같았다. 어디에선지 옆구리에 밀가루를 잔뜩 뒤집어쓰고 있었다. 옆구리와 등이 허옇게 분칠이 되고, 모자는 구겨지고, 얼굴에는 하얀 못이 박혀 있었다.

페페는 평생 지소형 이름인 페페로 불린 점에서 이미 특출났다. 그는 머리가 희끗희끗했음에도 불구하고 결코 주세페*로 불리는 데 이르지 못한 것이다.

그는 심지어 좋은 집안, 부유한 상인 집안 출신이었으나, 소송으로 마지막 남은 작은 집까지 빼앗겼다. 그의 아버지도 페페와 같은 인간으로 조반니 씨라고 불렸음에도 불구하고 마지막 재산을 다 거덜 냈다. 페페는 이제 많은 사람처럼, 즉 그렇게 될 수밖에 없는 방식으로 겨우겨우 살아가게 되었다. 즉 갑자기 외국인의 하인으로 임명되거나, 변호사의 심부름을 다니거나, 예술가의 화실 청소부가 되거나, 포도원이나 빌라의 문지기가 되었고, 그에 맞게 그의 복장도 끊임없이 바뀌었다.

페페는 가끔은 거리에 큰 모자를 쓰고 넓은 재킷을 입은 모습으로 나타나고, 가끔은 그의 긴 팔이 빗자루처럼 쑥 나올 만큼 좁은 소매가 달리고, 두세 군데 구멍이 터진 좁은 구식 재킷을 입고, 가끔은 긴 양말에 단화를 신고, 가끔은 분간하기 어려울 만큼 이상한 복장을 하고 나타났다. 게다가 그는 이 모든 것을 완전히 제대로 갖춰 입지도 못했다. 한번은 그가 발에 양말 대신 코트를 신고 뒤에서 그것을 마구 묶어서 박음질을 한 것으로 생각할 수도 있었다.

그는 맡은 임무를 모두 기쁘게 수행했으나, 자주 자기가 맡은 일에 전혀 흥미를 보이지 않았다. 즉 그는 자기 거리의 귀부인들이 맡긴 온갖 잡동사니, 파산한 수도사나 골동품상의 양피지 책, 예술가의 그림을 팔기 위해 끌고 갔다. 그는 아침마다 수도사들에게 가서 그들의 바지를 세탁하고 신발을 닦기 위해 그것들을 모아서 집으로 가지고 왔다. 그러나 그가 만나는 다른 제3자를 돕고 싶다는 지나친 욕심으로 인해 그것들을 제때 돌려줘야 한다는 것을 잊곤 했다. 그 덕에 수도사들은 단화와 바지가 없어서 하루 종일 붙잡혀 있어야 했다.

자주 그에게 상당한 돈이 지급되었으나 그는 돈을 로마식으로 처리했다. 즉 다음 날에는 쓸 돈이 거의 없었다. 그가 자신을 위해 돈을 다 쓰거나 다 먹어 치웠기 때문이 아니라, 그가 끔찍하게도 좋아하는 로토에 모든 돈이 나갔기 때문이다. 그가 시도해 보지 않은 숫자는 거의 없었다. 매일매일의 온갖 사소한 사건이 그에게는 중요한 의미를 지녔다. 거리에서 쓰레기를 발견하기라도 하면, 그는 즉시 점치는 책을 들춰 그 쓰레기가 어떤 숫자를 의미하는지 찾아보았다. 당장 그 숫자로 로토를 사기 위해서였다.

한번은 꿈에서, 그렇지 않아도 매년 초봄이 되면 무슨 이유에서인지 그의 꿈에 나타나곤 하던 사탄이 그의 코를 붙잡고 온갖 집의 모든 지붕으로 그를 끌고 다녔다. 사탄은 그의 코를 잡고 성 이그나치오(Sant' Ignazio) 교회에서 시작하여 다음에는 코르소의 모든 거리를, 다음에는 트레 라드로니* 교차로를, 그다음에는 스탐페리아 거리*를 지나가고 끝으로 트리니타*의 계단에서 멈췄다. 그리고 "자 페페, 이건 네가 성 판크라티에게 기도한 대가야. 너는 로토에서 따지 못할 거야."

이 꿈은 체칠리아 여인, 수산나 여인, 그리고 거리 전체에 엄청난 논쟁을 일으켰다. 그러나 페페는 그것을 나름의 방식으로 해결했다. 그는 즉시 점치는 책을 찾아 사탄은 숫자 13을, 코는 24, 성 판크라티는 30를 의미한다는 것을 알아냈다. 그래서 그날 아침 세 개의 숫자를 모두 골랐다. 그다음 세 숫자를 전부 합하니 67이 나왔다. 그는 67도 골랐다. 평상시처럼 네 개의 숫자 모두 꽝이었다.

또 한 번은 그가 포도원 재배인이자 뚱뚱한 로마인인 라파엘 토마첼리와 말다툼을 하게 되었다. 그들이 무엇 때문에 싸웠는지는 신만이 아실 것이다. 하지만 그들은 손을 힘차게 움직이면서 크게 고함쳤고 마침내 둘 다 안색이 하얘졌다. 이건 끔찍한 표시였다. 이 표시가 있으면 보통은 모든 여인이 공포에 질려 창문에서 몸을 내밀고, 길을 지나던 이들도 멀리 물러선다. 이것은 사태가 마침내 칼부림에 이르렀다는 표지다. 그리고 정말로 뚱뚱한 토마첼리가 손을, 자기의 뚱뚱한 장딴지를 감싼 가죽 장화에 대고 거기에서 칼을 빼려 하면서 말했다. "기다려, 손을 봐주겠어, 이 송아지 대가리야!" 그때 갑자기 페페가 이마를 손으로 탁 치더니 싸움터에서 뛰쳐나갔다.

그가 송아지 대가리로는 한 번도 로토를 사 본 적이 없다는 걸 깨달은 것이다. 그는 송아지 대가리의 숫자를 찾아 로토 사무실로 뛰어갔고, 피의 무대를 볼 참이었던 사람들 모두 그런 갑작스러운 행동에 깜짝 놀랐다. 라파엘 토마첼리도 칼을 장화에 다시 넣고 뭘 해야 할지 오랫동안 갈피를 잡지 못하다가 마침내 말했다. "거참, 이상한 녀석 다 봤네!" 그리고 로토가 꽝이 난 것에 페페는 전혀 당황하지 않았다. 그는 자신이 부자가 될 거라는 강한 확신을 갖고 있었기 때문에, 상점을 지나갈 때마다, 온갖 물건이 얼마인지 거의 매번 물어보았다.

한번은 큰 집이 팔릴 거라는 소식을 듣고 그는 이것에 대해 상인과 이야기를 나누려고 갔다. 사람들이 그를 알아보고 비웃기 시작하자 그는 아주 순박하게 대답했다. "하지만 뭣 때문에 웃는 거야, 뭣 때문에 웃는 거냐고? 난 지금 사려는 게 아니야. 나중에 시간이 지나서 돈이 생기면 사려는 거야. 여기에 특별한 건 없어. 누구든 나중에 아이들에게, 교회를 위해, 가난한 사람들에게, 다른 온갖 일들을 위해 물려주려면 재산을 모아야 하는 거야. 앞으로 어떻게 될지 누가 알겠어?"

공작은 오래전부터 그를 알고 있었다. 그는 심지어 언젠가는 젊은 공작의 아버지 집에 웨이터로 불려 가기도 했는데, 그때 그는 쫓겨났다. 한 달 만에 그의 하인복이 너덜너덜해지고 노공작의 화장 도구를 모두 창문 밖으로 내던지고, 우연히 그를 팔꿈치로 밀쳤기 때문이다.

"잘 들어, 페페!" 공작이 말했다.

"무슨 분부를 내리고 싶으신가요, 공작님?" 페페가 모자를 쓰지 않은 채 서서 말했다. "공작님은 이렇게 말씀만 하세요. '페페!' 그러면 저는 '네, 여기 있습니다'라고 말하겠어요. 그러면 공작님은 이렇게만 말씀하시면 돼요. '잘 들어, 페페.' 그러면 저는 '네, 제가 여기 있습니다, 나리'라고 말하겠어요."

"페페, 어떤 일 좀 해 줘야겠어……." 이 말을 하고 공작은 자기 주위를 둘러보았다. 모든 그라치아 여인네, 수산나 여인네, 바르바루치아 여인네, 체타들, 투타들, 얼마가 되었건 모두들 호기심에 가득 차 창문에서 몸을 내밀고, 가련한 체칠리아는 거의 거리로 굴러 떨어질 판이었다.

'이런, 상황이 안 좋은걸!' 공작이 생각했다.

"페페, 가자, 나를 따라와."

이 말을 하고서 그가 앞장섰고, 그 뒤를 페페가 고개를 숙이고 혼자 중얼거리며 따라갔다. "에이! 여자들은 호기심이 많아, 여자들이니까, 호기심이 많아서 그래."

그들은 거리에서 거리로 각각 자신의 상념에 깊이 잠겨 오랫동안 걸어갔다. 페페는 이렇게 생각했다. '공작님이 아마 내게 임무를, 아마도 중요한 일을 맡기시려는가 보다. 사람들이 있는 곳에서는 말하려 하시지 않는 걸 보니, 아마도 좋은 선물이나 돈을 주시려는 걸 거야. 만일 공작님이 돈을 주신다면 그것으로 뭘 하지? 그걸 오랫동안 빚진 카페 주인 세르빌리오 씨에게 줄까? 세르빌리오 씨는 금식 기간 첫 주에 돈을 요구할 테니까. 세르빌리오 씨는 카니발을 위해 자기 손으로 석 달간 제작한 괴물 같은 바이올린에 있는 돈을 전부 쏟아부었거든. 그걸 가지고 온 거리를 행진하려고 말야. 이제 세르빌리오 씨는 오랫동안 꼬치에 구운 염소 고기 대신 물에 끓인 브로콜리만 먹어야 할 거야. 다시 커피 살 돈을 모을 때까지.

아니면 세르빌리오 씨에게 돈을 지불하는 대신 점심 식사를 같이하자고 주막으로 불러내면 어떨까? 세르빌리오 씨는 진정한 로마인이어서 그에게 주어진 명예를 지키기 위해서라면 빚을 견딜 각오가 되어 있을 테니까. 그런데 로토가 꼭 금식 기간 둘째 주일에 시작하지. 다만 그때까지 어떤 식으로 돈을 간수하느냐, 내게 돈을 빌려 달라고 애원할 자코모도, 뚱뚱한 기술자 페트루치오도 모르게 그걸 어떻게 지킨다? 자코모는 게토(ghetto)에 있는 유대인들에게 옷을 저당 잡히고, 기술자이자 연마공인 페트루치오도 게토의 유대인들에게 옷을 저당 잡히고, 여자로 분장하기 위해서 아내의 치마와 마지막 숄을 입고 찢었지……. 그들에게 돈을 꿔 주지 않으려면 어떻게 해야 할까?' 페페는 이렇게 생각했다.

그때 공작은 이렇게 생각했다. '페페가 이름, 그녀가 어디 사는지, 어디에서 왔는지, 그 미인이 누군지 탐색해서 알아낼 거야. 첫째, 그는 모두를, 다른 어느 누구보다 더 많이 알아. 그는 군중 속에서도 친구들을 찾아낼 거야. 모든 카페와 주막도 둘러볼 거야. 심지어 누구에게도 의심을 사지 않고 말을 꺼낼 수 있을 거야. 그가 때로는 수다쟁이가 되고 생각이 뒤죽박죽이긴 하

지만, 그에게 진정한 로마인이라는 이름만 붙여 주면 그는 모든 것을 비밀에 부쳐 줄 거야.'

공작은 거리에서 거리를 지나가며 그렇게 생각했고, 마침내 걸음을 멈추었다. 그는 자신이 이미 오래전에 다리를 지났고 로마의 트라스테베레(Trastevere) 구역에 들어선 지도 한참 되었고, 그가 오래전에 산을 올라왔기 때문에 몬토리오(Montorio)에 있는 성 베드로 교회도 거기서 멀지 않은 것을 알게 되었다. 그는 길을 가로막지 않으려고 작은 공터로 들어섰는데, 그곳으로부터 로마 전체가 펼쳐져 있었다. 공작이 페페를 향해 몸을 돌리고 말했다.

"잘 들어, 페페, 자네에게 일을 하나 부탁하고 싶어."

"공작님, 뭘 해 드릴까요?" 페페가 말했다.

그러나 여기서 공작은 로마를 둘러보고 그 자리에 멈춰 섰다. 그 앞에 영원한 로마가 신비롭게 빛나는 파노라마로 펼쳐진 것이다. 밝게 빛나는 온갖 집, 교회, 둥근 지붕, 첨탑들이 무리를 이루며, 뉘엿거리는 햇빛을 받아 밝게 빛나고 있었다. 집, 지붕, 동상, 공중의 테라스, 회랑들이 무리를 이루며 다른 것 뒤로부터 하나씩 튀어나와 있었다. 거기에는 종탑과 둥근 지붕의 가녀린 꼭대기들이 가로등의 변덕스러운 무늬와 함께 알록달록한 색을 이루며 활기를 띠고 있었다. 거기에는 검은 궁전이 완전히 드러나 있었다. 거기에는 판테온의 편평한 사원 지붕이 있었다. 거기에는 기둥머리와 성 바울 동상이 있는 안토니누스의 주랑(Antoninus' column)이 있었다. 더 오른쪽에는 말과 동상들이 있는 신전들이 위로 솟아올라 있었다. 더 오른쪽에는 반짝이는 집과 지붕들 위로 검게 옆으로 펼쳐진 콜로세움의 거대한 몸체가 웅장하고 엄격하게 올라와 있었다. 거기에서는 다시 벽, 테라스, 둥근 지붕들이 눈을 어찔하게 하는 햇빛을 받으며 무리지어 장난을 치고 있었다.

이 반짝이는 모든 건물 더미 위로 루도비시와 메디치 빌라*에서 솟아 나온 돌 같은 전나무의 정수리가 멀리 검은 녹색을 띠며 어두워지고, 가녀린 줄기에 의해 올려진 로마 소나무의 둥근 사원 모양의 정수리가 전나무들 위로 대기 중에 서 있었다. 그다음 공기처럼 가벼운, 도자기빛으로 감싸인 투명한 산들이 한껏 길게 솟아올랐다. 그러나 어떤 말로도, 어떤 붓으로도 이 그림의 모든 단면의 신비로운 조화와 결합을 모두 전할 수는 없었다. 공기는 너무 깨끗하고 투명해서 멀리 떨어진 건물들의 아주 작은 형태도 선명하게 보일 정도였고, 모든 것이 너무 가까워 보여서 손으로 잡을 수 있을 것만 같았다.

맨 끝에 있는 작은 건축 장식, 처마 돌림띠의 장식 무늬, 모두가 도저히 이해할 수 없을 정도로 깨끗했다. 그때 대포의 발사 소리와, 하나로 모아지는 군중의 고함 소리가 멀리 울려 퍼졌다. 이것은 카니발의 대미를 장식하는 행사로, 안장 없는 말들이 달리고 있다는 신호였다. 하늘이 지평선으로 낮게 기울었다. 모든 건축물에 쏟아지는 햇빛이 더욱 붉고 더욱 뜨거워졌다. 도시가 더욱 활기 넘치고 가까워졌다. 소나무들이 더욱 거무스레해졌다. 산들은 더욱 푸르러지고 도자기의 하얀빛을 띠게 되었다. 창공의 대기는 더욱 의기양양하게, 더욱 멋있게 가라앉을 태세였다……. 신이여, 얼마나 멋진 경관인가요! 그 광경에 사로잡힌 공작은 자신도, 안눈치아타의 아름다움도, 자기 민족의 불가사의한 운명도, 이 세상의 그 무엇이건 간에 모두 잊고 말았다.

주

12 **재판소 관리** 1775~1862년의 러시아 지방 관리. 군의 경찰 업무와 경범죄 소송을 담당하는 사법-행정 기관(재판소)의 귀족 출신 위원을 보좌하거나 위원의 역할을 대신함.

페치카 pechka. 러시아와 우크라이나 전통 가옥의 벽난로. 난방과 음식 조리 기능을 동시에 수행하며, 그 위에 온돌 같은 공간이 있어서 노약자의 침실로도 사용되었음.

발랄라이카 balalaika. 러시아의 세 줄로 된 삼각형의 현악기.

13 **선량한 사람들** 19세기에 러시아와 우크라이나에서는 일반인들을 '선량한 사람들'로 부르는 것이 관례였음.

14 **폴타바** Poltava. 우크라이나 키예프를 관통하는 드네프르강 왼쪽에 있는 행정 구역. 1709년 표트르 대제의 러시아 군대가 스웨덴의 카를 12세와 우크라이나의 카자크 지도자 마제파(Mazepa)의 연합군에 대항하여 싸워서 승리한 폴타바 전쟁과 고골의 출생지이자 그의 우크라이나 창작 설화들의 배경으로 특히 유명해짐. 폴란드-리투아니아 연방의 오랜 지배로 가톨릭 문화가 형성된 드네프르강 오른쪽 지역과 달리 강 왼쪽 지역은 우크라이나-러시아 정교 및 러시아 제국의 지배를 받은 영향으로 친러시아 성향이 매우 강함.

14 **아르신** arshin. 1아르신은 71.12센티미터.

루블 rubl'. 러시아의 화폐 단위. 1루블은 1백 코페이카.

군 재판소 의원 귀족 중에서 선발한 군 재판소 일원. 군 재판소는 사소한 범죄 사건에 대한 업무나 경찰이 맡은 업무를 담당하던 행정 기관.

16 **크니시** knish. 감자, 응고된 우유, 잼 등을 속에 넣고 구운 빵의 일종.

17 **정교** 우크라이나-러시아 정교.

18 **피로그** pirog. 감자, 고기 등 여러 재료를 넣어 만든 파이류.

크바스 kvas. 곡류 중 주로 나맥과 엿기름으로 만드는 슬라브족의 전통적인 발효 음료.

바레누하 varenukha. 사과, 배, 자두, 체리 등의 과일, 꿀, 향신료 등을 넣은 우크라이나 보드카. 16세기부터 우크라이나 드네프르강의 왼쪽 지역에 널리 퍼짐.

19 **우크라이나 용어 사전 생략** 제1부에 나오는 우크라이나 용어들 중 일부를 러시아어로 풀어 줌.

21 **베르스타** versta. 구러시아의 거리 단위. 1베르스타는 약 1,067미터.

23 **프숄** Psyol. 러시아와 우크라이나에 흐르는 강으로, 드네프르강의 왼쪽 지류이며 길이는 717킬로미터. 그 강변에 벨리키예 소로친치(Velikiye Sorochintsy) 마을이 있음.

25 **스비트카** svitka. 우크라이나, 러시아, 벨로루시의 수제 직물로 짜고, 단추나 호크가 없는 긴 상의.

저세상에서 악마가 그의 수염을 홀라당 태워 버리기를 19세기 우크라이나와 러시아의 전통적인 생활 방식에서는 상대방에게 신의 축복이나 악마의 저주를 비는 것이 일상화되어 있었던 것으로 보임.

26 **카자크** kazak. 오늘날의 우크라이나 일대와 러시아 서남부 지역에서 준군사적인 자치 공동체를 이루며 살았던, 동슬라브어를 사용하는 민족 집단.

27 **호주머니에 30루블이 있다 해도** 당시 30루블은 상당히 큰 액수의 돈이었음.

28 **술 취한 유대인이 아낙네를 뒤에서 때리고** 직역하면 "키셀(kisel', 감자 푸딩)을 주고"임. 고골의 초고에 따르면, '감자 푸딩을 준다'는 것은 '뒤에서 때린다'는 의미.

29 **거래인** 'negotiant'를 러시아어로 음역한 단어로 큰 규모로 도매를 하는 상인을 의미함.

팔레스타인에서 와서 아무 곳에나 묵는 것으로 보이는 한 사람 옛날 팔레스타인의 남부 지역에 살면서 유대인의 강적으로 알려진 민족의 일원.

31 **당신은 솔로피 체레빅이지요** 인물의 이름 '솔로피(Solopy)'는 멍청이, 얼뜨기라는 의미의 단어이기도 함.

32 **집귀신** lysy did'ko. 직역하면 '대머리 얼굴'이고, 우크라이나 민속 신앙에서는 집에 사는 귀신, 악마를 지칭.

크바르타 kvarta. 구러시아의 척도 단위. 1크바르타는 영국에서는 1.14리터, 미국에서는 0.95리터.

33 **태어날 때부터 그렇게 살기로 된 팔자일 거야** 직역하면 "그렇게 살도록 적혀 있을 거야"이다. 모든 사람에게는 개인적인 운명의 책이 있어서 거기에 적힌 대로 살아갈 수밖에 없다는 운명론적인 민간 신앙이 반영되어 있음.

36 **갈루시카** Galushika. 우크라이나식 감자 수제비.

37 **로만** Roman. 남자 이름.

39 **바레니카** varenika. 체리 등 과일이나 응유를 넣은 우크라이나식 경단.

팜푸시카 pampushka. 효모를 넣은 밀가루 반죽으로 만든 둥근 모양의 작은 빵. 보통 비트를 넣고 끓인 붉은 수프 보르시와 같이 먹음.

토프체니키 tovchenika. 발효 우유를 넣어 만든 갈루시카.

41 **부블리키** bubliki. 둥근 가락지 빵으로, 목걸이처럼 줄에 꿰어서 보관함.

사방으로 머리를 숙이며 인사하고~다니긴 했지만 말이다 술에 취해서 머리를 주억거리고 갈지자걸음을 걷게 되었다는 의미.

42 **치불랴가 아니라 비트라고** 사람 이름 '치불랴(Цыбуля, Tsibulya)'와 우크라이나어로 '양파'를 의미하는 '치불랴(цибуля, tsibulya)'가 철자는 다르지만 발음이 같은 점을 이용한 언어유희.

51 **러시아 놈들** 여기에서는 특히 러시아 군인을 의미함.

56 **스메타나** smetana. 발효시킨 농축 크림.

57 **고팍** gopak. 우크라이나 민속춤의 일종으로, 경쾌하고 힘참.

58 **파라샤** Parasha. 파라스카의 애칭.

63 **성 요한제 전야** Ivan Kupala. 성 요한제는 슬라브족의 하지 축제와 결합되어 기독교 축일로서보다는 이교 신앙의 성격을 더 많이 띰. 특히 그 전야에 피는 고사리꽃을 꺾으면 보물을 얻을 수 있다는 전설이 있음.

64 **개 같은 러시아 놈** 19세기 전반기에 우크라이나 혹은 소러시아는 이미 러시아 제국에 합병되어 속국이 되어 있었음. 정교 문화를 공유하고 러시아와 밀접한 우크라이나 동부 지역 사람들에게도 러시아 제국의 우크라이나 합병과 자치권 박탈, 그리고 무력 통치에 대한 반감이 있었던 것으로 보임.

65 **포드코바, 폴토르 코주흐, 사가이다츠니** Podkova, Poltor Kozukh, Sagaydachny. 우크라이나 카자크의 지휘관인 헤트만들로서 옛날 카자크 노래의 주인공들이었음. 사가이다츠니는 1620년 크림한국의 소금 호수인 사스크시바시(Sasyk-Sivash) 호숫가에서 벌어진 전투에 대한 노래로 더 유명해짐.

66 **단순한 교회 의식서** 옛날 글을 가르치는 데 사용한 교회 의식서.

고해 성사 때 사제를 속이는 게 직역하면 "사제를 체에 거르다"라는 의미.

69 **쿠티야** kut'ya. 탄 보리나 쌀에 꿀, 건포도를 넣어 만드는 꿀 죽. 우크라이나 전통 음식으로, 추도식 이후나 성탄절 금식 이후 성탄절 전야에 먹음.

베즈로드니 Bezrodny. '가족, 피붙이, 일가친척 혹은 자기 종족이 없는 사람'이라는 의미.

70 **페트루샤 / 페트루시** Petrusha / Petrus'. 페트로의 애칭.

71 **쿤투시** kuntush. 터진 긴 소매가 있는 우크라이나 전통 외투.

어리석게도 반어적 표현. "교활하고 영리하게"라고 표현해야 맞음.

72 **가벼운 손으로** 반어적 표현.

73 **코브자** Kobza. 18세기 이전 우크라이나의 8현악기.

지붕에는 굴뚝 대신 십자가가 서게 될 거야 관에 눕혀서 십자가를 세운 무덤에 묻히게 될 거라는 의미.

74 **손을 맞대고 약속했어요** 거래가 성립되었다는 의미.

77 **야가** Yaga. 우크라이나, 러시아의 민담에 나오는 늙은 마녀, 바바 야가(Baba Yaga)를 의미함. 숲속의 닭 다리 통나무집에서 산다고 함.

81 **반두라** Bandura. 우크라이나의 민속 현악기.

84 **녹인 구리나 밀랍도 띄워 보고 ~ 실 조각을 달여서 먹여도 보았어요** [고골의 주석] 우크라이나의 민간 신앙에 따르면, 무언가를 보고 겁에 질려서 정신이 나간 사람이 있을 때, 녹인 구리나 밀랍을 물에 던지면 그를 경악시킨 대상의 모습이 떠올라 그가 다시 겁에 질리게 되고, 그것으로 그의 정신이 돌아올 수 있다고 함. 더불어 속이 메스껍거나 복통이 있을 때, 대마초 줄기로 만든 실 조각을 불에 태워 컵에 던지고, 환자의 배 위에 물이 가득 찬 사발을 놓고, 앞에서 준비한 컵을 그 사발에 뒤집어 넣고, 속삭인 이후 그가 이 물을 한 숟가락 마시게 하면 통증이 사라진다고 함.

86 **베르쇼크** vershok. 구러시아의 길이 단위. 1베르쇼크는 4.4센티미터이고 16분의 1아르신.

87 **남을 돕기 좋아하는 노파들이** 반어적 표현.

그녀를 페트로가 끌려간 곳으로 보내려고 했지요 남 험담하기 좋아하는 노파들은 피도르카도 페트로처럼 지옥으로 갔을 거라고 험담했다는 의미.

91 **갈랴** Galya. 간나의 애칭.

95 **차르** tsar'. 러시아 제국의 황제.

96 **백부장** 17~18세기 카자크 백인(百人) 부대의 지휘자.

98 **아낙네들 말을 믿다니** 반어적 표현.

102 **추위에 사람들에게 찬물을 끼얹건 말건** 체납자를 처벌하는 방식.

나의 촌장은 바로 나야 러시아어로 '머리'를 의미하는 단어와 '우두머리, 지도자'를 의미하는 단어는 동일하게 'golova'임. 고골은 이 단어를 중의적으로 사용하여 언어유희와 풍자 효과를 유발함.

103 **안녕하세요** 우크라이나어로 '안녕하세요'를 의미하는 'Dobryy den''을 줄여서 'dobriden''이라고 인사함.

104 **예카테리나 여왕이 크림반도에 왔을 때** 1787년에 예카테리나 여왕이 크림반도를 방문했음.

109 **네가 젊은 아가씨들 창문 밑을 ~ 어떻게 되는지도 알려 주지** 직역하면 "네가 젊은 아가씨들 창문 밑을 어떻게 돌아다녀야 하는지 나한테서 알게 될 거야, 남의 신붓감을 어떻게 빼앗아 가야 하는지 알게 될 거야."

헤트만 Hetman. 15~18세기 폴란드 왕국, 우크라이나, 리투아니아 대공국과 폴란드-리투아니아 연방의 총사령관. 1570년경부터는 카자크 군영의 지도자들을 지칭함. 그러나 공식적으로는 1648년 폴란드 정부가 처음으로 카자크 군영의 지도자인 보그단 흐멜니츠키에게 처음으로 이 직위를 부여함.

112 **마을 순경** 마을 농민 중에서 선출하는 순경.

[알렉산드르] 베즈보로드코 Alexander Bezborodko(1747~1799). 예카테리나 2세의 첫 서기, 러시아 관료, 외교관.

113 **보르시** borshch. 비트를 넣고 끓인 우크라이나 수프로, 동유럽 민족의 주요리임.

117 **머리를 약간 옆으로 수그리고~촌장 쪽으로 몸을 돌리면서** '머리'와 '촌장'을 같은 단어로 표현해서 언어유희가 극대화됨.

120 **입에 담기도 어려운 수치스러운~말들로 높이면서요** 반어적 표현.

122 **위원** 세금 징수, 마을 치안, 도로에 대한 전권을 맡은 대표자.

129 **사람들의 소문이 얼마나 미덥지 않은가 말야** 반어적 표현.

131 **갈까마귀 놀이를 하자** 우크라이나인들이 즐기던 민속놀이 중 하나.

132 **루살카** Rousalka. 물에 빠져 죽은 아가씨들의 유령으로, 강에서 남자들을 유혹하여 물에 빠져 죽게 한다는 설화가 있음.

135 **내게 통지하지 않고~명령하는 바이다** 당시 역마는 규정상 공무를 수행하는 사람들에게만 제공하기로 되어 있었고, 조세 기관은 오늘날의 재무부에 해당함. 고골의 1841~1844년 노트에 따르면, 이 조세 기관은 "하청업자로부터의 뇌물 수수의 온상지"로 알려짐. 따라서 위원의 명령은 촌장이 뇌물을 주고 나오는 귀족 자제들에게 역마를 제공하는 것을 금하기 위한 조처인 것으로 추정됨.

데르카츠-드리시파놉스키 Derkach-Drishpanovsky. '데르카츠'는 마당을 쓰는 빗자루를, '드리시파놉스키'는 양털을 빗길 때 쓰는 발톱 모양의 쇠 빗을 연상시킴.

139 **위대한 순교자 바르바라에~목을 졸라도 좋습니다** 동슬라브족에게는 정교 축일에 '위대한 순교자 성 바르바라'(축일은 12월 4일)에게 뜻밖의 사고로 인한 죽음을 피하게 해 달라고 기도하는 풍습이 있었음. 여기에서 찬미가는 기독교 예배 의식에서 특정한 성인을 기리기 위해 부르는 특수한 찬미가를 의미함. 자신이 사고를 당해 죽어도 좋다는 의미의 반어적 표현.

140 **바보 게임** durnya. 카드 게임의 일종.

140 **글을 읽고 쓸 줄 알았거든요** 직역하면, “고대 러시아어 문자에서 ‘T’와 ‘O’를 잘 알았고 교회 슬라브어를 읽고 쓸 줄 알았다”는 의미.

교회 예배서 「사도행전」과 사도들의 편지로 구성된 교회 예배서. 1년 동안 매일 교회에서 낭독할 수 있도록 장이 구분되어 있었음.

바투린 Batúryn. 17~18세기 우크라이나 통치자들의 거주지였던 고대 도시.

141 **여왕님** 예카테리나 2세.

비스크랴크~골루푸체크도 아니고 비스크랴크(Vyskryak)는 콧물, 모투조츠카(Motuzochka)는 작은 끈, 골루푸체크(Goluputsek)는 깃털이 안 난 새 혹은 어린아이라는 뜻.

코노토프 Konotop. 17세기부터 널리 알려진 우크라이나의 도시.

142 **자포로지예 사람** 16~18세기 드네프르강 남부 카자크들의 자율적인 군영인 자포로지예 세치 출신의 카자크. 이 군영지는 예카테리나 2세 시기에 자치권을 상실하고 러시아 제국의 행정 구역으로 편입됨.

참 재밌는 사람이군 반어적 표현.

144 **돌아오는 길에 몸이 기울어지듯이** 술에 취해서 몸을 가누지 못하는 것을 의미함.

민속춤 직역하면, 우크라이나 민속춤 중에서 암수가 사이좋기로 유명한 멧비둘기처럼 서로 사랑하는 남녀의 춤과 경쾌하고 힘찬 춤.

145 **얼마만큼의 술을** 직역하면 “얼마만큼의 쿼트와 8분의 1만큼의 술을”이라는 의미. 러시아에서 1쿼트(크바르타)는 영국에서는 1.36리터, 폴란드에서는 0.82리터에 해당함.

150 **그들의 곱디고운 낯짝은** 반어적 표현.

차르 앞이라도 실수하지 않으셨을 거예요 직역하면 차르 앞에서도 머리를 진창에 박지 않는다는 뜻.

151 **프렌치 호른** French Horn. 부드러운 음색을 지닌 금관 악기.

153 **으뜸패** 네 무늬의 카드 중 다른 세 무늬의 카드를 이길 수 있는 카드 무늬 전체를 일컬으며, 판마다 으뜸패가 결정됨.

162 **명명일** 러시아 제국 시대에는 우크라이나-러시아 정교의 관례에 따라 자신의 수호성인의 날을 명명일로 지정하여 생일 대신 축하하는 풍습이 있었음.

166 **성탄 축가를 부르며 그리스도에게 영광을 돌리기 위해서였다** [고골의 주석] 콜랴드카(koliadka)는 성탄 전야에 창문 아래에서 성탄 축가를 부르는 우크라이나의 풍습. 성탄 축가를 부르는 사람의 자루에 여주인, 주인 혹은 누구든 집에 남아 있는 사람이 소시지, 빵, 꿀빵 등을 넣어 준다. 이 풍습은 자기가 신이라고 자처한 '콜랴다(Kolyada)'라는 수다쟁이에게서 유래한 것으로 알려져 있음. 그러나 그를 아는 사람이 있는가? 우리 평범한 사람들은 이것에 대해 전혀 할 말이 없다. 작년 오시프 사제가 이것 때문에 사람들이 사탄의 도구가 될 수 있다고 말하면서 사람들이 농가들을 다니며 성탄 축가를 부르는 것을 금지하려 했다. 하지만 사실을 말하면, 성탄 축가에는 콜랴다에 대한 언급이 전혀 없다. 자주 예수 그리스도의 탄생에 대해 노래한다. 말미에는 주인, 안주인, 아이들 그리고 온 식솔에게 건강을 기원한다. 벌치기의 주석.

167 **독일인** [고골의 주석] "우리 지역에서는 외지에서 온 사람은 프랑스인이건, 체코인과 헝가리인이건, 스위스인이건 상관없이 누구나 독일인이라고 부른다."

야레스키 Yareski. 미르고로드군(郡)에 있는 촌락. 고골의 생가인 바실리옙카로부터 멀지 않은 곳에 있음.

168 **온몸이 굴뚝 청소부보다 더 하얗지는 않은 것으로 볼 때** 아주 시커멓다는 의미의 반어적 표현.

169 **누가** 신약 성서 「누가복음」의 저자.

171 **흐리브냐** Hryvnia. 우크라이나의 화폐 단위.

사무원과 군 서기는~조끼를 입었다 중국 무명은 청색, 적색 혹은 녹색의 면방직 천. 남경목면은 주로 중국 난징(南京)에서 만들어진 황색이나 줄무늬의 두꺼운 면방직 천.

176 **자기 자랑이 참 적기도 하구나** 반어적 표현. 자기 자랑이 심하다는 의미.

183 **페트롭카** Petrovka. 슬라브 민속 달력에서 성 베드로와 바울의 날, 율리우스력(구력)으로 7월 12일.

187 **네가 내 옆에서 맘껏 춤추게 되기를** 지옥에서 마귀가 죄인을 처벌하는 방법. 마귀가 불을 때면 죄인이 뜨거운 바닥에서 고통스러워 다리를 춤추듯이 움직이게 되는 것을 의미함.

200 **푸자티 파추크** Puzaty Patsuk. '푸자티'는 우크라이나어로 '배가 불룩한'이라는 의미.

206 **너는 ~ 기독교인들의 죄를 보면서 배우게 될 거야** 그들의 의로운 삶을 보고 배우게 될 것이라는 의미의 반어적 표현.

208 **귀마개 달린 모자도 솔로하 집에 두고 왔다** 앞에서는 춥이 모자를 잡고 자루에 들어간 것으로 암시되는데 여기서는 그가 모자를 놓고 온 것으로 되어 있음. 그래서 춥이 모자를 집기는 하였으나 자루에 들어갈 때는 모자를 들고 있지 않았거나, 아니면 고골이 의도적으로 앞뒤가 안 맞게 묘사하여 부조리하고 환상적인 요소를 강화시킨 것으로 보임. 그 외에는 고골이 실수한 것으로 봐야 할 것이나, 고골은 자기 작품을 여러 번 수정하는 습관을 갖고 있었기 때문에 그의 무의식적인 실수로 보기는 어려움.

220 **큰 도시가 어떤 거야** 러시아식 강세를 넣어 철자와는 다른 실제 러시아어 발음으로 말함.

신비로운 지역이군요 바쿨라도 러시아식 강세를 넣어 실제 러시아어로 발음하고 문어적인 표현을 씀.

222 **1코페이카도 안 하겠어** '엄청 비싸겠어'라는 의미의 반어적 표현.

223 **[그리고리 알렉산드로비치] 포톰킨[타우리체스키]** Grigory Aleksandrovich Potemkin-Tauricheski(1739~1791). 러시아의

군인, 정치인. 예카테리나 여제의 총애를 받은 연인이기도 했음. 1783년 크림한국을 평화적으로 합병하고 제2차 크림 전쟁(Russo-Turkish War, 1787~1792)에서 승리함. 새 점령지에 헤르손, 니콜라예프, 세바스토폴, 예카테리노슬라프시(市)를 건설하면서 자포로지예 세치 등 코자크 전사들의 자치 지역을 러시아 행정 구역으로 편입함.

226 **라퐁텐** La Fontaine(1621~1695). 프랑스의 유명한 우화 작가.

당신의 『여단장』에 정신을 못 차리고 있어요 희극 『여단장』의 작가인 데니스 이바노비치 폰비진(1744/1745~1792), 러시아의 극작가. 희극 『여단장』(1769)과 희극 『미성년』(1782)으로 큰 인기를 얻음. 그는 처음에는 통렬한 사회 풍자로 예카테리나 2세와 포툠킨의 지지를 얻었으나 궁전에 대한 비판 이후 여제와의 관계가 악화됨.

232 **금식을 마치고 먹을 소시지를 상상하면서 입맛을 다셨다** 동방 정교에는 재의 수요일부터 부활절 전날까지 사순절(四旬節), 즉 대재계 기간의 단식과 참회를 마치고 나서 육식을 하는 종교적 관례가 있음.

234 **제 아버지와 의형제가 되어~마가리치를 마셨지요** 빵과 소금을 함께 먹는 것은 귀한 손님으로 대접받았음을 의미하고, 마가리치(Magraich)를 같이 마시는 것은 유리한 거래를 하거나 유쾌한 사건이 있었음을 의미함. 고대 루시(Rus')에서는 주로 말을 거래할 때 마가리치를 마셨음.

블린 blin. 우크라이나와 러시아식 팬케이크.

237 **회전초 들판** 씨가 바람에 흩어지는 회전초 등이 자라는 들판.

238 **자드네프로비예** Zadneprov'ye. '드네프르 너머에 있는 곳'이라는 의미.

240 **꿀 술** 꿀이 들어간 보드카, 바레누하 등을 의미함.

241 **소금 호수에서 타타르 적군과 어떻게 이틀간 싸웠는지에 대해서도** 자포로지예 카자크들이 헤트만 사가이다츠니의 지휘 아래 1620년 크림한국으로 원정을 가서 소금 호수인 사스크시바시 호숫가에서

벌인 전투를 의미함.

243 **폴란드인들이 어떤 성채를 건설하려고 한다는 말을 들었어** 1635년에 코닥(Kodak) 성채를 건설한 것을 의미함.

이득이 많아지겠지 반어적 표현.

250 **우니아트** Uniat. 17세기 가톨릭과 정교가 결합해 형성된 교회(우니아)의 신도들. 이 결합은 실제로는 가톨릭의 수장인 교황에게 정교가 복종하는 것을 의미했음.

사젠 sazhen. 1사젠은 2.13미터.

난 총을 잘 못 쏘는 편이지~사람을 난도질할 정도니까 실제로는 213미터 거리에서 사람의 심장을 맞힐 수 있을 만큼 총을 잘 쏘고, 사람을 난도질할 정도로 칼을 잘 휘두른다는 의미의 반어적 표현.

276 **코나셰비치** Konashevych. 우크라이나 카자크의 헤트만 사가이다츠니를 의미함.

철퇴 헤트만의 지휘권을 상징하는 권표(權標).

279 **당신 주인은 거나하게 취하셨어요** 온 힘을 다해 훌륭하게 싸웠다는 의미.

288 **카르파티아산맥에서 이보다 높은 산은 없고** 실제로는 가장 높은 산이 아님. 이는 고골이 착각한 것으로 보임.

293 **늪지대인 시바시도 알아보았다** 크림반도에 있는 사스크시바시 소금호수.

왼편으로는 갈리치아 땅이 보였다 우크라이나 서부와 폴란드 남동부에 걸쳐 있는 지역으로, 대부분이 우크라이나 영역이며 중심지는 리비우(Lviv)시임.

300 **[보그단 미하일로비치] 흐멜니츠키** Bogdan Mikhailovich Khmel'nitskii(1595?~1657). 우크라이나 카자크 군영의 헤트만. 1654년 페레야슬라프 조약으로 우크라이나와 러시아의 합병 혹은 동맹을 선언. 조약 원본이 남아 있지 않아 정확한 조약 규정은 알 수 없음.

스테판 [바토리] Stefan Batory(1533~1586). 1576년 폴란드 왕으로 즉위하고 세치의 분열 정책을 추진함.

301 **파샤** pasha. 오늘날의 총리에 해당되는 오스만 제국의 최고 대신.

305 **호마와 예렘에 대해서 ~ 우스운 이야기들을 부르기 시작했다** "오이, 호마(Khoma)와 예렘(Erem)은 친형제간이었다……"라는 희극적인 노래의 주인공들. 스트클랴르 스토코주(Stklyar Stokozu)는 우크라이나 민속 설화의 희극적인 인물.

307 **손수건에 매듭을 묶었지요** 당시 우크라이나와 러시아에는 무엇인가를 기억하기 위해 손수건에 매듭을 짓는 풍습이 있었음.

308 **바뉴샤** Vanyusha. 시폰카의 어린 시절 애칭.

니키포르 티모페예비치 데예프리차스치예 Nikifor Timofeyevich Deyeprichastiye. 러시아어로 '프리차스치예(prichastiye)'는 형동사(形動詞), 분사를 의미하는 문법 용어일 수도 있고 성체, 성찬을 의미하는 종교 용어일 수도 있음. 여기에서는 전자의 의미가 더 강함.

310 **숲으로 들어갈수록 장작개비가 많아진다는 것을 깨닫고** 알면 알수록 모르는 것이 더 많아진다는 의미.

311 **소위보를 받은 지 11년이 지난 뒤에** 반어적 표현.

324 **데샤티나** desyatina. 1데샤티나는 약 1만 제곱미터.

325 **성탄절 금식 기간** 성탄절 금식 기간 혹은 정진기(精進期)는 민중 사이에서 필립보 정진기라고도 불림. 이 기간은 11월 14일, 사도 필립보의 날의 다음 날에 시작되므로 필립보의 날까지 육식을 할 수 있음. 구교도들의 교회 절기이기도 함.

브리치카 brichka. 접이식 덮개와 의자 등받이를 뒤로 넘길 수 있는 공간이 있는 작은 사륜마차.

332 **코로베이니코프의 성지 순례** 16세기 말 러시아 순례자이자 모스크바 상인인 트리폰 코로베이니코프(Tryphon Korobeinikov)가 쓴

순례기. 1582년 이반 4세가 자신이 살해한 아들 이반 황태자의 넋을 달래기 위해 기부금과 함께 사제단을 아토스산에 보낼 때 코로베이니코프도 함께 가서 1593~1594년 콘스탄티노플과 예루살렘까지 여행하고 돌아온 뒤에 씀.

334 **지금 현자들보다 참 뛰어나기도 해라** 옛날 현자들에 비해 오늘날의 현자들이 훨씬 더 뛰어나다는 의미를 지닌 반어적 표현.

335 **트보로그** tvorog. 응고된 우유.

347 **마가 낀 거야** 반어적 표현.

349 **망할 악마의 자식들아** 반어적 표현.

352 **귀족 나리의 말처럼 냅다 뛰기** 직역하면, 말이 두 오른발과 두 왼발을 번갈아 가며 뛰는 방식으로, 즉 오른쪽 손과 발을 내밀고 그다음에 왼쪽 손과 발을 내미는 방식으로 뛰었다는 의미.

357 **이제 가락지 빵을 먹게 될 거야** 잘 먹고 잘 살게 될 거라는 의미.

363 **베케샤** Bekesha. 모피나 양가죽으로 만든 짧은 사냥용 코트.

364 **가프카** Gapka. 러시아 여성의 이름 아가피야의 지소형(指小形). 같은 이름이지만 이반 이바노비치의 하녀는 하대하는 의미에서 가프카로, 이반 니키포로비치에게 군림하는 여인은 존경의 의미로 부칭과 함께 아가피야 페도세예브나로 호칭됨.

365 **도로시 타라소비치 푸히보치카** Dorosh Tarasovych Pukhyvochka. 분을 바르는 부드러운 브러시인 '푸호프카'의 지소형 '푸호보치카'와 유사.

호롤 Khorol. 폴타바현의 군 이름.

콜리베르다 Koliberda. 폴타바현 크레멘추스키(Kremenchusk)군의 소도시. 드네프르강 변에 있음.

367 **안톤 프로코포비치 포포푸즈** '사람의 드러난 배'라는 뜻.

369 **사모바르** samovar. 우크라이나와 러시아의 전통적인 차 끓이는 기구. 숯을 넣고 즉석에서 물을 끓여 따라 냄.

v 고대 러시아어 알파벳의 마지막 문자.

371 **낡은 군복이 공중에 소매를 펴고** 이반 니키포로비치의 군복을 의미함.
쌍두 독수리 러시아 제국의 문장.

372 **민병대** 1805~1807년 나폴레옹과의 전쟁 기간에 형성된 민병대, 의용군. 곧 해체되었음.
금장식 끈 금실이나 은실로 된 술 장식.
금관을 쓴 헤롯왕이나 염소를 모는 안톤 우크라이나 전통 인형극의 주요 등장인물들.

379 **참 좋은 총이네요** 반어적 표현.

383 **바보 멍청이가 예쁜 가방을 갖고 다니는 격이에요** 다양한 색의 헝겊 조각들로 기워서 만든 가방. 이 가방을 들고 다닌다는 것은 쓸데없는 일에 골몰한다는 의미.
당신은 진짜 수거위요 [원서에 달린 고골의 주석] 수거위는 거위의 수컷을 의미.

387 **사브라사야** savrasaya. 사브라사야 품종의 말은 밝은 황갈색으로 유명함.

388 **류비 가리와 포포프에서 인쇄된 책** 1804~1805년 모스크바의 '류비 가리(Lyubyy Haryy)와 포포프(Popov)의 대학 인쇄소'에서 출판된 프랑스 여성 소설가 장리스(Genlis, 1746~1830)의 소설 『라 발리에르 공작 부인(Madame la duchesse de La Vallière)』을 의미하는 것으로 보임. 루이 14세의 정부 중 한 명이었던 이 공작 부인은 러시아에서도 유명했고, 이 소설은 러시아어로 여러 차례 번역됨. 19세기 초 이 인쇄소에서는 값싼 대중적인 책들을 많이 발간함.

397 **발릭** Balik. 연어나 용철갑상어 등 고급 생선의 아가리에서 꼬리까지 등 부위를 소금에 절인 뒤 훈제하거나 말린 고급 요리.

402 **세 성인을 모시는 교회** 4세기 성 바실, 신학자 그레고리, 요한 크리소스톰을 숭배하는 교회.
교인 명부 러시아 제국에서 주민은 출생, 결혼, 사망 신고를 교회에서 하고, 교회는 이를 교인 명부에 기록했음.

421 **불공정한 재판은~좋은 평판을 듣는다** 반어적 표현.

425 **안톤 프로코피예비치 골로푸즈** Anton Prokofievich Golopuz. 앞에서는 포포푸즈였으나 여기에서는 골로푸즈로 성이 바뀜. 액면 그대로의 의미도 '사람의 드러난 배'에서 '배꼽'으로 바뀜.

432 **므니시키** mnishki. 감자, 트보로그, 달걀, 밀가루 등으로 반죽한 빈대떡류의 우크라이나 음식으로, 주로 스메타나를 곁들여 먹음. 러시아 음식인 시르니크(syrnik), 트보로즈니크(tvoroznik)와 거의 동일함.

요리사의 백조의 노래인 소스 백조의 노래는 원래 예술가의 마지막 작품이나 최후의 승부수를 의미. 여기서는 최고의 소스를 의미함.

444 **비누 한 푸드, 맛이 쓴 아몬드 몇 푼트** 푼트(funt)는 제정 러시아의 옛 중량 단위. 1푸드(pud)는 16.38킬로그램, 1푼트는 0.41킬로그램.

스바이카 svaika. 땅 위에 동그라미를 그리고 굵은 못을 던져 꽂는 러시아 민속놀이.

445 **드로시키** droshky. 덮개가 없고 좁은 벤치가 있는 러시아식 낮은 사륜마차.

어리석은 촌놈을 야단치고 '야단치다'라는 의미로 "수염을 비누칠하다"라는 비유적 표현을 사용함.

446 **은행** 52장의 카드 각각에 내기 돈이 걸리는 카드 게임.

콜랴스카 koljáska. 용수철이 달린 사륜 포장마차.

탐보프현과 심비르스크현 제정 러시아의 지방 대도시들. 탐보프(Tambov)는 모스크바의 남동쪽, 심비르스크(Simbirsk)는 동쪽에 있음.

447 **보병대** 러시아어로 보병대는 '페호타(pekhota)'이고, 이에 대한 경멸 조의 표현으로 '페흐투라(pechtura)'와 '페혼타리야(pekhontarya)'가 대신 사용된 것.

타라타이카 taratayka. 접이식 덮개가 있고 용수철이 달린 가벼운 이륜마차.

타란타스 tarantas. 차대가 길고 유연한 나무로 만들어지고 덮개와 용수철이 없는 러시아식 사륜마차.

카레타 kareta. 완전한 덮개와 용수철이 달린 사두 사륜 대형 마차.

귀족단장 1860년 농노 해방 전 지방 귀족이 직접 선출하는 최고 직책. 현지사와 행정 관리는 차르가 임명함.

448 **느시** 아주 빨리 달릴 수 있는, 몸집이 큰 유럽산 새.

프리카세와 젤리 프랑스식 닭볶음탕 '프리카세(fricassée)'와 '젤리(gelée)'를 러시아어로 음차하여 표기.

[샤토] 라피트 Château Lafite. 프랑스의 유명한 와인 중 하나.

마데이라 Madeira. 마데이라섬에서 생산되는 백포도주.

449 **뻑, 뻑** 담뱃대 빠는 소리.

450 **수의사** 원어는 '의사의 조수'라는 뜻.

453 **파테** pâté. 간이나 자투리 고기, 생선 살 등을 갈아서 반죽을 입혀 오븐에 구운 프랑스 요리.

455 **1812년 전투** 나폴레옹 전쟁.

456 **한 명의 기수** 사두, 육두, 팔두 마차의 제1열의 말에 탄 마부.

457 **4인승 여행 마차** bonvoyazh. 다인승 여행 마차라는 뜻의 프랑스어 'Bon voyage'의 러시아어 표기.

465 **알바노** Albano. 로마에서 30킬로미터 떨어진 동명의 호숫가에 있는 도시. 로마의 건국 신화에 따르면, 알바노 지역에서 늑대의 젖을 먹으며 자란 로물루스와 레무스 쌍둥이 형제가 성장하여 로마 도시를 세움.

466 **어떤 날쌘 표범도 비할 바가 아니다** 로마 바티칸궁 진열장에 있는 대리석 표범으로 추정됨.

467 **카스텔-간돌포** Castel Gandolfo. 알바노 호수 부근에 세워진 성채로 교황의 여름 별장이었음. 로마 건국 신화의 태동지로서 풍경이 아름다워 17세기 이래 유럽과 러시아의 풍경화가들이 선호하는

배경이 됨.

467 **프라스카티** Frascati. 이탈리아 라치오주 로마현에 위치한 코무네(comune). 로마로부터 남동쪽 20킬로미터 거리, 고대 로마 도시 투스쿨룸 근처에 있음. 알바노에서는 약 10킬로미터 거리에 있음.

[안토니] 반다이크 Anthony Van Dyck(1599~1641). 벨기에 출신의 바로크 시대 플랑드르 화가.

468 **디아나** Diana. 고대 그리스 · 로마 신화에서 달과 사냥의 여신.

유노 Juno. 고대 그리스 · 로마 신화에서 제우스의 아내로 결혼과 모성의 여신.

우아의 여신들 고대 그리스 · 로마 신화에서 각각 미, 우아, 환희를 맡은 세 여신.

구에르치노와 카라치 조반니 프란체스코 바르비에리(Giovanni Francesco Barbieri, 1591~1666). 이탈리아의 바로크 화가. '구에르치노(Guercino)'는 이탈리아어로 '사팔뜨기'라는 뜻의 그의 별명. 아고스티노 카라치(Agostino Carracci, 1557~1602)와 안니발레 카라치(Annibale Carracci, 1560~1609) 형제 역시 초기 바로크 화가들.

469 **피에트로 벰보** Pietro Bembo(1503~1556). 이탈리아의 작가.

조반니 델라 카사 Giovanni della Casa(1470~1547). 이탈리아의 시인.

[알리기에리] 단테 Alighieri Dante(1265~1321). 이탈리아의 시인, 정치가. 『신곡』(1308~1321)으로 유명함. 고골도 원어로 읽고 자신의 서사시적인 작품 『죽은 혼』에 반영함.

피마자기름을 약처럼 마심으로써 몸을 정화시켰고 olio di ricino 피마자 기름. 1842년 고골은 편집자 셰비료프가 olio di rigido, 즉 '찜질용으로 사용되는 겨자씨 연고'를 잘못 표기한 것이라고 주장한 바 있으나, 공식적인 판본에는 여전히 '피마자기름'으로 쓰여 있음.

470 **코르소** Corso. 로마 중심부에 있는 거리.

보르헤스 빌라 Borghese Villa. 로마 외곽에 있는 빌라. 고대 미술 수집품으로 유명하며 현재는 박물관과 공원으로 사용됨.

모스코비야 Moskoviya. '모스크바 공국'이라는 의미의 비하적 표현.

루카 Lucca. 이탈리아 중북부 토스카나주 루카현의 중심 도시로서 중세와 르네상스 문화가 발달한 역사적 도시.

471 **보드빌** vaudeville. 소극(笑劇). 14~15세기 프랑스에서 행해진 희극의 일종. 익살스러운 희극.

프랑스 뮤즈의 강렬한 작품들과 함께 1830년대 빅토르 위고와 다른 프랑스 작가들의 작품들. 고골은 「1836년 페테르부르크 스케치」에서 뒤마, 캉주 등 프랑스 낭만주의 작가들의 작품이 전 유럽에서 유행하는 것을 비판함.

사람들은~혐오스러운 흰 군복을 불만스럽게 바라보았다 1830년에 이탈리아 민족주의가 발흥하면서 이탈리아반도에 있는 여러 국가들의 독립과 통일 운동이 일어났으나 오스트리아 제국 합스부르크 왕가에 의해 제압당한 역사적 상황을 반영함.

475 **피라토** Il Pirato. 1835~1891년에 밀라노에서 발간된 문학 · 연극 잡지.

테르모필레 전투와~다리우스 1세에 대한 일화 등이 실리곤 했다 테르모필레 전투는 기원전 480년 수적으로 열세인 그리스군이 페르시아 대군을 테르모필레 계곡으로 유인하여 대파한 전투. 기원전 6세기 페르시아 제국을 다스린 다리우스 1세는 제국의 번영과 확장을 이룬 것으로 유명하며 그의 치세에 그리스-페르시아 전쟁이 시작되었음.

477 **파리의 악어** 파리의 멋쟁이를 가리키는 알레고리적 표현.

사자와 호랑이 떼 외지인에 대하여 일부 파리 토박이들이 느끼던 비속한 우월 의식을 드러내는 알레고리적 표현.

482 **[비토리오] 알피에리** Vittorio Alfieri(1749~1803). 이탈리아의 비극 시인이자 이탈리아 비극의 창시자로 알려짐.

모든 걸 하지만~더 적게 되돌려 주지 Tutto fanno, nulla sanno, / Tutto sanno, nulla fanno; / Gira volta son Francesi, / Piu gli pesi, men ti danno.

485 **제노바** Genova. 이탈리아 북부에 있는 지중해의 항구 도시로 리구리아주의 주도. 고대 리구리아인들의 도시였으며, 2004년 유럽 문화 수도 중 하나로 선정됨.

486 **시로코** scirocco. 북아프리카의 사막과 근동에서 형성되어 지중해 연안 국가들로 불어오는 뜨거운 바람.

리보르노 Livorno. 아펜니노(Apennino)반도 북서쪽 해안에 위치한 이탈리아의 항구 도시.

피사 Pisa. 이탈리아 토스카나주의 도시로서 문예의 중심지로 번창함. 피사의 사탑으로 유명함.

피렌체 Firenze. 토스카나주의 중심 도시. 중세와 르네상스 건축과 예술품으로 유명하며, 1982년에는 유네스코 세계 유산으로 선정됨.

487 **브라만테 양식** 이탈리아의 르네상스 건축가 도나토 다놀로 브라만테(Donato d'Aguolo Bramante, 1444~1514)의 건축 양식을 칭함.

490 **코니스** cornice. 벽 윗부분에 장식으로 두른 돌출부.

반암 얼룩무늬 구조가 있는 화성암.

페디먼트 pediment. 고대 그리스식 건축에서 건물 입구 위의 삼각형 부분, 박공벽.

포르티코 portico. 대형 건물 입구에 기둥을 받쳐 만든 현관 지붕.

491 **티투스 리비우스 [파타비누스]** Titus Livius Patavinus(기원전 59~17). 고대 로마의 역사가.

[푸블리우스 코르넬리우스] 타키투스 Publius Cornelius Tacitus (56?~120?). 혹은 가이우스(Gaius) 코르넬리우스 타키투스. 고대

로마의 역사가.

아키트레이브 architrave. 처마도리. 고전 건축에서 기둥들이 받치고 있는 수평의 대들보 부분.

492 **[조반니 로렌초] 베르니니** Giovanni Lorenzo Bernini(1598~1680). 뛰어난 바로크 조각가이자 17세기 로마의 건축가.

493 **보로미니, 다상갈로, 델라 포르타, 다비놀라, 부오나로티** 프란체스코 보로미니(Francesco Borromini, 1599~1667)는 스위스 태생의 이탈리아 바로크 건축가. 줄리아노 다상갈로(Giuliano da Sangallo, 1443~1516)와 안토니오 다상갈로 일베키오(Antonio da Gangallo il Vecchio, 1453~1534) 형제는 르네상스 시대의 건축가. 동생 안토니오 상갈로는 1520년 라파엘에 이어 성 베드로 대성당의 주임 건축가로 활동. 자코모 델라 포르타(Giacomo della Porta, 1532~1602)는 르네상스 시대 건축가. 자코모 바로치 다비놀라(Giacomo Barozzi da Vignola, 1507~1573)는 바로크 초기 건축가. 미켈란젤로 디로도비코 부오나로티 시모니(Michelangelo di Lodovico Buonarroti Simoni, 1475~1564)는 르네상스 시대 이탈리아의 대표적 조각가, 건축가, 화가.

풍요로운 결실의 시대 르네상스 시대를 의미하는 것으로 보임.

494 **라파엘로, 티치아노** 라파엘로 산치오 다우르비노(Raffaello Sanzio da Urbino, 1483~1520)는 이탈리아 르네상스 시대 화가. 티치아노 베첼리오(Tiziano Vecellio, 1488/90~1576)는 이탈리아 르네상스 시대 화가.

496 **레오나르도 [디 세르 피에로] 다빈치** Leonardo di ser Piero da Vinci(1452~1519). 이탈리아 르네상스를 대표하는 근대적 인간의 전형.

497 **친퀘첸토** Cinquecento. 500이라는 뜻으로 원래는 'millecinquecento', 즉 1500을 의미했으며. 현재는 1500~1599년 이탈리아 르네상스 시기의 미술, 음악, 문학, 건축 양식을 총칭함.

499 **산 조반니 인 라테라노 대성당** Basilica San Giovanni in Laterano. 세례 요한과 「요한복음」의 저자인 사도 요한에게 봉헌된 로마 교구의 대성당으로서 교구장인 교황의 좌(座)가 있음. 건축가는 프란체스코 보로미니.

501 **공화정 총독** 옛 베네치아 및 제노바의 공화정 총독.

502 **가난한 제노바인을 이탈리아 주위에서 불러냈다** 크리스토퍼 콜럼버스(Christopher Columbus, 1451~1506)인 것으로 추정됨. 고골은 자신의 세 번째 문집 『아라베스키(*Arabesky*)』에 수록된 에세이 「보편사 강의에 대하여(On the Teaching of Universal History)」에서 베네치아의 운명에 대해 다음과 같이 서술한 바 있음. "종교계의 폭군(로마의 교황)은 베네치아의 무역을 막기 위해 갖은 노력을 다했으나 헛수고였다. 마침내 제노바 시민이 신대륙을 발견하여 베네치아를 죽일 때까지는."

503 **에트루리아** Etruria. 로마 공화정 이전에 이탈리아 중부에 존재했던 고대 국가로, 영토는 현재의 토스카나주, 라치오주, 움브리아주에 해당함.

506 **젠차노 [디로마]** Genzano di Roma. 이탈리아 라치오주 로마현에 위치한 행정 구역(comune)으로서 로마로부터 29킬로미터 거리에 있음.

모노그램 monogram. 둘 이상의 글자를 한 글자 모양으로 도안한 합일 문자.

507 **민중** 민중의 원어는 'il popolo'로서 민족적 총체성을 지닌 공동체를 의미함.

512 **소네트 시** [고골의 주석] 소네트는 10개의 음절로 구성되는 시행 14개가 일정한 운율로 이어지는 서구의 전통적인 14행시. 그런데 이탈리아 문학에는 '꼬리가 달린 시(con la coda)'라는 이름으로 알려진 시 장르가 있음. 시인이 자신의 생각을 소네트에 다 담지 못했을 때 그 뒤에 시를 덧붙이는데, 덧붙인 부분이 소네트 자체보다

훨씬 더 긴 경우가 종종 있음.

514 **"모르겠는데요. 틀림없이 외국 여인일 거예요"라는 것뿐이었다** [고골의 주석] 로마인들은 로마에 살지 않는 사람을, 심지어 그들이 도시에서 약 16킬로미터 떨어진 곳에 산다 해도 모두 '외국인(forestieri)'이라고 부름.

516 **촛불을 가려서 탁자 밑에 두려고~초에 불을 붙이는 것이다** 신약 성서에 나오는 관련 구절은 다음과 같음. "그 누구도 등불을 켜서 그것을 그릇으로 덮어 두거나 침대 밑에 두지 않는다. 등불은 등잔 위에 놓아 들어오는 사람들이 그 빛을 보게 한다. 감추어진 것 중에 드러나지 않을 것이 없고, 비밀 가운데 밝히 알려지지 않을 것이 없다."(「누가복음」 8:16~17, 『쉬운 성경』) 그런데 성서에서는 사도가 아니라 예수 그리스도가 직접 이 등불의 비유를 들었고, 그 의미도 여성의 아름다운 외모가 아니라 예수 그리스도의 언행, 그리고 그것을 진리로 받아들인 제자들의 삶이 만인에게 보여야 한다는 것임. 결국 젊은 공작은 성서를 왜곡하여 인용하고 설명한 것이며, 그의 해석은 그노시즘, 신플라톤주의 등 여성을 신성한 지혜의 빛으로 이상화하는 이원론 사상이 가미된 낭만주의 시각을 반영함.

518 **웨이터** 이탈리아어 'bottega'를 러시아어로 음역하여 표기.

520 **공작님** 이탈리아어 'principe'를 러시아어로 음역하여 표기.

522 **주세페** Giuseppe. 주세페는 페페의 완전한 이름.

524 **트레 라드로니** tre Ladroni. '세 명의 강도'라는 의미.

스탐페리아 거리 via della stamperia. '식자공들의 거리'라는 의미.

트리니타 trinita. 성 삼위일체를 의미.

529 **루도비시와 메디치 빌라** 루도비시(Ludovisi) 빌라는 17세기에 로마 근교에 세워지고 루도비시 가문의 소유가 되었으나 1885년 매각되어 건물들이 분할되고 일부 파괴됨. 로마의 메디치(Medici) 빌라

는 보르헤스 빌라의 정원보다 낮은 몬테 핀치오 기슭에 위치해 있으며 14세기부터 메디치 가문이 소유하였고 계속 증축하였음.

우리가 몰랐던 고골: 풀리지 않는 수수께끼 풀기

이경완(한림대학교 러시아연구소)

작가로서의 삶의 여정: 풀리지 않는 수수께끼

니콜라이 바실리예비치 고골(Nikolai Vasilievich Gogol', 1809~1852)은 우크라이나 동부, 키예프를 관통하는 드네프르 강의 좌안에 있는 폴타바 출신의 우크라이나인이다. 그는 역사적으로 이 지역에 형성된 친러시아적인 우크라이나-러시아 정교 문화를 접하며 성장했다.[1] 그래서 고골은 우크라이나는 러시

1 우크라이나는 9세기에 동슬라브 지역에 세워진 키예프 대공국(Kievskaya Rus')을 시원으로 하며 키예프 대공국은 988년 비잔틴 정교를 국교로 삼는다. 그러나 키예프 대공국은 13세기 중반 몽골군에 의해 멸망당하고, 12세기에 우크라이나 서부 지역에 수립된 갈리치아-볼히니아 공국은 몽골군에 의해 초토화되고 14세기에 폴란드와 리투아니아에 의해 점령되어 18세기 말까지 지배를 받는다. 그 과정에서 16세기 이래 우크라이나 전 지역에 대한 폴란드의 강압적이고 사회 분열을 획책하는 가톨릭화 정책이 추진된 결과 지배층을 중심으로 가톨릭 문화가 형성된다. 반면, 이러한 폴란드의 억압적인 통치에 저항하는 카자크 전사 집단이 15세기 말부터 우크라이나 남부 지역에 형성되어서 18세기 말까지 폴란드와 투르크-타타

아 제국의 유기체적인 부분이라는 의식을 가지고 1828년 당시 러시아 제국의 수도인 상트-페테르부르크로 상경한다.

그런데 그는 이미 유년 시절부터 우크라이나-러시아 정교에 수용된 가톨릭 바로크 문화를 접하고 10대에는 러시아 낭만주의 문화를 접했다. 그래서 그가 러시아 제국에 봉사하겠다는 청운의 꿈을 품고 수도에 상경할 때 그는 이미 낭만주의 시들을 창작하고 있었고, 1829년에 서정시 「이탈리야(Italiya)」와 낭만주의 목가 「한츠 큐헬가르텐」(Gants Kyukhel'garten)을 V. 알로프라는 필명으로 발표한다. 그러나 그는 이 작품에 대해 혹평을 받고서 이 작품의 인쇄본들을 수거하여 불태운다. 이후 어머니와 친지들 그리고 동료들에게 쓴 편지들에서, 그는 자신이 10대에 숭고하고 신성한 이상에 대한 강한 열망과 그것에 도달하지 못하는 현실에 깊은 멜랑콜리를 느꼈다고 회상한다. 하지만 그는 자신에게는 시가 맞지 않다는 것을 깨닫고 산문으로 창작의 방향을 돌린다.

1830년 그는 페테르부르크의 하급 관리로 빈곤한 생활을 하면서 우크라이나 창작 설화와 낭만주의적인 역사 소설의 일부를 발표하고, 1831~1832년에 낭만주의적인 우크라이나 창작 설화집 『디칸카 근교 마을의 야회(*Vechera na khutore bliz*

르인들에 대한 강력한 저항 세력으로 성장한다. 그런데 17세기 후반 러시아 제국이 드네프르강 좌안(동부 지역)을 관할하기 시작하고 18세기 초 표트르 대제가 이 지역에 대한 지배권을 강화하고 18세기 후반 예카테리나 2세가 우크라이나의 대부분 지역을 점령하여 자국에 편입시킨다. 이러한 역사적 격변 속에서 드네프르강 좌안과 우안은 우크라이나-러시아 정교 문화권과 가톨릭 문화권으로 분열되고 계층과 지역 간에 종교적, 문화적, 정치적 대립이 첨예해지게 되었다.

Dikan'ki)』를 발표하면서 러시아 문단의 총아로 떠오른다. 그는 푸시킨, 주콥스키 등 당시 최고의 문인들과 벨린스키 등 비평가들로부터 찬사를 받고 대중적인 인기를 누린다.

그러나 그는 러시아 사회를 지배하는 관료주의, 서구주의, 소비주의, 억압적인 러시아 민족주의 등에 충격을 받고, 유년 시절부터 접해 온 우크라이나-러시아 정교 문화를 토대로 당시 러시아 지식인을 지배하던 낭만주의 문화와 서구 신비주의 기독교 사상 등을 섭렵하면서 복합적인 기독교 예술관을 형성하게 된다. 그리고 그런 시각에서 문학 비평과 역사 비평을 쓰며 1831~1834년에 페테르부르크에서 역사 교사와 역사학 교수가 되고, 키예프 대학교의 역사학 교수의 자리를 지원하기도 한다. 그러나 최종적으로 키예프 대학교의 교수직을 얻지 못하자 그는 '작가로서도 사회에 봉사할 수 있다'는 확신을 가지고 전업 작가의 길을 가기로 결정한다.

이후 1835년 초에 그는 그동안 창작한 우크라이나를 배경으로 한 소설집 『미르고로드(*Mirgorod*)』와 페테르부르크 이야기 세 편 및 문화-역사 비평 에세이들로 이루어진 『아라베스키(*Arabesky*)』를 출간한다. 더불어 1836년 고골 자신의 회상에 따르면, 푸시킨이 플롯을 제공한 희극 「감찰관(Revyzor)」과 단편 소설 「코(Nos)」도 발표한다. 이 시기에 그는 푸시킨과 함께 러시아 최고 작가의 반열에 확고하게 올라선다.

그러나 고골은 동시대 독자와 관객들이 「감찰관」을 사회 풍자 혹은 가벼운 소극(笑劇)으로만 인식하고, 일부 관객은 러시아에 대한 모독이라고 분개하는 것에 상처를 받는다. 이러한 환멸을 이기기 위해 그는 1836년 말에 유럽으로 떠나 1848년까지 주로 로마에 머무르며 유럽에서 창작 활동을 한다.

1837년 1월 파리에 머무는 중에 푸시킨의 사망 소식을 듣고 큰 충격을 받은 그는 로마에 도착한 즉시, 그의 고백에 따르면, 역시 푸시킨이 권유한 대로 『죽은 혼(*Mertvyye dushi*)』 제1권을 본격적으로 착수한다. 더불어 그는 이탈리아의 따뜻하고 아름다운 자연, 가톨릭 중심의 르네상스와 바로크 문화, 고대부터 19세기 초에 이르는 유럽 최고의 예술 작품들, 그리고 이탈리아 사람들의 낙천적이고 자유로운 기질 등에 매료된다. 그 결과 그는 로마를 자기 영혼의 고향으로 간주하고, 19세기 파리를 중심으로 하는 근대 문화와 18세기까지의 로마를 중심으로 하는 전근대 문화를 첨예하게 대립시킨다.

하지만 그는 19세기에 화려하게 떠오르는 파리와 쇠락해 가는 로마를 보면서 낭만주의적인 멜랑콜리에 더욱 깊이 잠기고, 1839년 5월 낭만주의적이고 기독교적인 교감을 나누던 청년 비옐고르스키의 죽음을 목도하면서 더욱 깊은 우수를 느낀다. 그런 상태에서 가을에 러시아를 방문했을 때 그는 다시 쓰라린 상처를 받고 계획된 일정을 소화하자마자 로마로 돌아온다.

1840년 그는 가톨릭에 귀의하기를 권고한 러시아 가톨릭 신자들의 권유를 뿌리치고 러시아 정교 신자로 등록하고, 1840년대의 급속하게 변화하는 세태 속에 러시아 정교 작가로서 러시아 민족에 대한 자신의 작가로서의 소명을 더욱 탐색하게 된다.

그 과정에서 자신의 이전 작품들을 일부 혹은 전면 수정하면서 새로운 작품들을 창작하고, 이를 1842~1843년 네 권의 선집으로 발간한다. 이 선집에서 처음 발표된 작품은 「외투(Shinel')」, 『죽은 혼』 제1권, 「로마(Rim)」, 「결혼(Zhenit'ba)」, 「도박꾼(Igroki)」 등이고, 전면 수정된 작품은 「타라스 불바(Taras Bul'ba)」와 「초상화(Portret)」다.

이 중 유일한 장편 소설인 『죽은 혼』 제1권은 그의 이전 작품들의 주제와 표현 기법이 모두 결합된 최고의 역작으로 꼽힌다. 이 작품의 구도와 주제는 단테의 기독교 서사시 『신곡』을 상당히 반영하고, 그가 세계 문학의 최고봉으로 꼽은 호메로스의 『일리아스』와 『오디세이』의 서사시 양식도 일부 반영하고, 더불어 동시대 유럽과 러시아의 소설 작품들도 무의식적으로나마 반영되어 있다. 그리고 고골은 『죽은 혼』의 장르를 소설이 아닌 '작은 서사시'로 규정함으로써, 이 작품이 러시아의 정신적인 변형(transfiguration)의 과정을 드러내는 영적인 거울로 기획된 것임을 선명하게 보여 준다. 이 작품은 출판 직후 러시아 사회에 「감찰관」보다 더 큰 사회적 반향과 논란을 불러일으킨다. 진보 진영에서는 러시아 사회의 병폐에 대한 믿을 만한 살아 있는 풍자라고 열광하는 반면, 보수 진영에서는 러시아에 대한 모독이라고 혹평하는 대립 구도가 반복된다.

고골은 1841~1842년경 『죽은 혼』 제2권에 착수하여 1851년까지 10여 년을 이 작품 하나에 집중한다. 그는 제2권에서 주인공 치치코프가 영적인 지옥 상태에서 정화 과정을 거치도록 설정하고, 창작 과정에서 자신의 영적인 정화가 선행되어야 한다고 느낀 이후 성서와 정교 및 가톨릭 종교 텍스트들을 탐독한다. 그 과정에서 그는 자신의 창작에 만족하지 못해 1843년과 1845년에 제2권의 초고를 전면 혹은 일부 불태운다. 그 직후 그는 자신의 변화된 종교관을 담은 에세이집 『친구들과의 서신 교환선(*Vybrannyye mesta iz perepiski s druz'yami*)』을 발간한다. 하지만 그의 '보수적인' 정교 시각에 대해 진보적인 독자들이 대거 반발하고, 그의 동역자(同役者)라고 할 수 있는 가까운 문인들도 그의 주장이 지닌 '독단성'에 대해 비판적인 의견을 제시한다. 이에 대해 그는 자신의 에세이집 발간 동기와 작품 세계 전체를 설명하는 자기변호의 글을 저술하지만 발표하지 않는다. [이 글은 그의 사후 '작가의 고백(Avtorskaya ispoved')'이라는 이름으로 발표된다.]

1846년의 논란 이후 그는 종교적인 정진에 더 힘쓰며 제2권을 창작하고, 그 과정에서 1848년에 예루살렘 성지 순례를 다녀오고 이후 러시아로 귀향하여 모스크바에 완전히 정착한다. 여기에서 그는 당시 러시아 정교의 정신적 구심점으로 알려진 옵티나 수도원의 사제들을 방문하여 그들의 영적인 조언을 받고자 한다. 그런 힘겨운 과정을 통해 그는 다시 제2권을 창작하여 1851년 완성본을 탈고한다. 그러나 1852년 2월 그는 이 완성본을 거의 불태운 것으로 추정되고, 그 직후 정교의 관례에 따라 대정진 기간의 금식을 수행하며 식음을 전폐하다가 사망한다. (그가 두 번에 걸쳐서 초고를 불태운 뒤에 남은 글들은 그의 사후 편집자들에 의해 두 개의 편집본으로 발표된다.)

고골의 삶의 힘겨운 여정에는 많은 수수께끼가 있고 대부분 여전히 풀리지 않은 채로 남아 있으며, 각각의 미스터리한 사건들에 대해서는 다양한 견해가 존재한다. 그러나 무엇보다 분명한 것은 고골은 자신의 작품이 정교의 성상화(icon)와 같은 영적인 변형의 능력을 불러일으킬 수 있다고 믿고 그런 작품을 쓰고자 했다는 점이다. 오늘날에도 그의 작가로서의 삶과 죽음 및 작품들에 대한 논란은 계속되고 있으며, 앞으로 어떤 새로운 견해와 근거가 제시될지 기대된다.

『디칸카 근교 마을의 야회』의 실타래 풀기

고골이 1831~1832년에 제1부와 제2부로 각각 발표된 문집 『디칸카 근교 마을의 야회』에는 당시 러시아에서 유행한 우크라이나 배경의 낭만주의 창작 설화 양식 작품 일곱 편과 그 양식에서 벗어난 사실적인 작품 한 편이 수록되어 있다. 이 이야기들은 우크라이나의 동부 지역인 폴타바의 미르고로드를 배경으로 하고 있으며, 고골은 창작을 위해 폴타바에 있는 어머니와 일가친척에게 각종 민속 자료를 요청하여 수집한다.

제1부에는 문집의 화자인 벌치기 루디 판코의 서문과 환상적인 이야기 「소로친치 시장(Sorochinskaya yarmarka)」, 「성요한제 전야(Vecher nakanune Ivana Kupala)」, 「5월의 밤 또

는 물에 빠져 죽은 처녀(Mayskaya noch' ili Utoplennitsa)」, 「사라진 문서(Propavshaya gramota)」가 수록되어 있다. 제2부에는 서문과 환상적인 이야기 「성탄 전야(Noch' pered Rozhdestvom)」, 「무서운 복수(Strashnaya mest')」, 「저주받은 땅(Zakoldovannoye mesto)」과 사실적인 미완성작 「이반 표도로비치 시폰카와 그의 이모(Ivan Fodorovich Shpon'ka i yego totushka)」가 수록되어 있다. 그러나 이 사실적인 이야기 역시 꿈이라는 환상적인 요소와 열린 결말을 가지고 있다는 점에서 이 문집 전체를 낭만주의적인 우크라이나 창작 설화집으로 규정하는 데 결격 사유가 되지는 않는다. 그리고 이 문집을 고골이 1842년 네 권의 선집 발간을 위하여 미세하게나마 수정하고, 1851년 새로운 선집 발간 때 다시 일부를 검토하면서 살짝 수정했을 가능성이 있다.

이 문집의 창작 설화 일곱 편은 우크라이나 구전 설화와 민속을 십분 활용하여 낭만주의적 환상성, 민중 문화의 희극성, 기독교 윤리적인 사회 풍자성, 그리고 염세주의적 종말론을 내포하는 반면, 「이반 표도로비치 시폰카와 그의 이모」는 우크라이나 소귀족의 영지 정경과 실제 사건들에 대한 사실적이면서도 그로테스크하고 아이로니컬한 묘사가 결합되어 있다.

제1부 서문에서는 디칸카 근교에 사는 벌치기 노인 루디 판코가 문집의 편찬 경위와 과정을 설명한다. 그는 자신의 사랑방에 모인 마을 사람들과 손님들이 들려준 기이하고 환상적인 이야기들을 추려서 기록하고 편찬한 것뿐이며, 러시아 제국의 수

도 페테르부르크의 세련된 취향과 높은 교양 지식을 지닌 독자들에게 이런 시골 이야기가 얼마나 우스워 보일지 잘 안다고 겸양의 태도를 보인다. 하지만 화자는 자신의 지식을 자랑하며 겉멋이 잔뜩 든 식자층의 이야기가 아니라 삶의 지혜와 기지가 담겨 있는 시골 재담꾼의 이야기들을 소개하는 것이라며 너스레를 떤다.

이 문집의 첫 작품인 「소로친치 시장」은 고골의 생가이자 영지가 있는 바실리옙카 마을에서 1년에 네 번 열리던 소로친치 시장이 배경이며, 이 문집에서 젊은 연인들의 풋풋한 사랑이 행복한 결혼으로 귀결되는 이야기 세 편 중 하나다. 이 작품에서 그리츠코와 파라스카는 첫눈에 반해 악마, 탐욕스러운 유대인, 마녀인 교활한 계모 등 악한 세력의 방해를 뚫고 결혼에 성공한다. 여기엔 우크라이나 설화에서 보통 악마와 손잡은 사악한 인물로 등장하는 집시와 그리츠코 간의 성실한 계약 이행, 파라스카의 계모인 마녀의 손아귀에서 옴짝달싹 못 하던 아버지의 변화, 마을 사람들의 도움이 호조건으로 작용한다. 다만 악마와 유대인 간의 기만적인 거래로 인해 악마의 붉은 스비트카 소맷자락이 출몰하는 곳은 모두 저주받은 땅이 되고, 젊은 연인의 결혼식에서 죽은 송장과 같은 노인들이 무감각하고 기계적인 춤을 추면서 우수와 권태를 불러일으키는 것은 이 권선징악적인 해피 엔딩에도 고골의 염세주의적 세계 인식이 반영되어 있음을 암시한다.

그와 같은 음울한 요소는 다음 작품인 「성 요한제 전야」에서 더욱 선명하게 드러난다. 고골이 이 문집의 작품 중 가장 먼저 창작한 이 작품은 루디 판코가 디칸카 마을 교회의 사제인 포마 그리고리예비치로부터 들은 이야기 형식으로 되어 있는 세 편 중 하나이며, 선량한 젊은 연인들이 악마의 계교로 인해 비극적인 운명을 맞는 유일한 작품이다. 가난하지만 출중하고 수려한 외모를 지닌 청년 페트로는 주인집 딸 피도르카를 사랑하지만 그녀 아버지의 반대로 사랑을 이루지 못할 상황이 되자 악마들의 힘을 빌려 돈을 벌려고 한다. 결국 그는 성 요한의 날 전날에 악마들의 계략에 걸려 피도르카의 동생 이바시를 죽이고 그 대가로 얻은 보물로 피도르카와 결혼한다. 그러나 결혼 이후 그는 원인 모를 기억 상실증에 시달리다가 다시 1년 만에 나타난 마녀에 의해 재로 변한다. 이후 사건의 전말을 알게 된 피도르카는 키예프의 정교 수도원에 들어가 신에 귀의한다.

이 연인들이 비극적인 운명을 맞게 되는 결정적인 요소 중 하나는 페트로가 악마들과 거래한 날이 지상에서 악령이 가장 강해진다는 '성 요한의 날' 전날이라는 점이다. 비잔틴 정교의 성 요한제 탄생일이 슬라브 다신교의 하지 축제와 결합하여 형성된 우크라이나 민간 신앙에서는, 6월 24일에 모든 약초와 뿌리가 무르익어 수확되고, 자연의 모든 힘과 비밀이 결합되며, 지상에서 악령의 힘이 가장 강해지고, 이 축일 전야에는 1년에 단 한 번 피는 고사리꽃이 피어 지하의 보물이 묻힌 곳을 알려 주고, 이 축일 전야에 연인들이 함께 손을 잡고 모닥불을 뛰어넘으면 결혼, 다산과 풍요를 얻을 수 있다고 믿는다. 고골은 이 작품에서 이날 악령의 힘이 가장 강해진다는 것과 고사리꽃을 통해 보물을 얻을 수 있다는 것에 초점을 맞춘다.

더불어 이들의 불행에는 주인공 페트로의 타고난 비극적인 운명도 영향을 미친다. 그의 성 '베즈로드니'는 피붙이가 없는 사람을 의미하는데, 전통적인 혈연 공동체에서 혈족이 없는 사람은 불행한 운명을 타고난 것으로 여기는 경향이 있다. 피도르카가 부유한 폴란드인과의 임박한 결혼에 대해 비탄하자, 페트로가 좌절하여 주막에 가서 독주를 마시는 것은 그의 운명적인 정신적 나약함을 암시한다. 그 순간 악마적인 인물 바사브류이 그에게 접근한 것도 우연은 아니다.

그런 초자연적이고 운명적인 악조건하에서 돈과 지위가 개인의 행복을 결정짓는 사회 경제적인 요소가 추가적인 악조건으로 작용한다. 더불어 부유한 폴란드인이 피도르카의 신랑감으로 내정된 데에는 우크라이나 좌안과 폴란드의 역사적인 갈등도 작용한다. 그래서 이 작품에는 민간 신앙의 초자연적이고 운명적인 요소들과 실제 우크라이나 전통 사회의 경제적·민족적인 악조건이 모두 반영된 것으로 보인다.

다만 그런 외적인 악조건들에도 불구하고 페트로가 개인의 의지로 그것들을 극복할 가능성이 전혀 없었던 것은 아닐 것이다. 정교 축일에 따르면, 성 요한제 전야는 5월 17일에서 6월 20일 사이 모든 성인의 주일 이후 월요일에 시작하여 6월 28일에 끝나는 페트로의 금식 기간과 중첩된다. 결국 성 요한제 전야는 페트로의 금식 기간에 해당되는데, 페트로는 이 기간에 정교 의식을 위반한 것이다. 그래서 그에게 정교 신앙이 있었다면 그런 상황에서도 곧바로 주막에 가서 술을 마시지 않고, 맹목적인 욕망에 사로잡힌 나머지 악마의 간악한 계략에 넘어가지 않았을 가능성이 있다. 하지만 고골이 페트로에게 운명적인 취약성을 부여한 상황에서 그런 가능성을 얼마나 염두에 두었을지는 알 수 없다.

그런데 이 작품의 결말은 의외로 희극적이다. 악마적인 인물 바사브륙이 식탁 위 구운 양의 낯짝으로 나타나고, 술잔이 허리를 굽혀 인사하고, 나무통이 춤을 추고, 집 안에 악마가 긁는 소리가 나고, 다 쓰러진 주막에서 기이한 일이 일어나는 등 공포스럽기보다는 익살스러운 해프닝이 벌어진 것이다. 이러한 희비극성이 이 창작 설화들의 커다란 재미이자 매력일 것이다.

이 문집 제1부의 세 번째 작품인 「5월의 밤 혹은 물에 빠져 죽은 처녀」는 젊은 연인들의 사랑이 결혼이라는 해피 엔딩으로 끝나는 두 번째 작품이다. 이 작품에는 우크라이나 구전 설화와 민요, 민담, 더불어 개인적인 일화와 노래 등이 많이 수록되어 있고 모두 권선징악의 주제를 담고 있다. 축일 전날, 하늘에 꼭대기가 닿는 나무를 타고 신이 지상에 내려온다는 이야기와 부활절 축일에 지상과 천상을 이어 주는 사다리를 타고 신이 내려오는 이야기는 성 요한제 전날에 악령의 힘이 가장 강해진다는 이야기와 대립된다. 우크라이나 민속에서 보통 파괴적인 유혹자로 묘사되는 물의 요정 루살카도 여기에서는 마녀인 계모와 그녀에게 사로잡힌 무기력한 아버지에 의해 쫓겨난 뒤 자살한

착한 아가씨의 혼백으로, 레브코가 자신의 원한을 풀어 준 대가로 그가 사랑하는 여인와 결혼하도록 도와준다. 그리고 루살카가 건네는 위원의 편지도 촌장의 음탕함은 물론 그의 부정부패를 꾸짖으며 아들을 결혼시키고 마을 행정도 쇄신하라는 윤리적인 내용이다. 양조장 주인의 이야기도 저주의 말을 함부로 하면 안 된다는 권선징악적인 내용이고, 레브코의 풍자적인 노래도 자신의 연인을 가로채려는 악한 촌장의 음탕함을 조롱하는 내용이다. 이런 권선징악적인 이야기들과 노래들은 우크라이나 5월의 밤 정경에 대한 낭만주의적인 서정적 묘사와 함께 선량한 연인들의 결혼에 긍정적인 조건으로 작용한다.

다만 여기에서도 선과 악, 기쁨과 우수, 공포와 욕망 등이 결합되어 있는 양가적인 이중 감정이 두드러진다. "검은 단풍나무 숲으로 침울하게 에워싸인 연못"에서 선량한 루살카들이 마녀인 계모가 둔갑한 루살카에게 달려들어 복수하는 장면은 섬뜩하고 공포스러운 분위기로 가득 차 있다. 레브코가 간나의 막무가내의 간청을 악마가 여자를 꼬드기는 쪽으로 해석하는 것도 여성성과 악마성을 결합시키는 낭만주의적인 양가적 인식을 반영한다. 더불어 레브코와 마을 청년들을 향한 애꾸눈 촌장의 욕설과 복수, 그의 내연녀인 처제의 앙칼진 반응은 서정적인 우크라이나의 자연 묘사 및 선량한 주인공들에 대한 묘사와 선명한 대립을 이루며 섬뜩한 분위기를 자아낸다.

제1부의 마지막 작품인 「사라진 문서」는 디칸카 교회의 사제 포마 그리고리예비치가 들려준 두 번째 이야기다. 같은 문집의

다른 설화에 비해 간결하고 단순한 이 설화는 포마 사제의 할아버지가, 우크라이나의 카자크 지도자인 헤트만이 러시아 제국의 예카테리나 여왕에게 문서를 전하는 전령으로 뽑혀 여행을 하는 중에 악마와 마녀들을 만나는데 그들의 간계를 물리치고 문서를 잘 전달하고 돌아오는 내용이다. 이 작품에서도 희비극성과 더불어 악마의 파괴성과 인간의 나약함에 대한 고골의 염세주의적 인식이 강하게 드러난다. 악마와 거래하여 영혼을 팔아넘긴 카자크의 비극적인 운명, 숲속에서 벌어지는 악마와 마녀들의 그로테스크한 연회, 주인공이 마녀와 카드 게임을 해서 잃어버린 문서를 되찾아오는 과정 등에서 그런 요소들이 발견된다.

그리고 1832년에 발표한 제2부도 화자 루디 판코의 넉살로 시작한다. 루디 판코는 자기가 책을 또 내는 것에 대해 러시아 독자는 물론 자기 마을 사람들의 조롱을 전하면서, 이게 마지막 책이 될 것임을 선언한다. 그리고 제1부 서문에서 언급한 것처럼 자기 이야기도 실으려 했지만, 책 세 권은 될 분량이어서 이번에도 자기 이야기는 싣지 못했다며 넉살을 부린다. 더불어 머리카락이 쭈뼛 일어설 만큼 무서운 이야기는 독자들을 배려하여 넣지 않고, 제2부에도 지혜로운 재담꾼 포마 그리고리예비치의 이야기가 들어 있다면서 자기 책을 홍보한다. 그리고 그는 1~2년 뒤에는 자기 이름을 기억할 사람이 없을 것을 안타까워하며, 독자들이 자신을 기억해 주길 바라는 마음을 은근히 드러낸다. 이런 의뭉스러운 넉살과 진지한 요청의 희비극적인 결합에서 고골의 뛰어난 언어 구사력, 연기력과 함께 독자와 소통하고 독자에게 오래도록 기억되고 싶어 하는 고골 자신의 욕망을 엿볼 수 있지 않을까?

제2부의 첫 작품인 「성탄 전야」는 젊은 연인들의 사랑이 이루어지는 해피 엔딩으로 끝나는 마지막 세 번째 이야기이며, 연인 간의 갈등을 포함한 인물들의 심리 상태 및 기독교적 선악관이 가장 뚜렷하게 드러나는 작품이다. 주인공 바쿨라는 신심이 깊은 대장장이이자 성상화가로서, 평소 교회 의식(儀式)을 준수하고 교회에 성상화를 헌납하며 신과의 개인적인 서약을 충실히 지키고자 한다. 그가 사랑하는 옥사나의 사랑을 얻지 못하자 페트로처럼 악마에게 자신의 영혼을 팔 생각까지 하지만, 그는 자신의 건실한 신앙과 성탄 전야라는 시간적 호조건으로 인해 비속한 악마, 마녀, 마을 어른들의 방해를 극복하고 그녀의 자기애와 교만까지 꺾는다. 그가 자기 자루 속에 숨어 있던 악마의 지배를 받을 찰나 성호를 그어 악마를 제압하고, 페테르부르크에 가서 예카테리나 여제의 구두를 얻어 돌아온 뒤에 자신이 성탄절 미사를 놓친 것을 깨닫고 스스로 서약한 회개의 조건을 충실히 지키는 것이 그가 행복한 가정을 꾸리고 주위 사람들의 존경을 받는 성상화가가 된 비결임이 암시된다.

그에 반해 「무서운 복수」는 이 문집에서 인간의 운명과 신의 심판에 대한 고골의 염세주의적 종말론이 가장 선명하게 드러나는 작품이다. 용서받을 수 없는 죄인이자 적그리스도로 간주되는 마법사의 악한 행위들은 결국 자신의 자유로운 선택이 아니라 그의 먼 선조 페트로가 지은 배신의 죄에 대한 신의 심판으로 내려진 저주의 결과라는 것이 드러나는 점에서 특히 그러하다. 특히 선조 페트로가 이반과 그의 아들을 살해하는 순간 지었던 비웃음을 견딜 수 없는 성정을 타고난 마법사가 어린 시절부터 상대방이 자신을 비웃는다고 느껴 그때마다 상대방에게 잔인하게 복수하지 않을 수 없게 된 것도 그런 요소를 내포한다. 이것은 고골의 낭만주의 예술 소설인 「초상화」의 1835년 초판에서 악마적인 인물이 자신의 초상화를 매개로 악을 유포하려 하고 종국에는 종교화가에 의해 적그리스도의 출현이 예고되는 것과 맥을 같이한다.

특히 신이 페트로가 자신의 의형제인 이반을 질투하여 그와 그의 아들을 살해한 것에 대해 이반에게 심판의 권한을 부여하고, 이반이 "이에는 이, 눈에는 눈"의 논리에 따라 무서운 복수의 방식을 제안했을 때 이를 허락한 것은, 신의 정의로운 심판에 대한 기대가 무산된 것으로 볼 수 있다. 여기서 신정론(theodicy)에 대한 고골의 의구심이 엿보인다.

더불어 이 작품은 고골의 본격적인 낭만주의 역사 소설이자 그의 정교 중심적인 러시아 민족주의가 선명하게 드러나는 「타라스 불바」의 서곡이라고 할 수 있다. 이 두 작품은 16~17세기 자포로지예 세치 카자크 전사들이 정교 신앙, 민족정신, 카자크 형제애를 기치로 폴란드, 타타르, 터키 등과 벌인 영웅적인 전투를 찬양하는 영웅담인 동시에 그들의 쇠락과 붕괴를 슬퍼하는 염세주의적인 애가의 성격을 동시에 지니고 있다.

이런 진지한 주제들로 인해 「무서운 복수」에서는 희비극성, 그로테스크와 아이러니, 언어유희보다는 낭만주의적 서정성과 환상성, 고딕 소설의 음산하고 우울한 분위기가 훨씬 부각된다. 드네프르강과 성채를 표현하면서 환상적이고 서정적인 자연 묘사와 고딕 소설의 그로테스크하고 음산한 정경 묘사가 결합되고, 다닐로와 카테리나, 그의 부하 및 마법사의 복장의 화려한 색채 묘사와 마법사가 성채에서 주술을 부리는 장면의 다채로우면서도 음산한 색채 묘사가 결합되는 것이 단적인 예다.

그런데 다닐로의 아내이자 마법사의 딸인 카테리나는 선과 악의 경계에 선 인물이다. 그녀는 남편에 대한 정절과 카자크 공동체에 대한 헌신을 지키려 하지만, 자신의 치명적인 실수로 마법사에 의해 다닐로, 그들의 아들, 그녀 자신도 살해당한다. 그녀의 비극은 그녀의 선한 성품에도 불구하고 그녀가 마법사의 자손이라는 데서 운명 지어진 것으로 볼 수 있다. 다만 마법사의 딸이 페트로의 마지막 자손으로 간주되지 않는 것은 가부장제적 인식에서 비롯된 것일 수도 있고, 고골이 그런 논리적인 일관성을 전혀 고려하지 않고 비논리적인 설화의 모티브들을 되는대로 차용한 결과일 수도 있다.

고골이 이러한 염세주의적 종말론적 시각을 갖게 된 데에는 그가 어린 시절부터 접한 우크라이나-러시아 정교에 결합된 바로크 종말론과 10대에 러시아 낭만주의를 통해 접한 악마주의의 영향이 지대했던 것으로 추정된다.

다음 작품인 「이반 표도로비치 시폰카와 그의 이모」는 사실

적이면서도 그로테스크하고 아이로니컬한 사건 묘사에 꿈이라는 환상적인 요소와 열린 결말이 합쳐진 복합적인 작품이고, 유일하게 화자가 청자에게 직접 이야기를 해 주는 구연동화 스타일의 스카즈(skaz) 양식이 아니라 완전한 문어체로 되어 있다. 화자 루디 판코는 자신이 스테판 이바노비치 쿠로치카에게 직접 들은 이야기의 텍스트를 받아서 발표하는 것이라고 설명하는데, 쿠로치카의 텍스트 자체가 1인칭 시점의 구어체가 아니라 3인칭 시점의 문어체로 되어 있는 것이다. 다만 루디 판코는 그 텍스트의 후반부가 루디 판코의 아내에 의해 피로그의 받침 종이로 쓰이고, 자신이 건망증으로 인해 쿠로치카에게 후반부를 물어보는 것을 잊어버린 탓에 미완성 상태의 작품을 발표한다고 설명한다.

이 작품에서 무엇보다도 흥미진진한 요소는 시폰카의 환상적인 꿈이다. 시폰카가 미래의 아내에 대한 두려움을 표출하는 이 꿈은 문집 전체를 관통하는 핵심 주제인 남성과 여성의 관계를 반영한다. 이 문집에서는 이 관계의 이상적인 모습과 부정적인 모습이 대비되는데, 주조를 이루는 것은 후자이다. 즉 비속한 남성과 비속한 여성이 힘의 대결을 벌이고, 대체로 후자가 전자에 대해 우월성을 갖는 것이다. 「소로친치 시장」, 「5월의 밤 또는 물에 빠져 죽은 처녀」, 「성탄 전야」에서 마녀인 계모와 아버지의 관계, 내연 관계에 있는 촌장과 처제의 관계, 바쿨라의 어머니 솔로하와 마을 촌로들의 관계가 단적인 예다.

이 작품에서도 시폰카의 이모는 여장부 중의 여장부로서 유약한 시폰카 위에 군림하고, 시폰카의 이웃 지주인 스토르첸코는 자신의 어머니와 여동생들 위에 군림하며, 시폰카의 이모는 스토르첸코의 영지를 빼앗기 위해 시폰카를 스토르첸코의 여동생 중 한 명과 결혼시키려 한다. 이러한 성 대결은 시폰카의 어머니와 이모 간에 있었던 것으로 추정되는 불화, 스토르첸코가 자신의 식객인 이반 이바노비치에게 보이는 억압적인 태도에서 더욱 복잡해진다. 이로써 시폰카의 두려움은 여성과 결혼에 대한 생리적인 두려움보다는 사회적인 성 대결에서 자신이 아버지처럼 패배당할 것에 대한 두려움이라고 볼 수 있다. 유약한 남성의 결혼 및 아내에 대한 두려움의 모티브는 고골이 1833년에 창작하기 시작하여 1842년에 발표한 희곡 「결혼」에서 더욱 선명하게 부각된다.

『디칸카 근교 마을의 야회』 제2부의 마지막 작품인 「저주받은 땅」은 포마 사제의 세 번째 이야기로, 「소로친치 시장」에서부터 「이반 표도로비치 시폰카와 그의 이모」에 이르는 일곱 편의 작품들을 관통하는 핵심 주제인 권선징악의 메시지를 더욱 선명하게 보여 준다. 이 작품 서두에서 루디 판코가 악마의 간교한 계략을 이기고 악마에게 속아 넘어가지 않을 사람은 없다고 말하고, 작품 말미에서 포마 사제의 할아버지 역시 악마가 속이려 들면 누구나 속아 넘어가지 않을 수 없다고 말하면서 악마를 경계하라고 강조하는 것은 이 작품뿐 아니라 이 문집 전체의 주제이기도 하다.

이 작품의 화자인 포마 사제는 자기 할아버지의 기이하고 그로테스크하면서도 익살스러운 모험담을 들려준다. 할아버지가 우연히 저주받은 땅으로 공간 이동을 하여 사흘 동안 그 땅의 무덤가에서 보물을 캐려고 애쓰다가 결국 온갖 쓰레기만 가져오게 되는데, 그제야 그는 이 모든 것이 악마의 계략이었음을 깨닫고 사람들에게 악마가 출몰하는 곳에는 얼씬거리지도 말라고 신신당부했다는 것이다.

여기에서 포마 사제의 할아버지는 호탕하고 대범하며 유머와 기지가 넘치고 그의 손자인 사제처럼 건전한 상식과 분별력을 지닌 존재로 그려진다. 이 때문에 그가 저주받은 땅에서 보물을 캐내려고 애쓴 것은 그의 비속한 욕망에 대한 비판을 유발하기보다는 인간의 나약함과 사탄의 간교한 계략에 대한 인식을 강화시키는 효과를 거두는 것이다.

종합적으로 1830년대 초 그의 우크라이나 창작 설화 문집은 우크라이나 민속 문화의 해학성과 악마의 기만성에 대한 염세주의적 종말론, 그리고 낭만주의적 환상성 및 악마주의 등을 내포하며, 이런 요소들이 그의 천재적인 언어 구사력을 통해 희비극적인 작품들로 재창조되었음을 알 수 있다.

『미르고로드』 및 페테르부르크 이야기의 실타래 풀기

고골이 첫 문집에서 보여 준 주제 의식과 형상화 방식은 한편으로는 3~4년 사이에 우크라이나 지방과 페테르부르크 근대 도시에서 일어나는 사건들을 매개로 보다 사실적인 언어로, 다른 한편으로는 역시 환상적이고 낭만주의적인 사건들을 매개로 보다 환상적인 언어로 펼쳐진다. 다만 본 번역서에서는 그중 1835년 발간된 『미르고로드』의 마지막 작품과 고골이 원래 구상한 '페테르부르크 이야기' 일곱 편 중 널리 알려지지 않은 두 편만을 소개하고자 한다.

1. 이반 이바노비치와 이반 니키포로비치가 싸운 이야기

『미르고로드』의 마지막 작품인 「이반 이바노비치와 이반 니키포로비치가 싸운 이야기(Povest' o tom, kak possorilsya Ivan Ivanovich s Ivanom Nikiforovichem)」(이하 「두 이반이 싸운 이야기」)에서 고골은 우크라이나의 촌락 미르고로드에 사는 소지주들의 비속한 삶을 아이로니컬하고 그로테스크한 방식으로 제시한다. 이 작품은 장르상 감상주의적 목가를 패러디한 사실주의적 작품이라는 점에서 같은 문집의 첫 작품인 「옛 시대의 지주(Starosvetskiye pomeshchiki)」와 유사하지만 그보다 더한 아이러니, 그로테스크, 풍자성 그리고 멜랑콜리한 우수가 강화되어 있다. 이 작품이 「옛 시대의 지주」보다 1년 먼저 창작되었으나 후자가 문집의 제1부 첫 작품이 되고, 전자가 제2부의 마지막 작품에 배치된 것도 그런 의도에 따른 것으로 해석된다. 즉 고골은 자신의 염세주의적 시대 인식에 따라 이 문집에서 우크라이나 시골 소지주의 목가적인 삶이 인간의 비속한 욕망에 의해 파괴되어 가는 과정을 보여 주고자 한 것이다.

이러한 목가성의 쇠락은 이 두 작품 사이에 배치된 낭만주의적 역사 소설 「타라스 불바」와 카자크 사회의 비속화를 보여 주는 환상적인 세태 소설 「비이(Viy)」에서 드러나는 서사시적 영웅성의 쇠락과 맥을 같이한다. 우크라이나 민족을 포함하는 러시아 조국과 정교 신앙을 위해 목숨을 바친 과거의 우크라이나 카자크 영웅들에 대한 찬양과 그들의 쇠락에 대한 낭만주의적 우수가 「비이」에서는 비속한 욕망에 사로잡힌 동시대 가자크인들에 대한 비판으로 바뀌는 것이다.

그다음에 「두 이반이 싸운 이야기」에서 고골은 과거의 목가적인 삶과 영웅적인 삶이 사라지고 인간의 비속한 욕망이 극대화되고 정당화되는 근대 문화에 대한 염세주의적 세계 인식과 멜랑콜리를 가장 선명하게 보여 준다.

먼저 주인공 이반 이바노비치와 이반 니키포로비치는 훌륭한 지주-귀족이자 마을 사람들의 귀감이 되는 둘도 없는 친구로 칭송되다가, 이반 니키포로비치의 총을 둘러싸고 벌어지는 언쟁 끝에 '수거위'라는 말로 인해 철천지원수가 된다. 이로써 주변 인물이 그들의 우정을 칭찬하면서 "악마가 직접 끈으로 맺어 준 사이"로 표현한 것이 감추어진 진실을 반영한 것이었음이 드러난다. 특히 이반 이바노비치는 세련된 몸가짐과 언행, 바지런한 영지 경영, 그리고 독실한 신앙으로 해서 에티켓을 모르고 말이 험하고 신앙이 없고 게으른 뚱보인 이반 니키포로비치보다 우월한 위상을 점유하는 것으로 보였으나, 그가 이반 니키포로비치의 총에 대해 보이는 집요한 물욕, 그리고

'수거위'라는 말에 대해 보여 주는 히스테릭한 반응, 그가 이반 니키포로비치를 고소하고 서로 끝없이 맞고소하는 과정, 그리고 고소장의 내용 등에서 그의 우월성은 외적인 표식이었을 뿐이고 위선과 가식이라는 더욱 큰 죄를 짓고 있었음이 선명히 드러난다.

더불어 이들의 언쟁은 미르고로드 주민 전체의 비속성을 드러내는 촉매제 역할을 한다. 이들의 싸움에 대해 두 지주의 하인들과 아가피야 페도세예브나라는 여인, 그리고 미르고로드 관료들과 다른 사교계 사람들이 보이는 반응에서 이들 역시 평화로운 목가적인 도시의 행복한 주민이 아니라 비속한 욕망에 사로잡혀 권태롭게 살아가고 있음이 드러난다. 특히 재판소장, 주인공과 동명이인인 다른 이반 이바노비치, 그리고 두 사람을 화해시키는 중재자 역할을 맡는 안톤 포포푸즈 — 후에 골로푸즈로 이름이 바뀌는 — 는 각각 절름발이, 애꾸눈, 입기만 하면 꼭 개에게 물리는 바지의 소유자인 점에서, 이들의 내면의 기형성과 불구성이 암시된다.

따라서 화자가 처음에 이 마을의 건물, 도로, 광장, 기관에 감탄을 표하고, 군 주민들의 생활 방식을 평온, 유쾌함, 선량함, 사심 없음의 징표로 높이 평가하고, 관료들의 근무 태도를 정직과 성실성의 증거로 제시한 것도 두 지주의 소송 사건 이후에는 모두 아이로니컬한 묘사였음이 드러난다. 특히 두 지주의 고소장 내용과 이를 청원하는 방식에 대한 재판소장, 서기, 다른 관리들이 보이는 자기모순적 반응에서 그들의 이중성이 드러난다.

이러한 이중성은 '미르고로드'라는 마을 이름의 중의성(重義性)과도 연결된다. '미르'가 평화와 세상을 동시에 의미하고 '고로드'가 시(市)를 의미하는 점에서 이 이름은 '평화로운 마을'이나 '세속적인 마을'을 의미할 수도 있다. 그러나 사건 전개 과정을 통해 이 마을이 평화로운 마을이 아니라 비속하고 무질서하고 권태로운 세속적인 마을인 것으로 드러난다.

끝으로 이 작품의 화자는 사건 전체를 아이로니컬한 찬사에서 그로테스크한 풍자의 방식으로 전환하다가 에필로그에서 작가의 진지한 주제 의식을 전면에 드러낸다. 화자가 미르고로드를 마지막으로 방문했을 때는 비가 주룩주룩 내리고 땅이 진창이 된 추운 늦가을이었고, 두 지주는 이미 백발이 된 상태에서 대도시의 상급 재판소까지 가서 맞고소를 계속하며 자신의 승리를 확신하고, 그런 상태로 교회에 출석하고 있었다. 그리고 교회는 텅 비어 있었다. 이 모든 상황을 목도한 화자는 우울한 마음으로 그 마을을 떠나면서 "여러분, 이 세상은 얼마나 지루한가요!"라며 비탄 어린 우수에 잠긴다.

「두 이반이 싸운 이야기」의 서술 시점을 보면, 화자는 두 지주의 언쟁과 첫 맞고소가 있은 지 3년째에 연회가 개최되어 화해하려다가 무산되고, 그로부터 10년 동안 맞고소가 계속되고 있다고 설명한다. 이 작품의 에필로그에 해당하는 마지막 부분에서는 화자가 5년 전에, 이미 12년 동안 그 마을을 방문하지 않았다가 우연히 미르고로드를 방문했다고 말한다. 결국 그는 그 마을에 대한 본문 묘사를 한 지 17년 만에 에필로그를 쓴 것이고, 두 지주의 언쟁과 에필로그 사이의 간극은 30년이 될 수도 있다. 이 점에서 화자가 이 작품의 초반부터 두 지주와 다른 미르고로드 주민들의 삶을 아이로니컬하게 찬양한 것임이 더욱 분명해진다.[2]

그리고 이 작품의 마지막 문장은 이 작품 전체의 주제뿐 아니라 『미르고로드』 전체의 주제를 담고 있다. 이렇듯 고골은 우크라이나를 배경으로 하는 두 문집의 주제를 각각 마지막 작품의 마지막 문단에서 선명하게 제시하며, 그 주제는 공통적으로 악마의 기만성이 인간의 비속한 욕망을 자극하여 우크라이나를 포함한 러시아 제국이 파국으로 치달아 가고 있다는 것이다. 이로써 1830년대 전반기에 초자연적인 악마의 파괴력이 인간의 내면과 일상생활에 깊이 작용하고 있다는 그의 염세주의적 종말론적 세계 인식이 깊어진 것을 알 수 있다.

2. 마차

「마차(Kolyaska)」는 고골이 '페테르부르크 이야기'에 포함시켰다가 후에 다섯 편만 남기고 삭제한 작품 중 하나다. 하지만 이 작품은 푸시킨, 벨린스키 등 동시대인은 물론 체호프, 톨스토이와 같은 후대 작가들에 의해서도 큰 호평을 받았다. 당대 최고의 사실주의 비평가로 손꼽히는 벨린스키는 이 작품의 예

2 다만 화자가 처음부터 작가의 위상을 지니는지, 화자가 직접 등장하는 에필로그에서만 작가의 위상을 지니는지, 아니면 그 부분에서 화자가 작가로 대체되는 것인지에 대한 견해는 다양할 수 있다. 필자는 화자가 에필로그에서 작가-화자의 위상으로 상승한 것으로 보고 있다.

술성은 높이 평가하였으나 교훈성이 낮은 애매모호한 주제와 적은 분량을 이유로 이 작품을 가벼운 소품으로 규정했다. 그에 반해 체호프는 1889년 "얼마나 적나라한가, 고골은 얼마나 힘이 넘치는가, 얼마나 대단한 예술가인가! 그의 「마차」 하나만으로도 20만 루블의 가치가 있다. 완전한 환희, 그 이상도, 이하도 아니다"라며 이 작품의 예술성을 매우 높이 평가했다.

톨스토이 역시 1909년의 논문 「고골에 대해서」에서 이 작품을 고골의 수작 중 하나로 꼽았다. "고골은 엄청난 재능, 아름다운 마음, 그리고 작고 용기 없고 소심한 지성의 소유자다. 그가 자신의 재능에 헌신하기만 하면 「옛 시대의 지주」, 『죽은 혼』 제1권, 「감찰관」, 특히 최고 완성의 경지에 오른 「마차」와 같은 아름다운 문학 작품들이 나온다. 그가 자신의 마음과 종교적인 감성에 헌신하면 그의 서한(『친구들과의 서신 교환선』- 옮긴이)에서는…… 감동적이고 자주 심오하고 교훈적인 이념들이 나온다."

이 작품이 위트와 기지가 넘치는 풍자의 대가인 체호프와 최고의 산문 작가로 칭송받는 톨스토이의 극찬을 받은 데에는 고골의 간결하면서도 함축적인 표현, 가벼운 아이러니를 통한 날카로운 풍자, 느슨한 듯하면서도 극적인 긴장미가 넘치는 서술, 비속한 인간의 무의식에 대한 날카로운 묘사 등이 작용한 것으로 보인다.

단적으로 주인공 피파고르 피파고로비치 체르토쿠츠키는 그 이름과 부칭에서는 아버지와의 분신성을, 성에서는 악마라는 뜻의 러시아어 '초르트(chort)'로 인해 악마성을 암시한다. 실제로 그는 뭔가 불미한 사건으로 인해 기병 연대에서 퇴역한 뒤에, 멋진 마차를 타고 다니면서 기병 연대를 쫓아다니고 무도회, 모임, 장터는 모두 쫓아다니면서 허세 떨기를 좋아한다. 또한 그는 아내의 지참금에서 몇천 루블은 말 여섯 마리, 도금된 자물쇠, 잘 길들인 원숭이를 사는 데 쓰고, 또 다른 지참금인 2백 명의 농노와 영지는 저당을 잡혀 몇 건의 내용을 알 수 없는 상거래를 한다. 그런 그를 화자는 사교계의 에티켓에 맞게 '훌륭한 지주'로 규정한다.

그리고 권태로운 일상이 반복되던 읍에 기병 연대가 주둔하면서 활력을 띠게 되고, 연회에서 이 연대의 장군이 자기의 준마를 자랑하자 체르토쿠츠키가 자신의 새 마차를 자랑하며 그것을 보여 주기 위해 그들을 다음 날 오찬에 초대한 뒤 우물쭈물하다가 결국 새벽 3시에야 마부의 부축을 받으며 집으로 돌아와서 곯아떨어지는 장면은 비속한 인간의 공허한 심리에 대한 날카로우면서도 매우 희극적인 묘사로 채워진다.

다음 날 아침 아내가 자기만족에 취해 유유자적하며 시간을 때우다가 마차와 말 탄 장교들에 기겁해서 남편을 깨우고, 남편이 당황하여 자신은 집에 없다고 전하라고 지시한 뒤 숨을 곳을 찾다가 자기가 자랑한 마차 안의 구석에 숨는 장면도 가벼운 아이러니를 통한 강렬한 풍자다. 장군과 장교들이 그가 약속을 지키지 않은 데 불만을 터뜨리며 돌아가려다가 그가 자랑한 마차는 보고 가기로 결정하고, 주인의 언질을 받지 못한 마부는 마차를 보여 주는데, 장군과 장교들이 마차의 초라한 외양에 실망하면서 혹시 마차 안에는 대단한 것이 있을까 싶어 마차를 열고 가죽 덮개를 벗겼다가 몸을 웅크리고 있는 지주 체르토쿠츠키를 발견하고 황당해하며 문을 닫고 떠나는 장면도 가벼운 아이로니컬한 묘사로 현실의 비속함을 적나라하게 드러낸다. 이런 점에서 이 작품은 위트와 풍자의 대가인 체호프와 산문의 대가인 톨스토이의 찬탄을 자아내는 데 부족함이 없다.

3. 로마

이 작품은 「마차」와 함께 고골이 '페테르부르크 이야기'에 포함시켰다가 삭제한 작품으로, 작품의 장르, 사회적 배경, 주인공의 국적과 성격, 서술 방식과 주제, 결말 등에서 예외적이다. 장르 면에서 고골은 이 작품을 '단상(Otryvok)'으로 규정했고, 주인공이 자기 성찰을 통한 성장 과정을 밟아 가는 점에서 고골의 작품 중 거의 유일하게 '교양 소설'에 해당한다. 또한 열린 결말로 끝나는 미완성 작품이고, 고골의 문화 및 역사 비평을 소설 방식으로 개진한 점에서 에세이식 소설로도 볼 수 있다.

이 작품의 사회적 배경은 19세기 초반의 이탈리아와 프랑스이고, 등장인물은 이탈리아인이다. 주인공인 젊은 공작에게는 이름이 부여되지 않으며, 그의 시각은 19세기 근대 문화의 메카인 파리 예찬에서 18세기까지의 문화유산이 축적되어 있는 자신의 고향, 로마 예찬으로 바뀐다. 이것은 1830년대 후반 고골 자신의 로마 예찬을 반영하는 점에서 주인공을 고골의 분신으로 보는 견해도 있으나, 고골은 자신의 주인공에 대해 거리를 두지 않고서는 그런 방식으로 묘사할 수 없다고 주장하며 이를 반박했다. 이러한 반박은 그가 1842년에 이미 정교 신자로서 낭만주의적인 로마 예찬에서 멀어지고 러시아 민족을 위한 청사진을 제시하고자 한 것을 고려해 볼 때 설득력이 있다.

그런 맥락에서 이 작품의 내용과 주제를 살펴보면, 주인공인 젊은 로마 공작은 19세기 근대 문화의 메카인 파리를 동경하여 파리로 가지만 그곳에서 4년을 보낸 뒤 파리에 환멸을 느끼게 된다. 그에게 파리는 외적인 화려함과 새로움을 추구하는 유럽 근대 문명의 박람회장, 환전소, 시장이고, 합리주의, 공화정과 자본주의, 비속한 대중문화의 지배를 받는 악마적이고 기만적인 공간이다. 특히 프랑스 예술은 "기괴하고 정열적이지만 군데군데 재능의 흔적이 없지 않은 방종한 프랑스 뮤즈"의 작품들로 인식된다. 공작의 시각은 근대 문화의 파편성을 반영하는 파편적인 병치와 환유의 방식으로 재현된다.

그다음 젊은 공작은 로마를 동경하게 되고 결국 로마로 귀향하여 이탈리아의 자연, 역사, 민족 그리고 문화 예술을 감상하면서 자신의 민족적 근원과 자긍심을 찾는다. 그에게 로마는 정치 사회적, 민족적, 예술적, 종교적인 면에서 모두 이상화된다. 특히 그는 로마를 여러 시대의 역사와 예술이 어우러져 하나의 조화로운 전체를 이룬 '통일성 속의 다양성'의 구현체로 인식한다. 그리고 그가 인식하는 로마 도시 구조와 건축의 미학적 특성은 불투명성, 빛과 어둠의 대조, 갑작스러움, 느닷없음으로서의 투명성, 빛, 새로운 유행을 좇는 파리 중심의 근대 문화와 선명한 대조를 이룬다. 더불어 그 특성은 비례와 균형을 강조하는 르네상스 문화보다는 이질적인 것의 충격적이고 역동적인 결합을 추구하는 바로크 문화를 더 반영한다. 젊은 공작이 로마 건국 신화의 배경인 알바노 출신의 미녀 안눈치아타를 찾아 달라고 부탁하기 위해 페페를 트라스테베레의 산기슭으로 인도한 뒤에 갑작스럽게 시야에 들어오는 로마의 환상적인 파노라마를 보고 무아지경에 빠지는 마지막 장면도 바로크 문화의 특성을 반영한다. 이런 점에서 젊은 공작은 1830년대 후반 고골의 로마 예찬과 파리 비판을 그대로 반영하는 면이 있다.

반면 젊은 공작이 안눈치아타를 로마 민족의 여성성의 알레고리적 구현체로 이상화하고 그녀를 맹목적으로 찾아 나서는 것은 고골이 1835년에 발표한 「넵스키 거리(Nevskiy prospekt)」의 순진한 낭만주의자 피스카료프와 유사하며, 후자의 비극적인 말로를 고려할 때 고골은 젊은 공작에게도 순진한 이상주의자의 면모를 부여하고 있다. 더불어 고골은 1840년 러시아 정교에 귀의하고 종교적 탐색을 이어 가면서 1842년경에는 더 이상 이전처럼 로마를 숭배하지 않게 된 것으로 보인다. 이 점에서 고골과 젊은 공작의 거리는 매우 분명하다.

다만 그럼에도 이 작품은 발표 시기와 내용 면에서 『죽은 혼』 제1권의 진지한 서정적 이탈을 이탈리아를 배경 삼아 소설로 형상화한 면이 있다. 그것의 러시아 판이 「초상화」의 수정본과 「타라스 불바」의 수정본이라고 할 수 있다. 이 진지한 작품들은

『죽은 혼』 제1권의 그로테스크하고 아이로니컬한 사회 풍자 뒤에 숨겨진 그의 긍정적인 이상을 보여 준다는 점에서 『죽은 혼』 제1권과 연작의 성격을 지닌다.

판본 소개

본 번역본은 2009년에 출간된 모스크바 총대주교구 출판사 판본(*Nikolay Gogol' - Polnoye sobraniye sochineniy i pisem*) 17권 중 제1권 전체와 제2, 3권의 일부분에 해당한다. 원문의 난해한 부분에 대한 보다 정확한 이해와 번역을 위해서는 같은 판본의 주석과 인터넷 자료, 그리고 다음의 영문 번역본 등을 참조하였다. *The Collected Tales of Nikolai Gogol*, translated and annotated by Richard Pevear and Larissa Volokhonsky(New York : Vintage, 1999), *The Complete Tales of Nikolai Gogol*, edited, with an introduction and notes, by Leonard J. Kent(Chicago: University of Chicago Press, 1985) 더불어 서울대학교 노어노문학과 강사이자 한림대학교 러시아연구소 연구원이신 바딤 슬랩첸코 선생님의 많은 도움을

받았다.

그럼에도 고골의 원뜻을 정확히 이해하고 정확하면서도 가독성이 높은 한국어로 번역하는 데 어려움이 많았으며, 여전히 불완전한 채로 남아 있는 번역도 있다. 번역상의 모든 오류는 본 번역자의 책임이며, 기회가 된다면 후에 수정하고자 한다.

그리고 번역을 위해 보이지 않는 가운데 수고해 주신 모든 분들께 이 자리를 빌려 감사의 뜻을 전한다. 무엇보다도 고골에 대한 깊은 애정을 가지고 기꺼이 저의 번역을 도와주신 바딤 선생님께 감사드린다. 더불어 고골 작품의 번역을 허락해 주신 서울대 박종소 교수님과 번역본의 발간을 위해 많은 수고를 해 주신 을유문화사 분들께 깊은 감사의 마음을 전한다.

더불어 저를 지금까지 지원해 주시고 격려해 주신 부모님과 다른 가족, 그리고 모든 친구들에게 감사드리고, 마지막으로 이 모든 과정을 인도해 주신 하나님께 온 마음을 다해 감사드린다.

니콜라이 고골 연보

(＊구력인 율리우스력을 기준으로 함.)

1809 3월 19일(신력 4월 1일) 우크라이나 폴타바현 미르고로드군 소로친치에서 소지주 바실리 아파나시예비치 고골(1777~1825)과 마리야 이바노브나 고골(1791~1868)의 장남으로 태어남.

1819 남동생 이반 사망.

1821 우크라이나 니진의 김나지움에 입학.

1824 아버지 사망.

1828 니진의 김나지움 졸업, 상트페테르부르크로 상경.

1829 시 「이탈리야」와 낭만주의 서사시 「한츠 큐헬가르텐」 발표. 알로프라는 필명 사용, 「한츠 큐헬가르텐」이 혹평을 받자 출판본을 수거하여 소각. 8~9월을 독일 뤼베크에서 보냄. 하급 관리 생활.

1830 「비사브륙」(「이반 쿠팔라 전야」)과 「헤트만」의 제1장 발표. 황실 극장의 오디션에서 떨어짐. 예술 아카데미에서 회화 수업.

1831 에세이 「여인」, 문집 『디칸카 근교 마을의 야회』 제1부 발표. 푸시킨(1799~1837)을 처음으로 만남. 사설 여학교에서 역사를 가르침.

1832 『디칸카 근교 마을의 야회』 제2부 발표.

이해부터 1835년까지 다수의 이야기, 희곡, 역사, 에세이 집필. 상당수가 미완성으로 남음.

1834 「이반 이바노비치와 이반 니키포로비치가 싸운 이야기」 발표. 상트페테르부르크 대학의 역사학과 조교수로 임명.

1835 1월 문집 『아라베스키』 발표. 3월 문집 『미르고로드』 발표. 『죽은 혼』 제1권 창작 시작. 12월에 조교수직 사임.

1836 4월 19일 희곡 「감찰관」 초연. 이야기 「코」, 「마차」 발표. 6월 6일 서유럽으로 떠남.

1837 1월 29일 푸시킨 사망. 3월 26일 로마에 도착.

1838 이해부터 1841년까지 『죽은 혼』 제1권 작업. 로마에 거주. 유럽 여행. 러시아로 두 번 여행.

1839 친구 비옐고르스키 백작 사망.

1842 5월 21일 『죽은 혼』 제1권 발표. 새 이야기 「외투」, 수정판 「초상화」와 「타라스 불바」를 추가한 선집 발간. 희곡 「결혼」, 「도박꾼」 발표. 이야기 「로마」를 미완성 상태로 남김. 6월에 러시아를 방문하고 돌아옴.

1843 1845년까지 유럽 여행. 『죽은 혼』 제2권 작업.

1845 제2권의 첫 번째 판을 불태움.
1847년까지 「찬미가에 대한 묵상」 작업. 1857년에 발표.

1846 에세이 「감찰관의 대단원」, 「'감찰관'을 적절하게 연기하고자 하는 사람들에게 주는 지침서」, 『죽은 혼』 제2권의 서언(「작가가 독자에게」) 작업.

1847 1월 『친구와의 서신 교환선』 발표. 자신의 입장을 해명하기 위한 글(「작가의 고백」) 작업.

1848 이스라엘 성지 순례. 4월 11일 러시아로 완전히 귀향.

1849 1851년까지 『죽은 혼』 제2권 작업.

1852 2월 11~12일 『죽은 혼』 제2권 일부 불태움. 2월 21일 모스크바에서 사망.

새롭게 을유세계문학전집을 펴내며

을유문화사는 이미 지난 1959년부터 국내 최초로 세계문학전집을 출간한 바 있습니다. 이번에 을유세계문학전집을 완전히 새롭게 마련하게 된 것은 우리가 직면한 문화적 상황에 적극적으로 대응하기 위해서입니다. 새로운 을유세계문학전집은 세계문학의 역할이 그 어느 때보다 중요해졌다는 인식에서 출발했습니다. 오늘날 세계에서 타자에 대한 이해는 우리의 안전과 행복에 직결되고 있습니다. 세계문학은 지구상의 다양한 문화들이 평등하게 소통하고, 이질적인 구성원들이 평화롭게 공존할 수 있는 문화적인 힘을 길러 줍니다.

을유세계문학전집은 세계문학을 통해 우리가 이런 힘을 길러 나가야 한다는 믿음으로 만들어졌습니다. 지난 5년간 이를 준비하기 위해 많은 노력을 기울였습니다. 세계 각국의 다양한 삶의 방식과 문화적 성취가 살아 있는 작품들, 새로운 번역이 필요한 고전들과 새롭게 소개해야 할 우리 시대의 작품들을 선정했습니다. 우리나라 최고의 역자들이 이들 작품 속 한 문장 한 문장의 숨결을 생생히 전하기 위해 심혈을 기울였습니다. 또한 역자들은 단순히 번역만 한 것이 아니라 다른 작품의 번역을 꼼꼼히 검토해 주었습니다. 을유세계문학전집은 번역된 작품 하나하나가 정본(定本)으로 인정받고 대우받을 수 있도록 최선을 다했습니다. 세계문학이 여러 경계를 넘어 우리 사회 안에서 주어진 소임을 하게 되기를 바라며 을유세계문학전집을 내놓습니다.

을유세계문학전집 편집위원단(가나다 순)

김월회(서울대 중문과 교수)

김헌(서울대 인문학연구원 교수)

박종소(서울대 노문과 교수)

손영주(서울대 영문과 교수)

신정환(한국외대 스페인어통번역학과 교수)

정지용(성균관대 프랑스어문학과 교수)

최윤영(서울대 독문과 교수)

을유세계문학전집

1. 마의 산(상) 토마스 만 | 홍성광 옮김
2. 마의 산(하) 토마스 만 | 홍성광 옮김
3. 리어 왕 · 맥베스 윌리엄 셰익스피어 | 이미영 옮김
4. 골짜기의 백합 오노레 드 발자크 | 정예영 옮김
5. 로빈슨 크루소 대니얼 디포 | 윤혜준 옮김
6. 시인의 죽음 다이허우잉 | 임우경 옮김
7. 커플들, 행인들 보토 슈트라우스 | 정항균 옮김
8. 천사의 음부 마누엘 푸익 | 송병선 옮김
9. 어둠의 심연 조지프 콘래드 | 이석구 옮김
10. 도화선 공상임 | 이정재 옮김
11. 휘페리온 프리드리히 횔덜린 | 장영태 옮김
12. 루쉰 소설 전집 루쉰 | 김시준 옮김
13. 꿈 에밀 졸라 | 최애영 옮김
14. 라이겐 아르투어 슈니츨러 | 홍진호 옮김
15. 로르카 시 선집 페데리코 가르시아 로르카 | 민용태 옮김
16. 소송 프란츠 카프카 | 이재황 옮김
17. 아메리카의 나치 문학 로베르토 볼라뇨 | 김현균 옮김
18. 빌헬름 텔 프리드리히 폰 쉴러 | 이재영 옮김
19. 아우스터리츠 W. G. 제발트 | 안미현 옮김
20. 요양객 헤르만 헤세 | 김현진 옮김
21. 워싱턴 스퀘어 헨리 제임스 | 유명숙 옮김
22. 개인적인 체험 오에 겐자부로 | 서은혜 옮김
23. 사형장으로의 초대 블라디미르 나보코프 | 박혜경 옮김
24. 좁은 문 · 전원 교향곡 앙드레 지드 | 이동렬 옮김
25. 예브게니 오네긴 알렉산드르 푸슈킨 | 김진영 옮김
26. 그라알 이야기 크레티앵 드 트루아 | 최애리 옮김
27. 유림외사(상) 오경재 | 홍상훈 외 옮김
28. 유림외사(하) 오경재 | 홍상훈 외 옮김
29. 폴란드 기병(상) 안토니오 무뇨스 몰리나 | 권미선 옮김
30. 폴란드 기병(하) 안토니오 무뇨스 몰리나 | 권미선 옮김
31. 라 셀레스티나 페르난도 데 로하스 | 안영옥 옮김

32. 고리오 영감 오노레 드 발자크 | 이동렬 옮김
33. 키 재기 외 히구치 이치요 | 임경화 옮김
34. 돈 후안 외 티르소 데 몰리나 | 전기순 옮김
35. 젊은 베르터의 고통 요한 볼프강 폰 괴테 | 정현규 옮김
36. 모스크바발 페투슈키행 열차 베네딕트 예로페예프 | 박종소 옮김
37. 죽은 혼 니콜라이 고골 | 이경완 옮김
38. 워더링 하이츠 에밀리 브론테 | 유명숙 옮김
39. 이즈의 무희 · 천 마리 학 · 호수 가와바타 야스나리 | 신인섭 옮김
40. 주홍 글자 너새니얼 호손 | 양석원 옮김
41. 젊은 의사의 수기 · 모르핀 미하일 불가코프 | 이병훈 옮김
42. 오이디푸스 왕 외 소포클레스 | 김기영 옮김
43. 야쿠비얀 빌딩 알라 알아스와니 | 김능우 옮김
44. 식(蝕) 3부작 마오둔 | 심혜영 옮김
45. 엿보는 자 알랭 로브그리예 | 최애영 옮김
46. 무사시노 외 구니키다 돗포 | 김영식 옮김
47. 위대한 개츠비 프랜시스 스콧 피츠제럴드 | 김태우 옮김
48. 1984년 조지 오웰 | 권진아 옮김
49. 저주받은 안뜰 외 이보 안드리치 | 김지향 옮김
50. 대통령 각하 미겔 앙헬 아스투리아스 | 송상기 옮김
51. 신사 트리스트럼 섄디의 인생과 생각 이야기 로렌스 스턴 | 김정희 옮김
52. 베를린 알렉산더 광장 알프레트 되블린 | 권혁준 옮김
53. 체호프 희곡선 안톤 파블로비치 체호프 | 박현섭 옮김
54. 서푼짜리 오페라 · 남자는 남자다 베르톨트 브레히트 | 김길웅 옮김
55. 죄와 벌(상) 표도르 도스토예프스키 | 김희숙 옮김
56. 죄와 벌(하) 표도르 도스토예프스키 | 김희숙 옮김
57. 체벤구르 안드레이 플라토노프 | 윤영순 옮김
58. 이력서들 알렉산더 클루게 | 이호성 옮김
59. 플라테로와 나 후안 라몬 히메네스 | 박채연 옮김
60. 오만과 편견 제인 오스틴 | 조선정 옮김
61. 브루노 슐츠 작품집 브루노 슐츠 | 정보라 옮김
62. 송사삼백수 주조모 엮음 | 김지현 옮김
63. 팡세 블레즈 파스칼 | 현미애 옮김
64. 제인 에어 샬럿 브론테 | 조애리 옮김
65. 데미안 헤르만 헤세 | 이영임 옮김

66. 에다 이야기 스노리 스툴루손 | 이민용 옮김
67. 프랑켄슈타인 메리 셸리 | 한애경 옮김
68. 문명소사 이보가 | 백승도 옮김
69. 우리 짜르의 사람들 류드밀라 울리츠카야 | 박종소 옮김
70. 사랑에 빠진 여인들 데이비드 허버트 로렌스 | 손영주 옮김
71. 시카고 알라 알아스와니 | 김능우 옮김
72. 변신 · 선고 외 프란츠 카프카 | 김태환 옮김
73. 노생거 사원 제인 오스틴 | 조선정 옮김
74. 파우스트 요한 볼프강 폰 괴테 | 장희창 옮김
75. 러시아의 밤 블라지미르 오도예프스키 | 김희숙 옮김
76. 콜리마 이야기 바를람 샬라모프 | 이종진 옮김
77. 오레스테이아 3부작 아이스퀼로스 | 김기영 옮김
78. 원잡극선 관한경 외 | 김우석 · 홍영림 옮김
79. 안전 통행증 · 사람들과 상황 보리스 파스테르나크 | 임혜영 옮김
80. 쾌락 가브리엘레 단눈치오 | 이현경 옮김
81. 지킬 박사와 하이드 씨 · 존 니컬슨 로버트 루이스 스티븐슨 | 윤혜준 옮김
82. 로미오와 줄리엣 윌리엄 셰익스피어 | 서경희 옮김
83. 마쿠나이마 마리우 지 안드라지 | 임호준 옮김
84. 재능 블라디미르 나보코프 | 박소연 옮김
85. 인형(상) 볼레스와프 프루스 | 정병권 옮김
86. 인형(하) 볼레스와프 프루스 | 정병권 옮김
87. 첫 번째 주머니 속 이야기 카렐 차페크 | 김규진 옮김
88. 페테르부르크에서 모스크바로의 여행 알렉산드르 라디셰프 | 서광진 옮김
89. 노인 유리 트리포노프 | 서선정 옮김
90. 돈키호테 성찰 호세 오르테가 이 가세트 | 신정환 옮김
91. 조플로야 샬럿 대커 | 박재영 옮김
92. 이상한 물질 테레지아 모라 | 최윤영 옮김
93. 사촌 퐁스 오노레 드 발자크 | 정예영 옮김
94. 걸리버 여행기 조너선 스위프트 | 이혜수 옮김
95. 프랑스어의 실종 아시아 제바르 | 장진영 옮김
96. 현란한 세상 레이날도 아레나스 | 변선희 옮김
97. 작품 에밀 졸라 | 권유현 옮김
98. 전쟁과 평화(상) 레프 톨스토이 | 박종소 · 최종술 옮김
99. 전쟁과 평화(중) 레프 톨스토이 | 박종소 · 최종술 옮김

100. 전쟁과 평화(하) 레프 톨스토이 | 박종소 · 최종술 옮김
101. 망자들 크리스티안 크라흐트 | 김태환 옮김
102. 맥티그 프랭크 노리스 | 김욱동 · 홍정아 옮김
103. 천로 역정 존 번연 | 정덕애 옮김
104. 황야의 이리 헤르만 헤세 | 권혁준 옮김
105. 이방인 알베르 카뮈 | 김진하 옮김
106. 아메리카의 비극(상) 시어도어 드라이저 | 김욱동 옮김
107. 아메리카의 비극(하) 시어도어 드라이저 | 김욱동 옮김
108. 갈라테아 2.2 리처드 파워스 | 이동신 옮김
109. 마담 보바리 귀스타브 플로베르 | 진인혜 옮김
110. 한눈팔기 나쓰메 소세키 | 서은혜 옮김
111. 아주 편안한 죽음 시몬 드 보부아르 | 강초롱 옮김
112. 물망초 요시야 노부코 | 정수윤 옮김
113. 호모 파버 막스 프리쉬 | 정미경 옮김
114. 버너 자매 이디스 워튼 | 홍정아 · 김욱동 옮김
115. 감찰관 니콜라이 고골 | 이경완 옮김
116. 디칸카 근교 마을의 야회 니콜라이 고골 | 이경완 옮김

을유세계문학전집은 계속 출간됩니다.

을유세계문학전집 연표

BC 458 **오레스테이아 3부작**
아이스퀼로스 | 김기영 옮김 | 77 |
수록 작품 : 아가멤논, 제주를 바치는 여인들, 자비로운 여신들
그리스어 원전 번역
서울대 선정 동서고전 200선
시카고 대학 선정 그레이트 북스

BC 434/432 **오이디푸스 왕 외**
소포클레스 | 김기영 옮김 | 42 |
수록 작품 : 안티고네, 오이디푸스 왕, 콜로노스의 오이디푸스
그리스어 원전 번역
「동아일보」 선정 '세계를 움직인 100권의 책'
서울대 권장 도서 200선
고려대 선정 교양 명저 60선
시카고 대학 선정 그레이트 북스

1191 **그라알 이야기**
크레티앵 드 트루아 | 최애리 옮김 | 26 |
국내 초역

1225 **에다 이야기**
스노리 스툴루손 | 이민용 옮김 | 66 |

1241 **원잡극선**
관한경 외 | 김우석·홍영림 옮김 | 78 |

1496 **라 셀레스티나**
페르난도 데 로하스 | 안영옥 옮김 | 31 |

1595 **로미오와 줄리엣**
윌리엄 셰익스피어 | 서경희 옮김 | 82 |
미국대학위원회 선정 SAT 추천 도서

1608 **리어 왕·맥베스**
윌리엄 셰익스피어 | 이미영 옮김 | 3 |

1630 **돈 후안 외**
티르소 데 몰리나 | 전기순 옮김 | 34 |
국내 초역 「불신자로 징계받은 자」 수록

1670 **팡세**
블레즈 파스칼 | 현미애 옮김 | 63 |

1678 **천로 역정**
존 번연 | 정덕애 옮김 | 103 |

1699 **도화선**
공상임 | 이정재 옮김 | 10 |
국내 초역

1719 **로빈슨 크루소**
대니얼 디포 | 윤혜준 옮김 | 5 |

1726 **걸리버 여행기**
조너선 스위프트 | 이혜수 옮김 | 94 |
미국대학위원회가 선정한 고교 추천 도서 101권
서울대학교 선정 동서양 고전 200선

1749 **유림외사**
오경재 | 홍상훈 외 옮김 | 27, 28 |

1759 **신사 트리스트럼 섄디의 인생과 생각 이야기**
로렌스 스턴 | 김정희 옮김 | 51 |
노벨연구소 선정 100대 세계 문학

1774 **젊은 베르터의 고통**
요한 볼프강 폰 괴테 | 정현규 옮김 | 35 |

1790 **페테르부르크에서 모스크바로의 여행**
A. N. 라디셰프 | 서광진 옮김 | 88 |

1799 **휘페리온**
프리드리히 횔덜린 | 장영태 옮김 | 11 |

1804 **빌헬름 텔**
프리드리히 폰 쉴러 | 이재영 옮김 | 18 |

1806 **조플로야**
샬럿 대커 | 박재영 옮김 | 91 |
국내 초역

1813 **오만과 편견**
제인 오스틴 | 조선정 옮김 | 60 |

1817 **노생거 사원**
제인 오스틴 | 조선정 옮김 | 73 |

1818 **프랑켄슈타인**
메리 셸리 | 한애경 옮김 | 67 |
뉴스위크 선정 세계 명저 10
옵서버 선정 최고의 소설 100
미국대학위원회 선정 SAT 추천 도서

1831 **예브게니 오네긴**
알렉산드르 푸슈킨 | 김진영 옮김 | 25 |

1831 **파우스트**
요한 볼프강 폰 괴테 | 장희창 옮김 | 74 |
서울대 권장 도서 100선
미국대학위원회 SAT 권장 도서

디칸카 근교 마을의 야회
니콜라이 고골 | 이경완 옮김 | 116 |

1835 **고리오 영감**
오노레 드 발자크 | 이동렬 옮김 | 32 |
서머싯 몸 선정 세계 10대 소설
연세 필독 도서 200선

1836 **골짜기의 백합**
오노레 드 발자크 | 정예영 옮김 | 4 |

감찰관
니콜라이 고골 | 이경완 옮김 | 115 |

1844 **러시아의 밤**
블라지미르 오도예프스키 | 김희숙 옮김 | 75 |

1847 **워더링 하이츠**
에밀리 브론테 | 유명숙 옮김 | 38 |
서머싯 몸 선정 세계 10대 소설
서울대 선정 동서 고전 200선
미국대학위원회 SAT 권장 도서

1847 **제인 에어**
샬럿 브론테 | 조애리 옮김 | 64 |
연세 필독 도서 200선
미국대학위원회 SAT 권장 도서
BBC 선정 영국인들이 가장 사랑하는 소설 100선
「가디언」 선정 가장 위대한 소설 100선

사촌 퐁스
오노레 드 발자크 | 정예영 옮김 | 93
국내 초역

1850 **주홍 글자**
너새니얼 호손 | 양석원 옮김 | 40 |

1855 **죽은 혼**
니콜라이 고골 | 이경완 옮김 | 37 |
국내 최초 원전 완역

1856 **마담 보바리**
귀스타브 플로베르 | 진인혜 옮김 | 109 |

1866 **죄와 벌**
표도르 도스토예프스키 | 김희숙 옮김 | 55, 56 |
미국대학위원회 SAT 권장 도서
하버드 대학교 권장 도서

1869 **전쟁과 평화**
레프 톨스토이 | 박종소·최종술 옮김 | 98, 99, 100 |
뉴스위크, 가디언, 노벨연구소 선정
세계 100대 도서

1880 **워싱턴 스퀘어**
헨리 제임스 | 유명숙 옮김 | 21 |

1886 **지킬 박사와 하이드 씨 · 존 니컬슨**
로버트 루이스 스티븐슨 | 윤혜준 옮김 | 81 |

작품
에밀 졸라 | 권유현 옮김 | 97 |

1888 **꿈**
에밀 졸라 | 최애영 옮김 | 13 |
국내 초역

1889 **쾌락**
가브리엘레 단눈치오 | 이현경 옮김 | 80 |
국내 초역

1890 **인형**
볼레스와프 프루스 | 정병권 옮김 | 85, 86 |
국내 초역

1896 **키 재기 외**
히구치 이치요 | 임경화 옮김 | 33 |
수록 작품 : 섣달그믐, 키 재기, 탁류, 십삼야, 갈림길, 나 때문에

1896 **체호프 희곡선**
안톤 파블로비치 체호프 | 박현섭 옮김 | 53 |
수록 작품 : 갈매기, 바냐 삼촌, 세 자매, 벚나무 동산

1899 **어둠의 심연**
조지프 콘래드 | 이석구 옮김 | 9 |
수록 작품 : 어둠의 심연, 진보의 전초기지, 『청춘과 다른 두 이야기』 작가 노트, 『나르시서스호의 검둥이』 서문
미국대학위원회 SAT 권장 도서
연세 필독 도서 200선

맥티그
프랭크 노리스 | 김욱동·홍정아 옮김 | 102 |

1900 **라이겐**
아르투어 슈니츨러 | 홍진호 옮김 | 14 |
수록 작품 : 라이겐, 아나톨, 구스틀 소위

1903 **문명소사**
이보가 | 백승도 옮김 | 68 |

1908 **무사시노 외**
구니키다 돗포 | 김영식 옮김 | 46 |
수록 작품 : 겐 노인, 무사시노, 잊을 수 없는 사람들, 쇠고기와 감자, 소년의 비애, 그림의 슬픔, 가마쿠라 부인, 비범한 범인, 운명론자, 정직자, 여난, 봄 새, 궁사, 대나무 쪽문, 거짓 없는 기록
국내 초역 다수

1909 **좁은 문 · 전원 교향곡**
앙드레 지드 | 이동렬 옮김 | 24 |
1947년 노벨 문학상 수상 작가

1914 **플라테로와 나**
후안 라몬 히메네스 | 박채연 옮김 | 59 |
1956년 노벨 문학상 수상 작가

1914 **돈키호테 성찰**
호세 오르테가 이 가세트 | 신정환 옮김 | 90 |

1915 **변신 · 선고 외**
프란츠 카프카 | 김태환 옮김 | 72 |
수록 작품 : 선고, 변신, 유형지에서, 신임 변호사, 시골 의사, 관람석에서, 낡은 책장, 법 앞에서, 자칼과 아랍인, 광산의 방문, 이웃 마을, 황제의 전갈, 가장의 근심, 열한 명의 아들, 형제 살해, 어떤 꿈, 학술원 보고, 최초의 고뇌, 단식술사
서울대 권장 도서 100선
연세 필독 도서 200선
미국대학위원회 SAT 권장 도서

1915 **한눈팔기**
나쓰메 소세키 | 서은혜 옮김 | 110 |

1919 **데미안**
헤르만 헤세 | 이영임 옮김 | 65 |
1946년 노벨 문학상 수상 작가
1946년 괴테상 수상 작가

1920 **사랑에 빠진 여인들**
데이비드 허버트 로렌스 | 손영주 옮김 | 70 |

1924 **마의 산**
토마스 만 | 홍성광 옮김 | 1, 2 |
1929년 노벨 문학상 수상 작가
서울대 권장 도서 100선
연세 필독 도서 200선
「뉴욕타임스」 선정 '20세기 최고의 책 100선'
미국대학위원회 SAT 권장 도서

송사삼백수
주조모 엮음 | 김지현 옮김 | 62 |

1925 **소송**
프란츠 카프카 | 이재황 옮김 | 16 |

1925 **요양객**
헤르만 헤세 | 김현진 옮김 | 20 |
수록 작품: 방랑, 요양객, 뉘른베르크 여행
1946년 노벨 문학상 수상 작가
국내 초역 「뉘른베르크 여행」 수록

위대한 개츠비
프랜시스 스콧 피츠제럴드 | 김태우 옮김 | 47 |
미 대학생 선정 '20세기 100대 영문 소설' 1위
모던 라이브러리 선정 '20세기 100대 영문학' 중 2위
미국대학위원회 추천 '서양 고전 100
「르몽드」 선정 '20세기의 책 100선'
「타임」 선정 '20세기 100대 영문 소설'

아메리카의 비극
시어도어 드라이저 | 김욱동 옮김 | 106, 107 |

서푼짜리 오페라 · 남자는 남자다
베르톨트 브레히트 | 김길웅 옮김 | 54 |

1927 **젊은 의사의 수기·모르핀**
미하일 불가코프 | 이병훈 옮김 | 41 |
국내 초역

황야의 이리
헤르만 헤세 | 권혁준 옮김 | 104 |
1946년 노벨 문학상 수상 작가
1946년 괴테상 수상 작가

1928 **체벤구르**
안드레이 플라토노프 | 윤영순 옮김 | 57 |
국내 초역

마쿠나이마
마리우 지 안드라지 | 임호준 옮김 | 83 |
국내 초역

1929 **첫 번째 주머니 속 이야기**
카렐 차페크 | 김규진 옮김 | 87 |

베를린 알렉산더 광장
알프레트 되블린 | 권혁준 옮김 | 52 |

1930 **식(蝕) 3부작**
마오둔 | 심혜영 옮김 | 44 |
국내 초역

1930 **안전 통행증·사람들과 상황**
보리스 파스테르나크 | 임혜영 옮김 | 79 |
원전 국내 초역

1934 **브루노 슐츠 작품집**
브루노 슐츠 | 정보라 옮김 | 61 |

1935 **루쉰 소설 전집**
루쉰 | 김시준 옮김 | 12 |
서울대 권장 도서 100선
연세 필독 도서 200선

물망초
요시야 노부코 | 정수윤 옮김 | 112

1936 **로르카 시 선집**
페데리코 가르시아 로르카 | 민용태 옮김 | 15 |
국내 초역 시 다수 수록

1937 **재능**
블라디미르 나보코프 | 박소연 옮김 | 84 |
국내 초역

1938 **사형장으로의 초대**
블라디미르 나보코프 | 박혜경 옮김 | 23 |
국내 초역

1942 **이방인**
알베르 카뮈 지음 | 김진하 옮김 | 105 |
1957년 노벨 문학상 수상 작가

1946 **대통령 각하**
미겔 앙헬 아스투리아스 | 송상기 옮김 | 50 |
1967년 노벨 문학상 수상 작가

1949 **1984년**
조지 오웰 | 권진아 옮김 | 48 |
1999년 모던 라이브러리 선정 '20세기 100대 영문학'
2005년 「타임」 선정 '20세기 100대 영문 소설'
2009년 「뉴스위크」 선정 '역대 세계 최고의 명저' 2위

1954 **이즈의 무희·천 마리 학·호수**
가와바타 야스나리 | 신인섭 옮김 | 39 |
1952년 일본 예술원상 수상
1968년 노벨 문학상 수상 작가

1955 **엿보는 자**
알랭 로브그리예 | 최애영 옮김 | 45 |1955년 비평가상 수상

1955 **저주받은 안뜰 외**
이보 안드리치 | 김지향 옮김 | 49 |
수록 작품 : 저주받은 안뜰, 몸통, 술잔, 물방앗간에서, 올루야크 마을, 삼사라 여인숙에서 일어난 우스운 이야기
세르비아어 원전 번역
1961년 노벨 문학상 수상 작가

1957 **호모 파버**
막스 프리쉬 | 정미경 옮김 | 113 |

1962 **이력서들**
알렉산더 클루게 | 이호성 옮김 | 58 |

1964 **개인적인 체험**
오에 겐자부로 | 서은혜 옮김 | 22 |
1994년 노벨 문학상 수상 작가

아주 편안한 죽음
시몬 드 보부아르 | 강초롱 옮김 | 111 |

1967 **콜리마 이야기**
바를람 샬라모프 | 이종진 옮김 | 76 |
국내 초역

1968 **현란한 세상**
레이날도 아레나스 | 변선희 옮김 | 96 |
국내 초역

1970 **모스크바발 페투슈키행 열차**
베네딕트 예로페예프 | 박종소 옮김 | 36 |
국내 초역

1978 **노인**
유리 트리포노프 | 서선정 옮김 | 89 |
국내 초역

1979 **천사의 음부**
마누엘 푸익 | 송병선 옮김 | 8 |

1981 **커플들, 행인들**
보토 슈트라우스 | 정항균 옮김 | 7 |
국내 초역

1982 **시인의 죽음**
다이허우잉 | 임우경 옮김 | 6 |

1991 **폴란드 기병**
안토니오 무뇨스 몰리나 | 권미선 옮김 | 29, 30 |
국내 초역
1991년 플라네타상 수상
1992년 스페인 국민상 소설 부문 수상

1995 **갈라테아 2.2**

리처드 파워스 | 이동신 옮김 | 108 |

국내 초역

1996 **아메리카의 나치 문학**

로베르토 볼라뇨 | 김현균 옮김 | 17 |

국내 초역

1999 **이상한 물질**

테라지아 모라 | 최윤영 옮김 | 92 |

국내 초역

2001 **아우스터리츠**

W. G. 제발트 | 안미현 옮김 | 19 |

국내 초역

전미 비평가 협회상 브레멘상

「인디펜던트」 외국 소설상 수상

「LA타임스」, 「뉴욕」, 「엔터테인먼트 위클리」 선정 2001년 최고의 책

2002 **야쿠비얀 빌딩**

알라 알아스와니 | 김능우 옮김 | 43 |

국내 초역

바쉬라힐 아랍 소설상

프랑스 툴롱 축전 소설 대상

이탈리아 토리노 그린차네 카부르 번역 문학상

그리스 카바피스상

2003 **프랑스어의 실종**

아시아 제바르 | 장진영 옮김 | 95 |

국내 초역

2005 **우리 짜르의 사람들**

류드밀라 울리츠카야 | 박종소 옮김 | 69 |

국내 초역

2016 **망자들**

크리스티안 크라흐트 | 김태환 옮김 | 101 |

국내 초역